《诗探索》创刊40周年纪念丛书
《诗探索》编辑委员会　主编

诗学研究

张桃洲　主编

学苑出版社

图书在版编目（CIP）数据

诗学研究 / 张桃洲主编 . —北京：学苑出版社，2020.11

（《诗探索》创刊40周年纪念丛书）

ISBN 978-7-5077-6063-7

Ⅰ.①诗… Ⅱ.①张… Ⅲ.①诗歌研究—中国—当代 Ⅳ.①I207.22

中国版本图书馆CIP数据核字（2020）第214945号

本书为
首都师范大学内涵发展经费资助成果
教育部人文社会科学重点研究基地首都师范大学中国诗歌研究中心成果

责任编辑：	李　耕　徐志琴
出版发行：	学苑出版社
社　　址：	北京市丰台区南方庄2号院1号楼
邮政编码：	100079
网　　址：	www.book001.com
电子信箱：	xueyuanpress@163.com
联系电话：	010-67601101（营销部）、010-67603091（总编室）
印　刷　厂：	北京建宏印刷有限公司
开本尺寸：	710mm×1000mm　1/16
印　　张：	28.5
字　　数：	430千字
版　　次：	2020年11月第1版
印　　次：	2020年11月第1次印刷
定　　价：	145.00元

总序

我们见证一个时代
——《诗探索》40年（1980—2020）

谢　冕

昨日已经过去

我们经历了一个漫长的黑夜。月亮是惨白的，星星是灰暗的，无边的暗黑，空漠，萧索，荒芜。就此刻谈论的诗而言，也深陷于这种无边的暗黑之中。这岂止是通常说的"单调"或者"划一"所能概括！那是一个没有文学、没有艺术，当然也没有诗歌的时代。一个漫长得看不到希望的岁月，一批又一批的诗人被迫走上了流放和监禁的囚徒之旅。烹鹤毁琴，绝圣弃典，诗歌也被迫流亡或者禁毁。愚蠢、无知、野蛮代替了高雅和智慧！

黑夜无边，春天遥远，那年有一个极冷的冬天。诗人穆旦长期受摧残的身子，感到了这个冬天的艰难："我爱在淡淡的太阳短命的日子，临窗把喜爱的工作静静做完；才到下午四点，便又冷又昏黄，我将用一杯酒灌溉我的心田。多么快，人生已到严酷的冬天。"[1]这个在民族生死存亡时刻走出西南联大校园，投身于滇缅战场的诗人，曾以青春的声音向我们宣告"因为一个民族已经起来"[2]的歌者，此刻，他感到了彻骨的寒意。

---

[1] 穆旦：《冬》。此诗作于1976年12月，同时写作的还有《停电之后》。同年10月，是"四人帮"覆灭的日子，可惜诗人没能享受胜利的欢欣。

[2] 穆旦：《赞美》。"在耻辱里生活的人民，佝偻的人民，我要以带血的手和你们一一拥抱。因为一个民族已经起来。"此诗作于1941年12月。

也是这一年，还有一位诗人，他幸运地迎接了团泊洼的凝寒的秋日阳光，但不幸的是，他终于因胜利到来的狂喜而葬身燃烧的火海。他用死亡迎接了他所祈望的秋天，而把一切的新生与希望留给我们。他是来自延安的郭小川。"他以优美的诗歌颂赞过他曾经为之奋斗的新生的社会，后来他又被痛苦地推入深渊。直至那个难忘的秋天的胜利带来了狂喜，他又在那场狂喜到来的时候消失在狂喜的烈焰之中。"[1]

很多人没有回来，他们消失在受难的路上。更多被流放的、蒙难的幸存者，由于金秋十月的召唤，正踏上归来的路途。而一批因失去昨日而热望今天的新诗人，已经迫不及待地喊出了他们反抗的和怀疑的声音："如果海洋注定要决堤，让所有的苦水注入我心中；如果陆地注定要上升，就让人类重新选择生存的峰顶。"他们宣告："新的转机和闪闪的星斗，正在缀满没有遮拦的天空。那是五千年的象形文字，那是未来人类凝视的眼睛。"[2]

这些崭新的意象所传达的声音给我们以力量和信心。四点零八分的北京，那场悲哀的、撕心裂肺的离别场面已是过去。中国以坚决的行动结束了一个长达十年的黑暗岁月。正是当年写出那首被迫剥夺了学校和家庭的离别画面的诗人，如今，他正以激情的声音昭告我们："相信未来。"[3]

站立在今天

以上是我们对中国诗歌曾经的漫长的噩梦所做的简略的叙述：我们曾有并结束了一个长长的肃杀的昨天，我们如今拥有一个崭新的今天。历史曾是如此地沉重，我们同样怀有"时不我待"的紧迫感。此刻我们正面对一个挽救诗歌沦亡的残酷事实——我们需要接续被粗暴隔断的中国诗歌传统；我们要以坚韧的精神维护并坚守诗歌的圣洁与尊严；面对今天的世界，我们要清除加于诗

---

[1] 谢冕：《郭小川的意义》。此文为青海人民出版社 2020 年版《郭小川诗歌精选》代序。
[2] 北岛：《回答》。
[3] 食指：《相信未来》。

歌的侮辱与伤害，并改写中国诗歌与世隔绝的封闭与孤立处境；我们要在开放的窗口与世界对话，并且坚定地支持和开展诗歌在新时代的新的探索。

以上，就是当日我们的境遇。它使我们拥有了沉重的使命意识和自觉精神。一个荒唐的年代：一片喊"杀"和"打倒"声中，博大精深的华夏文明和中国文化传统，文学、艺术以及诗歌，在那些人眼中都成了"封、资、修"，都成了"黑线"。拨乱反正，驱邪扶真，我们要在一片废墟上恢复并建立对诗歌的信心。这就是在1980年那个早春时节充盈我们内心的吁求。我们把昨天留在身后，我们站立在今天。我们不仅要告别昨天的乱局，我们还要认定属于开放年代的新的目标。

当年的我们，面对的是受到摧残的诗歌废墟，需要重新确立对诗歌的信心和理想。当年的我们，只能在记忆中想象遥远的唐代的明月，也只能在内心深处怀想和致敬那些现代的和以往的历代诗人，为他们的辛劳创造，也为他们的辉煌的存在与黯然的陨落。我们渴望以行动来表达我们的念想与敬意。

1980年春天，正是民间的三月三、壮族一年一度盛大的诗歌节举办之际。赶着民间节庆的气氛，一个空前的诗歌理论会议在广西南宁召开。会议之所以召开，是由于出现了《今天》杂志，以及出现了以这个刊物为基点的一批新诗创作。这些创作带来了普遍的陌生感和新的启迪，也随之带来了完全不同的价值观和巨大的诗学分歧。当然，从根本上看，它们带来的是中国诗歌的新气象和新生机。这些现象引起诗歌理论界和其他学界的注意。这样，由几所大学和相关研究所、学会共同筹划的全国当代诗歌讨论会就在广西南宁隆重召开。

会议的参加者基本上是来自民间的诗歌研究者、理论批评工作者和大学教师。像这样一个专门讨论诗歌理论批评的大型会议，在中国诗歌史上可能是第一次。我之所以在这里郑重提及南宁会议，是因为它与随后诞生的专门研究诗歌理论批评的刊物《诗探索》有着密切的甚至是直接的关联。或者可以说，南宁会议是催生《诗探索》的前奏，甚至可以说，它是诞生这个刊物的最初的灵感。

沐浴着新时代阳光

南宁会议的议题基本上围绕着对当日出现的"朦胧诗"的评价而展开。两种完全不同的观点进行了尖锐的交锋。这些交锋唤起了人们对诗歌理论研究与建设的警觉与关注。与会者的诸多发言涉及中国的诗歌传统、诗与时代和政治、诗的时代归属与审美本质、诗歌艺术的借鉴与创新等问题。争论涉及的深度和广度均为历年所未见。数日会议之后，诗评家们带着对即将到来的诗歌高潮的预期，兴奋地走向了三月三广西民间歌会，走向了更为广阔的诗歌现场。

从南宁一路行走到桂林，看的是新时代早春蓬勃的生机与活力，谈的是对于复兴与重建中国诗歌的愿望与念想。记得那时我们看望中途因病住院的公刘，带去大家对他的关怀与祝福，更带去众人的会间余兴——由丁力、晓雪、沙鸥等"集体创作"嵌名诗：

> 桂林无晓雪，阳朔有沙鸥。
> 蓝天藏雁翼，病榻念公刘。
> 久闻山水秀，谢冕驾轻舟，
> 北方冰已化，春满漓江头。

虽是游戏笔墨，但也显现当日活跃轻松的友好气氛。我的日记记载，1980年4月25日，当日前往181医院看望公刘的有闻山、刘登翰、孙绍振、张炯、洪子诚、鲁原等。当然更有高洪波，他一直在医院陪护公刘。日记称："公刘较前大有起色，他有点兴奋，对我们说，我充满了信心。他希望会议的文集有照片作插图，并且决心健康恢复后的第一件工作，是把会上发言整理出来，加入文集。"

带着对未来的期望和祝愿，我们一行登上了北上返京的列车。我的日记继续记载当日的"余绪"。其间触及我们对未来刊物（《诗探索》）的最初想法：1980年4月26日："车上，研究了《诗歌界》（暂定名），或叫《诗歌研究》的编委人选。高洪波参加了议论。"作为当事者，我返京后的第一件事是着手写作《在新的崛起面前》。这是会上黎丁先生为《光明日报》的约稿。[1] 与此同时，就是在北大邀集同人紧张地为即将诞生的《诗探索》做准备。

永远的坚守和探求

《诗探索》创刊于 1980 年。记得它的创刊号是在这一年的年末，当时我们放下手中所有的工作，全力以赴，要赶着在 1980 年末之前宣告《诗探索》创刊。因为 1980 年是一个特殊的年份、一个值得永远记住的年份，在我们的意念中，不管时间多么紧促，不管从组织到筹备、设计、组稿、出版，再到发行，其间有多大的困难，我们认定，这个刊物只能，而且必须在非凡而伟大的 1980 年创刊。《诗探索》注定只能是 1980 之子！

1980 年，中国诗歌伴随着一阵惊雷，开始了一个新的诞生。这是一个告别过去、迎接未来的新的诗歌时代。"假、大、空"的覆灭，朦胧诗的崛起，幸存者的归来，特殊的遭遇，特殊的经历，为此，我们要留下前行的足迹：向着世界开放的新的艺术手段与方法，中国诗歌的继往开来的伟大复兴，诗歌面临着新的前所未有的挑战。新的主题、新的艺术方式与新的表现手段，这一切，亟须诗歌理论的支持、总结和阐释。这一切，概括起来也就是当年《诗探索》发刊词的一句话：我们需要探索！那是一个反思的年代，那也是一个创新和探索的年代。我们的方针十分明确：站立在时代的潮头，排除一切的阻挠与偏见，即使是一种巨大的压力乃至一时的孤立无援，我们没有退路，唯有韧性地坚持，以坚定的意志、无畏的探索，热烈地支持中国诗歌的新的崛起。

《诗探索》始终没有办公室，开始借用北大中文系的一间会议室"办公"。编稿、看稿、讨论，都在这个房间。约好时间，朋友们从北京的各个角落赶到北大，骑自行车，坐公交，风雨无阻。办完公，没有饭局，各自散去。因为"定居"在北大，倒也沾了些这所学校的"仙气"——不知不觉间，学术独立、

---

[1] 1980 年 4 月 28 日日记："作《在新的崛起面前》，近三千字。下午，寄《光明日报》。"

思想自由、兼容并包，倒也成了刊物的"精气神儿"。

前面谈到南宁诗会的召开与参会者的民间性质，这种民间性一直延伸并贯穿于《诗探索》的办刊以及它所展开的活动中。为什么是民间？因为它是由几个民间学术团体和单位主持的，主编和编委无须上方指派；所有的编者都是"志愿者"，从主编到编辑，没有任何报酬，有时甚至还要"自掏腰包"予以补贴；刊物没有固定经费，所有的费用都要"自筹"；更为特殊的是，这样一个纯学术刊物，长达40年的办刊历史，居然没有申请到刊号。

《诗探索》的编者无时无刻不在"求人"，由于没有刊号，只能用书号出版，求出版社少收点儿出版补贴，一家出版社接着一家出版社，"求"一次，办几期或十几期，再"求"，再换一家出版社。岁月过得"有点惨"，却也是"人不堪其忧，回也不改其乐"！我作为创刊主编，看到大家为刊物奔波辛苦，有时不免心疼，想，我们已尽力了，我们当然想坚持，要是客观情势不允许，我也可以学徐志摩前辈那样昭告天下:《诗探索》放假！但是这刊物却真是"命硬"，几次都是遇到"贵人"搭救，然后"绝处逢生""柳暗花明"！《诗探索》创造了一个奇迹，不拿公家一分钱，不要一个编制，不要刊号，也没有一间办公室，居然坚持到今天，足足40年。

而我，已经打好"腹稿"的，而且随时准备发表的《诗探索放假》的文章，却是始终派不上用场！《诗探索》坚持"在岗"，坚持站在诗学探索的前沿，为中国现代诗歌的繁荣发展自觉地守望和探求！时间过得真快，不觉40年匆匆过去。早先创刊的"元老"们约定，只要健康和精力许可，依然坚持他们的"义务劳动"，做《诗探索》忠实的永远的"志愿者"。

我们见证一个时代

亲爱的《诗探索》同人是我们同甘苦、共患难的朋友。我们有幸共同走过，有幸一起聚过、奋斗过，我们快乐过也痛苦过。我们有幸共同见证了诗歌复兴的新时代，我们共同见证了一个伟大的繁荣的时代。

请允许我在这文章的最后表达我对朋友的"不忘",我的敬意和感谢。

深情缅怀——我们的好友,为《诗探索》的出版、编辑作出过贡献的钟文、刘士杰。

深情感谢——在不同时期为《诗探索》的出版作出过贡献,让《诗探索》转危为安的"贵人":张炯、洪子诚、白烨、张钉、石虎、于炼、郭栋、臧博平、张洪波、刘鸿、潘洗尘、庞俭克、赵敏俐、徐伟、苏历铭、邹进。

深情感谢——《诗探索》的编辑队伍:杨匡汉、吴思敬、林莽、王光明、刘福春、陈旭光、张桃洲、王士强、徐丽松、陈亮、谈雅丽。

深情感谢——《诗探索》的出版单位:四川人民出版社、中国社会科学出版社、首都师范大学出版社、天津社会科学院出版社、时代文艺出版社、九州出版社、漓江出版社、作家出版社。

2020 年 7 月 1 日于北京大学

目 录

001　前　言 / 张桃洲

001　请听听我们的声音
　　　——青年诗人笔谈
012　诗美学漫笔 / 闻　山
017　诗境说微 / 秦　似
021　诗的信仰
　　　——诗学札记 / 雁　翼
029　学诗点滴 / 陈敬容
033　美在流动中 / 徐　岱　潘一禾
041　今日新诗面临的艺术问题 / 卞之琳
050　发展中的"诗美"内涵 / 钟　文
064　新诗的意象艺术 / 骆寒超
079　诗歌语言研究中的几个基本概念 / 赵毅衡
091　关于朦胧的三昧、三度及三品 / 石天河
106　语言的策略与历史的关系（节选）/ 叶维廉
118　诗的想象和科学的想象 / 孙绍振
128　论想象的形式 / 耿占春
139　音乐·诗歌·格律 / 何凯歌
152　诗的高层建筑 / 郑　敏

162	诗　辨　/　钟　文
175	诗歌语言的"意思"与"情感"　/　南　帆
184	潜　喻　/　张文江
193	论诗的内在节奏　/　范一直
200	汉语诗歌的节奏型理论　/　方　兢
215	诗的形象化和形象的逻辑结构　/　丁　芒
228	论当代诗学理论建设的"语言论转向"　/　陈旭光
242	诗歌语言两种向度的探讨　/　南　野
247	板块与套盒：现代主义诗歌的语言范型　/　张　目
263	现代汉语诗歌中的语言问题　/　丘振中
270	诗：作为重新命名的语言　/　胡　兴
278	误读的时代　/　程光炜
291	论字思维　/　石　虎
294	论我手写我口　/　梁小斌
300	诗学断记　/　姚振函
304	自由诗建行的原则　/　陈本益
315	存在的巅峰或深渊：当代诗歌的精神跃升与再度困境　/　张清华
326	汉文与诗歌的现代性　/　章　燕
336	叙述中的当代诗歌　/　姜　涛
346	精神三角形效应：诗歌中的规则、反规则与创新　/　何　锐　翟大炳
357	诗歌由个体承担的理论前提　/　邰积意
368	诗问与诗性　/　王　南
385	诗歌语体的言语行为解释　/　邹立志
400	语意的蔓延与逸轨
	——论诗的转喻　/　郑慧如
421	诗人气质"五因"说　/　王　正
439	后　记　/　张桃洲

前 言

张桃洲

创刊于 1980 年的《诗探索》是一份诗歌理论刊物,要从这份历时 40 载的刊物中挑选篇幅有限的理论文章,这无疑是一件颇为费力的事情。好在编选之初,谢冕老师、吴思敬老师就确定:我负责的这个选本,辑录《诗探索》40 年间关于新诗理论问题中侧重于原理探讨的代表性文章,而对梳理新诗发展态势、评述各种诗潮流派及重要诗歌现象等文章的遴选,则由另外的选本承担。如此,这个选本的范围就十分明确和集中了。

此次编选过程中,我一本一本地重新翻看 40 年《诗探索》的最大感受,就是再次强化了我曾经的印象——这份刊物自创办之日起,就引领着中国当代诗歌理论的潮流:它不仅率先发起了诸多重要诗学议题的讨论,而且深度参与了诗界一些热点话题的论辩;同时在相当长一段时间里,它保持着与当代诗歌创作界的密切互动。格外值得一提的是,有很多曾经引起反响或一些学者较早的有分量的论文,是在《诗探索》上首发的。可以说,《诗探索》(特别是初期阶段)汇集了各路理论精英,充任了他们的诗学理论试验田,并见证了一代又一代诗论家的成长历程。兹举数例:

发表于创刊号上的《请听听我们的声音——青年诗人笔谈》堪称一份难得的历史文献,作者分别是张学梦、高伐林、徐敬亚、顾城、王小妮、梁小斌、舒婷、江河,他们参加了 1980 年 8 月由《诗刊》组织的"改稿会"(即首届"青春诗会")。《诗刊》当年 10 月号以专辑形式发表了他们的诗作;"改稿会"期间他们还参加了《诗探索》创刊前举办的青年诗歌会议,这组笔谈显然是为呼应

"青春诗会"、助力青年诗人的集中亮相而特意推出的。创刊之初的《诗探索》在第一时间为青年诗人的发声提供了一个通道，其办刊宗旨由此可见一斑。并且，新时期诗歌中的"青年"现象和主题也得以凸显。

卞之琳先生的《今日新诗面临的艺术问题》（1981 年第 3 期）一文，较为全面地阐述了他后期的诗学见解，既在观念和论题上承续了他早年的关切（比如新诗格律），又回应了与处于争议中的"朦胧诗"相关的一些话题。该文论及的新诗"艺术问题"，实际上是一个在当时逐渐得到广泛关注和讨论的议题。

赵毅衡的《诗歌语言研究中的几个基本概念》（1981 年第 4 期）一文，是新时期之后较早探讨诗歌语言的专论。写作此文时，赵毅衡尚在卞之琳先生门下攻读硕士研究生。该文对诗歌中意象和语象的区分、对比喻的老化和活化的剖解、对象征类型的辨析，较多地借用了英美新批评和符号学理论的资源，而后者恰好是赵毅衡后来着力开掘的研究领域，相关向度已在文中显出端倪。有必要指出，赵毅衡并非专门研究新诗的学者，他早年的这篇诗学论文至今仍是富于启发性的。这个选本有意选入了一些不专门研究新诗的学者颇具特色的文章，如何凯歌（何其芳之子，曾任职于中国社会科学院文学所民间文学室）的《音乐·诗歌·格律》（1982 年第 3 期）、南帆（主要从事小说批评和文学理论研究）的《诗歌语言的"意思"与"情感"》（1983 年总第 11 期）、范一直（主要从事杂文创作和艺术评论）的《论诗的内在节奏》（1983 年总第 11 期）、方兢（主要从事文艺理论研究）的《汉语诗歌的节奏型理论》（1983 年总第 11 期）等。这些文章都是弥足珍贵的。

叶维廉的《语言的策略与历史的关系（节选）》（1982 年第 1 期）一文，也是从语言（及与历史的关系）角度探究现代新诗的书写策略的，该文的一大特点是列举了不少现代诗人如艾青、李金发、废名、卞之琳、杭约赫等的诗作，以此分析新诗字句和结构特点及其关涉的经验、想象等话题。叶维廉是贯通古今中西理论、自身又创作诗歌的海外学者，该文后来被收入他广受好评的著作《中国诗学》（生活·读书·新知三联书店 1992 年版）之中，提供了从理论上阐释现代新诗特质的新颖角度。

当下颇具实力的诗论家耿占春，此际刚刚在《诗探索》上崭露头角，初现理论的锋芒。他发表在 1982 年第 2 期上的《论想象的形式》是一篇有深度的论文，讨论诗歌想象的问题，文中提出可以"从新诗的想象形式中概括出：象征、意象和超现实形象"，并分别对之进行了阐释；他断定"使诗歌遭受危机的原因是艺术理论的僵化，形式的贫乏在于想象的退化"，认为"艺术如不能赋予现象的真实内容以精神的现实性，它不免只有一瞬间的意义"。该文切入问题的方式、具有思辨性的行文风格和对理论资源的处理态度，在耿占春后来的诸多诗学文章中得到了延续。

著名的"九叶派"诗人郑敏先生，从 1980 年代初开始，正是在《诗探索》《文艺研究》《文学评论》《世界文学》等平台上展现了她作为诗论家的风采。身为英美文学教授的她，在其产生了巨大反响的长文《世纪末的回顾：汉语语言变革与中国新诗创作》(1993)问世之前，就在《诗探索》上发表了多篇重要诗论，如《英美诗创作中的物我关系》《诗的高层建筑》等。1994 年《诗探索》复刊后，更与她结下了不解之缘，不仅刊载了她更多有分量的诗论，还跟她进行了多种形式的交流。其中最可贵的是 1995 年 6 月 17 日，在《诗探索》编辑部的组织下，一群诗人、诗评家（刘福春、林莽、沈奇、臧棣、林祁、王家新、李华等）前往郑敏先生家里，与她共同解析其后期最重要的长诗《诗人与死》（文字稿全文刊发于《诗探索》总第 23 辑，1996 年）。这是《诗探索》办刊过程中令人动容的一景！当然，《诗探索》的历史包含了大量生动的细节，这样的情形还有不少，如与牛汉、邵燕祥等老诗人互动，寻访"白洋淀诗歌群落"等。

此外，1980 年代十分活跃的诗评家钟文，因参加著名的"定福庄会议"（即 1980 年 10 月在北京东郊定福庄煤炭管理干部学院召开的"诗歌理论座谈会"，赞成和反对"朦胧诗"的诗论家在会上展开了激烈的论争）而与谢冕、吴思敬等相识，他在《诗探索》上先后发表了《发展中的"诗美"内涵》《传达出自己声音的诗》《诗辨》《诗歌的美学语言》等文章，极大地释放了自己的诗歌理论热情。

不难看到，自创刊伊始，《诗探索》就用较多版面刊发致力于诗学原理探究的论文，一般安排在比较靠前的位置或栏目，其倡导和鼓励的意图颇为明显。总的来说，这些论文中，从形式、本体角度剖析诗歌的所占比例最大，其中又以探讨诗歌语言者居多，其余则涉及意象、结构、格律、意境、节奏、建行、语体、风格、文字及手法（比喻、象征、转喻）诸方面；另外，关于诗的思维、想象、精神、创造等也得到了不同程度的阐述。

纵观《诗探索》40年的篇目可见，2002年之后，讨论诗学原理的论文在逐渐减少，最近几年几乎没有了。当然，这其实从一个侧面反映了1980年代以来新诗研究的某种趋势：由对诗学原理的探讨渐渐转向了对诗歌现象的描述和评析。对此我们做出的解释可能是：有关诗是什么、诗的构成要素以及诗的功能、价值、创作规律等原理的探讨，是一个相对静态乃至封闭的论域。经过若干年反复、深入的探究后，有些问题基本上获得了解决或者不再具有新的学术价值，故而也不再能够引起研究者的兴趣；研究者也许更愿意回到具体的历史场景，或者针对某些创作现象，而非孤立地就诗歌的原理问题进行探讨。由此，《诗探索》在编刊思路上也进行了相应的调整。

基于以上情形，我负责的这个选本便将选文的重心放在了《诗探索》早期阶段，从早年刊物中挑选的多一些，从后期（2002年之后）的刊物里选择的较少。这除了呼应上述新诗研究话题的走向变化和刊物选稿的思路调整外，还考虑到尽量将早年刊物中有价值而不易觅得的论文予以留存和展示。我相信，选本中的很多文章是经得住历史和读者检验的。

请听听我们的声音
——青年诗人笔谈

张学梦：

　　我是个体力劳动者，每天必须完成劳动定额。写诗的时间是：工作间隙，街道上，做饭和吃饭的时候，睡梦中，以及任何刹那间的空闲。而且我往往一口气写下来，草率成篇。

　　现在很难回忆起某一首诗是怎样写成的。有时候灵感突然袭来，我欣喜若狂，迅速捕捉，把它固定下来；有时被某种情绪、思想、愿望折磨几天，甚至一个月，焦急地等待诗神缪斯的光临，要是偶然终于被什么触发了，那就像水库决堤一样，哗哗淌一阵子。

　　我的心血老在激荡。我在自己狭小的生活圈子里经受和感知的一切大大小小的事物，都会激起反响或留下印痕，整个心灵总是被什么占据着，我解决一个，又会涌进一堆，很少有空白的时候。这弄得我日夜不安，当然也使我快活，因为"枯竭"是更痛苦的。

　　我是当代人。我是属于现实的。我从现实中采撷一切。我固执地坚信，离开了现实，诗就失去了生命力。我希望诗着眼于今天和未来。

　　我觉得，最新鲜的思想，独特新颖的感受，特别强烈的激情、冲动，是诗的灵魂。我偏爱白热的诗篇。

　　我不懂格律，喜欢自由体。因为自由体空间大，有利于思想情感的奔腾。我还有个片面的想法：要是能把最抽象的哲理和最感人至深的形象——这两个极端结合起来，就好了。

我爱现代生活中的语汇和形象，探索着用现代材料结构现代建筑。

在前辈面前，我是个小学生。我懂得，老诗人的几句好评全然是出于对新人的鼓励。我一直对自己抱着怀疑态度。要是有一天我明白自己不是写诗的材料，就离开诗坛，专心做工，不过现在还在摸索着写。"四化"激励着我。

高伐林：

来京之前，我绕路看了看秦始皇、汉武帝、唐太宗和武则天的陵墓。在那些石狮石象和无数碑碣之前，我感到凛凛然：那个时代具有何等可怕的威力！竟把石头这种最顽固的物质也整治得服服帖帖！而这沉重的石头压了我们千百年。由此，我想到诗坛上沉重的传统。

对传统当然不能一概否定。但正如鲁迅所说，保存国粹，首先要国粹能保存我们。现在，我（还有我认识的许多诗歌作者）不看数量本来就不多的诗歌评论。为什么？就是因为这些评论老是沿用传统的说法，回避现实的问题。照它们办，就要扼杀诗歌创作的生机。现在是掀开一些沉重的石头的时候了。

例如，有这么一种说法：任何一种诗体的产生都是向民歌学习的结果。未必。马雅可夫斯基的阶梯式就不是向俄罗斯民歌学来的，而是把法国立体未来派阿波里奈的诗体搬过来了。惠特曼的无韵自由体也不是美国民间的原产，他的诗出来后在美国只有一个人支持这种尝试，就是他自己。而中国古代近体诗也并非当时劳动人民的土产，是文人们在梵文语音学影响之下创造的……当然，劳动人民创造的文化滋养了他们，但是不能简单地把一种新形式看成从民间直接拿来。这种说法只会束缚创造力。

再如要求诗歌易唱易念易说，并以此否定新诗，我也不敢苟同。易唱，这不是要求诗歌这种独立的文学样式成为音乐的附庸吗？这与各民族文学发展史上诗与歌分离的趋势背道而驰。易念，说新诗不如旧诗易念，恐怕朗诵演员只会觉得好笑：哪一次朗诵会不是以新诗为主？易说，这不知怎么也成了评价诗歌优劣的标准，难道"床前明月光"因为易于背诵，它的艺术价值反倒高于《蜀道难》《梦游天姥吟留别》？

我不愿意看现在的诗歌评论文章，但我又非常热切地盼望诗歌理论工作者能总结诗坛上的新鲜经验，给予我们切实的指导。

我认为诗歌必须反映当代人的思想感情。经历过"文化大革命"这场毁灭性的大灾难，我们的肠胃比我们的头脑更为深切地体会到我们首先需要什么。而随着人民向"四化"这个伟大目标坚韧地进军，政治民主化和思想解放的不断深入，人们的心理素质、道德观念及情感都在越来越急剧地发生变化。这些都要求在诗歌中得到表现。海涅说过："只有伟大的诗人才能认识他当代的诗意。"(《论浪漫派》) 我不伟大，但决心回答时代的召唤，而不沉溺在陈旧的意境中，写那种过去年代的遗迹的越来越没有出路的诗。

我要努力寻找我"这一颗"心通往人们心灵的通道。人们往往要求诗歌写得深。对于"深"却有两种理解：有的人理解为深刻的主题，挥起锄头挖开灰褐色的泥土、铁青色的岩石，挖到闪光的金子；有的人理解为深厚的生活体验，并不抛弃泥土和岩石，朝大地深处扎下根须，终于开出生机盎然的花。以前我是照前者那样干的，最近我觉得后者更是我努力的目标。诗总是作用于情感。我应该通过表现"我"独特感受的诗使人们的心灵能够相通，能够增强对于生活的信念，唤起对真善美的热爱和追求，尽快地摆脱几千年封建专制造成的，并为林彪、"四人帮"所强化的异化状态。

为了更好地表达我的思想感情，我要不断探索新的艺术技巧。近来我常常听到对新的艺术表现形式的指责。不可否认，一些探索并不成功。但我们不要忘了马克思说过的，艺术对象"创造着具有艺术感觉和审美能力的群众"，"不仅为主体产生出对象，而且也为对象产生出主体"。作家在创造新的技巧的同时也在创造能欣赏这种技巧的读者。这就是我们不应该放弃探索的理由。我们不能脱离群众的审美能力，但也不能迎合和迁就。迎合和迁就，文学的发展就停滞了，美的对象与有审美力的主体都完蛋了。

徐敬亚：

我感到，中国新诗真的到了一个转折期，从内容到形式面临着全面的变革和飞跃。新诗 60 年，发展并不均衡，中间岔头很多。1930 年代关于大众化的讨论，1940 年代关于民族化的讨论，1950 年代关于民歌化的讨论（不仅是讨论，实际上已经"化"了半个诗坛），都没能全面地促进新诗的发展。而今天，新诗在内容和形式方面都铺开了广阔的战场，要解决的是一个"现代化"的问题。我觉得生活已经为新诗的变革准备好了条件，甚至是在催促它。

研究诗，必须首先认识中国今日的现状，研究社会。古老而辽阔的中国，当今的一切都凝聚在一点上——现代化！她将迎接前所未有的崭新生活，她将彻底抛弃十年乃至几千年的封建主义因素和传统！这个时代要求产生我们民族最新鲜的歌声。所谓新鲜，就是说它不同于任何已往的原形。某一首诗，只能属于某一时期的生活，只能属于某一时期人们的心理（严格说，甚至只属于某一年、某一月）。今天的喉咙不能再哼昨天的诗，昨天的一切，对于今天也绝不会是诗！但艺术的发展总是个渐进的过程，因此在这个衔接期更需要探索。

中国要产生全新的诗，甚至是全新的情感、全新的语言！甚至是全新的原始构思、全新的文学排列！！这需要调整和改善我们民族对诗的感受心理，调整和改善人们对诗的鉴赏心理，方能适应和召唤全新的生活。当前，青年们（包括那些不知名的文学青年）已经在进行着顽强的探索（我朦朦胧胧地感到了耳边有掀动地层的声音）。行路之初，他们面临着艺术的和社会的双重困难。当前，必须首先承认他们的创作是一种探索，必须给予鼓励和支持。我想到的有三点：

第一，应抓紧研究、翻译、整理外国诗歌流派，尤其是现代和当代的，尽快介绍给青年们，以利学习和借鉴。抓紧总结整理新诗60年来，特别是总结20世纪三四十年代中曾被忽略过的诗歌历史，以利青年们继承和借鉴。

第二，打开一切大门，让青年们（包括中年诗人们）尽力尝试。不是口头上，而是实际上，给他们提供园地。我们总是说百花齐放，事到临头，便缩手缩脚。新的诗怎么能自己突然降临呢？要允许试制、允许研究甚至允许失败。最近一位文艺界的前辈说得好："青年写十首诗，九首失败，一首是好诗，便该得到称赞。"对青年都取这种态度，多好。

第三，评论也面临全面变革。新生活要求新的诗，新的诗要求新的评论。过去的评论不是要小改小动，而是从内容到语言的变革。评论要多注重作品的艺术性，多从美学角度评诗。过去的那些所谓评诗标准，很难适应需要。甚至

"风格""意境""形象"等概念都面临着新的解释。一句话，诗要探索，评论也需要创新和探索。这像试制新产品，不让试验不行。试验了，大家看不到也不行。新产品出来了，用旧的机器检验，更不行。

我们强调文艺为政治服务，其实政治何尝不可以为文艺的繁荣多创造些条件？政治也好，文艺也好，都是为了人民。

诗的探索是不容易的。诗在走向繁荣的路上，需要红灯，更多的、更急迫的是需要绿灯。百花齐放，放出来的可能有不香的花、有带刺的花、有怪味儿的花，但总是香的多。如果一耕耘便香气扑鼻，那才真的不可思议。

生活的现状决定了诗的现状，生活的趋势决定了诗的趋势。目前，诗的脚步较乱，各种作者、各种读者造成各种各样的诗同时并存。对于时代和生活，每个人都可以有不同的感受、不同的传播形式。"写诗的""评诗的"都应该是公正的"读诗的"。每个人既有个人的所热所爱，又要有容量较大的美学观点，以容纳和理解不同的诗感、诗形。

我个人总觉得这个时代是一个有着男性精神状态的时代，它不是六朝时期的华贵雍容的典雅宫女，不是1930年代那种结满愁丝的摩登女郎，也不是1950年代戴着野花、兜着衣裙、耕耘着分到手的土地的农家妇女——它是暴躁的、急切的、思绪搅动的灵魂，它要愤怒地甩开纠缠的藤蔓，要挺起，要呼喊，要奔突前行的身影（当然它有时也苦恼、也沉思）……所以，我时时有一种"动"的感觉。在身边、在我的周围听到一种强烈的声音，我便要用我的笔去表现它们。人们的感情是复杂的，社会的心理也是多种色彩的混合体，必须允许每一个人用自己的角度去反映。流派杂、问题多、脚步乱，总是暂时的现象，越如此，越有利于发现新芽，越有利于观测道路。多扶植一个新的品种，就多一分选择的余地。

请允许青年们探索，鼓励青年们探索！

顾城：

一些具有现代味的新诗出现，引起了许多惊奇和争议。惊奇和争议的重点，往往集中在诗的形式上，而对诗的真正内容却研究得不多。

我觉得，这种新诗之所以新，是因为它出现了"自我"，出现了具有现代青年特点的"自我"。这种"自我"的特点，是和其"出身"大有关联的。

我们过去的文艺、诗，一直在宣传另一种非我的"我"，即自我取消、自我毁灭的"我"。如："我"在什么什么面前，是一粒砂子、一颗铺路石子、一个齿轮、一个螺纲钉。总之，不是一个人，不是一个会思考、怀疑、有七情六欲的人。如果硬说是，也就是个机器人，机器"我"。这种"我"，也许具有一种献身的宗教美，但由于取消了作为最具体存在的个体的人，他自己最后也不免失去了控制，走上了毁灭之路。

新的"自我"，正是在这一片瓦砾上诞生的。他打碎了迫使他异化的模壳，在并没有多少花香的风中伸展着自己的躯体。他相信自己的伤疤，相信自己的大脑和神经，相信自己应作自己的主人走来走去。

他的生命不是一个，他活在所有意识到"自我"者的生命中。他具有无穷无尽的形态和活力。伤痕和幻想使他燃烧，使他渴望进击和复仇，使他成为战士；而现实中，一些无法攀越的绝壁，又使他徘徊和沉思，低吟着只有深谷才能回响的歌。他的眼睛，不仅仅是在寻找自己的路，也在寻找大海和星空，寻找永恒的生与死的轨迹……

他爱自己，爱成为"自我"、成为人的自己，因而也就爱上了所有的人、民族、生命、大自然（除了那些企图压抑、毁灭这一切的机械）。他需要表现。

这就是具有现代特点的"自我"，这就是现代新诗的内容。

正是这种内容的需要，一些较为复杂的现代表现手法，被青年较快地接受了、扩展了。现代手法和古典手法相比，更自由，更多样，更适于表现丰富的个性，更适于表现思念深处的熔岩——潜意识，更适于表现对现实的不断思索（永不确信）、对无尽的宇宙之谜的思索，更适于表现大跨度的高速幻想。

现在有一种简洁又谦虚的理论，似乎很有力量，叫作"不懂"。不懂什么呢？是罕见的流星雨之光？还是流星本身的化学成分？我想，更主要的恐怕还是成分，是内容，是思想基础和追求的不同吧。因为就是把这些诗中的某些可以言传的东西，用大白话告诉"不懂"者，"不懂"者依旧难于幡悟。怎么办呢？

还是先找到现代的"自我"吧!

王小妮:

现在诗中可以写"自我"了,这是一个多大的进步呵!不过,写诗不能仅仅满足于写"自我",要写好"自我",基点应该是从"人"出发,就是说——写"人"。

我觉得,目前,人可以分成两种。一种是意识到了"自我"的存在,热切地希望并努力地争得能动地去创造社会而不是被社会所创造的人。这样一些人中的相当成分是青年,他们正是由于意识到了"自我",而不断地徘徊、苦闷、思考、求索的,迅速地成长起来的一代人。另一种是感觉不到自己是作为"人"(应该获得"人"所应有的一切权利)而存在于这个社会之中的,这中间主要是农民。他们淳朴、坚忍、任劳任怨,但这些又像他们身上固有的本能一样,排斥着一些起码的人的要求、欲望甚至个性和对落后的生产条件、微薄的物质享受的不满。于是,在这不断地追求的青年与不停滞地劳作的农民之间便出现了明显的精神上的差别。

要写"自我",写好"自我",写人的个性怎样迫切地、强烈地要求不受羁绊地发展,就不能回避被社会压抑、扭曲了的异化的那一部分人,他们已经不能感觉到自己是作为物而存在于这个世界上了。这是被我国的特定的历史和不可抗拒的客观规律推到我们面前的、社会生活中的两个重要的方面。

我自己是个青年,我了解我们青年人的一些想法和追求,我和北方的农民在一起生活过六七个年头,我也比较熟悉他们,熟悉他们心灵上的美和他们心灵上的惰性,所以我把青年与农民作为我的诗的主题——这些全是些糊里糊涂的想法,但是真诚的。我希望人与人之间的精神、物质的差异迅速地缩小,希望我们这块土地上快一些、再快一些生长美好和幸福。

目前,靠"写诗知识"之类炮制诗的时代已不属于我们了。因而,新诗的形式亟须大幅度、大踏步地更新。过去相当长的一段时间中的诗是一种对生活中的真、善、美的扭曲,是一种社会病态造成的艺术病态,我们要写好诗就必须从根本上打破这些,使诗这一艺术样式以它自己的惊人的美的面貌展现在人们面前。

通过一段时间的从不自觉到比较自觉的实践，我想我自己的诗应该走这样的路：一个是语言返回自然，用大量的口语入诗；还有一个是追求意象的直觉感，也就是可见性；另外就是结构上的反对矫揉造作、寻求意识的近于原始性的流露；最后就是加强诗的内在容量，加强诗的凝固性、浓缩性——这些还限于很粗糙的想法阶段，但我相信世上原来是没有路的。

梁小斌：

诗人气质的改造问题，很值得思索。在我国传统的见解中，诗是学问，诗的艺术在很大程度上是作为才华依附在诗人身上的。现在看来传统所缺乏的人性、人与人之间的平等感，这是封建等级制造成的。

诗又是道德，是说教，总是企图概括世界。所谓傲骨，所谓蔑视权贵在某种意义上是好的，但实际上深深地埋藏着大多数人的灵魂实质：喜欢高人一头。这是顽固的潜意识。

中国诗的这种特征得到了改造没有？没有。正是这样的特征，影响了人民的感情交流。青年为什么不爱看传统诗，或是以传统手法冒牌的新诗？其最大原因就是这种诗缺乏人与人的交流，无法渗入现代青年的心灵。

党号召诗人首先应该是战斗者、坚强的信仰主义者，诗人必须有完善的革命世界观，这本身不错。但是，"愤怒出诗人"，愤怒成了诗中常见的感情基调。诗人是强者，强到了对普通人的感情格格不入的地步。

新诗没有突破，并不是形式问题，而是内容问题。诗是人写出来的，改变人是关键，中国新诗的发展必然是随着生产方式的发展而发展的，旧传统之难以打破是因为旧的生产方式难以打破，中国人的精神气质不是轻而易举就能改变的。生产力得不到发展，就永远会存在着传统诗的热烈赞助者。田园诗的打破，必须用新式铧犁把田园划开。

中国古代文人大都是有闲的人，他们可以在亭台楼阁上"静观"田园。实际上人的全部热情在于人的行动，这一点连黑格尔都认识到了。我们对人的行动的热情还没有引起注意。所谓实践的观点，就是劳动者的观点。劳动者的形象不能再是那种被歪曲的愚昧者，有力量的必须是有思想的。

西方现代各种诗的流派，一言以蔽之，就是晦涩，形象的跳跃性和朦胧，这是不足取的。有一个很大的争论：人的感觉是否可靠，似乎诗都是靠臆造、幻觉写出来的。这些争端，不应引入玄学。一个实践者对于被感觉的物体的了解，必然是鲜明的、符合事物本来面貌的。一个工人对于加工件的感觉不可能是朦胧的，对于实践者来说，朦胧就无法行动。

另一种说法，大多数人理解力差，看不懂。这是偏见。人的学识有别，但人的感情是相通的。不会烹调，并不妨碍人对一盘菜下判断，人类有完全一致的东西。我国观众对于西方电影的许多主观色彩很强的表现手法是可以看懂的。因为感情是可以理解的，难以理解的是理性。化复杂为单纯，化晦涩为明快是诗的方向。世界是复杂的，你把问题也说复杂了，这说明你没有动脑筋。

要向人的内心进军，光有传统的那些手法、那些"意境"是不够的。诗是感情的学问，我们一定要开展对感情、感觉的研究。人为什么热爱生活？为什么热爱生命？情感与信息有什么关系？这些都要研究，诗的显微镜就是要观察到人类感情的基本粒子。少谈些内容与形式、政治与诗之类的空泛的话，要进入问题的实质，多研究一下诗怎样写得动人。

舒婷：

我确实不懂评论。我只是想：创作和评论是同盟军，现在诗歌创作的先头部队已闯进禁区，正需要炮火支援。《诗探索》的出现，令人鼓舞，还说明了评论界隔岸观火的现象不复存在了。

以前读评论总有个感觉：褒贬都难以打动人心。允许小说写《伤痕》，就不允许诗歌有叹息；一再强调现在什么都好了，诗人只需要满脸笑容地歌唱春天就行了；都谈论青年问题，但与其谴责青年们的苦闷、失望、彷徨，不如抨击造成这种心理的社会因素。

感谢很多评论文章对我的批评和支持。我想说的是：人们常常把我的《这也是一切》和一位朋友的诗《一切》比较，给后者冠予"虚无主义"的美称。我认为这起码是不符合实际的。不用说那首诗写在"四人帮"时代，他总结了当时社会上一些令人发指的畸形现象。就是现在，当我们读到"一切交往都是初逢"，我们仍然会感到震动的。我笨拙地想补充他，结果就思想和艺术来讲，都不如他的深刻、响亮而且有力。这个情况我讲过多次了，人们总是不喜欢听它，他们宁愿相信他们愿意相信的东西。

总之，诗歌创作提倡讲真话，我希望搞评论的同志们也讲讲真话。

江河：

都说那个十年教育了我们，其实，历史早就告诉我们该说些什么。诗要讲真话，那是做人的起码准则。大白话，华丽的修辞，不是诗。诗，是生命力的强烈表现，在活生生的动的姿势中，成为语言的艺术。

为什么这些年迅速地滑过去了，诗却没有留下硬朗朗的、坚实的标志？那些被欺骗的热情无为地化成灰烬，仅仅留下耻辱。

为什么史诗的时代过去了，却没有留下史诗？

作为个人在历史中所尽可能发挥的作用，作为诗人的良心和使命，不是没有该反省的地方。

抱怨这个，抱怨那个，不属于诗人的气质，把伤痕袒露出来给人看，能求得什么恩赐呢？诗不是一面镜子，不是被动的反映。世界袒露给我们的东西，把它勾画下来，能对世界显示什么作用呢？苦难铸成了，把它记录下来，能对苦难施加什么作用呢？随着诗人潜意识的冲动、思想的锻造，现实被可怕地扭歪，梦想被鲜明地固定下来。凡·高的向日葵与自然中的都不相同。他被压抑的欲望和抗议构成了艺术的真实，仅反映那些表面的东西成不了艺术。用乌云比喻黑暗、比喻愁绪，几乎成了程式。乌云和土地的呼应哪里去了？运动的土地孕育的矿藏哪里去了？爆发的力量又到哪里去了？人对自然的历史，个人对社会的历史，从来就是能动的历史，并不是有了压迫才反抗。不屈是人的天性。艺术家按照自己的意志和渴望塑造。他所建立的东西自成一个世界，与现实世界发生抗衡，又遥相呼应。把人的复杂因素表现出来吧，复杂到单纯的程度、美的程度。

诗人无疑要争夺自己独特的位置，并且看到自己的征服。

屈原惊人的想象和求索，震撼、痛苦着每个诗人和读者，一直到今天。李白的自由意志和豪放性格，激动着每个诗人和读者，一直到今天。这是我们应该继承的传统。至于形式，谁也不会再像《诗经》那样写诗。那些用古诗和民歌的表现方法来衡量诗的人，一味强调固有的民族风格的人，正是形式主义者。民歌的本质在于民族精神。这才是我们该探求的地方，其中包括对民族劣根性的批判。

传统永远不会成为一片废墟。它像一条河流，涌来，又流下去。没有一代代个人才能的加入，就会堵塞。现在所谈的传统，往往是过去时态的传统，并非传统的全部含义。如果楚辞仅仅遵循诗经，宋词仅仅遵循唐诗，传统就会凝固。未来的人们谈到传统，必然包括了我们极具个性的加入。当然，过去的传统会不断地挤压我们，这就更需要我们百折不挠地全新地创造。这不但会冲掉那些腐朽的东西，而且会重新发现历史上忽略的东西，使传统的秩序不断得到调整。马雅可夫斯基在多大程度上继承了普希金的传统呢？

总有人喋喋不休地谈着诗应该是什么样子。诗人从来就喜欢做些似乎是不该做的。没有深刻的思想、疯狂的热情和冒险精神，做不成事情。

至于向外国诗借鉴，"五四"以来的新诗，哪个没有？借鉴些什么，诗人自有敏感。全世界的艺术越来越多地展示在我们面前，踏上世界的行列，取决于我们清醒的认识和竞争。艾略特把全欧的文学视为一个整体。随着地球的不断缩小，全世界的文学也会成为一个整体。无论是印象派绘画还是意象派诗，不都是借鉴于东方吗？那么我们向西方学习，有什么不好呢？时代向我们提出，必须寻求更好的表现与传达方式，使世界上各民族的声音协调起来。

原载《诗探索》1980年第1期

诗美学漫笔

闻 山

诗——珍珠中的夜明珠

高尔基说:"文学即人学。"这话是对的,文学是写人的一门大学问。但是,社会学也可以说是人学,政治学也离不开人。因此,要将文学和其他学科区分,就还得注意它的另一个特点——它是用艺术的语言来表现人生的;也就是说,文学必须是美的,否则就不是文学。

小说、散文,都必须是美的文字,这无须多说。文艺理论,也应该是美的。我们的文学家老祖宗们,不管是写像《文心雕龙》那种论文,或者写诗话,都煞费苦心,讲究辞藻,文质并重。就是为人写篇小序,也绝不是干巴巴地讲两句大实话算数。"言之无文,行之不远。"一千多年前的文艺理论家们似乎比我们理解得深些。

至于诗,如果"美"也可以作为一种元素,用含"美"的成分多少来衡量语言的艺术质量的话,那么诗就是宇宙间一切砂土玉石中的金刚钻,是姑娘中的西施,是珍珠中的夜明珠。

中国古代没有"美学"这个词,但几乎所有文论、艺论都谈及美学。特别是诗,离开了美就没有诗;离开了美学,也就没有诗学,就无法谈诗,无法评诗,也无法学诗。

"四人帮"极左思潮禁止谈美学，以封建迷信为美，以丑恶为美，把美学搅得一团糟，流毒蔓延，至今未除。诗的美丑标准也给搅乱了。因此，我们有必要讨论一下诗的美学，让人民能读到更多美好的诗篇。

高难度的美

听广播，我国跳水运动健儿们在美国参加比赛，取得优异成绩。连多次获得世界跳水冠军的美国队的教练，也称赞中国跳水运动员是世界第一流的好手；美国观众站起来为他们欢呼！

我曾看到他们一个个从蓝天映衬的跳台上展臂高飞，我体会到"鹰击长空"的诗意。

就是从几层楼高的跳台跳入水中的一刹那，他们做出了一连串高难度的动作，而且姿势那样美，仿佛世界上一切艰难都不在眼下，显示出一种英雄气概。

我立刻想到了诗。一句诗，就是跳板与水面的时空距离，那么短促，却如此充实。如果你是用那样丰富、优美的内容来填满它，那么你就为人间创作了一个值得人人赞诵的警句。

这样的句子，有经过艰辛冶炼才获得的美的形象，有他人不易达到的难度，有作者自己的风姿、神韵。用这样的句子构成的诗，当然是美的。

如果是像孩子们闹着玩那样："我跳根冰棍儿你瞧！"直统统地往下蹦，那是用不着请观众来鉴赏的，也无须请评论员评分。

诗的宇宙

泰戈尔说："歌声在空中感到无限，图画在地上感到无限，诗呢，无论在空中、在地上都是如此；因为诗的词句含有能走动的意义与能飞翔的音乐。"（《飞鸟集》）

诗的空间是无限的。从宏观世界到微观世界，从人的灵魂深处到千百万群众的革命风暴,诗都可以到达、概括、占领。

诗无往不屈,无攻不克。

因为诗兼有图画的形象、色彩、神态,以及音乐能飞进人的心灵的翅膀,有思想的速度和战斗力。

诗,是最丰富的一种艺术。

郭沫若的《凤凰涅槃》,让我在抗日战争中度过的青年时代,看到对大灾难无所畏惧的形象,在熊熊火光中看到我们苦难的民族的希望——永不屈服、永不死亡的象征。

如果没有那个飞腾在红色烈焰中的凤凰悲壮、奇丽的形象,没有它们驾乎一切浩劫之上的歌声,没有这一切表达出来的意志,那在我多年的记忆中还能留下什么呢?

熟悉的两句诗:"两个黄鹂鸣翠柳,一行白鹭上青天。"这个天地中有多么美的颜色,有多少动听的音乐,多么美的画面!

"疏影横斜水清浅,暗香浮动月黄昏。"宋代诗人是这样创造性地写梅的美的!不是白昼,也不是黑夜中看见的梅,是"月上柳梢头,人约黄昏后"那个最美的时刻感觉到的梅,所以是模模糊糊的疏影,是朦胧月色中暗暗浮动的清香!你能找到比这更准确、更形象、更优美、更真切也更传神的语言吗?

但是,形成诗的美的,不是肥皂泡上的颜色和影像。用花花绿绿的布幅裹起来的僵尸,也无从谈美。

唐诗的美

世人皆道唐诗好,唐诗好处可多了。

哪朝哪代,哪国哪邦,都有好诗,有人民喜爱的诗人。但唐诗——作为中国封建时代文艺的一座高峰,它有一个最可爱也最可贵的特点就是:比之任何时代的诗,唐诗最亲切、自然,感情最纯真、深挚,语言最流畅、生动,形象最鲜明、贴切。读唐人诗,有如在朗月春风中与知心友人互诉衷肠,真是一点"不隔",以心相交。

> 李白乘舟将欲行,忽闻岸上踏歌声。
> 桃花潭水深千尺,不及汪伦送我情。

每读唐诗,我就觉得自己处身于这样一种情真意厚的境界之中。

李商隐有一些诗较朦胧,但是"春蚕到死丝方尽,蜡炬成灰泪始干",比一千句"我爱你,我死也爱你"都要厉害。这里面有熔岩般的热情。这些形象多美!谁也用不着去解释。

> 去年元夜时,花市灯如昼。
> 月上柳梢头,人约黄昏后。
> 今年元夜时,月与灯依旧。
> 不见去年人,泪湿青衫袖。

它不是诗人顺口说出来的吗?很自然地,从去年说到今年,你就跟着他去看花灯,跟着他去看月亮,跟着他一块儿难受了……

> 故园东望路漫漫,双袖龙钟泪不干。
> 马上相逢无纸笔,凭君传语报平安。

岑参出塞,路逢故人,嘱带两句话回家。就这么一点人之常情,两句生活中的话,毫无斧凿痕迹,却可以使人千载后为之动情,还不是因为景真、情深、意切?那些故作奇形怪状的所谓"诗",作者动了情没有?你不晓得。就算他自己说是有感而作,也没本领把它表达出来,因此除他自己,就没人会受感动,哪能谈什么美!

清末学者王国维也是位诗家,他主张"写真景物、真感情","语语如在目前";认为诗应"不隔",不可晦涩朦胧、矫揉造作,但又要有"言外之味""弦外之音"。我以为这是值得我们思考的。

美的灵魂与诗情

诗的美学内容是十分丰富的。诗的形象创造很重要，但形象不是一切，不是决定诗美不美的唯一因素。

中国人历来爱说"诗情画意"。诗必须有诗情。无情之景（形象）是死的，不美。假情假意，永远作不出好诗。

> 死去元知万事空，但悲不见九州同。
> 王师北定中原日，家祭无忘告乃翁。

这里面大概找不出多少"形象思维"来，可是它有震撼人心的力量。因为诗人强烈的爱国感情能超越生死界限，越过古今的长路，直通我们的心。这种感情具有一种悲壮激越的美。

今天的人民的诗人，应该立足喜马拉雅峰之巅，洞察历史的来龙去脉。他的灵魂应该是美的。闻一多先生说："诗人的天赋是爱，爱他的祖国，爱他的人民。"诗人，应该爱人民之所爱，恨人民之所恨，急人民之所急。试看生在危难深重、偏安江左的南宋的陆放翁，对国家的安危盛衰都有如此胸怀，何况我们！

原载《诗探索》1980 年第 1 期

诗境说微

秦 似

课堂讲诗，久以为业。嚼字咬文之积习，已不易除。以诗海之汗漫，蠡测之见，难免贻笑于大方，或略记一二，非敢强作解人，愿就正于同好云尔。

未必相等

诗不是文，以文法或文意释诗，往往未必中肯。如王之涣《登鹳雀楼》："白日依山尽，黄河入海流。欲穷千里目，更上一层楼。"这是编入初中课本，被认为较浅近易懂之作。但注释或分析之间，也有歧见。

王之涣这首诗，首联写得形象鲜明，气势磅礴。太阳傍着中条山脉快要下山了，而滔滔的黄河却在诗人脚下，朝着大海的方向奔向远方。作者通过登览极目时的深刻感受，把日、山、河、海这几样宏伟壮观的自然物，浑然一体地表现了出来，艺术概括力是很高的。但其中有实写，也有虚写；有动态，也有静态。"入海流"三个字的铸炼，特别值得一提。假如把这三字注解或理解为"流入海"，则是以文法释诗，未免辜负作者的诗意之美与诗语之工。"流入海"，主体便是海；而"入海流"，主体则在"流"字，似乎只差毫厘，而诗味之相去殆已千里。诗人在山西蒲州的城楼上，距离大海千里之遥，根本看不见海，他所看见并引起感触的，是黄河滔滔不绝地奔流。故他所要极力描写的是这个"流"字，如何流？浩浩荡荡，一去不返，直奔向远方的大海。这样理解，似乎才显得活、显得生动，有声有色。诗的意境，有时得于文字之外求之，何况在文字之内，怎能不多加推敲呢？

用"等于"的办法去释诗，有时难免只求其形似。

同样，"欲穷千里目"句，曾有人从语法上分析，以为即"目欲穷千里"的倒装，并说为了要合乎平仄格律才这样倒装的。乍看之下，似乎也颇言之成理，但细细推敲，又未必"相等"。"欲穷千里目，更上一层楼"是一个复句，主语省去，既可是作者自己，亦可是一个"谁"。似不必也不能把"目"字"还原"为主语，而且"千里目"是一个已定型了的名词语，似乎也不必再人为地拆开。为什么不能说"欲穷目"，只能讲"目欲穷"呢？倘若当成是为了迁就平仄，那更把诗人说得太低能、太不堪了。应该说，倘若把诗照所议改为"目欲穷千里，更上一层楼"，姑不论平仄如何，那大概很足以令读者摆头了。

意境的统一

意境对于诗很为重要，而一篇之内务求意境达到统一、和谐，似乎也是诗人所注意的一端。

孟浩然的《宿建德江》，未必能称得上上乘之作。但它也有很工巧之处，就是意境统一，并着力于使之深化。

"移舟泊烟渚，日暮客愁新。野旷天低树，江清月近人。"

诗人所抱的"客愁"，我们今天的生活中未必还有，但我们却仍然能够理解它。日暮孤舟，野旷只影，故尔客愁有添无已。一个"新"字，用得特别好。倘说"客愁增""客愁多"，就未免减色。这个"新"字，已是把意境深化，而下联二句，又由入夜后之所见，把孤舟羁旅、寂寞难遣的意境进一步开拓、加深。透过辽阔的原野往远方看，天宇显得很低，简直比树还低一些。诗人在这里绘出了一幅不寻常的自然图景，诗中有画；但如此奇妙的画，即使画家也难于表现出来。诗却表现出来了。这幅自然画，究竟表达了什么意境呢？只有在极端寂寞孤独的时候，一个人才会那么聚精会神，去注意到远方的天宇，发现它比树还低。下一句"江清月近人"，景异而境同，只有在无人亲近的情况下，才会对月亮就在自己的身旁如此敏感，如此感到亲切。

意境的统一与深化，对于诗来说也许是一个值得探索的问题。

一字浩瀚

杜甫《望岳》开头两句，"岱宗夫如何？齐鲁青未了"。前人已注意到，第一句平淡无奇，如果没有第二句，那么第一句也可以说根本不算诗。这话有理。不过应该补充说，有了第二句，第一句就同时有了生命了，活起来了。一篇诗未必要求句句精彩，那样要求，反而会形成了一种可笑的束缚。

清人《岘慵说诗》评论说："'齐鲁青未了'五字，囊括数千里，可谓雄阔。……若入他人手，不知作多少语？"描写泰山之高大，其气势之宏伟，杜甫这五个字，确是表现了杰出的才华。可见，诗也需要有高度的艺术概括力，而杜甫在青年时代就已充分显露出来了。

这五个字，关键又在于一个"青"字。山色之青，人人皆见，但能捕捉它，写出如此的浩瀚之势态来，则属难能。这样的一个意境，也是画家所难于表现的。或者确切点说，画中尽管也可以画出青的颜色，也可以有类似的意境，但不可能收取如杜甫这五个字的效果。这当然不是贬低绘画，因为绘画所能达到而诗人无从达到的境界或效果，也是存在的。

这种一字传神的功夫，我以为即使之于今天的诗，也未尝不值得借鉴。

但一个字无论能起到多大的作用，它也必须处于一首诗的整个结构之中或一个句子的有机成分之内。至于听说现在已出现全篇只有一个字的诗，那自属别论。

波　澜

小说有波澜，一部《红楼梦》，所写无非日常生活，但却生出无数波澜来，此小说之波澜也。诗非小说，但亦忌平直，欲有波澜。长诗暂不置论，即四句、八句之绝、律，亦时有婉转曲折、波澜陡起之笔。如王安石的《梅花》，全篇仅二十字，云："墙角数枝梅，凌寒独自开。遥知不是雪，为有暗香来。"起句平平，第二句便已属老到。五字三层意思，一是说梅花开了；二说梅花是冒着严寒开的；三说梅花"独自"开，别的花受不起严冬的威胁，早就凋零了。但这也仍是白描而已。"遥知不是雪"，忽从反面做文章，说"不是雪"，实则又将梅花的颜色比拟于雪，这一句既收了暗喻之效，又带出花的幽香来，并使香占了主要的地位。其实，全篇所写不过梅花斗寒而开及其色香，却由于善于运用陡起波澜之笔法，便觉意趣横生、别具情致。

杜甫的七律《客至》："舍南舍北皆春水，但见群鸥日日来。花径不曾缘客扫，蓬门今始为君开。盘飧市远无兼味，樽酒家贫只旧醅。肯与邻翁相对饮，隔篱呼取尽余杯。"此诗之佳，要在真情流露，但其行文构篇，也极尽摇曳之能事。写客至先言日日只有鸥来，写款客忽而转到呼唤邻翁共饮，均是善生波澜之笔。试想，要是只从客如何进门、如何款待、如何送客等铺叙写来，就索然无味了。

原载《诗探索》1981 年第 1 期

诗的信仰
——诗学札记

雁 翼

一

诗歌是一位年纪很老的老人,五千多岁了吧?也许还要老。
据说,世界文艺历史上,人类最先创造了诗歌。
当然还有音乐,
还有舞蹈,
还有绘画、雕塑。
但是,音乐、舞蹈、绘画、雕塑都不会早于诗歌。
很可能,音乐和诗歌是人类同时创造的。
其实,诗歌两个字里就包括了音乐。
很可能,没有文字记载的诗歌历史,要长于有文字记载的诗歌历史。
在人类没有创造出文字之前很久很久,因劳动的需要创造了诗歌。
那是歌唱的诗。

二

就文字记载下来的诗歌来说，首先是歌唱创造性劳动的诗：
日出而作。日入而息。凿井而饮。耕田而食。帝力于我何有哉。
有描绘爱情坚贞的诗：
乌鹊双飞，不乐凤凰。妾是庶人，不乐宋王。
有歌颂反暴壮士的诗：
风萧萧兮易水寒，壮士一去兮不复还。
有赞美友谊的诗：
君乘车，我戴笠，他日相逢下车揖。君担簦，我跨马，他日相逢为君下。
有描绘人生哲理的诗：
蓬生麻中，不扶自直。白沙在涅，与之俱黑。
还有描写社会政治状态的诗：
屋漏在上，知之在下。
足寒伤心，民寒伤国。
后人观察、研究这众多的诗歌现象，总结成了一句话，叫作"诗言志"。
这就是诗的信仰。

三

诗的信仰是言志。
我以为，这里的"志"不只是单一的志气、意志的"志"。它的含意很广，包括人的愿望、志趣、感情和幻想，包括人的一切感情生活。
就是说，人类创造诗歌，是为了表达人类自己在创造世界的实践中的感情生活的。
包括在创造世界中的认识世界，
包括在认识世界中的创造世界。

因此可以说，人类在创造、认识世界的实践中的感情生活是丰富多彩的。

因此，诗歌里所表现的人类的感情生活，也是多种多样的。

倘若把诗歌比作天宇，那诗里所言的志——人类的感情生活便是星斗。

诗的信仰，就是把人类繁星一般的感情生活表现出来，照亮人类自己。

四

创造世界和认识世界，是人类之所以是人类的最基本的活动。

因此，在人类自己看来，创造世界是最美的一种活动。

认识世界也是最美的一种活动。

因此，创造世界的美和认识世界的美，就构成了人类感情生活的最基本的要素。

因此，以反映人类感情生活为信仰的诗歌，它的基本核心是美。

赞颂美，

描绘美，

肯定美，

传播美，

发展美。

可以这么说，诗歌是以美为灵魂的文学样式。

它也描写丑，

但，那是为了衬托美。

它也暴露丑，

但，那是为了保卫美。

它也描写丑的事物的强大，

但，那是为了激发人们对美的事物的更强烈的爱。

它也描写美的事物的死亡，

但，那是为了更美的事物的生！

五

诗是人类的创造性活动之一。

因此，诗也像人类历史那样的浩瀚，

那样的庞杂，

那样的万种千样，那样的千差万别。

同样是帝王：

手握国权的汉高祖刘邦，唱出了："鸿鹄高飞，一举千里。羽翮已就，横绝四海。"

而丧国被囚的李后主，却吟出了："剪不断，理还乱，是离愁，别是一番滋味在心头。"

就是同样都掌国握权的帝王——魏武帝和他的儿子文帝，由于性格、气质、环境和心绪的不同，也写出了不同的诗。一个是"东临碣石，以观沧海。水何澹澹，山岛竦峙。……秋风萧瑟，洪波涌起。日月之行，若出其中。……"一个是："漫漫秋夜长，烈烈北风凉。辗转不能寐，披衣起彷徨。……"

这是各样帝王诗里的志。

而人民诗里的志，则是对帝王志的嘲笑和否定：

直如弦，死道边。曲如钩，反封侯。

邪径败良田，谗口乱善人。桂树华不实，黄爵巢其颠。故为人所羡，今为人所怜。

侯非侯，王非王，千乘万骑上北邙。

可见，诗言志的志有多么的不同。

六

有一首古谚语，是描写某些人的神态和形态的：

将飞者翼伏，将奋者足跼，将噬者爪缩，将文者且朴。

《韩信传》里引了一首越国的歌：

狡兔死，走狗烹。飞鸟尽，良弓藏。敌国破，谋臣亡。

这两首民谣，不仅是对丑恶的事物的揭露、鞭打，也是对人的认识世界能力的美的赞颂。

七

卓文君为劝夫归而明情志，写下了《白头吟》。

班婕妤为感孝成帝心转，写下了《怨歌行》。

赵飞燕为抒发心中的得宠之情，写下了《归风送远操》。

冯淑妃为吐诉主后降奴之悲，唱出了《感琵琶弦》。

真是各吐各情，各言各志。

而李延年的志，则是为买帝王之宠，要把自己美丽的妹妹献给皇帝，但又怕皇帝看出自己的心计，就唱了一首卖妹歌："北方有佳人，绝世而独立。一顾倾人城，再顾倾人国。宁不知倾城与倾国，佳人难再得。"

可见，诗里言的志，也是有美有丑。

八

苏东坡居士写过一首这样的诗：

"横看成岭侧成峰，远近高低各不同。不识庐山真面目，只缘身在此山中。"

这不是一首仅仅写风景的诗。

看来，苏居士的感情生活是很复杂的，他写出了因地位、处境的不同所见所感的相异。

由此，我想起了屈原，倘若他不被赶出朝廷，能写出《离骚》吗？

倘若关汉卿不是一个落魄文人，而是一个在朝握权的臣相，能了解、同情民苦民怨，写出《窦娥冤》吗？

倘若李白、杜甫像贺知章那样在朝当大官，他们诗里的志和情，能有今天我们看到的志和情吗？

虽然，他们的诗由于各自的气质、性格、处境的相异而相异，但在接近人民群众这一基本点上是相似的。

这又回到了文章开头部分提出的问题上来了：诗，以表达人类的感情生活为己任。

人类，就是指大多数的劳动群众。

诗言志，就是言劳动群众的志。

诗信仰的美，就是劳动群众心目中的美。

九

那么，诗歌里反映出来的劳动人民群众的美感，和诗歌里所反映出来的帝王、将相、官人的美感是否完全不一样呢？

大量的诗歌现象承认、肯定了这一基本点。

但大量的诗歌现象也同时承认，帝王、将相、官人的美感和劳动人民群众的美感有相通之处。

屈原写《橘颂》的时候，据说还在朝做官当大夫，他诗里描绘的美，也是劳动人民心目中的美。

曹植虽没有当皇帝，也并不是平民百姓，仍是一人之下、万人之上的皇亲，他的《怨歌行》《野田黄雀行》《七步诗》等许多诗里的志和情，也是和劳动人民相通的。

就是魏武帝曹操，争权争霸领兵打了许多年的仗。老百姓是深受战争之苦，厌战思安的。而曹操的《蒿里行》一诗里，是反映了人民之情的："……白骨露于野，千里无鸡鸣。生民百遗一，念之断人肠。"

据传说，李闯王打进北京，赶跑了人民切齿的皇帝之后，写过这么一首诗："雷雨闪电，想是天公要抽烟。何知天公要抽烟？忽闪忽闪打火镰。"（大意）

诗里的欢乐情绪，不正是人民的欢乐情绪吗？

这些诗歌现象说明，笼统地从写诗的人的阶级地位来判断诗歌里的美的人民性，是不实际的。

不因人废诗，大约理就在此。

人类历史是复杂的。

作为人类历史一部分的诗歌，也是复杂的。

而诗歌里所吐的情、所言的志，同样也是复杂的，需要我们历史地、客观地去研究。

十

但有一条必肯定：
诗是人写成的，
人是不同的——
社会地位的不同，
经济环境的不同，
性格、情操、经历、教育的不同，
甚至，此时此地、彼时彼地的心境的不同，
造成了诗歌里志的差异、美的差异。
还有，志的表达的差异，美的描绘的差异。

十一

若从诗的角度检验社会上的人，则有这样两种情况：

有的人写了不少的诗，但从气质和才华来说，不写诗、从事别的活动可能对人民、社会更有益。

有的人没有写过诗，但确确实实具有写诗的才华和气质。

我想起了公元前五百四十多年齐国的一个故事。相国崔杼把好色的齐庄公杀了，他对太史伯（那时候朝内设有史官）说："你一定要写先君是害病死的。"太史伯说："按照事实写历史，是太史的本分。"他在竹简上写下了："夏五月，崔杼谋杀国君光。"崔相国火了，说："你有几个脑袋？敢这样写！"太史伯说："我虽然只有一个脑袋，可是你叫我颠倒是非、捏造事实，我情愿不要这个脑袋。"于是，崔杼便把太史伯杀了。

可是，太史伯的兄弟太史仲继承他哥哥的位置，仍写下了："夏五月，崔杼谋杀国君光。"崔杼也把他杀了。第三个太史叔还是那样照事实写，又被杀了。等到第四个太史季上任，崔杼拿来竹简看，还是照实写着那句话，崔相国生气地说："你也不爱惜生命？"太史季说："这是我的本分。若失了太史的本分，不如死！你也要想开一点，就是我不写，天下人也会有人写，你不许写，可你不能改变事实。"

叫我看，这四位太史是有诗人的气质的。倘若他们写诗，一定能写出好诗来的。

十二

诗里言的志，实质上是写诗人心中的志。
诗信仰的美，实质上是写诗人信仰的美。

原载《诗探索》1981 年第 2 期

学诗点滴

陈敬容

对于同新诗创作有关的一些问题,我一向探讨得十分不够,虽然有过某些想法,但也很零乱,不成体系。摘取点滴断想写下来,就教于广大读者和作者吧。

一

时代永远要求诗人严肃地思考。诗人怎么可以违背自己艺术的良心,去歌颂不该歌颂的,去指责不该指责的呢?诗人的颂歌永远只能唱给真善美,或代表真善美的人和事;诗人的指责永远只能针对假恶丑,或代表假恶丑的人和事。

假、大、空与诗无缘。即使由于某种机会而使假、大、空得以喧嚣一时,最终仍会被社会时间所淘汰。

联系现实是新诗的重要职能。但现实本身何其丰富,联系的渠道和表达的方式,是否也可以多样化一些呢?

诗容不得虚假,也拒绝因袭。假话说上一万遍还是假话。而无论何种方式或多么高明的因袭,都只能成为束缚,妨碍创造。

作为语言的艺术,诗有义务用形象化的语言去感染读者,却没有权利用空洞的、干巴生硬的喊嚷去向读者说教。古今中外的优秀诗歌之所以优秀,除开具有给人启迪或发人深思的内容之外,表现手法上讲求精炼含蓄、留有余地、经得起咀嚼，不能不说是极其重要的原因吧。

二

音乐性——或者说韵律（不只是韵脚）与节奏，使得诗有别于其他文学品种，而且有自己的面貌和气质。但音乐性绝不是叮叮咚咚的同义语。在某些句尾押上韵就能算诗了吗？若如此，则所有的顺口溜、经文、偈语等等，全都可以称为诗了。把韵押在某些诗行、诗句的末尾成为韵脚，这是一种重要的用韵法，但绝不是唯一的用韵法。也有那样一些诗，虽然韵脚是整齐的或大致整齐的，但仍然不像诗，尽管内容也还不错，但并没能够用诗这种文学体裁成功地加以表达，假若改用了别的体裁，效果反倒可能会好些。

思想感情在诗节和诗行之间的连绵起伏，往往形成内在的节奏。我国古代人写散文还讲究纵横跌宕、一唱三叹呢，何况写诗。一味平铺直叙地写下来，没有一点波澜，韵味就可能减色。除了句尾有时押韵之外，在诗行的顿（或称音步、词组）与顿之间适当配置一些和谐的音韵，往往能使诗的形象和意境更为清晰，韵律也错落有致。我国古代诗词中的双声、叠韵，新诗里似乎也可以适当采用。

诗之所以成为诗，绝不是仅仅由于有了韵脚。假若为了拼凑韵脚而不惜放弃或破坏生动活泼的语言，那就更是本末倒置了。

三

前辈诗人们写过各种各样的格律体和自由体新诗，取得了不少成功的经验，也有过一些失败的例子。

诗的形式顺应着内容的需要而存在。格律诗也好，自由诗也好，它首先应当是诗而不是其他，它得具备使自己不会混同于其他文学品种的风貌。假若一首诗的形式与其内容不相适应，那就很难取得理想的效果。格律诗的格律无论如何谨严，若是违背了语言本身的规律而去硬拼硬凑，很容易导致刻板和程式化。自由诗别管多么自由,但若是缺少了节奏和韵律(不只是韵脚),就容易流为分行的散文。

根据自己的新诗创作实践,我逐步得出了一点自以为是的体会:凡属较为广阔、较为新鲜活泼的内容,格律体往往不易容纳;而凡属较为深沉或细致的思想感情,自由体有时也不易表达。因而我主观地认为,最好以每首诗所要表达的内容,作为选取形式的标准。换句话说,就是让形式服从于内容的需要。若是较为成功地表达了内容,所用的形式可以认为是恰当的;若是妨碍或是束缚了所要表达的内容,所用的形式也可以认为是应当改变的了。

新格律诗(或半格律化的诗)在体例上也不妨多样一些,除了每节四行或两行之外,也可以每节三行或五行,或双单行交替运用。至于长短,每篇似以几行十几行或二三十行为好,太长则读起来容易令人感觉沉闷,尤其在每节行数固定不变的情况下(组诗和长篇叙事诗不在此例)。

西方的十四行体也可以适当采用,但也应当允许适当变化。若认为十四行体必须原封不动地袭用西方规格,那么我国古典诗句的格律不是也可以原封不动地袭用吗?不是只要"旧瓶装新酒"就可以对付了吗?何必自找麻烦写什么新诗呢?

然而时代在前进,社会在发展。由于生活的日新月异,艺术形式也应当便于更好地反映新的生活。即便是在西方,两次大战之后,写自由诗的人也更加多了起来,虽则也还有格律诗,但在格律上也多有创新,并不是一味地墨守成规了。

四

自由的含义绝不是任意胡来。自由体(及半自由体)新诗,不但不允许杂乱无章,反而在许多方面具有较高的难度:它没有现成的格式可以套用,全凭自己根据内容的需要去创建,此其难者一;它的语言特别要求清新活泼而有气势,此其难者二;它需要更多的节奏和韵律,此其难者三;还有其他的难点。谁说写自由诗比写格律诗容易呢。

从体例上看，我国的自由体新诗似乎可以兼采楚辞汉赋及歌行的气韵，并且可借鉴欧美现当代诗歌的某些表现手法（这，在我们的格律诗也不必例外）；也可以适当运用转行，有时还可以跨节——从上一节的末行跨转到下一节的首行，来表现思绪的连续，有时还可以用特别提行来突出某个形象某种思绪等等。诗，是诉诸视觉又诉诸听觉的艺术。转行在视觉上和听觉上都可以形成短暂的停留，却正巧使你做好思想准备，集中更多的精力去欣赏作者有意不在这一行安排而转到了下一行的半句或一两个词语。这种方法，似有"欧化"之嫌。实际上在我国古典词曲中早已出现过，但古典词曲是不分行的（分行本身不就是"欧化"吗！），因而给人的印象不那么明显罢了。

世界如此之大，各国人民的优秀文化，不但是可以而且是应该互相交流的。诗，又怎能例外！

原载《诗探索》1981 年第 2 期

美在流动中

徐 岱　潘一禾

日本电影《人证》里一段西条八十的诗句曾给了广大观众异常强烈的印象，歌词大意是：

妈妈，你还记得吗？
就在那个夏天，
在克里兹米的路上，
不知怎么了，我的草帽
忽然掉进了深渊……

诗句的语言很朴素，粗粗一看甚至觉得它一点都不美。可是在影片中，随着镜头的推移，这段诗句竟随着在天空中飞旋的草帽深深地拨动了人们的心弦。

也许，这里面有什么秘密？它的"秘密"就在于流动。当年罗丹在评价拉斐尔的作品时曾指出，这位意大利画家的魅力就在于他流畅的线条："如果他们在这线里面运行着，而自觉着自由自在，那是不会产生任何丑陋的东西来的。""动是一切物的灵魂。只有这样的创作是永远有价值的，即它在自己内部具有着力量。"

大自然的一切都在运动着，但运动的形式却是多种多样的，有梅花鹿的跳跃，有白云的飘浮，还有小溪流的轻轻流淌。而诗的流动形式就像生活中的运动形式一样，丰富多彩。它们就像一条奔涌不息的山泉，有时会潺潺低语，有时会温柔地回荡，有时又发出瀑布的轰响，最后汇成滔滔的大江，激情震荡。流动，能使诗歌产生巨大的音乐效果。

"一种艺术的美学也就是另一种艺术的美学，只是所用的素材不同而已。"（舒曼语）说到诗，人们常把它同绘画并提。中国古代文论里苏东坡就曾评价王维的山水诗是"诗中有画，画中有诗"。但实际上，诗与音乐有着更紧密的联系。"诗想在描绘物体美时能和艺术争胜，还可用另外一种方法，那就是化美为媚，媚就是在动态中的美。"（莱辛语）

王维的诗句"漠漠水田飞白鹭，阴阴夏木啭黄鹂"，据说是脱胎于李嘉裕的"水田飞白鹭，夏木啭黄鹂"。加了几个字，诗味油然而生，这就是音乐的形式在起作用。四个迭字组成幽婉的音调，使得诗能歌诵而"流动"起来。又如马致远的《天净沙·秋思》："枯藤老树昏鸦，小桥流水人家，古道西风瘦马，夕阳西下，断肠人在天涯。"正像马雅可夫斯基说的："没有韵脚，诗就会分散。韵脚使你回到上一行，使你回想起前一行，使叙述一个思想的所有诗行共同行动。"韵脚使诗歌在形式上流动起来，从而构成一个完整的艺术体。

但是诗韵的主要意义还不在艺术结构上，韵还能直接地造成一种音乐的气势。"韵的作用，在使读者读时感到句与句间的共鸣，可以激动联想。"（锡金语）诗歌的语言形式能像音乐那样，通过作用于人的感情的焦点——情绪来表达思想，"其志安和，则以安和之声咏之，其志怨思，则以怨思之声咏之"。诗通过流动的节奏和旋律，才能产生余音绕梁三日的艺术效果。这一特点，我们可称之为"形式的流动"。李清照的《声声慢》，起头便是"寻寻，觅觅，冷冷，清清，凄凄，惨惨，戚戚"。当我们读到这一连串的形声词时，虽然还谈不上什么思想，然而我们"内心的耳朵"已经聆听到作者内心"感情流"的旋律，我们的感情也随着这抑扬顿挫的声调开始波动；我们的想象展开了翅膀，从而进入作者为我们提供的艺术境界，这样作者和读者的思想感情得到了交流和沟通。由此可见，诗歌的音乐形式——"流动"，能给我们音乐的美感和感情的熏陶。

美国学者坎尼斯·勃克发现了这样一个问题，我们读一篇知识性的散文时，多读就会生厌，因为我们注意的是其中的知识，"一旦得到了那种知识，知识的美感价值就消失了"。而诗歌则尽管我们已经相当熟悉了，有时忍不住还会吟诵一番，甚至感到有说不出的乐趣。他认为，诗歌之所以比起"散文来更不怕重复，其原因之一就是音乐的性质在一切艺术中更不适于知识的心理学，却比较接近形式的心理学"。同样，我们也可以用"形式心理学"这个新名词来说明诗歌音乐形式的相对独立性。一个不懂英语的人听到用英语朗诵的莎士比亚十四行诗，他也会感到一种音乐的美感。

诗人沙白有一首题为《水乡行》的诗，也说明了这点：

　　水乡的路，
　　水云铺；
　　进庄出庄，
　　一把橹。
　　要找人，
　　稻花深处；
　　一步步，
　　踏停蛙鼓。

这首诗写得十分亲切。它像一幅我国传统的写意画，寥寥数语，描绘了江南水乡的美好风光，那平稳、悠扬的节奏，不也给我们一种美的享受吗？而苏东坡的《念奴娇》："大江东去，浪淘尽，千古风流人物……"豪迈、奔放的气势更是恰到好处地烘托了主题，渲染了艺术气氛，也尽情表达了作者的胸臆。"诗本来是通过理解而产生愉快的，其中却有一种属于听觉的美的因素，即诗律的和谐与音乐性。"

诗歌的音乐美不仅表现在形式——字音的声韵、韵脚造成的气势上，还表现在词的本身的内在含义所构成的节奏、旋律上。

节奏和旋律是音乐的基本要素，同时也是诗歌的重要组成部分，诗与音乐正是在这点上沟通起来、互相影响的。诗，按照巴甫洛夫的说法，是属于第二信号系统的，但由于人的思维具有一种独特的"合成作用"，音与形、形与义有时常能互相转换。比如李后主的词"问君能有几多愁，恰似一江春水向东流"。以流动的江水比作愁情。当我们看到一只欢蹦乱跳的小鹿，心情也会随之产生一种奔跳的情感，小鹿跳跃的旋律与小鹿奔跑时的姿态凝为一体。这就是一种"心理反射"。反之，我们听到一种急促清脆的声音时，则会像白居易描绘的那样，似见"大珠小珠落玉盘"，在一腔愁思中又会似听到江水流动的响声、看到大江奔流的画面，这就是"情景转换"。情与音、意与声互相结合，于是产生完整、鲜明、生动的艺术形象。

在惠特曼的《啊，船长》一诗中，当诗人唱道：

啊，船长，我的船长啊，
我们可怕的航程已经终了
我们的船渡过了每一个难关
我们追求的锦标已经得到，
港口就在前面，我已经听见钟声，
听见了人们的欢呼，
千万只眼睛在望着我们的船……
只是，啊，心啊！心啊……
就在那甲板上，我的船长躺下了，
他已停止了呼吸，浑身冰凉。

我们随着高铿昂扬的旋律和激越的节奏，仿佛看到一位年轻的水手正抱着他的吉他，诗情地向着大海吟唱。而拜伦的《雅典的少女》则是另一种形象：

雅典的少女啊，在我们别前，
把我的心，把我的心交还；
或者，既然它已经和我分离，

留着它吧，把其余的也拿去。

这儿是一位一往情深的少年在与他的情侣分离时的场景，缠绵而悠远。而李白的《行路难》：

金樽清酒斗十千，
玉盘珍馐值万钱。
停杯投箸不能食，
拔剑四顾心茫然。
欲渡黄河冰塞川，
将登太行雪满山。
……
行路难！行路难！
多歧路，今安在？
长风破浪会有时，
直挂云帆济沧海。

李白那种孤傲不屈、拔剑长叹的姿态如在眼前，闻其声如见其人。闻一多先生在评骆宾王的"梅花如雪柳如丝，年去年来不自持。初言别在寒偏在，何悟春来春更思"时说"那一气到底而又缠绵往复的旋律之中，有着欣欣向荣的情绪"，指的也正是这个意思。讲究诗歌独特的节奏旋律是十分重要的。

正像音乐中的音符能唤起鲜明生动的"视觉形象"，诗的节奏和旋律同样也对诗歌中的艺术形象有决定性的意义，在抒情诗中常会出现抒情主人公"我"的形象，这是因为抒情诗是一种"没有故事情节"的艺术，它以"我"为核心抒情表意，紧凑、精炼、亲切。而不同的语言风格产生的不同的节奏、旋律，便是形成"抒情主人公"独特个性的基础。李白的雄浑之所以不同于惠特曼的热情奔放和拜伦的孤傲，原因也正在此，我们可以称之为"形象的流动"。在流动所产生的气势中塑造出不同的艺术形象，鲜明独特的个性随着流畅的旋律逐渐分明起来，一个个独立的音调转换成了"视觉形象"，就像莱辛所说的："诗人的语言还同时组成一幅音乐的图画，这不是用另一种语言可以翻译出来的。"

自从美国心理学家威廉·詹姆斯在1884年提出"意识流"这一新的概念，把人的意识比作一条条溪流似的汇合后，在西方文坛上立即掀起了所谓"意识流小说"，这种新的写法使得小说对人类心理的透视更进了一层。然而，这一发现同诗歌艺术也有十分密切的关系，因为它证明："意识并不是片段的衔接，而是流动的。用一条'河'，或者是一股'流水'的比喻来表达它是最自然的了。"美国当代文艺评论家梅尔文·弗拉德曼在《"意识流"导论》中指出："由于意识流的出现，诗与小说结合起来了。""意识流同现代诗的作用非常相近。"这种相似首先表现在意象派诗人的诗中。英国现代派大师艾略特1922年的成名作《荒原》尽管不是纯意象派的诗，但其中心明显地汲取了意象派的这种长处。《荒原》共有433行，分为5节，表面上却没有必然的联系：

> 可爱的泰晤士，轻轻地流，
> 我说话的声音不会大，也不会多。
> 可是在我身后的冷风里我听见
> 白骨碰白骨的声音，愿笑从耳边传开去。
> 一头老鼠轻轻穿过草地
> 在岸上拖着它粘湿的肚皮
> 而我却在某个冬夜，在一家煤气厂背后，
> 在死水里垂钓……

全诗从头到尾，语言字面意义似乎是分裂的、片断的，而实际上，这其中却有着内在逻辑力量。美国意象派鼻祖庞德为意象派诗提出了"建立情绪方程式"的原则，意象诗歌是靠情绪的流动来沟通一连串分裂的画面，使之成为整体的艺术。在《荒原》一诗中，全诗的基本情绪是低沉凄凉悲痛的，是对资本主义"异化"力量抑制人性的反抗，阴森恐怖的自然是残暴社会的缩影。诗人把我们的意识带入诗中潜伏的"意识流"的渠道，使我们的情绪随着作者的情

绪流动。而在这种统一的流动情绪的推动下，一个个孤立、分散的意象就集中凝聚起来了，从而使画面产生了电影镜头似的跳跃，跌宕起伏的感情源源地融进读者的意识。"我们说一首有整体性的意思是说任何有连续性的东西是统一的。……但是有些东西比如一捆木柴与其说是整体不如说是总体，因为各部分只需要存在而不需要某种特别的安排。"（恰尔德·奥尔生语）

"意识流"原理对诗歌的第二个作用是直接触发我们的思路。我们可以借鉴一下法国荒诞派戏剧家尤涅斯库的创作经验。在他的戏里，演员不用化妆就直接出现在舞台上，演员的作用就像一个导游者，观众坐在台下只是借助一个产生联想的条件，由演员的表演触动观众的思路，从而"自己"走入表演中体验生活。比如我们读徐志摩的诗：

女郎，散发的女郎，
你为什么彷徨
在这冷清的海上？
女郎，回家吧，女郎

啊，不，你听我唱歌，
大海，我唱，你来和——
（《海韵》）

诗句到此中断了，但读者的思想已经"流动"了，我们不仅看到了这位披着月光的美丽的姑娘，而且听到了她的歌唱，唱对亲人的怀念，唱对故乡的向往，唱对无情的情人的怨恨……仿佛歌声真的在耳边回响，越过高山、大海、平原、村庄。这是因为："诗人的点染使这个传统故事变得丰富了，它便在我们的想象当中生存下去了，成为一个具有美学价值的记忆。""我们要从心理学上考查与某一诗歌题材相对应的感情模型。"曾对研究荷马史诗有过重大贡献的美国两位学者柏利、劳德，在他们所创造的"柏利—劳德理论"中指出，人的思路有一种传统的惯性，称为"现成思路"。当我们面对某一特定场景时，便会勾起一定的情思,所以在我国古诗里,送别往往有"依依杨柳",亲人回归会有"喜鹊报枝",而大雁南飞则多有"乡思绵绵"。当诗人贺敬之咏道"五月——麦浪,八月——海浪,桃花——南方,雪花——北方"时,我们的意识便会随着诗人的歌声流过五月的万紫千红、六月的夏夜星星、七月的五彩缤纷、九月的菊花鲜艳、十二月的蜡梅丛丛……意识在流动中充实着画面,我们的想象不断地渗发,开拓和扩大着诗的容量。

现在我们回到本文开头提到的西条八十的诗句。一顶小小的草帽之所以掀起如此巨大的感情的旋涡,正是因为诗人敏锐地抓住了人们感情中的一个触发点,像蜻蜓点水似地轻轻一触,我们的意识便会随之像汹涌的泉水一发而不可收。随着那天真得带有乳味的口吻,我们随诗人一同回到了童年:依偎在母亲的膝下;重新拿起破碎的草帽去扑蝴蝶、捉迷藏,去与童伴嬉闹、梦想……"我们的感情看模仿的对象而定,并随着它转变。因此艺术能引起感情,并不是因为我们相信该事为'真实',却因为我们强烈地思考着它,就是说,我们被艺术品引导着对事物产生出内心的印象。"

德国著名诗人温舍在《抒情主体与诗的概括》一文中曾说:"一个作家如果只是在平坦的公路上按照事先树立的路标和安全的陪伴之下到熟悉的地方去旅行,并且只能按照真理发现者的语调重复早已尽人皆笑的东西,这难道不是意味着一个作家的死亡吗?"在目前,为了更好地繁荣我国的诗歌创作,进行大胆而严肃的探索是很有必要的,在肯定思想的隐蔽和艺术的含蓄时,我们不应该忘记鲁迅先生的一句教导:"诗须有形式,要易记,易懂,易唱,动听,但格式不要太严。要有韵,但不必依旧诗韵,只要顺口就好。"这些句子的中心意思便是一个"流动"。美,在流动中,形式在流动中完美,形象在流动中出现,激情在流动中迸发,思想也在流动中奔涌。而要达到这一目的,就像莱辛所说的:"诗要和音乐结合时就不能很凝练,它的美不在于用尽可能少的字去表达最好的思想,而在于用一些最长的最柔软的字,用音乐所用的那种拖长方式把每个思想表达出来,才能产生某种类似的效果。"

原载《诗探索》1981 年第 2 期

今日新诗面临的艺术问题

卞之琳

〔**编者按**〕本文原是作者1980年秋冬间访美的英文讲稿之一。同年十二月四日，作者大致据此用中文在香港大学讲过一次。作者原想用中文改写发表，目前无暇及此，幸承任教于香港大学中文系的张曼仪女士为当地出版的《抖擞》双月刊1981年5月号译成中文。译文曾经作者核订，与原文略有出入，现再经作者稍加更动，并注出了两处有关的资料。

新诗到今天还可以说是"新"。所谓"新"，有两个意义：第一，作为文学的一个类型，新诗自"五四"发轫以来，仍富有朝气，生命力仍然旺盛，极有发展前途；第二，新诗虽然诞生了六十年，在现代中国文学的一个门类占统治地位也有半世纪之久，可是不少人仍然目之为谬种，不承认它为正宗。关于第一点，事实摆得明白，因此下面只讨论第二点。

今天直接否定新诗的论调已不再出现了。虽然如此，从国内报刊上近来有关新诗的讨论可以见出评论界正从三个角度，从内从外，对之加以贬抑。"新诗"这个概念以及新诗的创作道路重陷混乱了。尽管这些论见之所以乖谬，是由于误解所致，可以一笑置之，但由此可以看出诗也确乎面临着严重的问题，值得我们关注。

质疑一：新诗是散文化吗？

对于目前创作和发表的大部分新诗而言，上面的指责似乎不是毫无根据的，可是这种攻击有时出于了解片面。典型的例子是《文艺研究》1980年第三期上题为《汉语诗歌形式民族化问题探索》的一篇论文。文章的写作日期虽然近至1979年至1980年之间，作者却好像还在重提1919年前的陈旧主张。他的出发点据说是反对"西化"。所谓"民族化"的主张就是恢复中国诗歌吟咏的传统和采取古典诗词的平仄律。实际上他的论据混淆了两个基本概念：把"白话"和"散文"，"新诗"和"自由诗"等同起来。因此便认为用现代口语写成的诗，原本是为了朗诵的，也就不可能是诗，必然流为"散文化"；而在写自由诗的同时，利用说话的自然节奏为基础来尝试产生新格律又不免"欧化"，理应被摒斥。

姑且不论这篇文章语不中的，结论也大可商榷，却也多少表达了读众对新诗现状的不满。今日新诗的主要体裁是自由体和一种所谓"半格律体"（每节四行或两行，各行长短大致相似，押韵随便，大多隔行押韵，而且一韵到底）。这样子写成的诗，撇开无法"吟咏"（严格说是"哼"，还不是"唱"）这一点不谈，即使用朗诵的标准来衡量，在声音效果上当然远逊于古典诗词和民歌。上述的不满就是因此产生。

这种不满或许可以从另一方面来理解。对中国古典诗歌稍有认识的人总以为诗的语言必须极其精炼，少用连接词，意象丰满而紧密，色泽层叠而浓淡入微，重暗示而忌说明，言有尽而意无穷。凡此种种正是传统诗的一种特色，也形成了传统诗艺一种必备的要素。今日的新诗却普遍地缺乏这些特质。反之，白话诗大都枝蔓、懒散，纵然不是满纸标语和滥调，也充斥着钝化、老化的比喻和象征。

上述两个缺点正是问题的症结所在，新诗不能回避。而这个问题也不是那么棘手。过去六十年在理论和实践，在创作自由体和新格律体的经验，不容漠视。我们假如不那么抱有成见，偏要无视这方面已取得的成就，不愿意了解从而受益，那么问题就不难达致初步解决。墨守古典诗格律的成规，就算兼采真正民歌的自发性音韵考虑，也是不切实际的想法，肯定会走进死胡同。

质疑二：创新就一定难懂吗？

新诗经过多年的停滞以至退化，近两年（严格说是从 1978 下半年或 1979 年初算起）也涌现了一些并非"穿了制服"的新诗，争取到刊物上一角的位置。于是不少有地位的诗人和批评家马上齐声非议。反对的唯一理由是"难懂"。长久以来，在国内，"难懂"二字，对于一位诗人压力很大，所以不要因为易用而随便滥用。

举个例子，《诗刊》1980 年 8 月号的一篇文章正可以说明上述的论点。这位批评家不满意近日报刊上出现的所谓"朦胧诗"。第一个攻击目标是同年一月《诗刊》上发表的短诗《秋》。《秋》的作者在 1940 年代成名，1949 年后难得发表诗。这位批评家跟一位写诗的朋友经过一个来小时的共同研究，才"猜"到"作者的用意是把十年动乱比作'阵雨喧闹的夏季'，而现在，一切都像秋天一样的明净爽朗了。"他认为这句简单的说明就够得上是首好诗了，"但是在表现手法上又何必写得这样深奥难懂呢？"接着他便从个别字句的运用上挑毛病："'连鸽哨也发出成熟的音调'，开头一句就叫人捉摸不透。初打鸣的小公鸡可能发出不成熟的音调，大公鸡的声调就成熟了。可鸽哨是一种发声的器具，它的音调很难有什么成熟与不成熟之分。"至于最后一行"秋阳在上面扫描丰收的信息"又引起他的疑问："信息不是一种物质实体，它能被扫描出来呀？"如果这个论据足以成立，那么毛主席的名句"她〔梅〕在丛中笑"就荒谬绝伦；连这位批评家认为"并无'朦胧'之处"的李商隐《无题》诗句"蜡炬成灰泪始干"也当然是不通的了。如此说长道短未免轻率。

平心而论，这位批评家虽然不中要害，却也不是无的放矢。新诗的创作确实存在从一个极端到另一个极端的现象。过去三十年来大量产生了千篇一律的新诗，读来枯燥乏味；始于对这个倾向的反动，颇有些有才气的青年诗人开始探索新的表现手法。他们的作品有时颇具个性和独创性，这个事实应该获得大家的尊重。可是一种不良的倾向也露了端倪，这也是不容否认的，例如，有些人毫无必要而废除了标点，把诗行任意排列——这一套是西方现代主义诗人久已实行的办法，着实毫无道理，至少我可看不出来，结果不外增添了作品的奥秘色彩。作品要真是新颖的，就无须在外表上翻视觉花样，否则纵使捏弄成奇形怪状，也于事无补。说到这里，我禁不住要谈谈我对台湾新诗的一些看法，虽然我实在没有资格谈，因为我知道的仍然很少。根据我对那边新诗的有限知识，我仿佛捉摸到它的主要倾向。要是我说：台湾新诗主要接受了西方现代主义诗歌的影响这话说得对，让我大胆下个结论：今日台湾的新诗，除了与大陆共同承受我国古典诗的影响有迹可寻之外，刚好代表了大陆新诗多少年来主要倾向的另一个极端。上述那位讲民族化的批评家尽管枉费心机，要反对的正是这种所谓"西化"的倾向，尤其是采用西方现代主义技巧，虽然他自己也许并不知道什么叫"现代主义"。在对待这第二个问题上，我照例采取中庸之道。有关解决这个问题，我愿意提出以下的建议：除了更多掌握我国古典诗和民歌的要素以及外国传统诗和西方现代主义诗的新感性、新表现手法之外，最重要的是认识"五四"以来新诗的传统，包括诗艺发展上的成功和失败。

质疑三：新诗不适于用格律吗？

近两年来随着新诗创作的日趋蓬勃，新诗界又显示了种种征兆，要求恢复格律体和对格律作多方面的探索，虽则能见诸报刊的机会很少。像过去一样，那些侥幸能在刊物上披露的，马上便招致了器量不大的诗人和批评家的侧目，只因他们习惯了创作和欣赏自由诗。事实上，没有人否认今日的新诗是自由体占主导地位的，那些提倡和试验新格律体的人只是恰如其分地要求与自由体共存罢了。但自由体的推崇者却不耐烦听听人家在说什么话，不尝试理解人家在做什么事。

从理论上说，以"戴着脚镣跳舞"为格律体辩护，只能是自我嘲弄。闻一多在 1920 年代开始探讨新诗格律而不幸向西方借过来的这句糊涂话不知害苦了多少同道上的探索者。实际上，所有尝试为格律体在新诗领域里赢得一席位置的人，包括闻一多本人在内，早已扬弃了这条论据。迟至1960年代何其芳再度倡议新格律，还把这个论点修正过，提出跳舞的人必须懂得步法。这个说法是令人信服的，不但我国认为诗所以有别于散文的传统概念完全契合，而且与保尔·瓦雷里（Paul Valéry）把诗比喻作跳舞、把散文比喻作走路的看法相符。要为格律体辩护，也可以引证艾略特（T. S. Eliot）一句话：就广义说，没有诗是真正自由的。我们还进一步可以引经据典，诉诸恩格斯，他充分赏识黑格尔这句话："自由是对于必然的认识。"

在实践方面，大部分所谓白话格律诗，尤其是四行一节的"格律体"，产生于1920年代中期和1930年代初期以及偶尔散见于今日，确是值得嘲讽为"豆腐干诗"或"方块诗"的。这方面格律试验的失败，主要还不在于机械模仿西洋诗（大致除了法国诗）的格律，而在于勉强用字数为量度诗行的单位。这些格律体的试验者和反对者都没有意识到现代口语不是一个字一个字说出来，而是自然分成几个字（最常见是两个或三个字）一组说出来。倒是艾青在1953年由作家协会召开的"诗的形式问题"讨论会上说得对："格律诗要求每一句有一定的音节。"（这里指"音组"或"顿"，有点相当于英诗的"音步"）用现代口语写成的一个诗节或一篇诗，尽管每行字数相同，眼看是均齐的，念起来可能音节整齐，也可能不整齐。所以，音组或顿的适当运用，而不是押韵，在建立新格律体上占关键性的位置，因为有如韵式一样，音组也可以容许各式各样的组合和变化。所以，新格律的基本要求可以极其简单，但同样可以让诗人有自由发挥才华的余地。不承认真正的格律体新诗的存在和初步成就，势必贻人所谓"全是散文化"的口实，导致对新诗的全盘否定，这恐非这些论者始料所及。

总起来说，上文概括谈及中国新诗艺术及其前途的几个问题，形成一个互相牵连的三角关系，要解决其中一个问题，必得牵涉其余的两个。问题的提法，我以为，也就包括了问题的解决道路。

虽然如此，从上述就个别问题提出的解决方法也可以得出两个总的教训，这两点显而易见触及这些纷争与混乱的根源。

第一，要真正理解本国的或传统的事物，必须对外国事物有起码的知识，反之亦然。可悲的是，这正是那些高呼"民族化"以反对"西化"的人所往往缺少的。这里涉及的是诗的问题。对于一般为人接受的一种写诗理论，我一向有所保留。在文艺的范畴内提倡"民族形式"，无疑是有道理的。我只是提出这个疑问：为什么不强调一下"民族精神"呢？（"民族风格"，如果理解为包括内在精神，那倒是差不多。）外在的形式，如同风俗习惯，是易于改变的，也不难适应比较合理的用法，只要看看汉字从传统的直写改变到西方的横写而马上得到普遍的接受，可见一斑。这个事例显示了科学或常识的胜利，绝对不是由于盲目的崇洋。另一方面，土生土长的事物不巧跟外国事物相似又往往被误认为舶来品，因而加以歧视甚至斥逐。以诗歌的押韵为例，今天写诗的人几乎一律通篇采取一韵到底，忘记了按照我国古典诗格律以至民歌（除了大鼓等）创作的习例，换韵是正当的办法。被评为"难懂"的短诗《秋》恰巧是有规律换韵（见文后〔注1〕）。交叉韵或称"抱韵"在《诗经》和《花间集》里都常用，阴韵在《诗经》里也并不少见。这些韵式虽则在过去因时代变化而废弃不用了，今天在又变化了的时代，在借鉴我国古典诗律以及西洋诗律的基础上，再拿来试用到新诗上，难道就算违反我国传统吗？再者，上述那位以新诗为散文化、提倡恢复平仄律以取代西洋格律的批评家在文中引了三首活的民歌，恰好反证了他的理论，说明阴韵以至交叉韵式在今日真正的民歌里还没有灭绝。（见文后〔注2〕）"知己知彼"这句话在目前讨论新诗问题上还是用得着。

第二，"五四"以来的新诗也多少形成了一个传统。它有一段悠久的经验，产生过无论内容或形式都是"新"的诗篇，既有独创的又有传统的风格，大胆进入了无韵自由体的"异域"，同时也认真开始探索过我国古典诗律和外国诗律所能提供的参考。它积累了丰富的前例，成功固然可以启发后来，失败也足引为鉴戒。无视这个传统或者拒绝加以公允的研究，对新诗的发展只能是有害而无益。所以，就中国新诗艺术而论，我们今日决不能从零开始，因为我们的基础不是零。

〔注1〕
为了说明杜运燮《秋》这首诗是每节换韵的，附录全诗如下：

连鸽哨也发出成熟的音调，
过去了，那阵雨喧闹的夏季。
不再想那严峻的闷热的考验，
危险游泳中的细节回忆。

经历过春天萌芽的破土，
幼叶成长中的扭曲和受伤，
这些枝条在烈日下也狂热过，
差点在雨夜中迷失方向。

现在，平易的天空没有浮云，
山川明净，视野格外宽远；
智慧、感情都成熟的季节呵，
河水也像是来自更深处的源泉。

紊乱的气流经过发酵，
在山谷里酿成透明的好酒；
吹来的是第几阵秋意？醉人的香味
已把秋花秋叶深深染透。

街树也用红颜色暗示点什么，
自行车的车轮闪射着朝气；
吊车的长臂在高空指向远方，
秋阳在上面扫描丰收的信息。

这里第一节是"季""忆"押韵，第二节换成"伤""向"押韵，第三节换成"远""泉"押韵，第四节换成"酒""透"押韵，第五节又换回"气""息"押韵——第一节的用韵。

〔注2〕

第一首《卖柴歌》据说是"土地革命时期，鄂豫皖苏区卖柴为生的贫苦农民采用湖北麻城调集体创作"的：

一进瓮门街，〔街，方言读该〕
眼望尽是柴，
今天的柴多不好卖，
卖不出价钱来。

土匪"清乡团"，
做事尽纳蛮，
不管你大担和小担，
随便他把钱。

第一节四行"街""柴""卖""来"押的 ai 韵，第二节四行"团""蛮""担""钱"换成了 an 韵。第二首、第三首是甘肃民歌"花儿"调。第二首全文如下：

百花一齐开放了，
山歌小调都唱了，
唱得心明眼亮了，
农业大干快上了。

这里"放了""唱了""亮了""上了"互押，连带语气词"了"，押韵方式就是西方的所谓"阴韵"。（顺便说一句，这就不是"七言"句了，所以"与口语贴得那么紧"。)第三首是这样：

　　牡丹不开拿泉水浇，
　　瓣瓣儿它各自嫩哩，
　　好"花儿"要用汗水浇，
　　心窝里越开个俊哩。

　　这里一三行"泉水浇"和"汗水浇"互押，押的是复韵，二四行"嫩哩"和"俊哩"互押，押的是阴韵，而一三行押一韵，二四行押另一韵，正是西方常用的交叉韵。这都是土生土长，总不能说是"欧化"。

原载《诗探索》1981 年第 3 期

发展中的"诗美"内涵

钟 文

我们通常把绘画、雕塑称为空间艺术,把音乐称为时间艺术,把诗称为空间、时间的混合艺术。这种艺术分类法是根据各种艺术本身诉诸人的感觉的不同而做出的定性。空间艺术诉诸人的视觉,时间艺术诉诸人的听觉。这种艺术分类法偏重于审美意识的特性与审美意识的物化的内容特性。每种艺术美的范畴是和引起这种美感的主要感觉的定性,以及与这主要感觉相对应的物质材料的特点分不开的。所以用时空分类法来探讨艺术美的范畴,可以从美的客体和审美主体两个相关的方面得出"美"的正确概念。在这篇文章中,我想就诗这种空间、时间混合艺术的特点,对如何正确理解"诗美"内涵的问题略陈陋见,以此求证于诸家。

黑格尔对时间艺术,空间艺术,时间、空间混合艺术的特点和相互关系有着非常精辟的见解。这些见解正像他的其他艺术观点一样,既有着"一个奥林帕斯山上的宙斯"的独具慧眼,又不同程度地混杂着恩格斯所说的"没有完全脱去德国的庸人气味"。但总的说来,我们不得不折服于这个老人的辩证法的深邃。黑格尔对艺术种类是这样等而下之划分的:诗歌、音乐、舞蹈、绘画、雕刻、建筑。在黑格尔的观念中,空间艺术不如时间艺术,时间艺术不如混合艺术。他认为空间艺术的内容和形式特点使得它在两个问题上,与时间艺术相比存在着局限性。第一,"绘画不能像诗或音乐那样把一种情境、事件或动作表现为先后承续的变化,而是只能抓住某一顷刻","绘画对于空间的绵延还保留其全形，并且着意加以模仿，音乐则把这种空间的绵延取消或否定了，并且把它观念化为一个个别的孤立点。（声音的承续是线形的，每一刻所听到的声音则都是这条线上的一点——引者注）作为这种否定，（否定空间——引者注）这个点本身就是物质属性以内的一个具体的积极的否定过程，表现为物体在本身以内以及在对本身的关系上的运动和震动"。第二，"另一点上绘画也落后于诗和音乐：那就是在抒情方面。诗艺不仅能表达一般情感和思想，而且还可以展示出它们的转变、进展和上升。就集中了的内心生活而言，这种情况尤其适用于音乐，因为音乐所要表达的正是灵魂的运动。至于绘画却只能表现面容和姿势，如果要专门抒情，就会误用所特有的媒介或手段。"很清楚，黑格尔认为时间艺术优于空间艺术的是这样三点：（1）时间艺术能表现动作的先后承续和发展；而空间艺术只限于表现生命动态的一瞬间，虽有实际感，但缺乏流动感。（2）时间艺术能够充分地抒情，表现情感和思想等广阔的内心世界；而空间艺术的媒介、手段限制了它只能写象、描实，怯于抒情、表意。（3）时间艺术在表现生活、反映情感上手段多样，而空间艺术对生活的反映多从模拟生活着手。

黑格尔说的这三点非常重要，实际上道出了人类艺术向高度精神化发展的追求目标和必然趋势。艺术的发展表明，这种趋势不仅表现在时间艺术的追求中，空间艺术也在尽力突破自己的局限，向此方向发展。这正是现代艺术的趋向。（此问题限于篇幅，不谈了）黑格尔区分各种艺术孰优孰劣正是主要从艺术发展的必然趋势这点着眼的，所以并不机械。他在论说了空间艺术局限的同时，又说："在这一点上画家虽不如诗人，他比诗人也有优点：他能描绘出一个具体情境的最充分的个别特殊细节，因为他能把现实事物的形状摆在目前，使人一眼就把一切都看清楚。……但是用文字来描写这类事物和情境，一方面很枯燥无味，……另一方面这种描绘也不免歪曲。"这就很全面了。

黑格尔还认为，诗更优于音乐。他说："诗的特征在于它能使音乐和绘画已经开始使艺术从其中解放出来的感性因素隶属于心灵和它的观念。"如果没有理解错的话，黑格尔的意思是：诗果然在高度心灵化的路上是与音乐合辙的，但它比音乐略胜一筹的是"诗所保留的最后的外在物质是声音，而声音在诗里不再是声音本身所引起的情感，而是一种本身无意义的符号，……它的意义在于表示观念和概念"。在这个看法中，黑格尔露出了他整个哲学观的一面真相——唯心主义的理念高于一切。但是，他的分析有其合理的部分：诗用概念、思想使得高度心灵化、运动化的时间艺术具有定型的特点，不像音乐的内容很难定型。时间艺术内容定型的结果，不仅给读者带来像欣赏绘画一样的仿视觉印象，更主要的是需要读者运用第二信号系统的强烈思辨力去欣赏。这正是诗这个时间艺术和音乐这个时间艺术在给人的审美感上的很大差异。你听一支乐曲，可以陶陶然，不动脑筋地沉浸在乐声中。你读一首诗，就不能这样。随着诗的发展，这个问题日趋明显：诗美的呈现，一定是视觉、听觉、想象、思维联合起作用，并由思维工作贯穿于其他感觉的结果。

　　以上转述黑格尔有关诗、画、音乐的特点、关系和优劣的观点，无外是说明：诗是这样一种特殊艺术，既有空间艺术、时间艺术的特点，但又与纯空间艺术、纯时间艺术有区别。对于这样一种艺术，用纯空间艺术或纯时间艺术的美的范畴来衡量，都是有很大局限的。多少年来，我们在理解"诗美"这个概念上最大的倾向是把诗美仅仅理解为画美。中国历来的意境说就是这种倾向的肇端和集中代表。长期以来说诗还有音乐美也仅仅把音乐美理解为形式上的对称、整齐、动听、上口，而不是诗美的又一根本内涵——内在音乐美。这就使得诗这个寓空间艺术于时间艺术的混合艺术徒具时间艺术的虚形，降而成为用文字表达的空间艺术。时间艺术优于空间艺术的强烈的表情性、运动性、手法的多样深刻性都成了为诗不容或与之相悖的东西。诗美即画美成为一种流行说法正从理论规导这样一个很起作用的渠道影响着诗的创作。对此，我们是不能不引起重视的。

　　诗画一律的说法，开始的原意与后人的理解有不尽相同之处。在我国是宋朝张舜民比较明确地提出了"诗是无形画，画是有形诗"（最早可能是唐人所谓"书画异名而同体"）的观点。苏东坡又说："诗画本一律，天工与清新。"西方希腊抒情诗人西蒙奈底斯首先说了"诗是有声画，犹如画是无声诗"，贺拉斯简言之，"诗如画"。实际上，这些话都是艺术还处在初级阶段，文体还非常简单，人对于各种艺术的使用和使用的途径理解都比较朦胧时的观点。它们仅仅指出了诗能够假借语言这个媒介,通过想象创造出一种实体形象这样一个事实。这点不但不是完整的诗美概念,甚至都没有把握住诗的绘画美的实质。如果说诗能把人的听觉印象引向视觉印象,那么小说在这方面的能力比诗更强。因为小说的篇幅长,形式自由,它的笔力所到,岂止能达到表象的栩栩如生,甚至能做到人的肉眼看不到的心灵世界的再现。比如托尔斯泰在《复活》中写玛丝洛娃的形象,不仅通过她的衣着打扮、身姿脸色的描写,给人以惟妙惟肖的感觉,而且通过这些描写入木三分地反映了她的性格和她当时的处境。这难道不比《硕人》中"硕人其颀……手如柔荑,肤如凝脂"这种表象式的描写深刻得多了?诗和其他文学作品相比,它在细腻、全面地展现实体形象这个能力上是略输一筹的。贺拉斯所谓"诗如画"的"诗",非确指今天文学体裁中的"诗"。

诗作为寓空间艺术于时间艺术之中的混合艺术,它当然有追求绘画美的特点。诗的绘画美有构图清晰,具象简约、凝练,色彩鲜明等美的内涵,但最主要的还是意境美。

苏东坡有些关于诗画相联的话才比较触及诗的绘画美的实质——意境美。他在评王维的诗画时说:"味摩诘之诗,诗中有画,观摩诘之画,画中有诗。"在另一首诗中他把吴道子与王维比较:"吴生虽妙绝,犹以画工论。摩诘得之于象外,有如仙翩谢笼樊。"这些话指出了诗中的画的核心是:写心以传神,使空间艺术的固定视觉形象在人的想象中流动起来,给人以情感上、思想上的深远感觉。这就是诗的绘画美的要点——意境美。

西方那种简单化的诗画一律论一直持续到十八世纪。当新兴的资产阶级在自己的文艺旗帜上缀上了反对新古典主义的口号的时候,德国莱辛才第一个公正地从题材、媒介、接受艺术的感官等三个方面来分析了诗画的界限,指出诗中的画和画中的画的区别,并重点说明诗的优越性,他认为"把绘画的理想移植到诗里是错误的"。简单化地理解诗画一律,必定"让画占有诗的全部广大领域","导致追求描绘的狂热"。这种观点今天来看,也很有现实意义。莱辛认为诗中有画主要是从美所产生的效果去暗示美,不是直接描写美。他列举了荷马的《伊利亚特》不写海伦后的美,而只写出她出现在特洛伊国元老们面前时所引起的惊赞。其次是化美为媚，写动态中的美，抓住最有特征性的动作瞬间给人以美的遐想。这种对诗中画意的理解和中国的诗中有画——意境美是很为相仿的。

中国古典文艺理论创造的意境概念，总结了古诗发展的成就和它们美的要旨。这个概念标志了空间艺术企图突破自己的局限，向更高度的精神化领域发展的一种追求。但是，这个概念终究还没有概括时间艺术的美的内涵。所以，把它说成是诗这种混合艺术的基本的、最高的美学范畴，如有人形容的："意境之于诗，犹如芳香之于花，光华之于星，波涛之于海，生命之于人。"这是有片面性的。意境美是诗美的重要内容，但意境美不能概括诗美的全部。

意境概念从佛经而来，经唐朝皎然的《诗式》、刘禹锡的《诗论》、司空图的《诗品》的借用发挥，南宋严羽的《沧浪诗话》的论旨奠基，终由清朝叶燮的《原诗》和王国维的《人间词话》有关意境的理论作结，前后一千多年的发展丰富，已成了一种诗的重要审美范畴。所谓诗的意境，是指人与自然、物与我、景与情的和谐统一，是能够启发读者深思遐想从而领悟更深广思想内容的景物。它在本质上是空间艺术追求美的一种高级表现，它表达了古典美的艺术理想——自然、和谐、中和、幽远。这个概念的确非常扼要地概括了诗美的一些表现，但它终究是无法概括诗的强烈地、外在地表现感情和反映生活复杂动态等这些诗的固有美的特征的。

意境讲究情景统一、和谐，寓情于境。"情景名为二，而实不可离。神于诗者，妙合无垠。"（王夫之：《姜斋诗话》）"作诗之妙，全在意境融彻，出声音之外，乃得真味。"（朱承爵：《存馀堂诗话》）何以情境相谐，就是诗人在创作过程中，以取境为重，"应物斯感"，随物赋情，于是寄托其中，结果才有超象其外，有"景外之景""象外之象""韵外之致""弦外之音""味外之旨"。（司空图：《诗品》）所以意境的核心是境。无境无以寄托情，无境无以表达情，意是虚的，境才是实的。境是意的基础，在创作中景是情的规范。意只是作为无痕迹、无形象地融于境中的诗人的审美情感，绝不是外现的抒情主人翁。所谓诗美是"不著一字，尽得风流""羚羊挂角，无迹可寻"。诗人的捕捉形象的高妙之处在此，诗意呈现于读者眼前的美妙之处也在此。王夫之在《姜斋诗话》中有几句话很有代表:"不能作景语,又何能情语耶?古人绝唱句多景语。如'高台多悲风''蝴蝶飞南园''池塘生春草''亭皋木叶下''芙蓉露下落'皆是也,而情寓其中矣。"持性灵说的袁枚虽然很强调意、情的作用,但他对于诗美的表现还是这样说的:"鸟啼花落,皆与神通……但见性情,不著文字。"这说明意境这个概念主要是概括"境"这种实体形象的,不是概括"意"这种流动的、变化的形象的。诗的固有特点——"情绪的直写",无论从内容到方式都是与意境这个审美观念不合的。王国维把意境分为无我之境和有我之境,实际这两种"境"都是不能直接表现"我"的。它们之间的区别只是前者是融于"境"中的一种高度和谐的审美心境,如"大漠孤烟直,长河落日圆""吴楚东南坼,乾坤日夜浮"。后者则是假借某个景物,情感微微探一下头,情景偕趣,如"楼上见春多,花前恨风急""寒山一带伤心碧,花映霞光不敢红"。从欣赏的角度看,前者是见景根本不见情,后者是见景稍见情。但前者后者都没有出现真正独立的抒情主人翁形象。从这个意义上说,意境美实在是属于绘画美范畴的。

这种审美观念的产生和当时的诗创作是分不开的。虽然古人也强调"登山则情满于山,观海则意溢于海"(刘勰:《文心雕龙》),但一旦形诸文字,就要约束、规范,找寄托之物,觅假借之景。情感的闸门是要牢牢控制住的,唯恐稍有疏忽,魔鬼会从瓶子里跑出来一样。在唐诗中像"前不见古人,后不见来者。念天地之悠悠,独怆然而涕下"这种无寄托的、直抒胸臆的诗有几多?可以这样说,宋词以前的古诗大多偏重于写景、写事、写实这种再现式表现法。词比诗的进步不单是有了参差长短的句型、格律稍宽的形式,形式之变实质是社会趋势、大众心理的必然。词境的好处是更为直接、更为大胆、更为细致地刻画抒写人的情感。"帘卷西风,人比黄花瘦","世路无穷,劳生有限,似此区区长鲜欢。微吟罢,凭征鞍无语,往事千端"。"我"已在诗中卓然独立,见形见情。但过去的诗是不这样写的。你在政治上失意,遭打击,但不能直抒,只能寄托在"千山鸟飞绝,万径人踪灭"中表现之。这才叫好,好在"含不尽之意见于言外"。你渴望从污浊社会的羁绊下求得自由,但不要直抒,假借于"采菊东篱下,悠然见南山",这才叫好,好在"寄至味于淡泊"。人为的审美桎梏约束着诗这个时间艺术的生命——情感的自我、强烈的喷发。戴镣铐跳舞的艰涩在宋词以前的古诗中是随时能见的。如果说美，它只是一种古典美，一种被规范化了的内容和形式的美。追本溯源，这种审美观念是与孔子确立的封建的理性主义的美学思想分不开的。这种为政治伦理的中庸之道服务的封建的理性主义美学思想认为诗的作用是"可以兴，可以观，可以群，可以怨，迩之事父，远之事君"。诗的批评标准是"乐而不淫，哀而不伤""温柔敦厚"。所以诗创作必须"发乎情，止乎礼义"（《诗大序》），"情必依乎理"（叶燮：《原诗》）。主观情感不能有自己明晰的立体形象，而要主观情感客观化，一切都溶解在对客观外界事物的描摹上。意境说实质就是反映封建主义理性精神、中和原则的诗的批评标尺。今天，如再用这种腐陈的诗教建立起来的审美准绳来衡量《凤凰涅槃》《光的赞歌》《雷锋之歌》，就讲解不通了。当然，意境作为一种审美范畴，今天仍然可以被借用来分析一些抒情诗，一些景物诗、静物诗和叙事诗中的某一片段。但随着产生这一观念的历史土壤已成为遗迹，所以用"意境"作为独一无二的最高楷模来创作诗的时代终究过去了，用它来作为唯一审美准绳的时代也必定过去了。

五四运动的浪潮开拓了中国诗史的新天地，新诗的出现标志了新的审美观点的诞生。1920年代，郭沫若就说："我觉得诗中无画，还不十分要紧，因为诗最重节奏，就是要'气韵生动'。"这个"节奏"不是今天有人理解的音节、音尺。在同篇文章中，郭沫若把这"节奏"解释为"艺术要有动的精神"，这"动的精神"既包括内容上的"动"，也包括形式上的"动"，所以是一定不限于绘画了。别林斯基也有一段很全面的话："诗人艺术家，比一般想象的更是一个画家。在形式底感觉里面，包含着他底整个天性。永远和大自然在创造力方面竞胜，是他底最大的愉快。在全部真实性上把握特定的对象，使之呼吸到生命的气息，这是他底力量、欢快、满足和骄傲。可是，诗歌是超乎绘画之上的，它底限度比一切其他艺术底限度阔大。因此，诗人自然不能仅仅局限于绘画。"

英国的美学家裴德说："一切的艺术都是趋向于音乐的。"这种"趋向"说明了什么？黑格尔解释说："我们一般可以把美的领域中的活动看作一种灵魂的解放，而摆脱一切压抑和限制的过程，……那么，把这种自由推向最高峰的就是音乐了。""音乐的基本任务不在于反映出客观事物而在于反映出最内在的自我，按照它的最深刻的主体性和观念性的灵魂进行自运动的性质和方式。"艺术趋向音乐这一趋势表明了艺术在内容上力图表现最广阔的、变化最迅速的精神世界，在形式上日趋自由、多变以及手法的更概括、更形象。音乐正是在这个根本意义上是和诗相通的，如恩格斯所说："诗和音乐的存在是人类精神有创造能力的积极证明。"诗是在扩展人类意识的外界和内心的地平线的积极创造中表现诗美的另一重要内涵——音乐美的。

音乐与诗相通果然是它们都运用同一种感性材料——声音，但这只是形式上的相通。（并且要看到，音乐中的声音要素与诗中的声音要素的作用有很大差别。一首乐曲的音律和谐合适与否是牵涉乐曲形象内容的完整表达的，而一首诗的音韵好坏还不至于决定一首诗的好坏。）诗讲究声韵节奏是为了使诗行与诗行之间有某种和谐，为了兼有空间美又有时间美的诗不至于太分散，达到一定程度的严密和完整。如马雅可夫斯基说的："没有韵脚，诗就要分散。韵脚使你回到上一行，使你回想起前一行，使叙述一个思想的所有诗共同行动。"这个效果从本质上说果然有为内容服务的成分，但主要还是为了达到形式上的上口、动听。鲁迅说得最明白，"要有韵"的目的是"易记，易懂，易唱，动听"。这种听觉上的音乐感我们一般称它为外在音乐美。对这种音乐美，诗无疑是必须追求的，但正像艾青说的，"这种音乐性必须和感情结合在一起"，"只有和情绪相结合的韵律，才是活的韵律"。一切把节奏、韵律规范化、程式化的做法都是违背人的情绪律动的生动自由本质的。诗的音乐美从本质上说，是诗人基于言语的节奏和韵律，来反映人的内心的颤动与变化。所以，诗对音乐美的追求肯定不限于那种纯听觉效果的外在的音乐美。高尔基称诗是"心灵的歌"，歌德认为诗是文学中最精神的品种——"直到今天还没有人能够发现诗的基本原则，它是太属于精神世界，太缥缈了"。而音乐则被称为"心灵的直接语言"，是"一种特殊的诗的语言"。（俄罗斯作曲家亚·尼·谢洛夫）别林斯基说："抒情诗表现一个人的主观方面，把内部的人揭示于我们眼前，因此它整个儿是——感觉、感情、音乐。"诗与音乐的相通除了在声律的共同讲究这个形式追求外，本质上是为了共同追求对广阔的精神生活的更深刻的反映。前者是为后者服务的。郭沫若在《论诗三札》中说："诗之精神在其内在的韵律，内在的韵律（或曰无形律）并不是甚么平上去入，高下抑扬，强弱长短，宫商徵羽；也并不是甚么双声叠韵，甚么押在句中的韵文！这些都是外在的韵律或有形律。内在的韵律便是'情绪的自然消涨'。"卞之琳同志在《徐志摩诗集》序中也有同样的看法："诗的音乐性，并不在于我们旧概念所认为的用'五七唱'，多用脚韵甚至行行押韵，而重要的是不仅有节奏感而且有旋律感。"无论是内在韵律还是旋律感，指的都是用起伏跌宕的音乐形象来反映诗人情绪的波动和人心颤动的韵律，用音乐常用的比拟、象征手法来反映外界和内在的生活世界。我们所谓的诗的内在音乐美即是此。

"抒情诗求助于音乐，以便更深入情感和心灵里。"音乐的表情渠道如贝多芬所说，是心灵到心灵。它出自心灵，再用声音直接传递到人的灵魂中。它已不需要其他有形的媒介和中间环节，所以感染力强且直接。诗的表现，可以用语言这个概念要素既弥补音乐这种表达在内容上的朦胧性，又能达到音乐的直接、深入的感染效果——诗情的波纹直接波及心灵。

我们在读诗中常有这种体会，有的诗句很简单，甚至在声律上也没有押韵或者很严格地按节奏的整齐律、对称律排列起来，但一经轻轻吟读，就不禁神眩心颤，神思随着有字的音乐飘得很远很远。比如你一念到艾青的《雪落在中国的土地上》的开始两句："雪落在中国的土地上，寒冷在封锁着中国呀。"你就会感到一种冷彻心脾的冷气和深深的忧郁。这两句诗在声律上不很讲究，但你"仿佛听到音乐的谐声，并且会用眼睛去寻索那以不见的手把它弹奏出来的颤动的琴弦"。这两句诗给人的视觉形象是一般的——辽阔的大地上下着茫茫的大雪。但作者对旧社会的痛恨，以及对人民悲惨命运的深切同情却通过一种沉郁顿挫的音乐调子悠远沉重地唱入人的心里，给人以强烈的感染。

恩格斯在谈到对歌德及其他德国诗人文体的研究体会时说过："必须从音乐方面，最好是从各种乐曲方面去研究他们。"恩格斯的话说明他非常熟识诗的内在音乐美的规律。诗人完全可以利用人的五官六觉的丰富敏锐的感触以及它们互相转移的特点，创作各种诗的音乐。维尔哈伦的《原野》的开始几句是这样的：

> 在天穹的悲哀的忧虑的下面
> 捆束的人们
> 往原野的四周走去，
> 在那云抱着的
> 沉重的天穹的下面
> 无穷尽的，捆束的人们
> 在那边走着。

这是一幅图画的两次出现，全部形象没有一个"悲哀""忧伤"的字眼，但那步履蹒跚的忧伤节奏、回环往复的重唱、沉重的和声使人强烈地感受到资本主义的发展使得土地荒芜，农村出现的一派凄凉气象。这种感受和听降 b 小调的音乐是一样的。而且它又比音乐多了一层视觉形象，所以更具体、更深刻。李瑛的《一月的哀思》中反复出现的两句："车队像一条河，缓缓地流在深冬的风里……""呵，此刻，灵车，正经过十里长街，向西，向西。"前句的沉重缓慢把我们带进了一种悲哀至极但无泪的心理状态，这是人民刚看见灵车时的感情，后句的急切又仿佛使我们能聆听到那种永诀时的痛彻心脾的啜泣声，这是人民与总理永诀时的感情。这两句诗像一首回旋曲的主旋律一样在整首诗中回环往复、贯穿始终，使得全诗在一派悲恸哀切的气氛中跌宕回荡。诗作为人内心音乐旋律（艾略特称之为"听觉想象"）在文字中的特别延展，它的表现天地是异常广阔的。

空间艺术与时间艺术因为一个重反映，一个重表现，它们对生活反映的手法也不同，前者多以模拟，后者多以比拟、象征。以模拟生活为主的艺术的审美特点是：可视性强，依靠直觉审美，印象明晰固定，思辨起的作用很小。审美的物体已经有了一个客观的参照物，真与不真、生动与不生动，都可以用参照物来衡量，所以不很需要思辨作用，而且得出的印象是清晰的。以象征生活为主的艺术的审美特点是：直觉审美作用常常不大，需要想象和思辨工作，印象往往是朦胧流动的。时间艺术，尤其是音乐和诗的审美物体常常缺少人的五官能触及的客观参照物，创造中的多层折射也造成了欣赏中的多层折射。比如音乐要表现很多不属于声音范围的景物（如天空、月亮、闪电）和社会现象（如命运、苦难、自由），以及更广阔的、复杂的人类情感心理。所以，人欣赏音乐时必须用人六觉相通的经验来大致体会纯音响的乐曲。（模拟手法在音乐中也出现，如《田园交响乐》中模拟小溪的流动声和教堂的钟声，但从整体来说，这种模拟的音乐形象是少数。）和音乐一样"内容是主体性的，表现形式也是主体性的"诗，强烈的表情内容使得它更偏重于比拟、象征。这种"比"还不是修辞格中的"比喻"，而是一种虚比、远比。黑格尔在《关于艺术的格言和感想》中这样解释它的："象征把现象转化为一个观念，把观念转化为一个形象，结果是这样：观念在形象里总是永无止境地发挥作用而又不可捉摸，纵然用一切语言来表现它，它仍然是不可表现的。"诗的音乐美就常有这种形象的朦胧性与意念的深远性特点。贝多芬在第六交响乐上加上一个注解——"比音画更有感情"。在欣赏艾青的《树》《光的赞歌》，艾略特的《荒原》等多用象征手法的诗时，你会感到它呈现的已不是诗中仅限的实体形象，而是内心化的象征形象。虽然它像音乐一样，"只有透过想象力这眼镜才能看出美来"，但一旦接触它，你就会感到这种美并不停顿在诗的实体形象上，在形象的背后你还能看到一整片情感上、精神上的天地。

　　音乐美是一种流动美，一切凝固、平面、单调都会失去这种流动的美感。在诗的屏幕上，复合的意象、多层的线索才谱成了交响的情感音乐。别林斯基盛赞普希金一首死后发表的诗《去到遥远的祖国》，全诗如下：

> 去到遥远的祖国，
> 你抛别了异乡；
> 在永难忘怀的、悲伤的时刻，
> 我长久地在你面前哭泣。
> 我一双发抖的手，
> 竭力想留住你。

我埋怨着，央求不要打断
无端的离情别绪。
但你却从痛苦的接吻中
把自己的嘴唇移开，
你召唤我从阴暗的放逐地
走向另外一个地方。
你说：在相会的日子里，
在永远蔚蓝的天空底下，
在橄榄树和爱情的浓荫下，
我的朋友呀，我们会重新结合在一起。
真可惜，到了那地方，
晴空散着蓝光，
河山在峭壁下荡漾，
而你就此长眠不起。
你的美貌，你的苦难，
消失在尸灰瓶里——
还有会见时的接吻……
我还在等待着这一吻：
可你也把它带走了……

全诗是循着暂别痛苦—对美好将来的憧憬—永诀的悲痛这样一条情感线索发展的。诗用大跨度的回忆展开了诗人情感的广阔世界。用暂别的痛苦、对将来的憧憬来层递映衬和反衬着永诀的痛苦。感情在动态中延伸发展、连绵起伏，形成了回肠荡气的音乐旋律。诗中流动的感情逻辑代替了严密的思维逻辑和情节逻辑。多层的情感交响使得诗情像决堤的波涛，汹涌澎湃，一直漫到很远很远的地方。

诗的感情大跨度的跳跃，形象的虚实延伸，像音乐形象似的流动，这是诗的内容决定的。早在两百多年前莱辛就说："诗的范围较宽广，我们的想象所能驰骋的领域是无限的，诗的意象是精神性的，这些意象可以最大量地、丰富多彩地并存在一起而不至于互相掩盖、互相损害，而实物本身或实物的自然符号（指绘画——引者注）却因为受到空间和时间的局限而不能做到这一点。"

诗的音乐流动美必定造成在欣赏时的内容定型和不定型的矛盾。人们在音乐作品中能够获得艺术家所要表现的情感基调，但对于这个情感产生的观念、思想基础却不一定能够明了。有着强烈的节奏变化和旋律变化的诗在内容上也有着这个问题。别林斯基就把前引普希金的那首诗称为"这是心灵的旋律，灵魂的音乐，这旋律和音乐不能翻译成人类语言，但却包含着完整的故事，它的开端在地上，结局却在天上……"他还说："抒情作品虽然内容十分丰富，但却仿佛没有任何内容似的——正像音乐作品用甜美的感觉震撼我们的整个身心，但它的内容是讲不出的，因为这内容是根本无法翻译成人类语言的。"这是否是诗的音乐形象给人的审美感觉有别于绘画形象的重要一点呢？

诗的音乐美是在发展中的。浪漫主义诗人那种直抒胸臆、一泻千里式的表现手法，到了象征主义、意象派等现代派诗人那里就不是这样了。他们讲究寄托、象征，找情感的参照物，通过外界的实体形象寄托、象征自己的主观情感和思想。从表面上看，这似乎又是回到了纯绘画表现中去了。诗美的表现好像兜了一个圈子，又回到了原地。庞德喜欢中国古诗，研究中国古诗，更为有些人感到以绘画美为重的中国古诗是一切诗的楷模。以中国的意境说解释西方现代诗也有了。这一切实在是误会。西方现代派诗是对浪漫派的反拨，是对诗人的主观情感在诗中泛滥成灾、一览无余的惩罚。它的特点是对媒介手段的开掘和利用。作为意象派代表的庞德，为了达到媒介手段，即意象的凝练、简洁、明晰，从中国古诗中汲取有益的营养，在他也算是洋为我用。实质西方现代诗中的意象和中国古诗的意境貌似而质异。它们虽然都以描述外界实体形象为主，但这个实体形象在中国古诗中是真实体，而在西方现代诗中是假实体。意境、意象都有"意"，但意境是重情融于境，以境为主，而意象是重主观情感的寄托，以意为主。意境是主体的客观化，意象是客体的主观化。所以意境中的实体形象多为能识能见的视觉形象，而意象中的实体形象多为主观意象摄取改造的经过强烈主观变形了的形象。在现代派诗中，"我"并没有被泯灭，只是更曲折地来表现"我"的情感思想。所以这些诗的音乐美的内涵表现也就更为曲折隐晦。音乐美为人欣赏时的不定型特点在这里还应加上一个不确切的特点。

诗这个高度精神化的混合艺术，它的发展使得实体形象被流动地带入了音乐的感觉和旋律之中，而音乐则勇敢地闯入了形象、细腻的实体形象之中。它们的结合为我们开拓了诗美的全视界。这正是诗歌艺术发展的必然。

原载《诗探索》1981年第4期

新诗的意象艺术

骆寒超

  意象在现代诗歌创作中,已越来越显示出了它的重要性。
  在我国古典诗论里,意象这个术语已早在使用。胡应麟在《诗薮》里早就说过:"古诗之妙,专求意象。"何景明在《与李空同论诗书》里还具体地指出:"意象应曰合,意象乖曰离。"在他们看来,意象是意与象的有机组合,意是心意,象是物象,心意与物象相吻合,才可能有诗的意境美。所以中国传统诗论里的意象实指以景寓情、情景交融的一种艺术处理。说得简洁点,意象就是意加象。但在国外,意象却被看成是内发的产物。在英语里,它的原词是 image,这个词我们国内译为"形象",其实它却还有想象的含义,故片面强调有形之象并不适当,而该是心意通过想象而获得的一种具象表现。有鉴于此,一位加拿大华裔学者就认为 image 应译为意象,指的是心意在物象上象征寄托出来的一种艺术处理,说得简洁点,意象就是意的象。那么在我们现代的诗论里,意象应如何理解呢?我看,它既可以是意加象的,也可以是意之象的。但还有一条却必须统一,这就是意象首先是感觉或情思的具象表现。诗人艾青在他的《诗论》里就认为:"意象是纯感官的,意象是具体化了的感觉。"也就是指意象是一种用感官可以感知的、感觉的具象表现。
  明确了意象的含义以后,我们还得把诗歌中的意象和形象具体划分一下。
  我以为,抒情诗像其他文学样式一样,它的总原则应该是对生活的具体而真实的再现,那么我们对一首诗,就应着重于这种再现,而把它的总体看成是形象就显得恰当一些。而抒情诗所再现的生活，又总是要升华为一种感情传达给读者，使读者在感受感情的过程中激发起联想，从而再现诗人所感受过的生活。那么，一首诗的各部分应着重于感觉或情思以及它们的具象化，所以把一首诗的各部分的具象表现看成是意象就更恰当些。

一般说，意象可分为四大类。

第一类，我们不妨称之为描述性的意象。这一类意象是感觉或情思与作为它们的直接现实的物象的有机组合，感情被物象渗透，物象直射出感情来。这在我们古典诗歌里是使用得最多的，如杜甫的"两个黄鹂鸣翠柳，一行白鹭上青天。窗含西岭千秋雪，门泊东吴万里船"，就是四个描述性意象构成的，渗透着诗人一片洋溢生命美的、朝气勃勃的感情。柳宗元的"千山鸟飞绝，万径人踪灭。孤舟蓑笠翁，独钓寒江雪"，也是四个描述性意象构成的，渗透着诗人一片阴冷、荒寂的感情。在现代诗歌里这类意象也用得最普遍。如严阵的《山坞》，写月夜的山坞：

　　花的墙，花的院，
　　花的山径。
　　整个的山坞都睡了，
　　月色，梨花，是它的梦。

公社化以后的山村，在月色、花影的笼罩下，显得有一种朦朦胧胧如醉般的柔情荡漾着，六个意象渗透着又发散着多么动人的幸福感情！如果说严阵写月夜、山坞的意象虽还不够具体细腻，就已能渗透出动人的感情，那么艾青的《旷野》写旷野上的池沼却十分细腻：

　　那些池沼毗连着，
　　为了久旱
　　积水快要枯涸了；
　　不透明的白光里，

弯曲着几株淡褐色的
不整齐的堤岸
往日翠茂的
水草和荷叶
早已沉淀在水底了;
留下的一些
枯萎而弯曲的枝干,
呆然站立了
从池面徐缓地升起的水蒸汽里……

这里有三个特写镜头般的意象,细致地描写了池沼、堤岸、水草、荷叶的枝干,异常动人地渗透着诗人对旧中国农村那种"静止、寒冷,而显得寂寞"的感受,这种感受的传达也是从意象中直射出来的,因为后者是前者最初的感觉的直接现实。

第二类,我们不妨称之为拟喻性的意象。这一类意象也是把抽象的情意化为具体的物象,以增强人的可感性;不过,不同于描述性的意象那样,心意总渗透于物象上呈现出来,而是把这情思自身虚拟为人或物,使它有光、有色、有形、能言、善思、会动,使抽象获得具体。古典诗论里对"红杏枝头春意闹""春风又绿江南岸"津津乐道,说著一"闹"字、"绿"字而境界全出,说这两个字是"诗眼"。其实大可不必说得如此玄妙,只不过是把"春意"拟喻为能够"喧闹",借以暗示红杏盛开、蜂蝶纷纷飞来,以显示那种春色正浓的情致,把"春风"拟喻为能够"染绿"江南河岸,借以暗示春风一起,随即是万物苏醒,碧草绿遍天涯。古诗词的语言由于远离口语,描状事物的词语也非特别精炼不可,用"闹"而使抽象的"春意"拟人化为活的一般,因"绿"而使抽象的"春风"拟人化为活的一般,从而各自构成了使人感官可感知的意象,把春色暗示出来罢了。其实,我们现代诗歌里这一类凭"诗眼"而境界全出的拟喻的意象就使用得更多、更扩大,因而更动人。臧克家早期的诗就很重视锤炼动词以造成拟喻的意象,如:"黄昏还没溶尽归鸦的翅膀""解疲劳的烟缕上也冒不出轻松""胯下的竹马驰走了我的童年""蛛网上斜挂一眼闷热"等。田间早期的诗也重视这类意象的使用,但他不求"诗眼"、炼动词,而根据拟喻的原则而作句子成分的奇特结合,如:"让罪恶 / 穿过 / 污烂的日子 / 淹死自己","中国呵 / 人民的 / 思想 / 靠在你的 / 乳房上 / 吮吸 / 拥抱"。"反叛的 / 思想 / 一滴 / 一滴 / 灼炽 / 在心里, / 愤怒 / 一颗 / 一颗 / 爆炸 / 在心里","手摇车 / 纺织着饥饿","自由呵 / 在我们的心上 / 抓住我们的血液"。这里所举的都是抽象的情思,靠了拟人或拟物的手法,形成了一个个富有官能感觉的意象。当代诗人中,像李瑛就十分喜用拟喻性的意象来抒情,如写战士保卫祖国的警惕性,说:"睡吧,却要醒着刺刀和子弹";写暴风雨之夜,打鱼人家对海上亲人的惦记:"今夜,有多少颗心穿在雨上";写井冈山大井一所毛主席和他的战友们住过的房子:"那时,甚至我们的今天 / 就已孕育在这间房屋里";写古代边塞一场壮烈的战斗传说:"一个严峻的传说燃一缕烽烟"。这些都具体可感,暗示着很深的感情。而另一位当代诗人贺敬之更善于把这种拟喻性的意象扩大,在更大的范围内产生一种立体感。如他在《放声歌唱》里写党时刻保持革命本色、坚守革命岗位、永不会变质,用了如下一个意象:

我们的党
　　没有
　　　在酒杯和鲜花的包围中
　　　　醉意沉沉

党
　正挥汗如雨
　　　工作着——
　　在共和国大厦的
　　　建筑架上

在近年来一些青年诗人中,拟喻性的意象更被常常采用,甚至有更动人的构成，如顾城在《爱我吧，海》里有这么个意象：

  声音布满
  冰川的擦痕

这就是把声音比拟为一个有形的躯体，身上布满被冰川擦伤的伤痕，无形的听觉形象被表现为有形的视觉形象，暗示着四害横行时阴冷的岁月使诗人的歌声总带着痛苦和悲郁的情调。又如舒婷为纪念"渤海2号"钻井船遇难的七十二名同志而作的《暴风雨之后》，写到这场惨痛事件被某些部门隐瞒、封锁消息，但终于被揭示出来时的愤激情绪，用了这样的诗行：

  可是，七十二个人被淹灭的呼吁
  在铅字之间
  曲曲折折地穿行
  终于通过麦克风
  撞响了正义的回音壁

在打点的地方，就是描写悲愤的呼吁的两个极动人的拟喻性意象，"呼吁"之能"穿行"于铅字之间，又能撞响正义之回音壁，无形的呼吁竟变成有形、有生命、会活动的一个具象物了。诗人的感受就从这种具体可感的意象上暗示出来。而正是这种暗示力才使拟喻性意象具有更深的寄托、更高超的艺术处理。

第三类，我们称之为明喻性的意象。这一类意象就是用直接明白的比喻物使抽象的情思具象化，或者使具象性不够强的物象更带有感情色彩的具象化。在古典诗歌里，如李后主《清平乐》中的"离恨恰如春草，更行更远还生"，就是以"更行更远更生"的"春草"之意象来明喻"离恨"。它之所以成为传诵的名句，就因为能以鲜明具感的这个明喻性意象而使读者有极深切的感受。在现代诗歌里，这种明喻性意象的构成，比古典诗词里更要扩大、完整、细腻和富有意境美。譬如李金发在《弃妇》一诗里，写随着夜幕降临，大批蚊虫向着那个徘徊在荒野的丘墓旁的弃妇嗜嗜嗡嗡"狂呼"而来，这时诗人写了这样两行：

  如荒野狂风怒号
  战栗了无数游牧

  把蚊虫的嗡嗡齐叫比作"如荒野狂风怒号"，夸张而具体，但还不够，他又把意象扩大：怕"狂风"的莫如草原上的游牧者，故又说战栗了无数游牧。而游牧者呢，又是浪子式的人物，有一种漂泊者凄凉感伤的情调，这又烘托出了弃妇的孤身浪迹和凄凉。由蚊虫对弃妇的威胁而联想到狂风对游牧者的威胁，这一个明喻性意象就染上了一层更浓郁的感伤。就思想情调说，这不足为训，但这种艺术处理有深意，值得吸收。又如管桦写日寇蹂躏还乡河畔的村庄的《还乡河上》，有这么一节：

  还乡河上，还乡河上，
  血红的落日，滚滚的波浪，
  好像鲜红的血流
  涌出大地的胸膛。

  落日照长河而使波浪血红，这景象被诗人以大地涌出鲜红的血流来明喻。于是，这个意象就既比实景（落日、波浪）要大而且可感得多，并且使人的联想打开了暗示的门，进入更显得苦难的境界中去了。并且值得注意的是，"涌出大地的胸膛"这是拟喻，使管桦这个明喻意象在艺术处理上有了新的发展趋向，也就是说：在这儿明喻的意象已不是单纯的比喻，而加入了虚拟的成分，这是我们现代诗歌比起古典诗歌来，意象艺术上显得进步了的标志。可不是吗？像年轻诗人叶文福在《写给钢筋》中，赞美钢筋在社会主义工业建设中的作用时，就用如下这个明喻性意象来抒发自己的激情：

> 我愿我的生命,像一条钢筋,
> 无条件地编进共产主义高楼。

若是生命像钢筋,编进建设中的高楼大厦。这明喻性意象已够具体而富暗示力了,但诗人又说"编进共产主义高楼"——这是拟喻,二者一结合,就使革命者把自己一生奉献于集体事业的感受提升到更深的哲理境界。

第四类,我们称之为隐喻性的意象,这一类意象是把一个非直接显示的比喻来使情思或感觉具体化的。在古典诗词里,这一类意象用得不太多,但外国诗歌,特别是象征派的诗歌很爱用它,而像马雅可夫斯基、聂鲁达等国外现代大诗人,也习惯于用这种意象来抒情或写鼓动诗:"幸福的/硕大的果子/在红色的/十月的花朵上/成熟","二月的/自由/还没有/给我们/滴下/一点露水"(指二月革命),"风雪的泪/从旗帜的/发红的眼睑上落下","彼得堡是用绸缎和鲜血做成的","对于世界,你是一朵/蒙着尘土的奇花"等。在我国的现代诗歌里,这一类意象用得已经越来越发达,如艾青在《雪落在中国的土地上》里写他自己:

> ——躺在时间的河流上
> 苦难的浪涛
> 曾经几次把我吞没而又卷起

把"时间"隐喻为"河流",把"苦难"隐喻为"浪涛",于是以河流里的浪涛把我"吞没而又卷起"这一隐喻的具象表现来暗示漫长的岁月里苦难不时地在折磨"我"。这里的具感性和暗示力是多么强。而从1930年代的现代派或1940年代新现代派出来的诗人,使用这种意象就特别多。如郑敏,在她最近发表的《希望与失望》一诗里就有这么一节:

> 如果希望的波峰永远不跌入一个波谷,
> 海洋将失去生命。没有波涛的海洋,

是没有呼吸的胸膛；没有呼吸的胸膛，
　　再雄壮，再魁伟，也是死、寂静的死。

　　这里把"希望"隐喻为"波峰"，把"没有波涛的海洋"隐喻为"没有呼吸的胸膛"。在这个基础上，诗人把这两个隐喻性意象做了一点扩展，从而暗示出了一个哲理：在人类历史上，追求光明时代的过程中无法避免出现艰难险阻的情势，绝不可能一帆风顺，否则这历史便是死的。不言而喻，这也多么富有具感性，又有着多么强的暗示力和启示力。而今天，我们一些"崛起的"年轻诗人，他们更是既热衷于这种意象表现，并且还使用意象叠加、视觉和弦等手法，把隐喻复合起来构成更富立体感的意象。如顾城在《生命幻想曲》里这样写：

　　让阳光的瀑布
　　洗黑我的皮肤……

　　太阳是我的纤夫
　　它拉着我，
　　用强光的绳索……

　　前一节里用"瀑布"来隐喻"阳光"，随之又用瀑布冲洗人的皮肤，来隐喻阳光晒黑我的皮肤，而皮肤被太阳晒得黑黑，原是一种健康美的标志。因此，它们之间复杂而又巧妙的隐喻结构所形成的意象，正如国外一位意象研究者所说的："两个视觉意象形成我们可以称之为视觉和弦的东西，并且合起来提示一个与二者都不同的意象。"这的确更美妙地暗示出了年轻诗人渴望于自己的生命在光明世界锻炼得更强壮这么一种健康的情调。后一节里，用"纤夫"来隐喻"太阳"，又用"绳索"来隐喻"强光"，用纤夫背着绳索牵我在逆流中前进来暗示这一种昂扬的气概：光明的信念，鼓舞着生命，使他在任何险恶的困境中奋力前进。

总之，意象在诗歌创作中起了这样的作用：把感情隐藏到幕后去，而不使它赤裸裸地呈现。那么"幕前"和"幕后"的关系又如何处理呢？一般说是两大类处理法。一类是让后"幕前"的具象活动把感情直接透现出来，这就构成上述第一类描述性的意象，而它所强调的是意象的直观性。应该说，这类意象所能内藏的感情量是有限的。另一类是让"幕前"的具象活动把感情曲曲折折地透现出来，这就构成上述拟喻性意象、明喻性意象和隐喻性意象，或者统称为象征的意象，它所强调的是意象的暗示性。应该说，这几类意象所能内藏的感情量往往是无限的。

在一首诗里，意象是作为"形象元件"之用的，所以它既是一个独立体，又总处在一定的组合关系中。作为一个独立体，我们对意象所要注意的是三个问题：

首先是选用什么来做意象。中国古典诗歌可以说大多数意象都是从大自然的景色中选取的，我们的现代诗歌也还是以选取大自然的景色为主。不过，现代诗歌所反映的是现代人的生活和情调，这里当然有和大自然较接近的农村生活情调，但也有和大自然并不太接近的城市生活情调，更有高度科学文明的情调。因此，现代诗歌面临着一个如何使意象现代化的问题，如果我们今天的诗人还是像"叶赛宁的缪斯驾着雪橇追赶着镰刀形的月亮"（艾青语），那显然是不够的。在这一方面，老诗人艾青为我们做出了榜样，他《归来的歌》中所使用的意象很有现代情调，譬如："让我们的每个日子／都像飞轮似地旋转起来"，"让我们像从地核里释放出来似的／极大地撑开光的翅膀／在无限广阔的宇宙中飞翔"（艾青：《光的赞歌》），"那些岁月／像一台'绞肉机'／好的、坏的、肥的、瘦的／都绞烂在一起"，"玩多米诺骨牌／一倒就是一大片／一个人有'罪'／亲戚朋友受株连"（艾青：《历史的尊严》）。而我们一些新起的年轻一代诗人，也正在向这方面努力，这是可喜的。

第二是意象内藏着什么样的感情色彩。这是十分值得注意的。譬如，同是对一天的时间的感受，有人特别爱选取夜作为意象，以体现他"走上无人的墓地内，听蟋蟀伴着死人的枯骨，唱一曲'今宵有酒今宵醉'！"（林庚语）。而艾青却特别爱选黎明作为意象，以体现他对光明的向往和对温暖的渴求。又，同是对夜，有人爱把它构成这样的意象："从夜之羽翼下发现了我惨死的愿望之白骨。"（于庚虞语）而殷夫却把它构成这样的意象："每夜是红花的梦影"。同是一个诗人，随着时代不同，感情色彩也起了变化了，故同一个物象就构成了不同的意象，如艾青写太阳的意象，在马赛这个殖民统治的世界里，他写的是："午时的太阳，是中了酒毒的眼，放射着混沌的愤怒，和混沌的悲哀……"而在全民奋起抗战的城市里，他写的是："太阳从电杆顶上，伸下闪光的手指，抚慰着……那在痛苦里微笑的脸。"一个的色彩是阴郁而狠毒的，另一个却是光明而慈祥的。所以特定时代的诗坛，我们若归纳代表性诗作中的意象，可以考察出这个时代的基本情调；特定的诗歌流派，我们若归纳代表性诗篇中的意象，可以探索到这个流派的基本倾向；而特定的诗人，我们若归纳其代表性诗篇中的意象，也可以判定他的抒情结构以及这种结构的变化规律。

第三是意象内藏的感情量更值得考察。事情往往是这样：一个诗人，他的艺术敏感力、对生活的感受深度和传达感情的技巧水平非常明显地体现在他所选用的意象上。我们今天的诗歌由于机械地为政治宣传服务和向民歌学习，往往以朴素、明朗、通俗易懂为标准来选用意象，结果朴素有余而诗美不足，概念譬比有余而感情不足，明白如话有余而含蓄蕴藉不足。我们并不想否定民歌是诗歌发展之源，但不能不认为，民歌那种还没能够摆脱掉原始形态的简单的意象艺术用来传达今天复杂的思想感情已大不适用了。譬如"石榴花开心里红，青年同志要英雄"，头一句作为一个喻性意象，只不过起一种理性认识上的解释作用，有几分感情浓度我很怀疑。至于像"黄麻草鞋四条网，红军哥哥打南昌"，前一句的意象到底透现了什么感情或者暗示了什么感情呢？我看几乎没有，至多不过是说明红军穿了草鞋去打南昌而已。还有"大跃进"中一首著名民歌："我是喜鹊天上飞，社是山中一枝梅。喜鹊落在梅树上，石磙打来也不飞。"据说它通过巧妙的比喻，深刻地表现出社员对社的热爱。但又据一位研究诗的同志说它原来是利用表现爱情的一首旧情歌略加改造成的，那首情歌是："变只鸟雀天上飞，妹是后园一枝梅。鸟雀落在梅树上，有人拿棍也不飞。"一对比，我们不能不惊讶：除了第二句"妹"改"社"以外，其余意象都一样，我真怀疑爱一个姑娘和爱公社的感情会是完全一样的，意象可以不受特定的感情的制约。其实这些"意象"都不过是用比喻来"解释"一个思想观念，而不是透射特定的感情。正因为是这样，情歌变爱社歌，只许改一个词就行了。这种不重视意象内在感情浓度，以解释思想观念为目的的做法，大大影响了当代诗人的创作，譬如老诗人田间的《果树园》：

　　　　果树园金子树，
　　　　树上银花朵朵。
　　　　引来海上仙女，
　　　　前来采摘金珠。

　　这里的"金子树""银花""仙女""金珠"，看来富丽堂皇，但它们构成的意象究竟有多少感情内藏着，能激起人多少美妙的联想呢？可以说极少！根本问题也就在于这些意象的感情很淡薄，它们只不过起了一种"解释"思想观念的作用。但我们的意象艺术是不能允许这样的，它不仅要内藏感情，而且感情量越多越好。

　　意象总是处在一定的组合关系中的。正如同颗颗珍珠得用一条线把它们串起来，才能成为一条项链一样，各个意象的有机组合也得有一条线来贯穿。这就是对生活的主观认识规律。一般说，一首诗的创作过程总是从诗人对生活中的某一点引起了特别动人的感觉，出现了异样的情思而获得了第一个意象开始的，这第一个意象往往成了这首将要产生的诗的核心意象。诗人获得了它以后，创作冲动必然会激发起情思的延伸，并使诗人展开丰富的想象、联想或拟想，使核心意象不断地推移向其他意象。当然，诗人对自己这种情思的延伸和意象的推移的前景，不可能有很清晰的自我意识，但生活本身固有的发展趋向和诗人主观对这种趋向的判断力会使他在潜意识中掌握情思延伸和意象推移的大致脉络，意象的取舍、补充和调整，都必然顺着这条脉络进行，从而使意象得到有机的组合。由此看来意象组合是否达到高度的有机性，还是决定于诗人对生活发展趋向的主观判断所达到的高度。譬如，艾青在一九三七年写的《太阳》一诗中这样写太阳向"我"滚来：

从远古的墓茔，
　　从黑暗的年代
　　从人类死亡之流的那边
　　震惊沉睡的山脉
　　若火轮飞旋于沙丘之上
　　太阳向我滚来……

　　艾青在太阳滚来的感受中竟会联想到"远古的墓茔""黑暗的年代""人类死亡之流"，也就是说"太阳向我滚来"的核心意象竟使诗人推移向墓茔、黑暗和死亡的意象，从而把它们组合起来，的确很值得人重视。我们若和郭沫若的《太阳礼赞》比一比，就可以明显地看出两者的不同。郭沫若在太阳出来的感受中所联想到的是大海，波涛汹涌，东方光芒万丈，天海中的云岛都笑得像火一样鲜明，绝无黑暗、死亡之类的意象推及，这显示着：在郭沫若心中，光明就来自光明的世界。而在艾青心目中，光明却是从黑暗中来的，是通过流血死亡的代价换来的。艾青之所以做这样的意象组合，首先在于他写这首诗时正处在抗战前夜的密云期，内忧外患的黑暗感受充塞心中，而眼见着一场大规模生死存亡的反侵略战争即将爆发，他寄希望于这一战争使全民觉醒，使国家民族奋起斗争得到新生，所以他是从严峻的现实主义中激发出这片光明的浪漫主义渴望的，他懂得光明将要用大量的生命和鲜血换来。正是这种对生活本身固有的规律的主观判断达到了这样真实的高度，才使这首诗意象组合的有机性也达到了这样的高度。但是，有些象征派、意象派的诗，常常使人读了后感到意象虽丰富，组合得却杂乱无章，使人读了莫名其妙。如李金发的诗，有人说"分开来看句句可懂，合拢来看则有些莫名其妙"（苏雪林：《论李金发的诗》）。这是什么缘故呢？另有人进一步解释说："他要表现的不是意思而是感觉或感情，仿佛大大小小红红绿绿一串珠子，他却藏起那串儿，你得自己穿着瞧。"（朱自清：《新文学大系·诗集·导言》）这两人的感觉和解释是对的。李金发的诗，孤立地看，意象确实丰富，也不能认为没有艺术深度，但并不拢，组合不起来，为什么？就在于这条"串儿"没有，这是颓废派的致命伤，因为他们对社会生活发展趋向的认识是不清的,甚至是歪曲的、畸形的,这使得我们没法找到那条合于生活发展趋向的、主观判断的"串儿"。因此,他们的意象芜杂,组合凌乱,不可能形成一个有机整体,从而造成他们的诗晦涩朦胧。

当然,也有一种诗,内中有诗人对生活的主观认识规律的"串儿"贯穿着,但全诗体现出来的还是使人感到意象组合十分无机,使人读来晦涩莫解,这也就不能不考虑到另一个组合技巧上的问题,那就是有些爱用意象的诗人在意象与意象组合时,有意识地省略了必要的关联词语和一些"中介"成分。李金发的诗晦涩朦胧,合起来看不知所云的另一个问题,也就因为在这种行文时或于一章中省去数行,或于数行中省去数语,或于数语中省去数字的省略。意象派诗人曾把这种做法美其名曰脱节的技巧。强调用意象写诗的人,采用这种脱节的技巧是不是就不对呢?我以为要做具体分析。事情往往会这样:意象与意象组合时,有意省略中介,使其表面上显得脱节,从而使人读到这个意象向那个意象过渡时,因形式上的脱节而加强刺激,使人去更深入思考这种意象间的过渡所隐含的意味,这还是有积极意义的。所以,对于有些朦胧的诗就不该一律否定,还是老话:具体情况要具体对待。如果是因为这种脱节的技巧造成读者欣赏习惯上的故障,那么把读者欣赏习惯进一步扩大、提高,我看很有必要。不过,任何极端的做法总是不对的。如果无限制地"不固执文法的原则"去省略,无任何暗伏因素,任意脱节,破坏读者形象思维在一定范围内的正常进行,弄得把读诗当成猜谜一样,搞得晕头转向,这种情况造成的朦胧晦涩,就要反对。意象的相对独立性和互相依存性在意象艺术上是十分值得我们重视的,它们对抒情诗的形象构成有着重要的意义。

抒情诗的形象一般可分为五种型号,除了直白型、直观型、拟喻型和隐喻型的以外,还有一种综合型的。这后一型号的形象,是把各类意象和直抒胸臆交叉着有机组合而成的。这一类形象也许是我们现代诗歌中通行的意象抒情和直抒胸臆互为作用,变相辉映。它常用于政治哲理的朗诵诗或长篇抒情诗来构成形象,艾青的《向太阳》、田间的《给战斗者》、石方禹的《和平的最强者》、郭小川的《致青年公民》、贺敬之的《放声歌唱》《雷锋之歌》,都是极好的例子。这些诗中大量的直抒胸臆或直白的交代有好处,也有不好处,好处在于从形象中直接抽出感情来再抒发一遍，可以加深意象的感染力，又可以起一种意象与意象间的串联作用，不至于失了"串儿"、脱节过分，以致使人有晦涩难解之感。但也因为有直抒胸臆或直白交代这些解释性的东西掺入意象间，无形中会冲淡意象内藏的感情浓度，削弱意象的暗示力和启示力，也就是说，会把意象摊成平面。为此，有人提倡纯意象抒情诗。譬如，1930年代诗人徐迟曾在《意象派七诗人》一文中说："诗人的我们是不能满足一个平面了……诗应该生活在一个立体上。"艾青在《诗论》里也一再强调："一首诗必须具有一种造型美，一首诗是一个心灵的活的雕塑。"这种立体感、造型美，实指一首诗里的每脉情思、每个感觉都要有具感性，都要用纯意象的有机组合来表现。于是在现代诗坛上就曾出现一种"意象抒情诗"，像戴望舒的《印象》：

　　是飘落深谷去的
　　幽微的铃声吧
　　是航到烟水去的
　　小小的渔船吧
　　如果是青色的真珠
　　它已堕到古井的阴水里

　　林梢闪着的颓唐的残阳
　　它轻轻地敛去了
　　跟着脸上浅浅的微笑

　　从一个寂寞的地方起来的
　　迢遥的、寂寞的呜咽
　　又徐徐回到寂寞的地方，寂寞地。

这里围绕"铃声""渔船""真珠""残阳""呜咽"而构成的六个意象，组合成一首诗，它们之间排除了某些关联用语作"串儿"，也没把任何一个意象拨高一层，抽象出一些解释性的直白来，纯粹是六个意象的组合，感觉和情思都隐藏在具体的意象背后。虽然，这种情思和感觉是不足为训的，但作为抒情诗的一种表现艺术，是值得我们重视的。

当然，像《印象》这样纯意象组合而成的抒情诗是不多的，戴望舒自己也不过那么一二首吧！一般讲，尽量减少直白交代成分，减少直抒胸臆，尽量让意象来传情的做法还是可行的。我们现代诗歌中一些短小的抒情诗都已趋向于这种做法，而有些长诗，如艾青的《旷野》《解冻》等，也主要以大量的意象组合而成抒情形象，中间所插入的直抒成分已极少，诗篇确实富有立体感了。由此看来，重视诗的意象艺术，大力采用这种意象抒情，对于诗歌技巧现代化将具有方向性的意义。

原载《诗探索》1981 年第 4 期

诗歌语言研究中的几个基本概念

赵毅衡

一、令人迷惑的"意象"

我们现在通称为"意象"的这个术语，目前陷于极其混乱的状况之中。朱光潜先生在 1948 年出版的著作《诗论》中指出："意象"即英语 image 的译名。他当时对这 image 的理解是从克罗齐直觉论出发的，他的译法很能传达原意。

1980 年朱光潜先生在《西方美学史》和《谈美书简》中又说："意象"即德语的 idee，即观念。注意朱光潜同书中的一段论述："思维分两个步骤，第一步是掌握具体事物的形象，如色、声、嗅、味、触之类的感官所接触到的形式和运动都在头脑中产生一种映象，这种原始的感性认识有种种名称，例如感觉、映象、观念、或意象。"

也就是说，这种"意象—观念"即"原始的感性认识"。但是朱光潜先生这段话是接着他引的马克思《资本论》中的一段话而言的，那段话讲到"观念"的地方是："劳动过程结束时所取得的成果在劳动过程开始时就已存在于劳动者的观念之中了，已经以观念的形式存在着了。"朱光潜先生在注释中说这"观念"就是"心中已先有"的"蓝图"。那么，它为什么又同时是"原始的感性认识"？

我们是否可以说这里"意象"的语义存在一定程度的混乱呢？

而在中国古典文论中,"意象"又是另一个完全不同的意思。此术语源出《周易》"子曰:圣人立象以尽意"。王弼注:"夫象者,出意者也。"世传王昌龄《诗格》中云:"搜求于象,心入于境,神会于物,因心而得。"因此,中国古典的"意象"是指用具体的形象曲传一个只能心会的玄妙的抽象意义,简单化地说,就是象征。

不过让我们先回到目前我国文论中大致通用的"意象"一词意义,即与 image 对应的意义上来,就在这个范围中,"意象"的界说仍是非常混乱的。

首先使问题复杂化的是 image 这词大量使用于与文学批评关系密切的一些学科,如心理学和美学上。美国批评家韦莱克有个定义:"在心理学上,image 指过去的感性或知觉的经验(不一定是视觉的)在意识中再造或回忆所成的象。"因此,"意象"是意识中的象,是感觉映象的残留,也就是康德所说的"想象力重新建造的感性形象"。

但是,在文学作品中,image 并不是意识中的象,而是用语言描写出来的象,问题的复杂性就在这儿。

即使在文学作品中,image 也有很多类型,以至于有人骂滥用 image 此术语的文章为"懒批评"。[1] 有的批评家,例如英国的燕卜荪,始终抵制使用这个分析诗歌时似乎难以避免的术语。例如莎士比亚《麦克白斯》一剧中至少有以下五种类型的 image:

(1)描述:(麦克白斯夫人说)"我给孩子哺乳";

(2)比喻:"怜悯象赤裸的初生婴孩";

(3)象征:"赤裸的婴孩"一语一再被提起,并使用于各种场合,使人感到它有一种特殊的意义,神秘的所指;

(4)情景:麦克白斯夫妇杀人的情景;

(5)人物形象:麦克白斯夫人的形象。

如果要用一个译名把这五种类型的 image 全包括,那么我们不如把 image 全部译成"形象"。

---

[1] Joseph T.Shipley, *A Dictionary of Critical Terms*, 1970, p.251.

我们仔细分析一下上述五类 image，可以把它们分为两批。第四五两种，即情景和人物形象，不是语言一级水平上的形象。虽然作为文学作品，其各种形象必然由语言构成，但四、五两种是由语言细胞组成的活体，虽然每个细胞单独有其生命，但合起来后成为一个新的有机体。笔者建议把这两种形象称作文学作品中的宏观形象，而把前三种——描述、比喻、象征——称为微观级语言形象。

而在文学的"世界→作者→作品→读者"这三级跳中，充满了"形象"。客观世界给予作者的形象是由客体的诸物理属性构成的；作者心中产生的形象无论是初次的映象还是回忆的再造形象，都是我们上文中解释过的由感觉或感觉的残留构成的"意识中的象"；而作品中的形象，无论宏观微观，都是语言描写出来的形象，它们的目的是激发读者意识以认识一个新的形象。这四种形象能否相应是文艺心理学中的重大问题，康德就认为语言无法充分表达审美意象。不过这里我们不准备对此细论。我们只指出：文学作品的形象，是由具象的（即能在读者意识中激发相应感性经验的）语言组成的。它与作者和读者心目中的形象不同，它不应该译成"意象"，它是一个语言事实。有人可以说把这种语言形象译作"意象"，指表示"意义之象"，这固然勉强说得通。但每一处的"意象"，意字都要作不同解释，还能避免混乱？

因此，美国批评家威廉·维姆萨特建议把文学作品中的 image 改称为 verbal icon（文字的造像），它是一个人造的由物质材料（文字）构成的形象。

中国香港学者黄维樑也曾指责海外学者滥用"意象"一词，他根据英国诗人 C. D. 刘易斯对 image 的定义，建议译成"象语"，但刘易斯的定义是"文字构成的图像"，因此似以译成"语象"为当。也就是说，我们强调的不是具象的词语，而是具词的象。

20 世纪初英美一个影响很大的诗派 imagism，我们译为"意象派"，实际上他们是强调在诗中不许用抽象词，一切要用具象的语言来表现，以前有人抄日文译名，称为"写相派"，倒也符合实际。梅光迪骂胡适效颦"形象主义"，而梁实秋译成"影像主义"，虽然都译得不好，但都比现在通用的"意象派"贴切一些。

二、语象的分类

在十六至十八世纪的欧美各国，语象只是作为一种文字装饰，附在诗中所直接阐明的理性思想上。到了浪漫主义兴起，情况为之一变。在德国和英国的浪漫主义理论中，形象思维问题已成为诗论的核心，但在创作实践上，语象仍是附属性的。一直到现代诗歌中，语象才被视为诗的灵魂，甚至诗的一切。美国诗人埃兹拉·庞德有名言云："与其写万卷书，不如一生只写一个语象。"

美国文论家雷奈·韦莱克与奥斯汀·沃伦建议把微观语象分成三级：语象—比喻—象征。这里的第一级所谓语象，即单纯的描述性语象。美籍华人学者刘若愚在其名著《中国诗艺》中建议把语象分成单式和复式两种。把他们的看法综合一下，可得下图：

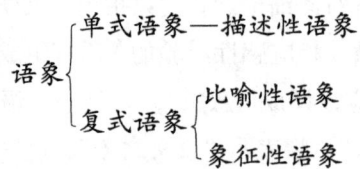

也就是我们在第一节中谈到《麦克白斯》中的各类 image 的头三类。

这个图清楚明白，却是隐含着不少问题的。首先，文学作品的比喻不一定具象。《李尔王》中的名句"成熟就是一切"，就是不具象的，非文学作品这种情况更多。但偏偏比喻是我们用得最多的一类语象，不少人心目中甚至把比喻当作语象的同义词。

其次，问题是：有没有不带比喻或象征意义的纯描述性语象？不少人坚持说没有，诗中任何貌似白描写景的地方，都是或明或暗地指着一个意在言外的东西。其实，这个问题往往取决于我们欣赏文学作品时的阅读反应的强度与类型。请看各种解说唐诗的本子，"春潮带雨晚来急，野渡无人舟自横"，有人认为是白描，有人认为有所指。但我们必须承认，对"社会平均读者"来说，纯白描性的语象的确是存在的。瑞恰慈曾提出过确定文句中词语意义的一个

"取代原则",就是说我们把某个词语从诗中取走,在空槽上填一个或一些表示抽象意义的词,上下文还能维持原意(虽然很拗口),那么这个词语就是指着这些词的意义。用这种办法试一下就可发现很多语象没有特别的暗指,就是字面上的意义,因此它们是描述性语象。

第三个问题是比喻性语象与象征性语象的区别,这更复杂。喻本和喻体都出现于字面上的明喻,自然不存在这问题。例如"不知细叶谁裁成,二月春风似剪刀""疑是银河落九天",象征的两造(象征物与被象征物)偶尔也可能都现于字面,"满园春色关不住,一枝红杏出墙来",这个象征是明白的。但大部分象征和隐喻,被比物不出现于字面,是暗指,要我们猜测。这时情况就复杂了。柯尔立治认为"比喻可以意释,而象征无法意释",这公式似乎可行,实际上当我们用一个具体的语象来表现一个其他方法所无法表达的观念内容时,就成为象征。"孤舟蓑笠翁,独钓寒江雪",它暗指的是一种精神状态,所以它是一个象征。"昆山玉碎凤凰叫,芙蓉泣露香兰笑",它暗指的是音乐表现的情趣,所以它们是比喻。但这个标准实际使用时是有困难的,"春风无限潇湘意,欲采蘋花不自由",这欲"采蘋花"所指是具体的还是抽象的,就很难说。

英国批评家瑞恰慈提出一种区分法。他说比喻两造之间的关系是"异中有同";"昆山玉碎"或"凤凰叫"所发的声音,想来与箜篌奏出的声音有某些类似之处。但象征的两造之间就不是靠相似点联系,而是靠一定的联想关系。十字架象征上帝,是一段"历史典故"的联想;密尔顿笔下的力士参孙头发被人剃了就变得像孩子一样无力,头发与力气没有相似点,生活中秃头者力气并不比旁人小,这是与许多民族中毛发作为第二性征的联想有关,与僧尼削发同出一源。

瑞恰慈的这个分析是比较正确的,但仔细看一下,也有问题。"惟草木之零落兮,恐美人之迟暮",王逸注谓"年去而功不成",这是象征,但显然两造有相似之处。这怎么解释?因此我们必须指出:象征与隐喻没有明确的分界线,它们是从一种逐渐过渡到另一种的,有不少象征(包括"美人迟暮""红杏出墙"等)是比喻性象征,或者说象征性比喻。象征与比喻只是程度上的差别,没有严格的分界,问题的复杂之处就在这儿。

三、比喻

二十世纪由于语义学被引入文学批评，比喻的分析在英美受到极大的重视，或许这是在象征主义盛极一时之后的一种反拨吧。

瑞恰慈在《修辞哲学》（1936）给比喻的分析下了一个经典性的方法，他指出比喻是"不同语境间的交易"，这里所谓的"语境"是背景的意思。要使比喻有力，就必须使比喻的两造距离越远越好，这样交易才值得做。维姆萨特为瑞恰慈这个"远距原则"提出了有趣的例子："狗像野兽般咆哮"，这比喻无力量，因为双方背景太近；"人像野兽般咆哮"，就有力多了；"大海像野兽般咆哮"，就很有力量。"远距原则"显然是正确的。"大弦嘈嘈如急雨，小弦切切如私语"，这力量远不如"芙蓉泣露香兰笑"，原因之一是后者是个"远程贩运"式的交易。

美国批评家兰色姆指出比喻分析中第二个原则：反常原则。他说比喻的两造之间如果是不合逻辑亦即不合常情地联接起来的，那么意义更见丰富。有人甚至认为"比喻就是靠不合时宜，把话说错起作用"。例如，通感的比喻之所以让人感到新鲜，就是因为它的两造之联系违反常情。"银浦流云学水声"叫人觉得奇美，原因盖在于此。

应当指出，比喻两造之间的联系，其中有一个哲学问题，也有一个阅读心理学问题。瑞恰慈指出："当我们用突然的、惊人的方式把两个完全不同的东西放在一起时，最重要的事是意识努力把这两者结合起来，正因为缺乏清晰陈述的中间环节，我们读解时就必须放进一个关系，这就是诗的力量之主要来源。"这一段话说出了两个问题。第一：当我们将 A 比 B 时，我们的阅读意识迫使 A 和 B 产生关系，因为我们知道它们既然是比喻，就必然有关系。这就是 A 与 B 远距而异质却能联接起来的原因。其次，用 A 比 B 不一定是目的，而常是一个口实，用来产生一个 ×，矛盾的双方创造了一个第三物，这个第三物是一个抽象的品质，是无法用其他方法表现出来的，是只能用比喻表现的真理。

这似乎很玄，让我们引几句常见的诗作为个例解："北风卷地白草折，胡天八月即飞雪。忽如一夜春风来,千树万树梨花开……"这里忽然出现一个"梨花",从上下文我们意识到这是一个隐喻。于是在我们的意识中,"梨花"与"雪"这两个意象联系了起来,但如果诗人只是用梨花摹状雪,那意义就不大。在这里,两者的联接产生了关键性的第三物,在这里是一种对气候严酷的感慨、一种怀乡的惆怅,这个第三物是无法直接用语言表现的。

四、比喻的老化与活化

我们前文说形象语言为"能激发读者相应意象的具象的词句",就埋了一个伏笔,并非所有具象的词句全是形象语言。说到底,任何一种语言的绝大部分词都是曾经一度具象的,而它的激发能力目前已死亡。这就像海中巨大的珊瑚岛,它大部分是珊瑚的遗骸,只有上面很少一点珊瑚是活的。法语"现在"(maintenant)字面义是"手抓住",但这个语象早就死了,任何法国人想不到这一点。汉语的"轮船",过去这"轮"是个活生生的形象,现在已完全无形象感。

这种因为在社会中过于经久地使用,或其他原因(如船上的"轮"已淘汰)而使语象失去形象激发力量的情况,笔者暂且名之曰"老化",西方文论家称之为"凋萎""钝化""死亡"等等。德国心理学家冯特曾认为这里有个写作意象问题,即使用"山脚""桌腿"这种词组的人根本没打算用比喻。

这个问题,现在差不多是老生常谈了,但更困难的问题在于使老化的比喻复活。

首先我们可以发现,某些比喻之老化只不过是其措辞方法的老化。一个不谨慎或知识不够的翻译者往往会复活许多原文中已死亡的比喻。笔者读到过一部中国小说的翻译,说是某人被打得"浑身伤痕像鱼鳞一般层层密密",这个比喻奇妙!但原作者写"遍体鳞伤"时可能就像用"桌腿"一样,根本没想到这个意象。

文字的变动也能使老化的比喻复活。毛主席说我们不应"走马看花"而应"下马看花",这后一个成语中文字的变动使形象活化,使前一个成语也受到了影响而活了起来。

这十分类似中国古代诗论的"炼字"。《诗人玉屑》云,"诗句以一字为工,自然颖异不凡。'暝色赴春愁',下得'赴'字最好,若下得'起'字,便是小儿语也"。所谓小儿语,即陈腐不堪的老化语象,它能被一字救活。因此,老化的语象往往只要措辞上改动得好就能重新活化。

说到这里,我们不妨插叙一个文学语言中的原则性问题,那就是俄国文学理论家什克洛夫斯基提出的"奇化"(OCTPAHEHNE)原则,他认为诗歌语言的各种手法其实都围绕着一个中心问题,即是使诗歌语言不同于日常语言的习惯程序,亦即有意使语言的组合"生疏化"。诗歌语言组成的原则,就是消除语言的习惯性,延长和加强感知的过程。"艺术的手段是要使事物陌生起来,使形式有阻拒性,以便扩大感知的困难和时间。"

"奇化"可以有很多办法。什克洛夫斯基就举托尔斯泰用过的几种手法为例,在《战争与和平》中通过一个平民误入战场以将战争描写"奇化",在另一篇小说中托尔斯泰透过一匹马的眼睛看人类社会。我们改变老化的(过于习惯的)比喻的措辞方式的变化,也是在追求奇化。

五、象征

一般都认为象征是语象系列中最复杂的一级。柯尔立治说:"一个思想,在这个词的最深意义上,只有一个象征才能传达。"

我们前面已说过,象征是靠联想等关系提示一个或一些特定精神内容的语象。

它是个语象,因此它在字面上是具体的描写。《艺概》中说:"山之精神写不出,以烟霞写之,春之精神写不出,以草树写之,故诗无气象,则精神无所寓矣。"英国文论家密德尔顿·墨雷曾认为象征的语言亦可不具象,他的理由不充分。

它是个语象,因此我们这里不谈非语言构成的象征:教堂的弥撒钟声表示天堂至福,是声音构成的象征;贵族纹章握剑的鹰表示勇武和权力,是图像构成的象征。

它是个语象，因此我们也不谈文学作品中宏观的象征：惠特曼的《自我之歌》中的"我"是个巨大的象征，哈姆雷特这个人物形象是个象征，爱米丽·勃朗黛笔下的莽原，爱伦·坡笔下的颓堡也是象征，但它们都超出了微观语象级水平，我们暂时把它搁开，不然问题就说不清了。

在语象构成的象征中，我们首先必须区分寓言式象征与非寓言式象征两大类。寓言式象征大量出现在中世纪和文艺复兴时代的作品中，也大量出现在中国古代叙事或带叙事成分的作品中。这种象征的特点是一群象征被组织在固定的有时很复杂的布局中，象征与被象征物不必靠变动的联想来联接，而是形成一对一的关系，于是作者所要写的世界就复制在象征世界中。但丁《神曲》，班扬《天路历程》，布莱克《预言书》就是这样典型例子，《离骚》亦是典型例子。王逸论离骚云："依诗取兴，引类譬喻，故善鸟香草以配忠贞，恶禽臭物以比谗佞，灵修美人以媲于君，宓妃佚女以譬贤臣。"的确意义是清楚的。

可以说，这种寓言式象征实际上是一种再造的神话，它与古人制造一个完整的天神世界以与人间活动相配合同出一理。西方象征一词 symbol 原意是"符号"，现在经常也作"符号"意义用。寓言式象征未脱离此词原义的痕迹。

在西方现代意义的象征是在浪漫主义时代抒情诗发达后大量出现的，在中国可以说是古已有之，《诗经》中就充满了非寓言性的象征。其特点是它独立地（不捆在一个象征网络中）靠联想暗指一个精神状态。"昔我往矣，杨柳依依。今我来思，雨雪霏霏"，就是两种不同思想状态的象征，它靠春与冬的各种伴随性质与被象征物联系。

象征还有一个极为重要的分类，即有公用象征和私立象征之分。公用象征是社会上约定俗成的、大家都明白何所指的象征，这些象征往往在人类经验中植根很深，例如春天的太阳象征驱散黑暗或死亡的真理的力量等。但也有很多公用象征是文化传统形成的，往往与典故有关。"庄生晓梦迷蝴蝶，望帝春心托杜鹃"就是典故性公用象征。

注意，公用象征由于文化史累积的力量，往往是一对一的寓言象征，但这两个范畴并不重叠。"何当击凡鸟，毛血洒平芜"，有的注家说鹰是诗人自比，凡鸟是无耻小人，那样这就是寓言式象征；有的注家说鹰是表示诗人所向往的英雄气概，那就是非寓言式象征。但无论寓言式还是非寓言式，它都是公用象征，是从《庄子》等古典文献中套演出来的公用象征。

现代文论中反复讨论的象征，主要是指私立象征，即作者在作品中临时在语象上附加复杂的精神意义而形成的象征。所谓象征主义，其特点并不在于大量使用象征，不然屈原和但丁都是象征主义诗人。象征主义的特点是发明了一系列私立象征的方法并过分地依赖这些方法，而不只是过分依赖象征。

因此我们下面将逐个讨论私立象征的具体办法。

六、私立象征

私立象征的第一种办法很简单：直接点明。惠特曼的名诗《当丁香最近在庭园中开放》一开头就写道：

> 每当开放的丁香，那颗在西天陨落的星
> 和我对所敬爱的人的怀念……

这就是一个适例。美国诗人杰弗斯有诗《岩与鹰》开头即说：

> 这就是一个象征，用它
> 许多高度悲剧性的思想
> 注视着自己的眼光。

在中国古典诗歌中也有很多点明私立象征的，"洛阳亲友如相问，一片冰心在玉壶"即是一例。又如"问余何意栖碧山，笑而不答心自闲。桃花流水窅然去，别有天地非人间"，这里"不答"的东西被答得很清楚。

私立象征的第二个常用办法是复用。韦莱克甚至认为象征与比喻的区别就在于象征是复现的语象。这当然太片面了。语象复现问题最初引起注意是

1930年代，1939年英国莎学家卡罗兰·斯拨琼首创用语象统计法研究莎士比亚戏剧，她发现在莎士比亚的后期剧中某些语象被有意地一再复用，例如《哈姆雷特》中关于疾病的语象，《李尔王》中关于野兽虫豸的语象，《麦克白斯》中赤裸的婴孩的语象。这种语象一再重现，使人感到了它必有所指，感到它有一种积累起来的联想意义，这样它就成了象征，而且往往是点明主题的重要象征。

此后，就有不少诗人有意采用这种方法建立私立象征。例如艾略特在《荒原》中反复使用水的语象，使我们明白其中复杂的含义。也有诗人在自己的前后作品中反复使用一种语象，例如叶芝在许多诗中用天鹅和拜占庭，这样至少熟悉叶芝或把他的整本诗集读下来的人会明白所指。刘禹锡《再游玄都观》中的"桃花"这个语象，也是复用前诗才象征化的。

这样逐渐积累力量的象征如果要在一部作品中完成其象征化的过程，那这部作品就需要一定长度，一般抒情诗之简短使之难以使用这方法。私立象征的最重要的途径还是语境烘托法。

所谓语境，我们一般称为"上下文"。诗歌中的任何词语都受到上下文的压力而使词意出现扭曲。科学用语其意义是固定的，至少努力做到放在任何上下文中都保持相同的语义，而文学语言意义是可塑的，是变动不居的。钱锺书先生称之为比喻的多边："看书眼如月"是说如月之明，"特携天上小园月，来试人间第二泉"是借其园似杯口。意义的确定是由于上下文的压力。而一定的上下文压力，使语象可以变成象征。例如美国现代诗人斯蒂文斯的一首短诗《坛子的故事》首句就云：

> 我在田纳西放了一只坛子……

这上下文配置太突兀，太不配称，田纳西州太大，而坛子太小，这个逻辑上的不通就给我们提示这"坛"是个象征。至于究竟象征什么，当然要看下去才明白，因为象征的意义也是上下文给出的。

我们再举一个好懂的例子：

> 别来春半，触目愁肠断。
> 砌下落梅如雪乱，拂了一身还满。
> 雁讯无凭，归梦难成……

这上下文都是直接抒情，而中间夹了一行似乎是描述性语象，这一行就受到语境的强大压力，使我们体会到拂不尽的落梅是无法排遣的相思之象征。

从现代语言学的角度来看，"语境"不仅是指文字的上下文，而且指某一词句使用时的全部伴生情况。象征的产生之所以复杂，也就在它往往不只是文字语境的产物。孟郊《洛桥晚望》：

> 天津桥下冰初结，洛阳陌上人行绝。
> 榆柳萧疏楼阁闲，月明直见嵩山雪。

这最后一句好像是描述性语象，但《唐才子传》说孟郊"裘褐悬结，未尝俯眉为可怜之色"，使我们有理由认为最后一句是象征。

这个例子也证明使用象征不一定是一种清晰的表达方法，实际上常使人摸不着头脑，但这是要表达诗歌所要表达的内容以及取得诗歌美所不可避免的代价。

此外尚有其他把语象转化为象征的办法，只不过中国诗中比较少，例如将语象戏剧化，或将具体词与抽象词嵌合，由于篇幅关系，我们这里就暂时从简。但从上面走马看花似的介绍，我们也可以看到诗歌语言的研究是一个非常复杂的问题。我们的诗论往往喜欢谈印象，谈感触，但诗歌语言的研究却需要一个科学的方法。无论在中国古典文论和当代文论中，科学的语言研究始终是一个薄弱环节，即使在讨论具体诗歌语言问题时，也往往一点即止，语焉不详，或是以诗论诗，不着边际。或许现在是我们坐下来对这些问题切实地讨论一番的时候了。

原载《诗探索》1981年第4期

关于朦胧的三昧、三度及三品

石天河

一、朦胧三昧

黑格尔有一句值得深思的老话："凡是现实的都是合理的。"

不管是什么一种东西，它能够存在，总有它能够存在的原因和根据。20世纪七八十年代之交出现于我国诗坛的"朦胧诗"，它不但发生了，并且还在发展，还有人为它叫好，这是为什么呢？

它是西方资产阶级的货色吗？

无可否认的，我国现时的"朦胧诗"，无论在形式、技巧和理论上，都有受西方现代派诗歌影响的痕迹。但是，一种外来的东西，要在中国立住脚，如果没有中国人自己的需要，那仍然是不可想象的。为什么中国会需要这种"朦胧诗"呢？这是不是历史上必然出现的呢？

要说到"朦胧诗"的历史，我们倒可以向西方现代派摆出阿Q式的自豪来说一句大话："老子先前比你阔得多呢！"西方的朦胧诗，不过是在1920年代才出现的。而我国的朦胧诗，并不是如某些文学家们所说的始于唐代李商隐的爱情诗。比李商隐更早得多的，可以上溯到公元420年前后我国著名隐逸诗人陶渊明的《述酒》，那是一首具有强烈感情倾向的政治诗。那首诗，在当时那一代人中，大概是没有什么人看懂了的。下一代两代，儿子和孙子，大概也没有什么人看懂了。一直到 11 世纪，据说是宋代大诗人苏东坡（可能是伪托）手抄的"苏写本"上，对那首诗也没有看懂，只好在题目下注着："此篇与题非本意，诸本如此，误。"还以为是诗集中把题目安错了呢。又过了几百年，才逐渐有人找到了理解这首诗的线索。也许是直到清代以后，才理解得比较清楚了。可见，青年诗人舒婷说的"你不懂，你的儿子和孙子会懂得的"这话也不应该看作纯粹是撒野或撒娇的语言，它多少是有些道理的。

那么，"朦胧诗"在什么情况下，有它发生发展的必然性呢？

从外表看，"朦胧诗"表现为三个特点：一、思想的迷惘；二、感情的隐秘；三、艺术的新异。从产生它的时代条件来看，无论是中国古典文学中的"朦胧诗"，或是西方现代派的"朦胧诗"，都是在严重的战乱或政治斗争之后，由于人们普遍地遭遇不幸，诗人的心灵受到创伤，在发而为诗时，感情上又受到压抑，于是便异化为"朦胧诗"。

如果说 1920 年代西方现代派诗歌的产生与第一次世界大战后西方知识分子中对资本主义制度与基督教文明的失望和对人类前途的迷惘情绪是紧密相关的，那么我们也就不难理解，在我国的十年浩劫中，由于林彪、"四人帮"的假共产主义运动与造神迷信，愚弄和蒙蔽了全国人民，也造成了我国一部分青年和知识分子对祖国前途和个人出路的失望与迷惘情绪。大抵是由于失望，他们才产生了对生活进行新的探索的强烈冲动，而这种冲动又为现实的生活环境所制约，不能不产生某种压抑或隐秘的内在情绪。而当他们用诗来表达这种情绪时，由于对"四人帮"专制时期的"样板文学"的厌恶与唾弃，感情上进一步激化为对一切常规的文学形式、传统的文学理论与世俗的艺术趣味的蔑视。于是他们采取了一种极端的态度，这就是对传统的全盘否定与对创新的无限欲求。他们发现，自己的思想感情在表达时，需要借助于西方的现代派。于是西方现代派诗歌的一缕芳魂，便开始依附于东方青年诗人的躯体，诞生了"朦胧诗"。这就是"朦胧诗"应运而生的社会历史原因。也就是我所说的"朦胧三昧"。

把部分青年中的这种情绪及其在文学上的表现，纯粹看成消极的东西，采取压制的态度，那是不明智的。应该深入地理解他们，从他们宣泄出来的内心世界找到引导他们积极进取的钥匙。要知道，我国的青年一代，与西方1920年代"迷惘的一代"、1950年代"垮掉的一代"毕竟是有着本质上的不同的。简单地说来，就是我国青年一代中部分人虽然也有着某种程度不同的"迷惘"，但从其发展倾向看，却不会是"垮掉的一代"，而是"探索的一代"。

第一次世界大战后西欧的"迷惘的一代"与第二次世界大战后美国的"垮掉的一代"，他们所处的环境是资本主义世界，他们的"迷惘"和"垮掉"是以"博爱"为标志的基督教文明在人类自相残杀的世界大战中的破产，是资本主义制度下"物的世界增值与人的世界贬值"所导致的精神危机。它是资本主义社会必然附生的病态。而且，在西方青年人"迷惘"与"垮掉"的过程中，资本主义社会的冷酷无情只能助长和加速他们的沉沦，他们只有依靠自觉才能解脱。

而在我国，十年动乱，虽然也可看作社会主义制度在其发展过程中，由于某些政治经验不足而发生的社会偏差，也有历史的必然性。但它毕竟是历史前进中的暂时现象。世界共产主义运动与社会主义制度仍然有着战斗前进的青春生命力。对这一点，我国的青年一代也大多是有所认识的。所以，他们虽然在迷信破灭、希望落空的情况下，绝大多数仍然执着地探索前进，很少流于绝望。社会对待他们，也仍然是满怀热情的。即或有时他们也要遇到冷漠和歧视，但那只不过是一些与社会主义制度的基本精神不相符合的、正在清除中的旧垃圾。随着我国对社会创伤的医治和历史进程的恢复，我国青年一代的社会主义信心也必将重新确立。所以，无论从客观的社会环境与青年一代的主观倾向来说，我国的青年一代都不同于西方。因而，对于反映这一代青年中部分人的内心情感的"朦胧诗"，如果完全抱谴责与排斥态度，而不采取理解与引导的态度，我认为是不正确的。

我觉得舒婷在《祖国啊，我亲爱的祖国》一诗中，有几句是很有代表意义的：

> 我是你挂着眼泪的笑涡；
> 我是新刷出的雪白的起跑线；
> 是绯红的黎明
> 　　正在喷薄！

正应该这样看待我国的青年一代和在他们中产生的"朦胧诗"。

二、朦胧三度

"朦胧诗"在思想上有些迷惘，在艺术上有些创新，实际上也是青年诗人不成熟的表现。但是，主张和拥护"朦胧诗"的人，往往以所谓"自我表现""打破传统""艺术创新"，作为"朦胧诗"不同于一般"明朗诗"的特点，甚至认定这是作为"现代化"标志的不同流俗的优点。其对立的一方，反对"朦胧诗"的人，则提出了完全相反的看法。因而在这三点上，争论最为激烈。

关于"自我表现"，有所谓"大我"与"小我"之争；关于"打破传统"，有"要不要民族形式"与"要不要引进外来形式"之争；关于"艺术创新"，也有到底是"新的崛起"还是"沉渣的泛起"之争。而在总的方面，还有一个涉及新诗发展方向的问题："朦胧诗"是新诗未来的主流呢，还是支流或逆流？

我想，只要有科学地探讨问题的诚意，而不是死抱成见，那么我们就可以客观地看到，"朦胧诗"也和其他事物一样，有消极的一面，也有积极的一面。如果社会环境和文艺领导对"朦胧诗"给予积极的影响，则它将克服消极作用，而向积极的方面发展。相反地，如果一味摈弃、压制，则反而很可能发展了它消极的一面。至于怎样评价"朦胧诗"，也应该有一个客观的实事求是的准则。

这里要先谈一谈的，是我认为在关于"朦胧诗"的争论中，并没有弄得十分明白的这几个问题。

第一是"自我表现"问题。

"朦胧诗"的作者强调"自我表现"。反对者的意见，认为诗人必须是人民的代言人，所以诗人的"自我表现"也只能通过"小我"表现"大我"。"朦胧诗"的作者和拥护"朦胧诗"的理论家认为，如果限定以一般地表现"大我"为目的，那就会摈弃了"小我"的特殊性，摈弃了"自我"也就无从表现什么"大我"。他们坚持"自我表现"与"抒人民之情"的一致性是在于诗人"不自外于人民"——表现"自我"即是表现人民，反对把"小我"与"大我"对立起来的看法。

这两方面的意见,有时各趋极端。一方,可以用《文汇报》1981年5月12日所载艾青同志《从朦胧诗谈起》中的几句话来表达:

"他们理论的核心,就是以'我'作为创作的中心,每个人手拿一面镜子只照自己,每个人陶醉于自我欣赏。"

"这种理论,排除了表现'自我'以外的东西,把'我'扩大到遮掩整个世界。"

另一方面,可以用《文汇报》1981年6月13日李黎同志《"朦胧诗"与"一代人"》中的几段话来表达:

"作为一个诗人,他既有社会性的一面,又有自己独特个性的'这一个',他既可以写自己对整个社会生活的感受,也可以写自己个人的友谊、爱情、欢乐、忧伤。……"

"尽管诗人是按照'我'对生活的独特感受来描绘生活,但整个人类的情感却是惊人地相通的,因此如罗丹所说:'对一个人非常真实的东西,对众人也非常真实。'"

这两种意见,都有其正确的一面,但又都带有片面性。如果把这两种意见所包含的片面性逻辑,按其自身确定的原则推至极端,那就会使二者都陷于荒谬。

因为,如果说"表现自我"会排除表现"自我以外的东西",那就除非设想出"自我以外的东西"可以不经过诗人的"自我"而得到表现,那就除非是"自我以外的东西"自己表现自己,结果就出现了"自我以外的东西"的"自我表现"。——这当然是荒谬的。

而另一方面,如果真的"整个人类的情感都是惊人地相通的",那么诗人的情感与任何一个人的情感都是相通的,诗人的"自我表现"便不会成为"朦胧诗",文学作品中便不会出现别人难以读懂的"朦胧诗",那么现在关于"朦胧诗"的争论便是荒谬的。若说这种争论不是荒谬的,那就反过来证明"整个人类的情感都是惊人地相通的"这种说法是荒谬的。

所以,这两方面的意见推论到极端,都不是真理,只有这二者辩证的统一,才能说明"自我"在诗歌创作中的地位及其限度。

这里，对于"自我"必须弄清的是：第一，我们通常在理论意义上所说的"自我"，是一个抽象的"自我"。这个抽象的"自我"，被设想为认识世界的主体。它是无所不包的，世界上的一切都可以通过"自我"的折光而反映出来。这个抽象的"自我"是无限的。过去某些主观唯心主义的哲学家甚至把这个"自我"看作是天地的中心。第二，我们每一个人的"自我"是一个实际存在的具体的"自我"，与理论上那个抽象的"自我"不同，是一个有限的"自我"。但这个有限的"自我"，在他活动所及的有限领域内，仍然是一个反映一切的中心。第三，在社会生活中，"自我"思想情感上的一切实际内容，无非是各色各样社会生活与社会关系的反映，即或"独特"，也决不会完全与社会无关。如果认为"自我"是与社会无关的、一尘不染的、纯净的东西，那么，这"自我"就成了个空洞抽象的名词，是"透明的幽灵"——无内容的存在，也就谈不上什么"自我"的表现了。

由此可见，诗人"自我"的感受，其所以会与他人感通，就因为他人也是以一个"自我"的资格而存在着。承认"自我"的独特性，就必须同时承认"自我"之外的别的许多个"自我"也都有独特性。因而诗人的"自我"与别的"自我"之间的互相感通，就是由于各自的独特性而受到了限制。只有一般理论上谈论的那个"抽象的自我"，与那抽象的互相感通，才可能是无限的。在实际生活中，每一个"自我"都要受到自身所处条件的限制，其互相感通不可能是无限的。所谓"整个人类的感情都是惊人地相通"这个抽象的命题，所指的是抽象的"人"与"人"的关系。而在实际生活中的这一个人与那一个人之间，则这种"相通"只能是有限的、有条件的。民族性、阶级性、地域性、生活经历与文化水平，乃至性别与年龄上的差异等等，都可能构成限制人与人"相通"的条件。因而，"诗写得朦胧，别人就难懂，写得晦涩，别人就不懂"这个事实，是不能用所谓"整个人类"的"情感相通"的抽象理论去抹杀的。

不应该把"自我表现"的理论说得过于神秘，诗人的"自我表现"绝不是与"自我以外的东西"无关的。因为，"自我表现"本身，就是"自我"的活动。这个"自我"，只有当其静止不动的情况下，才仅仅是单纯的"自我"。一旦要活动、要表现，"自我"便必然要超出自身，成为"表现出来的我"。这个"表现出来的我"是"自我"的异在，就是别一个"自我"，也可以叫作"他我"或"他物"。例如，舒婷的《秋夜送友》诗中有一段：

> 我常愿自己像
> 南来北去的飞鸿
> 将道路铺在苍茫的天空
> 不学那顾影自怜的鹦鹉
> 朝朝暮暮离不开金丝笼

这不也是"自我表现"吗？但是，当这个"自我"表现出来的时候，它已经超出自身，不再是纯粹的"自我"，而成为"南来北去的飞鸿"。这飞鸿就是"自我"的异在——是"他我"。并且，这个"他我"还必须与另一个"他物"（鹦鹉）区别开来，才能够达到"自我表现"的目的。

可见，任何"自我表现"都不是什么纯粹的、神秘的"自我"，而是必然超出自身，转化为"他我"或"他物"的存在。

同时，由此又可以看出，"自我表现"实际上包含着"非自我"的两个方面：一是"自我"的内容，在表现时必然转化为"他我"或"他物"；二是当"自我"要表现时，就只有依赖于"他我"或"他物"，才能够表现自己。

所以，在诗人的"自我表现"中，即使他完全无意于以"小我"去表现"大我"，实际上表现出来的"小我"仍然无不与"大我"有关。也就是说，在诗人的"自我表现"中，纯净的"自我"是不可能表现的，表现出来的"自我"都带有各方面的社会关系。因此在诗人的"自我表现"中，就不得不同时表现了各种社会关系。这就是"自我表现"的限度。

现在，我们不妨丢开这种关于"自我"与"非自我"的理论化的语言，用简明通俗的语言来说一说：一个人自己内心所感受的、所想到的、所要表现出来的，无非都是外事外物和自己的关系，因而也只有从与外事外物的关系中，才能把自己表现出来。

我们实在用不着担心诗人会用"自我"去"遮掩世界"，他不但没有那么大的能耐，而且"自我"的每一点表现都必然同时在表现世界。我们倒是必须要反复说明这个"诗人通过'自我'去表现世界"的真理，以防某些诗人借口"自我表现"而回避社会责任。我们同时要说明实际生活中这一个"自我"与那一个"自我"之间的互相感通是有限的、有条件的，以防某些诗人在抽象的"自我"与无限的"感通"之类的理论影响下，使"朦胧诗"的发展更趋向于晦涩。

总之，应该把"自我表现"这个文学与美学的术语，从玄虚与神秘的迷宫中解放出来，使之回到我们实际生活的尘世。

第二是"打破传统"问题。

文学史上，任何一种创新都意味着对旧的传统的挑战，甚至是与某些旧的传统的决裂，这是很明白的事实。我国新诗，从"五四"以来，就打破了旧诗传统形式声韵格律等各方面的拘束，以新的形式表现新的内容，可以说它本来就是"打破传统"的产物。现在的"朦胧诗"作者和理论家，所谈论的"打破传统"，主要是指打破我国当代诗歌的现实主义传统。在表现手法上，他们不重视现实的形象描写和单线条的叙事与直接的抒情，而大多采取意象的隐喻、哲理的暗示、幻觉与闪念的跃动性表达。有时他们把若干片断印象，客观地排列起来，而没有明白地表示诗人主观的爱憎；有时他们只抒发那一瞬间的直感，而没有清楚地说出对这种感觉的理解或意念。例如顾城的《弧线》：

　　鸟儿在疾风中
　　迅速转向

　　少年去捡拾
　　一枚分币

　　葡萄藤因幻想
　　而延伸的触丝

　　海浪因退缩
　　而耸起的背脊

这首诗,有好几位老诗人说"不知所云",读不懂。但青年人却似乎不太困难地寻找出这些杂然并列的"弧线"所隐喻的诗意:把诗人在某一时期所接触到的,社会上的"转向""退缩""向上爬的幻想",与"一枚分币"的价值及少年去捡拾它的卑屈形象并列起来做比较,暗示着诗人对生活中某些现象的见解与评价。这样的诗,在朦胧中包含着诗人对生活中某些现象"有所不屑"的感情态度,我们当然不能说它是没有意义的。应该承认,这诗所表现的是一种不同于传统手法的技巧。

顾城的另一些诗,又是另一种朦胧。在有的诗里,作者只表现了自己一闪念的主观感受(如《远和近》),或者只表现了虚幻的意境(如《泡影》)。这里就拿《泡影》作例子:

两个自由的水泡
从梦海深处升起……

朦朦胧胧的银雾
在微风中散去

我像孩子一样
紧拉住渐渐模糊的你

徒劳地要把泡影
带回现实的陆地

这里所表达的,只是作者对过去生活中希望像泡影一样幻灭的回味。人们不能从诗里面看出所指的是一件什么事情,却可以从诗中感受到一种失望后的缠绵悱恻的情绪。看来,这诗只是在一波三折的社会生活中对于个人命运的感叹,并没有更多的意义。调子低沉,不能算是好诗。但在社会变动中,关于个人某些美好希望的幻灭所发出的叹惜之声,也是出自常情,是可以理解的。而从"打破传统"这一点来看，这诗是把经历过的社会现实生活作"梦幻化"的表达，我们当然也应该承认，这种"梦幻化"手法是一种新的技巧。

不过，像这样的"打破传统"，是不是意味着根本废弃传统，或者如某些人在"艺术革新"的狂热中所呼叫的，要把传统"送入火葬场"呢？

不，对于这样的诗，我们除了看到它有"打破传统"的一面外，也要看到它还有并未完全脱离传统的一面。试拿《弧线》的章法，与古典文学中马致远的《天净沙》相比较："枯藤老树昏鸦，小桥流水人家，古道西风瘦马，夕阳西下，断肠人在天涯。"这也是在一些意象的客观排列之后，才点出主观的传神一笔，用"断肠人在天涯"的主观情感与那些客观的意象相契合，而构成一个无限悲怆的诗境。这在技法上，当然比《弧线》成熟得多。但《弧线》的章法，也仿佛有《天净沙》的影子。《弧线》的新，只在于朦胧中的暗示，不像《天净沙》把主观感情表露得那么明显。

再拿《泡影》来说，用"梦幻泡影"作为对过去失意生活回味的意境，这甚至在文学语言的运用上，也是和传统用法一致的。《弧线》和《泡影》的作者，也许并没有想要继承什么传统，然而这两首在艺术创新上具有特色的诗，却都并没有能完全超脱传统。是不是在作者朦朦胧胧的潜意识中，还存在着传统的影响呢？这可能要由爱好"朦胧诗"的理论家去做专题研究。我在这里，只能依据对这些作品进行具体分析的结果，暂时做出这样的判断："朦胧诗"就其"打破传统"来说，也是有限度的。它可以打破一些传统的形式和技法，变换诗歌审美的趣味和角度，但它并不能完全摆脱文学传统的深微影响，不能改变传统美学的基本观念，尤其不能完全改变文学语言的传统用法。此外，"朦胧诗"似乎还正在向本国和外国的现代派寻找自己的传统，这也从另一方面证明传统是不能完全废弃的。

第三是关于"艺术创新"问题。

诗歌的艺术创新本来是好现象，为什么会有"问题"呢？有些"朦胧诗"的反对者认为这种古怪诗的出现，是诗歌的艺术创新走了邪门。艾青同志提出过一个对诗歌的基本要求："首先得让人看懂！"而"朦胧诗"的拥护者则认为"朦胧诗"的不易看懂、耐人寻味，正是它的艺术特色。谢冕同志在《失去了平静以后》一文中，对"朦胧诗"的艺术特色作了这样一种表述："对于瞬间感受的捕捉，对于潜意识的微妙处的表达，对于通感的广泛运用，不加装饰的情感的大胆表现，奇幻的联想，出人意想的形象，诡异的语言，跨度很大的跳跃，以及无拘无束的自由的节律。"这些，我觉得都还是可以捉摸、可以理解的。但另外有一些关于艺术创新的议论，我怀疑它说得那么玄乎，是否真能付诸实践。例如所谓"大跨度高速幻想""交叉对立的色彩""多元复合的感情"与"潜意识和梦幻的语汇"等等，如果当真在诗里面写出来，到底会是什么样子呢？

我以为对"朦胧诗"的艺术创新做出了一些不符实际的过高评价，导致一种理论上的玄虚，于诗歌创作是真正有害的。

这种玄虚理论的极端，正如艾青同志文章里面所讲到的，有的诗人写出来的诗，别人不懂拿去问他，请他自己解释，他反而说："他看是什么意思，就是什么意思。"如果你以为这不过是偶尔开个玩笑，那你就错了。这不是开玩笑，而是一种新的理论，是从西方传来的所谓"主题不确定论"。

按照这种"主题不确定论"，诗歌不一定要有什么主题，作品写出来后就是一个"客观存在"，可以任人去做各种解释，读者从各个不同角度去欣赏，各式各样的解释愈多愈复杂，就证明作品内容愈丰富。——这种理论，被有的人认为是"打破传统"的新式武器。实际上，这种理论在创作实践中是很容易破产的。

诗歌，也和其他文学作品一样，无论写得怎样朦胧，在作者自己心中总有它的"本意"，是有所为而作的。有时，某一作品可以有超出作者主观意图的客观意义，那是一种特殊情况，虽不常见，却是确实有过的。读者对作品的评价，仁者见仁，智者见智，深者见深，浅者见浅，也常常是各不相同的。甚至某一作品的内容包含着多方面的意义，也是可能的。但这些都不至于弄到连作者自己也不能确定作品主题的地步。

文学创作是人的高级思维活动的结果，不可能是无意识的活动或仅仅是潜意识的表达。如果把"朦胧诗"的创作完全付诸无意识或潜意识的活动，那就无异于把文学从"人学"的价值高峰上贬低到"生物反应"的可怜地步。那是对文学创作规律的违反，是文学的真正的堕落。

可见，"朦胧诗"的艺术创新也有一个限度。那就是，不论新的"理论"多么玄虚，作诗总还是得遵从文学创作的客观规律。

总的来说，"朦胧诗"在"自我表现""打破传统""艺术创新"这三方面，都是要受客观限制的。这就是我所说的"朦胧三度"，是最大的限度，也是不能超越的限度。

三、朦胧三品

对于"朦胧诗"的评价，我认为应该有一个标准，但不能以"朦胧"或"不朦胧"为标准。有人说"朦胧是美"，凡是"朦胧诗"就都有这样的美。这是一种偏于形式主义的说法，是不甚合理的。

"朦胧"可以是美，也可以是不美。正如隔雾看花是美，隔雾看狗吃屎却并不美。美与不美，主要的还是应该从内容实质去评定，不能笼统地说"朦胧诗"好或"朦胧诗"坏。

我以为不妨暂时分为上中下三品，来评价"朦胧诗"。（这"三品"只在"朦胧诗"的范围内暂时使用，与别的诗无关。）凡是有积极意义，艺术技巧上有所创新的，可以列为上品。内容一般，或虽有感伤而尚未趋于消沉，表现手法新颖的，可以列为中品。内容不好，消沉颓废的，即使有比较新奇的表现技巧，也只能列为下品。

我这样妄拟上中下三品，目的是为了说明，对"朦胧诗"应该做出有分别的评价。要对作品进行具体研究，透过那朦朦胧胧的艺术外衣，去看清那内容的实质。

我认为顾城的《弧线》，可以列为上品；《泡影》可以列为中品。下品呢？我看，在《滇池》1980年6月号上面所发表的顾城的《祭》和《豆荚》那两首诗，都应该列为下品。

为什么呢？请看《祭》：

我把你的誓言

把爱
刻在蜡烛上
看它怎样被泪水淹没
被心火烧完

看那最后一念
怎样灭绝
怎样被风吹散

这首诗内容贫乏，意境陈旧，近乎是把李商隐的"蜡炬成灰泪始干"翻成白话并加工改写，而却没有李商隐那样对爱情充满热望的坚韧信念。李商隐在"春蚕到死丝方尽，蜡炬成灰泪始干"这样沉痛的诗句之后，末了还寄望于"蓬莱此去无多路，青鸟殷勤为探看"。而《祭》这首诗，却只是对自己爱情的毁灭作冷冰冰的旁观，仿佛是对自己绝望心境的自我欣赏，是一种颓丧的情绪。这样的诗，对青年人的心灵和情感容易起消极作用，所以应该列为下品。另一首《豆荚》：

豆花
像婚宴上
小小的白餐巾
飘落着，落着
宣布了
你们神圣的结合
从此
便紧紧相依
在新鲜的梦中
在清浅的呼吸中
孕育着

幻想之子

淡淡的浆汁
凝结着
凝成一个又一个
圆形的幼童
像绿星星
串连在一起

爱吧，拥抱吧
当夜还很醇
市场还没醒
蚊虫刚刚沉寂
土地依恋着余温
爱吧

你们将被分离
孩子被剥去
感恩
将变成苦恨
这才是人类
使你们爱的目的

  我认为这是一首很坏的诗。这诗中，用豆荚作为爱情和生命的象征，技巧是相当熟练和自然的。但它那最后一段，表现的是爱情和生命都归于一场空。绝望，成了诗中感情的主旋律。
  我认为，对于"朦胧诗"中以绝望为主旋律的诗作，给以严肃的批评是很有必要的。如果听任这类诗充斥诗坛，扩散它的影响，那将有可能形成一种流行性的诗歌白血病。

但是，我们也必须看到，同一个诗人，他可以写出好诗，也可以写出坏诗，如果及时指出他的缺点或不良倾向，他就可以避免向坏的方向发展。所以，诗歌评论的职责就是要实事求是地做出正确的评价，既不要笼统地排斥，也不要瞎吹瞎捧。只有正确的评价，才能促使"朦胧诗"在思想上有所提高，在艺术上继续前进。

末了，我想说一下我对"朦胧诗"在当代诗歌发展中的地位与作用的看法。我认为，"朦胧诗"在当代诗歌发展中，实际上将能够起到一种艺术创新的先锋作用。在我国文学艺术由于"四人帮"文化专制主义长期禁锢，造成了形式单调、技法陈旧的情况下，"朦胧诗"的出现是作为一个青年诗派的新风的出现。它的积极进取、力图引进外来形式与表现手法，是合乎我国现时诗歌发展需要的。由于十年浩劫的伤痕，也由于外国现代派诗歌的影响，目前"朦胧诗"中伴生着一些低调、晦涩的情况，仿佛是一种"青春期病态"。这是值得注意的，但却不足为怪。只要我们对"朦胧诗"有清醒的认识，采取正确的评价和积极的引导，缺点是可以缩小和克服的。

但"朦胧诗"不可能成为当代诗歌的主流。第一，由于它的朦胧，它不可能在广大人民群众中广泛流传，只能得到一部分青年和知识分子的赞赏。第二，由于它带有偏执的反传统倾向，它在现实社会中还必然受到传统势力的制约。第三，由于它在理论上的不成熟，它对自身的社会作用和艺术使命大都还处于认识不清的朦胧之中，因而它在发展道路上也还可能要走弯路。

不过，说"朦胧诗"不能成为主流，并不是说现在这些写了些"朦胧诗"的青年诗人也不可能成为未来诗坛的主角。这是另一回事，现在这些写"朦胧诗"的青年诗人将来是很可能成为诗坛主力军的。他们现在写"朦胧诗"，也许以后不再写"朦胧诗"，也许还会有更新奇的创造，这都是未可轻估的。对这一代诗人中有特异诗风的少数人，我们应该寄予热望。

原载《诗探索》1982年第1期

语言的策略与历史的关系（节选）

叶维廉

首先，大家必定同意，在创作的过程里，绝对没有"心想事成"这一回事，绝对无法跳过语言文字而呈现心象。事实上，一个很宏伟的思想往往因为找不到适当的文字而无法落实，这种例子太多了。"僧推月下门""僧敲月下门"，中国诗中的诗眼不是形式主义的戏谑，而是创作之为艺术所必经的途径。闻一多之评创造社，茅盾之评普罗文学、革命文学，鲁迅之声明（所有的文学是宣传，所有的宣传不一定是文学），都是同出于文字作为艺术传达媒介的基本考虑，虽然三人的意识形态完全不同。

在新诗的历史场合里，我们的语言还有很多特殊的问题。譬如白话和文言同是我们语言的根，我们了解到白话的任务——传达新思想。但有许多文言所能表达的境界（或者说感受、印象意味）是白话无法表达的，我们随手说一两句例子"落花人独立，微雨燕双飞"，我们可以写成"落花里有一个人独自站着，微雨里有成双的燕子在飞"吗？再试着简化一些："有人独立在落花里，有燕子双飞在微雨中"。我们总觉得不妥，甚至多余。文言里，景物自现，在我们眼前演出，清澈、玲珑、活跃、简洁，合乎天趣，合乎自然。白话的写法，戏剧演出没有了，景物的客观性受到侵扰，因为多了个诗人在指点说明（落花"里""有"人……）。但事物有两面的，如果我们都用文言写呢？第一，新境能不能出现是一个问题。举新诗人梁文星仿古的一句来看，"月落梧桐墙缺处光影正微芒"这句诗绝对不能写成"月落在梧桐墙缺的地方，光影正像微芒"。这便完全是散文了，但用了文言句法，诗境便迂腐陈旧，落入了固定的反应里。第二，白话的好处正因为是白话，是我们日常讲的话，不是学习得来的艺术语，所以在模拟我们实际的语调、神情、态度时比较接近，虽然有时散文化。（我们写诗时有时需要完全散文化的句子，也就是在经验的进展中，突然有了模拟实际说话神情的需要。）

问题是：我们在应用白话作为诗的语言时，应该怎样把文言的好处化入白话里。当然不只上述两句的特色（详见拙文《中国古典诗与英美现代诗——语言与美学的汇通》）。在"五四"的初期，正如我前面所说的，大家急于传达口信（包括自我的夸大），没有时间来调整，一直到 1940 年代以后才开始摸出一些头绪来。我个人的偏见认为胡适之的方法不是正途。现举一首他的诗为例，题目是《寄给北平的一个朋友》，我觉得这是一首文言诗（也不是最好的文言诗）的略加白话化。我把全诗抄下来，大家试把我加括号的字去掉重读便了解我的意思：

藏晖先生（昨夜）作一梦，
（梦见）苦雨庵中吃茶（的老）僧。
（忽然）放下茶盅出门去，
飘萧一杖天南行。
天南万里岂不（太辛）苦？
（只为）智者识得重与轻。
醒来（我自）披衣开窗坐，
谁人知我（此时一点）相思情！

声音一点都不统一，仿佛一个新时代的人同时说着两个不同时代的话。至于李金发把文言句法硬拼在白话上，令人读来非常拗口，也不足为法。

文、白的互相调整需要一段很长的时间，王辛笛、卞之琳、郑愁予等都各有不同的尝试，在此无法细论。余光中先生对台湾现代诗文、白交杂的问题有专文讨论，可参看。

下面打算看看，在闻一多和后期徐志摩等人重视文字的凝练和美学世界的肯定所引发的一些语言的策略，我们试从字句和结构两方面来看。

字句的凝练，是要求印象突出，明澈而具深度，含蓄而能新鲜。换言之，要有某个程度的发明性，不要落入俗套，避免当时白话里表面描写的单调枯燥。我们不妨以受闻一多影响的臧克家的创作经验来说明：

> 打开《烙印》（一九三二），第一篇《难民》的头两句："日头坠在鸟巢里／黄昏还没溶尽归鸦的翅膀"。我记得，起头是这样写的"黄昏里煽动着归鸦的翅膀"，后来又改为"黄昏里还辨得出归鸦的翅膀"，最后才写成现在的这个样子。我觉得，这定稿是比较好的。请闭上眼睛想一想这样一个景象：黄昏朦胧，归鸦满天，黄昏的颜色一霎一霎的浓，乌鸦的翅膀一霎一霎的淡，最后两者渐不可分，好似乌鸦翅膀的黑色被黄昏溶化了。当我在推敲这个句子的时候，并不是单单要它造得漂亮，而是心里先有了黄昏那样一个境界，力图使自己的诗句逼真地把它表达出来。

虽然臧克家这两句是源出闻一多的"鸦背驮着太阳／黄昏里织满了蝙蝠的翅膀"和唐诗常见的"昏鸦"的形象，他炼的一个"溶"字，确实把当时的景象呈现出来，把许多层面的感受浓缩在一个字里，这种做法和中国旧诗中强调的"诗眼"没有两样。

我们必须注意到，这句诗和一般旧诗的"诗眼"，是依循着实境而凝造，所谓"因境造语"。在写整首诗的时候，也最好依循着实境的情况或事件变动的规律而写。譬如王辛笛的《航》，冯至写一群小狗的十四行，卞之琳的《古镇的梦》，艾青的《北方》和《雪落在中国的土地上》，都是依着自然事物出现的弧线来捕捉其在现象里的意义。因为我在别的场合已经论过这些诗，我们现在来看看艾青的《北方》。我们试举李白的古风《胡关饶风沙》比较，这首诗是以描写胡关（北方）的风沙及自然在朔风下受戕始，以战争和人的死亡为结。诗中两种经验面，自然世界的残暴面与人类的残暴面的痕迹是很相像的：时间为切肤之秋，于塞北，朔风扰乱了大漠，谋杀着草木，夺其生命之颜色

(绿)及肌肤(叶)(胡关饶风沙……木落秋草黄);另一方面是暴杀,欲望冲倒城垛,夺去人身的肌肤,致"白骨横千霜",致"发卒骚中土"。朔风永不停息,杀戮永不停息。在这首诗里,两种经验面的"纹理"是一样的,虽然外貌不同。依循着自然纹理的迹写,可以反映人事变迁的悲剧。艾青的《北方》是这样开始的:

> 不错
> 北方是悲哀的。
> 从塞外吹来的
> 沙漠风,
> 已卷去北方的生命的绿色
> ……一片暗淡的灰黄
> 蒙上一层揭不开的沙雾
> ……
> 荒漠的原野
> 冻结在十二月的寒风里

写的尽是自然的事物,但这自然的情况也是北方中国人民生活的迹写。艾青完全没有离开眼前世界的律动,而在这个朔风扫荡下的人民,他的写法不是先写"北风如何如何",然后说"像这受侵扰的土地那样,人民在社会里如何如何"。他的写法是,先把能提示北方人民境遇的幕景缓缓展露,然后在这幕景上出现一个人,在这自然场景里戏剧地真实地演出他所代表的苦境。

> 孤单的行人,
> 上身俯前
> 用手遮住了脸颊
> 在风沙里
> 困苦了呼吸

> 一步一步地
> 挣扎着前进……

　　这个形象仍然是依着他选择的环境下合乎戏剧进展的要求展露，他并不写：人们在残暴的社会下如何如何。这个出现的人所应付的自然的逆境，很自然地也迹写了他要应付的人间事物下的逆境。

　　语言依循可触可感的实境来发展更易于达到直接和存真。一反这个方面而求迂曲的表现，甚至让语言本身的活动主宰了，改变了实境，造出一个与我们经验无法相对证的纯语言世界，这便引起了隔膜。我一度称这种做法为"因语造境"。

　　我们以李金发的《弃妇》为例：

> 长发披遍我两眼之前
> 遂割断了一切羞恶之疾视
> 与鲜血之急流，枯骨之沉睡……

　　我们可以说，这些句子是"弃妇"下意识主观情绪的流动，但由"羞恶"联想到"鲜血"联想到"枯骨"的事件发展的痕迹，完全没有外在的呈露，诗人假设他进入了"弃妇"的心理做了时间的飞跃（因为什么事使她感到这三件事她自己自然知道的），但在读者的心理上如何做同样的飞跃呢？在作者而言，因为他个人（做了弃妇的角色）已经历过，所以可以飞跃过去；在读者而言，便是勉强被文字拉过去的。

　　能使读者做经验的飞跃，本来也是诗的特色之一，但这种飞跃通常是在读者进入了情境以后，如王维的"君问穷通理，渔歌入浦深"是所谓禅机，但没有前面的环境的准备，独立的宣说是不成立的。

　　经验的飞跃，有时是利用作者观察时空间的移动。如杜甫的《初月》，先看天上的初月（上），由光引至古塞（下），跟着"河汉不改色"（天）"关山空自寒"（地）（以上都是远的），然后突然一转"庭前有白露，暗满菊花团"（拉近眼前）。类似的空间移动的飞跃在中国旧诗中例子不胜枚举，李白的《黄鹤楼送孟浩然之广陵》，柳宗元的《江雪》都完全是在利用空间的移动而包含物我的意义的。

另一种飞跃是时间的飞跃，如李白的《听蜀僧濬弹琴》：

蜀僧抱绿绮
西下峨眉峰
为我一挥手
如听万壑松
客心洗流水
余响入霜钟
不觉碧山暮
秋云暗几重

我们知道听琴中不觉时间的急逝，实际时间的变迁在八行诗里（几秒钟便读完）是无从模仿的，诗人只能写心理时间的递变。心理时间的递变是通过空间的延展而来，琴声悠扬空阔，比作高壑松声，读者的视界由于"高壑"而展开，然后流水，然后霜钟，"洗"和"入"字都是重要的。因为洗和入是时间的过程，由空间的飞跃完成心理的飞跃。

现在试看废名的《十二月十九日夜》：

深夜一枝灯
若高山流水
有身外之海
星之空是鸟林
是花，是鱼。
是天上的梦，
海是夜的镜子，

> 思想是一个美人。
> 是家，
> 是日，
> 是月，
> 是灯，
> 是炉火。
> 炉火是墙上的树影，
> 是冬夜的声音。

这首诗也是想象的飞跃，但由"灯"到"高山流水"到"海"到"鸟林"到"花"到"日"到"月"等，然后一大堆"是"，读者的心理是怎样被准备的呢？我们想起了戴望舒的一首短诗《我思想》。他说：

> 我思想，故我是蝴蝶……

废名这首诗仿佛也是这种笛卡儿式的活动，是主观的飞跃。作者在哲学深思时突然的一瞬，忽然看见了这些并发的事物都是相通相连相似的。但他把这瞬间里（相信是真实的）悟得万物相通的痕迹（虽是火光一闪的）和这一瞬间发生时的气氛和印象完全省略了。读者要完成这个飞跃，便要用知性的活动（像我现在解释那样）设法还原这一瞬间构成可能有的情况。换言之，读者参与作者想象的活动来完成这首诗是先决条件。

如果我们转向卞之琳的《距离的组织》，一首时空飞跃的诗，情况更复杂，但也有相当的不同。我对此诗曾有讨论，最近卞之琳加了新的注解，更能显出该诗当时构思时的诡辩性：

> 想独上高楼读一遍《罗马衰亡史》，
> 忽有罗马灭亡星出现在报上。
> 报纸落，地图开，因想起远人的嘱咐。

寄来的风景也暮色苍茫了。
（醒来天欲暮，无聊，一访友人吧）。
灰色的天。灰色的海。灰色的路。
哪儿了？我又不会向灯下验一把土。
忽听得一千重门外有自己的名字。
好累啊！我的盆舟没有人戏弄吗？
友人带来了雪意和五点钟。

　　这首诗在一种"寂然疑虑、思接千里（千载）"的意识状态下，时空刻刻的变换。像 Bachelard 在《梦幻的诗学》一书里说的，在一种突然透明的境界中，过去的事物、现在的事物成为一种活生生的存在，而就在自我渐灭到只留一点点与现实相连的时刻，从不同时间和空间来的事物突然与现在我们想象活动存在意识的中央，把我们抓着而成为我们存在的一部分，使我们有特别的感觉能力，带着浓爱去拥抱声音、香味、种种活动，颜色和形象。这首诗和废名的诗相同的地方是空间的飞跃，不同的地方是卞之琳是依着沉入不寻常意识状态的痕迹去引领读者。在这种气氛和出神状态中，心可以游万仞，神可以与物游。这首诗是句句有典的，典故说明了，全诗便可以在平常逻辑中连接起来，但这首诗的典故不说明也可以被带动而飞跃。

　　但由于每句皆有典，也就说明了这首诗不完全是依循出神状态中的直观直感而发，而是通过刻意的安排的，是名副其实的"距离"的"组织"。卞之琳在去年重印他这首诗时，加了新的注，使我们了解到他这首诗里玄思的精致细密，我把注解全部抄出来，而把新加的部分用圈圈表示，以见他诡奇的一斑：

　　①1934年12月26日,《大公报》国际新闻版伦敦25日路透社电："两个星期前索佛克业余天文学家发现北方大力星座中出现一新星，兹据哈华德观象台纪称，近两日内该星异常光明，估计约距地球一千五百光年，故其爆发而致突然灿烂，当远在罗马帝国倾覆之时，直至今日，其光始传至地球云。"这里涉及时空相对的关系。

②"寄来的风景"当然是指"寄来的风景片"。这里涉及实体与表象的关系。

③第五行。这行是来访友人（即末行的"友人"）将来前的内心独白，语调戏拟我国旧戏的台白。

④第六行。本行和下一行是本篇说话人（用第一人称的）进入的梦境。

⑤1934年12月28日《大公报》的"史地周刊"上"王同春开发河套记"：夜中驰驱旷野，偶然不辨在甚么地方，只消抓一把土向灯一瞧就知道到了哪里了。

⑥《聊斋志异》的《白莲教》篇：白莲教者山西人也，忘其姓名，某一日，将他往，堂上置一盆，又一盆覆之，嘱门人坐守，戒勿启视。去后，门人启之，视盆贮清水，水上编草为舟，帆樯具焉。异而拨以指，随手倾侧。急扶如故，仍覆之。俄而师来，怒责"何违吾命"。门人立白其无。师曰，"适海中舟覆，何得欺我！"这里从幻想的形象中涉及微观世界与宏观世界的关系。

⑦最后一行。这里涉及存在与觉识的关系。但整诗并非讲哲理，也不是表达什么玄秘思想，而是沿袭我国诗词的传统，表现一种心情或意境，采取近似我国一折旧戏的结构方式。

诗人虽然说"不是表达什么玄秘思想"，事实上是经过一番细思的安排的，"时空的相对""实体与表象""微观世界与宏观世界""存在与觉识"的四层互相照应、互相联系的哲学立场，是诗人用心隐藏的思想的痕迹。除非读者经过同样的思考，这四层是不易联系起来的。这首诗的时空的飞跃，在常情之下不易发生，他是通过文字的世界和美学的场地，在一种独特的精神状态下完成。卞之琳想做的是所谓玄思感觉化，换言之，诗人要读者先通过经验感觉，通过跃动而进入事物并发互照下面激发玄思，与"我思想，故我是蝴蝶"的硬以知性肯定跳跃的意义是不尽相同的，虽然一如他在《圆宝盒》《白螺壳》等诗，诗人迫使事物静动、久暂，内外的呼应在一首诗里发生，仍然逃不出"以语造境"的隔膜。

所以在 1940 年代里，承着这种经营文字艺术的世界的诗人，一面努力于文字的塑造，一面感到这个世界的压力与危机，譬如杭约赫下面几段诗：

> 常常我们捕捉理想，有时
> 也为理想捕捉。给安放进
> 一个无底的梦魇里，从
> 交错的黑夜与白昼之间徘徊
> ……
> 让我们冲出这间窒息的
> 关锁着噩梦和虚妄的屋子，
> 把文字上的骗术留在
> 门窗里。我们到
> 街上去，到街上去……
> 　　　　　　（《复活的土地》，1948 年）
> 我们常常迷失在自己的小世界里，
> 拾到一枚贝壳，捉到一个青虫，
> 都会引来一阵欣喜，好像
> 这世界已经属于自己，而自己却
> 被一团朦胧困守住，
> 翻过来，跳过去，在一只手掌心里。
> 　　　　　　（《启示》，1947 年 6 月）

1940 年代是一个动荡的时代，到街上去，街上有太多的社会事物等待诗人去写，战争、流血和"逻辑病者的春天"。但 1940 年代的诗人并没有排斥语言艺术世界所提供出来的语言的策略，除了文字、格律（由闻一多提出到现代格律诗的讨论另有一番衍化，在此不能细论）、形式、节奏的凝练之外，便是诗质的营造。这包括气氛的掌握（如王辛笛的诗中光色明暗的运用），用冥思或梦汇通经验的飞跃（如卞之琳经营内在事物呼应的一些诗），或把事物加以特别的凝注，刻刻的凝注而达成"现在发生性"（即使一切事物在读者眼前刻刻发生，如卞之琳运用"声音""独白"，利用色孕不同时刻的经验在说话的一瞬间，如《西长安街》等诗）或戏剧场景的营造以代替说明性，或戏剧场景的变换来推移经验的转折与飞跃（如艾青、穆旦的诗），如用音、色的重复和变调来捕捉"情绪的节奏"（戴望舒的《雨巷》、王独清的《我从 Cafe 中出来》）……以上都可以用"玄思的感觉化"来概括。

"感觉化"不是纯然诉诸感觉至上的意思，而是如果要把我的经验（不管深浅繁简）传达给你，用结论式、说明式、便表式，我经验了、消化了、思想过了，然后将其要义抽出来，再把抽象了的经验说给你听，枯燥如道德论，这是另一种隔，你不知能不能够还原原来激动我经验的整个气氛和我历验的实质。要你历验我所历验的，必须把经验的程序与实质——可触可感的经验戏剧地呈现，这个我们称之为"感觉化"。"玄思感觉化"的再进一层意思是：我们经验的过程中，感觉和思想——在经验的当时——完全是知、感不分的（有什么结论是后发的事），所以要使读者同样地感觉到你感觉的思想和玄理，首先要给它一个经验在发生时的实质。以上的种种手法，完全要顾及读者在接触诗的时候，怎样可以被置身于经验实质发生的当时。1940 年代所继承的语言的策略完全是从这方面的考虑出发的。这里不妨以袁可嘉代表他们九个人（穆旦、杜运燮、陈敬容、郑敏、袁可嘉、王辛笛、唐祈、唐湜、杭约赫）所说的一段话来反映出这个语言策略上美学的考虑：

> 这九位作者忠诚于他们对时代的观察和感受，也忠诚于他们心目中的诗艺。他们通过坚实的努力，为新诗的艺术开拓了一些新的路子，比起当时一般的诗歌来，他们的作品比较蕴藉含蓄，重视内心的开掘，而又与人民的感情息息相通，因而避免了空洞抽象的议论和标语口号式的叫喊；比起先前的新月派、现代派，他们的视野比较开阔，比较接近现实社会；在艺术上，他们注重知性与感性的融合，象征与联想的运用，幻想与现实的渗透。他们一部分较好的作品往往能把思想感情寄寓在活泼的想象和新颖的意象之中，然后通过烘托对比来取得总体的效果，显

示出一种厚度和密度，一种韧性和弹性。他们在古典诗词和新诗优秀传统的熏陶下，吸收了西方后期象征派和现代派……的某些表现手段，丰富了新诗的表现能力。

他最后特别指出，他们的诗要求"抽象思维形象化""思想知觉化"使到"说理时不陷于枯燥，抒情时不陷于直露，写景时不陷于静态"。把这段话和他们的诗放入"五四"以来的历史来看，我们可以了解到，艺术语言的营造原是产生于"语言的危机"（当时的白话无法担负诗境的重量），但在营造过程中，语言的艺术世界向诗人提供了统一凌乱世界的可能性，因而钻营更深而落入一种新的隔膜，但同时语言策略的发明却又提供了重认这熟识的世界的新手段。

原载《诗探索》1982 年第 1 期

诗的想象和科学的想象

孙绍振

从诗产生以后，人类就被自己所创造的这一奇妙的艺术迷住了。关于它的秘密、它的特殊规律就成了人类猜测、凝思、探求的对象。从古希腊智慧的哲人到中国睿智的圣贤，都对它进行过苦心孤诣的思索。也许从这一点来说，一部世界诗歌史，就是人类对诗歌艺术不断从自发掌握到自觉概括的曲折历程。诗歌史上留下了多少令后人叹为观止的绝唱和味同嚼蜡的败笔啊。从钟嵘到黑格尔，人们关于诗的艺术奥秘说出的令人难忘和令人难解的话几乎是同样的纷纭。到了十九世纪初，从梦幻一样的探求中又逐渐浮现出一种明朗而恳切的理论。雪莱在他著名的《为诗辩护》中说："一般说来，诗歌可以解作'想象的表现'。"布莱克说："有一种能力可以造就一个诗人：想象，神的视力。"赫士列特在《泛论诗歌》中说："诗歌是想象和激情的语言。"别林斯基说得更彻底："在诗中想象是主要活动力量，创作过程只有通过想象才能完成。"在我国新诗的草创时期，郭沫若第一个把想象作为诗歌的主要成分而摆出来，他用数学的公式来表达他的见解：诗=（直觉+情调+想象）+（适当的文字）。而到了艾青就更进了一步："没有想象就没有诗"，"诗人最重要的才能就是运用想象"。（《诗论》）

如果说诗歌是凤凰，想象就是凤凰的翅膀。

但是，除了诗人，难道人类就没有想象了吗？想象是记忆的基础，没有想象，人的大脑就只能像钢琴一样，不能记忆在它的琴键上弹奏过的乐曲，想象是抽象的手段，没有想象，人就像动物那样只有知觉和印象，而不能把具体的梨、苹果、橘子、香蕉抽象为水果这个既不能摸到也不能直接吃到的概念。列宁不是说过吗？"即使在最一般的概括中，在最基本的一般概念（一般'桌子'）中都有一定成分的幻想。"不过，这样的想象并不是我们所要研究的诗的想象和科学的想象。这是一种再现性的想象，是做一个人所必须具备的起码的条件之一。所以狄德罗说："想象，这是一种物质，没有它，人就不能成为诗人，也不能成为哲学家，有思想的人，一个有理性的生物，一个真正的人。"要成为一个诗人和科学家，光有再现性的想象不行，还得有创造性的想象，创造性的想象的任务是根据已知去发现、表现未知的奥秘。它的特点是把心灵所获得的意象，加以修正、变化和结合。当阿基米德坐在浴盆中看到水漫出来，如果没有创造性的想象，他便不能发现"国王的金冠"和它所排出的水体积相等，从而发现浮力原理；传说中牛顿看到苹果落地，没有创造性的想象，他也不可能悟出地心对一切物体均有无数无形的手一样的引力；同样，如果没有创造性的想象，瓦特怎能知道蒸汽的力量可以比希腊神话中的大力士赫克里斯还要惊人？爱因斯坦怎么可能受到 $E=mc^2$（物质最大能量等于质量乘光速的平方）公式的启发，打破古典物理学森严体系，取得相对论的奇峰突起，使原子能的威力得到一次大解放？

科学家和诗人同样需要创造性的想象，用以去反映我们这个星球内外气象万千的一切。创造性的想象对于科学家的重要性，丝毫不亚于诗人，它同样可以成为创造奇迹的手段。德国化学家凯库勒（Kekulé）发现苯环的时候，就运用了这种想象。他后来这样叙述他当时思索碳原子的特殊环形结构的过程："我把转椅转向炉边，进入半睡眠状态。原子在我面前飞动，长长的队伍，变化多姿，靠近了，连结起来了，一个个在扭动作，回转着，像蛇一样。看那是什么？一条蛇咬住了自己的尾巴（按：碳原子的化合键自行连接为环状），在我面前轻蔑地旋转。我如从电掣中惊醒。那晚，我为这个假设的结果而工作了整夜……先生们，让我们学会做梦吧。"凯库勒在这里所说的"让我们学会做梦"，其实就是让我们学会创造性地想象。科学家有时也会像凯库勒这样借助形象的图画进行创造性的想象。当李四光在创造他的地质学、提出地球板块学说的时候，也运用过形象来表述他的学术成果：欧洲在崩溃，美洲破碎了，亚洲站住了。科学和诗在这里好像合二而一了。科学家想象力的惊人程度丝毫不比诗人逊色：它可以根据一个星球运行轨道的偏差来预言另一个星球的存在，它可以根据元素周期的变化规律为尚未发现的元素确定其在周期表中的位置，它可以根据麦克斯韦方程预言当时还在经验以外的电磁波的存在。那么，诗人的创造性想象和科学家的创造性想象有什么不同呢？

在科学中，想象常常创造出上帝也创造不出来的机械、电器等物质存在；而在诗歌中，想象所创造的是早已存在的事情（事和情），不过变幻了其形态和关系而已。因此，一方面，把诗的创造性想象和科学的创造性想象绝对对立起来是没有道理的。柏拉图不了解这一点，他把诗人放逐出他的理想国，唯恐诗人创造的自然人破坏了他的数学人，即没有激情也没有温情的人。不笑也不哭，不痛苦也不愤怒，不为任何事物而兴高采烈或垂头丧气并不是科学家的特点。正因为这样，列宁才说："有人认为只有诗人才需要幻想，这是愚蠢的偏见，甚至在数学上也是需要幻想的，甚至没有它就不能发明微积分。"列宁这里所说的"幻想"实际上就是我们所说的想象。爱因斯坦作为一个科学家，特别强调想象力的重要性："想象力比知识更重要，因为知识是有限的，而想象力概括着世界上的一切，推动着进步，并且是知识进化的源泉。"这显然是有些过头了。知识进化的源泉应该是实践，而想象不过是在实践过程中思维的方式之一。但是，作为一个理论物理学家，一个追求创造性的科学家，他对想象力的强调是从切身体验中总结出来的真知灼见。

自然并不能因此就得出结论：科学的想象与诗歌的想象其规律像两个鸡蛋那样相同，如果真是这样，那还谈得上什么艺术的特殊规律，还讲什么诗人的特殊禀赋呢？世界上有多少善于做科学的想象而毫无诗的想象才能的人啊！沈括在自然科学领域中的想象是巨人式的，而在诗歌领域中想象却像一个庸人一样幼稚。他在1074年考察雁荡山，发现："诸峰皆峭拔险怪，上耸千尺，穹崖巨谷，不类他山，皆包在诸谷中，自岭外望之，都无所见，至谷中，则森林干霄。"他以惊人独创的想象力判断，其原因是："谷中大水冲激，沙土尽去，唯巨石岿然挺立耳。"这种想象使他超越了直观在时间和空间上的局限。他还神思飞越，想到了成皋陕西大涧中，"立土动及百尺，迥然耸立"也是同样的原因，差别只在"此土彼石耳"。他明确提出了自然地理上地形地貌特征和流水侵蚀作用的联系。在西欧，到了十八世纪美国人郝登才阐述了流水对地形的侵蚀作用。然而就是这个想象力超越过欧洲人七百年的沈括却不能理解杜甫的"霜皮溜雨四十围，黛色参天二千尺"。他用自然科学家的标准，向诗歌要求数学的精密性。他说，四十围直径是七尺，而高却是两千尺，"无乃太细长"。把一个科学家的长处，不适当地运用到诗歌中来，就变成了短处。在人类智慧的发展史上，能够在科学和诗歌两种不同的想象轨道上自由飞翔的人，实在极其罕见。也许歌德是这些罕见的明星中的一颗。他是一个伟大的诗人，又在科学领域中有所成就。他对自然科学创造性的想象的特征有过精辟的论述。他说："一个伟大的自然科学家，根本不可能没有想象力这种高尚的资禀，我指的不是脱离客观存在而想入非非的那种想象力，而是站在地球的现实土壤上，根据真实的已知事物的尺度，来衡量非知的设想的事物的那种想象力。这样才可以证实这种设想是否可能，是否违反已知的规律。"科学的想象是根据已知去"设想"未知的途径，它是已知规律在逻辑上的延伸，它必须从属已知的规律和已知的事实，不能违反它们，而且还要在数量上不能发生差异。正因为这样，当地球的半径尚未准确测定时，在牛顿想象中早已存在的万有引力学说就不能诞生，非要等地球的半径测准后，牛顿才能以数学的形式来表述他的万有引力定律。混淆了科学的想象和诗歌的想象的不同规律，对于科学实践说来，不过是把严肃的事业变成儿戏，对于诗歌来说，则可能导致公式和概念的泛滥。关键在于不能忽略科学想象的客观性和数学的精确性。而王国维正是忽略了这一点，发出了令人惊讶的议论。他在《人间词话》中说："稼轩中秋饮酒达旦，用天问体作《木兰花慢》，以送月、日，'可怜今夕月，向何处？去悠悠，是别有人间，那边才见，光景东头'。词人想象，直悟月轮绕地之理，与科学家密合，可谓神悟。"混淆了事物的界限就是混淆了事物的本质，这样就既不能揭示诗歌想象的奇妙又不能说明科学想象的艰难。把辛弃疾即兴的不须经实践证明、不用数学方法检验的想象当作科学，和把托勒密的地心说当成神学同样是荒谬的。

科学的想象是一种抽象手段，是在抽象中概括、推理，任何不精确都是它所不能容忍的。在科学中不精确的想象，不是被推翻就是被更精确的想象所代替。诗歌的想象是带着强烈的感情色彩的，它是一种具体的可感的"艺术推理"。它可以包含某些"不科学"的因素，它可以是夸大的，可以是缩小的。它不但追求准确地反映生活，而且追求适当改变生活的某些外在形态以抒发感情。它奇妙的不准确性乃至超现实的幻想性，乃是生活的真实上升到艺术的真实的规律性表现。这一切不是为了歪曲生活，而是为了更艺术地表现生活的真谛。客观性是科学想象的生命，它是一元化的公式化的。诗歌的想象的生命与公式化一元化是不相容的，它是多元化的，可以带着纷纭的主观色彩。它总是追求新奇，探索不可重复的个性化的创造途径，重复和雷同就是它的坟墓。诗的想象自然是建立在客观生活基础之上的，同时又是在这基础之上的心灵的创造。它适应人类对于生活真理的探求，也为了满足人类心灵对于想象刺激的爱好和对新鲜印象的渴求。这是因为单调和重复会使感觉和思维器官疲劳以致迟钝，而新颖却能使心灵活跃，印象深刻而持久。正是因为这样，追求创造性的诗人，必然追求不同凡响的想象。千百年来，诗人们好像在不知疲倦地进行着一场无休无止的想象的竞赛，在诗的想象领域中永远有发现不完的新大陆，不想做诗的想象世界中的哥伦布的诗人不是有出息的诗人，谁要想对诗的艺术有贡献，谁就不能不为诗的想象去开拓新的边疆。

困难在于生活是统一的，它是以同样的姿态展示在不同的诗人面前的。怎样才能既不歪曲生活又有多样化的想象呢？这一直是摆在诗人面前的严肃的课题。千万年来，在它神妙莫名的奥秘面前，人们时而好像在黑暗的午夜，摸索到了辉煌的巅峰，时而又像在黎明的海洋，迷失了航向，折断了枪杆，一任航船在风浪中旋转。从亚里士多德到莎士比亚都曾凭着直感把诗人的想象和疯狂联系在一起，指明诗的想象与理性之间存在着裂痕。亚里士多德说："诗需要一种特殊的赋予，或其人有疯狂的成分，或者使他容易想象所要求的神态。"莎士比亚在《仲夏夜之梦》中说："疯子、情人、诗人都是空想（又译：想象）的产儿。"他还说，情人、疯子、诗人"所理会到的永远不是冷静的理智所能充分理解的"。关于好诗的想象与科学的理智之间的矛盾，培根的阐述是更深刻的，他说诗歌"具有某些神圣的性质，因为它能提高心灵使之进入崇高境界，使事物的形象合乎心灵的希冀，而不是像理性那样使心灵服从外物"。这位提倡严格的客观的观察、力主在直接经验基础上归纳的学者对于诗的想象和科学的想象之间的矛盾现象很是敏感。他说："诗是一门学问，在文学的韵律方面大部分有限制，但在其他方面极端自由，并且和想象有关系。想象因为不受物质规律的束缚，可以随意把自然分开的东西联合，把联合的东西分开。这就造成了不合法的配偶和离异。"这里指出，诗的想象的主要特征是不受自然科学的"物质规律束缚"，所谓"不合法的配偶和离异"所不合的还是自然科学的"法"（规律）。关于诗歌的想象和自然科学的矛盾，到了十九世纪的英国浪漫主义诗歌理论中就表述得更加自觉更加明晰了。赫士列特说诗歌（的）："想象是这样一种机能，它不按事物的本相表现事物，而是按照其他的思想情绪把事物揉成无穷不同的形态和力量的综合来表现他们。这种语言并不因为与事实有出入而不忠于自然，如果它能传达出事物在激情的影响下在心灵中产生的印象，它是更为忠实和自然的语言了。""'我们的眼睛'被其他官能所愚弄，这是想象的普遍规律。"这里把诗的想象造成的变形与激情联系在一起是很有见地的。想象的变形、激情的直抒早已是浪漫主义诗歌的重要艺术标志，这种想象的规律在雪莱那里说得更干脆："诗使它能及的一切变形。"这是一种强调，是一种对规律的自觉运用，自然也不免过分，因为他们忽略了：诗歌中不变形的白描成分从来就是普遍的存在，而且在特定的历史阶段，白描还可以为诗歌拓开广阔的生活视野，为处于形式游戏的危机的诗歌带来新鲜活泼的艺术生命。但是，在理论上把变形作为规律肯定下来，具有不可低估的意义。

正是在变形律面前科学的想象和诗的想象分道扬镳了。

懂得生活真理的诗人，可以按着情绪的特点去把生活素材神奇地加以变异，其目的不是为了戏弄生活，而是为了忠实地美化净化生活的真谛。浪漫主义诗人对这种变形律大力加以鼓吹，使其成为风靡一时的倾向，一种比古典主义写实风格更华彩、主观色彩更强、感情浓度更大的形象风起云涌似地发展起来，诗歌的天宇上变幻着前所未有的斑斓色彩。

自然，变形的想象是和诗歌一起诞生、一起发出呼吸的。但是作为一种规律，从理论上肯定下来作为普遍的美学原则，却是在诗歌有了二千年以上的历史之后，这比人类认识太阳系的几何结构和它的运动轨道所花的时间还要漫长，而且比之研究太阳系的天体的精确性来说，它还处于相当幼稚的阶段，比起建立在数学基础上的天体力学来说，诗的变形律还没有建立起自己具有一切科学所必备的那种理论体系的自给性。正因为这样，它并没有在后来的实践中，沿着自身矛盾的必然逻辑深入地发展下去。人们还没有意识到，必须回答在什么条件下变形会导致歪曲生活，在什么条件下变形能使生活的真理升华为绚烂的形象，否则这一理论就永远是一个发育不足的胎儿。

差不多同一历史时期，在中国清朝有一位叫吴乔的诗话家，也独立地阐发了类似的原理。吴乔的理论带着形象的直观性和生动性，不像西欧浪漫主义诗论那样具有理性的思辨特色。吴乔在《答万季野诗问》中这样说："或问：'诗与文之辨？'答曰：'二者意岂有异？唯是体裁词语不同耳。意喻之米，文喻之炊而为饭，诗喻之酿而为酒，饭不变米形，酒形质尽变。'"这里用米煮成饭和酿成酒的不同来说散文与诗之不同，就更加强调了诗的形象与生活的素材之间的区别。应该说，这比之古希腊诗模仿自然说、莎士比亚文艺是生活的镜子说要深刻得多。它揭示了诗与生活之间的联系的特点，不是一种直线性的因果关系，而是一种变形的关系，因为变形而显得更曲折、更深刻的联系。可惜的是吴乔满足于形象的类比，并未进一步深入做逻辑的展开。鉴于当时中国文化的历史条件我们不可能要求他指出，诗歌想象的特点在于它不像科学的想象那样追求对客观规律作逻辑的模拟，诗歌的想象是生活真理在诗人感情的三棱镜中的色彩丰富的变体。

能不能从生活的模拟上升到诗的创造，关键在于在把握生活真理的基础上取得想象的主动权，摆脱罗列现象疲于奔命的被动状态。刻板地平面敷陈事和情，或者直接揭示生活的本质都只能使诗的追求落空，要知道就是白描的诗句也是生活在感情中高度净化的结晶体，就像春蚕不经几个变态发育的阶段不能完成它生命的历程那样，生活不经过想象的变形也不能获得它特殊的艺术魅力（当然，不是全部艺术魅力都在这里）。但是，也许可以说这是诗的基本奥秘。不懂得这一点，也许就不懂得诗的艺术。

要进入诗歌创作阶段，这是必须跨越的一道门槛。安徒生在他的童话《创造》中写过：一个爱写诗的青年人，因为写不出好诗来而苦恼，于是去找巫婆。巫婆给他戴上眼镜、安上听筒后，他就听到了马铃薯在唱自己家庭的历史，野李树在讲故事，而人群中，一个故事接着一个故事在不停地旋转。这要说的其实是要做一个诗人光凭常人的视觉和听觉还不够，还得有诗人变形的想象的眼镜和听筒。有出息的诗人常常是对生活特征观察得很精确，而同时又不缺乏把这些特征加以变化的勇气的。我们试以李瑛的《西沙群岛情思之一》为例："白天，你是片片云彩／夜晚你是阵阵涛声。你是一朵花，怒放的小白花／你是一颗星，雨后的星。你是一枚枚大海遗落的贝壳／是贝壳，却并未失去生命。你是一粒粒天宇滑坠的石子／是石子都有血管和神经。你是一只只待发的舰艇／只待警铃骤响。你是一座座威严的城／转眼，会使山呼海啸，天摇地动。"这里题目已点明是西沙群岛，可是一连八个肯定判断却没有一个说它是群岛。所有的形象都不是岛，但都与岛有关系：云影、涛声、小白花、雨后的星，是西沙群岛的变形和美化，都与西沙群岛的自然面貌的特点有关，而说它们是没有失去生命的贝壳和具有血肉神经的天宇的坠石，则又点明它们的另一特点——并非荒岛，而是我国劳动人民的生息之所。至于把它们暗喻为待发的舰艇和威严的城堡则又表现了它们在国防前哨的战略地位。表面上变形的想象否定了群岛的性状，实际上却把它们自然的、社会的、军事的特征用更美好的语言表现出来。

诗的变形是诉诸直观、诉诸感性的，又不停留在感性和直观。它同时又是一种本质的深入，它是和理性的理解力与透视力融合在一起的。从这一点来说，诗的想象并不像亚里士多德和莎士比亚所说的那样与理性有根本的矛盾。如果有矛盾的话，那是表面的形式的，在根本上它们又是统一的。诗歌的想象常常是通过变形而更深刻地表现了本质，通过感性而更亲近了理性，更缩短了与理性的距离。从这一点来说，诗的想象并不比科学的想象有更多的自由。但是在另一种意义上，诗人的想象又比科学家自由得多，它可以超越时间空间的界限使千里之距、万年之隔化为乌有，也可以使刹那间心灵颤动化为漫长的慢镜头运动。它有时使有生命的心灵变成无灵性的顽石而获得形象，它有时又可以因听见无生命的事物发出心灵的歌而格外动人。在诗人的想象中，活人在呼吸，可能是虚假的，而死人在生机勃勃地活动才是本质的真实。臧克家写过："有的人活着／他已经死了／有的人死了／他还活着。"你不能因为它违反逻辑学上的排中律和矛盾律而把它改成："有的人活着，但他与人民为敌，所以他在人民心目中已经死了；有的人死了，但他为人民鞠躬尽瘁，所以他还活在人民心中。"这样的逻辑是散文的写实性的，不是诗的想象性的逻辑。

从这个例子我们还可看到：诗歌想象的变形往往不限于变化其外在的性状，常常也变异其内在的含义。如果你以为李瑛的《哨所鸡啼》写的只是雄鸡报晓的振奋人心，那就太肤浅，因为它象征战士的感情和性格。如果你把臧克家笔下的老马只当作一匹可怜的老马，那就是外行了，因为他写的主要是1930年代北方农民忍辱负重、坚韧不拔的精神素质。同样，郭沫若的《骆驼》，也不是骆驼，而是一个在长途跋涉后仍然自觉长征不息的革命家的胸怀。在现代新诗中那些带有咏物色彩的诗，真正的精神却不在物而在人，那些象征性的人物，其真正含义都常常变化为普遍的精神气质。诗歌想象的变形常常与变异统一起来，事和情，人和物，总是通过外在性状的变化，而显示出内在的含义的变化。我们读闻一多的《死水》，常常为他把丑恶的死水变成美妙的"桃花""翡翠""罗绮""云霞"而不禁叫绝。这不光是变形，也有变异在起作用：绝望到了极点就有希望了，丑到了极点就转化为美了，黑暗到了不如让给恶魔去开垦就可能光明了。死水的内在含义就这样不知不觉地变化了。由于想象的发展，在现代新诗中那种纯粹的山水田园诗越来越少了。有很明显的迹象表明变形和变异的程度随着历史的发展，是越来越大了。浪漫主义诗歌较之古典主义诗歌更甚，现代主义诗歌较之浪漫主义诗歌更甚，新诗较之古典诗歌和民歌更甚。

在诗歌想象的发展过程中有两种倾向是更替出现的。一是失之俗、失之浅、失之陋，二是失之奇而深，这是通病。正因为这样，杰出的想象不可多得。想象浅而陋，是一种不易根治的流行病，它的反作用就是追求想象的奇而深。这自然有利于想象的发展，但也产生了走向艰涩的倾向。差不多可以这样说：艰而涩是浅而陋的影子，是对浅而陋的惩罚。这说明诗的变形有两个界限,一是不可以不变,二是不可以乱变,妙在变与不变之间。它在内容上的标准是更好地表现生活的真谛,它在形式上的标志是使形象更加鲜明。它和科学的想象一样是不能违反生活真理的,在运用想象追求真理这一点上,科学和诗最后又走到了同一个终点。雨果说:"想象就是深度","没有一种精神机能比想象更能自我深化,更能深入对象,这是伟大的潜水者,科学到了最后阶段,便遇上了想象,在圆锥线中,在对数中,在微分法与积分法中,在或然律的计算中,想象都是计算的系数,于是数学也成了诗"。

想象啊,让科学和诗歌都插上你的翅膀飞翔吧!

原载《诗探索》1982年第1期

论想象的形式

耿占春

"愈是诗的,愈是创造的。"诗的创造性想象不同于人们通常所说的"形象思维"。诗的想象形式有别于其他艺术中的想象形式——生活本身的真实形象或实体形象。一般说来,诗是表现性的而小说等是再现性的文学品种。诗的真实是主体的真实,叙事文学的真实是客体的真实。

诗的想象形式摈弃了现实形象和其他艺术中的再现形象的直接性与客观性。"一切其他艺术,像活的现实一样,直接作用于我们的感觉,诗则作用于想象。"(车尔尼雪夫斯基语)它是更富有表现意义的、突破了人们一般感性经验的创造性想象。富有表现力,那就是说,意象要含有一种心理能量,要有深刻的感情和精神的经验。它不是再现,更不是模仿,而是表现。

表现并不是描述思想或经验,也不是宣泄情感,而是在想象中意识到自己的情感和心理经验,它充满着深厚的自我意识或精神反馈。表现这个意念的提出,就意味着新诗与传统形式——模仿说、再现说的决裂,意味着对创造性想象的能动性的强调,对它的理智的、情感的、下意识的诸因素的强调,对它的不同类型的可能性的强调。表现这个意念可能具有许多不同的形式,否则诗就太可怜了。

我们从新诗的想象形式中概括出象征、意象和超现实形象。作为一种想象形式,它们不是和艺术的现实主义原则相对立的,也没有能力构成这种对立关系。"社会主义现实主义是对生活和文化的一种态度,而不是一种风格或一种流派。"（阿拉贡语）与这种创造性想象形式有对立意味的是模仿客观事物的写实形象。写实方法不等于现实主义，更不能垄断现实主义。"全部现实是主体和客体的一切关系的总和。"（费歇尔语）人不仅把自己作为主体，也把自己作为对象。这种把自我作为对象的高贵的自我意识便是人类精神文明的心理根基。这种自我意识不纯然是客观的也不断然是主观的。所以，"现实主义像现实一样，应该具有辩证法"，它"是能动的社会的人和不断改变和形成着的世界的对话"（加罗第语）。在这种意义上，诗歌中单纯的写实方法在现代社会和精神文化生活中，已是远远落后于现实主义的东西了。"形象再现"的原则、"镜子"般的反映论，是把复杂的艺术过程简单化和庸俗化了。

人类的心理总是在凭借着想象力去创造它的现实。现实永远不是完成态的，它是有伸缩性的，是可塑的和有待于创造的。它不是静止的，而是一系列需要从其自身出发加以对待的情况。能动的人所处理的是"被给予的"而不是"被接受的"现实。马克思在《手稿》中写道："为了把人的感觉加以人化，以及创造与之适应的人的意义，以求理解人的本质的一切丰富性与自然的一切丰富性，那就必须在理论上和实践上把人的本质加以对象化。"马克思的观点为诗歌以各种想象形式来确定对象世界和人的本质的一切丰富性，提供了唯物主义的美学理论基础。主体的生存是创造性的、自由的和具体的，个人观察和表现世界的方法是他主观生存的一部分。客观地按照一个模式感觉或思维，自然就会趋于否定人的感情和想象力，趋于贫乏的人类理想，限制了人类的"多样性与可能性"。这是对存在的一种漠视和摧残，是使人类遭受奴役的罪恶。新诗以它更加丰富、更有质量的创造性想象否定了对于人格所采取的机械的、量的理解。列宁说："最具体的和最主观的是最丰富的。"人和艺术的本质是共通的。仅仅以一种形式——"生活本身的形象"——为前提来奢谈想象，就已经舍弃了它的质的规定性和内容的丰富性。

使诗歌遭受危机的原因是艺术理论的僵化，形式的贫乏在于想象的退化。

凝结的象征

象征的作用是在知觉符号与其意义之间建立起联系并把它显现于人们的意识当中。象征表现的性质就在于构成一个既超越知觉符号而又为之提供背景的整体。

具体些说,"用小事物来暗示大事物,这就是象征",并且"语言的魅力就在于它的象征性"(滨田正秀语)。后期象征派诗人艾略特说象征是"思想的客观对应物"。也可以说象征"是感情的一种相关物、而不是感情的一种表现"(里德语)。我们从这些异中见同的意义上去理解象征的诗就较为全面了。北岛的《岛》的前几节是这样的:

1.你在雾海中航行　没有帆　你在月夜下停泊　没有锚　夜从这里　开始路从这里消失

2.是夜的堤岸　还是梦的边缘　是波动中的点点渔火　还是星星晶莹的耳环　没有标志　没有清晰的界限　只有浪花祝祷的峭崖　留下岁月那愁闷的痕迹　和一点点威严的纪念
　　孩子们走下月光下的沙滩
　　远处的鲸鱼　正升起高高的喷泉

3.鸥群醒了　翅膀接着翅膀　凄厉的叫声　震颤着每片合欢树叶和孩子的心
　　在这小小的世界里　难道唤醒的只是痛苦

4.一声枪响　地平线倾斜了　摇晃着翻转过来　海鸥死了　热血烫卷了硕大的蒲叶

这是诗人生活在那个黑暗现实里思想情感高度集中之后，把自己的主观感受创造成为"岛"这个象征形象的。诗人用自然界的现象来象征自己的历史意识。在今天的诗人这里，"那和一般生活的理念不发生关系的外部自然，是没有任何意义、任何价值的，……（诗人）是在它里面探索自己的存在、使命和苦难的秘密"。能够理解别林斯基这些话的人就不难理解现代的诗。如果有人还不懂这首诗，我看不排斥他对我们的社会历史多少有点隔膜。我们在与世隔绝的"孤岛"上反而高唱着"乘风破浪"，种种假象骗过了我们，原来这并非是一艘巨轮呀。但是，有大海，蕴藏着无限的力与美的自由的大流，在诱迫着无畏的战士和天真的人们。"一声枪响"，诗人毕竟勇敢地面对了现实，认识了我们曾经生存的环境和世界。

观察、感受、思考、想象，全在这里。象征是意义的集结，象征本身是由多重意义所构成的。这种启示不是以讽喻的形式直接作用于理智，而是通过想象实现的。唯其如此，这个象征才能够启发人们在历史的回顾和影射中，在强烈的精神反馈中去思考一些问题。这种启示也不是以经验的形式诉诸感觉，审美的象征作用是思想在意识形式中将感觉经验化为想象的活动。某种思想或经验在它经由想象体现为象征时才被固定下来，但是一个象征用许多概念也解释不清楚。象征不是某种简单的概念，也不是单纯的直观形象，而是一座沟通直观世界与意念领域的喻体。诗意是通过形象与情感在象征物中若即若离的吻合才得到暗示的。

在象征中，诗人避免了主体的直接议论和抒情，又把物质形式从表象目的中解放出来，那么这些物质形式靠了什么才能形成一种象征的会话语言呢？换言之，使形象和情感吻合的那种亲和力由何产生呢？

首先，自然界中各个单独存在的具体形象本身就具有象征性的意义。（这就不难理解人类最初的艺术是象征型的。）它们独立于并且先于任何艺术企图而存在着。每一种物质形象都透露着它独特的个性的力量，而与人的某些思想情调有着同感的关联。正因为自然界和人的内心世界之间有关这种感应和契合，诗人才可能把自然当作一部无限丰富的词典，把自然界的具体事物当作活的词汇来表达自己的思想感情，即为其思想找到客观对应物或相关物。"象征所要使人意识到的却不应是它本身那样一个具体的个别事物，而是它所暗示的普遍性的意义。"（黑格尔语）这就要求读者和诗人之间要有接近的社会意识和自我意识。只有有了某种共通或类似的社会和自我的意识，人们才能不只从感性事物本身来理解象征。

在日常的或其他领域的活动中，象征的应用是很广泛的。人就是进行象征活动的动物。如旗帜、花朵等"语言"都是人类思想情感的象征表现。但这种象征随着使用的频繁，它所具有的思想意义逐渐定格，感情的色彩渐渐淡出，随其象征意义的凝固，它已成为僵死的语言。诗人的象征则是独创的，或是要从一般的象征提升到诗的形象并用情思的光芒把它照亮。审美的（诗的）象征活动可说是一种移情作用。所以，诗人并"不模仿自然，而是面临自然并利用自然。面临自然，是指一种对象征形式的直觉的理解；利用自然，则是把自然的活力给予这种象征形式"（里德语）。只有"在这种力求转化自然事物为精神事物和转化精神事物为感性事物的双重努力之中"（黑格尔语），才能创造出比之写实形象或独白式的抒情有着更为丰富的审美容量的象征形象。

新诗以它所再创造的意象世界的建筑，代替了视觉形象的忠实摹写，而诗人用他的感受、想象、记忆和憧憬所再创造的，正是这个世界的主要意义。艺术作为广泛意义上的象征是建筑在自然之上的精神结构，它既高出于自然，又远远地超出了感情的范畴。它不是某种思想的比喻、某种情感的夸张，诗表现了人存在于世界上的一种形式——凝结的象征。

流动的意象

我们可以用康德关于"目的的形式存在于形式的目的中"的论点来解释意象这个想象形式。意象是作者的思想感情与外界事物的复合体，它是形象和思想，即目的和形式的有机形式。意象不是另一种思想的代号，不是一个暗示别种事物价值的砝码。意象本身就是诗人直接进行思考和感觉的方式。诗人既把思想情感纳入形式，又要同样强烈地揭示出思想情感中爆发出来的冲破形式的无限威力，塑形与爆破被赋予动的形式。意象的运用既形象地表现了感情，又给予这情感以约束和节制。

意象诗创始人庞德说："意象主义的本质，在于不把意象当作装饰。意象本身就是语言。"这就要求意象能够直接表现想象所唤起的意义，激发读者也在这种直觉或想象中唤起这些意义而加以组合。这既不同于象征的间接暗示，又不同于浪漫的直接抒发，意象在这二者之间找到了它存在的空间，可以说意象是直接显示——

……我随着鸽子，愤怒和热情／走过许多年代，许多地方／甚至走过战争、废墟、尸体／拍打着海浪像拍打着起伏的山脉／流着血，托起和送走血红血红的太阳／我的影子浮动在无边的土地上／斑斑点点——像湖泊，像眼泪／像绿蒙蒙的森林和草原／像隐藏着悲哀和生命的人群在闪动／像我的民族隐隐作痛的回忆……（江河：《祖国啊，祖国》）

在这里，诗人对民族的历史和人民命运的思考，对罪恶和不幸的抗议，是直接地在意象中进行的。湖泊、眼泪、森林、草原、人群、回忆等虽是用"象"字联结起来的，但它们绝不是"我的影子"的比喻或铺饰，意象的转化就是意义本身的变化。我们随着鸽子走过这一切，是多么富饶的土地，又是多么苦难的民族。我们无须去寻找这些意象的暗示意义，因为它已把其意义直接地显示出来了。这使我们理解了在什么意义上"形式即内容"的见解是真理。在一些广告似的作品中，形式与内容倒是分得很清楚的："人们可以把所要表现的材料先按散文的方式想好，然后在这上面加一些意象和韵脚，结果这些意象好像挂在抽象思想上的装饰品。"（黑格尔语）不幸的是，许多人正是这样来写诗或要求诗的，因为这样做对作者和读者都很方便。

意象既不像象征那样把意义藏在背后，也不像些拙劣的形象那样把意义像标签一样贴在脸上，这还是因为意象具有流动（转化）性，意义便也随之延展。"意象在任何情况下都不只是一个思想，它是一团或是一堆交融的思想，具有活力。"（庞德语）一群繁多意象的互相投影决定了其思想意义的互相交融。可见，不论诗中的意象多么繁复，关于这些意象的感受和想象总是一个不可分割的意识状态。就是这个具有整体意义的意识状态灌注了每个意象，而一个个意象都在这个意识状态的光晕内展开它们的意义。这些意象互相交融提升，它们绝不是像不细看时那样分散和零乱，而且每个重要的意像都是思想落脚的地方。意象的流动表现了一个视觉的心理过程。这里不像作者的头脑是反映外部世界的一面镜子，而是外部世界越发显得像人的内心世界的景象了。

席勒曾把诗分为造型的和音乐的，他说："后一名称不仅仅指诗中那种确是音乐的成分，而且也指诗不把想象力局限于某一确定的对象而能产生的所有这类效果。""确是音乐的成分"自然是人常乐道的语言的韵律了，而席勒所强调的却是这种效果：

> 如果大地的每个角落都充满了光明／谁还需要星星，谁还会／在夜里凝望／寻找遥远的安慰／谁不愿意／每天／都是一首诗／每个字都是一颗星／像蜜蜂在心头颤动／谁不愿意，有一个柔软的晚上／柔软得像一片湖／萤火虫和星星在睡莲丛中游动／谁不喜欢春天，鸟落满枝头／像星星落满天空／闪闪烁烁的声音从远方飘来／一团团白丁香朦朦胧胧……（江河：《星星变奏曲》）

一个意象迅速地与另一个意象交融，在重叠中变幻、流动，甚至在"闪闪烁烁的声音"这个意象上都投影着"星星"。吸引我们的不是语言的节奏或韵脚，而是意象的节奏感。正是这种意象的节奏引起了我们某种类似乐感的情绪的波动。声乐之所以能够被理解为情感的表达，就在于这一组组富有变化而又保持某种统一的乐音所造成的运动与人的某种情感状态有着对应关系。应该看到，这个因素——运动，也是诗的意象所具有的。诗人亦应创造一连串有差别和对比的流动的意象来塑造它，即用一连串在重叠中变幻的意象造成诗境和诗情的流动感，这是最本质的诗的音乐美。换言之，意象节奏式的重叠出现造成了诗的内在的音乐美。这种音乐美不是为了悦耳而是去直接拨动心灵的弦。

超现实形象

如果说象征有较多的理性因素，意象也有一个意识之流可寻，那么超现实形象的创造则力图摆脱理性对创作的控制，采取精神的自动主义，以表达真正的精神存在和思维过程。

新诗中的超现实形象不外是采取了这样两种手段：一是大胆地运用幻觉或梦境的景象，以激起诗的效果；二是重视绝对自由的联想形式，以突破事物现状的约束。它的意义首先在于号召心灵创造的自由，否定由理性和意志所主张的物质世界及其价值的现实性和虚伪性。它以热情的想象的解放获得了个性的自由，精神借助想象向外界的张力，借助为解放外部形式所压抑的内在力量，"把各方面的临时机缘造成的墙壁都推倒，在读者心中唤醒由作品证明艺术家自己也有的那种认识到普遍关系和力量的感觉"（爱默生语）。它就是对这种不可征服的美和自由的肯定：

是他，用指头去穿透 / 从天边滚来烟圈般的月亮 / 那是一枚订婚的金戒指 / 姑娘黄金般缄默的嘴唇（北岛）

她用美妙的颈子向夜空歌唱 / 又把歌声震落的星星拾到篮子里 / 她向树林深处走去……（白夜）

"想象不是意识借以获得经验的一个额外增加的功能。想象正是体现自由时的整个意识。"（萨特语）诗人所要表现的人的真实的精神存在（即自由时的整个意识），只和形象的那种富有诗意的形式有关，而跟形象本身的真实性不相干。"艺术并不描绘可见的东西，而是把不可见的东西创造出来。"（保罗·克利语）这不可见的东西就是诗人的情思，这理想中的爱情是有着那样无限的魔法性的力量啊，他能够用指头去穿透月亮做了订婚的金戒指。这似乎是（实在也是）不可能的，但早在亚里士多德那里就已说过，诗与其描绘不合情理的可能不如描述合情合理的不可能。这种不可能的、超越了现实的想象不是反映了更为本质的、更合乎情理的人的精神吗？那歌唱的"小林神"走了，她不属于现实世界，但她却把我们引入一个童话般美丽的世界，那神秘的歌声舒展了我们被庸常的生活揉皱了的灵魂，给予我们感受到身心舒放开来的无涯之乐。"观念不过是海水的浪花，而诗意形象则是海水的浪花中产生出来的爱与美的女神。"（别林斯基语）一个思想在我们的内心中占着确定的有限的一点，而真正属于我们的想象则充满着整个自我。

超现实形象对幻觉（梦境）景象的运用，扩大了想象的领域，它把人格的无意识的根子挖掘起来，使它暴露在意识的探索的面前，拓宽了诗歌表现人类精神的领域，拓展了我们理解的范围。诗的表现不再受物质现实的束缚，它在物质形象中穿插寓意变形手法，创造出现实与梦境交织在一起的景象，使我们对自己所不能正视的生活忽然顿悟了。我们所看到的并不是夸大的现实——夸张只是量的和形体上的，而超现实形象则是质的、精神的创生——是一种新的自我、一层新的内心世界的展示，是理想的领域和存在的深邃秘密的展现。"诗唤醒人心并扩大人心的领域，使它成为能容纳许多未能理解的思想结构的渊薮，诗掀开了帐幔，显露出世间隐藏着的美。"（雪莱语）似乎是一种新的器官的形成，超现实形象为我们提供了窥见另一个美与自由世界的可能性。它为诗歌找到了新的空间，而不是用新的表现方法叙述旧有的感受。诗人用他"绝对内在的因素，而不借助于自然的模型，再创造出他的作为人的存在而出现的深刻现实性"，以他的形象和他作为人的存在来感动我们。在这里他给了我们的想象可以化作生活和行动的理想，去发现产生人类尊严和生活乐趣的广阔视野。

超现实的想象形式重视自由的联想，对众多意象进行组合，从而创造出一个新的整体。一个诗人在某种特定的心理状态下，保持着一种习惯性的陶冶，易于感受外界事物的诱发；或靠一种自觉的激发，唤起积蓄在内心中的形象，流露出诗人心中原始的真实意向。它强调给人以形象的暗示，调动起人的视觉联想和思想。

我们可以把诗或创造性的想象看作是心理素质所固有的，无意识的心理活动就其总的倾向而论正是诗意想象的渊薮。现代诗人之所以贬低和排斥理性或逻辑的作用，就是为了从它的桎梏中彻底解放想象力。但无意识的心理活动或梦幻并不等于诗，到达诗还需要一种自觉的或半自觉的心理的社会意图的实现和对形式的控制的过程。所以诗人不是做梦，而是让"思维"在梦与醒的边缘地域进行。"梦"里的想象是缺乏概念或有逻辑的语言的，它把人的内心生活塑造成比实际生活中更多样和奇妙的意象。它用一些幻觉构成一种情境，就是说它的"内容"是用意象（形式）本身来表现的，也因此摆脱了思想范畴的束缚，但诗人之所以"醒"就是同时能使纷呈的想象自然趋于一定的自觉的意向。他虽然是在努力进行潜意识的创作，但却不自主地去分析与表现，因为这时理性对潜意识也有一种渗透作用（决不完全是简单的控制）。马克思说过，理性固然永远存在，但它并不仅只存在于理性形式之中。在自由的意识状态中，美总是要突然地介入人的脑际，这就是诗歌创作的不自觉的审美主义。这种想象表现的力量能够更真实地反映出自我的质量和能量。诗就是这种无边的创造的力和绝对的力的进击。它能够掀起潜意识的波动，也能够在理性的燧石上闪射出火花。这崇高的美和自由的力量为人类开辟了一条由真实走向现实的大道。

一个仅仅为了表达某种政治或思想见解的作品在历史的一定瞬间可能是颇有价值的，但是是作为宣传而非作为艺术而获得价值的。倘若它并没有深刻地体现出生活中那些不朽的因素，那么它的价值势必成为明日黄花。

艺术如不能赋予现象的真实内容以精神的现实性，它不免只有一瞬间的意义。关于"四五"运动有不少诗，可是随着时间的推移，人们不再关注这件事了，与此相关的某些作品也就不为人感兴趣了。可我们看一下北岛的《雨夜》会使我们明白些什么：

即使明天早上／枪口和血淋淋的太阳／让我交出自由、青春和笔我也决不会交出这个夜晚／我决不会交出你／让墙壁堵住我的嘴巴吧／让铁条分割我的天空吧／只要心在跳动，就有血的潮汐／而你的微笑将印在红色的月亮上／每夜升起在我的小窗前／唤醒记忆

这首诗不仅表现了那个特定环境中的事件，而且更把它从政治事件的地位提升到历史和人的高度，揭示了人的苦难和苦难中潜藏着的美以及人为它所要付出的沉重的代价。这样的诗不会随着事件的隔远而失去它作为艺术思想的光泽，因为诗中永恒的东西就是人的存在的现实性，是人的精神美的肯定性。诗正是能够而且必须从这样的高度对现实生活的迫切问题做出反应。提出某种具体事实或问题的诗，常常有意无意地逃避了人和历史的对话中最彻底的回答。

马克思关于希腊神话的有名论述说明了神话的不朽艺术魅力绝不在于它反映了那个历史阶段中的社会结构，而在于它是一种可塑性的创造，它为人类开辟了通向未来的路。这种有启示性的神话在人类精神发展过程中永远提供参考，伊甸园之门向每个时代的人透露出存在的秘密。今天，宏观宇宙和微观世界都在对人类露出蒙娜丽莎般的微笑。人的力量虽然不断增加，而他永远是战斗者，不是凯旋者。艺术的神话所以永远需要。艺术就是创造神话，它本身具有理想的力量和自身的道德。艺术的神话精神表现了人对人的未来的信念，表现了人对现实的胜利，表现了人把生活作为一种上升现象来看待的热情。它不是对现实苦难和欢乐的消极反映和粉饰，而是对人类的现在与未来的存在和命运的深刻揭示。

即使诗告诉我们一个有限的事实，诗的神话却向我们许诺无限的可能。关于孰优孰劣的争执似乎是这样一个问题：

在奥林匹斯山上究竟种花木呢，还是种番薯？

在这里，我想说的话也许只是布列顿所早已说出的——

在我们继承的许多耻辱之中，我们必须很好地认识到，精神的最伟大的自由是留给我们了的。我们不应当错用它。把想象降低到奴隶地位，那也就等于撇开了人们在自我的深处和最高的正义中所发现的东西。

原载《诗探索》1982 年第 2 期

音乐·诗歌·格律

何凯歌

曾经看到过一段有趣的记载：在上一世纪的英国，一位有名的文学家搜集出版了一本民间歌谣集。这本书使得他备受赞扬。然而，出乎人们意料，竟有一位老太婆为此大发其愁。她说："这些歌谣原不是让人阅读，而是用来传唱的。如今印成书，以后就不会有人再唱了。"

我们并不想在这里评说这位老太婆的话是否有理。但是，这段小故事却使我们联想起如今的诗歌，从而产生了一点杞人之忧。

是的，我们今天的诗歌普遍地存在着散文化、没有韵律、同优秀民族传统相脱节的倾向，逐渐成为一种只能读而不能诵的"诗"。

自然，我们不能将诗歌与口头流传的歌谣等量齐观。但是，我们也决不会把诗歌与散文混为一谈。任何一部《文学概论》之类的教科书都会告诉我们，诗是一种有音乐性的、有别于散文的文学表现形式。换句话说，诗同音乐的关系要比散文密切得多。

我们都知道，无论任何民族，诗歌都产生于散文之先。古人说："诗者，志之所之也。在心为志，发言为诗。情动于中而形于言，言之不足故嗟叹之，嗟叹之不足故永歌之，永歌不足，不知于手之舞之足之蹈之也。"从中看出，在上古时代，诗歌、音乐、舞蹈是不可分割的三位一体，是伴随着集体劳动的有节奏的动作而产生的。社会发展了，三者才独立解体，各司其职。但是，毋庸讳言，诗歌在几千年的发展演变过程中却同音乐结下了不解之缘。

而分析到底，我们会发现诗与音乐的共同之处就是节奏——请允许我在这里强调一下：节奏。这正是用以区别诗歌与散文的最主要的标志（自由诗除外）。

音乐作为一种特定的艺术形式，其构成有赖于旋律、节奏、和声这三大因素。下面是一段乐谱：

$$\frac{3}{4}$$

$$3\ -\ -\ |\ 6\ -\ 7\ |\ 1\ -\ -\ |\ 3\ -\ -\ |$$
秋　　　天　的　落　　　叶，

$$3\ -\ -\ |\ 2\ -\ 6\ |\ 1\ -\ -\ |\ 7\ -\ -\ |$$
一　　　片　片　飘　　　零。

（南斯拉夫民歌《秋天的落叶》）

和声的因素我们略去不谈。这个乐谱首先引起我们注意的是，有一些不同的阿拉伯数字，它们就是旋律。一个作曲家可以凭他的思想感情创作出千种万种的旋律。节奏则不能随心所欲地改变。我们看到在乐曲开始前，总有一个记号，如 $\frac{2}{4}$、$\frac{3}{4}$、$\frac{4}{4}$……，这就规定了某一个乐曲的节奏。一旦有了规定，就要严格地遵守，这支曲子就要按着这种节奏行进。因此我们听音乐，总是能够很清晰地感到那种跳动的节奏。一首歌、一支曲子，无论是低声哼、高声唱，用提琴拉或用笛子来演奏，这种有规律的节奏都不会发生变化。上面的两句歌曲就是这样，每句有四小节，每小节有三拍，这种节奏毫无改动地进行到全曲结束。让我们再分析一下每个拍子的构成。使用得最广泛而最主要的节奏（即节拍）有二种：两拍子和四拍子。两拍子之中总是包含着两拍：头一拍强，后一拍弱。三拍子总是包含着三拍：头一拍强，第二拍和第三拍弱一些。这样，一只两拍子的乐曲总是通过"强弱、强弱……"这种节奏行进，而三拍子的歌曲则总是通过"强弱弱，强弱弱……"这种节奏行进。

正是有了这种始终一致的节奏，一首歌、一支乐曲才会产生此起彼伏、婉转回萦的效果。

诗歌是一种借助于语言来表达思想感情的文学形式，当然不同于音乐。诗歌中没有旋律、和声这两种因素的存在。然而就节奏方面而言，二者是相通的。而诗歌（当然不包括自由诗）正是借助于规律严谨的节奏才使"诗人的语言总是含有某种统一而和谐的声音之重现"（雪莱：《诗辩》）。

试看下面的例子：

例一

东 临 | 碣 石，
以 观 | 沧 海。
水 何 | 澹 澹，
山 岛 | 竦 峙。

（曹操:《观沧海》）

例二

白 发 | 三 千 | 丈，
缘 愁 | 似 个 | 长。
不 知 | 明 镜 | 里，
何 处 | 得 秋 | 霜。

（李白:《秋浦歌》）

例三

青 山 | 隐 隐 | 水 迢 | 迢，
秋 尽 | 江 南 | 草 木 | 凋。
二 十 | 四 桥 | 明 月 | 夜，
玉 人 | 何 处 | 教 吹 | 箫。

（杜牧:《寄扬州韩绰判官》）

上面所引的都是我国古代诗歌，例一是四言诗，例二是五言诗，例三是七言诗。我们可以比较有把握地将它们看作是格律诗。现在我们来分析其格律究竟是如何形成的。

无论是四言、五言还是七言诗，人们在诵读的时候总是习惯于以两个字为单位，稍事停顿。不论这种念法是否合理，是否合乎语言逻辑，停顿是绝对的。不这样念，不这样停顿，就会使人感到不顺耳，感到没有诗歌的节奏性。在例三里面，我们便会遇到这种情况，按照语言本身的逻辑来说，"二十四桥明月夜"中的"二十四桥"四个字是不能分开读的，但如果把这句诗读成"二十四桥/明月夜"的话，就明显地同上面的三句不协调，因为前三句都在固定的地方停顿，而且都有四处停顿。

通过以上的观察，我们可以得出一个结论：古代格律诗以两字为单位停顿一次（五、七言诗中，每行结尾均为一个字，但是实际上占用了两个字的时间，容下文详述），而每一行诗停顿的次数是一样的。

人们早已经注意到这个现象。早在20世纪二三十年代，一些诗人和学者就谈到了中国诗的节奏"大半靠着顿"（朱光潜：《诗论》）。研究者给这个现象起了各种各样的称呼，3音组、音节、顿、逗等等。

不论使用什么样的称呼，大多数人都逐渐看到并承认这种现象。那么，我们不禁要问：这种顿仅仅表示一种时间的停顿，就像我们说话时的间歇吗？为什么停顿几下就可以形成诗的节奏呢？顿同节奏有什么关系呢？

在正式寻求上述问题的答案以前，我们认为有必要简略地提一下人们对格律诗的几种主要观点。

一、押韵说。长期以来，形成一个传统的看法：诗必谐韵。韵文几乎就是诗的同义语。但是，也有一些人持怀疑态度。顾炎武就认为："诗固用韵，而文亦未必不用韵。"既然韵文不一定是诗，那么，有什么理由认为格律诗必须押韵呢？诗三百篇中就有不押韵的诗。外国也有许多不朽的诗不押韵。古希腊的诗剧和莎士比亚的悲剧就是很好的例子。

很显然，押韵并不能成为格律诗的必要条件，有规律的韵脚只起了一种增强和谐感的作用。

二、平仄律说。齐梁以来，中国历代诗人和评论家们都把"宫羽相变，低昂互节"奉为金科玉律，对诗歌的四声要求得非常严格。平仄到底对诗歌格律起了多大作用？看一看下面的实例，回答这个问题就不会有多大困难。

> 家住高山不怕风，
> 海里捞鱼不怕龙。
> 有心跟哥不怕死，
> 妹有双手不怕穷。
>
> （《中国歌谣选》）

　　这是一首采自贵州地区的民歌，可以想象，其最初的创造者及后来的传唱者应是目不识丁的劳动人民。他们对"平平仄仄平平仄"那一套定是一无所知。然而，这首民歌的节奏感同前面所引的文人诗毫无二致，尽管它并不符合平仄律的要求。因此，得出这样的结论大概不会招致非议：平仄律并非诗歌格律的主要因素，其促进节奏跳动感的作用只是附带的。

　　三、"五四"以来，为了解释中国诗歌的格律（特别是白话诗），一些学者引进了西洋诗歌格律。但是，由于中西语言差别太大，这种生搬硬套的方法并没有解决什么问题。

```
Thĕ hoūse | whĕre Ī | wăs bōrn    | ,
Whĕre Ī  | wăs yoūng| ănd gāy    | ,
Grŏws ōld | ă- mīd  | ĭts cōrn   | ,
Ă- mīd    | ĭts scēnt-| ĕd bāy   | .
```

　　例如英语中有明显的轻重音对比，把它们巧妙地组织起来，就可以形成高低扬抑的节奏。上面所引四行诗，各行都有三个音步，轻重音有规律地交插在一起，其节奏感是很明显的。

　　这并不是说，西方的格律诗对我们来说没有值得借鉴的地方。但是，寻求中国格律诗的规律必须以中国的语言特点和诗歌传统为基点。既然汉语的音节并无明显的轻重、长短之分，我们就不可能以英诗、古希腊诗、罗马诗的方式来建立中国的现代格律诗。

四、三字收尾说（也可以说是单音字收尾）。的确，在我们的古代诗歌和民歌中，五、七言的形式占了很大的比重。但是，我们还要看到，在五、七言诗之外，还存在着不少像我们在前面特意举出的例一那样的诗。它们并不是五、七言，不属于三字收尾之列，然而，它们能够在通篇诗中形成有规律的节奏，也给人以统一、和谐之感。三字收尾的理论当然不能在这里套用。如果说三字收尾说还可以解释五、七言诗的某些现象的话，那么在单音字使用机会越来越少的现代格律诗面前，就显得无能为力了。

既然上述的种种理论都不能令人满意，那么我们还有别的途径吗？我们说，是应该有的。这个途径只能是通过研究音乐与诗歌的关系来解决，只有这样，我们才能找到真正的规律。

我们在上面已经说过，音乐与诗歌的共通之处是节奏。现在让我们把上面作为实例而引用的三段诗反复地念几遍。当然，有各种不同的朗读方法，只要不是摇头晃脑地，用过于夸张、过于做作的怪声怪气的腔调，而是按照现代汉语的语音特点，按照这些诗歌本身存在的节奏来念的话，那么其声音效果必定会是这样的：

$\overset{\cdot}{东}$ 临 | $\overset{\cdot}{碣}$ 石 |，
$\overset{\cdot}{以}$ 观 | $\overset{\cdot}{沧}$ 海 |。
$\overset{\cdot}{水}$ 何 | $\overset{\cdot}{澹}$ 澹 |，
$\overset{\cdot}{山}$ 岛 | $\overset{\cdot}{竦}$ 峙 |。

$\overset{\cdot}{白}$ 发 | $\overset{\cdot}{三}$ 千 | $\overset{\cdot}{丈}$ 0 |，
$\overset{\cdot}{缘}$ 愁 | $\overset{\cdot}{似}$ 个 | $\overset{\cdot}{长}$ 0 |。
$\overset{\cdot}{不}$ 知 | $\overset{\cdot}{明}$ 镜 | $\overset{\cdot}{里}$ 0 |，
$\overset{\cdot}{何}$ 处 | $\overset{\cdot}{得}$ 秋 | $\overset{\cdot}{霜}$ 0 |。

$\overset{\cdot}{青}$ 山 | $\overset{\cdot}{隐}$ 隐 | $\overset{\cdot}{水}$ 迢 | 迢 0 |，

秋 尽|江 南|草 木|凋 0|。
二 十|四 桥|明 月|夜 0|,
玉 人|何 处|教 吹|箫 0|。

在这里，我们借用了音乐的记谱方法。但由于诗的特点，又同乐谱不尽相同。

"|"在乐谱中，原是小节线，我们在这里把它当作拍与拍，即顿与顿之间的界限，即每一顿为一拍。在古代格律诗中，每一拍由两个音节（字）组成。这就是说，每一个音节（字）有半拍，这半拍就由"—"来表示。每一拍中，前半拍较强，后半拍较弱。强的半拍用加重点"·"标在上面注明。例如"东临|"这一拍中就分别由"东"和"临"两个字，即两个半拍组成，而"东"字必然要比后半拍的"临"字强一点，所以在上面加了加重点。

此外，要做一点说明。五七言诗以单音收尾，这个字只占半拍，而且是较强的那一拍。而剩下的那较弱的半拍就省略了。这里，我们借用了音乐中的休止符"0"来表示。

通过这样的记录方式，古代格律诗的规律就很清楚地显现在我们眼前。

规律：

——按固定规律行进的节拍是形成节奏的最主要因素。

——每一拍由两个时间长度一样的音节组成，每个音节占半拍，前半拍强，后半拍弱。

——每一首诗中，每一行的节拍数目是一样的，每一诗节的拍数也是一样的。

既然一切理论都要接受实践的检验，那么下面我们就尝试一下，这些规律是否对现代格律诗起作用。

我们不能不承认，在现有的而且在每天出版着的书籍、报刊上面涌现的、数量相当可观的现代白话诗中，我们还难于找到严谨而又完美的（像古代格律诗那样的）实例。现代格律诗还处在探讨、摸索、尝试的过程中。而且，我们还很难于预料真正的、完美的现代格律诗究竟是什么样。但是，如果我们能够找出一套比较合理而且实际上又能行得通的规律、理论来促进这种探讨、摸索、尝试的话，无疑地，那就会带来很大的裨益。

尽管如此，我们仍然能够找出一些我们认为是比较接近于格律诗的片段来。下面我们就进行这一项工作：引用一些有代表性的诗句或诗节，并逐一加以分析。

我为我｜心爱的｜人 儿｜，
燃到了｜这 般｜模 样｜。

（郭沫若：《炉中煤》）

按：这两句诗的字数并不整齐，也没有做到"对仗工整"，但是念起来却有按照一定节奏跳动的感觉。这是因为每一句中都由三拍组成。每一拍的字数不一样，有两个字的，也有三个字的。仔细玩味一下与同样是三拍一句的五言诗比起来，节奏似乎更灵活、更丰富一些。这是因为五言诗中每拍的组成方式只是"— —"即两个半拍，而这两句诗中由于有了三个字组成的节拍，就产生了"___"的节奏。

她不是｜热带的｜棕色的｜少 女｜，
也不是｜西方的｜金发的｜姑 娘｜：
黄色的｜肌 肤｜，黑色的｜眼 珠｜，
我们在｜同一的｜民族里｜生 长｜。

（冯至：《我的感谢》）

按：这是一节四行诗，写得相当有规律。每一行都由四个拍子组成。或许有人会说是由于对仗的排比句使然。但是，问题是远非所有的对仗、排比句都能形成整齐的、跳跃的节奏。

你脓血污秽着的屠场呀！

你悲哀充塞着的囚牢呀！
你群鬼叫号着的坟墓呀！
你群魔跳梁着的地狱呀！

（郭沫若:《凤凰涅槃》）

按照顿的划分，这一节诗的顿数是一致的，但是念起来却没有音乐般的节奏感。若不分行排列，我们说不出它与散文有什么区别。

|怨谁？|怨谁？|这不是|青天里|打雷|？
关着，|锁上；|赶（明儿）|瓷花砖上|堆灰！

（徐志摩:《残诗》）

按：顺便说一点，新月派的诗人们在理论上和实践上着力于探讨新诗的格律化。但是由于方法不对头，他们总是企图套用西方的诗律，因此没有什么成果。最多也不过是做到每行诗的字数一样（即"豆腐块"体）。徐志摩所写"豆腐块"体诗不是很多。但是，像上面所举的诗句也不常见。我们之所以用它当实例，是因为在这里有两个现象需要加以说明。一、"赶明儿"是北京方言的儿化音。用文字记录时，"儿"用一个字来表示。不过，实际上，"明"和"儿"只是一个音节，因此我们用括弧把这两个字括了起来。二、"瓷花砖上"这一拍有四个字，在这里，这四个字没有被分开。这是因为第一，词意很难分开；第二，分开了就会多出一拍，从而影响整个两句诗的顿挫分明的节奏。

枯枝　在|寒风　里|悲　叹|，
死叶　在|大道　上|萎　残|；
雀儿　在|高　　唱|薤露歌|，
一（半儿）是|自　伤|自　感|。

（戴望舒:《寒风中闻雀声》）

按：这四行诗中，每行都有三拍，但是，总感有什么地方的节奏不大畅快。原来是第三句中有一个所谓的"三字收尾"。它破坏了节奏的规律。所以我们从而认识到，在节拍一致的同时，也要注意保持收尾的一致。收尾的地方一般都要停顿，节拍的数目稍有出入，就难于藏拙。二字收尾同三字收尾的差别，实质上是相差半拍。这两种不同的收尾在一起，自然互不相容。对整个一首诗来说，也是一种不和谐的因素。

下面，我们进一步提供一个比较完整的例子。这个例子不再是抽取自某篇诗的一两句或一个片段，而是引用一首自始至终都单纯同一种节奏，即每一行的节拍完全一样的完整的诗。应该说，到目前为止，能够找到一个这样的例子已是十分难得了。

雨后的|秋　夜|分　外|深　沉|，
我　们|斜倚着|榕　树|谈　心|，
枝　头|滴　下|透明的|露　珠|，
疏　星|投　来|炽热的|眼　神|。

你　的|祖　国|和我的|祖　国|，
殖民者|留　下|多　少|贫　困|！
真　的|勇　士|又何必|长　叹|，
挥　手|驱　散|眼前的|流　云|。

你　的|人　民|和我的|人　民|，
受　过|殖民者|多　少|欺　凌|！
真　的|勇　士|都敢于|战　斗|，
仰　天|唤　来|美好的|黎　明|。

榕　树|垂挂下|万　缕|根　须|，
牵　动|我　们|共同的|命　运|，

你我的|眼　中|飞　进|火　花|，
　　胸　中|渡　过|惊蛰的|雷　霆|。

（闻捷：《谈心》）

　　这首诗并不是作者的代表之作，无论立意或想象都不新。但以声律而论，其价值就要高得多了。全诗以四行为一节，每一行统统是四拍，节奏可谓严谨极了，跳动而又不紊乱、和谐却又明快，一洗普通白话诗的杂沓纷芜、松弛涣散的弊病。除作者为追求字数的一致（其实大可不必）而一两处露出凿痕以外（如把"真正的勇士"压缩成"真的勇士"），其余地方都流利自然，没有受束缚之感。且不必过早断定这就是现代格律诗，但我们至少可以说：试验是成功的。

　　这个例子还涉及如何处理虚字的问题。现代汉语与古代汉语比较起来，有一个显著的差别，即虚词的使用要频繁得多。诗是一种"浓缩的"语言，在不妨碍表达思想的前提下，要尽可能地剔除或避免过多的虚词。"你的祖国和我的祖国""你的人民和我的人民"这两句诗中的"和"字不能省略。我们把它当作衬字（当然轻读），放在后面的拍子里，这样处理似乎比较自然、合理。

　　以上我们分析了现代格律诗的几个例子，现在是从中总结出某些规律的时候了。

　　规律：

　　——现代格律诗同古代格律诗一样，按照固定规律行进的节拍是形成节奏的最重要因素。

　　——现代格律诗同古代格律诗一样，每一拍由两个时间长度一样的音节组成。每个音节占半拍，前半拍强，后半拍弱。

　　——现代格律诗同古代格律诗一样，每一行的节拍的数目是一样的，每一节的拍数也一样。

　　——现代格律诗同古代格律诗的不同之处仅仅在于：古诗中的一拍只有一个字到两个字；而现代诗中则一般为两个字到三个字。在极个别的情况下，还会达到四个字。

为了使诗句的变化更为丰富、多样化，我们也可以采用不同节奏相间或其他更繁复的形式。例如：

灿烂的|银　花|，
在晴朗的|天　空|飘　散|，
金黄的|阳　光|，
把屋顶|树　枝|染　遍|。

（冯至:《新的故乡》）

这一节诗由四个诗句组成，第一、三句有两拍，第二、四句有三拍。这样显得错落别致，富于变化。但是，为求节奏前后一致，这样的拍子必须按照一个模式完全贯穿到底。须知，节奏不是别的，只是有规律的运动。正像跳舞一样，舞步千变万化，华尔兹、探戈、伦巴、萨姆巴等，但是无论怎样花样翻新，一种舞蹈里只允许有一种节奏。

在解决了形成诗歌的音乐性的最根本的问题——节奏以后，我们不由得要谈一谈押韵问题。正像前面所述，添加韵脚可以使和谐的气氛更浓厚，起着一种锦上添花的作用。一首诗可以完全不用韵，但一旦用韵，就必须使韵脚有规律。反之，节奏的一致性就会受到损害。

一部分人，像我们在本文开始时所表示的那样，为中国诗歌的命运感到忧虑，这不是不可以理解；而一部分人要求建立现代格律诗，这也是尽情尽理。事实正是这样：我们的民族有那样长久的格律诗传统，历史上产生过那样众多的诗人和不朽的作品；而今天，我们没有充分地继承下来，作为各种流派与形式之一的格律诗没有在今天放出它应有的绚烂夺目的光彩。

有鉴于这种考虑，我们在这篇文章中讨论了古代格律诗和相信在不久的将来就会走向成熟的现代格律诗的某些规律。在探讨过程中，我们力求遵循以下两个原则：一、从事物的内部和运动过程中发现本质，即从研究音乐与诗的关系入手；二、在自己的土壤上耕作——不脱离民族语言的特点和诗歌传统，根据古代格律诗的规律提出建立现代格律诗的设想。

语言现象波谲云诡，变化无穷。诗歌一向被人当作语言的结晶。写出好的诗作来，当然不是一件易事，无论自由诗还是格律诗都是如此。有志于建立或推动建立格律诗的诗人不会在规律面前畏首畏尾。诗歌像一切事物一样，都有一些不能违反的规律（自由诗也不例外）。"今人以为诗中一切个性的和真实的表现，往往因求声调的铿锵、格律的严整以及押韵的妥帖而被削弱。这实为一种谬误的见解。凡是晓得各种文字声调所具内在价值的作者和读者，大概都会觉得诗中声韵格律并不致束缚情绪的表现，反而是传达真理的一种大解放。"（B. 皮瑞：《诗之研究》）。而为了实现这种"大解放"，我们必须在实践中做出两个方面的努力：一、把原来没有规律的、松散的文字，按照正确的规律组织起来，使它们产生节奏；二、逐渐使更多的人接受这种在白话文中从来出现过的格律，并习惯于这种格律。为了这个目的，诗人们无疑地要付出大量的劳动。让事实讲话在任何时候都有力。有了一大批格律诗人，有了一大批优秀作品，随之便会涌现出更多的知音（读者）来。

　　建立和完善现代格律诗的任务还不能只落在诗人肩头。诗不仅可以形诸文字，而更重要的，还要借助于声音来影响人、吸引人，使人们得到快感。这就是说，上述第二方面的努力在很大的程度上，是要通过朗诵家的嗓音来进行。因此，这篇文字不仅是写给诗人的，同时也是写给朗诵家的。

原载《诗探索》1982 年第 3 期

诗的高层建筑

郑 敏

平铺直叙的文章不会是好的文学作品。诗更不能平铺直叙。诗是古建筑的承露盆上的天露，也是人间葡萄架下的琼浆。诗要在一滴天露和琼浆的混合中给读者无穷的韵味和隽永的深思，这是诗的使命。长诗也是多少滴这种浓郁琼浆的集合，如果作者没有足以酿成十桶美酒的葡萄，他最好只酿一桶，而保证质量。没有人应当责备一个诗人没有写出长诗，或写出更多的好诗，但读者却可以请求一个希望以数量取胜的诗人，宁可少些，但要好些。

上述的这种观点，虽说是笔者自己的观点和语言，但实际上吻合了出现在二十世纪初叶的英美诗坛的一种诗的革新的理论。二十世纪初的英美诗人肩负着抛弃浪漫主义末流（不是它的高峰时期）留给他们的长袍的历史任务，他们普遍地要求缩短诗的铺陈描述，除去感伤主义的藤蔓，但在短的诗章里却要求表达更多的思想感情。正像美国诗人评论家奥尔森（Charles Olson）所说，"形式是内容的延伸"，在这种新的诗的革新运动下就产生了一种具有高层结构的新的诗的形式。高层结构使得诗能够在现实的一层之上还有象征的一层，这样就在葡萄酒中掺入了天露，使诗能够既有丰富的现实，而又不囿于现实的硬性轮廓，使读者能在接触丰富的现实的同时还听到天外的歌声，以及历史长河里过去、未来的波涛声。这象征的一层又像舞台上变幻的灯光，用它的颜色渲染了现实，给现实以更多的含义，使一间简陋的小屋、几张普通的桌椅也会突然获得异彩。诗不但可以有一层天，还可以有几层天。

美国的罗伯特·弗洛斯特就是一位这样的诗人，他能够运用诗的高层建筑这种结构来赋予他的短小朴实的诗以深奥的意义。弗洛斯特（1875—1963）在1900年开始务农，因为无法维持生活和写作，在1912年赴英，1913年在英出版了他的第一本诗集《一个孩子的志愿》，这时他的诗在情调上基本是继承了浪漫主义后期的传统。1914年他又出版了《波士顿以北》，在这本诗集里弗洛斯特找到了自己的独特的风格，同时被公认为现代派诗歌的大师。应当说从格律上弗洛斯特并不像他的同时代的其他现代派诗人，特别是威廉·卡洛斯·威廉斯那样否定英诗传统的抑扬格和尾韵；相反地，他的诗绝大部分是格律诗，而不是自由诗，所以说，在诗的狭义形式方面弗洛斯特可以算是一个保守派。但他为什么又能被公认为现代派大师呢，这就是因为他的诗很多都有一种现代派诗所特有的高层结构。他的诗绝大部分是以新英格兰一带的农民生活为背景，文字又很朴实，整个诗很少用突兀、跳跃等技巧，常常是平静、朴实的对农村平凡的生活的描写，但是在诗的进展中总让读者感觉弗罗斯特绝不是只在谈些农务琐事。但是他究竟在想什么，在诗中却往往不曾有过明白的文字交代，读者隐约地觉得在这十分平常、朴实的农村生活的画面后有诗人想传达给他的读者的一个信息，这个信息是富有哲学韵味的。

《雪夜林中小停》就是一首这样的诗。这首诗很短，全文如下：

> 我知道这是谁的树林，
> 他家的房子却在村里，
> 他不会看见我在这里停留。
> 瞧瞧他的树林堆在雪里。
>
> 我的小马一定怪惊奇
> 看不见农舍，目之所及
> 一边是树林，一边是冰湖，
> 又是全年最黑的一个夜里。

它轻轻地摇了一下它的铃铛,
好像在问这是不是有点荒唐?
微风刮下一阵阵雪片,
这就是唯一的声音在回响。

森林迷人、阴暗、深沉
但我得赴约赶路程,
还得走长长的里程,在安睡之前,
还得走长长的里程,在安睡之前。

(郑敏译)

　　诗是四行一节,第一、二、四行押韵,所以形式上相当保守,这与诗的底层所写的简单的内容相配合。但如果读者想深刻地理解这诗,他就会探讨它的高层结构,而发现全诗笼罩在一种神秘的气氛中。在第一节第二、三行诗人只用一个"他"字代表树林的主人。"他"是诗人所认识的一个人,但这种突然地引入一个陌生的"他"的做法又使人觉得"他"不仅是一个普通的熟人。他是谁?为什么他的树林对诗人有这么大的魅力?莫非这不是一个普通的树林?所以,进一步思索时,树林、主人、雪夜这些看来像普通而偶然遇到的景物和人都像有一种超现实的高层结构,它的神秘的色彩映在底层简单的情节上,增添了它的象征意义。第二、三节中通过小马的疑问,树林四周的荒凉、雪夜的孤寂,进一步传达了这种神秘之感。至此诗人在彼时彼地的小停已使读者感到有不寻常的意义。马的天真无知的神态,衬出树林的深沉和骑马人的内心的复杂感情。他显然在这座雪夜的树林里发现了什么意义,但他又必须赶路,"在安睡之前"。"安睡"自然也不是简单的睡眠。弗洛斯特曾否认它意味着最后的安息。但从整个诗看来,读者获得这种印象是可以理解的。我认为诗人在这首诗里是写一种精神的经历,在片刻里那树林和雪夜所代表的荒凉、寂静的境界既广漠又神秘,诗人被它征服了、吸引了,有一种突然接近彼岸的出世之感。但很快他就摆脱了这股神秘的魅力,而记起他对人生的许多责任,因此继续走那长长的里程，直到生命的终结。这种精神的经历完全属于诗的高层。如果失去这部分，这首小诗就毫无意义了。在这样的高度上理解这首诗，"他"可以是西方思想体系里的造物者，这座树林就是那不能完全为人们所理解的生之谜，诗人曾一度接近这个秘密的谜底，但他只是在它面前小停，就又回到忙碌的生活中来。弗洛斯特的很多诗都是在简单的乡土生活的画面上涂上一层这类的神秘色彩。他的《摘苹果后》，从底层现实主义的画面来看是一幅苹果秋收的情景。诗人站在高高的梯子上将苹果摘下，受伤了的果子就滚入木桶，准备酿酒。而秋天已经相当深了，早晨水槽里已经结上一层薄冰，诗人在摘了一天的苹果后疲倦得如醉如梦，他仿佛梦见无数放大了的苹果，而那些滚入木桶为酿酒用的苹果又使他的梦充满酒醉的愉快、满足和疲倦。诗人说："我所梦寐以求的大丰收使我十分疲倦……"他又说他的梦如果土拨鼠在的话，也许会认为是和它的梦一样，但也许只是一个"人类的睡眠"。从现实主义的角度欣赏，这首诗写出了丰收日庄稼人的快乐、满足、沉醉而疲倦的心情。果香飘溢，清晨天空晴朗而寒冷，而且由苹果联想到酿酒，想到微醺的乐趣，读者仿佛都闻到了酒香。但这首诗决不仅只是有这种现实主义的感染力。在苹果这个概念里，诗人悄悄引入圣经里对苹果的解释。苹果据说是智慧之果，是夏娃和亚当为了要知识、不甘做乐园内无忧无虑的愚昧者，而违抗了上帝旨意偷食的禁果。从此他们开始经历人世的沧桑。这就说明诗中为什么把收获大量的苹果之后的疲倦叫作"人类的睡眠"。苹果香甜而美丽，但这诱人的生命之果也带给人类无穷的矛盾和痛苦。诗人在诗中流露了他对人生的一些失望和厌倦。他曾经透过一层朦胧的薄冰看世界，沉醉在奇异的感觉里，但冰很快就化了。现在他感到无比的疲倦，希望能在睡眠里得到休息，也许是心灵在饱经风霜后的休息。上面这些象征性的内涵全是在诗的高层结构中，所以如果读者不认识到这类诗的多层结构，是不可能挖掘出诗人的这些思想感情的。

高层结构本身又有多种类型。譬如上述的弗罗斯特的作品中的高层结构是在一个完整的现实主义画面上的高层，这种诗的特点是便于表达现实的情景，如雪林的气氛、夜的寂静、野外的荒凉、秋收的欢喜、果香的醉人等等。对于有些读者，这是弗洛斯特的诗的主要魅力，当然这种说法是值得商榷的。但无可否认，弗洛斯特的诗刻画了新英格兰的大自然，传达了农民生活的气氛。在1920 年代至 1940 年代间，T. S. 艾略特和哈特·克莱恩对高层手法的新的运用使得这种诗的结构获得更现代化的内容。这两位诗人的高层结构的特点是打乱了完整的现实主义的画面，使底层的现实主义与高层的象征主义掺和在一起，结果是象征的成分闪烁在现实的画面中，而现实的画面不断地跳跃和变幻，更多地像古瓷的碎片，强烈而片断化。艾略特的《荒原》《普鲁弗洛克的情歌》及哈特·克莱恩的《桥》都是这类高层结构的创始性的里程碑，限于篇幅这里就不对上述较长而复杂的作品进行分析了。

正像开头时提到的奥尔森的话，诗的形式只是内容的伸延。弗洛斯特和艾略特、克莱恩在意识状态和情感色调方面有着不同的时代特点。弗洛斯特追求与自然交流，形式完整和谐的感情意识，向往着人格的完整，而艾略特与克莱恩更多地要表现在现代发达科技的冲击下西方社会里人们经历的感情异化的精神状态。他们虽然是同时代的诗人，但从意识状态上讲弗洛斯特比艾略特及克莱恩要保守一些。尤其是艾略特，由于他强调的是人的异化，他的诗强烈地反映对于客观环境的破碎、片断、分裂的观察，人格的完整在这样的冲击下受到的很大的威胁。因此两种思想内容产生了对高层结构的两种运用：一种有较完整的现实画面，另一种有破碎的现实片段，但两者都在底层之上有一象征的高层。

人格的碎裂产生碎裂的感情和片断的感知，而这类感情和观点又在西方现代诗、画、音乐中找到碎裂的艺术形式。诗不再有完整的画面，音乐失去了完整的旋律，画出现了破碎的图面的凌乱连接，在诗坛这一度是现代派诗歌的一个十分突出的特点。但在 1970 年代以后美国的诗坛出现了新的因素，这就是新浪漫主义或新超现实主义流派的兴起。这一流派的核心人物就是美国中西部诗人、翻译家及评论家罗伯特·布莱。也许由于人们已经厌倦了艾略特式的对破碎的现实的表达，那曾经风靡一时的荒原式的情感和意识已经得到淋漓的抒发，人们要求新的观点和新的手法。而壮年的一代美国诗人就崛起形成一个以完整的画面、完整的人格为其特色的新浪漫派，或新超现实主义派。罗伯特·布莱不但自己写诗，而且从理论上阐述了他的观点。他主办的杂志《五十年代》《六十年代》《七十年代》通过翻译和评论不断地介绍他的诗论。在他所编的《宇宙的消息》一书中他收集了各时代、各国的诗来说明人要追求自己和大自然、宇宙间意识的交流和协调。因此人的"完整""协调"又成了主题思想，用以取代 1940 年代流行的"人的破碎与分裂"的主题思想。

布莱的诗也和弗洛斯特的诗一样，绝大程度上是以自然、农村的普通生活为诗的底层结构，只是布莱写的是美国中西部的雪野和湖沼。和弗洛斯特诗作的另一相似之处就是他们同样希望从自然界和农村生活中悟到一种超出人类力量之上的意识，如果科学地说就是从宇宙的规律、客观存在的法则中获得新的觉悟和力量。这方面的精神收获就表现在诗的高层结构中。由于布莱摆脱了破碎的世界观，他的诗中重新出现了弗洛斯特作品所具有的自然及农村生活的完整画面，也许这可算是诗史领域内人与自然的"完整感"的一次螺旋式再现吧。但历史不会单纯地重现，布莱与诗友，另一位重要的新超现实主义者詹姆斯·莱特的诗有一个突出的特点，是弗洛斯特的作品所没有的，就是布莱的诗往往在结尾时有一个较突兀的跳跃，而这一跳跃是用来显示诗人在面对客观世界时感情深处所受到的强烈震动。布莱主张通过物质看到精神，描写自然后再揭示出主观所受到的感情波动。他说诗是一种经验，它突然刺透到主观意识尚未明朗化的部分。他又说诗的伟大传统之一是诗人深深地进入自己内心，回来时像一个探险家那样带回奇特的知识。下面引一首小诗说明布莱这种高层诗的特点：

夜晚的农场

马儿跪在膝上入睡了，
一只老鼠跳出凌乱的稻草，
钻进鸡窝的下面。
鸡群，在沉沉的黑暗中静坐。

睡着，它们像木棉树落下的树皮
但我们知道它们的灵魂已经出窍

升向天空,远飞往月球。

　　诗中有关于农场夜景牧畜入眠、万籁寂静的完整的画面,但在现实主义的底层上有一个由诗人主观幻觉构成的超现实主义的高层。鸡群的灵魂奔向月球,这是一次诗人主观意识的跳跃,揭示出诗人自己在观察农场夜景、沉睡的鸡群和偷偷跳出的老鼠时,感到夜的深沉使万物从自己沉重的身躯里解放了出来,如同灵魂遨游太空,奔向月宫。这种刹那间的奇妙的感触就是那刺入主观意识的诗的感觉,形成了多层结构的内容。布莱的其他诗也多以明尼苏达州的雪野、湖泊、森林农场为底层,而投以主观思想感情所形成的高层光影,如《打谷日的黎明》《雪前散步》等等。布莱式的高层诗比弗洛斯特及艾略特的诗都难懂。关键在于那最后的想象的飞跃有时太突然了。它的内在逻辑不为读者所理解,这样诗的意义就丢失了一半。而且布莱式的这种高层诗只适合写短小的诗,无法用来表达大的题材。在这方面艾略特那种可以无限制地表现世界的破碎影像的能力,就像毕加索的现代派大型壁画一样,是占绝对优势的。1970年代、1980年代英美现代派诗,包括像布莱这样最新的流派都没有出过一个和艾略特一样敢于为自己的时代画下大幅壁画的诗人。这说明 1940 年代以后英美新的现代派还没有找到自己最完善的表达艺术,新的现代派的诗艺仍在探讨和试验阶段。

　　回顾我国 60 年的新诗,我们也能找到一些具有类似高层结构的作品。其中较突出的一例就是徐志摩的《谁知道》。这首诗写的是诗人在深夜乘人力车回家的经验。诗中以旧中国北京寒夜凄凉荒寂的画面为底层,在高层中将北京城化为一个鬼蜮,夜间乘车这一现实经验成为误入鬼蜮的经验,象征着旧社会人民茫然,随生活飘荡东西,有如误入鬼蜮,身不由己,也不辨道路阴暗。诗中乘客(诗人自己)三次问那拉车的老头:

　　……这道儿哪能这么的黑?
　　……这道儿哪能这么的静?
　　……这道儿哪儿有这么远?

老头的回答只是机械的肯定,给读者一种老头已经失去人的性格,而且街上走着很多乘客看不见、但老头却能看见的鬼魂的感觉。至此高层建筑的鬼蜮色彩已经笼罩了现实的底层,乘客最后写道:

> 我在深夜里坐着车回家,
> 一堆不相识的褴褛的他,使着劲儿拉;
> 　天上不明一颗星,
> 　道上不见一只灯:
> 　只那车灯的小火
> 　袅着道儿上的土——
> 　左一个颠簸,右一个颠簸,
> 　拉车的跨着他的蹒跚步。

至此谁也必须承认"乘车"的经验已经由现实进入了象征。正像艾略特将伦敦桥化成地狱之桥,桥上行人如鬼,徐志摩让深夜凄凉的古城北京变成满街只有鬼影的鬼蜮。

1930年代的诗人废名(冯文炳)的作品也是经常有明显的多层结构。他的诗制造出一种虚幻缥缈的佛家的境界与现实境界相对应,二者常相映成趣。譬如在他的《掐花》《壁》《深夜一枝灯》中,荷花、镜子、灯等意象都带有多层的象征含义。掐花成了探求宇宙的秘密,壁上自己的影子有"一叶之荷花"这种精神实质。在《街头》中,诗人借邮筒的静和汽车的动之间的矛盾和互不理解写出人们之间的隔阂,诗的最后三行是:

> 　汽车寂寞
> 　大街寂寞
> 　人类寂寞

还有一些作品虽非整套地采用多层建筑,但在诗中也有些意象是多层的。

如王辛笛的《孩子》中海、孩子、橘子都显然负有象征的使命。冰心的《春水》和《往事集自序》也可算是多层结构。但因为现实部分略弱，与现代的多层建筑有别，或者更接近传统的象征主义。

在我国今天的诗里也有一些接近高层结构的作品，如梁小斌的《中国，我的钥匙丢了》和《雪白的墙》，《第五十七个黎明》也有意识地引入一些象征的气氛。最有趣的是在现实主义诗人的集子中有时也会找到多层结构，如邵燕祥的《等待》。诗中对秋雨街头有着逼真的描写，等待者的焦急也跃于纸上。但显然这是一次不平常的，象征性的"等待"。至于青年诗人的作品和一些青年诗歌爱好者的习作更是经常运用多层结构。

对于多层结构，我的想法是，这是一种值得探讨的诗艺。它有着现实主义文学坚实、富感性、有生活气息等长处，但同时又能将人们的领悟从日常的表象提高到一个历史的或哲学的认识高度。它能剥开现实的外表显示现实的复杂。

但多层结构的运用也有它的困难。关键在于高层与底层间的联系要有客观的必然性。两者之间的联系又必须是有机的，否则读者无法从底层进入高层，诗的社会意义就受到影响。在西方由于弗洛伊德学说的影响，有一些诗人强调深挖自己的下意识、似梦的混沌世界以至不可自拔，他们的作品的高层部分为个人的幻觉所占领，失去了与底层的逻辑的、理性的联系，读者很难产生共鸣。当然，所谓客观必然性也仍是指人们共同生活中所遵守的逻辑与推理。跳跃的联想在离开了这个轨道之后就无法传达给读者，当然"共同的生活"其本身也随着时代、科学的前进而发展，以它为基础的逻辑推理因此也不断地发展。虽然过分地陷入下意识的挖掘，忘记与外界的联系是有些作品不能为读者所理解的原因，但在20世纪人们的思想感情生活中，下意识所扮演的角色显然比前一世纪要受到更多的注意。小说、诗的情况都是如此。由于缺乏共同的社会生活以及文化教育背景相异，今天我国的读者要理解西方的现代作品是十分困难的。多层结构由于它是超出了表面的、现实的、具体的世界，进入抽象的、象征的领域，自然比单纯的一层结构更难理解。

人类的思维随着科学的发展变得更丰富、更复杂、更繁细，反映人们意识的文学也不可能不产生新的形式来表达新的内容。在诗的发展面前，我们是无法回避新的流派的冲击的，只有不断地钻研新的因素、探索自己的道路，才能跟上时代，而又不随波逐流、身不由己。

原载《诗探索》1982年第3期

诗　辨

钟　文

　　诗中有画，画中有诗，在评论中已流行得很盛了。可怕的是不少文章并不真正了解它们的正确含义而去乱套，其结果是把两者的关系与区别搞混淆了，诗画之间的渗透综合变成了等同一律，这种认识容易使诗向画靠近，是一种倒退。

　　在西方，诗画一律的理论一直延续了二千多年，到十八世纪才由莱辛把它打破的。在以前，古希腊诗人西摩尼德斯的"画是一种无形的诗，诗是一种有声的画"一直为人们崇尚信仰，几乎成了颠扑不破的真理。普鲁塔克说："诗的艺术是模拟的艺术，和绘画相类。常言道：'诗是有声的画，画是无声的诗。'"连词都不变，唯是不举引创造者的名字，反说是"常言道"，可见诗画一律在当时已经成了天经地义的东西。从普鲁塔克的话，我们再有一点发现：诗画一律的理论如溯根的话，那就是古希腊艺术的传统理论——模仿说。据现在可知，德谟克利特是模仿说的始作俑者，但集大成者是亚里士多德，他的《诗学》的核心就是一切艺术都是模仿现实世界的理论。亚里士多德认为，诗人和画家一样，"是一个模仿者"，把肉眼可见的外形世界作为自己的蓝本。虽然亚里士多德也承认，模仿有媒介、方式的不同，模仿的内容有现有的世界与应有的世界的差别，但统统不脱模仿。既是模仿，天职就要忠实地以世界（只是物质世界）为蓝本，"史诗诗人应尽量少用自己的身份说话；否则就不是模仿者了"。媒介不管是"有声""无声"，都只是肉眼能见的物质世界的翻版。

在这种理论的观照下，诗画一律自然是无疑的。

莱辛的《拉奥孔》提出的诗画不一律的理论依据有四：第一，画用线条颜色这些"自然的符号"作媒介，诗用语言这种"人为的符号"作媒介。第二，画诉诸人的视觉，诗主要诉诸听觉和想象。第三，画描绘空间存在的物体，诗则可以叙述在时间上先后承续的动作。第四，画的形象是实体性的，诗的意象是精神性的。莱辛的理论要旨在后面两个区别，前两点在亚里士多德的《诗学》中都已涉及了，正是后两个区别才根本上决定了诗画有别。这两个区别是模仿说所根本忽视的。模仿说只看到艺术模仿内容中的物质世界方面，而漠视与物质世界紧密相连，并在暗中决定着物质世界和精神世界的内容。我们说模仿说是一种机械唯物主义的观点，一是指它不整体地看待生活，二是指它对生活不是能动地"反映"，而是消极地"观照"，忽视艺术创作的主动性与创造者的主体性。这两个缺陷自然使它无法正确细致地给艺术分类。

达·芬奇、罗丹等大画家都是崇尚模仿说的，因为这个学说对他们有利。如若诗与画共同去模仿肉眼所见的物体，骄傲自然无疑在达·芬奇一边："如果诗人通过耳朵来服务于知解力，画家就是通过眼睛来服务于知解力，而眼睛是更高贵的感官。"直至今天，模仿说的幽灵也是并没绝影的。比如评论一首诗，常常用类同于小说对生活反映的特点去权衡评说。这就像手里拿着一只石榴，却蹙额发问："表皮怎么不能吃，不是和苹果一样都是水果吗！"这里绝不是要给诗与画分出个孰高孰低来，而是认为正确认识各种艺术类的差异，是认识类的特殊性的根本。诗与画的差异难道就是媒介手段、感受器官的差异吗？我认为，各种艺术类的差异首先是所反映的内容的差异，其次是思维方式、表现手段的差异，再次是媒介手段、感受器官的差异。第三种差异是形式的，也是表面化的差异，它对上面两个差异有积极的作用，但上面两个差异也制约着、支配着这个形式差异。美学理论上内容与形式的辩证法应该在这点上得到验证。正确地给艺术分类应该是整体性地、辩证地把这些差异都考虑进去。

当前有一种分类法是把艺术分为造型、表演、语言、综合等几类，其依据唯一是第三种差异，也是最浅层次的分法。有一种分类法是把艺术分为时间、空间、综合等几种，这种分法又只是依据第一个内容差异中的表面性东西——

反映的内容是空间概念的东西还是时间概念的东西。这还是不够全面深刻。把艺术分为再现艺术与表现艺术的分类法，可以说是对以上两种分类法的补充。这种分类法是以艺术反映内容有所侧重的差异，和思维方式、表现手段的差异而划分的。再现艺术重在反映客观的现实世界，表现艺术重在反映主观的精神世界。再现艺术重在较客观地反映生活，表现艺术重在较主观地反映生活。两者不是截然对立的，但各有侧重。前者如小说、戏剧、电影、绘画、雕塑等，后者如音乐、诗等。还有介乎于这两类之间的边缘类，如散文（窄义的）。这种分类法的优点在于它是以肯定艺术的各个类的特征，根本是在对生活反映的内容上侧重的差异，以这个差异所决定的思维方式和表现手段上的差异为其基本依据的。它突出了类的特征中的内容因素。莱辛的《拉奥孔》在区分诗与画的差别中有突出贡献，因为他已经自觉地把内容因素作为区分泾渭了。莱辛的这个理论至今还被作为一种经典来引用的道理可能就在这里。

明白了艺术的各个类的特征是在上述的三个差异的辩证关系中被确立的道理，就为我们分析诗的本质特征提供了基本的钥匙。

我们在谈论诗的个性特征时，常常用抒情性这个词。臧克家说："诗歌在文艺领域上独树一帜。旗帜上高标着两个大字：抒情。"但我们对于诗中抒情的地位究竟是什么的看法是不一致的。何其芳说："诗是一种最集中地反映社会生活的文学样式。它饱含着丰富的想象和感情，常常以直接抒情的方式来表现。而且在精炼与和谐的程度上，在节奏的鲜明上，它的语言有别于散文的语言。"这里是把抒情作为一种方式手段来提出的。英国学者莱汉脱在《英诗选》的序中回答"什么是诗"时说："诗是热情对于真、美、力的表白，它把它的概念具体化，以想象为用，且把言语调整，使合于多样统一和音节的原则。"这里的抒情又被作为是一种思维、构思的动力来看待的。郭沫若说："诗的本职专在抒情。抒情的文字便不采诗形，也不失其为诗。"我特别欣赏这个"专"字。这个字既指出了诗在反映内容上的特点——抒情，也指出了在反映生活的思维、手段上的特点——抒情。诗的内容特点就是抒情——以重点反映人的生活中的精神哲学为其主要内容。屠格涅夫的《草原》、鲁迅的《社戏》等之所以被称为诗的小说，因为它们反映的内容主要是人的精神感受与感情波折，这正像郭沫若说的："抒情的文字便不采诗形，也不失其为诗。"

别林斯基写有一篇《诗歌的分类和分科》的论文，它对诗歌的特征与分类进行了科学的分析，是自黑格尔《美学》后对诗进行类的研究的难得的好文章。在这篇文章中，别林斯基说："在抒情诗（我文章中所称的诗是广义的抒情诗——引者注）中，主体不但把对象包含在自身之中，溶解它，渗透它，并且还从自己的内心深处吐露出那些和对象发生冲突时所激起的感受。抒情诗赋予默默无闻的感受以言词和形象，使这些感受不再锁闭在狭窄的闷塞的胸膛中而暴露于艺术生活的光天化日之下，使它们获得特殊的存在。……题材在这里没有什么独立的价值，一切都要看主体赋予题材以什么意义来决定，一切都要看题材通过幻想和感觉被什么思潮、什么精神所贯穿来决定。"别林斯基的这段话可以主要总结为这么两点：（1）诗是客观外界的事物在诗人的内心世界引起的反映，客观事物对象已被内心世界所溶解、渗透，内心世界的活动是以独立的形态表现了出来。（2）诗人主体的精神对于所反映的对象有着至关重要的独特作用。这样的认识既不违背能动的认识论，同时也揭示了诗的特点。

我们在区别诗的非诗的过程中，精神活动以独立的形态表现出来是一大原则。"碧玉妆成一树高，万条垂下绿丝绦。不知细叶谁裁出，二月春风似剪刀。"贺知章的前两句虽极尽颜色形态去写柳树，但写得极一般，如若没有后面两句，这首诗的价值须打个问号。后面两句通过奇特的想象传达出诗人对春天到来的惊奇、欢愉，如孩子般迎着春天去拥抱的情态跃然纸上。正是这种内心世界独立的明显表现，才使得它在成千累万的咏柳诗中独标一格而脍炙人口。李白写过一首《白胡桃》的诗："红罗袖里分明见，白玉盘中看却无。疑是老僧休念诵，腕前推下水晶珠。"此诗在描画上虽不失为尽态尽色，但普遍被认为是失败之作。原因很简单，它放弃了诗歌应尽的抒情义务，却去向绘画乞讨残余。罗曼·罗兰的话似有道理："真正的诗人瞧不起鄙俗的辞藻与拘泥的写实主义，认为那只能浮光掠影的触及事物的表面而碰不到核心。"诗在表现事物中核心是什么？是抒情，是精神世界的独立显现。

比利时艺术家维克多·卢梭说："雕塑的任务是什么？就是把心灵的波动铭记在物体上，就是驱使青铜或大理石吟咏出你的诗，把它传达给人们。"绘画与雕塑也要吟诗了？这不是瞎说，这是一种追求，有识见的画家都认识这一点。有一位画家画牛群，其中有一头牛画得特别好，有人问米开朗琪罗，为什么这头牛画得特别好？米氏回答："因为任何画家都善于描绘自己。"这个事情告诉了我们，造型艺术对生活的表现也不仅是摹写，而且有自我表现的成分在里面。这种追求特别突出地表现在十九世纪后期的西方艺术发展中。凡·高画的向日葵已不是现实生活中的向日葵，应该说是他心中的向日葵。凡·高用强烈的金黄色，像一丛丛火一样把向日葵画得在燃烧。凡·高以此来暗示他当时的感情。蒙克的《呐喊》在画面上是一个人在无法控制地呐喊，人的外形明显地失真，夸大的红绿色调、飘忽不定的线条给人一种恐惧感与激情感。西方的表现派、立体派、超现实主义派的绘画有一个共同点，就是统统以重新组织造型语言，使之更趋向于情感的直接流露。为了达到这一点，他们甚至不惜摆脱造型艺术的物的规定性。但这种追求不管是成功的或失败的，它们都没有做到这一点：使精神世界作为独立的形态表现出来。所以维克多·卢梭的话终究是一种一面相思，或者是一种憧憬式的形容。诗与画的主要分界恐怕就在这里。

上文已提及，诗的一大本质特点是：诗是精神世界的独立显现。对这个特点我们必须用辩证的发展的眼光来看它，不然会有种种误解。诗歌强调了抒情，但决不排斥写物写事，这两者在诗中既不是叙事诗与抒情诗的分别，更不是唯心与唯物的区别。诗从来都是把这两者结合在一起的，只是在各个时代、各个民族的各种各样的诗中，这两者有种种的结构法与关系法。大致来看，中外诗史对情（精神世界）和景（外在世界）的结合描写有这样一个基本趋势，那就是一开始把景作为一种纯景来描写；发展一步，把景作为一种情的载体来描写；再后来，是直接正面地袒露情的世界。《伊里亚特》《奥德赛》中的景物描写都是事物发展的环境描写，与情无甚关系。《诗经》中的"蒹葭苍苍，白露为霜"，楚辞中的草木，汉赋中的上林，多是背景描写。当然也有与情有关的景的描写，如"昔我往矣，杨柳依依。今我来思，雨雪霏霏"。景已经与情共同成为审美的主体对象。这说明中国古诗的抒情自觉性比之西方早得多。"诗言志"一跃而为陆机的"诗缘情而绮靡"、刘勰的"人禀七情，应物斯感"。可见，我们古人对诗的认识已从一般性的基本意识层次深入诗的一个特殊层次。

所以中国抒情诗的发展比西方来得早，而且快。李泽厚认为赋比兴原则的确立，使得古诗渐趋抒情化："使外物景象不再是自在的事物自身，而染上一层情感色彩；情感也不再是个人主观的情绪自身，而成为综合了一定理解、想象后的客观形象。"魏晋以后"风韵""气韵""神韵""风神"等概念的发明，刘禹锡提出"境生于象外"，皎然提出"采奇于象外"，司空图又将它发展为"景外之景""象外之象""味外之味"，继后是严羽的"兴趣说"，王世贞的"神韵说"等等，使得情景和谐、情超于景的中国独特的抒情诗，在这种理论的伴随下流行了二千多年。这是人类文化史上的一大奇迹，一大壮观。这种现象的产生与中国漫长的封建主义有关，与中国古典哲学以追求人与自然、人道与天道的统一，"大乐与天地同和，大礼与天地同节"的儒家说教有关，与孔夫子一开始建立的"温柔敦厚"的诗教有关。中国的古代抒情诗在人类的全部抒情诗中达到了一种极高的境界。它写物，不黏滞于物；它写情，不浮露泛滥。情似流水，景是水上的浮萍，轻荡逐流，和谐到了超然的境地。王国维把中国古诗分为"有我之境""无我之境"两种。一定程度上说，有我非真有我，无我非真无我。柳宗元《江雪》中有一个"独钓寒江雪"的老翁，你完全可以把他看作就是柳宗元。"人静桂花落，夜静春山空"中的"人"非实写"我"，乃是写一种超然的情绪和彻悟的情态。所以，中国古诗中所表现的诗人的精神世界是被笼罩在一幅淡淡的纱幕中的，若有若无，若隐若现，其味无穷。

西方诗史一开始就把诗主要作为叙事的一种东西，所以抒情只是在音乐中得到发展。一直到中世纪后，文艺复兴中随着"人的发现"与"人的自觉"，抒情才回归诗中。但西方的抒情刚迈开第一步，就走到了抒情的极致——赤裸裸的自我表现，感情的直接袒露。他们有忧伤，但从来不唱："泪眼问花花不语，乱红飞过秋千去。"唱的是："我曾喝下了多少鲛人的泪珠，从我心中地狱般的锅里蘸出来，把恐惧当希望，又把希望当恐惧，眼看着要胜利，结果还是失败。"（莎士比亚语）诗的抒情形象大多像惠特曼在《自己之歌》中唱的：

> 我谈着我自己，歌唱我自己，
> 我所讲的一切，将对你们也一样适合，

因为属于我的每一个原子，也同样属于你。

他们不是物我两忘，他们以为人与人是可以代表的，自信我在抒情，也就代替了全部人类在抒情。他们无所顾忌地、滔滔地表现着自我。在西方诗中有没有中国式的物我相融的诗？有的，但极少。西方有个绘画史家认为歌德的《峰巅群动息》(又译《浪游者的夜歌》)和海涅的《孤杉立高寒》两首小诗和中国画的情调相契合，尤其歌德的诗最中国化。

  一切的峰顶
  沉静，
  一切的树尖
  全不见
  丝儿风影
  小鸟们在林间无声
  等着吧：俄顷
  你也要安静。

引诗为梁宗岱先生译，译笔很得神韵。全诗虽有物景具象，但都已主体化了，情感化了。一种在天边的超脱中诗人的彻悟与感喟包裹着无边寂静中的景物。像华兹华斯、济慈等都写过不少山水诗和景物诗，"我"时想忘却在"景"中，但终忘不掉。"我"在"景"中不断地做着李逵假洑水、探头探脑的挣扎。叶维廉的《中国古典诗中和英美诗中山水美感意识的演变》一文详写了这个观点，这与西方的人生哲学、艺术哲学有着密切的关系。

在我国，直面抒情是宋以后的事情。李泽厚说："诗多'无我之境'，词多'无我之境'，曲则大都是非常突出的'有我之境'。"但真正的抒情主体化一直是"五四"以后的事了。一场革命才使得中国的诗喉喊出了："我是一条天狗，我把月来吞了，我把日来吞了，我把一切星球来吞了，我把全宇宙吞了。我便是我了！"这样一种赤裸裸的声音。

有一个诗歌现象引起了有些人对诗的抒情性的怀疑。西方的诗发展到了十九世纪末，出现了一种以直接描写外界事物为主的诗潮，如象征派、意象派等。这些诗派在理论上、实践上不完全一样，但有一点是相同的，他们都鄙弃浪漫主义诗歌中已经甜腻了的自我形象，他们厌烦感情的直接流露，竭力克制自我个性的表现。魏尔伦提出："把雄辩捉来，施以绞刑。"意象派提出："要能表现一种意象。我们不是画家的一派，但我们认为，诗也应该写出准确的细节，而不应该诉诸含糊的一般概念，不论它多么富丽堂皇、响亮动听。"艾略特声言："诗并不表达个性，而是避却个性。"美国诗人莫锐说："对于写诗的最大的妨碍便是利己主义。不忘掉自己，你是不会走入诗国的。"面对这种言论，有人认为诗终究和小说一样，不脱再现生活的樊笼，"表现艺术"云云是违反反映论观点的。我们先读他们的一首诗再议论吧。奥地利的里尔克写有一首叫《豹》的诗，是一首流传百年至今的现代派典范之作：

> 它的目光被那走不完的铁栏
> 缠得这般疲倦，什么也不能收留。
> 它好像只有千条的铁栏杆，
> 千条的铁栏后便没有宇宙。
>
> 强韧的脚步迈着柔软的步容，
> 步容在这极小的圈中旋转，
> 仿佛力之舞围绕着一个中心，
> 在中心一个伟大的意志昏眩。
>
> 只有时眼帘无声地撩起——
> 于是有一幅图像浸入，
> 通过四肢紧张的静寂——
> 在心中化为乌有。

这里写的是豹吗？不，豹哪里会有这么复杂的感受。它明明是借"豹"之酒杯浇诗人的块垒。它写豹被禁锢在笼子里的动态与感受，在这些似乎是客观的细节描绘的背后，贯穿着里尔克的纯主观的意识和感受，表现诗人对失去了自由的挣扎、痛苦和绝望，流露出诗人与现实的矛盾心情。这种写物与纯客观的描写大相径庭，诗的摄影镜头是带着诗人对另一个事物的强烈情感，用暗示、假定的手法参与对这一个事物的描绘中来，其结果必然使得这一个事物的写实产生了强烈的整体性变形，而欣赏就需要联系作家的经历与写作背景去因象悟意了。而中国古诗中以情写景的诗，对景物从形、色到本质的概括与景物是基本不变的。所以对它们的欣赏，若不去悟景外之情的话，就景赏景也不失为一幅景物画。但你无法抱着赏画的态度去看这样的诗：

人群中这些面孔幽灵一般显现；
湿漉漉的黑色枝条上的许多花瓣。

这首诗据说庞德写了一年。在这种诗中难道诗人的精神表现消失了吗？不，确切地说，它的精神世界的表现比以前的其他诗都来得强烈，它是通过用自己的精神力量去整体性地改造外界，由此来反映自己对外界的思想与感情。艾略特、叶芝等诗人在文章中否定诗人的个性和诗人的自我，实际他们是对延续了几百年的浪漫主义诗潮的否定，对那种千篇一律、矫揉造作的感慨的放逐，对一泻千里的浮泛表现的回避。他们希望把自我极为隐蔽地藏起来，但仍然要让人清晰地感受到他们精神的辐射热与辐射光。他们在这种矛盾两端绷直的钢丝上踩着诗步，有的是成功的，有的是失败了。但是，从人们审美趣味的变化与艺术对生活反映的进化角度看，这是否是一种发展的尝试？我看，可以这样说。

议论至此，是否可以得出这样一个结论了，以精神世界的独立显现为主要内容的诗，它的主要文学形象一定是诗人，不管诗中出现不出现"我"的字样。黑格尔说："抒情诗的内容是主体（诗人）的内心世界，是观照和感受的心灵，这种心灵并不表现于行动，毋宁说，它作为内心生活而守在自己的家里。

所以抒情诗采取主体自我表现作为它的唯一的形式和终极的目的。""抒情诗既是个别主体的自我表现，所以满足于运用极平凡的内容。这就是说，它所特有的内容就是心灵本身，单纯的主体性格，重点不在当前的对象而在发生情感的灵魂。"黑格尔并没有把写自我与写客观存在截然分裂开来，他一点不排斥写外界实在的事物，他只是说："诗人把目前的世界吸收到他的内心世界里，使它成为经过他的情感和思想体验过的对象。只有在客观世界已变成内心世界之后，它才能由抒情诗用语言掌握住和表现出来。"这是黑格尔对诗所反映的内容的主客体关系的认识。同时，他对诗的创造者的主客体关系也持有极为辩证的看法。他说："诗人表现自己所用的情境也不应局限于单纯的内心生活，而应该是具体的，因而也应显示出外在的整体，因为诗人就连在主体地位也还是一个客观存在的人。""诗人既不是他本人而又是他本人。"读了这些充满了辩证法的语录，我们完全应该明白，我们所谓诗的自我形象既不是脱离社会的超人形式，也不是没有个性的群像。诗的主人公就是诗人自己，是诗人在诗中直露或不直露的"自我"，郭沫若的《天狗》有他的"自我"，他的《骆驼》也有他的"自我"。诗是用"自我"的火去点燃所接触的一切，最终使读者也成为这个"我"，成为诗的第二主人公。诗艺的成功就是这种循环的完成。

诗的主体化的内容特点决定了诗在表现上的主观性、能动性的特点，它主要表现在感情表现和想象表现上。

任何艺术都要由创作主体的感情来为创作推波助澜。巴尔扎克为高老头的去世而痛苦，福楼拜为包法利夫人的服毒自杀而黯然神伤，他都仿佛尝到了毒药的苦味。但这种感情表演在小说、戏剧等叙事作品中既是很少的，而且常常为作者及时控制，唯恐因感情泛滥而歪曲了客观形象的再现。叙事作品的创作是反对"爱之欲其生，恨之欲其死"的主观情感，提倡"爱而识其丑，憎而知其威"的客观情感。契诃夫说："你自管喜爱你的人物，可就是千万不要说出来！"福楼拜说："艺术家不该在他的作品里面露面，就像上帝不该在自然里面露面一样。"列夫·托尔斯泰说："福音书里的不要议论一语在艺术中是十分正确的，你叙述，描写，可不要议论。"大师们的这一切话在小说创作中无疑都是至理名言，但在诗创作中就都要颠个倒。诗人的感情闸门要警惕的，不是是否谨慎地关闭着,而恰恰是是否全部打开了。写诗宁如奔马不做疲驴,如黑格尔说的:"对于诗人来说,他对所要做的事是带着偏爱的心情,凭他的想象把他所写的真实现象铺开来加以描绘。"当然,诗人感情的放任必有理智缰绳的约束,尚能表演出极为高级的诗的驰骋。

别林斯基说:"在诗中,想象是一种主要的动力,通过它实现独特的创作过程。"诗的独特在哪里?那就是一切为倾诉精神感情服务。它对客观景物的描写一是借此喻彼,做比喻、比拟、象征用,二是借此物以引起自己的情感,有暗示的作用,古人称之为"兴"。所以诗中对实体的描绘从科学上说常常都是不确切的,也是造型艺术表现不出来的。"青青一树伤心声,曾入几人离恨中。"这个"伤心声"是怎样的声音?强的还是弱的?描摹不出来。"寒山一带伤心碧","伤心碧"是什么颜色,也画不出来。钱锺书先生在《管锥编》中说:诗"皆当领会其'情感价值'勿宜执着其'观感价值'。绘画雕塑不能按照诗文比喻依样葫芦,即缘此理。若直据'蠑首蛾眉''芙蓉如面柳如眉'等写象范形,则头面之上虫豸蠢动,草木纷披,不复成人矣"。写诗从一开始诗人就准备抓其一点不及其余或借题发挥,或夸大变形,其结果自与客观有了很大的距离。诗的想象正是在这里找到了大展身手的用武之地。有人说诗的想象是奇特的、丰富的。这种褒词并没有把握诗的想象的个性。黑格尔对此有鞭辟入里的分析:"诗的想象,作为诗创作的活动,不同于造型艺术的想象。造型艺术要按照事物的实在外表形状,把事物本身展现在我们眼前,诗却只使人体会到对事物的内心的观照和观感,尽管它对实物外表形状也须加以艺术的处理。从诗创作这种一般方式来看,在诗中起主导作用的是这种精神活动的主体性,即使在进行生动鲜明的描绘中也是如此,这是和造型艺术的表现方式正相反的。"就是说,再现艺术与表现艺术在想象上也要现出差别。表现艺术的想象主要是诗人对自己主体的想象,而不像再现艺术以改变外界的生活逻辑、人物形象逻辑为其想象重点。诗的想象主要是感情感觉的被想象,它主要表现在比喻上。"诗的语言的基础是比喻性。"(雪莱语)好的比喻的来源是感情感觉的被想象。"边疆好恬静,但要警惕,夜是肌肉,我们是神经!"(李瑛语)夜与肌肉、我们与神经相差十万八千里,但被感情的手捕捉来并联一起,使得它们各自都灵动起来，并蕴含了丰富的含义。

> 当一只青蛙在草丛间跳跃，
> 我仿佛看见大地映着眼睛。
>
> （陈敬容：《雨后》）

> 冬天的池沼，
> 寂寞得像老人的心——
> 饱历了人世的辛酸的心
>
> （艾青：《冬天的池沼》）

这样的比喻如朱自清说的是"远取譬，而不是近取譬"。感情与思想被有血有肉地带入了人们能感知的领域，可以在人们的脑膜上永远地打下烙印。感觉的被想象前一时期被有些人看作是舶来品，实际它早在中国古诗词里就存在了。钱锺书先生在《管锥编》与《通感》中列举了中外数例做了专题研究，这里不赘述了。

这里再回到这一节头上所讲的"诗中有画，画中有诗"的题目上来。我们已经明白诗与画在反映生活的内容、表现手段、媒介语言上都有很大的区别，那么苏轼评论王维的诗画夸说"画中有诗，诗中有画"与西方的诗画一律论是不是一样的观点？对此，我理解，苏轼的话完全与西方的诗画一律论相反。他也在某种程度上把诗画等同，但他不是把诗与画在再现艺术上等同起来，而是在表现艺术上等同起来。这里有极大的差别。在再现艺术上等同起来，即诗可以译成画，画可以译成诗，因为它们都在描摹外界生活，这样是诗向画靠拢！在表现艺术上等同起来，即诗在表现难以描摹的主观世界，画也趋于表现难以描摹的主观世界，这样是画向诗靠拢。王维的诗大家都知道是神韵说的典范。他的画据说也是不求形似，只求神似，"王维画物，多不问四时，如画花，往往以桃、杏、芙蓉、莲花同画一景"（张彦远语）。他的《袁安卧雪图》竟在雪中画了芭蕉。他的画风开了宋朝文人画的先河。由此是否可见，苏东坡对王维的画中有诗、诗中有画的夸赞乃把画趋向于诗。苏轼的意思是，一定程度上王维的画即诗,所谓诗也非写实诗,而是含情而不露的诗。(此问题这里只能从略,须专题详论。)我在这里提出这个问题,目的是想说,无论是把诗趋向于画的"一律",或把画趋向于诗的"类同",都是抹杀诗画各自个性的。但其危害最大的是把诗趋向于画的"一律"论,而目前我们有些文章中对诗的绘画美的解释正是一定程度上受了这种"一律"论的影响。

原载《诗探索》总第 10 辑(1984)

诗歌语言的"意思"与"情感"

南　帆

可能许多人愿意承认对于一些诗歌理解的第一个困难是由于这些诗歌的语言，因为这些诗中并没有太多的生僻字眼和异乎寻常的语法。事实上，这个问题已经存在了很长时间，只不过它的严重性在目前一些诗篇中尤为明显而已。

> 床前明月光，疑是地上霜。
> 举头望明月，低头思故乡。
>
> 　　　　　　　　　　　（《静夜思》）

吟咏着李白的诗句，读者即景会心，而很少愿意追究前三句在意思上与"低头思故乡"有什么样的内在联系。

> 啊，我年轻的女郎！
> 我不辜负你的殷勤，
> 你也不要辜负了我的思量。
> 我对我心爱的人儿
> 燃到了这般模样！
>
> 　　　　　　　　　　　（《炉中煤》）

对于这种诗篇，人们很快就会被其间洋溢的激情所征服，至于"女郎""煤"等，人们很容易用比喻或象征解释它们，而不觉得这是一个谜。然而目前的一些诗篇就不是这样了：

  路灯拉长了身影
  连接着每个小路口，连接着每个梦
  用网捕捉着我们欢乐之谜
  以往的辛酸凝成泪水
  沾湿了你的手绢
  遗忘在一个黑漆漆的门洞里
  ……

（《雨夜》）

  人们还没读完诗就开始摇头。它就像闯入了一堆五颜六色的词句。每个单独的句子虽然都表达了一定的意思，可是句子与句子之间却失去了联络，整首诗就像孩子玩过后散置在桌上的积木。有时，人们又会感到这些诗句后面隐匿着什么，可是一旦认真搜索起来又没有结果。三番五次，读者终于疲倦地罢手了，将这类诗称为"朦胧诗"。朦胧这个词概括了这类诗歌的风格（虽不甚准确），也说明了读者似懂非懂的心理状态。这种情况可以归结为对诗歌语义理解角度的偏差。文学作品中的一个句子常常呈现了多方面的意义，诗尤是。

  瑞恰慈指出，一个句子通常能在"意思""情感""语调""用意"四个方面表现出它的意义。语言作为人们的交往工具，这四方面一般以"意思"为主，"情感""语调""用意"的作用下降为次要乃至微弱的地位，而且必须在"意思"的管束之下协同表达某种思想或说明某种事情。但是，在另一些语言环境中，人们靠句子其他方面的意义互相了解。这时，四者关系发生了奇妙的变化，"情感""语调"和"用意"都可能取得领导地位。这可以在我们的日常生活中得到证明。呼口号时，最重要的是倾泻出人们心中的"情感"，而不仅仅为了表达口号的"意思"；"语调"一般只是表现"意思"和"情感"的辅助手段,但一个人在嫉妒中,那酸溜溜的"语调"大约比"意思"更能说明问题;"用意"是说话的人所期望的效果,有时这种效果是在"意思"之外,反语就是如此。诗歌是一种特殊的语言现象。一首抒情诗绝不仅仅说明了什么。《毛诗序》说:"情动于衷而形于言。"诗意总是意味着引起人们的情感。因而,在诗歌的语言中,"情感"时常占据了第一把交椅而其他三者只不过是它的臣民。

当然,如果句子的"意思"直接说明"情感"或镀上了明显的"情感"色彩,它们之间的关系不容易为人察觉。"问君能有几多愁,恰似一江春水向东流。""多情自古伤离别,更那堪冷落清秋节。"这些诗句的"意思"与"情感"的对象是一致的——都表达了诗人的愁情别恨。但是,人们语言中直接表达情感的词汇并不多,仅仅依靠这些词汇无法精确地传达曲折细腻的心绪。因而,诗人更经常地把自己的情感寄托在自然物上,把自然物作为自己情感的对象化。叶燮说:"必有不可言之理,不可述之事,遇之默会意象之表,而理与事无不灿然于前者也。"朱光潜先生对这种状况有个贴切的比喻:"情趣如自我容貌,意象则为对镜自照。"所以,抒情诗的长处不在于精确地描绘客观世界,而在于精确地描绘人们在感受客观世界时的情感。正如别林斯基所说的:"纯抒情的作品看来仿佛是一幅画,但主要之点则不在画,而在于那幅画在我们心中所引起的感情。"这种表现特点落实到语言上,形成了"意思",说明的是某种事情,而"情感"却表现了说话人的心理状态。当这两者表现的对象不一致时,它们之间的主从关系就明显了。这首诗在"意思"上不过呈现了一些零星的景物:

> 枯藤老树昏鸦
> 小桥流水人家
> 古道西风瘦马
> 夕阳西下

然而,事实上整首诗都在表现"断肠人在天涯"的"情感"。不少诗歌正是以这种"情感"作为拴住各个句子的链条。当诗人表达一些违反生活逻辑的憧憬、向往、希望这类情感时，甚至必须让"意思"的正确性做出一定的牺牲。可是，日常的语言习惯总是极力诱惑读者从"意思"上领会诗句。这种语义上的错觉使他们丢失了贯穿于诗歌的血气脉络，因而许多诗歌都成了一些词句令人困惑的堆垛。

诗歌中用一种"意思"传达另一种"情感"，除了音乐性的辅助外，这种语言现象还包含了一个复杂的心理转换过程。这个过程中任何一个环节的脱落都会使读者无法跟上诗人。这将使读者的注意力被粘在句子的"意思"上，尽量对诗歌作故事性和情节性的理解而无法得到感情的体验。因而，他们的欣赏能力也常常就消融在一系列理性的疑问里了。"地球"为什么会"飞速倒转"？"星星"怎么"向我蜂拥？"舒婷还说"思念"是：

> 一幅色彩缤纷但缺乏线条的挂图
> 一题清纯无解的代数
> 一具独弦琴，拨动檐雨的念珠
> 一双达不到彼岸的桨橹
>
> （《思念》）

这些风马牛不相及的东西为什么镶在同一节诗歌里？许多人无法回答。艾略特曾经提倡以一套事物、一串事件来象征、暗示特定的情感。象征主义也认为外界是与人们内心世界息息相通的"象征森林"。只要这类东西一出现，那种特定情绪也就引发了。但我们不应用神秘主义"对应物"来解释。生活经验告诉我们，人们情感中常常漂泊着某一类型的形象。生活中一些形象经常同人们的某种心境相联系，便具有了固定的感情色彩。因此，《文心雕龙》说："登山则情满于山，观海则意溢于海。"反之，诗人也就选择一些代表性的形象提示人们某种情感流动的轨迹——这正像我们能遵循着夜晚的灯光勾勒出村庄的轮廓一样。当这种情感在心中复苏之后，读者又会对适合于这种情感的另一些形象进行联想。于是，心灵中一扇门被訇然推开了，禁锢在记忆深处的另一些形象被溶解了，开始重新组合、运动。艾青说："想象与联想是情绪的推移，由这一事物到那一事物的飞翔。"而这些出现在联想中的形象又以它们所携带的感情色彩使读者进一步得到感情上的体验，发挥出更为阔大的联想。正是在这种形象与情感的交替作用中，读者渐渐步入了情景交融的诗的境界。要完成这种复杂的心理过程，理解了诗句所提供的"意思"不过是一个起点，而不是终点。读者应该在诗句"意思"启示的情感反应中把握诗句的意义，从而领悟"韵外之致""象外之旨"。

对于舒婷的《往事二三》，如果我们不是过分地将精力耗费在考证"往事"的确切所指上，那我们就会从诗里得到一个半明半昧的梦境——这不正是我们回忆一些事情时的心境吗？这是诗歌的第一节：

  一只打翻的酒盅
  石路在月光下浮动
  青草压倒的地方
  遗落一只映山红

这些句子在"意思"上很零散，但每个句子后面都曳着一串漫长的联想，勾起了读者的"情感"。整节诗布置了一种恍惚迷离的氛围。前两句给人提示了一种醉态朦胧的感受。后两句中压倒的青草和遗落的映山红让人感到这曾经发生过什么事，然而现在已无从寻觅答案了。在运用这种恍惚的感情去连接记忆中若隐若现的往事时，人们就开始了对这节诗歌的欣赏。在这种感情侵袭之下，一种类似晕眩的感觉加强了，许多事情开始旋转，重新组合成各种不同于生活原型的新境界。——当然，人们也会由记忆中钩出沉重的往事，如同从水底拉出沉重的铁锚一样。诗人正是这样接着写道：

  桉树林旋转起来
  繁星拼成了万花筒
  生锈的铁锚上
  眼睛倒映出了晕眩的天空

同样的道理，诗人在《思念》中也正是依赖没有线条的挂图和无解的代数这两种物象来引起人们的迷乱和烦躁，使人们领悟思念时剪不断、理还乱的心情，而不是物象本身有什么特别的暗示意义。

　　在诗句中，许多词汇的作用不仅在于词义（"意思"）。读者还会被它们的风格色彩、形象色彩、感情色彩以及词义适应范围的不确定性搅动一系列暧昧的联想。当然，这种色彩的形成是由这个词所代表的事物在日常生活中的作用决定的。由于人脑具有运用模糊概念的能力，在接受一个感情含义丰富的词时，人们对这个词所储备的一连串信息也随之出现，造成感情波动。看到"糖纸"这个词，除了意识到这是一张花花绿绿的纸片外，可能还会有一些童年的生活片段开始闪动。所以，有个诗人在回首动乱之年时写下这样的诗句：

　　　　我的童年除了这张糖纸
　　　　还有什么呢？

　　这种对于字和词的考究在我国古典诗歌中屡见不鲜。李商隐诗歌那种秾丽迷离的境界时常同他所使用的词汇有关。现在一些年轻诗人不过是在选择词汇时更注意现代人的感受而已。北岛在特定年代的一首《古寺》是这样写的：

　　　　逝去的钟声
　　　　结成蛛网，在柱子的裂缝里
　　　　扩散成一圈圈的年轮
　　　　没有回忆，石头
　　　　山谷里传播过回声的
　　　　石头，没有记忆
　　　　在小路绕开这里的时候
　　　　龙和怪鸟也飞走了
　　　　从房檐上带走喑哑的铃铛
　　　　和没有记载的传统

墙上的文字已经磨损

仿佛只有在一场大火之中

才能辨认

荒草一年一度

生长，那么漠然

不在乎屈从的主人

还是僧侣的布鞋

还是风

残缺的石碑支撑着天空

也许会随着一道生者的月光

乌龟复活起来

驮着一个沉重的秘密

爬出门槛

    整首诗的词汇都有一种冰冷和沉重的色彩（当然作者还表现了冰冷与沉重之下蕴含的顽强生机），使人很自然地回忆起那个冰冷与沉重的动乱年代来。词的这种色彩常常会给读者的欣赏定下一种基调。也正是因为这种色彩，他们诗作中雪白的墙、鸽哨、蒲公英、橡树的象征一般都有两方面的意义。这些形象一方面代表着某种意念，另一方面又会由于词汇的暧昧联想激起读者的情感涟漪而成为情调的象征。

    这种"意思"与"情感"表现对象的不一致性造成诗歌语言的多种侧面和多层色彩。毫无疑问，这种不一致性必须限制在读者的美学经验所能接受的范围内。随着时代的变迁，读者的美学经验在不断地变化，他们的接受范围也在不断扩大，但无论如何都会有个范围极限。对这个极限的蔑视只能导致诗人的失败。但是，界定这个极限却只能是一个原则：约定俗成。对于诗，无论诗人还是读者都同样仇视这个"俗"字。于是，诗人便立志以这个极限为起点开疆拓土。诗人每前进一步都会在自己的艺术才赋和读者的欣赏习惯方面遇到无数阻力。成功开拓的结果很快又会变成新的约定俗成，诗人的工作又要开始。诗歌的语言便是在这种突破与停滞的交替中前进。当然，在读者的美学经验中也包含着创新的要求，但这种要求是自发的、朦胧的。当诗人前进的速度与他们大致相同时，他们将为这种朦胧的要求突然得以实现而欢呼，假如诗人的步伐过于急躁，那他的诗就会在一片不满的反响中碰壁。

　　一般地说，读者的美学经验来自两个方面：艺术作品的熏陶和生活的直接感受。我国的历代古典诗词中，风花雪月都有着自己的历史。我们对于这些景物的美的感受也自然而然受到这些作品的影响。目睹明月而思念亲人，古典诗词中这方面的例子不胜枚举。"我寄愁心与明月，随君直到夜郎西""今夜鄜州月，闺中只独看""撩乱边愁听不尽，高高秋月照长城""月明人倚楼""无奈夜长人不寐，数声直到月帘拢""但愿人长久，千里共婵娟"，因此对月伤怀便成了人们特定的美学经验。此外，像日暮思乡、登高怀古等也都是如此。这种美学经验在读者欣赏作品时起着极重要的引导作用。但现在年轻人的诗篇却更注重开拓对生活的直接感受。他们用自己的眼睛对世界做了一番独特、细致的搜索，他们的诗句使得一些对生活不太敏感的读者茫然失措。他们缺乏和诗人同样的感受，因而无法在心理转换过程中唤起情感上的反应。同直抒胸臆的浪漫派诗歌不同，目前这些青年人诗歌语言的感官性很强，而情感常常是一种内在的律动。这是一种新的艺术追求的产品。这种新的艺术追求萌芽于特殊的十年里，而且与当时的诗风相反。那时诗人只好写着一些连自己也不相信的豪言壮语，人们不能再有自己的感情世界，诗歌的主题和题材被严格地统一了。刊物上相当一部分诗歌的风格同街头那些横眉怒目、揎拳捋袖的宣传画是一致的。年轻人一些秘不示人的感触只好含蓄甚至隐晦地寄寓在一些似乎是没有关联的形象里。随着时间的流逝，他们的审美趣味发生了转移，而语言的变化只是其中一个方面的信息而已。新的形式诞生之后便会获得一定的独立性，形式所能适应的内容不仅仅是诞生这个形式的内容。我国格律诗的形成同宫体诗有密切的联系，但格律诗所能表现的内容远不止于艳情。同样，词在刚刚兴起时以婉约为正宗，但它的发展也很快就冲垮了婉约的藩篱。正是因为这样，我们没有理由断言青年人使用这种语言一定唱不出新时代的歌。当然，我们会发现在这些诗歌中嫁接了一些现代派的表现技巧，然而因为现代派的缘故来肯定或否定这些诗都是没有意义的。从内容与形式统一的观点来看，这些诗是在今天的社会生活土壤上滋生的。生活常常是造就一种新的艺术形式的主导力量。但生活是一个不断更新变化的运动过程。在这个运动中倘若我们老是以旧的艺术概念作为一成不变的标准，那就很可能犯刻舟求剑的错误。不少人总是喜欢让新鲜的东西俯伏在传统的脚下接受裁决。他们指责年轻人的诗歌在语言上就已违反了我国古典诗歌和民歌所形成的传统。从某种意义上说，文学传统是文学史上著名大师的漫长的队列。然而这些大师们哪一个不是携带着传统上所没有的东西加入这个队列的？至于作者与读者之间合作的暂时中断，这是文学史上常有的现象。任何新的探索总是随时随地地同旧的欣赏习惯发生矛盾。但这个矛盾总会在双方的进一步互相摸索中被克服。这种欣赏与创作之间出现的矛盾和达到的新的平衡，常常预示着美学上某些方面的进步——这正是我们所期待的。

原载《诗探索》总第 11 辑（1984）

潜　喻

张文江

> 虽无明言，潜喻厥旨。
>
> （韩愈：《月蚀诗效玉川子作》）

王国维曾经感慨地对周邦彦的一句词发表评论道：

> 美成《解语花》之"桂华流瓦"，境界极妙，借以"桂华"代月耳。

"桂华流瓦"，在这短短四字中，半数挨板受罚，那么所谓"境界极妙"，又妙在哪里呢？是什么原因使这位大师批一句之前忍不住赞一句，何况用的又是分量很重的"境界"这样一个王氏文论的核心词呢？周邦彦此语妙就妙在其中采用了我们在本文将加以讨论的一种比喻手法。这种比喻手法之所以极其重要，不仅因为有了它我们就可以合起来对比喻进行总体性的考察，而且因为它本身也是一种相当巧妙的诗歌语言技巧。试添一个散文的例子做比较：

> 桂华流瓦
>
> （周邦彦：《解语花·上元》）
>
> 月光像流水一样，静静地倾泻在荷叶上。
>
> （朱自清：《荷塘月色》）

二句境界相似，用语也相似，但如果观察得仔细一些，就会看出二句的措辞方式有一点很重要的区别：《荷塘月色》中的"像流水一样"，在周邦彦词中并没有出现！朱自清的比喻有被比喻的一方"月光"（通常称为"本体"），又有用来比喻的一方"流水"（通常称"喻体"）。而周邦彦词里却只出现本体月光，并无"流水"字样，只是用了一个跟水有密切关系的动词"流"，让读者自己去联想到是"水"在流，也就是月光像水一样地在流。这样，喻体虽然没有直接出现，却仍然被作者巧妙地暗示了出来。境界近而用语简，因此周邦彦的词显得更含蓄、更紧凑。如果把它和明喻、暗喻、借喻联系起来考察，我们不难看出它和上三类比喻在形式上并不相同。这就是我们要讨论的第四类比喻：潜喻。这类比喻的特殊性在于字面上不直接出现喻体，而是通过上下文把喻体暗示出来，我们把题首韩愈诗句"虽无明言，潜喻厥旨"断章移评这类比喻极为贴合。笔者认为，潜喻是明喻的转化形态，是比喻的第四个分类。前三类比喻中借喻由于 A 和 B 两方在字面上只出现一方，是省略性比喻，潜喻和借喻一样在字面上只出现一方，因此也是省略性比喻。借喻出现 B 省略 A，潜喻出现 A 省略 B，二者互相对立又互相补充，构成了省略性比喻的两大方面。[1]

　　由于它特殊的表现力，潜喻是诗歌大量使用的语言技巧。月光比作水，是诗词比喻接近钝化的常套。但如果我们改换一下比喻方式，就可以看出潜喻确有其他三种比喻不可替代的独特之处。例如，我们可以不必执守于"月光如水"这样的明喻常套，而可以运用潜喻手段很自由地变化成："月浸葡萄十里"（朱嗣发：《宝鼎现》），"月洗高梧"（张镃：《满庭芳》）以及

　　　　淡淡的，幽光
　　　　浸洗着海上的森林。

　　　　　　　　　　　　　　　　　　　　（郭沫若：《霁月》）

---

[1] 借喻和潜喻这两类省略性比喻可简化如下：
　　　　借喻　　O　　B
　　　　潜喻　　A　　O

朱嗣发的"浸",张镃的"洗",郭沫若二语兼采的"浸洗",其实质与周邦彦用的"流"并无不同,都是用潜喻的手法点出"月光如水"。张岱的"月光泼地如水,人在月中,濯濯如新出浴"(《陶庵梦忆·闰中秋》),则用明喻手法。张岱、朱自清二例都为古今名篇中的比喻好例,但是潜喻和明喻之间的区别还是明显的。

同理,潜喻手法也可移过来描绘日光:"太阳的光/泛滥在街上"(艾青:《向太阳》),"是时新晴天井溢"(韩愈:《卢郎中云夫寄示送盘古子诗二章歌以和之》),"太阳的光/洗着我早起的灵魂"(宋白华:《晨兴》)。我们新近还读到法国诗人埃·罗布莱斯的句子:

> 当整个天穹
> 光焰沸腾
> 倾泻斑斓的夕阳[1]

倾泻夕阳,何等气派!推广起来,光的反面——黑暗——也同样可以用潜喻手法来处理。我们将女诗人、意象派大将爱米·罗威尔《独乐》中的"当夜晚沿着城市的街道漂流/从高低不平的屋面往下漏的时候"和"桂华流瓦"做一对照,不觉粲然。麦克里希在诗中也使用了这样一个潜喻:"汹涌而来的夜。"(《你,马伏尔》)

潜喻出现本体而省略喻体,它的比喻性体现在它对本体进行表述和描绘的过程中对喻体进行的或直接或间接的暗示上。由于它把喻体潜藏起来,含而不露,虽喻厥旨,却无明言,因而更曲折紧凑,更诉诸读者的想象。试剖析一个普通的例子:

> 数不清的衣衫发辫,
> 被歌声吹得团团打转。
>
> (公刘:《五月一日的夜晚》)

---

[1]《诗刊》1981年第10期。

诗人描绘天安门广场的节日之夜，短短两行却凸显出狂歌欢舞的场面感。诗人把歌声暗中比作旋风，但是并没有把"风"这个喻体直接展示给读者，而是潜藏起来让读者自己咀嚼。短短的两行诗之所以能够很压缩又写歌又写舞，跟潜喻的使用是分不开的。如果把歌和舞分开来各写一行，诗行就立见松散，原来的"味"也完全消失了。

孟河在题为《尝试》的诗中写道：

　　我尝试
　　把失败喂给母鸡
　　让它生令圆滑的胜利

这里把失败比作食物喂鸡，并且顺势引申，让鸡产下一个"蛋"。用"失败"喂鸡，句意仿佛我们平常说的"吞下苦果"。把具体的或抽象的东西比作食物，这在中外都有些例子。艾青《向太阳》："用可怜的期望，喂养我的日子。"丁尼生的名诗《尤利西斯》用一段独白表现了这位老英雄烈士暮年、壮心不已：

　　我要把生命
　　饮到只剩下残渣

我们甚至可以很幽默地想起《左传》里的那句妙语"是食言多矣，能无肥乎"（《哀公二十五年》，又《僖公十五年》）。再看宋捷的《黎明》：

　　黎明举起金色的酒杯
　　把夜倾倒在大海里了

用金色的酒杯来比喻金色的霞光，是一个漂亮的借喻，这里霞光省略了；用杯中之酒来比喻浓夜，又是一个漂亮的潜喻，这里酒又省略了。借喻和潜喻互相配合，错综出升降的运动对比和明暗的色彩对比，神气地现出黑夜消隐、霞光初升的晨景。还可以举几个例子互相印证。晁补之《洞仙歌》："徒都将许多明，付与金尊，投晓共流霞倾尽。"[1]佛莱契《伦敦的黄昏》："从一千座山峰召唤精灵，把浓厚的夜倾倒在大地。"三例互相补充又各有小异，但总的来说采用的潜喻手法并无二致。

对潜喻这样一个结构比较特殊的比喻类型，中国古代文论也有所触及。陈骙在《文则》中提出著名的十类比喻后，他对其中第二类下了定义"其文虽晦，义则可寻"——前句略等于"虽无明言"，后句略等于"潜喻厥旨"——举了一个《礼记》的例子：

　　诸侯不下渔色

小注云："国王内取国中，象捕鱼然，中网取之，是无所择。"他点出了"渔色"就是像捕鱼一样搜求美女。我们今天看陈骙的比喻分类，或许有不够清楚之处。但这里的例子和分析表明，他确实觉察到了潜喻这种比喻现象。杨慎《丹铅总录》："陆机《文赋》云：'立片言以居要，乃一篇之警策'盖以文喻马也。言马因警策而弥骏，以喻文资片言而益明也。"他也分析出了潜喻喻体。国外的一些文艺理论家进行语言分析，也找出了在背后起作用的那个潜喻喻体。勃朗分析这样一句话：

　　你应该尽力拔除你的缺点

勃朗指出了其中几个要素：（1）主要观念"缺点"是这句话的真正主题；（2）没有表达但被暗示着的具体意象"杂草"；（3）在"缺点"和"杂草"之间可以感觉到的相象和类似以及卷入此种情形中的进一步的隐喻"心"像一座花

---

[1] 唐圭璋《宋词三百首笺注》注此词："流霞，仙酒名。"如此，此例非潜喻。但"流霞"并非一定不可以潜喻化。参看《诗人玉屑》卷三引沈佺期诗："仙杯落晚霞。"

园。他的"进一步隐喻"扯得远了点,已经超出直接暗示的范围,我们不取。不过,他对潜喻结构上的机制所做的分析还是相当清楚的。

潜喻喻体的显现,主要依靠作者在本体周围的暗示用词。请看姜夔的句子:

算空有并刀,难剪断离愁千缕。

(《长亭怨慢》)

这里前用"剪断",后用"千缕",生生地刻画出"离愁"背后的喻体"丝"来,它并没有像"情似游丝"(周紫芝:《鹧鸪天》),"我的思绪像小蜘蛛骑的游丝"(卞之琳《候鸟问题》)那样点明喻体,体现了潜喻和明喻之间的同源异形。台湾校园歌曲叶嘉修的《乡间的小路》:

蓝天佩朵夕阳在胸膛

这里在本体"夕阳"的周围,谓语"佩",定语"朵",状语"在胸膛"把未出现的喻体"花"限制得不容置疑。(参看鲁藜《我爱水》中的明喻:"在那宇宙的深渊／开放着一朵金花——万古芬芳的太阳。")而有时单单一个动词也能完成喻体为"花朵"的潜喻。柏拉威尔在《马克思与世界文学》中引述马克思关于希腊神话的那段名言时,对马克思所使用的一个潜喻禁不住插嘴叫好:"为什么历史上的人类童年,一个开放得最完美(又是一个花朵的隐喻)的阶段,不该显示出永久的魅力呢?"

潜喻的暗示有时也并不仅仅依赖那几个紧靠在本体周围的词,事实上,潜喻的牵涉面有时很广:

黎明——这时间的新嫁娘呵,
乘上有金色轮子的车辆
从天的那边到来……
我们的世界为了迎接她

>已在东方张挂了万丈曙光
>看，
>天地间在举行最隆重的典礼

这里直接的暗示来自"张挂"，间接的暗示来自离本体较远的"新嫁娘"，"金色轮子的车辆""迎接""典礼"等词，整个描写情景强化了"张挂了万丈曙光"的暗示性。我们再参看两个非潜喻的例子："黎明在东方悄悄擦起那淡青色的幔帐"（卫新：《唱给心中的太阳》）和"汉文皇帝有高台，此日登临曙色开"（崔曙：《九日登望仙台呈刘明府》）。前例点明了喻体而不用称为潜喻，后例因暗示作用极弱或竟至于无而不能称为潜喻。[1]

我们上面花了相当多的篇幅以"潜喻—明喻"的方式反复举例，详加比较，一方面是为了说明潜喻也是一个相当重要的诗歌语言技巧，其价值不在明喻之下；另一方面也是为了说明潜喻虽有其特殊性，但它仍然跟明喻有着血肉相关的密切联系，是明喻的一种转化形式。比喻第一基本条件指出：

>凡构成一个比喻，必涉及 A 与 B 两方

借喻虽然只出现 B，但它涉及了和其相似的 A，故非单式语象。潜喻虽然只出现 A，但它涉及了一个与其相似的 B，故亦非单式语象而是省略性比喻。因此，借喻、潜喻都符合比喻第一基本条件。明喻、暗喻、借喻、潜喻四类比喻虽然都为比喻家族的成员，却互相补充，各有其特点。张弓指出："明喻，喻指、喻体关系较松，本体占主位。暗喻，喻指、喻体关系较紧，本体、喻体地位同等。借喻，本体、喻体关系最紧，喻体占主位。"我们在张弓的基础上稍做引申补充，那可得出"潜喻，喻指、喻体关系更紧，并且重新反过来，本体占主位"。这样完成了一个周期。

---

[1] "开"字暗示力太弱，如可改成"撩起金色的霞光""拉开金色的霞光"之类，潜喻就比较明显了。

潜喻作为比喻，它字面上并不直接出现的喻体是怎么来的呢？一方面它来自作者写作时的暗示，另一方面它来自读者阅读时的自动补充。锡德尼指出："不论在押韵的或仅有节奏的诗行里，一个字好像又引生着另一个，以致凭着前一个，人家就会对那后一个有一个很接近的猜想。"潜喻那动词、形容词等要求某一特定的相关词的时候，人们凭着以往的阅读经验对这个相关词有一个很接近的猜想。这时突然换入了另一个词，于是本来应该出现的词在被代替前在读者头脑里有一个短暂的停留，这就是潜喻里潜藏起来的喻体。这个喻体不是存在于字面上，而是存在于读者的期待里，存在于使用这个词的历时语境里，这就是为什么"虽无明言"，却能"潜喻厥旨"的心理机制。[1]

虽然本文的主要目的只在于揭示潜喻这个现象，有关潜喻的一些重要作用和特征将在以后陆续加以揭示。但是，潜喻本身有两个重要特点我们必须在这里首先加以指出。首先，它具有紧凑压缩的特点。它是比喻，却不以明喻的形式出现，而是把明喻的喻体压进了本体的背后。它不是单式语象，却以单式语象的形式出现，而带着一般单式语象所没有的复合意义。这正符合用字少而含义多的诗歌含蓄原则。潜喻的喻体由于只能通过暗示，借助于读者的想象才能显现，因此常常耐人寻味。但是，由此也带来了潜喻的另一个特征，那就是由于各种暗示，有的直接明显，有的间接隐晦，加上读者的经验也各不相同，因此有时各人理解的潜喻喻体并不具有精确的一致性。潜喻的喻体和借喻的本体有时不太明确，也许正是省略性比喻所付出的代价。即使在一些暗示力极弱、已不能作为潜喻分析的例子中，仍然有人认为喻体存在。请看《文心雕龙·指瑕》：

---

[1] 参看杨清《西方心理学主要派别》论格式塔心理学。参看 [美] 克雷奇等著、周先庚等译：《心理学纲要》上册，文化教育出版社 1980 年版，第 164—166 页。Jocob Korg 的 *Language in Modern Literature* 曾举一例：在一首描绘融雪的诗里，作者用了"SNO"一词，空白之处'暗示最后的那个 W 仍为未融之雪覆盖'。这种利用印刷来强化视觉感受的极端做法未必可行，但没有人看不出这个词的原来形式是 SNOW（雪）。这说明在常规的作用下，人的意识在一定条件下会自动补上缺少的成分。

> 陈思之文，群才之俊也，而《武帝诔》云，尊灵永蛰；《明帝颂》云，圣体浮轻。浮轻有似于蝴蝶，永蛰颇疑于昆虫，施之尊极，岂其当乎！

刘勰指责曹植不应该把"浮轻""永蛰"这样的字眼用在曹操、曹叡这两位皇帝身上，他认为曹植这样用词就等于把他们比作蝴蝶、昆虫。我们今天犯不着再为了皇帝的尊严跟刘勰打笔墨官司，但是刘勰在《比兴》专章一字未提的潜喻手法，我们终于在他怒形于色的斥责声中听到了。

这不能不使笔者感到是一个意外的收获。

原载《诗探索》总第 11 辑（1984）

论诗的内在节奏

范一直

诗的节奏是有内外之分的，外在节奏是指语言要素的声音在诗中有规律的处理和安排，内在节奏是指内容要素的诗情在表达过程中的和谐程度，它与诗情在质和量上的变化有着不可分割的联系，并且与诗情流动的速度有关。长期以来，内在节奏虽然间或被人提到，但很少有人对它做过较为系统的专题研究。为了进一步认识诗歌这种文学样式的特殊规律，我们不妨从以下几个方面来论述一下诗的内在节奏。

一、从诗的本质谈内在节奏

诗是抒情的艺术。"诗者，抒情的韵律文字。"情动于中而形于言，归根到底是一个"情"字。感情是诗歌最原始，也是最基本的一大要素。由于感情本身具有一种节奏属性，"每一情感，每一心情状态本身就有着自己的特殊音调和节奏"，反映在诗里，除了对诗歌语言外在节奏的相应要求外，还自然而然地表现为一种特殊的性状——内在节奏。

先来认识情感本身所具有的节奏属性。

节奏来源于客观世界的物质运动。从广义上说，世界弥漫着节奏。波浪的起伏，春秋的代序，这是自然之节奏。心脏的搏动，肺叶的吐纳，这是生理之节奏。正如郭沫若所说："本来宇宙间的一切事物没有一样是没有节奏的。"

作为诗歌本质要素的情感，是人的一种心理活动的表现。无论从对现实世界的反映性角度来说，还是从作为以生理功能为基础的心理表现来说，情感与节奏都有不可分割的联系。这是情感的节奏属性的存在前提。

从情感本身的内部性质来说，心理学的研究成果表明，情绪具有两极性，表现为肯定或否定、积极或消极、紧张或轻松、激动或平静以及强弱程度等等。这种两极性说明了情感在表现过程中的某些特征。这些特征是从不同侧面的两极形式加以归类的。在这两极之间，具有无数个依次排列的不同级数，这些级数可以成为人们度量情感的尺度。由于变化着的情感在表达过程中所达到的级数的不同，就势必在情感尺度上引起轻重、起伏、长短、强弱等一系列正负变化。而当这种变化交替出现合乎一定的规律时，情感本身就具有了一种节奏性状。这种性状表现在诗里，就是诗的内在节奏。它是"命泉中流出来的旋律"，是我们心中诗意和诗境的一种纯真的表现。

凡是节奏，具有力度和速度两大要素。人们常用抑扬顿挫、轻重缓急来描述节奏，其中抑扬、轻重所体现的是节奏的力度；顿挫、缓急所体现的是节奏的速度。情绪的两极性变化仅是就节奏的力度而言的。

再从节奏的速度来谈。郭沫若说："情绪在我们心的现象里是加了时间的成分的感情的延长，它本身具有节奏。"如果没有"时间的成分"这一延长作用，它本身也就不具有节奏了，因为一切速度都要从时间中体现出来。

诗是时间的艺术。袁枚说："诗者，持也，持其性情，不使暴去。"这个"持"也可以说是一个时间的过程。在这个过程中，情绪的两极性变化才有可能发展成为内在的节奏。

郭沫若说："情绪的进行自有它的一种波状的形式，或者先抑后扬，或者先扬后抑，或者抑扬相间，这发现出来便成了诗的节奏。"徐志摩说："一首诗应当是一个有生机的整体……正如一个人身的秘密是它的血脉的流通，一首诗的秘密也就是它的内含的音节的匀称与流动……明白了一首诗的生命是它的内在的音节（internal rhythm）的道理，我们才能领会到诗的真趣味。"戴望舒说："诗的韵律不在字的抑扬顿挫上，而在诗的情绪的抑扬顿挫上，即在诗情的程度上。"艾青说："诗必须有韵律，这种韵律，在'自由诗'里，偏重于整首诗内在的旋律和节奏，而在'格律诗'里，则偏重于音节和韵脚。"这些新诗大家从自己创作实践中得来的真知灼见，都涉及了"内在节奏"，可见内在节奏在诗中的存在和其存在的重要意义。就是年轻一代的诗人，也已经更直接地认识到"诗的节奏是感情的节奏"。

何其芳说："诗歌是一种最集中地反映社会生活的文学样式，它饱和着丰富的想象和感情，常常以直接抒情的方式来表现。"由情感派生而来的内在节奏，之所以对诗歌具有特殊重要的意义，除了抒情性是诗歌的一大本质特征外，还由于诗歌常常采取直接抒情这一特定的表达方式。直接抒情的表达方式在诗里，使得感情的节奏属性得以强化，上升为诗歌有机组织中的一个重要部分。

二、内在节奏的特征和地位

内在节奏作为抒情艺术的诗歌，其内容在表现过程中的特殊性状，既看不见也听不着，不像诗行建筑可以诉之于视觉效果，也不像外在节奏可以转化为听觉形象。对内在节奏的感受，全凭着读者的主观领会和心理体验所得，即需要通过"内在的节拍感"去捕捉。内在节奏这种无形性，是由情感本身作为一种无形的心理反应所决定的。所以，既是小说家，又是散文家，也是诗人的王统照曾说："一切文艺体裁中独有诗歌真有点玄虚所在。"内在节奏这种只可心会、很难言传的无形性，从表面上说，正是诗歌的"玄虚所在"。

另外，由于读者的感情素质、艺术修养和欣赏习惯各有差异，同一内在节奏在不同读者的主观感受过程中，又会引起各种不同的心理反应。即艾略特说的："一首诗对于不同的读者可能显出各种不同的意义。"这就使本来已有一定的无形性的内在节奏，更多了一种相对飘移的不定性。无形性和不定性是内在节奏表现在诗中的特征。

但作为在诗歌表现过程中客观存在的一种性状，内在节奏还是有一定的踪迹可寻的。如果把它显影的话，它表现为一条由诗情的坐标点连成的曲线，通常有波峰，也有浪谷；有时舒缓，有时陡峭，其变化基本上以诗情本身的变化为依据，标志着流动着的诗情的质变和量变。[1]

认识内在节奏在诗中的种种表现，归根到底要从"诗莫先乎情"的诗情出发。内在节奏是诗情的产儿，离开了诗情这一本体，内在节奏只能成为无本之木，无源之水。

根据诗情的本体原则，内在节奏也就是情调——情感的调式，以此相对，外在节奏也就是声调——声音的调式。正如郭沫若所说："诗自己的节奏可以说是情调，外形的韵语可以说是声调。"作为情调的内在节奏才是"诗自己的节奏"。

同是节奏，表现在诗里，外在节奏有关语音的物理属性（音高、音强、音长、音质），内在节奏有关情绪的心理属性（即心理学上说的情绪的两极性）。内在节奏与内容直接相关，更倾向于传达生活和思想的旋律，外在节奏与内容没有必然联系，它首先要求的是语言本身音响效果的和谐。

从诗的抒情原理出发，我们以为内在节奏才是诗的本质属性。闻一多说："诗的精神其实不在音节上，音节毕竟属于外在的属性。"外在节奏作为语言本身的一种功能，同时可以突出地表现在别的非文学（非诗）的语言形式中。所以戴望舒强调指出："诗最重要的是诗情的变异，而不是字句上的变异。"而郭沫若说得更为明确："诗之精神在其内在的韵律，内在的韵律并不是什么平上去入、高下抑扬、强弱长短、宫商微羽；也并不是什么双音叠韵，甚至押在句中的韵文；这些都是外在的韵律或曰有形律。内在的韵律便是情绪的自然消涨。"由"诗情的变异""情绪的自然消涨"所形成的内在节奏，才是诗的真谛。

强调内在节奏在诗中的重要地位，结合诗情这一本体来说，也就是间接地强调诗人内心感情的自然流露和真实再现，即强调内心世界的充分抒发，强调艺术是从内部发生的。

内在节奏源于诗情，但并不止于诗情，它还流于外在节奏。具体表现在一首诗中，实际上从来没有脱离外在节奏而独立的内在节奏，因为正如别林斯基所说："一切内在事物在这里都深入地渗透到外部事物，这两个方面——内在事物和外在事物——互相分开了就都无法看见。"所以，就在诗中的表现而言，

---

[1] 郭沫若在《文学的本质》一文中引了温德所描述的情绪变化的七条基本的波状线，可参看。

内在节奏也就是向内在节奏转化的外在节奏，外在节奏也就是向外在节奏转化的内在节奏。内外在节奏之间本身就是一个对立统一的辩证过程。

《文心雕龙》中说："夫缀文者情动而辞发，观文者披文以入情。"在创作过程中，由诗情派生的内在节奏是从内而外地得以表现，在鉴赏过程中，则势必通过外在节奏由表及里地去发现和捕捉内在节奏，正如俞平伯所说："创作的过程由内而外，诵习的过程由外而内，恰好相似，只是颠倒过来。"因为外在节奏作为经过人为加工过的音响材料，具有明显的可感性，借助这种可感性，我们才能把握无形和不定的内在节奏在诗中的表现，从而明确内在节奏在诗中的特征和地位。

三、内在节奏与诗的音乐性

音乐性是诗歌美学的一大议题，闻一多关于诗的著名的"三美说"就把"音乐的美"放在首位，它体现了诗歌这一特殊的文学样式的本质规律。

诗的音乐性主要是节奏所体现出来的音乐效果，节奏既然有内外之分，那么诗的音乐性也不妨说是内外节奏的总和。

但对这个"总和"不能作像"二五得十"这样机械的理解，作为诗的本质属性的内在节奏和作为诗的非本质属性的外在节奏，在诗的音乐性范畴里，各自所占的比重是有区别的。

惠特曼说："我要使音调和观念结合在一起，但是假如我已把我的思想写下来了，那里并没有节奏，我并不勉强去拼凑，我费了很大工夫在文字上，但是我所追求的是内容，而不是音乐。"从其创作实践来看，他对内容的追求很大程度上转化为内在节奏的表现。他认为诗的节奏应是从诗人的激情中自然而然地流露出来的。如果说内在节奏是诗的生命的本色，那么外在节奏则是这种本色的仪表装饰。这种装饰诚然有助于诗美，但"不用外在律，也正是裸体的美人"[1]。难怪有人说："语言的音乐性当然可以列为诗的特征之一，而语言的音乐性在于诗

---

[1] 郭沫若：《论诗三札》。需要澄清的是，写诗时"不用外在律"，并不意味写出的诗就没有外在律。这里"不用"的含义仅是指诗人主观上没有特意地或人为地使用而已。

的内在的韵律和律动感，绝不仅仅在于押韵。"[1]（或者音节在行间有对比效果的排列和组合）

如艾青一直坚持"我只是发出内心的声音"的创作圭臬，在语言形式上又刻意追求诗的散文美，他诗中的音乐效果往往是在合乎感情起伏的内在要求的同时，自然而然地得以体现的，并非借用人为的外力。骆寒超曾说："艾青在他的创作中不仅不凭诗行节奏——音组的有机黏合和每行顿数的均齐来显示音乐效果，也不凭诗节的均称来显示音乐效果，而且连起码的韵他也不注重，……那么，艾青诗歌语言的音乐效果到底从何处显示出来呢？我以为艾青应和着感情的内在节奏，按语言结合的自然音节，从一种旋律上来体现音乐效果。"

艾青的创作说明外在节奏必须服从内在节奏表现的需要，也就是感情的自然抒发不能太多地囿于格律的限制。而且，理想的诗应该要用不同的声调来表现与之相应的各种不同的情调，因为只有和情绪相结合的韵律，才是活的韵律。这是内容决定形式这一文学原理的具体运用。

我们强调内在节奏，并非就是对外在节奏的一种否定。因为诗是语言的加强形式，它与一般的散文不同，外在节奏是区别这种不同的一种标志，又是诗的艺术规律的特殊体现。所以马克思告诫拉萨尔："你既然用韵文写，你就应该把你的韵律安排得更艺术一些。"

同时，内外节奏既然都是"节奏"，势必导致了它们之间若干一致的性质。"两种同性质的东西相加之后，效果是要增加的，这是所谓的合力作用。而情调的诗，虽然不必再加以一定的声调，但于情调之上加以声调时，是可以增加诗的效果的。"这种"相加"，也就是内外节奏在一首诗中的交响。总之，内外节奏两者熔于一炉，才能冶炼出高质量的诗的合金。

由此而论，诗的音乐性虽然是内外节奏的总和，但总和的公式应是：

诗的音乐性 = 内在节奏 + 外在节奏[2]

顺便说到歌词的音乐性。同诗相反，在歌词的音乐性构成中，内外节奏总

---

[1] 周良沛：《诗的素描》，《散文》1980年第10期。
[2] "内在节奏"下标着重号，标志着它在诗的音乐性构成中的决定作用，特别就自由诗而言。

和的公式应是：

歌词的音乐性＝外在节奏＋内在节奏

这是在一定的条件下，对立统一的双方主次矛盾的互相转化。这里说的一定条件，就是音乐文学本身的规定性，如必须适于谱曲、演唱。

美学大师莱辛用《拉奥孔》一座雕像说明了诗和绘画的界限，树立了美学史上的一座丰碑。如果我们要论述诗与音乐的关系，内在节奏是不能不考虑的一大因素。

柯勒律治说："心灵里没有音乐，绝不可能成为一个真正的诗人。"心灵里的音乐，就是内在节奏。对内在节奏的敏感程度，即"诗的乐感"，是诗人气质的一大标志。

结　语

纵观全文，如果要把对内在节奏的认识上升到哲学高度的话，我们则说它是诗情和外在节奏不同范畴之间相联系的中介。既然诗情作为内容要素，外在节奏作为形式要素，那么由诗情派生的内在节奏也就是诗的内容和形式不同范畴之间联系的中介。中介是黑格尔哲学中的一个重要术语。在德语里，"中介"（*Vermittlung*）一词的基本意义是居间联系，引申意义是居间调解，作为诗情和外在节奏之间中介的内在节奏，对它的认识，也只有落实在它和诗情和外在节奏的互相联系、互相调解之中。这是打开内在节奏迷宫大门的金钥匙。

从另一种意义上说，内在节奏是我们在诗情和外在节奏两点以外，另设的一个视点。只有借用这种"认识的三角法"，我们才能更好地按照艺术规律来测绘诗歌美学的腹地。

原载《诗探索》总第 11 辑（1984）

汉语诗歌的节奏型理论

方 兢

诗歌形态学的研究对象是诗歌的外部形式，即我们通常说的诗歌形式。

汉语诗歌的形式是丰富多彩的。人们一般把所有的诗歌划分为格律诗和自由诗两大类。格律诗（包括词）在字数、平仄、韵脚及其他方面有许多严格的要求，自由诗则在各方面无拘无束。在这两类之间，尚有一类被称作"解放体"或"半自由诗"的，即有一定格式却无平仄等方面的讲究。有人把这样的形式也归入格律诗。

这样的分类是必要的，但对于诗歌形态学理论的研究就显得不够了。因为这种分类方法所依据的，并不是诗歌形式的主要因素，而是一些表面现象。在同类的形式中，既没有统一的规律，又缺乏内在的联系。因此，这种分类方法失于空泛，对诗歌形式的研究和诗歌的创作并没有什么裨益。

在研究诗歌形式理论和创立诗歌新格律时，人们较多地注意诗行中的字数或音步数目。这种方法显然深了一步，但仍未抓住诗歌形式的实质问题。所以，这些工作多年来进展甚微。

如果从外部形式上去考察各种文学体裁，就不难发现，节奏是诗歌的特质，是诗歌与其他文学体裁的根本区别。由此，我们可以大胆地推导出这样的结论：各种诗歌形式之间的根本区别，一定是节奏的类型不同。

其实说到底，诗歌形式就是朗诵时产生的语音现象，在其中节奏是最主要的因素。这一点早已得到了诗歌理论界的公认。那么，我们还可以说，节奏是诗歌形式的深层结构，而诗行的排列方式、诗行中的音步数目、音步中的字数等等，都是诗歌形式的表层结构。某一诗歌形式的特点，是由其节奏的特点决定的。因此，表层结构相同的诗行，并不一定就属于同一类型，还要看它们的深层结构是否相同。

下面，本文就试图来证明这些推论，以求对诗歌形式进行更深一层的探索。

一、诗歌的节奏形象

当我们大量朗诵不同形式的诗歌时，就会发现，这些诗歌除了有抒情与叙事之分，有内容、风格、感情、格调等各方面的差别外，在节奏上给我们的感受也不尽相同。如：

秋风像一把柔韧的梳子，梳理着静静的团泊洼；
秋光如同发亮的汗珠，飘飘扬扬地在平滩上挥洒。

（郭小川：《团泊洼的秋天》）

这段诗句的节奏，使我们有平静、舒缓、柔美的感受。

声朗朗，
气扬扬，
仿佛昨天大会场。
果然友谊之歌生双翅，
人在江边声浪飘飘飞过江。

（光未然：《边海河畔》）

这段诗句的节奏，使我们感觉到跳跃、强劲有力。

时光载一只船后浪追前浪

亲爱的舵手啊写下里程碑
四季里的歌声唱到最高峰
那明天的路上燕子又飞回

（林庚：《迎一九五八年》）

这段诗句的节奏，给我们的感觉是从容、协调、庄重。

雄鹰啊飞旋着一圈一圈，
矫健地拍动着两只翅膀；
从黎明到黄昏不停飞旋，
一月月一年年日久天长。

（宫玺：《鹰》）

我们对这段诗句的节奏，感觉是平稳、严谨，同时也有些呆板。

我看见
海浪滔滔的
母亲怀中
　　新一代的太阳
　　挥舞着云霞的红旗，
　　上升啊
　　上升！

（贺敬之：《雷锋之歌》）

这段诗句的节奏，给我们以流畅、宽广而豪放的感觉。

上面所摘引的这些诗歌，除去内容的作用之外，在节奏方面给我们的感觉显然是各不相同的。

在现代诗歌中，不同节奏特点的诗歌形式，种类繁多，数不胜数，这里所列举的只是其中的一小部分。除此之外，古代诗歌形式的节奏，则给人的感觉又不一样，如：

春眠不觉晓

处处闻啼鸟

夜来风雨声

花落知多少

（孟浩然：《春晓》）

故人西辞黄鹤楼

烟花三月下扬州

孤帆远影碧空尽

唯见长江天际流

（李白：《黄鹤楼送孟浩然之广陵》）

我们把所能感受到的诗歌节奏的特色，称为诗歌的"节奏形象"。

汉语诗歌有着丰富多彩的形式。这些形式所产生的节奏形象，有些相同，有些接近，有些差别则很大。那么，构成诗歌的节奏形象的要素是什么？节奏形象不同的诗歌形式，根本的差别在哪里？节奏形象相同的诗歌形式，有什么共同的规律和内在联系？在创作实践中，如何塑造完整和谐的节奏形象？这一系列问题，用现有的诗歌形式理论，看来是无法解释的。这就需要在我国诗歌形态学中，建立一门新的理论——诗歌节奏型理论。

二、诗歌的节奏型

节奏型，原是音乐理论中的术语。由于诗歌和音乐的密不可分的亲缘关系，音乐节奏型的构成和诗歌节奏型的构成在原则上相近，因此我们借用了这一概念。

当人们欣赏不同乐曲的时候，感受也不相同。这是由于乐曲的旋律不同造成的。音乐的旋律,是由节拍、节奏型和旋律线三个要素有机结合而构成的。其中,节奏型在音乐表现中具有重大的意义,单是节奏型本身就可以说明乐曲的某些类别,如进行曲、圆舞曲、玛祖卡舞曲等。因此,节奏型被称为"旋律的骨架"[1]。

音乐理论中的"节奏"是一个专用术语,与我们平时讲的广义的节奏和诗歌的狭义的节奏都不太相同。音乐中称组织起来的音的长短关系为节奏。在音乐作品中,具有典型意义的节奏,叫节奏型。[2]也就是说,节奏型是音乐乐曲中音的长短按照一定特点排列的类型。例如:

$1 = F \quad \frac{2}{4}$ 苏格兰民歌《友谊地久天长》

这支曲子的节奏型是 × | ×.× ×× | ×.× ×× | ×.× ×× | ×.。

可以看出,在音的长短的排列规则上,整支曲子就是反复重复着某一个类型。这种情况,在诗歌中也很常见。如前面所录的《鹰》,整首诗在重复着 ××× | ××× | ×××× |,也就是说,这是《鹰》的节奏型。不言自明,五言诗、六言诗、七言诗等具有格律的或有较固定格式的诗歌形式,也都是以一

---

[1] 参看李重光:《音乐理论基础》,人民音乐出版社1980年版,第147页;秦西炫:《音乐基础》,四川人民出版社1974年版,第6页、第62页。

[2] 见李重光:《音乐理论基础》,第147页。

句诗行为单位，重复着某一种节奏型。

音乐的节奏型与节拍永远是同时并存、不可分离的，它们以音的长短、强弱及其相互关系的固定性和准确性来组织音乐。[1] 在诗歌中同样如此，而且每一音步含几个音节的不同类型（相当于节拍）和节奏型的关系，比音乐中节拍和节奏型的关系更为密切。这是因为音步中的音节既有轻有重，起到节拍的主要作用，又各有长短，直接形成节奏型。

诗歌的节奏型是这样形成的：在同一首诗中，音步的时值是相等的，而每一声步中的音节数目却不尽相等。于是，就造成了各音步的音长结构不同。如：有的音步仅有一个字（音节），那么，这个音节就读得较长，有的音步含有三四个字，这三四个音节就都读得很短。也就是说，这些音步的音长结构不同。具有相同或不同的音长结构的音步排列起来，就形成了诗歌的节奏型。如：

  在九曲黄河的上游
  在西去列车的窗口

节奏型为：× —｜× ×｜× × ×｜× ×｜。

各种不同音长结构的音步，进行各种不同次序的排列，就可以形成丰富多彩、种类纷繁的诗歌节奏型。

三、诗歌节奏型的规律

五言诗和七言诗的形式，在我国古代诗歌中一直占统治地位，在现代诗歌中也是主要形式之一。以五言和七言句式为主，夹有三言、九言、十一言句，也是古代诗歌的一种形式。这种形式诗人也常采用。三言、五言、七言、九言、十一言，各是一种独立的节奏型，但由于比较相近，或说属于同一类型的节奏型，所以又可以同时出现在一首诗中，交替使用。

---

[1] 见李重光：《音乐理论基础》，第 165 页。

这些句式的节奏型是：

三言：× × ｜　　　　　　　　　　　　　　　　单音步
五言：× × ｜ × × × ｜　　　　　　　　　　　双音步
七言：× × ｜ × × ｜ × × × ｜　　　　　　　三音步
九言：× × ｜ × × ｜ × × ｜ × × × ｜　　　四音步
十一言：× × ｜ × × ｜ × × ｜ × × ｜ × × × ｜　五音步

可以明显地看出，诗行末尾音步的音长结构特征，对这种诗行形成特点的节奏形象，有很重要的意义。下面这几段诗能很好地说明这个问题。

A　这时间　炊烟袅袅　往上升
　　这时间　忽听一阵　机枪声

（唐铁海：《三英雄舍命救锅炉》）

节奏型：× × × ｜ $\overset{4}{\overbrace{× × × ×}}$ ｜ × × × ｜，（三四三）

B 悬崖陡岩石高海岸矗立
　晨光里有一只雄鹰飞翔

（宫玺：《鹰》）

节奏型：× × × ｜ × × × ｜ $\overset{4}{\overbrace{× × × ×}}$ ｜，（三三四）

C 肩挑着桶儿扁担闪闪
　一步步登上云中梯田

（高缨：《公社社员》）

节奏型：× × × ｜ × × — ｜ $\overset{4}{\overbrace{× × × ×}}$ ｜，（三二四）

在表层结构上，A 与 B 相同，都是三音步、十个字，而 C 比 A、B 少一个字，但读起来 C 却比 A 更接近于 B，与 B 所产生的节奏形象相似。很显然，这是由于末尾音步的音长结构相同的缘故。

有的同志认为，诗歌节奏的形成，或在节奏方面给人的感觉，取决于诗歌的每一诗行中音步的数目。从这一理论出发，他们指出了闻一多先生的新格律诗只求字数整齐，不顾每行音步数是否一样的错误，提出了新诗要每行音步数目一致的建议。[1]但实际上，每行音步数目一致与否，既不能决定一首诗的节奏形象是否完整统一，也不能决定不同诗歌的节奏形象是否一样。以六言诗为例。六言诗的节奏形象与五言诗、七言诗显然很不同，但每行的音步数目与七言诗相同，都是三个音步（如按照五言诗为二二一的划法也可以，六言诗与五言诗也同是三个音步）。虽音步数相同，两种句式却不能混用，而三、五、七、九言诗，音步数目虽不同，却可以产生相同的节奏形象，句式也能任意混用。这些现象，只有运用诗歌节奏型理论才能得到圆满的解释：节奏形象不同的诗歌，是由于它们的节奏型不同所造成的。

下面这首诗，更能说明诗歌形式间的区别仅在于节奏型不同，而不在于每行诗句的音步数或字数是否相同。

红枫叶生在山前
深秋时落下山涧
路人要轻轻拾起
若为了爱的情面

（林庚：《北平情歌》）

节奏型：× × × | × × | × × |

这首诗与通常称的七言诗一样，同是三个音步七个字，但在节奏上给人

---

[1] 见何其芳：《关于现代格律诗》，《何其芳选集》，四川人民出版社 1979 年版；臧克家：《新诗形式管见》，《光明日报》1977 年 12 月 24 日。

们的感觉，也就是说，所形成的节奏形象，很不相同。这说明作为诗歌形式的表层结构的字数和音步数相同并不起作用，必须是作为深层结构的节奏型相同。

上面分析的都是有固定格式的形式。其实所谓诗歌的格律，也就是这种形式始终严格地重复着某一种节奏型。

至于现代诗歌中更多的自由诗，当然没有格律，也就没有固定的节奏型。不过，自由诗的形式仍有一个总的规律，在这个规律下，诗人们自己创造节奏型。而且不同诗人的作品，节奏型都有各自的特点。这些我们将在下一节谈到。

诗歌的节奏型特点相同，就可以产生出相同或相近的节奏形象；诗歌的节奏型特点不同，所产生的节奏形象也不一样。我们由此就可以说，那些诗歌的形式是相同的，这些诗歌的形式是不同的。至于诗歌形式的表层特点，如每行诗的字数、音步数等，我们则可以不予重视。考察节奏型的特点，是从实质上对诗歌形式进行分类的唯一途径。

诗歌节奏型的特点，主要表现在三个方面：

一、诗行末尾音步的音长结构。通俗地说，也就是几字收尾的问题。这是产生不同的节奏形象的最重要因素。最常见的是双字尾和三字尾，此外还有单字尾、四字尾。

二、诗行中起主导作用的音长结构，即诗行中大多数音步的音节数。这与音乐中节拍的类型相似，决定一首诗歌进行的风格。

三、诗行中各音步的音长结构是大致相同的，或是各种不同的音长结构的排列规律。

上面几点，必须是互相配合的。各种类型的节奏型，都是对这几方面同时进行有规律的安排的结果。而产生出不同节奏形象的诗歌形式，也都是在这几点上各有不同程度的差异。

掌握了诗歌节奏型的特点，我们就可以根据节奏型，对诗歌形式进行更科学的、较细致的、有层次的分类。

四、自由诗的节奏型与旋律

自由诗，顾名思义，就是形式自由，无固定格式，无固定节奏型。然而，这并不是说自由诗都没有节奏型。不同的自由诗能造成不同的节奏形象，这说明它们具有不同的节奏型。这些节奏型不是现成的和固有的，而是由诗人自己创造的。

每首自由诗虽然有各自的节奏型，大多数却不像五七言体那样，每行都毫无变化地重复着，而是以一种节奏型为主，派生出许多不尽相同、却有共同特点的节奏型。自由诗的节奏型种类无限丰富，并将随着新诗的发展而不断增加。其中，有些较接近格律诗中的某一类，有些却自成一类。如郭小川的《林区三唱》，很难说近似于什么类，却是一种极好的形式（尤其对于它所表达的内容来说）。

一首自由诗，它自身的节奏总是和谐的，每一句或每几句诗行总是重复着有共同特点的节奏型，否则就不可能形成完整统一的节奏形象。这是自由诗的一个基本规律。如：

三伏天下雨哟，	$\overline{××\!×}^{\,3}\;\|\;××\;\|\;×—\;\|$
雷对雷；	$××\;\|\;×\,0\;\|$
朱仙镇交战哟，	$\overline{××\!×}^{\,3}\;\|\;××\;\|\;×—\;\|$
锤对锤；	$××\;\|\;×\,0\;\|$
今儿晚上哟，	$×—\;\|\;××\;\|\;×—\;\|$
咱们杯对杯！	$××\;\|\;××\;\|\;×\,0\;\|$
舒心的酒，	$××\!\cdot\!\underline{×}\;\|\;×\;\;—\;\|$
千杯不醉；	$××\;\|\;\underline{×}\,\underline{0}\;\|$
知心的话，	$×\,\underline{×}\!\cdot\!\underline{×}\;\|\;×\;\;—\;\|$
万言不赘；	$××\;\|\;\underline{×}\,\underline{0}\;\|$
今儿晚上啊，	$×—\;\|\;××\;\|\;×—\;\|$

咱这是瑞雪丰年祝捷的会！　　× ×× | × × |
　　　　　　　　　　　　　　× × | × ×·× | × 0 |
酗酒作乐的　　　　　　　　　× × | × ×·× |
是浪荡鬼；　　　　　　　　　× — | × × | × 0 |
醉酒骂天的　　　　　　　　　× × | × ×·× |
是窝囊废；　　　　　　　　　× — | × × | × 0 |
饮酒赞前程的　　　　　　　　× × | × ×·× |
是咱社会主义新人这一辈！　　× × | × × × × |
　　　　　　　　　　　　　　× × | × × | × 0 |

（郭小川：《祝酒歌》）

可以看出，这三段的节奏型虽然没有完全一样的，但有着共同的特点：（1）诗行末尾音步以单音节为主，而且较短，不占音步的全部时间；（2）诗行中起主导作用的音长结构，是每音步含两个音节；（3）诗行中每音步基本是两音节顺序排列，不同的音长结构较少。

每个诗人都有自己的风格，这风格不仅包括诗作的题材、表现方法、情感、格调等，也包括形式，即节奏型。有些诗人创造出的节奏形象，简直就是他的专利品，别人是创造不出来的。（其原因则属于另一门科学——言语心理学的研究范围。）像郭小川的诗，贺敬之的诗，林庚的诗，其形式都是很有特点，很有个性的。

前面讲的节奏型都是以一行为一个单位的。我们可称这样的为"单节奏型"。但在自由诗中往往复杂得多，有些两行甚至几行才组成一个节奏型。我们可称之为"复节奏型"。如：

我们俩一同向前行，
　　我和我快乐的向导，
我们间一语不交谈，
　　只蔼然相视微笑。

　　　　他穿过闪烁的草原，
　　　　　　和幽静冷落的平岗，
　　　　他拾上高在叠嶂间，
　　　　　　牧羊人寂寞的方场。

　　　　　　　　　　　　　　（周熙良译诗）[1]

　　节奏型：× ×× | × × | ×̄×̄×̄ |,
　　　　　　× ×× | × ×·× | × × |

　　在这里，不能单独抽出一句作为这首诗的节奏型，否则就会产生完全不同的节奏形象。

　　具有复节奏型的自由诗，往往是由更多的诗行组成一个节奏型。如：

　　　　请听：战斗和幸福，革命和青春——
　　　　在这里的生活乐谱中，永远是一样美妙的强音！
　　　　请看：欢乐和劳动，收获和耕耘——
　　　　在这里的历史图案中，永远是一样富丽的花纹！
　　　　请听：燕语和风声，松涛和雷阵——
　　　　在这里的生活歌曲中，永远是一样地悦耳感人！
　　　　请看：寒流和春雨，雪地和花荫——
　　　　在这里的历史画卷中，永远是一样地醒目动心！

　　　　　　　　　　　　　　（郭小川：《刻在北大荒的土地上》）

　　这类例子在新诗中俯拾皆是。不过，更多的情况并不是每首诗只使用一种复节奏型，而是使用几种复节奏型。一种复节奏型重复一次或几次，就再换一种。这几种复节奏型具有共同特点，可以产生同一节奏形象。像郭小川、贺敬

---

[1] 外国诗一经翻译过来，其形式的实质就属于汉语诗歌了。因为它的节奏已是由汉语语音形成的。译诗引自周熙良：《怎样建立新诗的格律》，《文汇报》1962年6月26日。

之的许多优秀诗篇,都出色地创造和巧妙地运用了这种规律。这个现象大部分都出现在较长的诗歌中。

当我们欣赏一些自由诗的时候,能产生鲜明的旋律感。这些诗,都是具有多种复节奏型的。复节奏型不像单节奏型那样不断重复会使人感到机械、单调、呆板。由于它的容量更大,所以它的节奏特点更加丰富、复杂,也更显出形式的活泼与多样化。同时,由于它每一单句的节奏型的重复是相隔几行进行一次,而且这种重复是接连不断的,一句之后下一句仍是相隔同样的行数重复。因此,它能产生出很强烈的回环美,令人有一咏三叹、回肠荡气之感。

诗歌的旋律是在朗诵时产生的,它由音长、音强有机结合而成。这与音乐的旋律很相近。音乐的旋律将音乐的各种基本要素,即音的强弱、长短和高低有机地结合在一起,成为一个完整的不可分的统一体。旋律离开了其他各种音乐要素是不可想象的,因为旋律的表现力和感染力正是通过音乐的各种要素的作用和相互作用来实现的。[1]因此,我们不能说诗歌的旋律就是节奏型或复节奏型。节奏型只是诗歌旋律的一个组成部分,是音长排列的类型。

我们这里讲的诗歌的旋律,虽是广义上的,但它不像人们常说的"美的旋律""青春的旋律"那样含义过于宽泛,而是极接近音乐中旋律的概念。然而在音乐作品中,有一部分只有一个单旋律,如多数民歌、群众歌曲,有一部分是有几个相同的或不同的旋律结合在一起的,如较长较复杂的乐曲。[2]本节所举的诗歌使人产生的旋律感,颇与交响乐给人的感觉相似。而人们一般对旋律的感受和理解,往往是在欣赏交响乐中形成的。所以,我们仅把这样的具有多种复节奏型的诗歌称为有旋律的诗歌。这样称呼更接近于人们的习惯,更易于被接受。然而,如与上面所说的音乐旋律的理论加以比较,可能不够准确。这一点必须申明。

诗歌与音乐不同的是,音乐的旋律是表达乐曲的全部思想或主要思想的,而诗歌的思想是由诗句的语义表达的,诗歌的旋律只是配合内容所表达的思

---

[1] 见李重光:《音乐理论基础》,第221—222页。
[2] 参看李重光:《简谱乐理知识》,人民音乐出版社1978年版,第143页。

想，给人造成一种意境，给人一种情绪上的感受和力量。

从上面可以看出，诗歌与音乐真是一对孪生姊妹，如此惊人的相像。更有甚者，在一些诗歌中，第一次出现的复节奏型，隔几段之后还会出现，有的会出现多次，并在结尾与开头呼应。这真像音乐乐曲中的主旋律不断出现，以突出主题。如郭小川的《雪满天山路》，全诗共十三段，开头、中间、末尾三段的复节奏型是一样的。这样产生的旋律更强烈。

五、诗歌节奏型理论的意义

不同诗歌可以产生不同的节奏形象，这些节奏形象的特色是由各自的节奏型所决定的。相近的节奏型所产生的节奏形象相同或相似，差别较大的节奏型所产生的节奏形象则迥然各异。

因此，节奏型是诗歌形式中起决定作用的深层结构，其他如字数、音步数，则是诗歌形式的表层结构，于节奏形象的产生无重要意义。表层结构相同的诗行，深层结构不一定相同；深层结构相同的诗行，表层结构不见得一样。也就是说，有些诗行的字数或音步数相同，往往节奏型不同。节奏型相同的诗行，字数或音步数也未必一样。由此可见，节奏型是诗歌形式的最根本的因素，是诗歌形式之间的根本区别。

在研究工作中，我们运用节奏型理论，将可以更好地解决诗歌形式的分类问题。对某一事物进行分类，必须抓住该事物的本质特征，对于诗歌形式来说，则必须考察节奏型的特点。根据节奏型的特点，以其产生的节奏形象为检验标准来划分诗歌形式，就会避免过去那种过于空泛的现象，把有内在联系和共同规律的形式各归为一类。并且，还可以根据节奏型特点的主要方面与次要方面，对诗歌形式进行有层次的划分。在某一大类节奏型里，又分成若干种有着共同特征又不完全相同的小类。当然，这里只是从理论上来论述，具体进行分类，尚需要做大量的细致的工作。

节奏型理论既然找出了诗歌形式的根本因素，我们就可以在研究工作中，抓住节奏型这一主要环节，不再像以往那样，一味纠缠其他各种枝节问题。这样,我们有可能在诗歌形态学的研究中产生新的突破,并开拓新的疆域。

在创作实践中,使用节奏型理论就可以自觉地创造出更加完美的诗歌形式。一首好的诗歌,其节奏形象必定是和谐而完整的。这是因为全诗中所使用的节奏型是统一的。如果节奏型特点不同的诗句杂糅在一起,就不可能形成节奏形象。如果一首节奏型统一的诗中,掺杂着一两句节奏型特点不同的诗行,就会破坏这首诗的节奏形象的和谐与完整。在乐曲中,运用某些具有强烈特点的节奏型的重复,使人易于感受、便于记忆,也有助于乐曲结构上的统一和音乐形象的确立。[1]在诗歌中,节奏型也有同样重要的作用。这些都是在创作过程中,首先应予以注意的。

节奏型是诗歌形式的最根本的因素。形式是为内容服务的。因此,一首诗的节奏型应该服务于这首诗的思想、意境、情调。各种节奏型都有各自的不同程度、不同倾向的表现力。有的宜于叙事,有的宜于抒情;有的豪放,有的委婉;有的庄重,有的欢快;等等。无论在体裁、风格、情绪等各方面,都有不同的节奏型能予以表现。因此,我们在进行创作实践的时候,应根据内容的各个方面的需要,选择或创造出相适应的节奏型,力求达到形式与内容的高度统一。

诗歌节奏型理论,在诗歌形态学中占有很重要的地位。掌握这一理论并运用于研究与创作实践,就可以自觉地创造出更优美的节奏形象,创造出更能完满地表现不同内容的诗歌形式,使新诗的形式更加丰富多彩,更加富有美学价值,从而为我们的诗歌发展开辟宽广的道路。

原载《诗探索》总第 11 辑(1984)

---

[1] 李重光:《简谱乐理知识》,第 39 页。

诗的形象化和形象的逻辑结构

丁 芒

一、形象思维是文学活动的主导性的思维方式

形象思维，是文学活动的主导性的思维方式，贯穿于整个文学行为的终始。尽管抽象思维必然出现于文学进程之中，并对形象思维产生着提炼、指导、生发、组织等等作用，与形象思维相互形成矛盾的辩证运动，然而抽象思维始终不能代替形象思维在文学活动中的主导性。

叙事文学与抒情文学，在文学造型的要求上各不相同。叙事文学以塑造人物形象为其直接目的；而抒情文学虽然其终极目的也是塑造人物形象（包括抒情主人公的形象），但直接表现出来的，却是通过一个或一组意象传达出的某种思想、感情、志趣、情操等等，使人间接地感觉到人物的形象。但从表现方式的角度来看，直接塑造人物形象的叙事文学，却往往采取间接的描述手法，作者不在作品中出现，即使使用"第一人称"的写法，"我"也并非就是作者自己。而间接表现人物形象的抒情文学，却往往采取的是直抒胸臆的手法，作者自己就是抒情主人公，尽管有些诗也可能涉及别的人物，但"我"却是其中唯一的主要人物。这种在塑造人物的直接与否和在表现方式上完全相反的特性，就决定了叙事文学与抒情文学在形象思维上的不同的特性。

小说对语言形象化的要求并不那么严格，在塑造人物的方法上也宽得多，

作者可以通过故事的情节、通过细节的描写、通过人物间的对话、通过独白，甚至通过抽象的叙述、介绍、概括，只要有助于塑造人物性格，各种手法都可以运用。而抒情诗因为塑造人物的目的的间接性和方法的单一性，加之篇幅力求短小，这就产生了对诗的语言比其他任何文学样式严格得多的要求。这种严格要求，首先表现在形象化方面。当然，锤炼、质感、力度、结构、音乐性等等，都是诗歌独有的语言要求。为什么形象化是诗歌语言的基本要求呢？

简单地说，文学莫不要求形象化。诗既然是文学中的文学，形象化的要求当然应该更高。再说，诗要求最精炼的语言，传达尽量多的思想感情。而形象化的语言，才是最精炼的。这里边又有一个矛盾的辩证统一。本来应该说抽象的语言是最精炼的了，它是从众多形象中概括起来的。然而，抽象的语言充满着"感染性"，它只能授人一个概念，却没有什么可感知性，只有生活阅历丰富、有足够的形象记忆的人，才能从中获得一点形象的联想启示。而即使可以给人一些启示，它也是不鲜明、不生动，往往还是不确定的。唯独形象能给人以鲜明的印象、生动的启发和确定的理解，这就是形象的可感知性。但形象语言有个天生的弱点，就是它的概括的素质远不如抽象化的语言，因而往往容易挂一漏万、词不达意，甚至产生"跛足"，也就是只能达到片面的理解效果。这就要看作者选择形象和表达形象的功力深浅了。

因此，形象化也是诗艺术、诗审美的不可或缺的因素。

二、怎样准确地选择形象

怎样准确地选择形象，当然是写诗时面临的一个重要的课题。一个事物，往往可以找到许多比喻；一个思想，往往可以找到许多"衣裳"。哪一个更合适呢？选择的标准是什么呢？我想，从外观来说，起码要有这样一些条件。

选择的形象必须符合客观可能性。这是不言而喻的。如说，雾像溪水一样流淌着，这不确切，雾只能像烟像云那样氤氲。当然，有风来，雾也可以流淌，却不能像水那样流淌。这个比喻超过了雾的客观可能性。这是一方面。另一方面是比喻物本身的不合理。我曾用毛毡塞在喉咙里的感觉，来形容夏天的酷热。虽然读去可以约莫体味到是什么感觉，而毕竟谁都没有经验这样的事，它超过了客观可能性，因此使人感到不真实，当然从而也就减弱了形象化的效果。

还有个起码的条件，就是状物与被状物之间的贴切感。说叶子像铁片似地落在地上，显然不贴切，这两者即使在外形上有可能相似，也是很勉强的；而主要特征，如重量，就相去甚远了。假如这一形象化手法，主要还是为了表达整个的沉重感的，我认为就更不贴切。因为既然是要引导读者专门去注意叶片的沉重，而偏偏不贴切，使人觉得滑稽可笑，那么整首诗的效果，就会因此而受到破坏。

总之，运用形象化手法，在状物与被状物（包括实体和虚的思想、感情等）之间，必须具备客观的可能性、主观的贴切性，这样才能产生逻辑上的稳定感，用日常的语言说，就是站得住脚，屁股坐得稳。这恐怕是对形象化手法的最起码的要求了。

有一种形象化手法却是例外，它可以违反客观可能性和贴切性，不但不影响稳定感，相反能使人别开生面、加深印象，产生感觉达到异乎寻常程度的效果。这就是运用"通感"的形象化手法。通感，就是指视觉、听觉、味觉、嗅觉、触觉等感觉上的沟通，也就是用一种感觉上的形象，来描写、解释、丰富另一种感觉情况下的事物形象。例如：

晴空中，鸽铃的声音
像阳光在闪烁。

鸽铃的声音，是听觉中的事物，却用"阳光"这个视觉形象来形容它，看上去似乎风马牛不相及，不贴切，也无客观可能性。然而，我们却一点也不感到不合理，站不住脚，相反觉得这样形容，比正面形容更形象、更贴切、更传神、更实在，似乎可以触摸得到。这就是运用通感的形象化手法所达到的异乎寻常的效果。不惯于欣赏诗的人，往往以可能性和贴切性来责备"通感"手法，不知这恰恰是写诗的一个"秘密武器"，运用了它，无异给诗人想象的翅膀，开辟了一座几倍于原来规模的广阔的翱翔空间，使形象化手法，向更多的角度打开了大门，从而大大丰富了形象化的表达能力。

现在，"通感"的手法已经被大量运用在新诗的创作中，给诗增添了无穷绚丽斑斓的色彩。但通感也还是要讲究一个"通"字，也就是要真正的"通"得过去，否则就容易产生生硬、晦涩和似是而非的迷幻感。

  波浪上流淌着
  一声声渔歌，
  晚霞发光的翎毛，
  就是迸溅的音符。

渔歌的声音，现在用视觉形象的波浪来形容它的流淌，用发光的翎毛来比喻晚霞，是视觉形象，又用听觉的形象——音符来比喻它，并且把感觉又回复到听觉上去。这样连环性地运用了"通感"，使人从视觉角度去丰富了听觉感受，又从听觉角度丰富了视觉感受。就感到这段诗色彩鲜亮，声音动听，一幅渔歌唱晚的动人情景如在目前，如在耳边。反之，假如写成：

  波浪流淌着，
  渔歌声声唱着，
  晚霞发亮地照着，
  音符在迸溅着。

一件件事物平列地排在一起，互不关联，读去就索然无味。又如写成：

  波浪咀嚼着黄昏，
  渔歌吞咽了晚霞，
  音符迸落在光的缝隙里……

虽然也使用了"通感",但就不知所云了。

三、诗要求形象化具备哪些素质

我们要求诗要形象化,不仅因为它是一个方法问题,也因为它是一首诗的有机组成部分,是艺术水平高低的一种标志。形象化运用得充分、丰美的诗,会促使主题深化,会收到更高的艺术效果。

那么我们要求于形象化的,概括起来,是要它具有哪些素质、在哪些方面发挥作用?

我想,首先应该注意的是:是否具有准确的解释性的素质。就是说,对被状事物或被状的思想、情愫,要能起到解释的作用,使读者通过这一形象化的形容、譬喻,了解被状物的形貌、性质等等外形或内涵,或者了解其某一方面的特征、功能。对有些复杂的事物或情思,一个形象化的形容、譬喻,不足以解释其全部性状,还需要运用重叠的、系列的、多侧面的形象化手法。如:"金属般的歌声",对被状物"歌声"作了"金属般的"解释。因为歌声有的柔软、有的粗犷,音色有的火热、有的灰暗,音质有的微弱、有的洪亮。这里的歌声是专从音质方面被解释着的,这是为了适应全诗的需要:主题的表达、抒情格调的一致,或抒情的呼应等各种因素的需要。解释,也可以是一种限制,一种求得更为准确、更合乎全诗逻辑需要的限制。顺带说一句,有些比喻虽然不是什么具状物,但由于它可以立即引起人们形象的感觉和联想,仍然起着形象化的作用。如"你的嗓音纯得发蓝""笑倚着秋天的前胸""他把叹息投向流水",蓝、秋天、叹息这些词,本身并没有什么形体可言,然而读去却能给人形象的感觉,甚至像"意志被举向半空""他把悔恨轻轻地呼出来",意志、悔恨这些纯抽象的词,却也能给人形象的感觉。由此可知,抽象的东西有时也可以作为形象来运用的,正如非人的事物可以加以人格化一样。有时这种手法还会起到更为深刻、奇特的形象的效果,这和"通感"是完全一样的道理。现在,这些手法已经被诗人们广泛地采用了。

第二,我们选择运用的形象,应该具有尽可能多的开拓的素质。我们不能光是满足于解释（包括限制）被状物，形象化更重要的功能是要引导读者的想象广泛地开拓出去，凭借作者提供的形象的"基地"，使想象起飞，循着甚至越出作者的想象的航线翱翔。不是说一定都能达到这样的艺术效果，但是诗作者应该向这个方向努力。例如，在一首写水兵的诗上有这么一句"举起太平斧砍断你的目光"，是说水兵离岸入海游泳。这里就有着丰富的形象内容，作者把水兵比作军舰（军舰的人格化），又把水兵的目光比着缆绳，隐喻水兵对祖国的依恋。而这些意思都隐蔽起来，只用砍太平斧这一形象轻轻一点，读者却完全可以从这一形象中联想到它所暗示的许多内容，甚至提供了更多的想象余地。

有时，在一个形象中可以同时具有解释的素质与开拓的素质，两者结合一起，互为表里。例如有一首诗中说一位老农：

　　他将五月放进嘴里
　　悠然地
　　嚼出了麦香

其实是说，五月里，老农将麦粒放进嘴里咀嚼，用这个行动来抒写他的悠然陶醉的心情，是一个解释性的形象。但作者把句子变过来，说他将五月放进嘴里，悠然地咀嚼。这却使人产生了其他联想，老农不是嚼的麦子，而是咀嚼的收获季节的喜悦，甚至是嚼的（品赏的）新时代甜蜜的岁月。这样一写，就同时具有了明显的开拓的性质。

第三，我们选择、运用的形象，应该具有深刻的启示性素质。前面说的开拓性素质，当然也包含着某些启示性在内，但主要是从拓展广阔的想象空间而言，启示性素质则着重指的是向深度的定向暗示、定向引导、定向探求。诗如果能给人们一些理性的启示，要读后觉得有所触发、有所领悟，想得更深更远，才算是好诗。至于那些读而无味，读后只是让人知道了这么回事（甚至使人茫然不知所云），这些诗不能说一概没有价值，但起码可以说不是什么好诗。诗，又要求不是通过抽象的说理，而是要通过形象达到这个目的，就非要依靠富有启示性的形象化手法不可。全篇诗围绕着富有深刻意义的主题展开，运用的形象手法，当然都要力求富有启示性。而结句对此素质的要求，就更为紧要。往往一首诗的成功，结句能起到一半的作用。现在举三首诗的例子来做个比较，可能帮助我们说得更清楚些。一首诗是写照镜子的少女，只顾打扮，而"事业心却躺在软软的沙发上懒懒睡去"，结句是这样写的："推移的时间只给她／留下一片青春的废墟"。这样有力地总结了上文，形象地点出了主题，应该说是一个好结尾。但读去却总感到不足，原因就在于结句处于"收"势，启示性虽有，不多，基本是一个解释性的形象句。第二个例子是一首短诗。说团支书自荐当生产队长，立下军令状，结句是"社员们的掌声把整个农村抬了起来／抬起来，放在他那宽阔的肩上……"很形象，很有气势，启示性要比前一首结句大一些，使人马上觉到这个小村放在肩上的重量感，想到这个青年队长的魄力等。但这种想象似乎仍受着一定限制，也就到此为止了。第三个例子是写一个女画家画一幅高寒山镇的晨景，采一朵山菊花插在画架上，最后一节是这样写的：

　　于是，在那酥软的峰峦上
　　枕着一个解冻的梦，
　　梦的花瓣决不会在梦中凋零，
　　不会付给刚看见就成为历史的冷风

　　结句的形象，已经从原来的基础上（画冬山的画架上插一朵山菊花）发展了、前进了，处于"放"势，把山菊花说成是一个梦，枕着画上的峰峦，再进而说花瓣不会在冷风中凋零。这就远远不是解释性的结句，而是发展了的、又带着丰富的启示素质的形象了，但却又规定了启示人们向深处思索的方向。

　　我们从这三个例子的比较中，可以得出如下的结论：

　　（1）结句的形象化，最好要在前文的基础上向前流动，有所发展。

　　（2）最好少一些解释性的素质，多一些启示性的素质，即尽量避免处于"收"势，力求增加"放"势。

（3）要给读者提供定向的启示，即沿作者形象暗示的方向去思索，而不是使人感到扑朔迷离，陷入迷魂阵，这恐怕也是许多诗晦涩难懂的原因之一。

解释性、开拓性与启示性这三者，我认为是形象化的三个基本素质，可以一身而三者兼具，也可以只具备一个，如果连一个也不具备，那就是很平庸的形象了，它对被状事物、对整首诗的作用，也就很有限了。当然，这是概而言之，并不否定个别场合某些形象会具备特殊的素质、起着特殊的作用，这里就无法一一列举了。

四、诸多形象的逻辑结构

单一的形象化句法，当然也有个结构问题，但不外乎语法结构中，主语、谓语、宾语、补语等等的位置配当、变化，以及省略、加强、置换、重复等种种手法的运用，许多是纯粹属于语法修辞学范畴的，就不多说了。这儿只是谈谈新诗中诸多形象之间的常用的结构形式，有的是自己实践中运用过、觉得尚有一定的逻辑价值的。新诗因为尚属摸索前进阶段，没有像旧体诗词那样，在形式上相对固定下来，而是百花纷呈，体例繁杂，人各一体，诗各一格。要把各种各样的形象结构形式都罗列出来加以研究，没有可能也没有必要。从比较多地被人运用的几种结构形式中，探索一点规律，倒是可以的。

（一）一干多枝的逻辑结构形式

当一首诗要分多侧面、多层次、多阶段地描写一件事物时，就要找出一个和这许多形象有着密切内在联系的总的形象，来进行统率，以求形成一干多枝的逻辑结构形式。例如，我曾在一篇文章中专门谈过我写《雁荡山，雷的家乡》一诗的体会。雁荡山的奇峰、铁嶂，给了我感情上的极大震动，就想写点什么，如果一景一景地写去，也不知可以写上多少，太琐碎。我想写一首总的概括全山的诗，这首诗当然要做多侧面的描写，但又要避免一般化。后来我就想到了用雷的形象来概括雁荡山，而把石笋峰、铁城嶂、大龙湫等景物的抒写，都附丽在各种类型的雷的形象上。于是，在我心上就形成了围绕雷的形象化手法构成的一干多枝的逻辑结构图像，写起来也就几乎是一气呵成，气势直贯到底。

（二）向心凝聚的逻辑结构形式

当要多侧面、多层次、多阶段抒写的，不是一个具体事物，而是一个抽象的思想、愿望、情愫但难于觅取一个总的形象，或者无法以一个总的形象加以贯连时，就可以用这个主题作核心，吸附众多的生活形象，使这些形象向心凝聚，像一粒灰尘吸附空中的水汽形成雨滴一样，形成向心凝聚的形象的逻辑结构形式。我写《家书》时，就是运用的这种结构形式。我写信给当炮兵的儿子，无非说要他安心守卫祖国，这个思想固然老一套，且没有什么骨干形象可资依托，确实不大好写。后来，我就用这个主题思想作为核心，调动我的生活经验，从各个侧面、各个层次来写，每一个形象都是为了说明、阐发、丰富主题思想。也许一两个形象的运用，难以使这类老掉牙的主题思想有什么新意，而经过多方面的描写，主题思想的立体感就强了，也有了较为深刻、新鲜的开掘。我在一篇专文中曾谈过详细情况。所以，作诗根本是要看你的立意、生活经验、功力等等，但在具备各种条件的时候，一个形式上的问题——形象结构的问题，却能给全诗的成败好坏以举足轻重的影响。

（三）离心辐射的逻辑结构形式

当和上述情况相反，需要多侧面、多层次、多阶段地调动形象加以抒写的，恰恰是一个具体事物，而不是一个抽象的思想、愿望、情愫，同时又不需要如第一项所说的要找出一个和许多形象都有密切内在联系的总的形象，这一事物本身就是可资依托的形象，就可以采取离心辐射的逻辑结构形式，辐射出去的许多形象都是这个主体事物的光芒。许多写英雄人物的诗篇，往往采取这种结构形式，英雄人物的许多具体事迹，都用形象化手法加以描述，像一道道发射出去的光芒。也有的诗为了避免呆板、雷同、笨拙，把主体事物用一个富有象征意义的具状物代替，然后从这个具状物把这种"光芒"折射出去，可以取得新鲜、巧妙的艺术效果。例如有一首写张海迪的诗，就是用她的轮椅作为主体（张海迪）的象征性代表形象，来辐射"光芒"，这些"光芒"也都是从轮椅上生发开去的各种分支形象。其实，其形象的逻辑结构形式，并没有改变。

（四）进行型的逻辑结构形式

当诗中抒写的主体是一个进行型的事物，需要通过形象来展示其进行中的各个阶段、各个环节的状貌、能量、作用、意义，就可以采用进行型的形象逻辑结构形式，就像山溪流水一样，即使曲折回旋、东碰西撞，然而方向不变，川流不断。如有一首诗，主体是辛勤培育学生的教授，诗人把白发教授比作雪山，把他的语言比作春水，把听课的学生比作土地，把知识比作种子。通篇就像一溪春水，从头流到尾，虽然运用了种种形象的比喻，却都是从一个源头上流来的。

我觉得运用这种结构形式，有两点似应注意，一个就是形象之间的顺序性。如果说，前面讲的几种结构形式中，分支形象之间的排列顺序问题，还不需要严格要求的话，这种进行型的形象结构形式在这方面的要求，却是最重要的。形象的顺序正是表现了主体事物的发展面貌，如果顺序紊乱、跳跃，就会使人印象错乱、闪烁、跳跃，而捉摸不到主体事物发展的红线，诗的艺术效果就会受到影响。晦涩诗之所以晦涩，形象的不连贯，跳跃太大，也是原因之一。而维护这种技法的人，却还美其名曰现代化，认为是原子时代、高速公路时代诗的形象化，也应该是跳跃的、闪烁的，不能按部就班。其实艺术手法怎么能和物质生产上的现代化混为一谈呢？物质生产尽可以现代化，但艺术还有它自身的规律，要不然，太空时代的诗又该是什么样子呢？

运用进行型形象逻辑结构形式，还要注意形象之间的承接性，也就是这些分支形象之间的因果关系、启承关系。这也是在顺序性的要求下派生的一个要求。好比链环相套相接，如果链环之间关系紧密，那么这个顺序就显得完美结实、自然顺畅，也会加强诗的说服力（感染力）和审美效果。如前例，春水是山雪融化产生的，水必然流入土地，种子是种在土地里的，经水的灌溉，就会发芽生根、开花结果。这种内在联系（因果、启承关系），一环套一环地运用在这首诗的进行型形象系列之中，就产生了逻辑的紧密感、稳实感。

以上四项，是从整首诗的形象结构角度进行探索的。而在一首诗中，还常常出现各种具体情况：一组一组的形象如何配当？大形象与小形象、动和静的形象、虚与实的形象，如何措置才更妥帖？运用之妙，存乎一心，很难一一论及。这里只好概括起来，撮其要点，谈一点个人的看法。

（1）不管是并列的单个形象也好，还是并列的形象组也好，都应该力求使用互有内在联系的形象，并注意暗示它们之间的内在联系，力求形成内在结构上的紧密感。七零八落，一盘散沙，东一榔头西一拐杖，总是不好的。内在联系的情况很多，有因果关系、启承关系、呼应关系、比较关系、烘托关系等，都能使人产生统一的审美感受。

（2）但"统一""集中"不是唯一的审美标准，"分""散"在一定的情况下，也是一种美。当散而能"收"，"散"会给诗的结构上带来旋律般的美感。一味地紧密、统一，短诗则可，稍长的抒情诗就会缺乏节奏，就易使人"疲劳"，这也是文艺心理学的一个现象。因此，我们运用形象时，应该注意放和收、集和散、统和分的辩证关系。这也是考虑诗形象的逻辑结构形式时，要掌握的一个指导思想。

（3）要特别注意运用好对立形象。对立形象是指静止型的形象和行动型的形象、正面的形象和反面的形象、虚写的形象和实写的形象、宏观的形象和微观的形象、客观的形象和主观的形象等同时出现的两种相反的形象。运用不好，就会形成不协调、不和谐、激荡、突兀、互相矛盾的情况，显然对诗的艺术感受是不利的。但，对立的矛盾双方却又常常是互相依存、互相生发的，这是矛盾辩证运动的一条普遍法则。我们在处理对立形象的时候，当然完全可以运用这一条法则，变不利因素为有利因素，甚至可以争取到比一般情况相反要好得多的艺术效果。例如，我们在接连使用了几个实写形象之后，忽然来一个虚写形象，就会造成天地一宽、豁然开朗的感觉；接连使用了几个行动型的形象之后，忽然来一个静止型形象，就会产生更加强烈的沉凝的理性的力感。对立的形象还往往能起到反折的艺术作用，正如波浪在行进中能产生浪花，但遇到礁石的阻挡就会激起百倍壮观的浪花来。我在一篇文章中，曾用一首诗为例说明这个问题，这长诗一连用了四个行动型的形象小苗、小鸟、鱼和园丁来形容一个教育机构，最后突然用了一个静止的形象（期待的眼睛）。这种对立的形式结构，就产生了一定的意外，意外就有了力感，就足以概括上文，开阔意境，宕开韵味，而且具有相对的稳定感，全诗结束得稳稳实实的。推衍开来说，实写的系列形象用虚写形象作结，微观系列形象用宏观形象作结，都是可以起到这种奇特、有力的概括和开阔的艺术效果的。这也应该是一种合乎矛盾辩证法则的形象的逻辑结构形式吧。

（4）电影中的蒙太奇手法，也可以作为我们处理诗的形象结构时的借鉴。林格仑说过，蒙太奇的基本心理学基础是：蒙太奇重视了我们在环境中随注意力的转移而依次接触视像的内心过程。电影是用画面记录物象和重现运动的。它运用了蒙太奇后，就能准确地重现我们通常察看事物时的方式。我觉得这种说法，和我们写诗时运用形象化的内心过程是一致的。我们进行形象的逻辑结构时，完全可以运用蒙太奇手法，即按照我们通常察看事物时的方式来结构一系列形象。循着这条心理的线索，我们可以突破时、空的一切限制，运用电影"闪回""跳接"之类的手法，将眼前的事物，与万里之外、千古以前，和耿耿星河、莽莽荒原衔接起来，从而无限开拓我们的想象能力，在更广阔的时空范围里猎取形象，乃至把实际上互不相干的事物也艺术地连接起来，构成动人的形象，丰富我们的诗歌。当然，在进行形象的结构时，仍然需要依据人们察看事物的正常方式，而不是搞什么炫奇标异。

总之，写诗千变万化，不能定出几种模式来。但多一些探求，总比没有这种探求好。规律性的东西，总是存在于众多的无规律的现象之中，不去寻觅探索，永远也无法认识和掌握。而认识和掌握一些规律性，对我们破除某些盲目性、增加些自觉性，总是有益的。

有人说，在文学领域中最具有结构美的是小说。也有人说，在艺术作品中，最具有结构美的只能是电影。但是我同意这样的说法：各种艺术，都有其再现现实的特殊方式，因而都具有特殊的结构美，彼此既不能互相代替，也难于断言孰优孰劣。这是比较公允的说法。

诗自然也有它特殊的结构美。主张新诗散文化的，标榜错综美；主张格律诗的，提倡整齐美、对称美、音韵美，等等。本文所谈的诗的形象结构问题，当然也属于诗的结构美的范畴。电影在考虑其结构美的内容时，摆在首位的问题就是画面的构图与画面之间的连接方法。画面是电影的构成细胞。而诗的构成细胞是什么？文字是工具，等于电影的摄影机，且不是诗歌这一种文学样式所独有。诗的构成细胞应该说是形象。因此，研究诗的形象化和形象与形象的连接方法，自然也就应该考虑诗的结构美这一首要问题了。这是我研究这个问题的基本动机。

原载《诗探索》总第 12 辑（1985）

论当代诗学理论建设的"语言论转向"

陈旭光

一、背景与现状：语言论转向／海德格尔影响

在我国当代诗学理论界，正进行着一场类似于西方20世纪以来直到现在仍在持续变构的"语言论转向"（Linguistic Turn）的"范式革命"。所谓"语言论转向"，本是当代西方学术界用来概括西方20世纪哲学、美学、文艺学诸领域研究范式之革命性变革的术语。这场肇始于索绪尔语言学的"哥白尼式革命"涉及了几乎所有人文学科，开启了对文化、人、文学艺术等的全新理解。

于是，正像语言论哲学取代本体论和认识论的哲学而跃居"第一哲学"一样，以语言为中心的语言论美学或诗学也迅速取代了以理性为中心的认识论的美学或诗学。在诗学理论领域，从20世纪初的俄国和捷克的形式主义开始，历经英美新批评、法国结构主义、后结构主义，都把研究重心放在语言上，都突出并强调了通过语言而构筑起来的作为自足整体的作品本文——一个确定的、独立自主的、可以做科学分析的结构"本体"。甚至如阿尔都塞、杰姆逊等人的"西方马克思主义"，以及近年来风靡全球的"新历史主义""后殖民主义"等等侧重于意识形态、历史、文化的批评流派，都从未离开过语言这一中心。它们都或者片面夸张"语言结构"的本体崇拜，或者极力寻求意识形态批评同语言论途径新的结合，的确如伊格尔顿所言："语言，连同它的问题、秘密和含义，已经成为20世纪知识生活的范型与专注的对象。"

作为"第三世界文化"的当代中国之诗学理论建设，也无法离开这个全球性文化大语境的制约和影响，它必然以自己独特的接受共振方式做出自己的呼应和反响。然而，正如阿尔都塞提出"多元决定论"[1]（Overdetermination），主张任何现象都不会是线性因果律的"单元决定"而是多元决定，当代诗学理论建设的"语言论转向"也必然是内因、外因多种合力共同作用的合理结果。

除却西方"语言论转向"共时影响的外因，来自当代中国文学创作实际及诗学研究现状的内因自然更为本质。首先，文学创作本身的艰窘、矛盾和困境必然最终归结于语言的困境。因为语言正是创作所面对的直接存在和"第一现实"。而从新时期"解冻"以后的文学历程看，无论是小说、诗歌抑或散文，作家诗人们都前所未有地格外体味到一种"语言的痛苦"。正因为长期以来强加于文学的众多外在规约和束缚（"他者"）相对解除了，较全面的创作自由逐渐实现了，文学本身的困境即语言的困境最终明显地凸显了出来。"语言的反叛""文体的革命""反文化语言""叙述的圈套""语言的游戏"等等，都直接地把语言问题具体地凸显在文学操作的实际中。其次，从当代中国诗学理论的现状看，我们的当代诗学理论形态主要不外乎两种，一是认识论诗学，一是体验论诗学。前者明显受苏联美学的影响，主张把审美从根本上看作一种认识，强调内容决定形式，并对"美的本质"等问题津津乐道，乐此不疲。后者则不妨说是中国古典体验美学与19世纪德国体验美学相交合的产物。它把审美体验视作中心问题，强调文学艺术的诗化特征，同时也使诗学理论诗化和经验化。体验论诗学和认识论诗学虽各有侧重，但归结到语言问题，则异曲同工：都对语言采取"工具论"或"材料主义"的态度，忽略语言对于创作主体的本体意义和先在性地位，总是在传统的语法修辞和内容载体的风格表观或"工具主义"的层面上浅尝辄止。体验论诗学重心灵体验而轻文本，虽间或关注形式，但又往往将形式（语言）神秘化；认识论诗学则重内容而轻文本和形式，强调语言所叙述的世界而忽略语言本身。究其底，中国当代现有的诗学理论形态无

---

[1] [美] 弗·杰姆逊：《后现代主义与文化理论——弗·杰姆逊教授讲演录》，唐小兵译，陕西师范大学出版社1986年版，第64页。

法发掘语言的奥秘,更遑论对创作实践加以引导。

外因和内因既适时又合乎情境之恰当的多元合力,引发了当代诗学理论界的"语言论转向"。而若再深入一步细究之,则不难发现,当前诗学理论界所受的西方影响,主要是来自海德格尔的"语言本体论"观点的,而来自索绪尔一方的影响及其在中国本土的转换生成,则相对薄弱得多。从某种角度讲,西方20世纪的"语言论转向"大致是通过"科学主义/人文主义"两大方法系统而各自展开,并在某些思想流派或阶段中趋于二元融汇的。"科学主义的语言论"以索绪尔为肇始和代表,"人文主义的语言论"则正是以海德格尔为集大成者。

而在当今大量的诗学理论文章中,在诗论界"语言意识空前觉醒的强化"的大趋势中我们不难发现论者对海德格尔哲学及其语言论的虔诚"皈依":"语言的存在本身是一种生命的存在"[1];"诗歌语言不是'工具的语言',而是存在的语言"[2];"语言的觉醒,典型地表现在作为'此在'的诗人如何重新获得语言的权利"[3]。从诗学论著看,刘小枫的《诗化哲学》、王一川的《意义的瞬间生成》、余虹的《诗与思的对话》等,都无一不是竭诚标举海德格尔思想的。

正如西方20世纪的"语言论转向"波及和辐射了几乎整个西方20世纪的所有人文科学,当代中国诗学理论界的"语言论转向"及转向中的"海德格尔热"也不妨置于当代人文科学思潮及文化转型的时代大背景中去考察。有关海德格尔理论的译介倡扬,肇始于叶秀山、刘小枫、刘东等人。在当前我国知识界的精神聚焦点集中在"寻找精神家园""终极关怀与灵魂救赎""中西文化碰撞及价值失范"等问题上的时候,刘小枫等人力倡"自现代中西比较文化兴起以来,一直为中国现代思想家所忽视或轻视"的"古希腊逻各斯主义与希伯来精神结合而确立起来的基督教文化传统"。这种传统认为"只有救赎的神恩和神性的至爱才是永恒的生命",强调自救与救赎。而海德格尔的基本本体

---

[1] 山杉、华钧:《现代诗"语言问题"初议》,《星星》1988年第4期。
[2] 钟文:《语言的樊笼》,《诗刊》1987年第12期。
[3] 康华:《现代诗:语言的自觉》,《诗歌报》1987年11月21日。

论，正是致力于此种传统的恢复的。海德格尔通过其"语言本体论"和诗学观所内在表达的关切重心，正是直接指向"在"的去蔽和显现，指向"将达夜半"的贫乏世界和沉沦于物的"常人"之拯救和超越，并以诗学来重现和追踪隐去的神的踪迹的。正如刘小枫指出："在海德格尔那里，诗则干脆成了思的源头，诗学最终不得不出来填补价值的空虚……从实质上看，它不过是一种神化诗学。"因此，当代诗学理论建设的"语言论转向"及在转向中明显表现出来的独钟于海德格尔的"海德格尔热"，正是文化转型、价值失范、民族思维特性等内在深层原因与对外在影响之反响、呼应与契合所致的必然结果。

然而，恰如新时期以来整个文化建设因为难以从容适应关闭过久而又骤然放开的复杂态势，而无可避免地表现出较大程度的无序混沌的"失范"状况，处于中西文化大交汇之中的"语言论转向"，亦无法脱逃相似的命运。对海德格尔"语言本体论"的深信不疑、全面"皈依"及单向度的毫无批判选择的接受、科学主义语言论的缺失，都可谓是这种"失范"的各种表现。

为此，我们有必要对海德格尔"语言本体论"进行客观中肯的分析透视，及至反思和检讨，以期对当代中国诗学理论建设有所裨益。

二、透视与剖析：生存的世界／在的房屋／诗人何为

要理解海德格尔的"语言观"，当追本溯源，先探究其博大精深的哲学思想。从此角度看，其"语言观"基本上不妨视作其哲学观在语言问题上的进一步阐发和转换生成。

海德格尔的哲学是一种以人为中心的基本本体论，他宣称传统的西方形而上学，一向以现成的、被规定了的东西——"在者"入手来讲本体论。哲学家们貌似谈论"在"，实际上是指存在着的东西即"在者"。然而"在"却在一切"在者"之先，没有"在"就没有"在者"。哲学的任务是要追问"在者"的这个"在"，"'在'为什么在？""在"怎样在？也即"在"的意义问题。与此相应，在语言问题上，他也区分了所谓一般的"语言言说"(Say)和在此之前的"本真的言说"(Say)。我们平常所津津乐道沉溺于其中的言谈（尤为突出

的表现方式是"闲谈")充其量亦不过是一种一般的非本真的"语言言说"。在他的"基本本体论"中，海德格尔又确立了人对"在"的优先地位，因为人是一种特殊的"在者"，人能有一种对"在"的领悟，他自己能够决定自己"在"的方式，追问自己如何去在。而且，只有人（即"此在"）才能提出"在"的意义问题。同样，在他的"语言本体论"中，则是诗人所创造的诗（即"诗性言说"）最接近于"本真言说"。诗人也因为进行"本真言说"而亲近"在"，聆听到"在"的呼唤和启示，由此获得了"在的看护人"的至高无上地位。

海德格尔首先强调："语言是我们生存的世界。"在海德格尔看来，传统的语言观往往只是把语言看作为"在者"，仅作为诸多存在物之一种来看待。而海德格尔则一如他区分"在"与"在者"，强调"在"先于"在者"的本体论地位，海德格尔也认为语言这一"在"的房屋，是先于个体人即"在者"的。"语言总是作为他或她有所施展的领域存在于个别的主体之前。"[1]从人的独特意义来看，只有存在语言的地方，才存在世界。一个混沌未开化的世界是非人的，毫无属于人的价值和意义的，任何事物、任何性质，只有进入语言阈域，只有通过内心语言的积极参与，并在语言中占有一席之地，才能实现其人化的存在。正如海德格尔所说："我们总是以这种或那种方式不断地言说。……语言属于人之存在最亲密的邻居。我们处处遇到语言。所以我们将不会惊奇，一旦人思考地环顾存在，他便马上触到了语言。"[2]因此，语言和我们生存的世界在实质上都是一体或同一的。它们都和人构成互为本体的关系，正是在语言里面，人和世界相遇在一起。故而，语言绝非脱离于人、外在于人的存在的工具和专门科学的对象，而就是人们生存的世界和生存状态。因此，海德格尔说："语言不是人所控制的一种工具，而是语言把握着人生存的最高可能性。"[3]

在此基础上，海德格尔提出了他最为著名的论断："语言是'在'的房屋。"

---

[1][德]海德格尔：《存在与时间》，陈嘉映、王庆节译，生活·读书·新知三联书店1987年版，第197页。

[2][德]海德格尔：《诗·语言·思》，彭富春译，文化艺术出版社1991年版，第197页。

[3]《存在与时间》，第199页。

海德格尔对人类近代文明以来被不断遮蔽了的"在"和人们忘却对"此在"之"在"的关怀之历史忧心如焚，他认为我们必须找到一块"林中空地"，把不断被遮蔽和永恒失落着的"在"引入这块空地使其敞开自身亮光朗明，而发出启示的光芒。这块空地在他那儿，自然非获具本体地位的"语言"而莫属。因此，"语言是'存在'的房屋"，先验的"在"和"此在"都以语言为出发点，并最后归宿于语言。语言的命运关联着人的存在之命运，语言的贫乏反映着人的存在之贫乏。也就是说，"存在"或显现或遮蔽或晦暗，"此在"或"本真"或"非本真"无不表现为语言，并诉诸语言。因此，要摆脱形而上学的迷雾、亲近存在只有回到语言本身。既如此，那么在海德格尔如前所述对语言的几种分类中，哪一种语言才有可能使"存在"的亮光显现出来呢？那当然只能是诗的语言，"诗化言说"是最接近于本真的语言言说的，诗的语言才可能是纯全的语言。语言作为存在的显现首先是表现为诗的，只有当语言给所有应呼出声名的东西命了名，"存在"才亮光朗明，而给存在以第一次命名的正是诗。海德格尔在《荷尔德林与诗的本质》中说："诗绝非把语言当作手边备用的原始材料，毋宁说，正是诗第一次使语言成为可能。诗是一个历史的民族的原始语言。因此，应该这样颠倒一下；语言的本质必得通过诗的本质来理解。"诗之为纯全的语言，是以诗之最纯真的活动使诗人永远逐出了日常生活之域，并以看起来无利害关系的游戏与日常的沉沦对抗着。诗唤出了梦境世界，在这世界中，我们方确信自己到了家。因此说，诗把"存在"带入语言，使语言成为"存在"的家，人就居住在语言之中，也就是居住在存在的近处，居住在存在的亮光之中。

通过以上立论，海德格尔对诗人寄寓了莫大的希望。海德格尔反复引用他最喜欢的德国诗人荷尔德林的诗句，表达自己深切关注的问题，那就是"在一贫乏的时代里，诗人何为？"并答复说："荷尔德林将此回答，曲折地通过他的诗友海因茨之口说出：'你说，但他们如同酒神神圣的祭司／他于神性之夜走遍大地。"[1]

---

[1]《诗·语言·思》，第129页。

显而易见，海德格尔是把诗人当作拯救人类和"进入黄昏将达夜半"的世界与时代，使人得以真正像人那样存在、那样诗意地栖居的救世者来看的。在他那儿，"诗人的整体生存顺应着世界时代的命运"[1]。诗人是"在"的看护者，是 20 世纪的历史境遇中所必然而然的价值空虚的填补者，诗人赋予这个世界以新的意义，并把信念、救恩和爱赋予这个世界。真正的诗人，都是些在"世界的黑夜"里，体验着灵魂的痛苦并敢于进入深渊冒险的人。诗人以诗的语言作一声黑暗中的呐喊，在一片蒙昧死寂中，显现和揭示被散文化的世界和形而上学的思维方式所遮蔽了的"存在"。而诗，则作为抗拒贫乏时代的本真力量，召唤人进入自由的空地或状况。因此，正是在这几乎使人走投无路的重重矛盾中，凭借着诗，凭借着诗人对"在"的信念和追求，诗人救渡着自己也救渡着他人。

海德格尔强调："在这贫乏的时代做一个诗人意味着：在吟咏中去摸索隐去的神的踪迹。正因为如此，诗人能在世界黑夜的时代里道出神圣。此正为何，用荷尔德林的话来说，哪里有贫乏，哪里就有诗性。"[2]

三、反思与检索：存在的虚无／诗和诗人的乌托邦理想

海德格尔的哲学观、语言观以及由此引发的"海德格尔热"或"语言本体论热"，在新时期诗学理论建设的进程中具有特殊重要的意义。海德格尔的语言观把语言提升到本体论的高度，他对语言重要性的强调，无疑给诗学研究之文体或语言意识的自觉打开了一个我们忽略漠视已久，且有可观之发掘潜力的广阔世界，并使一门或许可以称之为"诗歌语言美学"的学科之建设成为可能。[3] 即或如此，反思与检索仍然势在必行。

---

[1]《诗·语言·思》，第 85 页。

[2]《诗·语言·思》，第 83 页。

[3] 关于此问题的详细论述请参阅拙作《走向语言本体的诗歌美学——当前诗歌语言美学研究的反思和构想》，《学术月刊》1991 年第 8 期。

（1）超验和神秘：存在的虚无

英国当代著名文论家特里·伊格尔顿曾在《文学原理引论》中尖锐地批评说："海德格尔的哲学为现代历史的危机提供了一个臆想的解决方法，就像法西斯主义提供了另一个臆想的解决方法一样，两者有很多共同的特点。"当然，我们进行学术研究没必要因为海德格尔一度与德国法西斯关系暧昧而硬牵扯进学术之外的东西，但伊格尔顿的说法仍相当发人深省。海德格尔的基本本体论先验地预设（若像伊格尔顿那样用贬义词的话就是"臆造"）了一个先于任何在者的"在"，语言本体论则是先验地预设了一个先于任何言说的"本真言说"，海德格尔的"在"和"本真言说"，都带有明显的超验性和神秘感。对于这种"在"海德格尔从来不用"把握""获得"等实性词，而往往使用诸如"澄明""显现""展现"等模糊暗昧的虚性词。即或作为对"在"具有优先权的诗人也只是"倾听"或"接近""在"的启示，且只能是通过"诗意的途径"达到的。关于这种"诗意的途径"，海德格尔曾论述道："我们现在明白了荷尔德林所说的'诗意'了吗？既明白也不明白。明白，因为我们接到了一提示，如何思考诗意，即它被看作是一度量上的杰出种类；没有明白，因为诗意作为那奇怪尺度的测量，变得更加神秘。而且这样，它必然仍处于神秘之中，如果我们真正准备使我们居于诗意存在的领域。"[1] 如此这般，海德格尔不可避免地把我们引向超验和神秘。正如伊格尔顿极其尖锐的批评："海德格尔的这种意味深长的洞察力所产生的结果，是令人吃惊地拜倒在存在的神秘面前。启蒙的理性连同它对待自然那种无情地支配的工具主义的态度必须抛弃，而代之以谦卑地倾听星辰、天空和森林，用英国评论者尖刻的话来说，这种倾听是打着'麻木的农民'的烙印的。人必须使自己完全倒向存在，以便为它让路。"在这里，我对"人必须使自己完全倒向存在，以便为它让路"发生了强烈的共鸣。尽管我提到过海德格尔哲学以人为出发点和归结。然而，如果仔细剖开"人"这个表象，我们却确乎在一定程度上发现：在这个超验的"在"面前，"人生此在"显得那样的卑琐微渺和无能为力！海德格尔在《关于人道主义的通信》中反对萨

---

[1]《诗·语言·思》，第19页。

特关于"存在主义"是一种人道主义的观点,把萨特的名言"确切地说,我们处于这样一个层次,这里只有人"改为:"确切地说,我们处于这样一个层次,这里只有'在'。"[1]又说:"如果我们硬要保留'人道主义'一词,它是指:人的本质服从于存在的真理,也就是说,从此以后,仅仅作为人的人是无足轻重的。"[2]在《人诗意地栖居》中,[3]海德格尔显然对荷尔德林的诗句"人将幸福地/用神性度量自身"极为赞赏。而在这句诗里,一种外在于人的"神性尺度"代替了其他尺度。事实上,确也不乏将海德格尔的理论归入现代宗教神学的,或许正如刘小枫、王岳川等人指出的:对海德格尔的理论来说,"当神恩消退而出现价值虚无时,个体的感性生命归依问题也由艺术和诗学来加以解决",也就是说,宗教神学和诗学合一了。事实上,海德格尔所关切的那个终极意义上的"在",正相当于宗教神学角度所言的"上帝"和"诸神"。海德格尔自称在这贫乏的时代追求诗性、"诗性言说"、"诗意地栖居于大地上"的超越"此在"短暂性的审美超越性,亦正如神学和宗教那样,欲"从上帝与不朽这两种"形式里面去追求永恒。[4]当然,我倒不想因此在这里对一种关于海德格尔哲学由于强调先验之"在"而贬抑"人"而可能达致"反人道主义""为法西斯做理论服务"的批评观点表示完全的赞同。我不过想借此说明,当海德格尔的宗教哲学观和"类神学"理论移用于语言观和诗学理论时,必然极有可能导致的拒斥科学主义精神的神秘主义趋向。确实,海德格尔的哲学是一种讲求"超越"的哲学,带有相当明显而强烈的反理性主义色彩。他在《形而上学导论》中认为:为什么有现实存在物而没有"无"的问题是最基本的问题,只有通过这样的提问,才能使几千年来被遗忘了和隐藏了的存在显露出来,才使至今被隐藏了的形而上学本质开始明白起来。而这个"无"(按:据我理解,这个"无"即相当于"在")既不是一个对象,也完全不是任何一个现实的存在。"无"既不

---

[1] [德]海德格尔:《关于人道主义的通信》,转引自裴程:《上帝死了之后》,《读书》1989年第3期。
[2] [德]海德格尔:《关于人道主义的通信》,转引自裴程:《上帝死了之后》,《读书》1989年第3期。
[3] 《诗·语言·思》,第19页。
[4] [英]罗素:《西方哲学史》(上),商务印书馆1976年版,第74页。

自己独立出现，也不在现实存在物之外出现，它似乎黏附着现实存在物。[1]前期海德格尔强调以对"死"的领会作为达到"无"和"本真状态"的途径，后期则着重讲"诗意的途径"。而事实上，无论是对"死"的领悟也好，无论是"诗性的言说""诗意的途径"也好，本质上都是一种非理性的直观，按前述伊格尔顿所引的英国评论者尖刻的话来说，是"打着麻木的农民的烙印"的"倾听"。

海德格尔语言观的非理性主义特点，是针对西方物质文明高度发达所带来的弊端，特别是物统治人的现象而发的，因而就西方思想史的实际而言，这种倾向具有突破和反叛西方思想传统的意义。然而，在今日之中国，面临一以贯之的整体思维传统和当代科技文明发展之现状，则我们不能不对海德格尔保持必要的警惕。从某种意义上说，海德格尔与老子或庄子，"在"与"道"，他们对"不言""沉默""倾听""无"（混沌）等的共同兴趣，表现出令人吃惊的相似。当我们反思老庄的以玄奥感悟代替和蔑视理性思维在一定程度上阻碍了中国科学主义和理性主义的产生与发展的时候，怎么又能对西方的"老庄"津津乐道、全盘接受呢？在当代诗学理论建设中，我们已有了过多的感悟印象式批评，亟待加强的恰恰是在科学理性精神指导下的系统的、客观化的分析。

（2）虚幻的真诚：诗与诗人的乌托邦理想

海德格尔对作为"本真言说"的诗歌及"在"的看护人的诗人之倾心赞美，无疑给面临精神危机和生存危机的诗人以极大的希望和慰安。诗人们喃喃自语着世界"将达夜半""遮蔽重重"，然而，我们要去歌唱真理拯救沉沦！在理论倡导上，刘小枫、赵越胜、叶秀山、刘东等人以及《读书》杂志的努力，在当前我国精神界营造"拯救与使命"之理想的现代造"神"运动中，起了极为重要的作用。他们或标举德国自谢林、狄尔泰、海德格尔一路下来的浪漫本体论美学，或极力褒扬以终极关怀和灵魂救赎为主旨的现代基督教神学思想，并最终使二者统一于艺术（诗）或艺术理论即诗学。正如青年学者王岳川指出的："当神恩消退而出现价值虚无时，个体的感性生命的归依问题也由艺术和诗学

---

[1] 转引自张世英：《海德格尔的形而上学》，《文史哲》1991年第2期。

来加以解决。……可以说，当代艺术担当起拯救人的感性审美生成的使命，而当代西方文艺理论（诗学）也担当起诗意地反思人生意义和生命价值的使命。"

从新时期文学的发展来看，"超验与救赎"一直是极为重要的主题，它成为新时期文学"现代性话语"的一个重要组成部分。在这一宽广的"现代性话语"追求中，西方基督教"救赎"传统，古代墨子、佛家的苦行苦修精神，存在主义式的荒谬观念，"桃花源"式的"彼岸"乌托邦理想，个体的渺小荒诞与自我的超验膨胀等等，都往往极为庞杂奇特地结合在一起。从礼平的《晚霞消失的时候》到张炜的《古船》、张承志的《心灵史》，都隐约闪现着这一"现代性话语"从刻意追求到衰微孤弱的足迹。

从诗歌创作的实际看，以海子、骆一禾、西川等为代表的所谓"新古典主义"（或称"新理想主义"）的诗派，恰正如对海德格尔理论的极佳印证，是对刘小枫等人所倡扬的德国浪漫诗学传统和现代西方宗教神学所关注的"超验与救赎"主题的同声呼应。

刘小枫在《诗化哲学》中论述德国浪漫诗学传统时曾指出："诗，在他们那里，是理想的天国，它具有超验的自由性，能使充满重重矛盾和对立的现实生活化为一种梦幻式的永远使自由得到保证的生活。"刘东在评述刘小枫的《诗化哲学》而论及德国浪漫诗学时也指出：浪漫诗哲们是努力要在诗歌中创造一个"超验、神秘、整个民族梦魂牵绕的大同幻境。"[1]于是，他们的诗歌中出现了一种自觉求假的意向，就像尼采说的那样："是梦呵！让我索性梦下去吧！"自觉地沉浸于一种远离现实、脱离实际的乌托邦理想之中。然而，梦醒之后呢？梦醒之后也许愈益无路可走了。海子的悲壮结局为此做了以生命为代价的注解和说明。他既未能拯救他人和世界，甚至也没能拯救自己。作为血肉相连于不尚玄想、注重实际且缺乏宗教精神的民族之传统文化土壤，而又全面皈依并全身心地呼唤基督教文化精神，且身体力行地把自己的生命送上"救赎"祭台的海子，他从来没有老庄陶谢的逍遥和恬然自适，有的只是对"拯救"使命和责任感力难胜任的惶恐不安与自我的卑微渺小感，以及个体生命对时间易逝的恐

---

[1] 刘东：《倾听德国性灵的震颤》，《读书》1988年第6期。

惧焦灼。"诗人,你无力偿还 / 麦地和光芒的情义 / 一种愿望 / 一种善良 / 你无力偿还。"(《海子:询问》)"我站在太阳——痛苦的芒上 // 麦地 / 神秘的质问者啊 // 当我痛苦地站在你的面前 / 你不能说我一无所有 / 你不能说我两手空空。"(海子:《答复》)[1]

海子在诗歌中倾心关注与"焦灼"的是一些所谓终极意义上的"形而上问题"(而我觉得并不是完全没有理由像维特根斯坦那样怀疑这些问题都是无法"还原"的,既不能"证伪",也不能"证实"的"形而上学"假问题):"我们活到今日总有一定的缘故 / 我们在我们易朽的车轮上镌刻了多少易朽的诗?"(海子:《太阳》)

究其底,这恐怕都是处于一种深刻而虚幻的"语言的幻觉"之中,把语言的世界权力意志化了。按弗洛姆的说法,这不能不是一种"和宗教一样危险的语言拜物教"。在今天,随着社会的商品经济化,随着一切都趋于平面化和商品化,诗歌作为一种古老的(指与新兴的、作为"第九个缪斯"的影视艺术等相较而言)、过于"高雅"的文化样式,诗人之作为过去年代"世界秩序的立法者"(雪莱语),地位之急剧下降是有目共睹的。它明显地日益受到来自视听艺术的强烈挤压。影视艺术、电子游戏、流行歌曲和通俗文艺,把纯文学逐出了大众公共生活的空间。事实上,这与诗歌艺术作为一种语言艺术自身的局限性也有关系。诗歌需要想象,需要超越印刷体文字表面的机械排列和表层的语音——语义层阅读障碍,这正是诗歌作为语言艺术的间接性的特点。另者,毋庸讳言的是,诗人与诗歌为国家、民族"立言""代言"的形而上神话正在消失。在这个无论高贵抑或卑贱都重新组合与被选择的残酷的时代,诗人必须足以正视自己,必须慨然承担起"上帝之死"以后的荒诞、悲凉与尴尬,必须主动放弃幻想中的中心和主体的地位,而自觉地在文化的边缘之处,重新书写语言,向中心与主体性、整体性等形而上神话进行颠覆解构性的挑战,而不是相反——维护并创造新的神话。我们当然允许并尊重诗人的艰难劳动与崇高悲壮的"终极性"追求,但若把诗歌或艺术凌驾于万物之上,把它看成是拯救这

---

[1] 海子引诗均见于南京出版社《海子、路一禾作品集》。

个"将达夜半"的世界和人类之唯一的和最高的途径,这仍不免于一种浪漫主义者的虚幻"乌托邦"理想,也不免于贵族化的精神奢侈品的嫌疑。

四、定位与构想:科学主义与人文主义的"二元对立和互补"

西方的思维方式历来有一种"二元对立互补"的精神传统。法国当代著名的批评大师巴特曾谈到过他对"二元对立"的热情:"就像一个魔术师的魔杖一样,概念,尤其当它是成双成对的时候,就建立了写作的可能性。"科学主义和人文主义正是这样一对互相对立又互相制约继而共同推动科学发展的"二元"。

在这两大方法论系统属下,各自相应聚集了众多的哲学、美学派别。而体现"科学主义/人文主义"之"二元对立互补"精神的,恰恰是在这哲学美学的两大阵营之间,都有一些取长补短、兼顾二者的派别。哲学中如胡塞尔的"现象学"和莫里斯的符号学。胡塞尔的现象学理论,既批判"人文主义"用纯主体的心理过程来研究数学和逻辑,否认真理的客观性和可知性;又批判科学主义"没有发现作为意义创造者的人的努力",而主张用理智、直观的方法返回内部纯粹意识世界去寻找知识的客观基础。与此相应,美学中以伊格尔顿的阅读现象学和苏珊·朗格的符号学美学为代表,也都不偏执于一隅,而是在人文主义与科学主义的两大方法论系统之间,在"人文/文本""主体/客体"等"二元对立"中展开互补共和的道路。

在当代西方的"语言论转向"中,"索绪尔/海德格尔"恰正代表了"科学主义/人文主义"这两大方法系统在语言学中的不同趋向("二元对立"),在索绪尔影响下兴起的俄国形式主义、结构主义等诗学派别,主张以现代语言学模型重新看待文学艺术作品,把作品从与社会历史、作家、读者的关系中斩断开来,从而成为自我参照的自足的整体,成为确定的、可作科学分析的结构。而海德格尔一方的"语言本体论",则从"人"的角度思索语言,一定程度上则将语言中的"在"神秘超验化,因而表现出明显的"人本主义"(甚至不乏"神本主义")的倾向。

在西方,"二元对立互补"的精神使得语言问题成为两大哲学体系的汇流处。"语言论转向"是在"科学主义/人文主义"这一"二元对立"的共同推动下互补共和而完成的。因此,其"语言本体论"研究往往具有科学主义的深刻背景,而科学主义的"语言中心论"则在经历了形式主义和结构主义对"形式本体"的片面崇拜后,在读者接受理论、解构主义那里,重新关注"人"和意识形态。时至今日,似乎任何新起的诗学理论都已经无法偏执一端而单向发展。比如,在后结构主义氛围中生长起来的"新历史主义",虽力倡在形式主义和结构主义那里失落已久的"历史性"和"意识形态性",但仍未脱离语言这一中心。杰姆逊和伊格尔顿等西方马克思主义流派,也不可能仅仅拘执于意识形态批评,而是寻求意识形态批评与结构、叙事分析等语言论途径的新的结合。

因而,当代中国诗学理论建设的"语言论转向"对海德格尔语言观作单向度接受的缺陷与危险是显而易见的,尤其是面对着我们过于强大坚厚、缺乏科学理性精神的诗学传统。从一定的角度说,正是这种传统潜在制约和规定了对海德格尔的单向度接受——这不能不是一个令人沮丧的悖论。

然而,当代诗学理论的建设和发展又迫使我们必须向这个悖论进行挑战。否则,我们就难以借助"他山之石"而打破传统的文学思维惯性和定势,难以有当代诗学理论的真正建设和新发展。

我们必须谨慎地批判性地对待海德格尔的语言观,必须谋求"科学主义/人文主义"这一"二元对立"的互补共和、融合贯通,甚至可能不得不"矫枉必须过正"地进行"形式的倾斜"。唯如此,我们才有可能悬拟和展望一种真正科学、合理的"语言论转向"并期望构建一门科学、完善的当代形态的新诗学。

原载《诗探索》总第 14 辑(1994)

诗歌语言两种向度的探讨

南 野

行为的语言

诗歌行为可以认为是智慧的存在者内心动静的溢出，它形成为语言的动静。本文并非对语言或诗歌进行推本究源，而是从历史与现状出发，对诗歌表达行为的两个动向进行一点探索。由于诗歌历史的久远与其趋向的遥远性，这篇文章的叙述却又被我克制在一个很有限的篇幅空间，因此它可能是提纲性的。

我试图把诗歌的行为，从其对语言的本体（包括语义、语音及词语形态）动作上界分为还原与创造两种方案。这一界定尽管从创作的实际效果中来，其武断与简单性仍藏伏其中，在论述的结果中，还会导致两者概念外延的交叉甚至部分复合。但为了行文论断之需，我只能这样做，然而仅仅将之局限于本文中。

还原的提出

还原这一个词，在汉语中出现是什么时候我无意去推定。但在诗及诗论中，被正式而固定地引用进来进行表述，我推测为几年前的"非非"诗歌理论。其主要理论撰述人蓝马在《人与世界的语言还原》一文中这样定义："还原。——对文化游离。——削减形容。——丧失形容。直至——仙化。"引申到诗上，就是尽力减去诗歌词语中的文化性的附加与复合语义（因为形容是加强词语暗示的），以图使诗所用以表达的言辞还归到世界的原本，即"仙化"之意。这种论点曾在许多关注和从事现代诗写作的诗人中获得赞同及共鸣，于坚所提出的"拒绝隐喻"和另一位作者要求做到"纯粹的所指"，已使观点更明确、具体。其理想是一致的：回到文明（或文化的）隐喻之前，恢复语言的初始状态。他们认为只有这样，才能抵达本真。

然而，我不想将这种诗歌行为向度的追寻，限定在"还原"这一个单词上，因为早于这个词的明确使用（在诗论中），同样内涵的行为向度已经出现与存在。它可以推衍到中国古代诗歌艺术理想的一个追求。尤其是中国唐代的许多山水诗，被认为是这种尽量去除复杂的修辞方法，让作者描写的自然之物以本身面目纯净地体现，从而达到本真状态诗歌的楷模。像王维的《鸟鸣涧》："人闲桂花落，夜静春山空。月出惊山鸟，时鸣春涧中。"单纯从语言的所指上，它确实以自然自身的呈现方式呈现了自然，接近于"见山只是山，见水只是水"的境地。

其实这种艺术理想，根植于中国古代文化两大源流之一的道家思想。如庄子倡导"坐忘""丧我""心若""止水"以承受和示现万物具体，认为这是自由之境。晋宋时流行"山水是道"的观念，亦来自庄子"道无所不在"。道家倡导无为，在现代诗歌中便被体现为"还原"，拒绝更多的能动成分，但它的目的仍然是无为而无不为。还原的方式是斫除、消灭性质的，期望收获的仍是对存在的知识、对本质的把握。

这种几乎纯中国式的诗的语言行为向度，在 20 世纪也影响到了国外。诗人庞德、威廉斯都在这方面做了有效的学习和自觉的努力，如庞德说："诗要找出事物明澈的一面，呈露它，不要加以解说。剔除事物的象征意义……是一只鹰就叫它一只鹰。"

然而，这种向度的危险性从来都是存在的。因为原本真正的世界，更大的可能性是在"指义前"，甚至在词的所指之前，它实际上超乎于语言的接触，不管你如何还原。纯粹语言的原点，或许只是虚无。所谓"道可道，非常道"，语言彻底还原的超越点就是反语言。诗将变成不可言说。这种效应，在"非非"的诗歌理论中已经表现出来，而其根据这种论点进行的实验性诗歌实践，也的确是失败的。或者,就是自我否定的。

创造的事实

纵观西方诗歌史,其诗歌行为的向度主要是立足于丰富语言能力之上的创造。从《荷马史诗》的写作开始,除所指之外,大量语言的在大文化中积累的能力,均被充分主动地使用。荷马的诗句中充满大量的比喻,赫克托耳临死时对阿基里斯说:"你的心是铁一般硬的……"萨福的诗歌《失去的友人》中写道:"用她粉红的纤指使群星隐退。"但丁与莎士比亚,他们诗歌语言及其叙述结构的象征性、喻示性都达到了某种高度,后者在对英语词汇的能指方面所做的丰富和加强,令人叹为观止。

浪漫主义以歌颂描写大自然景色为长处,然而湖畔派诗人华兹华斯在《抒情歌谣集》序言中明白地指出,诗语言"由于隐喻和比喻而充满生气"。他认为诗歌应以主动的态度去接受自然景物,如果"没有想象,没有高扬的理智,精神的爱便无法发挥无法存在"。到了象征主义诗人,更是把直观的事物,把自然界作为表现人类意识的一片"象征的森林",他们认为诗歌是由象征体雕刻出的主观意念。马拉美渴望以文字创造一个陌生的世界,认为文字就是要使物体与原有环境的关系消失,使之成为独立的用以象征、喻示的物象,我们用它重构一个艺术的世界。至此,马拉美已经给予语言以创造的特殊权力。

我们可以来读读后期象征主义诗人的一些诗句:"芝诺,残忍的芝诺!爱利亚芝诺!/你用一支箭射透了我的心窝"(瓦雷里:《海滨墓园》),这是形象化的典故用作深刻的哲学性隐喻;"我感到女仆们潮湿的灵魂/在地下室的大门口沮丧地发芽"(艾略特:《窗前晨景》),这是联想与暗示、变形的综合运用;"四月是最残忍的月份"(艾略特:《荒原》),这里又扩张了哪一种能指呢!同一位诗人认为有一首诗歌"运用延伸的比喻非常成功而完善",认为"将各种意象和多重联想通过撞击重叠而浑然一体的手法"是"我们语言生命力的源泉之一"。他说:"诗人必须变得愈来愈包罗万象,愈来愈隐晦,愈来愈间接,这样才能够迫使——必要时打乱——语言来表达他的意思。"即使喜欢说"事物本来怎样就怎样"的史蒂文斯，那首《田纳西的坛子》中的那只坛子，我们都知道不是客观现实中的坛子，而是主观制造，是"语言的事实"。用表达客观事物的名词"坛子"来陈述主观，所凭借的其实正是语言的喻示性，更何况它还意味着什么。而庞德在上面所引语中也接着说："事物本身就是一个自足的象征。"象征在此，依然是事物——语言的目的。

我想，诗歌语言中的隐喻、象征、暗示等功能与方式本身所具有的创造性质，使词语、句子、诗作扩展圆满，富于表现力，并使之趋向最大限度的深广，这是不容回避的。超现实主义诗人重视梦境的描述与表达，而梦境在艺术中的意义，就是它的强烈的隐喻与象征能力。梦境的描述，则同样依赖于语言的创造性的建构动作。

阿根廷作家胡·科塔萨尔曾对诗歌这样推断："一个孩子最初讲述的一切，或者他们最初乐意听的一切，都是纯粹的诗；孩子们的世界充满隐喻。"可见，最初的诗的方式就是使进入诗歌的词语或其组成部分成为隐喻。"在这些段落里（指作者的一部长篇小说），我用了一系列的形象、隐喻和象征，总之，是诗的结构。"一个小说家对诗的无偏见的直觉判断，引人深思。

语言自身具有的创造力使诗歌的主观建造成为可能。在这样的诗歌中，主动的创造性事物出现了，创造事物间的关联出现了。"这片平静的房顶上有白鸽荡漾"（瓦雷里：《海滨墓园》），房顶——大海，白鸽——船帆，呈现的意象达到了双重。全部的领会可能正从这里进入。

可能性的复述

还原理论的产生，也许正来自现代语言的危机感，语言到底能不能表现或抵达本真的存在或世界呢？因为这是诗歌，也是人类精神所寻求的自由愿望。而这种危机与疑问，又使还原之论陷入困难境地。语言是连接存在与主观感知唯一的通途，我们感知与认识的起点和终点，因此也是阻隔，即所谓"语言其实是牢房"（詹姆逊语）。有关此论，海德格尔早有宏论，无须我赘言。还原论点的乌托邦性质，在这里已被确定。语言的还原，即使到达其终极，仍然是语言的终极端，或其在原始点，或其边缘。我们所获得的，依旧是诗词的表象。它仍触及不到真的存在，距离似乎减短了，但对绝对而言，有限之间没有区别。

再说，诗语言的还原假设完全做到，它对一切能指，如修辞行为、词语的结构性的取消，也就取消了诗歌的形体与内容。语言的能指力，它的扩大的象征和喻示能力、多重性寓意，不仅仅来自个别词、句的单独或零散的出现。这种能力有时更来自词语的有机组合，或曰诗意的构造。诗的结构本身将赋予其中的词语更多层次的含意，从这个意义上讲，即使是中国古代如王维的纯山水诗，它的单纯的词融合一体，呈现的仍是一个人为的（起码是主观希望的）诗境界，而非纯粹自然之景。这才可以解释为什么古代这一类山水诗，呈现（或应说制造）的都是静、虚、寂的意境，自然界本身不会这样偏执。首先，诗人对词语、物象的选择已经融入很多文化心态。

纵然是"天人合一"之境，也还有一个人在里面，只是尽力地隐而不露而已。犹如庞德与威廉斯的意象诗，到底不是完全听从自然的象，所以庞德才说："一个意象是瞬间形成的思想与感情的复合体。"既然如此，意象就不能排斥其作为象征与隐喻的可能了。

我认为还原的向度，是诗歌写作或语言操作一个单纯的理想，它可以这样被提出，它的完善性的实行实际上是不可能的——或者诗歌从形态上消失，或者仍然是某种程度的语言创造。那么，创造的向度是否就是具有可能性的理想？我的回答是：可能是！何况这也是目前唯一的选择。

使用语言的诗性创造，要求尽量发挥语言本体及其累积的能力。由于语言的能力与潜力趋向又具有无限的可能性，我们对创造的向度抵达存在本真的可能性也就出现。

原载《诗探索》总第 18 辑（1995）

板块与套盒：现代主义诗歌的语言范型

张　目

　　申小龙博士在《中国句型文化》一书中指出："语言结构的繁简长短及其所依托的声气节律，最终都是从'句读'上体现出来的。""一个句读，意味着文气中一个音义共存自然单位的形成。"汉语强调"以意立句"，以神统形，音义相谐，文意完整。而"文意完整，不在句读形式的完整，而在于句子表达功能完成与否"，"它不滞于形而是以意统形，心凝形释，削尽繁冗，辞约义丰"。这是汉语所独具的人文精神所在。这与西方语言的形式逻辑性形成鲜明的对比，与"整体的""具象的"民族思维互为观照，并与"虚实""写意"的民族艺术具有文化通约性，为我们研究现代主义诗歌的语言提供了强有力的理论依据。现在，我们还是把注意力集中到具体的诗歌文本之中来。钱基博先生指出："字之精神，寄于句；句之精神，寄于篇章。"这是文章之道。而诗歌不出其右，亦有自己的体式。现代诗与近体诗不同，词、行、节参差于字句之中，统一于篇章。在一首诗中，行与节虽然构成一种语言格局，但显然是难以确定的可变因素。行可容纳一个或数个词与词组，可容纳完整的句子，也可以是被切断的句子。行且如此，节就更无定数了。词语就如颗颗螺丝，要拧在句子中才能运动。只有句子，是诗中具有完整表达意义功能的因素，是一首诗相对稳定的语言单位，虽然常常被诗行与诗节肢解，被词语挣裂。或许，恰恰是这一肢解或挣裂，造成许许多多诗意的空间，趣味横生。在这里，我们研究的视点就放在诗歌句子的语言构成和它与字词行节所形成的奇妙的诗意关系上，看看我们能在解读中发现什么。根据申小龙博士的"三分天下"的句型理论，我们拟从名词性句子（主题句）、动词性句子（施事句）和关系性句子（关系句）这三种类型的句子入手，对现代主义诗歌本文的语言常态展开细读式的解析，以期探索出现代主义诗歌的语言范型。

一、主题句与语块造型

主题句是先提出一个话题然后加以评论的名词性句型，它的功能是评论话题，主要句子成分的配置格局为"主题语＋评论语"。主题语是被评论和说明的对象。在诗歌作品中，主题句的容量大，"厚实、充盈"，千变万化。主题句的话题可以是一个事物，也可以是一个事件（现象）群。它的评论语亦并非抽象的说明，而是对主题语的状态的描述和提示。主题语和评论语可以是并置或错置的短句与句群，往往形成一个或者一大串语言团块。

我们先来讨论一下主题句中偏重于主题语的诗句。何其芳的诗《花环——放在一个小坟上》，开篇第一节，就用了三个这类句型："开落在幽谷里的花最香，／无人记忆的朝露最有光，／我说你是幸福的，小玲玲，／没有照过影子的小溪最清亮。"这是一连串的以主题语为结构重心的主题句，主题句是三个词组，三种可视、可闻、可感的客观物象，对应着三个能够暗示抽象的意念和感伤情绪的评论语。"幽谷里的"最香的花，"最有光"的"朝露"和"最清亮"的"小溪"，正如未曾被尘世的污浊所沾染的小玲玲。诗行中嵌入一句"我说你是幸福的，小玲玲"，流露出诗人对"美丽的死亡"的吟叹，小玲玲的"美丽的死亡"成了诗人孤独情感对象化的象征，哀伤清丽，幽怨悱恻。这类主题语是词组构成的小语块。戴望舒的《秋蝇》中有诗句："迢遥的声音，古旧的／大伽蓝的钟罄？天末的风？"这句诗由于没有用一个关联词语，显示了主题句所特有的弹性。这句诗中，主题语与评论语之间以及主题语内部，词组是并置的。评论语"古旧的"嵌入本来就并置的主题语中，更加造成句子的不连续甚至是误读。在语法上，我们可以把"古旧的"看成是一长串并置的主题句中的评论语。因为它具备了评论语的素质，是对话题的评价。但是我们也可以把它与"迢遥的"并置，意思是"迢遥的、古旧的声音"。或错到后句，与"大伽蓝的钟磬"并置，意为"古旧的大伽蓝的钟磬"，那么这就成了主题语的一部分。这就奇妙了，这个句子就成了没有评论语的主题句。从语言学的角度来说，主题句的结构重心在主题语上，而语言重心则在后面的评论语上。这是一种矛盾，主题句因此而歧义丛生，显示其结构和语义的丰富性。如果我们取后一种理解，这句诗的评论成分被省略了。那么它的语义功能消失了吗？没有。我们仍然可以在"迢遥的声音""钟磬""天末的风"这一连串并置的、不连续的名词性句子中发现某种功能性的联系，进而领会它的复杂意蕴。

我们再来讨论一下偏重于评论语的主题句。前面我们看到，在以主题语为结构重心的主题句中，"是"后面所带的评论语，多是抽象评价性的，如"凋尽了童心，枝枝叶叶，／全是悲愤和苦恼"（陈敬容：《从灰尘中望出去》）。而在以评论语为重心的主题句中，则与之相反，"是"之前的主题语很简短，而作为语义重心的评论语，却呈现出千姿百态。这类主题句除了用"是"，还多用"意味着""等于""要""应该"等。在《弃妇》一诗中，李金发用了"唯……能……"的句型："我的哀戚唯游峰之脑能深印着，／或与山泉长泻的悬崖，／然后随红叶而俱去。"这个主题句的评论语部分，由三个或并置或层递的短句组成，以三种意象"游峰""山泉""红叶"来譬喻"我的哀戚"。这个主题句具有多个评论语的成分，它们之间又以其意象性构成某种意义的关联。有的主题句的主题语本身就是一种描述出来的状态，而评论语又是对这种状态的比喻。我们来看卞之琳的《西长安街》："长的是斜斜的淡淡的影子，／枯树的，树下走着的老人的／和老人撑着的手杖的影子，／都在墙上，晚照里的红墙上，／红墙也很长，墙外的蓝天，／北方的蓝天也很长，很长。"我们先来分析一下这句诗的评论语部分。冬天的长安街，红墙上印照着斜斜的淡淡的影子，这些影子由残照中的枯树、步履蹒跚的老人、支撑着衰老生命的手杖，组成一幅寂寞、荒凉、萧瑟的景象。在这幅图景中，没有出场却明明在场的，是怅然的夕阳，它把这一幕肃杀的景象写在红墙上。影子的长，是因为"红墙也很长"，红墙外北方的蓝天也很长，若从对应的关系上来看，后两行或可归于主题语"长的"之内，一虚一实相映照，便有了历史的延伸，所谓"夕阳残照，汉家陵阙",正合此意境。

还有一类主题句,主题语是大串的语言团块,评论语也连缀着句子或句群,他们之间形成错综复杂的结构和语义关联。唐祈的长诗《时间与旗》有这样的句子:"奔忙的人们紧握着最稀薄的 / 冷淡,如一片片透明纸在冷风中 / 眼见一条污秽的苏州河流过心里。""如"划开了长句的两个成分和两个语言板块。在对应的句子结构中,我们还可以发现一些肌质性的关系。我们试着拆开来看这个句子:"奔忙的人们眼见一条污秽的苏州河流过心里"可以成句,"紧握着最稀薄的冷淡,如一片片透明纸在冷风中"也可以成句。再换一种拆法:"奔忙的人们如一片片透明纸在冷风中"也可以成句,"紧握着最稀薄的冷淡""眼见一条污秽的苏州河流过心里"也成句。怎么拆组,这几个词都相互发生着联系,这四个语块可以按照表达的要求任意堆砌,其意义并不会受到消损,反而增强了弹性,有益于诗意的表达。

在主题句的分析中我们发现,主题句具有很强的造型能力,这与主题句的名词性特征有关。我们看主题句中的结构重心的前部分,几乎都是名词性句子或句群。"幽谷的花""朝露""小溪""河流",关联词语多半被抽去,具有板块特点的词组短句并置或错置在一起;如"声音""钟磬""风"是并置的,没有关联词语,连评论语都省略了,大有"古道西风瘦马"的韵味,大大增强了名词的造型能力。在语义重心的后半部分的评论语中,情况似乎复杂些,名词性的句子中还杂有大量的动词句和形容词句,但这里的动词和形容词是辅助性的,是在一个相对小的范围内发挥作用,申小龙博士称为"下位区分"。主题句的造型能力取决于名词性词、词组的堆砌,取决于句子成分间的兀离、并置和错置,取决于两大成分的块状形态,也取决于诗人们对名词的构形能力的把握和对具体形象事物摹写的倾注。

二、施事句与力的转移

施事句是动词性句子,它的功能是叙述行为事件,主要句子成分配置格局是"时间语+地点语+施事语+动作语"。这个句子格局的结构和语义重心都在动作语上。而前三个因素时间语、地点语、施事语，则可隐可显，成为句子中可以持续的信息。它的隐显，并不改变句子的功能。需要辨识的是，在上面的分析中，我们曾把一部分有动词因素的句子划归在主题句中，如"是""能""如""意味着"等作为标记的句子。这里，我们则对另一类的动词性句子进行动词性分析，这类分析与我们所采用的语言学理论的析句原则有关。汉语是一种非形态的语言，汉语的语法范畴大多是隐藏的。句子的脉络依靠短语的铺排来体现，因此不存在一个"主谓"框架。汉语句子成立的要素首先是某种特定的表达功能，然后是与之相适应的不同表意功能段的线性配置格局，结构与功能合而为一。这就不像西方语言学的二元区分。在我们的研究中，主题句是先提出一个话题，然后对这个话题加以评论。那么，主题语作为论断的话题，是一句话的出发点和支撑点，是结构的重心，一般是不能省略的。而评论语的注意价值不如前者，"是""能""如""意味着"一类的动词在主题句中，只是引出一串评论和说明主题语的短句。而它们有时是可以省略的，如"迢遥的声音，古旧的 / 大伽蓝的钟磬？天末的风？"（戴望舒：《秋蝇》）在动词性的施事句中，动作语因为承担叙述行为事件的功能，而比施事语、时间语、地点语有更大的注意价值（Value of attention），动作语是施事句必不可少的核心，其他成分则可以省略，并不影响表达功能。动作语由动词组的铺排来完成。这种铺排所以不嫌啰唆杂沓，是因为句子的"魂"系在各个动词实际上或逻辑上的时间顺序上，系在一个个词组随事态变化的需要首尾衔接上。它适应了汉语的节律，把复杂的思想过程描绘得有声有色，有条有理。在形式上，用省略削尽繁冗，造成气势的流动转折。在主题句中，一些动词并不居于重心地位而未受到重视；在施事句中，这些动词则充当了重要的角色，备受青睐。这是由句子的表意功能决定的。至于施事句的结构类型，那是"下位区分"。下面，我们就以结构类型为标准，由简入繁，来分别讨论现代主义诗歌的动词性诗句。

单动句：以一个动作语为核心组成的句子。"霜隼在无垠的秋空掠过"（何其芳：《爱情》），就是一个单动句，这个动作语在句末且不及物。蓬子的《在你面上》："在你面上我嗅到霉叶的气味，/ 倒塌的瓦棺的泥砖的气味，/ 死蛇和腐烂的池沼的气味，／以及雨天的黄昏的气味"。这是一个由短句组成的长句，而动作语只有一个。"像……""如……"这类词语，是对句中某一成分的比拟，可以是主题句，也可以理解为施事句。这要看其"下位区分"倾向于哪一种成分，如"你的眼如含苞未放的并蒂二月兰／蕴藏着神秘夜之香麝"（何其芳：《圆形夜》）。如果将"你的眼"当作主题语，那么评论语就是由"如"带动的完整的长句。还可以把"你的眼"当作施事语，那么这就是一个带一个比喻短句的动词性诗句，可理解为"你的眼""蕴藏着神秘的夜之香麝"。而把比喻短句"如含苞未放的并蒂二月兰"放在句前或句后，均无大碍。只有放在句子中间，才会使语法歧义出现。在不排斥其他看法的前提下，我更倾向把它看成是施事句。因为在这个句子中，"蕴藏着……"这个动作语显得分量更重些。

连动句：一个动作语的系列和序列。在施事句中，它是以逻辑上或时间顺序上由动词组来铺排的，有小龙博士所说的"顶势而下，极层累曲折之致，呈风起云涌之貌"。它们不是由多个动作语并列的，而是一连串的动作语沿着一个方向递进的，如"就像一只黑色的衰老的瘦猫，／在幽光中我憔悴又伸懒腰，／吐出我一切虚伪真诚和骄傲"（戴望舒：《十四行》）。动作"伸着"和"吐出"都是由"我"连着做出来的。又如郑敏的《荷花——一幅国画》："这一朵，用它仿佛永不会凋零／的杯，盛满了开花的快乐，才立／在那里像耸直的山峰，／载着人们忘言的永恒。"这一串连续的动词包括"用""盛满""立""载着"。杭约赫的诗《六行——赠梅》："多少阵杂沓的音响，掠过你身旁，／一片玉瓣，是一滴生命，／剥落了生命，你召来燕语和莺啼。"这个句子，由于嵌入了一个名词短句，后行又有个"你"，使其连动很隐蔽。

兼语与使动句：施事句的基本格局是"时间语＋地点语＋施事语＋动作语"。费诺罗萨（Ernest Fenollosa）[1]把动词性的句子看成是使力量沿着语序而转移的语法形式，即"施动者—动作—动作对象"。但在传递过程中，还有第四个因素，即力作用于对象所产生的结果。这是兼语式的语法根据，从句子理论来考虑，力作用于对象所产生的结果，可以认为是动作语这一语言板块的

---

[1] 19世纪末美国东方学家，著有经庞德整理发表的《作为诗歌手段的中国文字》。

"下位区分"。这样，基本格局就出现这种情况："时间语＋地点语＋施事语＋动作词（动作1＋对象1＋动作2＋对象2……）。"括号内的式子，可以根据表意原则不断地铺排下去。请看例句："我听见黑夜拍动翅膀"（陈敬容：《黄昏，我在你边上》），"我看见平原之歌者／随风而走上绿草来"（林庚：《时代》）。动作语的下位区分，就是兼语句尽量地铺排拓展。再看下面的例句："轻轻放下你时可以压死蚊蚋蜉蝣／高高举起你时可以呼吸全人类的热情。"（辛笛：《手掌》）这是两个并列的兼语式的句子。兼语式的明显特点是施事语是能动的人。动作语中的动词在施事语和动作语中的作用对象之间转移力，并使它们之间产生动态联系。这样"能量穿过对象，并以转化了的形态在另一端出现"。何其芳的一首诗《休洗红》中有这样的诗句："寂寞的砧声散满寒塘，／澄清的古波如被捣而轻颤。"细心地考察，"散满寒塘"和"被捣而轻颤"这个表面上由两个动作语组成的连动句，其实暗含了一种使动用法："寂寞的砧声散满寒塘"，使"澄清的古波如被捣而轻颤"。这里将"使"隐去，流动的句子顿成两截，比"一个幽暗的短梦，使我尝尽了一生和哀乐"这样的句子来得隐蔽多了。

　　时间、地点语的用法：前面谈到，施事句的结构和语义重心都在动作语上，因而时间语、地点语和施事语可以作为"持续的信息"，可以"人详我略"，而并不改变句子的常态。如"知道了都会的满月的浮载的哲理，／知道了时刻之分，明月与灯与钟的兼有了"，这句诗的动作语前面的所有的成分都省略了。可我们在句中仍能发现"月""灯""钟"。它可以暗示我们时间在夜晚，地点在都会。"青色的夜流荡在花荫如一张琴"（何其芳：《祝福》），这里也没有明确的时间地点语，它们蕴含在"花荫"里。这是一个将时间和地点涵括了的词，"在花荫"可以理解为一个地点，而"花"亦指示了季节。这恰好就是一种特色。汉语和西方语言不同，它没有时态的限制。"窗含西岭千秋雪，门泊东吴万里船。""千秋雪""万里船"，景色即在眼前，而神思已飞跃广袤时空。"想独上高楼读一遍《罗马衰亡史》，／忽有罗马灭亡星出现在报上"（卞之琳：《距离的组织》），没有时间地点语，而时空距离比杜甫的"千秋"和"万里"多多少倍,一千五百光年![1]远在罗马帝国倾覆之时就爆发而突然灿烂的星球,直到1934年12月,其光始传到地球。诗人从中感觉到了"时空相对关系的宇宙意识与关切祖国存亡的社会意识交错"[2]。看来,时间、地点语可以"人详我略",但须隐含在句子之中。它的拓展诗的境界和深度的作用不可低估。

通过分析施事句,我们看到,现代主义诗歌本文中的动词性句子,与近体诗不同,它不把力量聚焦在孤立的动词上,也就是所谓的"诗眼"上。"一个个孤立的动词在汉语句子组织中,并不是有价值的成分,而只有当这个或这些个动词组成句读时,才获得了有机性,成为句子的一个板块。"就是说,动词性诗句的特点,就在板块的递次铺排上。动作语的力量等级可强可弱,如"尽在橡枝上嘶着,/欲用青白之手/收拾一切残叶/以完成冷冬的工作"(李金发:《风》)。在这个句子中,动作语"嘶"的力量无疑强劲,同样是动作语,"完成"的力量则很弱,但这不十分重要,重要的是这两个动作语都起到了力量的传递作用。由点向线、向块的铺排移动,使施事句在诗中形成了个滚动的动作整体。动作语在这个整体所显示的是板块形态,而非动词细节。这是我们讨论诗歌中动词性句子的基点。

三、关系句与逻辑聚合

关系句是同主题句和施事句鼎足而立的句型大类。它着眼的不是一个个事件本身的过程或评价,而是事件之间的关系。汉语是一种注重逻辑事理关系铺排的,就是在前面分析的主题句和施事句中,我们也可以发现句子成分之间存在着多种复杂的逻辑关系。如"在心头上飘来飘去的是什么啊/像白云一样地无定,像白云一样地沉郁"(戴望舒:《独自的时候》),又如"寂寞的砧声散满寒塘,/澄清的古波如被捣而轻颤"(何其芳:《休洗红》)。我们看前句,"像……像……"的句式有比拟的作用,但在句中并不承担主要的表达功能,

---

[1] 蓝棣之:《论卞之琳诗的脉络与潜在趋向》,《文学评论》1990年1期。

[2] 蓝棣之:《论卞之琳诗的脉络与潜在趋向》,《文学评论》1990年1期。

它的主要表达功能是描述该句的评论语"是什么"的。它的比拟关系是句子的下位。后句也有因果联系，但是在表达功能和逻辑关系上是"使动的"。我们所讨论的关系句，就是以表达功能和逻辑关系为己任的关系句，一般包括两个或两个以上句读部分，在很大的程度上构成句子的因果、假设、转折、并列等关系。

因果句：废名的诗《妆台》："因为梦里梦见我是个镜子，/沉在海里他将也是个镜子，/一位女郎拾去，/她将放上她的妆台。"这是先因后果句。"所以黄昏时候/鸟雀就开始飞/是怕天黑尽了/到树林找错了它们的巢。"(何其芳：《夜景二》)这是先果后因句。后句没有"因为"，却用了一个"是"，"是怕天黑尽了"，如果不用"是"，因果关系就不明显了。戴望舒的《我用残损的手掌》中有诗句："我把全部的力量运用在手掌/贴在上面，寄与爱和一切希望，/因为只有那里是太阳，是春，/将驱逐阴暗，带来苏生，/因为只有那里我们不像牲口一样活，/蝼蚁一样死……那里，永恒的中国！""因为"倒置在句子后部分，是对"因"的强调，语义的重心从果移到因，而且是并列的两个因。这就使句子容量扩大，分量增大。

假设句：多用"如果"。"如果那是金黄的一点，/如果我的座椅是泰山顶，/在月夜，我要猜你那儿/准是一个孤独的火车站"(卞之琳：《音尘》)，"如果兴会写些眼睛的灾难/就呵责众人献上鲜花鲜果/当作先知或是导师供养/那我宁愿忘掉读书识字/埋头去做一名小工"(辛笛：《一念》)。用"若"的例句："我若走到原野上时，/琴声定是中止，或柔弱地继续着"(李金发：《琴的哀》)，"若忘却我的呼唤，/你将无痛哭的种子，/若忧闷堆满了四壁，/可到我心里的隙地来"(李金发：《在淡死的灰中……》)。这是个并列的假设句。卞之琳的《半岛》中的句式是独特的，"用窗帘藏却大海吧/怕来客又遥望出帆"。可以分析出这一个假设句的特征是上句末的"吧"，下句首的"怕"，它们联系起来，上句用语气词来提示暗含的假设。"怕"有"不然的话"之意，"怕"在这里用得精当。假设是一种姑且认定的未然，是对可能的提示。对其深入的研究是另一篇专文的内容，此处不论。

转折句：有两种转折句。一种是前句和后句都有标志，如"尽管想象里有无边的绿,/可是水,水,水呵,/我们依旧怀抱着/不尽的渴"(陈敬容:《逻辑病人的春天》)。这类关系句结构紧凑,前句多为后句所限制。还有一种转折句,标志只出现在后部,前部在逻辑上并不十分依赖后部,具有相当的独立性。前部没有预示后部的转折,也就显得自由、生动、不受限制。如"时间逃遁之迹/深印我们无光的额上,/但我的爱心永潜伏在你,如平原上残冬之声响"(李金发:《爱憎》)。老了,但还深爱着。这种转折不是对应的。如"历史也不过是/脚下一条流动的小河,/而你们,站在那儿,/将成为人类的一个思想"(郑敏:《金黄的稻束》)。而"你不能叹息逝者如斯/却只想说/好一股自然的伟力/从洪荒世界奔放到今天"(辛笛:《尼亚加拉瀑布》),则可以看成是相对应的转折句。

并列句:"昨夜付一片轻唷,/今天收两朵微笑,/付一枝镜花,收一轮水月……我为你记下流水账。"(卞之琳:《无题四》)一付一收,这是对应并列句;先付后收,又有因果关系。"汽车寂寞,大街寂寞,人类寂寞"(废名:《街头》),是递进并列句。"你站在桥上看风景,/看风景人在楼上看你,//明月装饰了你的窗子,/你装饰了别人的梦"(卞之琳:《断章》),是顶真并列句。"知道了都会的满月的浮载的哲理/知道了时刻之分,/明月与灯与钟的兼有了"(辛笛:《都会的满月》),是相迭并列句。并列句常常构成对句和排比,造成律动、躁动之势。如辛笛的《月光》:"你照着笑着沉默抚拭着/多情激发着永恒地感化着/大声雄辩着微妙地讽喻着。"这么多动词并排在一起,挤在一起,前呼后拥,形成一股难以遏止的气势。

比拟句:作为关系句的比拟,不是对句子中某一成分的比拟,如"家驮在身上像一个蜗牛/弓了背,弓了背,弓了手杖,弓了腿"(卞之琳:《道旁》)。而是对一个完整的句子的比拟。如李金发的《有感》:"如残叶溅在我们脚上,/生命便是死神唇边的笑",卞之琳的《尺八》:"像候鸟衔来了异乡的种子,/三桅船载来了一枝尺八,/从夕阳里,从海西头"。

通过细致的分析,我们看到,关系句的逻辑结构和表意功能就在关系上,就是把句子联结起来。这种联结带有明显的意向性,即主观倾向,如"我于海鸥的歌是思慕的,/但是疲乏的人,/被白色的船竿消损了,/然后反复地唱着默默的心"(陈江帆:《南方的街》)。又如"这美丽的灿烂如一朵/突放的奇花,纵使片刻间/就凋落了,但已留下/生命的胚芽"(郑敏:《时代与死》)。"我""但是""被""然后""已""纵使"等这些词,把连续性带入诗中,把诗人自己的主观的声音强化了。这和"多少阵杂沓的音响,掠过你身旁,/一片玉瓣,一滴生命,/剥落了生命,你召来燕语和莺啼"(杭约赫:《六行一赠梅》)有着显著的不同。主题句中,名词性的句子并置,造成不连续、松散的块状短句增强了空间感和造型能力。施事句强调的动作性,是"流块",即力的块状铺排和转移。而关系句强调的是一种联系,甚至是归纳。这就使其意象性减弱,力量减弱。但是它给诗歌带来聚合的能力,带来了更多理解的可能性、整体浑然的感觉和统一的格局。还有一种情况,关系句因为总是试图把两个或几个短句联系起来,那么在逻辑和语义上就总有其关联,常常处于一种类比、因果、承递、转折的关系之中,因而总是存在着两相对应、两相契合的因素,也就易于在句子层面上将物我两个世界融合到诗里。

我们来分析一下李金发的《琴的哀》。这首诗共16行,分3节,有6个完整的诗句。诗的开篇,第一句是主题句"微雨溅湿帘幕,正是溅湿我的心",两个动词短句充当了主题语和评论语;一个"正是",把大自然的雨声和"我"的被溅湿的心声融到一起,自然景象升华为诗人的心象,起句不凡。接着是由四个诗行构成的施事句:"不相干的风,/踱过窗儿作响,/把我的琴声,/也震得不成音了!"这是一个连动句,诗意接着上句,"雨"把心打湿,"风"也把"琴声"摇撼得"不成音"了。这是第一个诗节。第二节:"奏到最高音的时候,/似乎预示人生的美满,/露不出日光的天空,白云正摇荡着,/我的期望将太阳般露出来。"这一诗节包括了一个施事句和一个关系句。前句的"似乎"和后句的"将"提示我们,那个"预示人生的美满"的"最高音",一定能从"露不出日光的"正摇荡着"白云"的"天空""露出来",像太阳一样。但这只是一种假设、虚拟,只是一种"预示"和期待,而并非是现实。第五句"我有一切的忧虑,/无端的恐怖,/她们并不能了解啊",这是一个主题句,诗人的直抒代替了哀婉低颤的琴音。最后用一个关系句作结,仍然是一种假设:"我若走到原野上时,/琴声定是中断,或衰弱地继续着。"那么就是说,"我"如果走到无论是"微雨"还是露出日光的"原野"时,琴声或中止,或柔弱地低回,却不会高亢。那个"预示人生的美满"的"最高音"是不可能出现的,这是"琴的哀",亦是无法实现美满人生的悲哀。结句余音袅袅。这首诗的主题句、施事句、关系句各两个,比重均匀,搭配并未失调。再来看看位置。这首诗的起句为名词性句子,属于常态,是稳健的用法。"雨""帘"和"我"的契合,颇具意象性和空间感。承接下来的一串连动句,使诗活动起来。但随之而来的矛盾也就出现了。"我的期望"是"奏到最高音",而"琴声"已被风"震得不成音了"。中间段的两个句子有充满亮色的词语"最高音""人生的美满""太阳""我的期望",都与晦暗的基调相左,遂使矛盾加深。随着诗的进展和诗意的深化,第五句即那个名词性句子则出现了变化,它不再像起句那么具有造型特点,而是直抒胸臆。可以推想,在这个"转"的当口,诗人将要和盘托出什么。在这个节骨眼上,好像什么句型都只能如此了。接着是一个假设,两种可能,关系句做结,把诗中暗示的"期望""忧愁""恐怖"与"太阳""微雨""原野""风"结于一端,融入"琴声"。这虽然使意象性减弱、力度减弱,但是传达了一种涵盖全诗的整体感。关系句充当结句,在现代主义诗歌中不在少数,且形成了自己的文体特色。

上面,我们通过对李金发的《琴的哀》所展开的没有遗漏的句子分析,揭示了现代主义诗歌语言的常态,进而也使我们了解到关系句和主题句、施事句在一首诗中所处的位置、关系和它们所能最大限度地发挥的句法作用。

四、语言板块与句子套盒

在上面的分析中,我们知道,汉语的句子以意摄形,以意尽为旨归,用一个个语言板块,按逻辑整理的组织、流动、铺排来完成表达的要求。这在现代主义诗歌的语言结构中得到了充分的印证。现在的问题是,这"一个个语言板块"是如何按逻辑事理,而且是艺术的逻辑事理,组织、流动、铺排、结合在一个有机的诗句中的。弄清它组合建构的方式和程度与现代主义诗歌文本复杂的内涵和诗性效果的结构和功能联系,是很有价值的。在主题句、施事句或关系句中，一个完整的诗句最低应该具有两个语言板块。但情况常常要复杂得多。一个句子中，每个成分都可能由几个板块组成，它们之间形成错综复杂的包孕关系。霍凯特（C.F.Hockett）将这种现象称为"汉语套盒"（Chinese-box style）。在现代主义诗歌文本中，汉语的"句子套盒"或曰"句子的包孕形态"，得到了极大程度的艺术展现和创造性发挥。

主题句套盒：就是以主题句作为框架，在这个主框架的下位句子成分中，又包孕着一个或几个短句。"生命是九月里的蟋蟀声，/一丝丝一丝丝的随着西风消逝去。"（金克木：《生命》）在这个主题句的评论语部分，包孕着一个施事句，即"九月里的蟋蟀声，一丝丝一丝丝的随着西风消逝去"。"我的希冀也许是非分的：愿阳光以外的温暖/或一个生人的眼光/或虫儿们所不了解的声音/使我忘记自己的过去现在。"（南星：《石像辞》）这个句子的主框架是主题句，冒号之后是一个使动施事句。而这个使动施事句的施事语则是一个由三个短语组成的并列关系句。再看辛笛的《手掌》，主题语和评论语都集结着一堆语块："形体丰厚如原野/纹路曲折如河流/风致如一方石膏模型的地图/你就是第一个告诉我什么是沉思的肉，/富于情欲而蕴藏有智慧。"先来看看主题语部分。这个"你"是由三个并列关系句组成，每个并列关系句又是一个比拟关系句。后边评论语部分，由一个相当复杂的名词短语充当。它的全部内容是"第一个告诉我什么是沉思的富于情欲而蕴藏有智慧的肉"。这个短句由一个并列关系句组成，并列句的上部分包孕着一个施事句"告诉我什么是沉思"。这个施事句中又包孕着一个主题句"什么是沉思"。下部分还是包孕了一个关系句"富于情欲而蕴藏有智慧"。这个关系句中的两个成分，又是施事句"富于情欲"和"蕴藏有智慧"。这么一句诗，当我们将其进行细致而些烦琐的句子分析时，竟会眼花缭乱。大盒套小盒，小盒又套小盒，层层叠叠，繁繁复复。

施事句套盒："我看见平原之歌者/随风而走上绿草来。"（林庚：《时代》）这个施事句的动作语是兼语句，这个兼语句又带着一个连动句。郑敏的诗《村落的早春》也与之相似："我谛视着它，/蜷伏在城市的脚边，/用千百张暗褐的屋顶，/无数片飞舞的碎布，/向宇宙描绘着自己。"这个动作语也是兼语包孕着连动，而其中嵌入了"千百张暗褐的屋顶""无数片飞舞的碎布""在城市的脚边""向宇宙"这样一些不同用处的词语,好像是在为这个兼语加连动的句子设置障碍,使急促的句子流动放慢或延宕,以增强力度。还有一种嵌入:"多少阵杂沓音响,掠过你身旁,/一片玉瓣,是一滴生命,/剥落了生命,你召来燕语和莺啼。"(杭约赫:《六行一赠梅》)这个可以理解为兼语也可以理解为连动的句子,中间嵌入了一个主题句"一片玉瓣,一滴生命",也给句子带来异趣。我们来分析一下卞之琳的《尺八》。"长安丸载来的海西客,/夜半听楼下醉汉的尺八,/想一个孤馆寄居的番客……"这个施事句的动作语,是一个连动句套着一个兼语。而这个兼语,又是一个带有四个动作的连动句:"想一个孤馆寄居的番客/听了雁声,动了乡愁,/得了慰藉于邻家的尺八,/次朝在长安市的繁华里/独访取一枝凄凉的竹管。"若用一个式子来表达这个施事句的动作语,应该是"连动—兼语—连动"。下面这个例句,则刚好和这个式相反,是"兼语—连动—兼语"。"听惊怯的梦的门户远闭,/留下长长的冷夜凝结在地壳上。"上行末的"远闭"和下行首的"留下"构成连动,而上句"听惊怯的梦的门户远闭"是个兼语,下行"留长长的冷夜凝结在地壳上"也是兼语。从以上这些例句,我们可以看出,施事句的套盒是一个个语言板块,沿着语序和"逻辑天籁的心理时间流的铺排"连接的。

  关系句套盒:戴望舒的《我的记忆》中有这样的诗句:"它是琐琐地永远不肯休止的,/除非我凄凄地哭了,/或是沉沉地睡了,/但是我永远不讨厌它,/因为它是忠实于我的。"这是一个关系句,具有四个层次的关系,主框架是因果关系句。倒置的最后一行是"因",前四行是"果",这个"果"套着一个转折关系句。"但是"是上下句的转折区分标志,这个转折关系句又套着一个条件关系句,"除非"是其标志。在这个条件关系句中,又套着一个以"或是"连接的并列关系句。这四重关系中的五个短句中,"琐琐地永远不肯休止的"和"它是忠实于我的"是名词性的句子。而"我凄凄地哭了""沉沉地睡了"和"我永远不讨厌它"三句是动词性句子。还可以再分下去,在"它是忠实于我的"这个名词性句子的评论语中还套着"忠实于我"这是个动词句,即"对我忠实"之意。再看每行句首,"除非""或是""但是""因为"挤在一起,把后面的这五个似乎不相干的短句,有秩序地一层层地联结起来。再来分析一下卞之琳的《音尘》:"如果那是金黄的一点,/如果我的座椅是泰山顶,/在月夜,我要猜你那儿/准是一个孤独的火车站。"这个句子的主框架是假设关系句。上部分是由两个"如果"组成的并列关系句,前一个"如果"套着一个名词句"那是金黄的一点",后一个"如果"套着一个名词句"我的座椅是泰山顶"。假设的后半部是由动词句"我要猜……"表达的一种推测。这个动词句又套着一个名词句,"你那儿准是一个孤独的火车站"。"泰山顶"和"火车站"在"月夜"造成一种时空的相对。叶维廉认为,卞之琳常常把相对的思想熔铸到诗中。通过对《音尘》的分析,我们亦可得到证实。

在句子套盒的分析中,我们已经看到,一首诗的句子是千变万化、千奇百怪的。句法成分和关系复杂多变,三种句型套在一起,交结于一团,你中有我、我中有你,因而三种句子的结构和功能也就相互纠缠、相互影响。总的看,主题句套盒是在有限的诗行里最大限度地集结容纳不同类型的具有造型能力的短句、词语,向四处散射膨胀,向空间拓展。动词性句子包孕在名词句里,也入乡随俗,顾全大局。我们称这类句式为叠式套盒。施事句套盒则体现了力的趋动转移,朝着一个方向,在时间的延宕中进行块状铺排。我们称之为链式套盒。名词性的句子嵌在其中,起一定的减速和阻遏作用,也更增强了句子的力度。关系句套盒的包孕具有一种兼容性,在关系句套盒中,按其下位区分,主题句、施事句或关系句各司其职,各显其能,纵横交错,繁复驳杂,意趣横生。我们称之为叠链交错式套盒。关系句套盒也有它的问题。以戴望舒的《我的记忆》一诗为例,句子的下位虽仪态万千,但关联词语过多,使这种复杂成为一种谨密的层层推理。"除非""或是""但是""因为"一气铺排,这类用法或许并不是诗的长处。

在对现代主义诗歌的具体文本进行了大量的语言分析之后我们谈谈几点感想。

(1)在尽可能多的语料阅读中,我们发现,现代主义诗歌所呈现出来的语言常态,并没有造成对现代汉语规范的颠覆,而恰好是一种建设和实践、丰富和发展。这种理解与我们所选择的语言学模式有关。申小龙的语言学理论打破了既成的自《马氏文通》至今建立起来的一整套以西方语言学理论为背景的现代汉语体系，在深入阐释了中国古代语文研究的句法学传统，并加以创造性的发展的基础上，对古代和现代汉语句法现象的常态进行精密细致的研究，建立了主题句、施事句、关系句三分天下的句型理论。这一理论的科学参照点除了传统句法学的整理和发展，更重要的是申小龙所强调的"汉语与中国哲学、艺术、文学、美学乃至思维方式方面所具有的文化通约性"。申小龙博士指出："这种通约性使我们可以从中国文化的其他样式入手反观汉语的建构特点，从较深的层次上把握汉语的文化特征，以此规定汉语的整个结构蓝图。"这种文化通约性也在我们的诗歌研究中得到了印证。

（2）汉语的句法是"以意立句""意尽为界""文成法立"。句法越复杂，也就说明意蕴越复杂。诗歌是语言艺术的精华，是艺术的有机构成。诗歌语言句式所呈现的错综复杂，注定包孕着情意思绪的错综复杂。这并不是说，诗人们是在有意识地按某种句法写作，或故意将语言复杂化，而是说出于表意的需要，正如雅各布逊所说，在语言行为中，"当信息强调自身，把注意力吸收到它自己的发音模式、措辞和句法时，被我们发现的东西就是诗歌的功能"。用穆卡洛夫斯基的话说，"语言的诗学功能在于言语行为的最大限度的突出"。因而可以说，语言形态是诗歌存在的第一也是最终的现实。一首好诗，注定是语言的节日。

（3）我们对现代主义诗歌语言的形成所进行的句子分析，证实了上述的论断。就是说，我们对诗歌句子的所有丰富性的剖析，都是现代主义诗歌的语言艺术成就给予的。这可以从那些团团串串、层层叠叠的语言板块和句子套盒中，还有那些看上去毫无生气的程式中体味到。这一现实明确无误地告诉我们，同一时期其他倾向的诗歌文本在诗歌语言常态上（常态，不是偶然的某一个）是难以与之匹敌的。从一定意义上说，现代主义诗歌为我们的句法研究提供了成功的范例。或可说，这一研究向我们展示了现代主义诗歌的独特的语言景观。

原载《诗探索》总第 18 辑（1995）

现代汉语诗歌中的语言问题

丘振中

中国是否存在一种"新诗的语言"？

如果把某种文体的"语言"定义为"区别于其他文体语言"的话，可以说，我们有一种"文言文语言"，有一种"白话散文语言"，还有一种"古典诗歌语言"。我们甚至能区分出"诗的语言"与"词的语言""曲的语言"——"临断岸新绿生时，是落红带愁流处"，人们便断定它属于"曲"而不属于"词"。然而，我们还不能坦然说到"新诗的语言"。

我们说的是，人们接受语言时，在文学语言的分档系统中增加一个新的类别。就古典诗歌而言，一类语言的形成，必须在语言节奏、韵律、句法、字词的选择和连缀，以及意象的组织、含蕴的解读等方面同时形成有别于其他文体的特点，这些要素之间还必须形成一个不可分拆的整体，各种特点互相依存，节奏不当，意蕴即受损害；字词选择逸出范围，诗思即受到无可挽回的损失。只有在这时，人们才会感到一种不可替代、不容混淆的语言的出现。一种语言的确立绝不仅仅与狭义的语言特征有关。

一种语言确立前和确立后所处的境况很不相同。由于中国诗歌漫长的历史，各种类别的古典诗歌都形成了自己的语言特征——也就是说，各种类别诗作的语言都已确立，人们在潜意识中已经建立了明确的分档系统。

当一种语言类型在归档系统中占据一个确定的位置以后，人们判断一件作品语言的归属成为轻松的事情，同时也容易显示出判断上的宽容：只要符合这种语言的某一特征——即使是外部形式特征，便将它划归属下，同时也不再仔细区分"对这一诗歌形式的归属"和"对这一类型诗歌语言的归属"。例如崔颢《长干曲》："君家何处住，妾住在横塘。停船暂借问，或恐是同乡。"如果说它还不是典型的诗的语言，可能会招来无数的诘难，但是它利用的是散文的句式，如果我们仅仅通过这一类作品来确立中国古典诗歌语言的特征，那我们只能得到某些东西——节奏、韵律，而永远不能形成一种从各个方面区别于散文的诗歌语言，尽管节奏、韵律也是形成这种语言的要素。

　　人类分档系统的调整、改变是一个复杂的过程，考察中国古典诗歌语言的确立过程，不是在这里所能做的工作。我们来看看现代诗歌的处境。

　　一种语言确立之前，根本不存在这一类别，任何有关作品、有关诗句被交付给读者，总是被读者划归已有的类别中。人们数十年来都摆脱不了的心事，是新诗在语言的音响效果上永远没法与旧诗比美。这里除了新诗实际成就的限制，也包含着由于分档系统的构造而来的惶惑。新诗中的语言让人感到不是像散文（及其碎片）、像口语，就是像古典诗歌的仿作。这与现代书法的境况十分相似。人们常常指责一件现代书法作品不是像绘画，就是像传统书法——事实上人们的平面图像分档系统只存在绘画与传统书法这样的类别，即使他们面前出现了一幅真正区别于绘画与传统书法的杰作，他们也只能把它归于绘画或传统书法，别无选择。改变这种局面的唯一办法是在读者的分档系统中增加一个不容分拆的整体（一旦能拆解，则又易于归于旧有的类别中），并汇合于语言层面，使接受者留下无法抗拒的深刻印记。此外的条件，则是这一类代表作的数量与传播所需的时间。

　　人们的潜意识对新的分档系统的建立极端挑剔。"五四"以来，人们对白话诗语言的节奏和音乐性进行了不少探索，例如参照西方诗律划分诗行中的"音步"、规定诗行中的字数等等，并试图建立新诗的"格律"，但这一切全遭到失败。这种探索留下了一些值得注意的作品，也有助于人们对现代汉语音响性质的深入认识，但它们没有给予我们一种"新诗语言"。

　　给人以深刻印象的倒是那些并非刻意追求，但富于音乐性的某些作品，如徐志摩的《沙扬娜拉》《再别康桥》，戴望舒的《雨巷》等。半个世纪以后我们再来看这些作品，真不由钦佩徐志摩等人对白话汉语深藏的音乐性的过人的敏感。然而除了对语言音响的敏感，作品的意象、含蕴都没有在字面外给出更多的东西——主题清澈见底，作品没法经受现代那些苛刻的读者的解析（如布罗茨基《析奥登的〈1939年9月1日〉》）。这一切与雪莱等浪漫主义诗人的作品相似，但徐志摩的语言背景不同，他使用的一种（对自由诗而言）性质尚未分明的现代汉语。他要么通过自己的努力而有助于确立现代汉语在诗歌创作中的地位——雪莱并不承担此种使命，要么任人们的感觉对他的作品随意进行处理。徐志摩诗作中的意境大多源自浪漫主义，另一部分作品则带有浓重的中国古典诗歌的影响，如《山中》这一类作品不论音响还是情境，人们都把它归于古典诗歌的变奏。

后来，当人们在意象和诗思等方面不断取得进展时，却又往往来不及把语言的音响糅合于其中。穆旦是1940年代一位非常重要的诗人，他的作品表现出中国现代诗歌对世界现代诗歌的颖悟和感应。然而在他的作品中，语言基本上属于散文一类，一部分作品语言颇像译诗，意象、诗思与音响、字词、句式之间缺少一种不可分割、不可更易的关系。"在寒冷的腊月的夜里，风扫着北方的平原／北方的田野是枯干的，大麦和谷子已经推进了村庄……"（《在寒冷的腊月的夜里》），也许散文化正是诗人的追求——就个人而言这无可厚非，但是当它们成为诗歌史上的遗产时，我们能不思考它对于历史、对于后来者的意义吗？

对诗歌语言的各种要素分别进行追求或许是不可违拗的过程，但缺乏自觉意识、缺乏理论的深入探究，延缓了现代诗歌语言的确立。据说有人断言新诗不可能形成一种自己独有的特征，恐怕是他们对那些闪烁着希望之光的作品缺乏足够的敏感。

如施善继的《标示土》：

> 以任一段木材可以阅读你底岁月，你底耳朵
> 　　有整座锯木厂的声音
> 从屋后的青溪可以阅读你底岁月，你底耳朵

> 有整潭碧绿水的声音
>
> 祖父牵你绕过：情人谷。
> 你牵着伊绕过：情人谷。

前一段依稀回应着徐志摩式的音响，但仔细倾听便不难明白，这是另一种声音，几处奇数音节词带来微微的生涩，使表面整齐划一的诗句避免了轻丽、甜俗，而两段之间音响的对比、含蕴之间的距离和张力，使这首小诗语义与音响的组织迥别于散文。

如海子的《亚洲铜》：

> 亚洲铜，亚洲铜
> 祖父死在这里，父亲死在这里，我也会死在这里
> 你是唯一的一块埋人的地方

"亚洲铜"，轰鸣作响的三字，由于它的喻体和被比喻物双重的不确定而增加了音响所具有的表现力，同时定下了这一小节的基调，意象所提供的可供联想、猜测但又无法确指的意蕴在"亚洲铜"声响的笼罩下萦绕下去；唯一能确指的是沉重的感觉，它与句式、音响、字词紧紧糅合在一起，如果把"亚洲铜"一行撤换一字，则不能设想这一小节还能否保持原有的诗思和魅力。——这正是我们所期待的"新诗语言"所应有的特征。

从施善继的《标示土》到海子的《亚洲铜》，我们已见到一种新的诗歌语言的崛起。这是一条隐秘的线索。人们似乎不是靠学习和训练，而是靠与生俱来的直觉（为什么能做到这一点的人那么少？）才在这无形的索链上套上自己的环扣。

在这一类作品的创作中，语言的功能与介入程序已被彻底改变。人们不是先想象、构思、立意再来为这一切寻找语言的表达形式，而是在诗意、意象默然升起的时刻，语言即已开始它的狂欢——有时，语言的鸣响便成为一切的

触机或主宰；当客观事物、诗人的感觉、语言三者相遇的时候，各自的漂移、碰触的种种契合冲突、无穷变幻，都伴随着诗人智慧之光的烛照，词语便被机遇与直觉挑选出来，记录在案……

在确立"中国新诗语言"这一不自觉的历史中，产生过不少好诗，但它们只是在某些方面进入了诗的境界。即使是现代诗歌史上脍炙人口的名作，绝大部分都没有做到语言、意象和含蕴的密合无间，同时保持语言音响、结构、意义组织的非散文化。这样我们便面临着一个矛盾，这些作品无疑对新诗的发展具有重要影响，但又恰恰是这些语言上缺少高远目标的作品造就了读者，同时也造就诗人自身的语言观念，这就是现代汉语诗歌中语言的命运。数十年以来，我们已习惯于带着语言上的宽容去欣赏新诗作品，即使是新诗传统最热诚的捍卫者，也不得不承认新诗中语言所处的不利地位：它永远不能与古典诗作抗衡。久而久之，这已经成为一个不言而喻的传统——任意翻开一册诗选，看看多少有才能的诗人从心底放弃了对独立的现代诗歌语言的追求！他们也许形成了自己的语言特征，但那只是对散文的贡献。失去信念使诗人们的感觉根本不朝这个方向发展。谅解是如此深入人心，它使我们根本无法对自己提出语言上的更高要求——实际上它也杜绝了中国新诗取得更高语言成就的道路。——当一种诗歌语言上的最高成就已被限定的时候，这种诗歌还能走多远呢？

汉语译诗中的语言是带来误解的另一个重要原因。诗歌在翻译时失去了全部的音响特征，但获得了由译者所给予的另一种音响形式（语义、意象、含蕴上肯定有所失，但不会尽失）。由于从原文中获得对音响的深入感受并非易事（能像瓦雷里那样谈到《恶之花》的音响效果，在法国也不多见），译诗成为中国诗人接触当代第一流诗作的主要途径。在这些译作中，尚能传达的意象与含蕴的震撼力夹带着译诗语言，给诗人们以重要的影响。如阿特伍德的《所有的只是一件》：

> 不是一棵树，但是树
> 我们看见的，它将永不存在，被风撕裂
> 在风中起伏

> 仿佛一次一次。是什么在推动地球
>
> 而后，使它成为夏天，将不是
> 草，树叶，复制品，那里是
> 另外一些词。……

任何中国现代诗人都会为自己能写下这样的汉语诗句而骄傲，但这还不是那种能确立新诗语言地位的作品。例如第六行，全部是上声和去声，几乎没法阅读；敏感的中国诗人在浮现有关意象的同时便会拒绝这种音响形式，而去寻找（或者说感觉）另一种意象与语言节奏的组合，然而诗句一旦诞生，更改的机会就很少了。——面对"grass""leaf""reproduction"之类的单词，译文是否还有选择的余地？

含蕴、意境及意象组织的精彩，而把其带来的语言形式亦视作典范，是妨碍新语言为自己设立更高目标的障碍。

新的工作已经开始。在新诗语言成为千万读者心理上的事实之前，诗人们必须加倍严格地要求自己：在每一首作品的创作中，为意象、意蕴和语言的表现力同时竭尽心智。

除了关注语言音响、语义的一切细微变化与内部生活的应合，还应当更多地关注句法的独创性。这是人们注意得很少的一点。当我们审察语言的一切细节，并尝试各种可能的变化时，句法是一个可以更多地动用想象力的领域。《汉语诗律学》中对古典诗歌句法不厌其烦地罗列至少给了我们一种启示：句法是构成一种诗歌语言极为重要的因素。也许这正是诗与散文分道扬镳的起点。如果把新的句法称作"非常规"句法，那么"非常规"的意象的解读方式、意蕴都成为首先需要加以关注的事物。——我们并不隐藏我们的目的：引起人们的关注。因为在这确立新诗语言的艰难时刻，只有竭尽语言的一切潜能，使人们的感觉既被震撼，又没有逃回原有类别中去的可能。它需要强度，需要任一细节上不容置辩的表现力和震撼力。

我们必须创造出不需要带着谅解和同情心去阅读的现代汉语诗作。一个词,接着又一个词——立即出现感人的音响组合——语言自身便富有魅力,意境则在语言魅力的伴随下逐渐展开。人们将永远放弃宽容,而最挑剔的读者都能于其中受到震动——词,一个一个射出,如子弹,每一颗都命中你的心脏。

原载《诗探索》总第 19 辑(1995)

诗：作为重新命名的语言

胡　兴

　　维特根斯坦曾经认为，语言与世界之间有一种内在联系，或有一个共有的结构（a shared structure），在这一结构中语言的繁复性（multiplicity）与世界的繁复性有内在联系。他所说的是交织着手势与动作的"日常语言"。这里，我们且不论他对于日常语言的观察是否过于乐观，只想在考察一下日常语言与世界之间关系的实质之后，试图揭示诗歌语言的本质。

　　语言与世界确实存在着一种内在联系。但这是一种怎样的联系呢？我们知道，命名是语言与世界发生联系的第一步和基础。而"命名"又意味着什么？"这是玫瑰""玫瑰是一种花""玛丽是一个女人"……皆是命名行为。这种语言行为的结果是具体事物被抽象化、概念化："玫瑰""花"和"女人"都是其对应事物的概念。命名行为在本质上是概念化行为。从语言形式上看，"是"的两边应该是对等的，但实际上是不对等的，"是"而"不是"。这种对等只有在"1公斤是1000克"这样的数学语言中成立。数学涉及抽象的数字，而世界并非如此简单。问题是，日常语言在某种程度上是数学语言。

　　概念化是一种对事物特征的把握，这又建立在辨别的基础之上。当我们说某物是"橙色的"，已经将这种颜色与红色和黄色区别开来，否则不可能获得"橙色"的概念。通过辨别，我们发现事物特征从而进行概念化命名。在"这是玫瑰"的表达中，"这"在概念化即命名之前是一个具体物，但在命名之后"玫瑰"只代表这一玫瑰及所有其他玫瑰共有的某些特征，而并不能等同于特定的"这"。通过命名，我们仍然不能获得一个"这"确为何物的观念。与此相同，"日""月""山""河"这些命名与自然界的日月山河相对应。我们拥有了这些名称，意味着我们掌握了这些事物的概念——事物的影子。很显然，它们不能容纳太阳的温暖和月亮的清辉——总之，这一个独特而完整的事物。至于有些词语能够在人的内心唤起某种感觉，即完全是个人的联想，而非对这些词语的必然的反应。即使我们努力对事物多方面的特征加以描述，最终还是不能穷尽具体的事物。

我们可以说"玛丽是一个头发金黄、身材苗条……的女人"，但我们还是没有能描述出这唯一的玛丽，甚至不能将她与另一个叫玛丽的女人区别开来，我们只获得了一个对于玛丽的一般概念。命名只能达到事物的概念，从而与自在之事物分离。

所以，命名意味着我们接近世界，但同时又远离世界。通过命名，词语向我们揭示事物，把那隐蔽的引向光明，使人们得以认识该事物，但这是以牺牲事物丰富的具体性为代价的。获得同时意味着失去。当我们获得"玫瑰"这一概念时，我们同时失去它鲜艳的色彩、美丽的姿态和醉人的芳香。

因为词语只能代表事物的概念，那么以这些词语组成的语句同样将远离事物。况且，日常语言的内在结构是逻辑结构，但世界并不是逻辑地构成的。这就决定了在语言中世界只能去适应语言结构。比如说，用语言描绘一朵花的形态，我们必须首先把这朵完整的有机体的花拆解开来，变成几个部分，然后一个部分一个部分地加以描述。即把花的结构变成语言的结构，使空间在时间中展开。这个例子足以说明，花的形态不能在语言中找到相应的内在结构，而复杂的内心世界就更难在语言中找到相应的结构了。

现在，我们再回到开头提到的维特根斯坦的观点。如果说语言与世界之间确定存在着某种内在联系、拥有共同的结构，那么这种结构是十分局限的，只能适用于世界的局部。这如同一束电光射进一片黑暗的夜空，语言只能照亮有限的空间，部分事物仍然沉浸在黑暗之中。说到底，语言是实用性的，人类为着实用目的而创造了语言，这就决定了它并非完美无缺。当然，就实用目的而言，语言确实在人类文明进程中起了决定性的作用。借助于概念和逻辑，人们可以进行抽象思维，从而认识客观世界。但是在实用目的支配下获得的对世界的认识是片面的，如果世界是一个圆，我们的认识只截取到这个圆的一个扇面。

正是由于日常语言有如此的局限性，我们不得不动用其他形式的"语言"试图挽回那从语言之网中失去的。音乐语言、绘画语言、舞蹈语言都试图从不同途径去接近事物之真或真理。在这里，"真"或"真理"，并不能狭隘地理解为科学真理或客观真理；而"世界"也绝非一般所认为的客观世界。[1]这些根深蒂固的成见是人类抽象思维的产物。如果我们摆脱这些成见，我们将会以一种新的眼光来打量这个世界以及一切艺术。那么艺术的目的也就不是浪漫主义所说的表现自我或抒发主观感情，也不是古典主义所声称的"载道"或自然主义所谓的"摹写"自然。艺术的目的在于揭示真理。

诗是一种特殊的艺术形式。它借助于语言揭示真理。如上所言，语言是抽象思维的产物，通常是按照逻辑规则被使用的。相对于维特根斯坦所指的"日常语言"，诗歌语言只能是词与词的组合，不能借助于手势和动作。较之其他艺术，作为抽象思维工具的语言置诗于更为不利的境地。可以想见，相对于他的使命诗人手中的工具是多么无力。中国古代哲人早已看出"言不尽意"，陶潜也感慨地道出："此中有真意，欲辨已忘言。"可以说，一个诗人不能用这种现成的工具而达到他的目的，而是要将它熔铸、锻造成新的利器。

实际上，当诗人发现"说不出"之后，他转而"不说出"。当然，"不说出"并不是保持绝对的沉默，因为诗人毕竟不能像禅家那样可以悟到即止、不著文字。诗人的"不说出"，即是不正面说破或直接说出，而像美国诗人麦克利许所说的那样："诗不应该意指／而应该就是。"(A poem should not mean/But be)诗"不意指"，这就从根本上改变了语言的概念化倾向，词不再代表事物的概念，而返回到事物本身。在诗中，"苹果"就是苹果，而非苹果的概念；"水"就是我们似乎能听见它的流响、感觉到它的冰凉的水；而"黄金"也拂去了蒙

---

[1] 如果"真"或"真理"可以定义为主观与客观的一致，那么诗人与外在世界发生共感和无间契合之际，真理便被揭示。这时，诗人失去其主观性而外在世界也失去其客观性，并且彼此敞亮。

在它上面的尘垢，闪烁着美丽的光芒。"苹果是苹果"在日常语言中等于是毫无意义的废话。但对于诗歌来说它却意义重大：它标志着日常语言向诗歌语言的转化。

汉字具有倾向于诗歌语言的禀赋。象形的汉字与具体事物之间有着天然的亲近关系。很多汉字就是取具体事物的特征而造的，因此从某种意义上说是象征性的。如"暮"表示"日"在草丛中，"春"使人联想到温暖的太阳和勃勃的生机。由此可见，古汉字并不像拼音文字那样是完全抽象化的产物，它始终保持着对具体事物的亲近和黏附。虽然在现代汉语中，由于文字的演变和改革，很多词汇已失去了这种象征特性，但这种象形文字对中国诗人感受和想象方式以至心理结构的影响却是深刻而持久的。现代诗人仍然可以利用这种优势。北岛的诗《生活》只有一个字："网"。它与其说是一首诗，毋宁说是一幅画。若将其译成西方语言，能保留下来的只是概念而无多少诗意了。

尽管日常语汇一旦进入诗中就会发生质变，由抽象变为具体，我们只能说它更接近事物本身，而并不能穷尽真理。诗人以"月亮"给月亮命名，向人们敞开的只是月亮的一面。它无论如何也不能完美无损地再现那个在夜空中游荡，发着幽光，致人梦幻，照临过我们祖先如今又照临在我们头上的那个圆圆的东西。为什么我们只能称它"月亮"，而不是"白玉盘"或"瑶台镜"或别的什么名称呢？诗人只满足于现成的命名是不够的，他必须重新命名。

诗歌存在的意义正在于此：给事物重新命名。当然，诗人不可能拥有自己的一套语汇来重新命名世界。他不可能像我们远古的祖先那样咿呀发声，但他有着初民面对一片陌生、混沌世界的惊奇和敬畏，以及出于本能的命名的冲动。实际上，诗只能在限制中以某种曲折的方式重新命名。所谓的"修辞"，不是别的，正是一种"伪装的"重新命名的手段。例如，诗人第一次将"人面"比作"桃花"，这里他并没有新创一个词，只不过将两个现成的词并置在一起。不管他用的是明喻还是暗喻，总之这样一个比喻刷新了我们人面即是"人面"的习惯性感觉，或者说使人们对这个女人的脸又有了新的认识。在这里，"人面"被"桃花"暗中置换，由此被重新命名。

在浪漫主义诗人那里，这种重新命名还比较容易让读者接受，但往往不够新奇、突出；现代诗人的重新命名则常常显得奇特。从这一点我们可以看出，现代诗人忽视事物表象而直逼其精神内核。在现代诗中，太阳可以是"绿色的"，窗户被名之为"方形的洞"，坟墓被描写成"温暖的大地的外衣"，落日则被比作"一方古印／低低盖在／一幅无名氏的画上"。而在《劳作之后》这首诗中，罗伯特·希莱写道："月光覆盖在高树上如纯净的声音／塔钟的声音，或水在冰层下流动的声音／这是聋人透过他们的头骨所听见的声音。"月光可以被"听见"，而且是通过"聋人的头骨"所听见的，感官之间的界限被超越了；诗人通过对"月光"重新命名，把我们带到一个在日常意识状态下看不见的世界，仿佛它又回到原初的宁静与澄明。这些修辞手法的运用实则是诗人试图逼近事物真实的一次次努力。

比喻、夸张、象征、拟声、拟人、通感这些在现代人看来很平常且带有浓重书卷气的修辞手段实质上是人类保留下来的、被诗人用来重新命名的原始思维方式。对于诗歌的重新命名而言，修辞不是可有可无的点缀而是具有本体意义。

除了修辞之外，节奏、韵律以及语言的超常结构等等都是诗歌重新命名的手段。前面已经指出，日常语言的结构难以容纳丰富多彩的世界。诗要给世界命名，往往需要打破常规语言、超越日常语言模式。别林斯基在《论文学》中说："朴素的语言不是诗歌独一无二的标志。但是精确的语法却永远是缺乏诗意的可靠标志。"下面是诗歌超越常规语言常见的几种方式。

改变语序。日常语言中，语序的变化是有限的，而诗歌语言秩序的变化则是无限的。诗歌语言可以通过改变语序来重新组合世界。我们用日常语言说："碧绿的苔痕爬上台阶，青青的草色映入窗帘。"但诗却是这样说："苔痕上阶绿，草色入帘青。"它改变了常规的语序，并由此获得诗意。正如一位当代美国诗人所说的："当你有了一个新的句法，你便获得了一种新说话（breathing）的方式……获得一种新的意识。"在上面的例子中，日常语言和诗歌语言说的是同一件事而又不是同一件事。正是因为这一不寻常的句法，被日常语言蒙蔽的事物的另一面才被揭示，事物的真相才突然向人们显现。

语法成分残缺。语法残缺对于日常语言来说通常是个缺点，而对于诗歌语言往往又是"合法"的。有人将这种语法残缺解释为诗歌语言简练的要求,这显然未能触及问题的实质。从根本上说,常规语法不能容纳诗歌所要命名的世界;在这里,是世界的结构决定语言的结构。

在汉语诗歌中,语法残缺的现象比比皆是。比较常见的是主词"我"和连系词的缺失。在中国古诗中,我们很少看到作为主语的"我"的出现。而主语"我"的缺失正好给诗人提供了一个新的观察世界的视角。中国诗没有连系词的例子也不难找到,如人们非常熟悉的"浮云游子意,落日故人情"。这两句诗中没有连系词,只有几个名词的并置,也无主宾之分。由于没有连系词,"浮云"和"游子意"、"落日"和"故人情"之间就形成了空白,同时容有多种联系的可能性。这两句诗我们既可以理解为"游子意如浮云,故人情如落日",又可以理解为"浮云使人产生游子飘零之感,落日使人想起故人友爱之情"。当然,它还容有更多的解释,况且诗句所包含的更为微妙的意义远非我们用明晰的语言所能够说清楚的。如果在词与词之间加入了连系词,诗句只能有一种解释,诗意的表达就受到了限制。其实,上面的两种理解都成立而且并行不悖,因为诗人所要表现的世界本质上是直觉的、非逻辑的。或者说,对于日常语言是"不可言说的",在这种情况下,完整的语法反而损害诗意的表达。

20世纪初中国诗歌对西方诗歌尤其是英美意象派诗歌的影响主要表现在三个方面:(1)改变了西方诗人一贯的自我中心视点,削弱了诗人对事物的主观强加;(2)纠正了诗歌语言概念化倾向,使之回到事物本身;(3)摆脱了严格的语法羁绊。尤其是最后一点,对于西方诗歌来说无异于一次"诗体大解放"。因为传统的西方诗歌语言遵循严谨的语法规则,真正是"作诗如作文",而意象派先驱庞德的《在地铁车站》这首诗就不是由完整的句子构成的了:"在人群中这些面孔的鬼影;/一枝潮湿、黑色树枝上的花瓣。"这就是诗人在一个地铁车站一瞬间的感受,按庞德自己的话说就是"瞬间之中产生的理智与情感的复合体"。很显然,这是无法也无须用常规语法来表现的。在这里,语法是残缺的,但表现的"世界"是完整的。

非逻辑组合。常规语言要求合乎逻辑、合乎常理。而诗要表现的世界并不完全是逻辑的世界。因此,诗的语言可能是荒谬的常规语言。江河有一首诗

《激情》，写一个人从青年时期的激情冲动转向成熟的平静。在这彻悟的顷刻，他感觉到"水桶提着他登上山去"，这在常理是不可思议的。这种直觉的顿悟不能通过日常语言说出，只有诗人能够说出。聂鲁达写下这样带有疯狂的非理性的诗句："夜之鸟啄着最初的星星／在我爱你的时候它们闪烁如我的灵魂。"我们还常在诗中看到一些非逻辑词语的组合，如"冰凉的火焰""光明的黑暗"等等。诗歌语言使不可能的组合成为可能。

诗歌中非逻辑语言既非出自逻辑心智也非出自错乱心态。它与直觉或原始思维有关。这种直觉思维能在日常语言中得到很好的表现。但是，诗歌一直是人类直觉思维的一块保留地。对神话和原始民族的研究表明，直觉有不同于逻辑思维的思维规律。

"新批评派"所指出的诗歌中的"矛盾语"以及苏姗·朗格所谓的"普遍的矛盾心理"都说明了线性的逻辑语言在复杂的世界面前往往是束手无策的。只有诗歌语言被赋予了"犯规"的特权，尽管它本身也是有局限性的。

一首诗通过重新命名而揭示的真理也只是"彼时彼地"的真理，是从一个特定的角度看见的世界的真相。对于诗歌而言，没有什么"客观真理"。因此，诗无止境。

而且，语言有一种两重性——诗的语言也不例外。它通过命名敞亮世界，同时又晦蔽世界。当天空被命名，就有了一个固定的词"天空"。而一旦"天空"这个词被说出，就强制性地妨碍你对天空的感受。传说李白登黄鹤楼时看见崔颢已题诗在上，很是折服，便不敢再写黄鹤楼。在李白和真实的黄鹤楼之间横亘着一座崔颢的黄鹤楼，即使李白这样的大诗人也不能逃脱其阴影，但他掷笔作罢是明智的。而许多庸常的诗人很容易被困在这种语言的牢笼中，只有少数杰出的诗人能冲破这个牢笼。平庸的诗倾向于重复别人的语言，而真正的诗总是不断地试图重新命名世界。这就是为什么人们说"第一个将女人比作桃花的是天才，第二个是庸才，而第三个则是蠢才"了。日常语言的语词在它们第一次被说出的时候是诗意的语言，但渐渐就变得陈腐而融入日常语言之中。"桃花面""柳叶眉""毛毛雨"，还有像英语里的"玫瑰似的面颊"（rosy cheeks）、"天鹅绒般的天空"（velvet sky）等都是诗意语言的退化形式。我们可以说，日常语言是诗意语言的退化形式；而诗的语言都是第一次命名，或重新命名的语言。

　　诗人的使命在于不断地重新命名世界，以此使自己的母语始终保持生机和活力。若一个民族没有诗人，我们不敢想象这个民族的语言会堕落到什么地步。同时，诗人通过重新命名，不断擦拭我们的语言，使我们得以恢复对世界的直接感觉，使我们的意识更接近事物、更接近真理。

原载《诗探索》总第 19 辑（1995）

误读的时代

程光炜

1995年的贵州诗会,我因故没有参加。据说,有一个比喻把会议描绘得非常有趣:"人们各自生活在相互隔绝的话语世界里。"时间仿佛又倒回15年前的南宁诗会,虽属两个时代,但同样是话语误读,同行之间一下子变得陌生起来,好像谁也不认识谁了。我想,它并不是一般想象中的"历史再度重演",而是再次证明了诗歌的"意识形态焦虑"。或许,我们即使在梦境里也从未走出过那个不可捉摸的寓言?

崛起论的批评系统是否失效

那么,误读的深刻危机缘发何处呢?在讨论这个问题之前,我们应该意识到,新时期诗歌(包括整个文学)始终处在权威话语、知识分子话语和民间话语这三个"历史排场"之中——它是在三种话语共生性的依赖关系中被人们所意会和解读的。

根据马克思的看法,男男女女都在创造他们自己的历史,但并不是在他们自己选择的条件下。在这一文化分析范围内,历史排场中话语活动的主要关系存在于这两种人之间:一种人注意于创造历史的文化,另一种人则注意于限制或激励这一创造过程中未经过选择的条件。前者承认人的行为有很大作用,特别重视人的经验;后者则对社会和意识形态的造型力量有特殊兴趣。福柯更倾向于把权力和知识看成一种共生性的关系。他认为,权力不仅在话语内创造知识对象,而且创造作为现实客体的知识对象。假使没有权力的行使,知识会成为未被规定的、难以名状的和对客观现实失去控制的话语:"要是没有相互关联的知识领域的建立,就没有权力关系;同时,也没有任何知识不预先假定或构成权力——关系的。所以,不是要在知识主体是否摆脱权力——关系的基础上去分析这些权力——知识关系,而是相反,认知的主体、所知的对象和认识的样式,都必须被认为是权力——知识及其历史变化的这些根本含有的许许多多的效果"。说到权力,就会牵涉一个更加微妙的概念:意识形态。在当代思想文化史范畴,意识形态是个棘手得人人躲之不及的术语,然而在当代马克思主义的话语系统里,它具有两层可以加以区别的含义:第一,作为权力集团塞给劳动阶级的虚幻的意识;第二,人们总要按照某种惯例去想象自己与自身存在实际状况之间的关系,意识形态就是这样一种惯例。[1]第二种也即阿尔都塞式的意识形态,相信意识形态不仅仅是一个权力集团的产物;相反,它无处不在,包含了一切对现实的再现和一切社会惯例。因此,社会文本和文学文本是一种彼此开放和互文性的关系。文学不是被动地反映外在现实,它本身就是一个建构文化的现实感的动因。它是一个更大的象征系统的一部分,通过它,某一特定历史时刻的"现实"才会上升到观念的层次,文化才能想象出它与自身存在的实际条件之间的关系。由此可以说,文学在参与历史过程的同时,亦在参与对现实的管理。

如此推演,往下的问题就变成:文学是否具有一种处理意识形态的特别方法?皮埃尔·麦切雷认为表面上独立于意识形态的文学,实际是一种对意识形态的"戏仿"。这样,读者就与被处理的意识形态内容似乎隔离开来,文学被看成是在揭露意识形态的矛盾,建构一种新的"社会惯例"。然而,正是在这个清理废墟的隐蔽过程中,意识形态得以在更深的层次上被"复制",进入本雅明所说的意识形态的"再生产"当中。

---

[1] 第一种对意识形态的理解,参见 [德] 马克思《德意志意识形态》;第二种理解,参见 [法] 阿尔都塞《意识形态和意识形态国家机器》。

由这些烦琐的理论表述回到新时期诗歌的思想起点，崛起论的生产过程和理论自限就可以看得比较清楚了。20世纪的中国思想文化史，打一开始就分裂为三种话语形态：国家权力支持的权威意识形态，以西方外来形态为主体的知识分子形态，保留在中国民间社会阶层的民间意识形态。在不同时期，三方面有分有合，关系始终处在功能性的变动之中。正像孙中山、毛泽东为建立不同于旧国家意识形态的权威话语而寻求知识分子话语和民间话语的支持一样，新时期"拨乱反正"的政治文化策略，一开始也把其工作重心放在与后两者关系的调整上。史为前鉴，这种调整总是成功地赋予前者合法的或者说法统的地位。"批判两个凡是"与"解放思想"这一内含着人文精神和民间伦理秩序的总问题（阿尔都塞语）成为一个除旧布新的社会惯例，并作为不乏亲切和可信的权威话语在当时知识分子中产生人格化的抚慰与规范的作用，是不奇怪的。

问题是，"崛起论"果真如人们所说是在与权威话语打擦边球的过程中运作它阐扬五四文学传统（也即知识分子话语）的文化策略的吗？从历史文本"许许多多的效果"看，结论可能不那么简单。譬如，谢冕《在新的崛起面前》一文将新诗重新置入五四新文学的语境："当前这一状况，使我们想到五四时期的新诗运动。"这样，经过重新编码的历史打通了"当下"与"五四"的联系，当下因为"五四"在现代思想文化史中的历史权威性而获得了某种权威性。循此逻辑，孙绍振在《新的美学原则在崛起》一文中说得更加明确："在历次思想解放运动和艺术革新潮流中，首先遭到挑战的总是权威和传统的神圣性"，"权威和传统曾经是我们思想和艺术成就的丰碑，但是它的不可侵犯却成了思想解放和艺术革新的障碍。"与谢文比较，孙文具有更彻底的解构性，而在徐敬亚那里，这一解构策略又被猛烈地发展为："我郑重地请诗人和评论家们记住1980年。"（注：这与提醒社会学家记住1979年的思想解放运动的做法毫无区别）在这里，"五四"与"思想解放"很巧妙也很自然地合作成为新时期诗歌的两大知识谱系。这种"沟通"使批评在某种意义上成为对权威话语的一种诗性阐释，因而它显示了批判旧意识形态并将人们的观念拆旧换新地组织、整合到后者上来的特殊功能。从这一角度看，崛起论者的"崛起"是一种历史叙事，历史在叙事中从被呈现到被认可，正好说明了历史的虚构性。顺便说一句，丁力们由于未觉察到这种"知识型构"的转型，尤其没充分体味到权威话语内部的变动，他们一再误读谢冕等人，最后被排斥在那一轮文化较量之外，并不让人觉得有什么不妥。阿尔都塞发现，阅读中可见的东西相当于第一文本，不可见的东西相当于第二文本。阅读时，只有通过可见的东西才能把握不可见的东西，只有通过第一文本才能深入第二文本。与此垂直方向的阅读相联系，还当有一个水平方向的阅读。所谓水平阅读是指两种不同的理论框架互相辉映、比较对照。水平阅读决定垂直阅读但服务于后者，唯如此，方能达到阅读目的。由此可见，诉求知识分子话语的对话地位与诉求知识分子话语回报权力话语以法统地位，正是两大知识谱系从第一文本中引申出了第二文本——两套谱系之间的"合谋"至今还被人们误读着——正是在这其中，崛起论成为既不同于20世纪五六十年代也区别于丁力们的一种文学批评范型（社会惯例）。我们这代人批判（社会文本）与审美（文学文本）互文性的批评风格，正是从这里开始孕育并形成的。不妨说，我们中的不少人至今还在崛起的思路中思想和写作。舒婷和梁小斌与此类似的对现实的"政治管理"，更成为一种时代意义上的典型案例。针对北岛对政治的深刻怀疑，她的《这也是一切》分辩道："不，不是一切都像你说得那样。"她许多著名的赠别诗如《秋夜送友》《别》等，贯穿着一个对当时青年知识者颇具吸引力的"走出迷惘"的劝导性的思维模式。梁小斌直接向旧权威话语宣称："中国，我的钥匙丢了。"作为现实象征系统的一部分，"钥匙"的失而复得，所隐喻的很自然就是人民寻找继而认同的新权威话语的稍觉曲折但后来被证明获得巨大成功的历史过程了。

然而，这场知识分子话语与权威话语的合练，却基本上把民间话语排斥在外。鉴于此，崛起论者对"朦胧诗"的阅读一直滞留在第一文本——西方19世纪人道主义观念层次，对其潜文本（主要是北岛的作品）中"地下性"和中国民间意义的存在主义思想性格，则根本没有触及。自清末以降，民间话语不单多次吸引过一些敏锐的知识分子，而且在稀释、化解国家权力意识方面扮演过重要角色。在它无以存身的"文革"中，它甚至成功地潜入"革命小说"和"样板戏"的叙事模式，成为一种"隐形结构"。例如，《林海雪原》中的绿林匪气，《沙家浜》里的男女斗智，表面向观众传输的是革命道理，剧情中这些活跃的民间文化意蕴,却更能激起人们审美心理上的愉悦感。作为"左倾"思潮的主要策源地,京师权威话语对民间话语的压抑,比较容易塑造出一种民间文化意义范围的带有现代游侠特征的文化性格。"朦胧诗"主要成员由地下而国外(另一种欧洲文化中心背景中的"地下")的非主流的人生逻辑,充分证明了这种民间人格在一部分知识分子中的顽强存在。"游士"是先秦社会最为重要的一个社会群体,它的产生和后来演变影响着以后几千年中国文化的面貌。冯友兰先生认为:"士字之本义,似是有才能者之通称。"[1]顾颉刚先生也考证说,"士"就是古籍中的"士伍"之人。[2]从以上诸家的考证中可以得知,"士"是从平民中分化出来但又在民间活动的一个特殊阶层。它最初虽是一个尚武的武士阶层,处在贵族、平民之间,在上层社会和平民社会汇合之处流动,因此其成员处在不断分化组合的过程中。春秋时期,王纲解纽,旧的社会秩序分崩离析,各社会阶层的关系亟待重新调整。活动于这一文化组合缝隙中的游侠,在本质上犹如某些文化人类学家所言,是一些"文化离轨者"。[3]他们游离于既定的文化规范之外,蔑视他们所处的社会文化的价值观念,因而采取极端的抗拒行为,行动乖僻,为世人所不解。荆轲来到燕国后,天天与好友高渐离及其他一些屠夫在闹市中痛饮,喝到兴头上,高渐离击筑,荆轲随着乐声高歌,"相乐也,已而相泣,旁若无人者"。燕国侠士秦舞阳,13岁时就杀人,"人不敢忤视"。在知识考古学的意义上,"地下"与"文化离轨者"是同一谱系中的民间话语。战国与白洋淀,秦舞阳与顾城,这两对古今映照的文化记号,虽都是极端的例子,作为阿尔都塞所谓的"总问题",却是可以进行水平阅读的。

不能不看到,崛起论者的"知识型构"基本上是在当代意识形态话语规范、赋予和"经过选择的条件下"产生的。它虽然能吸纳五四新文化的某些话语内涵,却一直游离于民间话语之外,这样就造成了知识型构上的残缺,形成

---

[1] 冯友兰:《原儒墨》,《三松堂学术文集》,北京大学出版社1984年版,第320页。
[2] 顾颉刚:《史林杂识初编》,中华书局1963年版,第85页。
[3] [美]冯格丽特·米德:《三个原始部落的性别与气质》,宋践等译,浙江人民出版社1988年版,第276页。

批评与批评对象之间的"错位"。依其文化教养，它多半会朝着胡适式书斋理想主义的方向发展，而很难深切把握住民间知识分子那里的"总问题"。在这一历史命题之中，崛起论者的批评文本不只缺乏对"朦胧诗"第二文本的有效阅读，它在"90年代诗歌"文本中究竟有多少批评的有效性，也是比较值得怀疑的。

那么，是否就可以断定，崛起论的意识形态批评已经完全过时了呢？这个结论至少就目前看，并不可靠。

个人写作中的意识形态是否终结

1990年代的诗歌，是以权威话语的退缩和民间话语的扩张为基本特征的。然而，诗歌的价值走向并未落入该阶段诗人型批评"意识形态终结"的期许之中，欧阳江河的《'89后国内诗歌写作：本土气质、中年特征与知识分子身份》可算是一个重要案例。

从语言策略看，欧文的主要目的是运用后现代理论消解崛起论者的意识形态话语。针对这一思想范畴的具有政治革命性质的青春期写作、他者意义上的非本土化写作和知识分子的集体写作，他提出了与之相反的中年写作、本土气质写作和知识分子个人写作三个重要的诗学概念。在欧阳江河看来，中年写作与罗兰·巴尔特所说的写作的秋天状态极为相似，即写作者的心情在累累果实与迟暮秋风、已逝之物与将逝之物、深信与质疑以及关于责任的神话与关于自由的个人神话等等之间转换不已。以此为根据，他一方面反省了青春期写作在运用意识形态话语过程中的一次性、简单性，另一方面却认为中年特征写作在差异、多次细读和对未知时间的命名中，也得"给现在定量，并由此确定其本质"，因为"它是寓言性质的时间"，可以使"写作变得深邃、悠久"。这等于在消解诗歌意识形态的"深度"之后，又把"深度"还给了后者；在反意识形态话语之后，马上又虚构出另一种话语里的意识形态——这一表述的悖论性正是作者也未必想到的"阅读效果"。该文的"本土气质"一节的表达更加混乱。如果我没有理解错的话，欧阳江河的主要意思可以清理如下："90年代诗歌"的个人写作追求的是"一种介于书面正式用语与口头实际用语之间的中间语言",换种说法,是所指条件下能指的多样性和边缘性。比如他说,如果国内一些主要诗人在作品中确立了具有本土气质的现实感,那么他们主要不是在话语的封闭体系内,而是在话语与现实之间确立起来的。这种现实是写作者所理解的现实,不是事态的自然进程。但他接着又说,某些诗人如钟鸣等经常在公众感受与个人感受之间摇摆不定,原因就在于其作品体现了无家可归、无处可去的"在路上"的矛盾主题。既然本土气质已经"确立起来"、不成问题了,那么无家可归实际上也不想"所归"的后现代主义的心理动机及知识模式,怎么能突然又强行插入很现代主义的话语与现实之间呢?事实上,正因为欧阳江河始终没有正面阐发什么是本土气质,他在现代与后现代、话语与现实等概念之间的表述,给人的印象是忽左忽右、忽这忽那的。这种现象让人觉察到"诗歌意识形态终结论"根据上的混乱。"本土性"是近年学界一个针对西方中心主义所谓第三世界文化的说法。本土性原义是指一种专注民族母语、从而获得与西方中心主义对等或对话、交流的话语权力。它是从第三世界民族的生存处境中引发并与之语境深刻关联的一种话语的表达。欧阳江河引入该说法之前,显然并不熟悉本土性的知识背景。在此情况下,"本土性"建构在该文中的条件与可能性,就令人怀疑了。至少,它是不准确的。该文的线索之三"知识分子身份"一说,则也可以商榷。欧阳江河对知识分子当下身份的厘定,采用的是社会学的分析方法。他认为知识分子是一个被权威话语挤到国家生活边缘的、类似于亡灵的社会阶层,据此,他援引了福柯"作家的活动已不再处于事物的焦点"的著名说法。联系上下文,我们会发现作者同时在用另一个价值尺度诉求知识分子的某种权力(即他试图从知识分子身上批判掉的东西)。他认为排除了群众写作和为政治事件写作两个方向的转型期的写作,应该是一种与久远的历史阅读重叠在一起的写作,理由是,"任何读者都能很方便地从我们近年的作品中找到现象的和形而上学的政治因素"。这是因为:"政治已经成了我们的日常生活,成了我们必须承担的命运的一部分。强调政治写作神话的终结是一回事,注意到政治并非处于生活和写作之外,也并非缺席于生活和写作之外是另一回事。现实感对诗歌写作是至关重要的,我们强调写作的阶段性活力就是为了获得现实感。"正如孙文波所说,"没有朝向经典诗歌的产生的努力,诗最终是没有意义的"。"线索之三"的结论结果是推翻了同一作者刚刚放下的关于知识分子身份边缘性的臆断,重新转回到诉求建立意识形态中心话语的老路上来。这是一种从起点转回到起点然而又绝不承认有这么一个思想情结存在的很奇怪的"90年代诗歌"批评文本的思想逻辑,而它正是当下诗歌写作与批评的非常真实的语境。说到底,它反映了民间话语在迅速占有权威话语空间过程中自我定位的文字表述上的困难——当人们声称某某主义终结的时候,实际上他陷入的正是对该主义复杂文本的误读。

在诗歌话语活动中,除了权威的、显在的一个价值系统,事实上民间还有一个相对独立的价值系统。一般情况下,民间话语多半处在权威话语的压抑之中,在社会生活空间没有多少话语运作的权力。但当社会运作出现哈贝马斯所说的"总体性价值系统危机"时,民间话语就有可能在夹缝中一跃而出,表现为一种"语言的狂欢"。清末民初思想界的多声部话语现象,1970年代末广场与街头巷尾热闹的话语活动等,均属此例。在某种意义上,民间话语是在拆解、游戏、对抗与修补权威话语的复杂活动中获得自身存在的依据的。比如,话语态度的非理性相对于理性,叙事方式的偏离随意相对于规范正宗,民间私语的差异性相对于社会生活的整体性。

一方面,"90年代诗歌"写作充分显示了民间话语的多声部文本效果和个人的差异性;另一方面,又程度不同地隐喻着处理意识形态的功能。其表现是用"公众领域"言说替代了民间话语的价值系统。哈贝马斯是在不同于中国当下市民文化境遇的西方资产阶级文化的特定条件中提出"公众领域"这个概念的,他在讨论公众领域时,特别提到了像"咖啡馆"和"读书会"这类公众组织和聚会形式。哈贝马斯所说的公众领域在中国是否存在尚可讨论,但以民间话语消解权威话语为价值追求的想象的社会空间却实际存在于1990年代诗人的写作中。柏桦试图把读者带到权威话语讲述的现当代思想文化史中,然而思想史序列由于几个名词位置的互换而产生出戏剧性的偏离效果:"而冬天也可能正是春天/而鲁迅也可能正是林语堂。"(《现实》)在张曙光笔下,所有关于过去时代的记忆被转换成一个尖刻的寓言,在《尤利西斯》中,诗人自忖:"而我们的全部问题在于／我们能否重新翻回那一页"；在《边缘的人》中，出现的是被话语化的"国家的人"的形象："三十年来／我一直在做这件事，但总是徒劳／我无法把它做得更好"。在近作《纪念》中，王家新发现自己身在伦敦的列车上，到达的却是传出父亲剧烈咳嗽声的"祖国"，是"尘埃中一声河南梆子"的祖国，诗人仿佛是《城堡》中那个测量员，事实上从未经验过真正的"到达"——这出人所尽知的民间戏剧，在诗人看来"并不是一出悲剧"，然而被过滤掉悲剧感后出现在作品中的公众空间，更尖痛地唤起了人们的记忆。"公众领域"被陈东东还原成非人化的"动物园"，在欧阳江河那里变成以政治和性为主题的"咖啡馆"，到开愚笔下是隐私生活与公众生活中介的车站和舞台。而它在孙文波的诗作中则具有更为突出和暧昧的私人性质："我只有回到家里关起门，／才随随便便，躺着，／要是天太热就赤身裸体。／这时候，／我才觉得心里轻松；像一条鱼，／在空气中犹在水中。／呵！／有一位诗人是怎样干的？／嚎叫。他敢于站在舞台上大吼，／脱光衣衫，使观众震惊，／一座城市和一个国家／都被他吓呆了。"(《幸福》)我更愿意注意到孙文波虚构的私生活中悄悄展开着的公众性，因为它实际上是被浓缩在一扇窗户里的国家的寓言。西川的《哈德门笔记》或也可以说是关于国家的随笔。"凉选择了它们，像选择／紫金城金色的琉璃瓦顶／像选择乌鸦紧蹙的眉头。"它是民间的哲学，却又披戴着不合体的国家的外衣。西川的诗是那种典型的北京人在优雅中不无讥讽的叙事风格。

关注上述几个各具个性的关键词所指与能指的微妙关系是非常必要的。鲁迅、林语堂、尤利西斯、咖啡馆、动物园、图书馆、祖国、车站和北京，在某种意义上是诗人们所理解的1990年代的"公众领域"，说它们是这些诗人对1990年代中国的命名也不应算过分。假如说这些词在过去时代曾经是群众狂欢的公共场所，那么它们的所指在"90年代诗歌"中无疑发生了拉康所说的"向能指的滑动"。这种滑动是悄然的然而又是令人震惊的，我们一时还很难说它就一定是今天时代的绝好隐喻，或说将所有历史和未来都隐喻到了这些词语里。王家新《混乱的领土》一文的见解在这方面很有代表性，他说："今天我们在这里所谈的时代，我想它主要指的是转型期的生存境遇、文学发展及前后相关的历史语境。如果我们对此不能获得一种切实、深刻的认识,我们的写作很可能就是盲目的、甚至是无意义的。我不信任那种脱离了具体时代语境的写作。"当欧阳江河的文章用后现代理论消解意识形态话语时,他实际上已经在采用诗歌技艺处理当下时代的意识形态了。他反对的主要是用意识形态的整体性规范诗歌的一种"君临天下"的态度,并不反对在个人和差异性的写作中对意识形态进行重新编码。将权威话语神话化与反之将它非神话化一样,都是缺少历史知识的天真的表现。捷克作家伊凡·克里玛小说《等待黑暗,等待光明》主人公巴维尔的一句话说得非常精辟,他说:"社会制度永远不会让一个人得到胜利,当然也不会让一个人一败涂地。"[1]我们现在面临的正是巴维尔所断言的这一既非困境也非再生之地的历史语境。这一语境可以从伊格尔顿所理解的意识形态概念中体现出来。他认为,意识形态是人们现实生活中必不可少的中介,通过这个中介个体可以感知"它"所存在的世界,并激活个体与社会结构的联系。没有任何一个人,包括那些主张意识形态终结的人,可以完全剥脱意义而存在。为此他举例说,如果某白人坐在一个写着"白人专用"的长椅上,这时他提醒自己要反对种族主义,实际上为时已晚,坐在那张椅子上这个行动本身已经承认甚至是推进了种族主义意识形态。"意识形态,在长椅上,而不在人的头脑中。"[2]我前面所说的"90 年代诗歌"把民间话语"公众领域"化,也是这个意思。但是,它与"朦胧诗"时代的民间话语已经有了认识空间和阅读上的差异,分别有三个方面。一、它放弃了与权威话语激烈对抗的古典人格,与后者由非日常性的关系转移为一种日常性的关系。二、它通常以社会中介的角色出现,在外在形态上多多少少具有了某些中产阶级的色彩,虽然它对社会仍使用批判的武器。三、它不反对大众传媒的中介作用,比如被采访、讲演、出版、朗诵等等;它利用了图书馆、出版传播业等公众领域,但又在精神上与之对立,时常发生摩擦。我如此分析不是否认"90 年代诗歌"精神立场的向度性,只是为了说明,"它是一种日常生活中的惯例,而不是那些教条或

---

[1] 冯亦代:《捷克作家伊凡·克里玛新作》,《读书》1995 年 8 期。
[2] 此处转引自《读书》1995 年 8 期张辉的文章。

主义之类的东西"。诚如阿尔诺所说，意识形态同化了这个世界，过分将有差异的事物等同起来。作为对这种同化的破坏，思想者必须具有否定和特立独行的力量。而艺术正是这样一种力量，它以差异的而非同一的方式来言说，反对"天衣无缝"的整体性无非为了净化公众的审美领域。我想，这恐怕是"90年代诗歌"与"朦胧诗""知识型构"或说传统意识形态与现代意识形态之间的主要差别。

没有节制的"取消"也是误读行为

据说，有人在贵州诗会上敦促某某某"应该下课"。有的人在下面积极筹划什么委员会，其实质等于让未列此"委员会"的人士也"应该下课"。双方的角度、目的不同，但无疑都是在一种取消性的思维里运作（强调宏观控制，取消差异性写作权？）。通俗一点说，它类似那种用阶级分析方法对人进行分类、甄别，那种"先党内后党外"的传统的思想方法。正如哈贝马斯所说，"它们使规范结构的反事实的效度要求免受公众检验"。社会生产的财富的分配既是如此地不平等，同时又是如此地合法的难题，经了意识形态这个魔术师之手而获得了暂时解决。我不能不对意识形态在社会生活乃至艺术生活中的非凡功能表示难以尽述的欣喜，庆幸它正好佐证了我在本文中的某些思路。

为了把这种权力自许与严格的学术批评区别开来，我们先来分析它的叙事结构。这种叙事结构通常是这样展开的：先诉说诗人们不能承受下去的痛苦状况，继而归纳痛苦的根源，最后提出消除痛苦根源的种种办法，并推出理想诗歌的应然模式。在这一叙事逻辑中，存在着"取消主义"与"完美主义"前后两个互相矛盾的方法。第一是界定诗歌苦闷原因的法则。比如，崛起论对"时代传声筒"思想逻辑的评论，新神学批评对崛起论方法的怀疑，说法不同，语境也互有差别，但都属于"历史将收割一切"思想方法内的话语活动。第二，取消他者写作的意义，由此获得自己的话语权。这种逻辑隐含着一个致命的错误，这就是用取消的方法在取消弊病的同时，连取消者与被取消者共同的历史文本也一起取消掉了——包括写作者赖以存在的历史文本中的正面价值。我之所以无法认可为证明自己书写的"突如其来"而硬性割断与诗歌的前理解精神联系的"说法",原因就在这里。实际上,这类完美的心态同认为诗歌可以置于文化传统以外的看法一样,是根本不存在的。显然,正因为批评活动中存在上述互不相容、互相抵消的两种因素,使得"完美诗歌"存在的整个根据是虚幻的。这是乌托邦实践中常见的现象。

在话语理论看来,历史是非连续的、非统一的,它是散布在大海上星星点点的群岛。话语理论力图证明的就是文学史现象中的这种差异性。然而,并不反对差异性似乎又有所补充的西方马克思主义理论家,更强调历史文本活动中的意识形态机制,正如伊格尔顿所说,"要理解这些作品与它们所处的意识形态世界之间的曲折复杂的关系,这些关系不仅出现在'主题'和'中心思想'中,而且也出现在风格、韵律、形象、质量以及形式中",既着重艺术形态的内部(自律)研究,同时也将之放在社会历史语境(他律)中考察。对这一思想方法处理得更细致和更具体的,是杰姆逊"不断历史化"的宏论。杰氏理解的历史是一种阐释性的历史,他说,"历史化"的过程是"开动阐释行为的机制",人们要做的"不是直接面对文本作为事物本身,而是将其视为不断被阅读的过程"。因此,他特别推崇阿尔都塞的"史学写作"(Historiography):"不是进一步阐释已得出的和仿似生活的文学史对象模拟物(Simuacrum),而是找出'生产'文学史对象的'概念'。"就是说,文学史阅读与写作除涉及文学的"历史化"外,还存在一个历史的"文本化"问题。历史文本"作为一种缺席的导因,它是不可捉摸的,除非它以文本的形式存在,而我们必须通过它在政治无意识中事先的文本化、叙事化,才能接近它和真实本身。"

显然,无论是那一个角度的"误读",都无一例外地存在着文学史写作与文学史文本关系上的悖论:批评者视自己写作为某种意义上的非意识形态化,而实际"取消"他者的动因本身就是典型的意识形态表现。因为,批评者与被批评者,解构者与解构对象,同时都处在意识形态"无意识"的文本之中。问题就在于,批评者只注意到历史化问题(表现为在时间上一种诗歌知识型构推翻另一种知识型构),却忘了还有一个历史的文本化问题(意识形态的同构性)。在这个意义上,谢冕与丁力、贵州诗会与谢冕似乎无法沟通和对话,但是在文本的层次上,你怎么能说他们就不是巴赫金所说的历史排场中的"众声喧哗"？是一种更有意味、也更具阅读性的对话？！如此看,将巴赫金的对话理论一般性理解成一种"沟通",实际上也构成对巴氏的误读。巴氏在《史诗与小说》一文中指出,相对属于过去的、官方的、民族英雄的、单调和绝对价值(等级)的史诗,小说是属于将来的、狂欢的、民众的、对话的和相对价值的(平等),因此小说化话语更具有现代性、不确定性和发展性。可见,"对话"成了文本批评作为内行与专业化的文学史批评的基本根据。对意识形态这个概念的理解既然已由权威性、主流性转为日常性、非主流性,那么诗歌批评实际上就变成了一种不确定的发展着的"小说话语"——它即是我试图在阐释的诗歌的"新意识形态批评"。在方法上,它构成对已往诗歌史的阐释性阅读,把后者还原为一个不断被阅读的历史过程。同时它也说明,当下的任何诗歌批评话语都不再具有不可蔑视、不能挑剔、咨询的权威性。它是可商量的、平等的、上下文的、成长中的和反映现代民主悄然进程的一种话语式样。"误读"并非我们生逢其时的这个时代的艺术生活的不幸,可能不幸的恰是我们至今还没有掌握这方面更有效、更深入的知识。

原载《诗探索》总第 21 辑(1996)

论字思维

石 虎

〔**编者按**〕著名画家石虎先生的《论字思维》一文，涉及了汉字的结构与汉语诗歌的语言特质的关系，第一次将"字"的问题提升到一种诗学的价值高度。该文提出的汉字是汉语诗歌诗意本源的思想，"亚文字图式"的构成法则，以及"中国人的字信仰"问题、"汉字有道"问题、"汉字的两象思维"问题等等，不仅为中国诗学的研究提供了一个新的视角，而且对于思考中国母语文化的独特性等更为广泛的问题亦不无启示。当然由于这是一个全新的问题，石虎先生的观点尚有待于进一步的论证、充实、驳难、修正。为此，本刊决定开辟专栏，对这一问题进行深入的探讨，以期引起更多的人对这一问题的关注，并希望由此对汉诗的研究进而对中国母语文化的研究形成一个新的突破口。欢迎读者来信、来稿。

中国人的生命与汉字母体血肉相连。五千年的中华，典经历历，日月昭昭。汉字，是中国人省律行止的式道，是中国人明神祈灵的法符，是中国人承命天地的图腾。中国人生生死死、世世代代都必须不断面对自己的文字。

汉字的世界，包容万象。它是一个大于认知的世界，是人类直觉思维图式成果无比博大的法典，其玄深的智慧、灵动的能机、卓绝的理念，具有开启人类永远的意义。汉字不仅是中国文化的基石，亦为汉诗诗意本源，属于拓建人类未来所需之智慧宝库。

有诗人说，字，不过是语言的符号。如果不是指洋文，我敢肯定地说，这是对汉字最残酷的定性，因为它忽略了"字思维"的无限空间。汉字始见于甲骨，其构成是由点、弧、直等线条完成的。这些线元素经"亚文字图式符号"即+× △□○，抽纳了世界的构成法则。中文"亚文字符号系统"与洋文"ABC"不同之点，在于它的趋象性。仓颉彻悟宇宙天地经纬之本，立极开太，以横平竖直构成的深刻观念创建文字，致使每一个中国字都具有观照自然、与万象合一的性质。每个汉字是宇宙灵界的范畴图式概念。仅字以小寓大，以字寓道，是宇宙的内在本质之本元形式。每一个汉字的内涵，远远不是字典所能容纳的。因此汉字不听命于语法，它甚至可自由并置成词，一个字甚至可大于一篇文章。汉字的单字不仅仅构成语言，单字也支配语言，甚至支配思想。

有诗人说，字，不是诗。这是一种字蒙昧的说法。单字虽然不是习惯上的诗概念，可它具有诗性质。它可以统领一首诗歌的全貌。

与洋文不同的是，汉字字象的思维意义是绝对的，第一位的。而字音与字意则不是绝对的，它仅仅是字象的外部属性。不管历史或环境怎样迫使字音和字意发生变化，字象都超越时空恒庸不变。因此，剖析字象在"字思维"中的作用，事涉汉诗本质。当一个字打入眼眸，人首先感知的便是字象。这是一重字象的思维。它是由线条的抽象框架形象所激发的字象思维。它一定会去复合字所应对的物象。字象在音意幻化中与物象复合，这里便发生了又一重物象的思维，构成了汉字的两象思维特质。两象相互作用复合，字象便具有了意的延绵。这种字的象意延绵具有非言说性，它决定了汉诗诗意本质的不可言说性。

常常听诗人谈"命名"的困惑。我想诗文的一切困惑都源于对"字思维"的蒙昧。既然"亚文字图式"是对世界万物构成的最根本抽象，而汉字则是建立在"亚文字图式"基础上，应对自然万象的第二次抽象建构。那么，人们一向所说的字意，不过是字象的局部认知含意，在字的本元范畴中，尚存有大量未被开启的未认知含义。在汉字如此博大的抽象构建中，有什么命名的困惑呢？汉字之间的并置，为中国人的意识提供了巨大的舞台。当两个字自由并置在一起，就意味着宇宙中类与类之间发生相撞与相姻，潜合出无限妙悟玄机。

由汉字自由并置所造成的两山相撞两水相融般的象象比隔和融化所产生的意象升华，是"字思维"的并置美学原则。这种并置无非有两种可能：一种并置象象相合，字气熟悉，进入约定，名之"合意词"；一种象象阻障，字气蛮怪，名之"障意词"。中国大诗人多有拓掘潜意之词，绝少涉及障意。障字之间所具有之张力妙性，适为现代诗言所采用。

汉字，是与宇宙万物相对应的框架图式。字意于此框架图式，具有相对填充性。一定意义上说，字之新意是由诗人来灌注的。汉字有道，以道生象，象生音义，象象并置，万物寓于其间。这就是"字思维"的全部含义。它相当于中国古典哲学中道生一之后而二而三而万物的宏大母题。因此汉字具有超越自身、无比灵动的本质。汉字以其绝对和永恒的灵性范畴，笑对当代诗人：不是汉字负于诗人，是诗人负于汉字。

须齿墨头骑
筐鼻马面侧
刃荆屠道血
直蛮诗奴国

原载《诗探索》总第 22 辑（1996）

论我手写我口

梁小斌

1920年代，由当时中国思想界几个巨子所提出的"白话主义"，令听到这个主义的诗人们激动不已。激动的本源在于当年的诗人们普遍感到：只有"我手写我口"，把诗"越写越白"才是发出肺腑的愉快。他们以精神解放为理由，认为传统诗歌语言肯定就是羁绊。他们又以郭沫若的《女神》为其白话诗的经典表达开始，中国诗歌从此走上了一条"越说越白"的道路。这个基本事实终于使大多数中国人感到反感，也令遵循白话方针写诗的诗人们颇为困惑：中国新诗的出路究竟在哪里？

撇开中国白话诗语言受西方逻辑、理性主义的影响这一点不说，"越说越白"的诗歌语言特质有着内在的原因。根据白话主义者当年所提出的诗歌口语化主张来看，他们根本没有把中国传统诗歌的书面语言放在眼里。这样就必然导致一个结论：诗歌语言就等同于口语的诚实记录。那么，诗人们究竟用什么来记录在心里想好的口语呢？那自然要用中国字来记录。这样又揭示出中国新诗语言口语化特质的深层次含义：中国诗人们只把中国文字当成语言的书写符号来看。因而，中国新诗作者的写作基本功变成只要能识别方块字符号就行了。

你慢怠了中国文字，中国文字必然要来找你的麻烦。这一点由诗人们对作品的自我反感得到证明。

中国字究竟是不是口语符号？这必然要引申出对字的独立思考。石虎先生提出的"字思维"说,不仅对中国传统诗歌语言的诗意特质做了一番重新论定,而且此说对新诗为什么"越说越白"也指出了一个极为重要的病源指征。我对"字思维说"是完全赞同的。

对于今天的新诗人来说,究竟该如何看待中国文字,实际上都是很蒙昧的。诗人大多凭学校老师在黑板上教会的几个方块字来写诗。几乎所有的新诗人对字本身没有一种感性的依恋。字,诗歌的记录符号,几乎成为诗人毫不怀疑的常识。这个常识主要还不是西方符号学理论提供的。这是中国白话诗历史的发展给诗人们逐渐养成的一种思维惰性。

新诗"越说越白"的倾向,与把中国字当成符号后引发出来的现代识字法,有着千丝万缕的联系。"我是一个天狗,我把月亮来吞了。"(郭沫若:《女神》)"卑鄙是卑鄙者的通行证。"(北岛:《回答》)这些诗句里均有一个"是"在作怪。

我们再来看看现代识字教育的大致过程:这是什么字,这是"品"字,请大家注意:这个"品"字是三张嘴来吃。这句"字阐释"几乎与上述诗句一模一样。在白话诗自我演绎的进程中,这个"是"字判断,虽然被写法高明的诗人隐去了,但诗歌语言仍然很白,很啰唆。这说明了"是"判断仍然躲在诗歌语言里面作祟。为什么"朦胧诗"刚出壳时人们觉得很朦胧,因为"朦胧诗"的作者对于解题均不固定在一种阐释上。譬如"我是你破旧的老水车……我是飞天袖中……未落的花朵……我是起跑线……我是……总和"(舒婷语)。多种阐释如同一字多义一样,人们开始以为很含蓄,但静而一想,仍觉得这是指令性的大白话。这种阐释法,在先锋诗人那里,表明得更为隐秘,不但"是"被隐去了,连"我"也荡然无存。既然字是诗歌语言的符号,那么诗人们的精神也当变成一种符号,精神符号概念偷偷摸摸地将多种意向转换成一种语言的中和,这大概可以称为"隐性阐释说"。一个"昏鸦"被先锋诗人们理解为一种昏鸦符号,以为通过一种不带任何主观臆断的语言造型,就可以把昏鸦还原为一只某时某刻的乌鸦。这个阐释法的终极目标是为了实现"石头就是石头"的纯诗理想。

这类诗理想几乎让中国新诗走向了绝境。先锋诗人们在诗阐释过程中,不得不把诗歌语言变为一种枯燥无味的质感，不得不把字典看成诗阐释之集大成。字典可以抄录于纸上为诗。这是中国文字被符号化后的新诗必由之路。诗人海子的死亡，"讲白了"，就是精神符号化演绎而生的悲惨明证。

中国文字究竟是不是符号？石虎先生认为，如作符号解实则是对中国文字的"残酷定性"。依照"字思维说"，作为一个中国人应当天然地识中国字。我们现在把识字概念仅局限在发音的所指上。我们恰恰漏掉了对中国字诗质灵魂的识别。我们中华民族的先民们，在仓颉造字之前，就在岩壁上、甲骨上，以简约的线条刻画出许多图案。字画同源，"字"在"亚文字图式"（石虎语）阶段是不发出声音的，如同口语在陈述先民们的神话故事一样。中华先民们在亚文字图式中就表达着对世间万物的理解，这由古老的卜卦图式得以证明。字的发音是从口语中来的，这点不假。一个口语发音落实到一个造型刻画上，这便有了字概念。中国字清楚地表达着通过发音、所指对"另外一个"精神活动产品的涵盖和命名，而根本不是为了仅仅记录口语。以马路旁的"×"形符号为例：它不是字，并无发音，但我们仍能懂得这是"禁止通行"的意思。我们懂得，是因为有着约定俗成。假如我们现在给了这个"×"符号一个字的命名，你能说，我们理解了这个字是来源于口语吗？因而，母语文字胚胎阶段的任何一个"字符"都代表着一种灵性，浑浊地指向某些事件、故事、思想。字命名的根本动机是为了把某种智慧囊括起来，让它以语言书写的方式流传下去。所以，中国字能够被我们理解的根本原因并不在于字是口语的符号，而是在于亚文字图式的内涵，在于如同石虎先生所说的"中国方块字本身就是一个小宇宙"。

于是，中国文字一个简约的书写，所有内容都尽在字书写之中。而中国口语，只有在实现了对一个造型图式刻画的字命名之后，只有在实现了能够世代"口授"字灵魂的承诺之后，才真正具有诗质的光辉。口语的诗质光辉最为经典的表述，就是白话主义者所攻击的传统文言诗。

实际上，不论是中国现当代白话新诗，还是中国传统的文言诗，这两种文本都面临着一个共同的问题：文字书写问题。

现当代中国白话新诗源于口语的直接书写方式。口语，为了达到传递出去的目的，一个根本途径就是文字记录。文字记录最准确的办法就是根据说话者的录音，一个字不漏地记录下来。其实，"录音"虽然能成为说话者口语的准确翻版，但要让更多"不在现场"的人明白，录音整理者必须懂得：还得在口语准确记录前面加上说话者的名字，还得注释在什么场合说这些话。不要小看这些文字注释。它虽然原本是口语文字记录中所没有的，但文字注释却是口语书写不得不面临的一个问题：既然文字注释和口语记录都是以文字面貌呈现，人们不禁疑惑，在口语直接书写中，文字注释似乎是凭空加上去的神秘之物。其实这个神秘之物是由口语在面对面的口传中演绎而来的。我们之所以能够大致听懂我面前的一个口语者的说话意思，是因为我们已经知晓说话人的"话语环境"。譬如，一个人在喊"救命"，我们大概能听懂吧。因为我们看到他掉到河里了。目击者如果想让不是目击者的人明白，还得叙述一个人喊"救命"时的周围环境状况。"救命"的口语环境状况书写成文字就是语境，研究语境和口语的内在关系就是口语直接书写的语法。

中国白话诗的病根就出在口语的直接书写上。口语直接书写其本质就是"谁在言说"和"言说什么"。白话主义者关于诗歌的著名论断倒也言简意赅地道出了他们的诗主张是口语的直接书写。这丝毫不需要笔者篡改其原意。不过，他们没有料到"我手写我口"的天然语法规律后发制人地扼住了新诗的咽喉，中国白话诗变来变去，都不过是口语直接书写的变异。白话诗和文言诗这两种书写文本截然不同的要害就是：这完全取决于诗人心中是否有"字"。"字思维"将"言说"纳入每一个字的内部，使"言说"时刻处在非言说的关口，这就是正宗中国诗歌的珍奇所在。"草色遥看近却无"，如果按照口语直接书写范式来写，无疑将把时间、地点、人物，甚至是什么草都填充到这七个字中间去。口语直接书写要填进去的东西，正是中国诗歌的特质要排除出去的语言渣滓。

这样，我们自然就明白了由"我手写我口"而衍生出来的口语直接书写诗为什么终究不成为"诗"的根本道理。口语直接书写诗为什么离现实场景太近？我们粗心地以为这是理性主义思潮所致。口语直接书写诗如果没有现实场景描述，诗本身将文理不通。因而，先锋口语诗人在忙着探索几点几分的夕阳问题，这似乎是在寻找更为本真的神秘存在，但仔细一想，这类探索与"我手写我口"的玄机要旨是一脉相承的。

由"我手写我口"导致的"口语直接书写诗"，千真万确是个把中国诗坛搅得纷纷扬扬的是非场，也不知道从哪里引进来的。我们甚至可以认为，口语直接书写是全部欧洲诗歌、西方语言学理论，包括哲学的一块简单基础。"我手写我口"使中国诗坛前景渺茫，其消极影响不可低估。它令中国文字终成奴婢，不得不按照语言直接书写的语法规律排列。这一切都是为了什么呢？因为"我手写我口"是一种最为孤单的书写方式。它让时间、地点、人物，一个不漏地全都到场，全部要义均是在反映和"我"是什么关系。"我手写我口"命里注定是属于个人语言，属于个人写作范畴（"小我"与"大我"的分野实则是不值一议的问题）。艾青说："大堰河，我的保姆。今天我看见了雪，使我想起了你。"这与"慈母手中线，游子身上衣"的诗句形成了鲜明的书写特质对照，均各自反映出品位的高低和生命力的长短。"我手写我口"的私人属性与口语幻想的交流的最初动机完全是背道而驰的。这不能怪口语诗人才华不够，因为直接书写的归宿只能如此。"我手写我口"其语法的最后心声就是对自我口语的怀疑。譬如我们经常听到的一句大白话"我是谁"。这里非常奇怪："我手写我口"的顶峰理论试图掩隐言说主体，或者也佯装并不言说，但最终为什么还是冒出一句发人深省的大白话呢？这绝不是偶然的，显而易见，口语直接书写必然导致返回口语，返回到无字书写状态。

很难令人信服，这是一个更高意义上的返回。这类返回，只能是返回到还没有中国文字出现的蛮荒年代。因而，白话主义者所倡导的诗歌口语化运动是一个诗歌乌托邦建构的空想。现在，我们也很难猜测动机是什么。口语直接书写，它的真实摇撼不仅指向文言诗，还动摇了我们中华民族固有诗歌传统里的价值观。"字信仰"是构成这个价值观的一块基石。

中国新诗诗人的心中实际上没有中国文字，诗人们丧失了对中国字的依恋之感。他们从来就没有景仰过字。字和我们的生命究竟有什么联系，诗人们也说不出一个所以然。诗人们虽然好歹也识几个中国字，但谁也不把"字符"贴在胸口；中国文字在新诗文本那里变成语言的书写和语法的填充物。这虽说有其深层次的历史原因,但究其文本,它与"我手写我口"的诗歌写作主张有着密切的渊源关系。而且这个诗歌的写作主张至今仍然是国内各类诗学流派和理论的一个基本母题。与从这个母题派生出来的口语直接书写方式相悖的论说,即是石虎先生提出的"字思维说"。这个论说第一次将"字"的问题提升到一种诗学价值观的高度。它使中国当代诗歌的反思行为有了一个较为明晰的凝视对象,亦使新诗重建母语写作意识有了确凿的可能。

原载《诗探索》总第 22 辑（1996）

诗学断记

姚振函

　　天有大美而不言。诗也是这样,最好的诗是不说话的。诗是呈现,把诗人心中的世界裸露出来,使之进入读者的生命。诗人要隐藏在诗的后面,让读者忘掉诗人,只看到诗句。这里的关键是,诗人千万要忍住,在最想说话的时候也不说话。不要瞧不起读者。读者不是想听你说话,人家是在读了你的诗之后才有话可说。是你的诗引发了他,他是针对你的诗发言。一个成熟的诗人应该有这个素质,自己在诗中一言不发,可是让读了你的诗的人有永远也说不尽的话题。其他艺术,如音乐、绘画,也是这样,也应该不说话,但是诗在这方面最难做到,因为诗是用文字写成,一不留神就要啰唆点什么。诗人们,管住自己吧,就像进入无烟会场那样管住自己不吸烟。

　　我尊敬那些默默地写诗的人,他们把诗写在自己的小本子上,从不想发表。他们坚持着,很多年,就这样一首一首地写,写了很多很多。他们写的这些诗,也许算不上好诗,有的甚至还不能算作诗。但他们是当诗来写的,而且把自己写的这些诗当作最好的诗。我说他们是真正的诗人。他们是能够从寂寞中开采财富的人。他们懂得怎样面对自己。他们制造了寂寞,走进去,走向寂寞深处。在那里他们寻找到自己,寻找到自己的灵魂,他们就一遍遍同自己的灵魂对话,津津有味。我翻读着他们写的这些诗,不由得就猜想他们写这些诗的情景。在夜深人静之后,在灯下,听着断断续续的什么人的鼾声,伴着自己的心跳,诗就在笔下流出来了。真幸福,这些人,我羡慕他们,我做不到。

在尼采那里，灵魂和精神是不一样的。灵魂是生命赖以存在的原理，而精神是属于被人类理性合理地规定的、人为的原理，它反对灵魂，限制并破坏灵魂的自由。你看尼采多么苛刻，他容不得精神掺和在灵魂里面，免得灵魂的纯粹性受到玷污。他坚决地毫不留情地把精神从灵魂里剔除出来。因为只有灵魂和个别的生命有关，它和生命同时存在，而精神只有人类社会才会有的，它可以划分为类，被人赞成或反对。尼采的这种严格的划分可以帮助我们理解诗与非诗、纯粹的诗和芜杂的诗之间的区别。从绝对的意义上说，诗只产生于灵魂的土壤中，诗是无形的灵魂中开放出的有形的花朵。离开灵魂一厘米诗就会走样、变味甚至死亡。诗人必须把握（姑且用把握这个词）住分寸，如果糊里糊涂地让精神跑到诗里边来，挤压了灵魂的位置，那诗就不成其为诗了。

夏天一个在街头摆瓜摊的人，手里拿着一个比拳头大不了多少的西瓜，掂来掂去，像是自言自语，又像是故意让别人听见，他说："这也是一辈子！"他以为他说出了一句很幽默的话，我却从中听出了生命的感慨，听出了疼痛，听出了很沉重的一句诗。这让我联想到人，联想到人的短暂的一生。在人的一生中，那些遭罹疾患、挫折、压迫和灾难的人，或者中途夭折，或者因肉体和精神发育不良而萎缩、干瘪、早衰。他们就像这个可怜的小西瓜一样，一生一世何曾有过生命的快乐，何曾享受过生命。阳光、雨水、肥沃，流动的空气和自由的空间，对于这个小西瓜和像小西瓜一样的人来说，是多么遥远和多么渴望的事啊。这样的短小的一生，在小小的躯体里，该忍受着多么大的痛苦啊。"这也是一辈子！"简单的一句话，包含了无限深刻的足以让人战栗的内容。写诗的，就应写出这样的诗句。

不知怎么，我总是毫无根据地认为诗人应该是一些木讷的、矜持的人。对那些能言善辩、伶牙俐齿的人，我一般不把他们当作诗人看待，或者说很难把他们与诗人这个名称联系到一块。是的，毫无根据，我的看法没有统计学的证明。这只是我的一种假想，但这种假想在我的头脑中非常固执地存在了很多年。我曾询问过别人，别人也不能帮助我，不能赞成我也难于断然否定我。我有时和拙于言辞的诗人对坐，很长时间听不见他说一句话，在沉默的时候我似乎觉出他的身体里有诗句在流动，他一说出口诗就被风吹走了。诗人从本质上说是涵于内省的人,他不能发而为声是因为深刻细致的内心体验难于用准确的语言表达。他经常为这种表达的障碍所痛苦着,甚至连这种表达的痛苦也无法说出,他只有无言,在无言的寂静中酝酿他心中的诗,然后再艰难地把自己的生命变成血肉文字。巧于辞令者是五光十色的喷泉,而诗人是一座轻易不爆发的火山。

都说好诗是在放松的状态下写出来的,但是放松是很难做到的啊。因为你在这之前从来都是拿着架子使足了力气写作的。你总觉得自己是个诗人,诗人就得像个诗人的样子,诗人写出来的东西就和别人不一样,就要惊世骇俗,成为绝响,语不惊人死不休。这一拿架子你就势必扭歪了自己,离开了本来的自己,你的真性情就没有了。你这样的一种写作姿态已经成了习惯,产生了惯性,所以你一边说着放松,一边还是拿着劲,人们说的"心里明白腿打别"就是这种情况。所谓放松,说白了也不过就是弃绝功利目的回到真实的自我,以自己的本来面目面对世界,面对诗歌写作。这需要经过长期修炼。但这种修炼你必须进行,你必须修炼得最终能够放松地写诗,那样离一个合格的诗人就不远了。

米兰·昆德拉评论卡夫卡时说过:"确实,假如诗人从一开始就'约定'服务于一个已知的真理(它主动出现,并且在'前方出现'),而不是寻求隐藏在'某地背后'的'诗',他就已经放弃了诗的使命。……一个诗人只要服务于任何不同于被发现的真理(它是一道炫目的光),他就是一个伪诗人。"他的这一段话给我们壮了胆。他说得多好。真理(已知的)算什么,诗人完全可以不理它。诗人的使命仅仅是寻找诗,把一般人看不见的诗意存在指出来,托到人们面前,让人们惊讶或感动。在真理(已知的、现成的)面前,诗人应该挺起腰,不要臣服于它,更不要卑躬屈膝。让人们从你的诗中去发现真理,真理应该出现在你经过的路上,出现在你的背后,供人捡拾。读了这段话,我们不禁反躬自问:我们是不是一个伪诗人?

我们写诗,写着写着就不知不觉地学起人家来。我们的面前总是朦朦胧胧有一个现成的文本参照物,我们就冲着这个参照物走去。好像中了魔一样,我们必须向它走去。我们如果发拧,有了警惕性,向旁边一斜,坏了,在我们的前方又有另一个文本参照物等着我们。总之我们摆脱不掉文本参照物，它们总挡在我们的面前，密密地排列着，只给我们留下一个一个很小的空隙，我们一不小心就撞上它们。可是我们要是学会了庖丁解牛的本事，我们就会把这一个个很小的空隙看成很大的空间，无限大的空间。在这里每一个空间都足以让我们尽情驰骋，我们有多大的能耐都能够施展出来，我们怎样耍把也不会碰着那些已有的文本们。要问怎样才能把庖丁解牛的本事学到手，只有一法，就是忘掉我们读过的所有的诗，特别是忘掉我们最喜欢的那些诗。我们能把面前开辟成一片空白或一片漆黑吗？然后带着自己的亲历性走进去。

好的诗让人读后立刻会把它的字词忘掉，因为这些字词一下子把我们击中，我们只顾沉浸在被击中的感觉中，我们甚至还没来得及看清这些字词是什么样子和怎么排列的。如果一首诗总让人注意到它的文字，这绝不是好诗。就像看电影，如果一部电影在放映过程中老是把观众的兴趣和注意力引向对导演、演员、摄影等技术性功夫的观察上，这部电影是不成功的。一首诗吸引人的是文字本身还是文字所传达的意味，是技巧还是效果，这能分辨出诗的高下优劣。

原载《诗探索》总第 22 辑（1996）

自由诗建行的原则

陈本益

现代格律诗建行的原则早有人论述过,如1950年代何其芳论述它是"每行的顿数有规律,每顿所占的时间大致相等";林庚论述它是"半逗律";1980年代下之琳论述它"以二三音节成组成拍而一顿一逗","用参差均衡律"等等。现代自由诗建行(即分行)的原则至今却无人论述。本文试论述之。

自由诗建行的原则有平衡、完整、过渡、暗示等,以下分别论述。

平衡原则

平衡原则全称"情绪的平衡原则",指自由诗中相邻诗行所包含的情绪要大致平衡。亦门《诗是什么》一书曾论及这一点。他举艾青《巴黎》一诗例子很典型:

> 用手捶着自己的心肝
> 捶捶!
> 或者伸着颈,直向高空
> 嘶喊!

这四行诗长短分明。亦门说,比较起长行来,短行"那情绪的含量,或者所谓力，是并没有什么更为短少之处的"。长短诗行"在形式上看来实在不是平衡的，但从情绪上或者从节奏上加以考虑的话，它们实质上却是有着平衡的"[1]。亦门所言甚是。从这四行诗看，平衡原则具体表现为：情绪强，诗行就短；情绪弱，诗行就长。这体现着情绪强弱与诗行长短的配合关系，所以是建行原则。

再以台湾诗人洛夫《床前明月光》一诗来考察：

不是霜啊
而乡愁竟在我们的血肉中旋成年轮
在千百次的
月落处

只要一壶金门高粱
一小碟豆子
李白便把自己横在水上
让心事
从此渡去

开篇一行短小，却是一个深沉的慨叹，情绪强烈。第二行是长行，以比喻说明一个事实、一种过程，有情亦有理（要多一点理智思考才能明白），所以情绪与前一行大致平衡。第三、四行本为一句，但由于情绪强烈，遂分为两行：第三行中的"千百次"本来就是一个情绪色彩很重的词语，在这里大约暗示时间上的长久思念；第四行点明情之所钟、心之所向，字最少，情最深。第二节类似。只有一点例外：第一、二行假设条件，情绪较弱，诗行宜长，但第二行却偏短。这是因为这两行主要体现自由诗的另一建行原则——过渡原则（详下文）。最末两行本是一个短句，但因情绪深沉，也断为两行，以便与其

---

[1] 亦门：《诗是什么》，新文艺出版社1954年版，第47页。

余诗行保持平衡。总之，此诗在情绪强弱与诗行长短的关系上也大致体现着强短弱长的平衡原则。

以上两例中的平衡原则的实现，较多地借助了跨行的方法。有些自由诗并不用跨行法，而是以诗行自然的长短参差来与情绪的强弱相配合，从而实现情绪的平衡。不过，为了较准确地做到这一点，诗人常常要运用重复、排比、对偶等手法。如郭沫若《立在地球边上放号》一诗：

> 无数的白云正在空中怒涌，
> 啊啊！好幅壮丽的北冰洋的情景哟！
> 无限的太平洋提起他全身的力量来要把地球推倒。
> 啊啊！我眼前来了滚滚的洪涛哟！
> 啊啊！不断的毁坏，不断的创造，不断的努力哟！
> 啊啊！力哟！力哟！
> 力的绘画，力的舞蹈，力的音乐，力的诗歌，力的律吕哟！

诗行长短不齐，但所包含的情绪却是大致平衡的。其中四个由感叹词"啊啊"开头的排比句的运用，对这种平衡起很大作用，因为排比的运用除了在整体上增强诗的情绪性外，同时在很大程度上也对诗行的意义和情绪加以同质性和等量性的限定。

又如艾青《大堰河——我的保姆》中的一节：

> 大堰河，在她的梦没有做醒的时候已死了。
> 她死时，乳儿不在她的旁侧，
> 她死时，平时打骂她的丈夫也为她流泪，
> 五个儿子，个个哭得很悲，
> 她死时，轻轻地呼着她的乳儿的名字，
> 大堰河，已死了，
> 她死时，乳儿不在她的旁侧。

全节诗七行,其中两行以"大堰河"的排比起头,四行以"她死时"的排比起头;又有两行(第二、七行)是重复。上文说过,排比句的情绪往往具有等量性。诗行的重复则在于强调同一意思和情绪。就这节诗而言,重复的两行诗给诗节定下了哀婉、深沉的情绪基调,其余诗行的情绪虽然强弱不同(那最短的一行"大堰河,已死了"大约情绪最强),但由于上述排比和重复手法的运用,其情绪在量上是大致平衡的。

这种情绪平衡原则的根据是什么呢?显然不是诗的外在音顿节奏规律,而是诗的内在情绪节奏规律。情绪节奏指由情绪的强弱起伏所造成的节奏,这是情绪的自然节奏,它存在于日常语言和散文语言中。它在自由诗中的形式是怎样体现的呢?或者说,它与自由诗的分行存在着什么关系呢?从上文的论述看,大约是一种等量的关系,即自由诗诗行的情绪虽然强弱不等,一般却是等量的(上文亦门的话已谈到这点)。这种认识的理由在于:诗行的情绪既然是平衡的,这种平衡就不可能是情绪在强弱上的平衡,即诗行的情绪不可能是一样强或一样弱,而只能是情绪的量的平衡,即在量上大致相等。所谓情绪在量上大致相等,是指有的诗行的情绪虽然较强,但由于诗行较短,那强情绪所经历(也就是所表现)的时间也就较短;反之,有的诗行的情绪虽然较弱,但由于诗行较长,那弱情绪所经历的时间也就较长。在这种意义上,我们便觉得诗行的情绪是大致等量的。这样,诗行的反复也就造成情绪强弱的等量反复。这种反复形成诗的格律性(有格式有规律的)的情绪节奏。所以,自由诗人也创造诗的格律,只是不是外在格律,而是内在格律。

从上述可知,自由诗的情绪节奏已经不是自然的情绪节奏,它是通过对后者加以等量化而形成的。在自由诗中,作为基础的自然情绪节奏的强弱变化仍然存在,只是被长短不等的诗行等量化了。这也就是说,情绪的强弱变化一般是逐行等量地由弱变强或者由强变弱的。所以,如果说自然的情绪节奏是情绪强弱特征的自然的反复,自由诗的情绪节奏则是情绪强弱特征的等量的反复。后者也就是自由诗的所谓"情绪律动",或称"内在韵律"。上文中《床前明月光》《大堰河——我的保姆》,其诗行包含的顿数和音数没有规律,所以外在节奏不强;但因为诗行包含的情绪是等量(平衡)的,诗行的反复造成了情绪强弱的等量反复，所以"内在韵律"却很强。

自由诗的内在韵律，是自由诗形式理论中最玄妙的问题。郭沫若曾给"内在韵律"下过定义，说它是"情绪的自然消涨"。我们的论述却说明，情绪的自然消涨只是自然的情绪节奏，只是"内在韵律"的基础；内在韵律是对之作了加工的，即对自然消长的情绪，通过安排长短不一的诗行而使之有规律地即等量化地表现出来（本文的论述，算是对自由诗"内在韵律"这一疑难问题的一种探索）。

情绪强弱的等量反复规律，可以简称为"情绪的等量"反复律。这是就自由诗内在韵律的特征而言的。因为情绪的强弱反复不只自由诗形式中才有，在日常话语和散文语言中也有。但在后两者中情绪强弱特征的反复一般不可能是等量的，只有自由诗能通过独特的分行艺术做到这一点。

现在小结如下：自由诗建行的平衡原则，是情绪强弱与诗行长短相配合的原则，即强短弱长的原则。它是自由诗建行的基本原则。其根据是诗的内在情绪节奏规律，即情绪强弱的等量反复规律，也就是自由诗的所谓"内在韵律"。

这里，我们且将自由诗建行的这个基本原则及其根据与格律诗建行的基本原则及根据略做比较。我们认为，汉语格律诗建行的基本原则是每行有一定的音顿数；其根据是外在音顿节奏的等时性反复规律，即音顿在诗行中的反复是大致等时的，由此造成格律性的外在节奏。自由诗建行的基本原则是以诗行的长短不同来造成情绪的平衡等量，其根据是诗的内在情绪节奏的等量反复规律。等时反复实际上也是一种等量反复，是时间上的等量反复；但等量反复不必是等时反复。于是，我们看见了格律诗外在音顿节奏规律与自由诗内在情绪节奏规律的共同本质。其实，等量反复可以说是一切节奏——听觉和视觉的节奏、时间上和空间上的节奏、具体和抽象的节奏——的共同本质。这即是说，一切节奏都是某种东西的等量的反复或者大致等量的反复。

以音顿的等时反复规律为根据而构成格律诗的节奏形式，这是诗歌形式上的一大创造。这种创造是独特的，因为它既不同于其他文体的节奏形式，也不同于诗歌中的自由诗的节奏形式，在后两者中，音顿的反复常常不是等时的。这是格律诗的节奏形式的独特意义和存在根据。以情绪的等量反复规律为根据而构成自由诗的节奏形式，或者倒过来说，以自由诗长短不同的诗行来造成情绪强弱的等量反复，是诗歌形式上的又一大创造。这种创造也是独特的，因为它既不同于诗歌中格律诗的节奏形式，也不同于其他文体的节奏形式，在后两者中，情绪强弱的反复常常不是等量的。这是自由诗的节奏形式的独特意义和存在根据。

完整原则

完整原则，全称意义的完整原则，指自由诗诗行具有完整的或相对完整的意义。有些自由诗中多跨行，因而诗行的意义并不完整。但从整个自由诗看，意义完整或相对完整的诗行究竟占多数。所以这也是自由诗建行的一个重要原则。在偏于叙事的自由诗中，意义完整原则较突出，如艾青《大堰河——我的保姆》首节：

> 大堰河，是我的保姆。
> 她的名字就是生她的村庄的名字，
> 她是童养媳，
> 大堰河，是我的保姆。

这节诗交代大堰河的情况及与诗人的关系，主要是叙事而不是抒情，所以建行原则主要不是情绪的平衡原则，而是意义的完整原则。又如冯至《蚕马》中一节：

> 旁边一匹白色的骏马，
> 父亲眼望着女儿，手指着它，
> "它会驯良地帮助你犁地，
> 它是你忠实的伴侣。"
> 女儿不懂得什么是别离，

> 不知父亲在天涯，还是海际。
> 依旧是风风雨雨，
> 可是田园呀，一天比一天荒寂。

《蚕马》是叙事诗，这一节是整个故事情节发展中的一个必要部分，它的建行所遵循的也主要是意义的完整原则。

偏重说理的自由诗的建行也常常运用意义的完整原则。如臧克家《有的人》中一节：

> 有的人
> 他活着别人就不能活；
> 有的人
> 他活着为了多数人更好地活

这四行诗的情绪显然是不平衡的，所以诗人主要不是依照情绪的平衡原则来建行的。它旨在说理，所以诗行主要讲求意义的完整或相对完整。

在主要运用情绪的平衡原则的自由诗行中，意义的完整原则可以与情绪的平衡原则取得不同程度的统一。有的自由诗中这种统一度很高，如上文郭沫若的《立在地球边上放号》一诗和艾青《大堰河——我的保姆》中一节，诗行的情绪是平衡的，意义也是完整的。不过，为了做到这一点从而造成诗的内在韵律，诗人常常要锤炼字句，并运用反复、排比等手法。在这种意义上，诗的建行还是以情绪的平衡原则为主，以意义的完整原则为辅。有些自由诗中更明显地以情绪的平衡原则为主，最能说明这一点的是当两者不统一时，便采用现代跨行的方法割裂诗行的意义而使情绪达到平衡，这是情绪的平衡原则高于意义的完整原则的表现，如上文艾青《巴黎》一诗中的几行和洛夫《床前明月光》一诗。

其他建行原则

有的自由诗诗行的情绪既不大平衡，意义也不完整，它们的出现便依据了其他建行原则，较常见的有过渡原则，指诗行本身的独立性不大，其作用主要在于引起下文或者联系上文，或者提出条件，表示假设、转折等。如徐敬亚的《既然》：

既然
前，不见岸
后，也远离了岸
既然
脚下踏着波浪
又注定，终生恋着波浪
既然
能托起的安眠的礁石
已沉入海底
既然
与彼岸尚远
隔一海苍天
那么
就把一生交给海吧
交给前方
没有标出的航线

此诗很特别，四个"既然"和一个"那么"占五行，显然不符合情绪的平衡原则和意义的完整原则，它们有的（"既然"）引起下文，有的（"那么"）联结上文，为主要用于表情达意的诗行起过渡作用。

又如艾青《我爱这土地》：

假如我是一只鸟
也应该用嘶哑的喉咙歌唱：
这被暴风雨所打击着的土地，
这永远汹涌着我们的悲愤的河流，
这无休止地吹刮着的激怒的风，
和那来自林间的无比温柔的黎明……
——然后我死了，
连羽毛也腐烂在土地里面。

为什么我的眼里常含泪水？
因为我对这土地爱得深沉……

首行提出一个假设，是过渡；第七行是进一步假设，同时也有转折作用，也是过渡性诗行。其余诗行则遵循情绪的平衡原则和意义的完整原则。上文《床前明月光》一诗中"只要一壶金门高粱，一小碟豆子"两行，也是提出条件，有过渡的性质。

再如公木《父与子》：

不，爸爸，
你们忍受，
我们却要动手。
你们去
　向他乞怜，
　向他磕头；
我们，
　我们却要动手！

情绪不平衡、意义不完整的诗行显然是突出的两行。它们也起过渡作用：一个总领下面两行；一个有意收住，停顿一下，使下面的诗行爆发出最大的力量。这是很能显示自由诗建行艺术的。

其次是暗示原则，指用诗行的独特形态来暗示某种特殊意思。例如舒婷《神女峰》首节：

> 在向你挥舞的各色花帕中
> 是谁的手突然收回
> 紧紧捂住了自己的眼睛
> 当人们四散离去，谁
> 还站在船尾
> 衣裙漫飞，如翻涌不息的云
> 江涛
> 　　高一声
> 　　　　低一声

高低不同的诗行，多少能暗示江涛的视觉和听觉形象，同时也暗示诗人心潮的起伏不平。又如，张新泉《好刀》中一节：

> 好刀厌恶血腥味
> 厌恶杀戮与世仇
> 一生中，一把好刀
> 最多激动那么一两次
> 就那么凛然地
> 　飞　起　来
> 在邪恶的面前晃一晃
> 又平静如初……

"飞起来"一行逐字空一格。这种独特行式，一是暗示诵读时一字一顿地重读、慢读，二是大约也暗示激怒了的好刀会上下左右飞舞于很大的空间。

以上都是诗行的局部的暗示，也有在事件上起暗示作用的。如台湾诗人白萩的《流浪者》(原诗竖排，不便引用)，以长短不同的排列不同的诗行，暗示在山岳之间原野之上的一株细小的丝杉——一个孤独的遥望东方的云的流浪者。又如美国诗人 W.C. 威廉斯《便条》一诗：

我吃了
放在
冰箱里的
梅子
它们
大概是你
留着
早餐吃的
请原谅
它们太可口了
又那么凉

题目说是一张便条，但分行排列却暗示读者它不是便条而是诗，读者便会去发掘字里行间的诗意。

诗的创作"有法而无定法"，自由诗的建行也是"有原则而无一定原则"。每一首自由诗在形式上都是一种创造，诗人除了运用上述建行原则外，往往还有他独特的原则。后者不可尽述。

原载《诗探索》总第 22 辑（1996）

存在的巅峰或深渊：当代诗歌的精神跃升与再度困境

张清华

从所在境界与精神品位上说，当代诗歌的主题演化经过了四个层面的爬升，这四个层面依次是生活—生命—生存—存在。"生活"，指的是那些较靠近"现实主义"的世俗抒情主题，"生活是多么广阔，生活像海洋"，"什么是生活，生活就是斗争"这些昔年的诗句本身就生动地表明了生活主题时代诗歌的特征与水准。"生命"，是指人本主义立场上的生命感怀与精神抗争，在新时期伊始，这一主题曾是"朦胧诗人"和"归来诗人"最重要的抒情内容，顾城的《生命幻想曲》、舒婷的《神女峰》、江河的《我歌颂一个人》、北岛的《雨夜》、艾青的《鱼化石》、蔡其矫的《祈求》等都是典范之作。之后，由个人到群体、由当下到历史、由呼喊生命的尊严权利到探讨它与历史人文的关系，便到了"生存"主题。概言之，"生存"即是指那种体现了对文化与历史的追思和对人类命运的忧患的主题，这一主题经过一个由偏重于对历史文化的探究到偏重于对当下人类与社会生存状况的揭示的转变与过渡。1980年代中期的"文化寻根诗歌"可谓前者，后期的"新传统主义""整体主义""新乡土诗派"等可视为后者，而这个时期持续存在发展的"女性诗歌"可以视为横跨"生命"与"生存"两个主题层面的诗歌现象。"存在"可谓是最后一个境界，也是最高境界，它是从历史和文化体验中进而抽取提炼出来并回归个体自身的关于人的本质与价值的追问，它表现为哲学、宗教和神话的合一，是对普遍而具体的存在着的世界（存在者）和人的本质及生命意义的假定、寻找和描述，是信仰的颂词和当代哲学的艺术着装,是以神祇的名义对上述假定情境与意义的肯定、命名和回应。海子以及从"第三代"诗人中分离与成长起来的个体写作者们,基本上都处在这一层面。从历时角度看,这四个主题层面的不断演化确实正是当代诗歌发生革命性变革的主要内容,也可以说,当代诗歌的精神品位与主题内蕴的不断提升正是源于这演化本身所产生的动力。然而,这也是阶段历史所表现出来的一种特征,当历史业已完成了某种必要的提升和变革时,就不应再将这一单向度的推进本身视作一种神话。就当前诗歌的状况而言,"存在"这一为写作者哗然骚动、趋之若鹜的哲学命题既给诗歌主题带来了整体的拔升,同时也潜藏了困境。本文将就这一矛盾,尤其是"唯存在论主题情结"所具的负面效应做一简略分析。

毫无疑问,存在主题给当代诗歌带来了巨大的进步和好处。在1980年代中后期,当诗歌走入文化(历史)与"反文化"二元对立的困境进退两难无法自拔的时候,"非非主义"诗人对语言症结的发现为诗歌打开了一条通向存在哲学的通道,但对于这些诗人而言,这种结果则是他们不自觉的,他们仍停留在一种超越文化的历时蒙尘的"前文化"情结里,这种理想在本质上仍是一个神话,因此他们的创作事实上并没有多少真正的实验意义。而此时,另一些更富有才华和悟性的诗人则卸去了历史与文化的浓妆,通过存在主义哲学的启悟而逼近了世界和人的某些共时性(存在)的本质,从而结束了一个关于历史范畴的精神对抗时代,他们在表面上极为朴素的写作中出人意料地达到了逼近世界"本源"的境界。大地的溶解和神灵之光的映耀使他们的诗歌具有了一种空前的深邃、神秘、博大、原创、本真和澄澈之境,尽管他们当中的先导人物海子等人在其原创意识上也许并没有十分成熟的自觉——或者说,与其认为他是在自觉中发现了这一灵境,不如说他是在无意中看见了世界在"刹那间向着存在的敞开"的缝隙,看见并借助了那缝隙中透下的一缕光线的启示和引领——但是在对当代诗歌精神境界的指引上,他却起了关键的作用。来自大地、自然、劳作和女神的灵感和激情使这些文化的西西弗斯们由艰苦的社会写作,回到了个体的体验之中,成为沉思着的"栖居者"和作为个体的"言说者"。另一方面,在经历了精神挫折之后,彻底放弃历史批判的启蒙立场和逃避当下话语情境，而代之以对个体精神的抚慰与抽象价值的关怀和叩问，便成为必然的选择。一方面，从关怀社会的立场退守到自然个体世界；从有倾向性的文化价值评判到取消所有二元对立的对"终极存在"的哲学命题的探寻与追问，在社会空间上做出了重新的自我定位，在退避中守住了自我。同时，由于"存在"之境对历史文化之境的更具抽象与深奥意义的超越，诗歌在社会立场的退避中又获得了相应的"提高"与"进步"，这就注定了这一转折在广大诗人意识中的"合法性"给他们以极大的安慰与支撑。而且，在关怀社会和历史被证明为无望和无益之时，他们还为自己假定了另一更为虚远的关于"人类生存的忧患"的主题，并据此而书写了一曲关于土地、生存、劳动和庄稼的慷慨悲歌。1990年代初期，关怀个人的存在主题与所谓"新乡土诗"共同构成了一度相当"雄壮"的交响。

存在主义或者说是"唯存在论主题情结"的出现，除了在当代中国诗歌内部固有逻辑的决定因素和特定的外部社会条件的影响之外，实际上更具有来自存在主义哲学本身的作用。在人类的哲学史上，或许只有存在主义哲学才这样接近于一种类似于诗的体验的"玄学"（当然中国传统的玄学和禅宗思想也近于诗，但它们更倾向于在消释和缄默中感悟与品味，而不是具有哲学命题和思维特征的追问和言说）。尤其是海德格尔，更将这种哲学的求索追问同诗联为一体。在海德格尔看来，诗本身就是"存在的创建"，除非通过诗性的言说，无法逼近和揭示存在的真理，而他所借助和使用的言说方式，事实上已是一种诗性的话语。在他言之，存在是"不能通过定义法"和"概念"而"推出"的，"存在是自明的概念"，但又是"最晦暗不明的"，语言甚至会"遮蔽"存在的澄明，因此他引述荷尔德林的诗句"人，诗意地栖居在大地上"，以此来说明人的"存在"状态，他甚至自己干脆就采取了诗的方式来表述："世界的晦暗从未趋近／那存在的澄明……／／当思的勇气得自那／在的吩咐／命运的言词将一片绚丽／／……只有成形的意象才能保持在视野／但成形的意象安身在诗里。""歌和思是跟诗紧邻的／两个家族／／它们源自并且达于／存在的真理。"这样的观念之于当代中国的先锋诗人而言，不啻是打开了黑暗中通向光焰四射的天国中的一扇窗户，况且海德格尔还直接阐发了同揭示"存在的真理"相关的一系列问题，如在《诗·言·思》中揭示了作为存在居所的语言同思想和诗的共在关系；在《艺术作品的本源》之中，揭示了诗歌本身同大地和神祇之间不可分割的关系和通过"大地"与"神祇"的载体与映耀而接近存在的途径；在《存在与时间》中则揭示了生命的有限性同存在的"敞开"的关系，为诗歌由其最基本的抒情活动——生命悲剧体验通向对存在真理的揭示搭起了哲学桥梁，所有这一切都给 1990 年代以来的诗歌注入了思想动力。因此，关怀于个体生命体验以及所谓生命存在的本质的抒情写作成了一个最具热度和时髦的主题。

不言而喻，当代诗歌在 1980 年代后期已达到了它历史上最高的思想水准，这一点在许多先锋评论家笔下都有过描述与评论，但在我看来，仅仅看到其成功和进步的一面是不够的，"存在"并不仅仅是一片诗歌的乐园、一片坚厚而肥沃的土壤，同时也是深渊、一个虚空和苍白的风洞。

"神示"的空洞与虚无是这种主题倾向首先无法规避的困境。所谓"神示"，在诗歌中实际上是指写作者所抵达和居守的一种心境，如果诗人仅停留于世俗个体的此在，就无法感受到一种超越和必然的力量，而诗人在越出存在者的茧壳而游向永恒和必然的灵境的时候，会感验到一种先在的"神性的光耀"。神的是否"在场"决定了诗意是否能够具备超出世俗经验而抵向"存在真理"的品质与力量，因此诗人必须以一种近似于宗教情感的立场进入诗歌。怎样抛开世俗的经验并接受神圣的光耀？一方面要诗人在内心世界中努力提升自我，另一方面还要使自己言说的语境具有某种神启意味，而事实上这一切均来源于诗人的信仰假定。简言之，当诗人拥有足够的坚定信仰和体验能力看到"不言自明"的存在，并因之而产生倾诉和言说的激情时，"神示"才可能产生；反之，一切仅在言词上存在的"神祇"都只能是一种苍白无力的虚影。然而即使是前者，也会陷入一种极点式的困境，海子之所以最终走上了殉身之路，除了性格原因、心理背景和某些直接的生活诱因以外，很大程度上是来源于一种精神的高度疲惫，当海子愈加在一种神圣体验中逼近那种"存在的真理"并为之激动不已地写作的时候，现实与幻境的落差就愈使他陷于心灵的分裂，最终他不得不通过殉身来实践他的宗教情怀，并完成他的充满神圣意味的创作。由于他的死，他的作品也得以被神圣之光照亮。海子的创作与人生实践表明了两个事实,一是只有以彻底绝诀世俗的宗教般的决心进入诗歌,才能真正通过它而感验到那由神的在场所决定的"存在真理"的存在,同时一旦如此,也必将会导致诗人精神的危机,因为对存在的不断追问只能导致诗人对世界与人生的虚无主义认识,在坚定的信仰、追寻的欲望和事实上的虚无之间,诗人要抗拒心灵的危机与精神的崩溃,只有以死解脱,许多当代诗人的自杀和生活悲剧都具有这种内在原因。而且从某种意义上说,也只有死亡——这种牺牲式的自杀方式,才能在瞬间将生命燃成永恒的神圣之光,将自己的作品进行最后的超度和提升,使其具有神性光彩。但是我们事实上又不可能要求所有诗人都去自杀,所以神示的空洞最终便成了廉价的时髦。在许多青年诗人那里,营造某种神祇的影像或神话式的语境便成为他们孜孜以求的目标。因此,关于土地、女神、存在、神殿、村庄以及某些历史文化遗址便反复出现在他们的作品中,成为他们密度最高的意象群落,而在场、缺席、在世、遮蔽、澄明、晦暗等等这些海德格尔式的术语也便成了他们阐释自己作品和艺术追求的最常见的词语。但是一个根本的矛盾仍然横亘其中,即这些言说本身的执着在多数情况下都被证明是苍白和空洞的,因为它们不是来自内部精神世界而是源于语言的装饰,尤其是当人们将此与许多青年诗人十足世俗的生活相比照,它们甚至还构成了某种可笑的"自我反讽"状态。

上述困境可以视为我们的一个对以诗歌形式追问存在的存在者的追问。撇开这个问题不究,近年来先锋诗歌对存在主题的热衷还导致了另外一个困境,那就是对现世的疏离和对原有诗歌的人本主义立场的背叛。存在主义哲学的内核是关于个体生存本质与意义的诗性探究,而19世纪以来西方现代诗歌的两大主题却是对社会的批判和人本主义精神的张扬,这两大主题所对应的是对大众生活的悲悯、同情和对人的生存状况的忧患,就像本雅明所称赏的波德莱尔诗中频繁出没着"人群""大众"一类字眼一样,对大众生存、社会公正和人的尊严的关怀成为它们主题的主要支撑。即使是在当代西方诗歌中也仍然充满了西方知识分子对人性的张扬(如金斯伯格),对祖国文化中伟大的人文传统的感验、复活和颂赞(如塞菲里斯、埃里蒂斯),对社会正义的坚信与颂扬(如夸西莫多、布罗斯基),从本质上说,他们的作品都不能算是纯粹个人化的抒情。对于当代中国的诗人来说，他们不仅需要"存在主义"立场，更需要人本主义和基本的社会责任感、历史良知和批判精神，而这些正由某些先锋诗人对"神性""神启""存在真理"的过分强调与推崇而被削弱。因为尽管从表面上看先锋诗人的作品大都还以"民间形式"存在着，但从实质上看他们已经具有了某种"权力地位"，他们的导向对整个诗坛方向的影响已举足轻重。或许仍出于某种一维的前指性的"先锋"情结，他们的理论视野和艺术追求都过于狭窄，他们所强调的"纯粹"已陷于单调和苍白，他们的抽象与哲思已变得空洞而不可思议，他们从博尔赫斯、佩斯、帕斯等人的诗中所读到的更多的是个人化、语言和技术性的东西，是关于自然和人的本质的抽象的冥想。而这些实际上都是几年前为诗人周伦佑所批评过的"白色写作"的继续。"白色写作"不是指哪一个诗人或哪一些诗作，而是指一种趋向，它把"纯粹"视同于"中性"，"把闲适与纯粹混为一谈，以为避开忧患、深度、绝望以及存在的全部尖锐性，诗便纯了"，他们"把写作当作一种逃避行为"，逃向田园、山林……[1]这种写作回避了严峻的现实和诗歌应担负的良知与道义的责任。据此，周伦佑提出了他的要求诗人敢于直面血色人生、社会罪恶和诗人当下生存境况的"红色写作"的口号，然而这一倡导在近几年的诗歌中仍然收效甚微。像欧阳江河的《傍晚穿过广场》那样的对一个时代的深思与总结的大气磅礴的作品可以说是寥若晨星，而到处弥漫的则是关于死亡、时间、性以及抽象化了的自然形式的反复描摹。我无法否认这些诗在深入人类经验、心灵结构、存在之思以及在苦苦探寻其言说方式、探寻突破黑暗遮蔽的言说过程中所达到的空前的深度，它们作为单个的艺术品的存在都表现出极为成熟和精致的艺术水准，但也正是这些作品整体上形成了今日诗歌的苍白的状态。由生存进而发展到存在，意味着诗人已逐步放弃了倾向性的介入与精神上的抗争的立场，这是存在主义哲学立场的一个必然的悖论。周伦佑所倡导的"红色写作"说到底实际上是要求诗人从存在主义这一先验与形而上的玄思立场退回到脚踏现实苦难、笔指当下生存的人本主义立场，而出于上述所说的先锋诗人的一维前指性的"时间神话"

---

[1] 周伦佑：《红色写作：1992年艺术宪章或非闲适诗歌原则》，《非非》复刊号。

情结和进化论的思维模式，他并没有明确认可这个悖论；相反，他还在自己的文章中反复使用存在主义关于语言与存在、遮蔽与澄明的概念来说明自己的观点，这本身就可以看出"唯存在论主题情结"给诗歌自身和诗人的思想倾向、思想方法所带来的悖论。

另一方面，存在主义立场还导致了当代诗歌的一个唯语言论情绪的自我困境。这一困境尽管不能直接归咎于存在主义理论，但却是它的一个"副作用"。海德格尔是以几近于玄学的方式来理解语言的。在他看来，语言事实上早已先于我们对存在本质的追问而存在了，如同"存在即存在"一样，他在给语言定义时也使用了"语言即语言"这样的解释。两者都是先验的，当人在追问世界的本质甚至语言自身的本质的时候，他早已在使用语言了。"不管我们如何就语言的本质进行提问，语言必须先行把它自己赐予我们。因此，语言的本质就成了语言本质性存在的授予，就是说，语言的本质变成了存在的语言。"语言在被人言说的时候，有两种情形，即"遮蔽"和"澄明"，当它通向和揭示存在的时候，是澄明的，反之则是一种遮蔽状态。因此，语言实际上便成了"存在的居所"，对能否揭示存在的真理具有直接的作用。由于海德格尔的启示，当代的先锋诗人都把语言放在了写作的首位，这无疑是积极的，对于整个当代诗歌艺术的提升具有至为关键的意义。然而海德格尔的一系列关于语言及其和言说、存在之间的关系的论述完全是一种纯粹哲学本体论的观点，且具有形而上的冥想与体验特征，对诗歌写作过程中的语言操作并无多少直接的指导作用。而把海德格尔的语言观奉为圭臬的先锋诗人们则千方百计地将这些至理圣言贯穿到自己的创作之中。对事物的言说的"澄明"欲望使他们变成一些语言的自恋癖者，言说变成了语词的游戏，变成了一种纯粹体验中的自述，变得反复絮叨、冗长繁缛，变成了喃喃自语，写诗变成了一个纯粹语言学的活动。试读周伦佑的一首《想象大鸟》中的句子：

    鸟是一个比喻。大鸟是大的比喻／飞与不飞都同样占据着天空／从鸟到大鸟是一种变化／从语言到语言只是一种声音／大鸟铺天盖地，但不能把握／……直截了当的深入或者退出／离开中心越远和大鸟更为接近我无意压低这首诗在语言上的刻意的思辨式风格，它也并非没有意义，但这样的诗和周伦佑自己所倡导的"红色写作"相去甚远。再如唐亚平的一首《形而上的风景·八》："纯粹的树/无花无叶无果/……诗人，你面壁而坐/你说，你做什么//用语言赞美语言/用语言消化语言/用语言创造语言……"这种盲说甚至成了诗人对自己言说过程本身的一种描述，这类作品在先锋诗人的作品中实在是太多。描述得特别严肃和富有力量的是陈超，他的《诗歌写作·空无与真实》中的句子：

  但是诗歌！纯洁的恋字癖，青春的症结/……瞧瞧，是谁惊慑于单字或词素本身/的硬度，把它们从超员的病房里/一个。一个。拎出来！/母语的荣耀垂直洞开……/当语言纷纷坠落时，用力撑住，提升它/深入一种火焰，在它的核心坚持凝冷/而当言语燃灼扭曲时，用力挺住，锻直它/这就是写作！……

从这些诗句中，我们可以看出先锋诗人对语言自身执着的探寻精神和超凡的创造才能。但当这样的言说方式成为一种风气、成为一种语势套路的时候，大量的作品在事实上不但没有将我们引向澄明，相反可能在一种烦琐而有趣的语言游戏中将我们引向另一种隔膜和遮蔽。"对语言的挣脱"完全是相对的，如果沉入一种反复连绵的语势并自得于这种"挣脱"过程时，操作也可能成为一种空洞的形式，耽溺于言说过程中的机智，情感的倾诉便成了一种花哨的语言表演。

唯语言论情结的另一个悖论表现在语词的运用和语感的单一化、趋同化和"流行病化"上。海德格尔在他的《艺术作品的本源》中曾专门论述过"大地"和"神殿"同艺术作品之间的关系，大地是万有的源泉和存在的寓所，万物对大地都有一种"归属性"，"大地的本质就是它那自足的仪态和自我归闭……它在与世界的相互作用中将自己揭示出来"。而"神殿"作为一种"场所"对艺术作品有一种"聚集"作用，将作品收拢到它的神性之光的照耀之中。另一个与海德格尔同时代的哲学家卡西尔更进一步指出了"神祇"与"语词"之间的关系：语词（逻各斯）为什么在艺术中会具有某种"魔力"，那就是因为言说者汲取了"神的存在和意志的力量"，因为"神名似乎才是效能的真正源泉"。在海子的诗中曾大量出现"大地""魔法""王""祭司""太阳""火光""女神""村庄""天堂""家园""麦子"等等语汇，以及关于自然本源事物（如草原、雪山、水、岩石、鲜花、星辰……）的大量语象，这类词语的确具有神奇的力量，它们使海子的作品充满原创色彩、神秘气息的超越的魅力，如同某种神圣的仪典，庄严、朴素、高迈、空灵。可以说，它们体现了所谓"神的在场"给语言、语境、语意所带来的神奇的激活作用。这一语言的"魔法"当然也为许多诗歌写作者所发现和模仿，因此在一段时间里，我们看见了所谓"新乡土诗"中"麦子""女神""火焰""村庄""庄稼""家园""洪水"等等语象的蜂拥泛滥。这其中许多质量平常的作品并没有意识到，在通往存在彼岸的界河中，仅仅有这些散落的沙洲是不够的，更重要的是诗人必须有超越存在者即世界表象而逼近世界本源的体验力，这才是真正的桥梁，仅靠词语本身并不能最后形成神圣和超迈的语境。另一方面，由于众多后起的先锋诗人对海子，对存在主义哲学观、语言观的认同，也导致了他们在表达上个性的匮乏。他们或者模仿某些翻译作品的句式风格，或者互相模仿，共同制作某种流行的语调，使那种沉吟、默辨、反复叹唱的句式，甚至包括其续句回转或突然予以切断的方式都具有极大的相似性。由于这一点，尽管众多青年诗人的修辞能力已经相当出色，但在实际效果上却造成了缺少个性和区别的单调与苍白。另外，体验多于命名，整首诗所构成的姿态是诗人独自对世界的言说，而不是通过听众的共同经验，所以这些作品的深度反而被自身的晦暗和烦琐所消释。有力的命名是个性和创造力的体现，而命名除了具有独到发现，还应与听众的共同经验相接通。海子的诗之所以荡人心魂，是因为它唤起了人在意识深处那些原始的生命经验（以儿童时期形成的经验为原型，以童话、神话的语境为负载，以哲学的形而上与简洁方式去言说），所以尽管表面上体验的因素居多、个人的色彩尤重，但天才的命名力却蕴于其中。而且由于他的殉身，这些作品已随之增值为经典，其命名的"权威"力量就更加被强化。而众多追随与模仿者则缺少这两种内在力量，因之显得浮泛苍白。

体验的言说方式还导致了先锋诗坛整体上的一种"疲软的抒情"状态。在1980年代中期，人们曾感受到"文化诗歌"中知性写作的单调，存在主义美学思想的烛照则重新打开了人的个体与存在永恒之间的通道，生命的激情在这里洞开，"抒情的复兴"也在这一基础上产生。由于个体的言说立场不同于以往代表民族或抽象人本主义和人文主义之人的立场，内心的抒情便成了大家共同采用的方式。尽管存在主义不论在哲学本体论还是语言本体论角度都具有极大的"知性活动"特点，但个体立场却导致了诗人在言说时的一种渺小、脆弱的感伤。因此，此岸的"真理"比之存在的绝对真理也变得缺少内容与力量。诗人的心灵变得敏感而弱小，抒情也必然随之软弱而疲惫。

还有一点应指出，存在主义哲学所引导的回到个体的写作既为诗歌的真正复兴指明了方向，同时也使它将自我流放到了社会与艺术的边缘，这也是一个悖论。真正优秀的个体写作固然不会最终被埋没，但作为写作者其命运却是悲剧性的，在商业语境时代尤其是这样。写作的个体化必然会导致阅读的个人化，而商业语境中的个人阅读究竟还能有多大的社会力量？一首真正优秀的诗篇也不会引起巨大的社会震荡，起到其应有的、应担负的正义和批判作用；而对更多的作品而言则更只有自生自灭了。在这样的情境下，诗人对世界、情感、存在真理的言说只能成为个人的精神历险（甚至连个人的精神历险也谈不上——只是语言历险和游戏而已），它无碍也无益于社会，而只是诗人自己的存在证明罢了。这样一个悲剧虽然不能全部归咎于存在哲学，但它所引领的个体写作倾向却结束了社会性写作与阅读的时代，并悲剧性地遭逢了一个充满物质与欲望黑暗的初期商业文化时代，这个具有魔鬼一样瓦解力量的时代，早已使一切精神的挣扎陷于徒劳。

至此，本文对存在主义诗学所引导下的诗歌精神及其内部构成的各种悖论做了分析。需要再次强调的是，我无意批评存在主义诗学本身，而且还必须指出，正是存在主义诗学为中国当代诗歌的发展提供了一种可能。但是，"真理果能全无遮蔽，那它就不是真理了"。何况绝对的真理永远是抽象的，存在主义诗学也不可能解决一切问题。在特定的时代氛围与商业背景中，回到个体在最初的一刹那也许具有某种"决绝的悲壮"，甚至挺身死亡的壮举也已并不罕见，但这毕竟不能构成唯一的立场，同时也不是诗歌与诗人生存的出路。在我认为，从存在这一终极性哲学立场上的适当的"后撤"，以人本主义与文化批判立场作为其支撑则是可行的。一些小说家如张炜已采取了类似的撤退，从其《九月寓言》到《柏慧》《家族》，表明作家完全可以从关于生存与世界本源的哲学玄思回到当下语境，以具有传统价值意味的人本主义精神原则对当代文化与人性构成的状况进行分析与批判。何况，在存在主义哲学王国中的精神玄思和高蹈式抒情毕竟也不能持久地保持诗歌和诗人自己的生存活力。因此，力避在一味追新求异的进化论神话中陷于"皇帝新衣"式的痴迷，力避群起模仿、浮泛，力避无益的感伤，而力求从"存在"的绝对真理与"在世"的社会正义中寻求双重的力量，才是使诗歌保持不断发展的正确出路。

原载《诗探索》1997 年第 2 辑

汉文与诗歌的现代性

章 燕

关于现代性我们应该从两个方面来考虑，一个是自然科学的现代性，一个是人文科学的现代性，诗歌的现代性则包含在人文科学的现代性之中。汉文，尤其是文言文与汉字，同自然科学的现代性和人文科学的现代性有着怎样的关系，它们又是如何体现诗歌的现代性的，这是我们在世纪末面临的并非仅涉及语言学和文字学的重要问题。

一

对汉文，特别是文言文和汉字与现代性的关系这一问题，我们以前的回答近乎是一边倒的。早在世纪之初，陈独秀就指出："中国文字，既难载新事新理，且为腐毒思想之巢窟，废之诚不足惜。……当此过渡时期，惟先废汉文，且存汉语，而改用罗马字母书之。"这里他主张废除汉字的一个原因，是由于它很难承载西方那种以理性、逻辑性为基础和特点的先进思想、现代科学和新技术，也就是说，汉文与现代性相矛盾，废掉汉文是现代化、科学化的要求。而且他还提出了具体的操作步骤，即先废汉语文言文，推广白话文，再改用罗马字母来拼写。

今天，我国正在汇入世界经济大潮，正在学习并引进西方的先进科学与技术，正在努力提高生产力，提高效益与效率，以赶超西方的经济发展水平。此时，重新提出汉文与现代性的关系问题，正是顺应历史潮流的理论研讨。但是，不少人认为，汉文与现代性是矛盾的，汉文与现代化发展不相适应，并说这已经有了定论。因此，他们认为，对汉文不存在重新认识的问题，这种探讨也不会有什么结果。

果真如此吗？问题既然提出来了，为什么不可以认真探索一番呢？

首先，考察一下汉字在表达科学之理性思维方面是否存在着困难。我们知道，西方的科技文明是以理性思维为基础的，呈现出明晰、严密、逻辑性强的特点。然而，汉字以象形为其本源，最初的甲骨文都是一幅幅类似图画的符号性文字。汉字经过多次演变之后，越来越走向成熟，但它始终没有抛弃象形性。所以，汉字的最大特点就是它能通过视觉一下子直接印入人的头脑当中，唤起事物本身的意象或对该事物的联想。汉字具有这种直观感性化的特点，由汉字构成的汉语文言文，其内在结构与某些西方文字的结构不同，不能用西方语法来硬套。我们的语言文字本身不呈现逻辑化和理性的特点，但是作为一种语言文字，它仍然可以表述理性的内容。在战国时期，我国就有了《墨经》这样的关于认识论、逻辑、经济学、自然科学的著作。我们的祖先早在西方近代文明之前就发现或发明了某些科学原理和现象。祖冲之推算出圆周率的值是在南北朝时期，比欧洲人早一千多年。这些都是由汉语文言文记载和表述的。这说明汉语文言文、汉字是可以表达理性和科学的内容的。现代汉语白话文在这方面的改进工作应该得到承认。我们从西方语言中吸收了某些可行的语法，使得白话文在承载科学理性的思想内容方面能够更加表达自如，特别是在普及推广科学知识方面起到很大作用。随着电脑时代的到来，汉字被认为是能最为快捷地输入电脑的一种文字。这也从另一方面说明，汉字的象形构成与现代化科技并不相抵触。最近，国内和海外的一些语言学家对汉字进行了进一步的研究，认为不是汉字落后，而是我们对汉字的认识与研究落后了。

其次，人们所说的现代性多指自然科学的现代性，而这只是现代性的一个方面。至于现代性的另一个方面——人文科学的现代性，则被人们长期地忽视了。实际上，20世纪以来西方的文学、艺术、哲学的发展始终都在朝向突破逻辑与理性的束缚这个方向发展，逐步走向感性的、心灵的、非理性的、意识与无意识交流的自由。现代性思维恰恰在于其超越理性和逻辑，呈现出跳跃式的、非线性的、多层的、模糊的、互文的等一些特点。这种思维观更重视想象和创造。20 世纪的语言哲学的特点便是重新认识语言文字的超工具意义的诗意价值，及其对现代思维观的重要启迪作用。

持汉文和汉字与现代性相矛盾的观点的人，其对语言文字的认识，恐怕仅仅停留在语言文字是思想的载体，是表达思想、表达理性思维的工具。他们没有把语言文字看成是一个有独立意义的、有其自身结构和自在性的原生动力，它在某种程度上不受人的理性的支配。我们几十年的语言观由于依附于科技理性的现代性而一直建立在一种语言工具论的基础之上。而事实上，汉字决不仅是语言符号，汉文也决不仅具有工具性。汉字作为象形表意文字，其所指的内容往往超越了字面的意义，它蕴含了我们几千年来的文化、社会、历史、意识的积淀，具有更深、更广的文化甚至哲学色彩。的确，我们的语言文字在传达科学之理性思想的时候，需要一定的逻辑化。应该说，语言文字肯定有其理性、逻辑性的一面，有其工具性的一面。问题是，语言文字的属性是否仅仅就是这些？它是不是还有超逻辑的一面，而且这"超逻辑"究竟是重要的、根本的特质，还是毫无意义的、可有可无的东西？现代汉语白话文推进了语言的逻辑化、清晰化，但同时多多少少也丢掉了文言文中的某些感性的、直觉的成分。当然，白话文的产生有其深刻的历史根源，即千百年来语言与文字的分家。这是历史发展中的一种畸形现象。长此以往，它势必要阻挡现代化。问题在于我们将白话文与文言文对立起来看了，认为只有理性的、逻辑的、透明的语言才是好的语言，语言文字越精确越明白，就越先进，而且认为语言文字中的活的、不定的、感性方面的东西一概都是语言中的糟粕，必须予以抛弃。

这种语言观在经历了近百年的检验之后，已经受到了现代语言哲学的强烈冲击，需要我们对此进行深刻的反思。20 世纪的语言学与哲学在对这一问题进行了深入的探讨之后指出，语言在一种更高的层次和意义上来说，是超越其工具意义的。也就是说，语言的本质在于其诗意特质。汉语的本源是汉字，它以象形袭意为主。汉字的字形与其表达的意义有着密不可分的亲缘关系。汉字的结构指示着复杂多变的意义。正因为如此，汉字与西方拼音文字不一样。西方的拼音文字由于是以语音为中心的，而声音无法使人对声音所唤起的所指，有一种直接的感性领悟。这种声音能指必须跨越"概念"所指，才能到"物"本身，而从声音到概念又完全是武断的和任意的。因此，西方的文字不是感性的，而是理性的、抽象的。汉字则恰好与西方的拼音文字相反，它由字形和字象直接进入人的大脑之中，唤醒对事物本身的认识和感悟。这样，汉字本身是诉诸感官的，它直接唤起情感、心灵的感应、灵性和悟性。所谓汉字的诗意特质指的是汉字具有在形象中积淀中华文化历史的功能，并且汉字由于其象形性和复杂的字形结构体现出感性、多层、多意、多信息、多联想的特点。由于汉文是由这样的方块字构成的，它又以不受逻辑性强的语法（如西方某些语言的语法）之规范为特点。因此，汉文，特别是汉语文言文，同样具有重感性、多义、互文等突出性质，构成汉文特有的诗意价值。

西方的哲学家和语言学家对语言文字的诗意本性和哲学意义问题有过很深刻的论述，海德格尔指出，"语言是存在的住所"，"语言的本质在于其富于生命的性质"等等。近二三十年来在西方产生极大影响的解构主义理论也是在寻找语言的诗意价值。解构主义认为语言的本质在于其隐喻性、不定性、游移性、灵活性、创生性。但是，由于西方语言文字本身受拼音文字的以逻辑为中心的局限，就语言文字本身来说，他们无法从中找到诗意本源。而汉文在这点上恰好给了他们一种启示。在这点上，汉文，尤其汉语文言文，恰恰能够很好地体现思维的现代性。

二

诗歌的现代性极为重视语言文字的诗意特质。它首先在于承认诗歌语言根植于人的无意识。当然，这不应被理解为诗歌只是一堆凌乱的文本碎片的拼贴。它是指诗歌语言不是理性的驯服工具。它是从心灵中流淌出来的，从心底迸发出来的，不受上意识直接控制与指挥的语言文字，它是上意识与无意识交流碰撞而产生的语言精华。不幸的是，我们今天的一些诗人不能很好地理解这一点。一方面，他们当中恐怕有些人对语言或文字的认识还仍然停留在语言是一种表达工具，是为人的思想感情服务的，是为诗服务的工具这个层次上。在他们的作品当中，汉文仅被视为单纯的、外在的文字符号，而不是有着丰富文化内涵的、根植于人的生命的语言文字。另一方面，一些诗人认为诗歌必须反映人的无意识，而不是把语言之根放在与心灵沟通的认识层面上。于是，汉文从外部遭到任意的、粗暴的拆解和扭断，汉文变成了毫无生命力的、苍白而无意义的文本碎片。他们在急躁地吸收了许多表面化了的西方现代或后现代诗歌理论的同时，又不加分析地选择了西方拼音语言的某种扭曲的表达方式，把它照搬到汉语中来，使得原本生动、丰富的语言文字变成了僵死的符号。这种表现方式使汉文失去了其原本固有的由形象化、感性化带来的启迪人们的联想、提供多方信息、表达多层意蕴的特点。汉文在这样的作品中成为一堆已死的文本，不能使人产生思考或共鸣，不能给人以启发，也无审美价值，即便是"反诗美"的审美价值。

汉文的诗意价值在中国的古典诗词中可以找到不少精彩的例证。西方语言学家费诺罗萨正是从中国古典诗词的语言中寻找到西方语言所没有的灵性，从而启发了美国现代派诗歌。因此，谈到诗歌的现代性，我们便无法回避中国古典诗词的语言特征。要在新诗创作中掌握现代性，就应当重视发挥这种语言特征的优势，使之为今天的新诗创作所用。

汉语文言文不以逻辑的语法为主，没有标点符号，诗中的名词动词的使用常常没有明确的界线。同一个汉字，可以是名词，也可以是动词，有时它还可以是形容词或副词。它不像西方文字，不同的词类要加不同的词缀，词与词的各种修饰关系十分清晰。汉文中词与词的关系不通过词性的关联性来体现，而往往通过上下文的暗示来表现。因此，汉文极富弹性，便于描写朦胧的或动感强的意境。它不同于西方以逻辑为主的语言使人们乐于也便于为客观对象下定义，把什么都搞得一清二楚。那种理性化的语言对于诗歌创作来说反而受限制。正因为汉文具有一定的模糊性，它才能体现诗歌的超字面意义的意境，给人们想象的自由和审美的享受。季羡林先生说："杜甫的诗沉郁顿挫，李白的诗飘逸豪放，谁能用科学的语言解释清楚？中国语言好就好在模糊。"马致远的小令《天净沙》中只有个别动词，其余都是名词的并置，刻画了一个个画面清晰的意象，但这些意象所构成的整体意境是模糊朦胧的。如果这些名词都被拉长为一个个主谓宾结构清晰的句子，则诗中的深远意境就会减弱，甚至荡然无存了。有时诗词中的名词转化为动词来用，也给读者提供了很多想象的余地。"千里莺啼绿映红，水村山郭酒旗风"中的"风"字可以是名词，也可以是动词。它可以指酒旗在风中飘舞，甚至可以指水村和山郭都在风中飘荡，一个"风"字既表达了"在风中飘舞、飘荡"，又使读者在简洁强劲的一个"风"字中体验到铿锵的韵律带来的风的飘拂感。如果"风"被理解为名词，则是一个有动感的名词。这种灵活简洁的用法能表达字面意义，又传达出言外之意，是汉文本身所具有的诗意价值的突出特点。古典诗词中汉文的表达常常是跳跃的。它没有固定的时态，无所谓现在时、过去时、将来时。过去的景物与眼前的实景由于时态的模糊性而互相并置，甚至重叠交错在一起。如"去年今日此门中，人面桃花相映红。人面不知何处去，桃花依旧笑春风"中，第一、二句是过去时间概念，第三、四句是现在时间概念，但现在的时间概念并没有明确地表示，读者要从上下文的背景中去体会，这就使过去和现在的时间概念在诗歌中浑然一体，造成朦胧模糊和跳动不定的感觉。汉文的跳跃性还可造成时空的转换和意义的多解。李商隐的诗句"相见时难别亦难，东风无力百花残"就表现了这样的时空转换。第一句讲的是相见与相别的情形，正因为相见不易，更突出相别时的难舍难分。而下一句则是一种自然情景的描写，与第一句没有直接联系。正是这种跳跃拉大了读者的审美视野，它可以被解读为相别时的一种自然景观，也可以解读为由于别时难舍难分，连"东风"和"百花"也都悲哀无助。从时间到空间的转换不需要任何联接词的帮助。试想，若将此两句译成英文，恐怕总要加上"when""then"之类的词，以加强两句诗之间的逻辑关系，而汉文灵活的语法恰恰带来了审美的丰富性。"东风"和"百花"此刻不仅是自然的、客观的物，同时也与人的心灵相通，能够理解人的伤感心情，甚至与心灵交融在一起。类似这样的时空转换和跳跃在古典诗词中比比皆是，构成古典诗语言的一大特色。跳跃增加了诗歌的流动感，使诗人的想象能够驰骋于天地万物之间，融天地人心为一体。从这个角度看，汉文的这一特征的确渗透着中国的传统哲学和文化思想。汉文的非逻辑性使语言富于创造，特别在诗歌当中。柳宗元的《江雪》中有"独钓寒江雪"一句，按照逻辑推理，这句意思应为独立在严冬覆盖着大雪的江面上钓鱼，即"独钓于寒江雪"。然而，汉文灵活的语法允许将"于"字省略。此时，人们既可以接受符合逻辑的解读，又可以感受到省略"于"字之后新的意境：钓雪。而这个似乎是无意中由语法的含混造成的意境比"钓鱼"更丰富深刻，极好地表现了诗人那傲睨一切的性格，传达出超字面的意境，成为整首诗作的核心。此外，古典诗词中还存有大量的互文性[1]语言现象，一个词或一句诗除了可以做字面意义解读外，还可以与其他文本互为联系和参照，使意义成为多解的。李白《听蜀僧濬弹琴》中有"客心洗流水，余响入霜钟"的诗句，形容诗人听到蜀僧濬弹琴时的感受。"流水"二字按字面可以理解作琴声发出的声音美妙如潺潺流水。此外，"流水"亦指曲名《流水》，即诗人听出了"高山流水"之曲中"流水"的曲意。同时也暗指钟子期听出伯牙之曲意，而令伯牙视钟子期为知音一事，含琴声打动知音者之心的意思。"霜钟"可解为曲终时琴声的余响犹存于远处的钟声。《山海经》上讲："（半山）有九钟焉，是知霜鸣。"郭璞注："霜降则钟鸣，故言知也。"由此可知，霜与钟是相知者。于是，诗中的"霜钟"又暗喻琴声入知音者之耳。可见，这里的语言互文性可提高语言的蕴含力和深度。古典诗词讲究"炼字"，而经过提炼的字，往往突出地反映出汉文的丰富的感性内容。上面举的"客心洗流水"中的"洗"字，用白话文可以解释为洗涤、感染、感动、净化等等，虽已用了几个词，却似乎仍未将意义传达尽。应该说，"洗"字同时表达了以上所有这些词的意思，而且，它与"流水"相搭配，极富感性，似乎可以体验到"流水"流过心灵时的清心、清凉之感，甚至是一种触觉的体验。如果译成英文 wash 则完全失掉了一种意境，若译为 purify 又丢掉了宝贵的感性。可以说，古典汉文在用简洁洗练的词汇表达深远意境方面是现代汉语和西方拼音文字所不及的。

汉字的象形性也是诗歌创作中值得注意的问题。由于象形，语言便有了感性直观的特点，也具备了多意多层的结构，使读者易于联想，从诗歌

---

[1] 互文性：英文为 intertextuality，不同于中国修辞学中的"互文"。

中获得丰富、全面而强烈的信息。"千山鸟飞绝，万径人踪灭"两句中用的"千""万""山""鸟""飞""人"等字的字象本身就给读者提供了生动形象的联想和由字象带来的意境。如果其中的某些字用繁体字来写，如"萬""鳥""飛"等，这种联系则会更为直接。从中我们也可以体验到汉字与书法艺术之间的亲缘关系。当然，在经过了六千年的发展演变之后，直接由字象提供给人们的视觉联想的汉字是有一定数量的，而且还有待人们的进一步挖掘和研究。但是，汉字本身所固有的方块字结构，它复杂多变的构字法所具备的富于感性的、蕴含能力强的、启迪联想的特点是应该得到承认的。而深入研究这些特点对深化我们当前的诗学研究，会很有意义。这是值得我们进一步深入探讨的问题。

　　用白话文创作的新诗已经有了80多年的探索和发展，已经取得了不小的成就，曾达到了相当高的水平。当然，必须承认，从语言文字的角度来讲，新诗尚未达到我们古典诗词的辉煌程度，这与白话汉文发展时间短、积淀得还不够有关。但是，如果我们极为重视开发白话汉文的深层内涵，使之与古汉文相衔接，新诗是应该能够得到更深入的发展和完善的。但是，从总的情况来看，随着我们的科技和经济的发展，我们的语言越来越纳入自然科学的经济的现代化轨迹。随着社会的变革，人们使用白话文时，新造了同时也从外来语言文字中吸收了不少名词和术语，但白话文作为现代汉文本身的内蕴和力度却相对减弱了。这一状况不利于诗歌创作的发展和提高，这是诗歌创作中亟待解决的问题。有一些年轻诗人敏锐地认识到现代汉语的包容性和穿透力不够，但不知如何解决，又不了解西方现代诗歌与中国古典诗词语言的内在联系，而只是一味表面化地模仿西方语言的某些表达方式，期望以此获得既表达又遮蔽的效果。这种生硬地"扭断语言脖子"的做法，恐怕不能表现语言的生命力，也无法将语言与诗人的心灵感受连接起来。这样的语言很容易变为单纯的文字游戏。

　　回到文言文的老路当然既无可能也无必要。但割断古典与现代的联系同样是幼稚和武断的，如何将二者衔接？新诗的先驱多是从古典诗词的熏染中走过来的，他们的诗创作中必然带有古典诗词的影响和痕迹。或许，他们在诗词创作中对语言文字的把握对我们能有一定的启迪。卞之琳在《西长安街》中融进了许多古典诗词的意境，如枯树、老人、影子、残阳夕照、马蹄金尘等。这些意象在与古典诗词相呼应的同时又结合了西方象征主义、现代主义的诗歌表现手法和诗人独特的审美体验，具有了不同寻常的艺术深度。诗中对古典诗词意境的呼唤暗示着诗歌内存的互文性，引起的联想是多维的。在这方面闻一多、徐志摩、戴望舒等都有佳作。鲁迅的散文诗《野草》更是一种典范。在诗语言的锤炼方面，先驱们也进行了有益的尝试。早期的李金发在吸收法国象征主义诗歌艺术技巧的同时，保留了某些古典诗词文言文的特色。他诗中的某些句子，语法结构较为松散，容易引起读者的联想。如《弃妇》："夕阳之火不能把时间之烦闷／化成灰烬，从烟突里飞去，／长染在游鸦之羽，／将同栖止于海啸之石上，／静听舟子之歌。"后面三行的开头，按白话文的语法，都应该有"让它（烦闷）"二字才通顺，但诗中省略掉了，结果造成了意象的跳跃和意境的朦胧，极富动感，使得象征的风格中存有某种多义性和不确定性，加强了审美的力度。但他对白话文的运用似乎尚不成熟，又加入一些较为欧化的句子，终究使人感到在古汉文与现代白话文的衔接方面做得还不够自然。1940年代的诗人在运用白话文进行创作方面已经趋近成熟，某些诗作达到了借鉴古典并超越古典的高度。但不幸此后又发生了诗语言的断代。今天，在连接古典诗语言与白话文方面做得较多的是某些台湾诗人。从余光中、洛夫、蓉子等人的诗中可以看出他们在努力去做。他们的诗多注重古典意象的重造与更新以及诗歌意境的创造。在语言的运用方面、音韵节奏的处理方面，他们也都在借鉴古典并有一定的突破。他们的努力是否成功还可以进一步探讨。不过，由于他们确是较为重视对古典诗语言传统的挖掘和利用，他们的作品因此而生动丰富了起来。

汉文与诗歌的现代性有着密切关系。可以说，我们今天诗歌的更为长足的发展有赖于对汉文和汉字进行重新认识，我们应该分清自然科学的现代性与诗歌的现代性对语言文字的不同要求。其实，以理性为代表的现代性也不必绝对排斥语言的诗意价值。理性所代表的是一种结构，而诗意更体现解构的精神。在这里，我们并不否定结构的功能，并不否定汉文作为工具的、表达理性与逻辑的功能，以及其畅达透明的一面。但是，同时，对汉文也好，对西方拼音文字也好，我们最终都必定要挖掘出其走出理性和逻辑、达到艺术和诗的境界的一面，而诗歌创作对语言文字的要求则肯定在于其超越逻辑的特质。古典汉文对诗歌的现代性承载得很好。而现代汉语白话文在这方面却遇到了极大的挑战。我们已步入了自然科学的现代化，白话文也能与之同步。但如何解决诗语言所面对的困难，使我们的诗歌也真正步入"现代化"，这是我们目前和下个世纪需要探讨的重要课题。

原载《诗探索》1997 年第 2 辑

叙述中的当代诗歌

姜　涛

一

在某种意义上，当代诗歌写作的历史进程是一直伴随着对其自身的叙述和命名展开的，朦胧诗、第三代、后新潮、90年代……诗歌批评者与诗歌实践者不断彼此抛掷着花样繁多的诗学词汇，以期廓清自身、指明方向、获取写作的合法性身份。一方面，在诗人们那里，事先发布的写作纲领和宣言执行了自我叙述的功能。在口号横飞的1980年代，一个诗人或诗人团伙的重要性似乎首先要取决于他（他们）是否旗帜鲜明地亮出自己的方案：生命诗学标举者醉心于独一无二的内在体验；纯诗主义的信徒使用着有限的词根，急着斩断尘缘；回到前语言、前文化的初始经验成为部分诗人的理想；而更为新锐的探索者早已喊出"诗到语言为止"。20世纪西方理论的涌入为这些叙述提供了动力源、词汇库和兴奋剂，"诗意地栖居""零度写作""现象学还原"仿佛是当代诗歌一连串的引文脚注。而另一方面，在诗歌批评与研究者们那里，惯常见到的是一种分类学模式，神话与反神话、乌托邦与反乌托邦、口语或零度、生命体验或能指嬉戏、或平民或乡土、或意识形态或个人写作，似乎一经出手便角色分明，匆忙流变的阅读印象、闪烁不定的审美感悟或因地域、方言和气质不同形成的经验差异便可以一下子脉络清晰，凸显为一份份条剖缕析的诗学论文。

当然，在更为深思熟虑的叙述中，上述诸种口号或二元变量还可被审慎地码放在时间的链条上，构成了当代文学史的一系列断裂、变革和演化。唯其如此，由几十万业余诗人和无数地下诗刊组成的诗坛才有可能在历时与共时两条轴线上，铺展成一幅当代诗歌斑斓多彩而又标注齐全的地形图，以便存档保管。唯其如此，写作技艺和主题的转化才可对应于某种文化逻辑的展开，坚守抒情性、政治性现代方案的启蒙主义者怀念着北岛，而诸位"后"学新秀又为在伊沙、韩东那里发现解构句式而欢欣鼓舞。如果仔细考察，不难看出其背后蕴含的历史叙述的情节效果，比如当代诗歌在有些人看来，几乎就是一出由现代主义与后现代主义构成的完整的进化论喜剧。

　　上述有关当代诗歌进程的叙述在一定程度上印证了："历史事件的现实性并不是在于它们曾经发生过，而是在于，首先，它们被人记住了；其次，它们能够在编年史顺序中找到一个位置。"[1]在新历史主义深入人心的今天，我们对这一点自然不必大惊小怪，况且诸种叙述的确有效地参与了历史：激进的主张冲击、瓦解了那些陈腐的艺术观念，激活崭新的写作前景；分类学叙述提纲挈领的优点也使其在诗歌初学者和热心的围观者那里颇具号召力，因而十分适合于教材编撰和诗歌普及。但必须警惕的是，历史叙述积极的建构作用有可能演变为一种潜在的叙述圈套，其危险性正是源自其有效性。首先，任何写作策略都是与具体的文化语境相关的，如果过分地鼓吹，脱离变动不居的历史将"生命""灵感""游戏""诗意"等词语本质化与绝对化，那么艺术的无穷可能性会被格式化为某种既定的抽象方案，写作于是便沦为一种一意孤行的文化姿态，或被典当为某些哲学、美学理论的试验田。臧棣曾直言不讳地指出："许多后朦胧诗人在文本上的失败，多少可以归结为他们对无深度、零度意义、无意义这样一些语汇的自恋癖。"[2]貌似执着、激进的写作信念这样就成了拒绝探索更

---

[1] 海登·怀特语，转引自徐贲：《走向后现代与后殖民》，中国社会科学出版社1996年版，第21页。

[2] 臧棣：《后朦胧诗：作为一种写作的诗歌》，《中国诗选》第一卷，成都科技大学出版社1994年版，第343页。

开阔艺术空间的托词。其次,逻辑推论的首尾一致牺牲了写作内部多种因素的矛盾交织,分类学标签大大简化了诗歌发生的难度和复杂性,个体书写的独特在被概念的可公度性所掩盖、抹平,篇篇论文力图对当代诗歌一网打尽,但在叙述粗大网孔中写作灵活而朴素的追求反而被漏掉了。诗人西川曾对加诸他头上的四种说法(文化写作、隐喻写作、神话写作、学院写作)做出过出色的反驳,他说:"中国人对政治上的归类已经习以为常,应该也对文学上的归类无动于衷。"[1]这段话似在不经意中道出了问题的要害,即叙述我们处身的时代时,一些修辞模式常常是被不加检讨理所当然地运用着,比如屡试不爽的先锋模式、在世界文学构想掩护下的向西方他者的无条件认同模式、海德格尔与老庄拼凑而成的救赎模式、现实主义与现代主义融合的大团圆模式……现实由此被稀释成一套人们耳熟能详的文化符码。表面上看,这是大脑懒惰所致,与市场时代的快餐口味似乎也不无关联,但在其深处暗示了研究范式的陈旧与文化反思能力的匮乏。落实到诗歌上,诗人的想象力运作或是成为一种或数种新潮理论获取合法性的佐证,或是在时代颠簸中被当作某种集体性文化乡愁的调味品。其发生逻辑往往被置于某种"时间神话"与放大的文化抱负之中,具体的历史情境被忽略了。

如果将这种现象置于略为宏大的视野中,在诗歌写作中夸大某种文化修辞的功用其实不足为怪了,它连缀了20世纪中国文学自我叙述的一个经典倾向,无论是"启蒙"还是"救亡",无论是"文学革命"还是"大众化",乃至新时期的"主体论"建构,使命的迫切感超过了艺术的渐进与自律,文化方案的完美性、简洁性遮蔽了现实本身的黏稠状态,或者如一位学者所言:"理论的历史起点与逻辑起点的关系,从开始就处于微妙的悖论状态。"[2]

如果抱着多元主义的态度,当然可以说:一蹴而就地解决问题有何不对?把乱糟糟的诗坛讲得有条有理有何不好?不错,恰当的叙述的确会有助于把

---

[1] 西川:《生存处境与写作处境》,《学术思想评论》第一辑,辽宁大学出版社1997年版,第192页。

[2] 夏中义:《新潮学案》,生活·读书·新知三联书店1997年版,第5页。

握自我、拓展未来，但对叙述的轻信却有可能是诗艺想象的致命羁绊。在批评与写作彼此互渗的循环中，削足适履的身份认定牺牲掉了写作的开放性，使其丧失对陌生领域的敏感，汉语诗歌被耽搁在虚假的先锋面具和历史转型的门槛上，而公众对诗歌有限的感受力也将为所谓的"误读"继续败坏。上述这些谈论可以归结为一个问题：当代诗歌如何面对历史叙述的陷阱？

二

从这种角度反观1990年代的诗歌，那些曾一度作为艺术旗帜和纲领的诗学标签似乎普遍失效了，自我与他者、艺术自律与介入时代、灵感与技巧、生命与文本等等支撑过1980年代历史叙述的二元对立纷纷瓦解，种种标新立异的口号也像西川诗中提到的那样——"俏皮话已不再新鲜"。"90年代"变化多端的写作实践使它们力不从心，除了部分悟性稍差者对分类叙述还念念不忘外，一种崭新的修辞在被呼唤。程光炜坦言道："在普遍失效的写作的背景下，我愈发感到我所说的观念上的90年代写作的重要。"可以说从1990年代初直到今天，诗歌写作范式的整体变迁始终伴随着诗学话语形构的不断翻转，其具体表现在对"90年代诗歌"持续不断的命名热情之中，从而使这个宽泛的时间概念转化成一整套诗艺策略的代名词。个人写作、中年写作、叙事性、及物性、反讽……由诗人批评家抛出的新词彼此勾连，扩充着诗意空间"圈地运动"的范围。作为1980年代轰轰烈烈的民间诗歌运动的幸存者与见证人，几位开风气之先的诗人深知历史的复杂性与词语的欺骗性，较之1980年代那些激情有余而内涵不足的煽动性言论，他们的主张或许更为灵活、更为有效、更经久耐用。

宽泛地来讲，"90年代诗歌"摆脱了以纯诗理想为代表的种种青春性偏执，在与历史现实的多维纠葛中显示出清新的综合能力：由单一的抒情性独白到叙事性、戏剧性因素的纷纷到场，由线性的美学趣味到对异质经验的包容，由对写作"不及物"性的迷恋到对时代生活的再度掘进，诗歌写作的认识尺度和伦理尺度重新被尊重……这些变化在暗中揭示了"90年代诗歌"的内在逻辑：

它在王家新的文章中被曲折地表述为"向历史的幸运跌落"[1]。或许可以说，这种"幸运"在一个层面上即是对写作中的行为主义态度的回避、对分类学表述的主动扬弃，对诸种二元模式的颠覆和重释，即观念层面的"90年代"从根本上质疑了1980年代有关当代诗歌的种种历史叙述的真实性。诗学风向的这种巨大转折及其呈现的丰富内涵，对于那些以一种"想当然"的旁观心态指点诗歌的批评来说，或许是始料不及的。

然而，对"90年代诗歌"的命名仍是一种自我叙述，只不过更改了句法和词汇，而历史叙述加诸自身的圈套（陷阱）同样依旧存在。这意味着我们必须有所顾虑：对"90年代诗歌"的反复陈说是否意味着一套新的写作规范被颁布实施？对过去诗歌历程的反省会不会形成一种新的二元对抗模式（1980年代与1990年代）？最初具有革命性力量的文本策略是否会被磨损为新的写作时尚，或被升华为新的"写作神话"？进一步追问，判定当代诗歌写作有效性的标准是什么？你说要写当下处境我就细数日常的城市经验；你说要添加叙事性我就拉拉杂杂、说东道西；你说文本要有包容性我就拼凑各种语式、插话与言谈的机锋；"纯诗主义"的洁癖已经过时，时髦的是肮脏和色情的异质性辞藻；瓦雷里让位于布罗茨基，神秘冲动让位于几本文论教程。晦涩的"90年代"被落实到题材选择、出名技巧和狡黠的市民心理之上。果真如此，1990年代便结出了一颗庸俗的硕果，复杂蔓生的枝叶重新被格式化了。几乎每个有志于跻身1990年代的诗歌爱好者现在都学会了对"历史""生存""个人"喋喋不休，但独特丰富的历史体知恰恰可能就此流失。于是乎"向历史的幸运跌落"与"不幸再次落入历史叙述的陷阱之中"便没有多少区分。

换而言之，分类学叙述被回避了，单一某种艺术尺度的"暴政"瓦解了，但新的叙述模式有可能粉墨登场，诗人暂且援引以廓清立场、背景和方向的词汇难逃"类型化语境的过滤"[2]，又被诗歌市场炒作为一种艺术专制的标签。可

---

[1] 王家新:《阐释之外》,《文学评论》1997年第2期。
[2] 欧阳江河:"在这种类型化语境中从事写作，诗人完全可能以'反对什么'来界定自我，而无须对'反对'本身所包含的精神立场、经验成分、变异因素等做出批评性的深刻思考……"

资参考的意见是，尽早挣脱"90年代、80年代"的对立模式（1990年代似乎只有在对1980年代的诋毁中才找到自身），而将目光深入当下诗歌写作错综的肌理之中。

三

贡布里希曾言："对一种语言精通到足以能欣赏文体的程度为什么如此之难的原因之一，确切地说，就在于我们必须经常能够确定作者在可供选择的词语中作的选择具有什么内涵。"同样，理解"90年代诗歌"的难度也源于诗学词汇在其使用者那里具有特殊的、不可公度的意义，而日常语境却会自动删除词汇背后丰富的泛音而将其归类到平面化的通俗理解中。欧阳江河敏锐地发现这一点："一个诗人当然可以通过规定上下文关系来规定词的不同意义，但这也许只是一个幻觉，因为诗人不能确定具体文本所规定的词的意义一旦进入交叉见解所构成的公共语境之后，在多大程度上还是有效的。"这里所言及的"上下文关系"置换到1990年代，便可认作是写作策略发生的具体的"情境逻辑"，是诗人在选择词汇时所面临的症候、处境和对立面，在历史语境、个体想象与文本记忆等多种力量的共同制约下，一个词不得不轻盈地闪避着各种平面化的理解。为了不致"90年代诗歌"重新被公共语境改写成线性的历史叙述，对若干词汇的"上下文关系"的谈论或许不无裨益。

譬如叙事性，它曾被当作"90年代诗歌"写作的一个意外的收获，通过对周遭场景的风格化的记录，诗意想象恢复了与生存境遇的交流，大江南北的诗人都不同程度地尝试了利用"陈述句"将生存现实引入他们的诗行中，从而时下诗歌竞技场中流通的信条似乎成了"证实一个诗人与一首诗的才赋的，不再是写作者戏仿历史的能力，而是他的语言在揭示事物'某一过程'中非凡的潜力"。[1]然而，误解随之而来。首先，写作对事物细节、生活过程的偏爱在不少人那里被简化为写实主义的复归。其次，叙事性仿佛成了"抒情性"的对

---

[1] 程光炜：《九十年代诗歌：叙事策略及其他》，《大家》1997年第3期。

手,构成了对一切非经验成分的集中扫荡,它像诗行中一只好斗的拳头热衷于回敬新诗历史对陈述句的长年冷遇。其实,叙事性首先是作为对1980年代迷信的"不及物"倾向的纠偏而被提倡的,与其说它是一种手法、对写作前景的一种预设,毋宁说是一次对困境的发现。较之于自我表露的诸多花样,中国诗人处理现实的能力要远为逊色,叙事发生在写作与世界遭遇时不知所措的困境中,而正是困境提供了创造力展开的线索。孙文波准确地表述:"当代诗歌写作中的叙事,是一种亚'叙事',它关注的不仅是叙事本身,而且更加关注叙事的方式","它的实质仍是抒情的"。[1]"叙事"并不是一劳永逸的,它仅仅是一位打破僵局的不速之客,在初始的寒暄之后,它并不排斥写作原来的主人,它呼唤的实际上是一种综合能力。仅就孙文波而言,他搭乘各式交通工具穿越城镇、记忆和历史的叙事方式有极强的个人性,正是其特有的迟缓、迂回的节奏、内在的论辩性及抒情气质构成了叙事有效性的基础。对他而言,叙事的魅力恰恰在于对叙事的潜在反动,在于从生活事件中提取的质问生活的洞察力,这种叙事的"内在的解释性潜力"说明了叙事的方式在"任何一种意义上来说都不是叠加在解释之上的,而是与之共存的"。[2]而对于他人来说,扫描都市凌乱的车马屋宇、缕述道路两边歪斜的风景、堆积小职员琐碎的经验片段都无济于事,叙事带来了"胃口"但不一定带来消化的能力。最早实践者也最早地发问:"场所是不是太多?情节是不是左右了诗人的想象力?叙事的时候夹进去的评论是不是有点儿无可奈何的投降?"[3]一个词(叙事性)无法概括诗人为处理时代生活付出的劳动。

　　与叙事性紧密相关的另一个词便是所谓的"及物性",1990年代的成就之一便是对写作"不及物性"发现之后的对外部世界——"物"的再度指涉。然而,"物"为何物仍有待探讨。它是语言之外的反映论意义上的客观现实吗?一旦深入当代诗歌错杂的写作现实中,我们就可以发现与其说是某种既定的

---

[1] 孙文波:《生活:写作的前提》,《阵地》第5期。
[2] [法]保罗·里科尔:《历史学和修辞学》,《第欧根尼》1996年第1期。
[3] 肖开愚:《当代中国诗歌的困惑》,《读者》1997年第11期。

"物"被语言所触及，毋宁说及物是文本自我与周遭历史现实间的相互修正、反驳和渗透的过程，它关注的是写作与物之间变化多端的关联而非被现实的所谓真实性所俘获。在王家新那里，"物"是经过文化记忆的透镜捕捉到的，它显现为对写作身份的追溯、冥想。在张曙光的一系列"闲聊波尔卡"中，"物"是散漫的絮叨背后历史与个体磕碰时尖锐的痛感。陈东东致力将"物"拆借、组装成唯美情调的"本地的抽象"。而肖开愚的"及物性"似乎更多将"物"引申为技巧的分泌物，成为语气、用词和句法上的庞杂、繁复和精妙。

　　本土化是另一个近年来亮相频率颇高的词，吞吃了大量西方诗歌养料的汉语诗歌在1990年代的反刍能力大大提高，"影响的焦虑"孵化出中国诗人对本土境遇的深刻关怀。但必须声明的是，本土化的写作倾向与当下学界在后殖民、第三世界理论语境中为克服"失语"症而进行民族话语争夺战并无多少关系。在后者的语义空间里，本土意味着一种自五四运动以来备受西方文化压抑的黑暗的实体性资源，充满了民族主义的悲壮。但在诗人的阐释中，本土倾向首先却是一种伦理承担，它植根的是变动不居的历史—生存—文化处境（而非既定的传统抑或以大地、河流、农产品面目出现的抽象的文化积淀），相对于令人神往的书写人类普遍命运的"国际化风格"（问题在于它"是不是帮助我们有力地探索自己的情感"）[1]，书写本土意味着让想象力沉浸于由多种因素混合而成的当代生活。另一方面，书写本土也并不意味着与西方他者完全划清界限；相反，英语、法语、俄罗斯语、西班牙语已大面积渗入到汉语诗歌的本土嗓音之中，只是"影响的焦虑"已翻转为"接受的误读和转化"，写作实际处于古今中外诗人随时出入的"共时性空间"[2]中。本土化写作的真实企图是用整个人类的大脑思考我自身的特殊问题。

　　或许可以这样总结，叙事策略并没有建构出一个完整的叙事方案，及物性也未规定写作的范围和疆域，本土化强调的恰恰是当代诗歌与世界文学的互文性关系，没有一条明确的道路被指明，新的技艺的到场只是迫使诗歌反省、重

---

[1] 肖开愚：《当代中国诗歌的困惑》，《读者》1997年第11期。
[2] 见王家新：《中国现代诗歌自我建构诸问题》，《诗探索》1997年第4辑。

估了自身的可能性。生活的介入是痛楚的，它改变了我们对诗歌原有的整体期待，而不仅仅是题材、风格和词汇资源的流行款式，因为一个诗人，"他是从他的生活出发，并最终回到他的生活，那样他才有资格怀疑他所有努力的意义"[1]。现在，诗人可以更广阔地思考写作，往昔单纯的欧几里得空间被繁复的拓扑学空间替代，在他们深度近视的眼镜片像摄影机镜头，"深深地闯入到事实中"[2]。

通过上述实例我们不难发现，在有关"90年代诗歌"的叙述，任何一种写作策略的威信都大不如前了，或者说都没有被绝对化和本质化，"'有或无'这个本体论问题已转化为'多或少''轻或重'这样的表示量和程度的问题"[3]。换而言之，希图将某一时刻的灵感、期待上升为普遍命题的历史幻觉改换为对写作历史限度的自觉，一切表述是有分寸的，名词之后是附带着定语、谓词身边是环绕着状语的，诗艺实践已为其加上了难能可贵的"域限值"。譬如，对所谓的"中年写作"批评家不必大呼小叫，认为汉语诗歌的青春被人别有用心地赶出了国境线，其实那只是个表明当代诗歌有了一定的成熟自律的比喻性说法而已；对"个人写作"的考察也要有此耐心。肖开愚的一篇访谈录的题目暗示了"个人写作"有话慢慢说的特质——"个人写作，在个人和世界之间"；"想象力"这个始终未受动摇的词汇而今也没有多少卓尔不群的霸气了。按照陈超先生的阐述，想象力被历史修正："既不依赖道德优势，也不依赖反道德优势，既不预先为自身注入'终极关怀'的价值，也不以亵渎'乌托邦神话'为起点结穴。"[4]这一切无不说明1990年代诗学叙述的新形态，直接性被审慎地为中介性替代，表面的对立其实相互缠绕，诗学命题的价值要从词汇的弹性与伸缩性方面去理解。

---

[1] 肖开愚：《当代中国诗歌的困惑》，《读者》1997年第11期。

[2] [德]本雅明：《机械复制时代的艺术作品》，浙江摄影出版社1993年版，第31页。

[3] 欧阳江河：《89'后国内诗歌写作：本土气质、中年特征与知识分子身份》，《谁去谁留》，湖南文艺出版社1997年版，第239页。

[4] 陈超：《现代诗：作为生存、历史、个体生命话语的特殊"知识"》，《学术思想评论》第2辑，辽宁大学出版社1997年版，第161页。

在某种意义上，写作的成熟就是对言语自欺性成分的自我免疫力，对历史幻觉的消解勇气，对自我叙述的闪避能力。应该看到，上述提及的风行1990年代的若干诗学词汇，只是诗人在处理自身写作困境时的应手之物、权宜之策，当模仿者与"事后追述者"们趋之若鹜之时，他们很有可能改弦更张，另辟他途。或许可以大胆假设，"90年代诗歌"的本质不在其叙述中的叙事性、及物性或本土化等等写作策略，而恰恰存在写作对这些策略的扰乱、怀疑和超越之中。这样历史叙述便绕过了自身埋设的陷阱，而成为阐释学循环意义上的诗歌对其身份的不断凸显及不断逃逸。只有这样，历史叙述才在良好的自我节制中，成为想象力的一次次主动设计和延伸。

原载《诗探索》1998年第2辑

精神三角形效应：诗歌中的规则、反规则与创新

何 锐　翟大炳

诗歌是富于创造的艺术，它切忌因袭和雷同，设想在今天，如果有人写出像当年胡适的《蝴蝶》那样的诗：

> 两个黄蝴蝶，双双飞上天，不知为什么，一个忽飞还。
> 剩下那一个，孤单怪可怜，也无心上天，天上太孤单。

人们一定会嗤之以鼻，这样的大白话也算是诗吗？如果胡适今天还活着，他还继续写诗，其新作肯定与早年的《蝴蝶》有天壤之别。至于广大读者，鉴赏力的提高和审美需求的日趋多样更是理所当然的了。由于人们诗歌观念的变化，新诗技巧总在不断地刷新，时至今日它已是令人眼花缭乱，目不暇接。随之而来的，一部分读者又面临着解读上的困惑。从根本上说，诗人的创作，即使主观上只是为了抒发自己的感受，可是一经形成文字，它实际上就成了沟通信息、交流感情的工具。因此，诗歌的创新仍然回避不了一个为了广大读者的问题，诗人的作品必须为读者所接受、理解，否则便毫无意义。于是就形成了类似契约的双方，他们之间能否达成协议，首先在于能否取得共识。有了共识，双方便自觉地遵循共同的约定，这个约定也可以理解为规则。如闻一多的《口供》一诗：

我不骗你，我不是什么诗人／纵然我爱的是白石的坚贞，／青松和大海，鸦背驮着夕阳，／黄昏里织满了蝙蝠的翅膀。／你知道我爱英雄，还爱高山，／我爱一幅国旗在风中招展。／自从鹅黄到古铜色的菊花，／记着我的粮食是一壶古茶！／可是还有一个我，你怕不怕？／苍蝇似的思想，垃圾桶里爬。

有人感到困惑不解，为什么在一首诗里出现两类不同的意象并列：前者体现为美，后者却赤裸裸展示丑，诗人的人格似处于分裂状态。这对于一个著名的爱国诗人是不可思议的。何其芳在《诗歌欣赏》中就说："为什么前面都写得健康、正常，最后却来了一个突然的变化？"其实，这个问题很好回答，只要人们稍加留意，便不难看出这首诗的基本规则是美丑对照法，通过这种鲜明的对照，显示出闻一多的全人格。他是多么光明磊落，多么胸怀坦荡。世界上不可能有完人，但袒露自己见不得人的思想或者弱点却必有非凡的勇气不可。因为这是一种灵魂的拷打。闻一多的伟大人格正是从这种拷打中凸现出来。不言而喻，诗中的美丑对照法对表现诗人极其可贵的忏悔意识是不可缺少的，对它的认同，就意味着作者和读者双方在愉快的气氛中签订了协约，即认同了诗人所制定的规则。于是，诗歌解读上的困惑便迎刃而解，不仅不会存在什么懂与不懂的问题，反而会惊叹这最后两句诗是神来之笔了。

可是为什么大多数读者在读诗时却不曾感到诗歌中规则的存在呢？原因在于多年来诗歌中规则已以"约定俗成"的方式被他们在不知不觉中接受，并成为其认知结构中的一部分。用卡奈的话来说，它已"内化"了。他在分析为什么绝大多数人观看模仿性艺术创作并不感到有规则存在的原因时说，虽然这些作品"与其他任何图式一样是有规则的，仅仅是，支配这种图式的规则比起埃及的或立体主义艺术更好懂，易于了解罢了。……因为我们在辨识模仿性图式中被描绘的事物时从未想到任何规则，所以认为没有规则是很自然的，这些规则已被内化为文化传统的一部分了"。当我们读彭燕郊《家》的第一节"小小蜗牛／带着它小小的家／世界是这样广大／而它没有占有一寸土地"时，决不会皱着眉头说"不懂"，道理很简单，对于一个擅长赋、比、兴艺术表现的诗的王国的臣民来说，他们会不知道这节诗中的基本规则是"比"吗？只是因为太熟悉了，反而感觉不到它的存在罢了。事实正是如此，当某种规则成了人们意识深处积淀的一部分时，它们也就难以为人们所觉察了。因而，不论是创作还是欣赏，它都带有"自动化"性质，而规则便隐含在其中。这里，我们不妨将前面提及的约定俗成称为习俗性规则。这种规则的建立，除了共同的大的文化背景的作用外，还有另外两个原因。

其一是对人类情感体验共同性的认同。人类共处于同一个星球，都生活在现实社会中，他们必然面临类似的境遇，需要思考共同性的问题，也因为相互之间的频繁交往，就避免不了在精神领域内彼此间的渗透和影响，这就奠定了人类情感体验共同性的基础。正是这种共同性，才使得读者不仅可以顺畅地进入中国诗人的作品中去，也能毫不困难地在外国诗的作品中寻找精神慰藉。如曾卓的《铁栏与火》、牛汉的《华南虎》都写了虎。在前一首诗中，诗人写老虎被关在狭小的铁笼中，虽失去了自由，但它却从没有屈服气馁。它"不理睬笼外的／嘲弄和施舍"，因为它有信念作为自己的精神支柱："怀念：大山、草莽、丛林／峭壁、悬崖、深谷……／无羁的岁月，／庄严的生活"。在后一首诗中，牛汉写一只被关在笼子里的华南虎，它不仅失去自由，而且不断遭到愚昧无知的观众嘲弄和打击。华南虎同样没有屈服，它反抗着、斗争着，宁死不屈。诗人说：

> 我羞愧地离开了动物园，／恍惚中听见一声／石破天惊的咆哮，／有一个不羁的灵魂／掠过我头顶／腾空而去，／我看见了火焰似的斑纹／火焰似的眼睛，／还有巨大而破碎的／滴血趾爪

虽然这两首诗写于不同的年代，作者也并非一人，但由于人们对虎的认识的一致，也就不会感到诗中所有的拟人"规则"的存在了，这种共同的感受还可以使读者毫不困难地进入奥地利著名诗人里尔克《豹》的天地。读这首诗就如我们读中国诗一样，诗人唐湜在分析《华南虎》时，联想起里尔克的《豹》，笔者在分析《铁栏与火》也不例外："由这首诗很自然地联想到奥地利诗人里尔

克的名作《豹》，诗人笔下的豹，实际上是诗人自己心态的应合……而《铁栏与火》同样是诗人的自况，他所传达的生命不息、奋斗不止的精神给我们极大的鼓舞。"[1] 美国著名文艺理论家布洛克就认为，在我们这个世界上存在着许许多多的"公众"感受，他说："无数事实都证明了这一点，在我们生活的地方，外部世界的任何事物都具有情感特征，而且这个社会中，任何社会成员均可经验到它们，例如在日常生活中，我们常常发现某种彩色太'刺眼'，一个朋友的嗓音很肯定，他的面部很友好，汽车事故很恐怖，无目的地杀人很荒唐，政治上的阴谋诡计极其可耻，漫长的冬季很萧条，夜里睡不着觉很可怕，春天是欢乐和充满希望的，等等。"[2] 就是说，在我们社会中的确存在着超越国界和地区的相同的情感体验。

其二是特定地区或民族的文化传统所形成的约定俗成。这在那些表现地域文化的诗歌中尤为突出。如陕北人民对以"信天游"形式写成的诗有更特殊的亲切感，他们酷爱李季的《王贵与李香香》《杨高传》，也喜欢青年诗人梅绍静的诗作。虽然"信天游"有其特殊的规则（格式），但他们全然熟视无睹，并不曾意识到它的存在。这仅是从外部形态上说，即使反映人们深层心理活动的诗歌，规则更为复杂，但因为处于同一文化背景，读者欣赏时也并不困难。许多诗评家将舒婷的诗作划入"朦胧诗"范畴，就这意味着它并不好懂。但人们又认为舒婷的爱情诗特别好懂，很有东方味。这是因为她的爱情诗师承了何其芳的《预言》，而《预言》中的爱情诗又有李商隐的血统。李商隐的《无题》无疑是中国爱情诗的典型代表，这类诗的显著特色是那种"雾失楼台、月迷津渡"的美感，如人们在实际生活中经常感受到的，那最深刻的爱往往不可名状，不可能进行条分缕析。这类爱情诗在汉民族中已经被看作"程式"了。而程式，如焦菊隐所说，乃是"观众与创作者之间的一种共同默契"，既然是一种默契，人们就大可不必事先去寻找规则，或事后再去探讨规则了。

显然，对于上述习俗性规则，人们是不会满足的。须知，现实正急剧地变

---

[1] 翟大炳、何锐：《曾卓论》，《贵州社会科学》1991年第8期。
[2] [美]布洛克：《美学新解》，滕守尧译，辽宁人民出版社1987年版，第163页。

化着。随着社会结构和生活方式的改变,人们的整个观念包括文学艺术观念,也必将随之发生变化。未来学家托夫勒在《未来社会的冲击》一书中指出现代社会有三个特点:短暂性、新异性、多样性。各种新生事物,包括产品、观念、艺术风格都以极快的速度消失,固守一隅、追求永恒和稳固的倾向受到嘲笑,短暂和新奇成为必然,它本身已成为一种价值。文学艺术创作与欣赏过程中的心理机制也要求与之适应,即以新奇的刺激来激发人们的创造性以达到与社会发展同步。"用现代信息论话说,如果一个人每天接收到的信息量低于一定的界限,人们就感到极其难熬。在现代心理学中,越来越多的学者转向于对人的'探索或冒险性行为',对人的'好奇心'和'游戏活动'的研究,这些研究似乎都得出一种共同的结论:人有一种基本倾向,即寻找刺激和时时改变刺激的倾向,这种倾向一方面锻炼人应付更加复杂的环境的能力,另一方面使人的生活变得更加丰富。"[1]诗人更不例外,这种基本倾向自然反映在他们的创作中。有创见的诗人总是对约定俗成的规则不以为然,它既不能同发展中的社会同步,又不能最大限度地提供信息量来满足广大读者日益提高的审美需求。在新的现实面前,诗歌的确面临形式发展和更新的问题,固定的表现手段已经显得陈旧了,诗人们以新的目光打量着诸如隐喻、象征、通感、改变视角和透视关系、打破时空秩序之类的表现手法。他们用纷至沓来的意象,造成意象间的撞击和迅速转换,激发读者的想象力来填补和丰富大幅度跳跃留下的空白。尤其是一些诗人对潜意识和瞬间感受的捕捉,更使得诗歌创作别开生面。采用这些新的表现手段,实际上就是诗人确立新的规则的尝试。当然,一个真正的诗人,他的创作绝不会是纯粹的自我表现,为了读者而创作就要得到读者的共识,诗人为诗歌设定的规则首先要为他们了解。只有这样,诗人才有可能与读者进行建设性对话。这种对话性质,就是我们前面所说的"契约"关系。之所以称它为"契约",乃是因为内中包含有以协调方式达到建立共同遵守的规则的愿望。有这么一首题为《姑娘》的短诗:

---

[1] 滕守尧:《艺术社会学描述》,上海人民出版社1987年版,第164页。

颤动的虹

　　采集飞鸟的花裙

如果读者习惯于欣赏传统的赋、比、兴的写法，就会视这首诗为不知所云的呓语，而一旦悟出该诗的基本规则为"瞬间印象的复合"，便会有豁然开朗的感觉，一种美感也会油然而生：生活中的少女是那样的青春勃发，流光溢彩呵！这种感受是由诗人传达出的，他在一瞥之间看到了天上颤动着的彩虹，它多么像无数飞鸟花翎的组合。于是，这两组根本不相干的意象，少女与彩虹突然之间复合起来，少女的形象再也不是静止的招贴画了，而是活灵活现地溢出纸面来。一位青年诗人对此感受很深："当我们继续深入，一群群具有相同走向的意象渐渐靠拢，显示出同处结构内的不同层次，这些中间组合有时单纯发展，有时彼此靠近甚至交错融合，碰撞的刹那迸出火花，使我们窥见了深藏的奥秘。"[1]掌握了瞬间的印象的"复合"规则，《姑娘》这首诗就易于理解了。这是比较简单的规则设定。现代诗中还有较为复杂的规则设定，如舒婷的《路遇》：

　　凤凰树突然倾斜／自行车的铃声悬浮在空间／地球飞速地倒转／回到十年前的那一夜／凤凰树重又轻轻摇曳／铃声把碎碎的花香抛在浮动的长街／黑暗弥合又渗开去／记忆的天光和你的目光重迭／也许一切都不曾发生／也许是旧路引起我的错觉／即使一切都已发生过／我也习惯了不再流泪

这首诗给人的第一印象便是幻觉：凤凰树突然倾斜，自行车的铃声顿时凝固，这些虽然不可能真的发生，但它是诗人的特定感受。紧接而来的便是时空倒错，诗人看到了十年前的那一夜。这一夜究竟发生了什么，诗人没有点出。也许是一次生离死别，也许是突闻噩耗，也许是第一次定情。由于它是模糊

---

[1] 老木编：《青年诗人谈诗》，北京大学五四文学社印，1985年版，第79页。

的，读者尽可以通过联想予以再创造。但无论如何，它一定是在诗人生活中有着重大契机、足以引起她心灵震撼的事情。否则为什么诗人会说"即使一切都已发生过／我也习惯了不再流泪"。为表现出因时空倒错引起的特殊感受，这首诗还设定了意象切割的规则，分明一条两旁有着凤凰树的大街，它是一个完整的意象，此时却被一个类似电影中定格的意象一切为二了。一方面是地球飞速地倒转，一方面是自行车突然停止了转动，造成了格式塔心理学家所说的"视境中断"。这固然给读者的欣赏增加了难度，但同时也强化了对他们的刺激，读者的想象力被激活了，便可以充分地体会到诗人此时复杂的情感体验。从上述分析中可以看出，幻觉、时空倒错、意象切割就是诗人在这首诗中所设定的规则。

还有一首题为《呼救信号》的诗，它所表达的是诗人对"四人帮"的倒行逆施所造成的国家和民族深重灾难的沉思：

> 雨打黄昏／那些不明国籍的鲨鱼／搁浅，战时的消息／依旧是新闻／你带着量杯走向海／悲哀在海上／剧场，灯光暗转／你坐在那些精雕的耳朵间／坐在喧嚣的中心／于是你聋了／你听见了呼救信号

这首诗的中心情节是极其荒诞的，一个坐在剧场听音乐的人，他还用"精雕的耳朵"听着，但他竟充耳不闻，而遥远的海上传出的"呼救的信号"却萦回于他的耳际。这显然是反常的。从语义学观点看，词句之间的组合，实际只是依据句法的既定秩序进行摹写或描述，语句系统的意义就是句法秩序的显现。如果正常循序推论，诗中的主人公坐在剧院里只能听到音乐的演唱，却不可能听到遥远的海上呼救信号。但诗人将"听见"非语义化了，它的因果链被切断了，原有的语义被颠覆，诗中的"听见"事实上已转为"感受"了。这在生活中是可能的，在某些场合，人们往往因为心不在焉而浮想联翩，乃至生发出奇特的感受。十分明显，诗人在诗中运用的这种非语义化的颠覆的手法或者说"规则"，是为了突出其内心世界的关注焦点。

这里，我们应当明白，每当诗人为自己的创作找到新的表现手段或者说设

定新的规则时,这实质也就是如康德所认为的主体的人要为客体赋予形式,通过知性为自然界立法。客体虽外在于人的主体而且不无存在价值,但如果不通过人的知性赋予形式、予以整合从而发现其意义,那它只不过是一堆感觉的材料而已。从这个意义上说,诗人是立法者,他的工作是神圣的,可是当诗人制定一个新规则时,他的心态是复杂的。一方面他为自己的创造性劳动而欣喜,而同时又担心广大读者对他的创作不理解。仅为自己而写作的诗人总归是极少数,大多数诗人的写作是通向人民的,如同我们不能将普及视为迁就一样,也不能将创新看作是脱离人民的标新立异。契诃夫就说过:"不应当把果戈理降到人民的水平上来,而应当把人民提高到果戈理的水平上去。"大凡诗人总是渴望他们设立的规则为人民所接受的,由于创作者和读者双方的努力,规则必然会向公众转化。布洛克就说过:"情感的意义一旦成为公众的,任何一种能展示出这种共同特征的东西,不管是有生命还是无生命的,都能被自动和必然地理解为某种感情从持续不断的闹钟声,到警笛的不祥长鸣,再到黄昏时扫过树梢的忧郁的风。"[1]从规则的角度看,当其一经转化为公认的,它就属于"习俗性规则"了,这种转化应当如何评价呢?布洛克说:"'社会承认'对一个艺术家来说既是福又是祸,它可以给艺术家带来各种私利,但又会将处于三角形顶点上的个人和他的创造性天才驱赶到三角形底部的为大众社会所喜爱的传统和习俗中,从而变成公式和教条,成为新一代艺术家所斗争的对象。为得到社会承认,艺术家常常付出极高的代价失去新鲜和独特的艺术洞察力。"[2]于是,诗人们又开始了一场反对旧的"习俗性规则"的艰难历程。此时的诗人们就如同希腊神话中的西绪福斯,他开罪了众神之王宙斯,便受罚把一块巨石推上山顶,可是每当巨石接近山顶时,巨石便滚落下来,他只得再次重新去推,如此反复,永无休止。按大多数人的理解,这则神话转化的典故意在嘲笑人们干的是那些劳而无功的事,然而加缪在《西绪福斯神话》中却赋予了新意,认为他是一位以苦难为幸福的英雄。乍一看,西绪福斯干的事相当荒谬,然而在加缪

---

[1] [美]布洛克:《美学新解》,第 162 页。
[2] [美]布洛克:《美学新解》,第 122 页。

看来,"荒谬就成为一种激情",他正是被这种激情所推动。作家断言西绪福斯是幸福的,他是在认同命运的同时也充分地占有他的命运,命运是属于他自己的,一个真正意义上的诗人也是如此,他在创造新规则与反对旧规则之间进行不倦息地运作。其所以如此,康定斯基在《论艺术的精神》中做过透辟的分析。他说,艺术家的"精神生活可以用一个巨大的锐角三角形来表示,并将它用水平线分割成不等的若干部分;顶上为最窄小的部分,越低的部分越宽,面积越大"。他的意思是说,有创见的艺术家位于三角形的顶端,广大群众则处于这个三角形的底部。由于他们之间存在着较大的距离,广大群众对艺术家的创新活动,或者说艺术家启发他们以新的方式去观察我们周围的世界,不仅不理解,可能还有敌意。此时的艺术家是很苦恼的:"三角形的顶端上经常站着一个人。他欢快的眼光是他内心忧伤的标记,甚至那些在感情上和他最接近的人也不能理解他,人们愤怒地骂他是骗子、疯子。贝多芬生前就是这么一个挺立着受尽辱骂的孤独者。"像贝多芬这样的艺术家,在世界文艺史上并不少见。康定斯基对有创见的艺术家命运的分析是富有远见的。显然,作为一个锐意进取的诗人是不可能徜徉在"社会承认"中洋洋自得的。他要不断地继续跋涉在创新的道路上。如康定斯基描述的那样,他好像处于西奈山顶上的摩西一样,他"从山上下来,看人们围着金牛翩翩起舞,但是这位摩西带给人类的是许多智慧的食粮"。当诗人从三角形顶端走到底部时,就意味着他的创新成了"公众"的认识了。"它们便不再被视为一种新的解释、新的视觉和创造性的结果。在这种情况下,形成这种视觉的最后的创造性已经不见了,更变成所谓真实世界(习惯上认为的真实)的一部分。"[1]也就是说,诗人不会满足于这份由于失去创新而得来的荣耀,又当读者为诗人的创作而欢呼时,他又悄悄地向另一个三角形的顶端进发,开始攀登另一座创新的高峰了。如此反复形成的螺旋式上升,就是我们理解的并姑妄言之的"精神三角形效应"。因而视规则亘古不变则是作茧自缚。在很长时间里,一些诗评家常为如何为诗定义而争论不休,莫衷一是。什么是诗?其实质是探讨怎样为诗的创作确立规则。试图以此

---

[1] [美] 布洛克:《美学新解》,第 123 页。

规范诗歌创作，然而仅以一种定义涵盖新诗创作又会捉襟见肘，虽然人们普遍认为在所有的诗歌定义中，何其芳给诗歌下的定义最为确切："诗是一种最集中地反映生活的文学样式，它饱和着丰富的想象和感情，常常以直接抒情的方式来表现，而且在精炼与和谐程度上，特别在节奏的鲜明上，它的语言有别于散文的语言。"应该说，这个定义有很大的涵盖面，但却不能以此作为诗与非诗的唯一尺度。如果将它凝固起来，成为最终裁判，势必将一些独创性的诗歌排斥在诗歌百花园之外，如新时期的"朦胧诗"和先锋意识很强的第三代（新生代）诗。究竟什么是诗？换句话说，诗的基本规则究竟是什么？余光中的见解是可取的，他在《焚鹤人·手记》中说："任何文体，皆因新作品的不断出现和新手法的不断试验，而不断修正其定义，并无一成不变的条文可循。"他的意思是说诗歌的定义只能是多元的、开放的。诗歌的规则的确立只能如维特根斯坦所说的"家族相似"。维氏认为，众多美的事物之所以被称为美，并不因为它们有着共同的本质，而是它们具有某些相似点，这种相似不是由一个本质所统摄的相似，而是如同家族相似，他们不是集中在某一点，而是他和他眼睛相似，他和她鼻子或嘴唇相似、头发相似、身材相似等等。在对这个家族成员的巡视中，是共同点的不断出现与消失。所谓美，不过是这样的一个相似的家族。对什么是诗也应作如是观，诗歌中的规则与反规则也类似家族相似。诗歌理论家切不可成为希腊神话中的强盗，将他所抓到的人放在特定的床上，短的拉长，长的削短。只有对诗歌的规则持开放与多元的观念，人们才可以确认当代某些先锋诗人的创作所具有的价值。限于篇幅，不可能在此对第三代诗人的创作做出全面评价，仅就他们所追求的"语感"说，其成功的诗作就不失为一种新规则的设立。于坚说："生命被表现为语感，语感是生命有意味的形式……语感的抑扬顿挫。"韩东说："诗人的语感一定和生命有关，而且全部的存在根据就是生命，你不能从语感中抽出这个生命的内容……所以我们说诗歌是语言的运动，是生命，是个人的灵魂、心灵、气流感……。这都是一个意思。"这种追求语感的诗，由于所要表现的是一种与生命体验的直接对应，决定了它的语言常是冲破语法、修辞、逻辑的罗网而成为鲜活的生命呼吸。

无独有偶，十月革命前的俄国诗坛上曾活跃过一批致力于创作"无意义语

（诗）"的诗人。如雅可布森、赫列勃尼科夫、别雷等。其实。他们的"无意义诗"并非真的无意义，而是运用创造性的变形手法，将传统的理性语言打破、打碎，利用语词的已不复具有理性意义的碎片，将它们重新组合起来，从而在传统和已知的背景和条件下，创造出"新"的意义。它可以"创生出某种朦朦胧胧，只可意会而不可言传的意义"[1]。在廖亦武、杨黎、钟鸣等诗人创作中就不乏上述诗作。当诗人的创造的规则被我们确认时，它无疑就为诗歌园地增添了一个新的品种。当然，诗歌中的意义转换实际上为能指漂移过程，但这种漂移不能是任意的，它最终还要附着在一个所指之上，而不是断了线的风筝。

在诗歌创作中，诗人不能亦步亦趋，诗歌理论家也不能是爬行主义者，而是如康定斯基所说："艺术家是预言家，他们开辟道路，指引方向，走在时代的最前头，拖拉着一车车彷徨迷惑、牢骚满腹的普通民众……今天还是适用于和谐的法则，明天就会被用来支配外部世界的和谐……艺术家是构造一种文化的强有力的国王。"[2]的确如此，诗人应当是一个卡桑德拉，她是希腊神话中的预言家。当特洛伊城还处于鼎盛时期，她就预言这座城市将被希腊人所毁灭。尽管当时人们压根儿不相信，然而她的预言被十年的特洛依战争所证实了。预言不是迷信，而是掌握规律，对于诗人而言，便是顺应时代潮流的探索与创新。

原载《诗探索》1999年第3辑

---

[1] 张冰：《论"无意义语（诗）"的外延与内涵》，《外国文学评论》1996年第3期。
[2] [美]布洛克：《美学新解》，第166页。

诗歌由个体承担的理论前提

郜积意

迄今为止，人们关于后新诗潮的看法意见纷纭，有相当部分的学者看到后新诗潮的诗歌写作是一种"个人化写作"，尽管对个人化没有确切的定义，一个关注当代诗歌的学者将不难看出这一主张背后的"意识形态"意味——在1980年之前，甚至在"朦胧诗"阶段，诗歌写作一直未能摆脱外在"代言"的角色，即把诗歌写作当作一种宣传或斗争的工具，因此个人化写作成了反拨宣传性或工具性写作的有效手段。相反，持另一种观点的学者却认为诗歌写作的"代言"角色并未损害诗歌的价值，诗歌史的事实是，那些伟大的诗歌都自觉或不自觉地充当"代言"的角色，因而后新诗潮的缺陷恰恰在于过分迷醉自我而损害了诗歌的价值。[1]

这样的描述虽然未免挂一漏万，但大体上可以反映目前关于后新诗潮的某种争论趋向。自然，由于每个人的诗歌观念不同，对诗歌史的理解不同，人们的看法自然不同。因此本文所关注的，并不是要给上述的争论下一个确定不移的结论，而是着重探讨这样的争论所体现出的理论意义。在我看来，虽然人们的立足点不同，评价也各自不同，但其实也显露出某种一致性，即已然承认后

---

[1] 关于这点，我在《后新诗潮的论争及理论问题》一文中有所表述，参阅《诗探索》1998年第3辑，并可参阅《东南学术》1999年第2期及《天津社会科学》1999年第3期等有关后新诗潮的文章。

新诗潮是一种"个体承担的诗歌"[1]。

问题是,理论应该如何面对或者解释个体承担的诗歌?当诗歌落实到个体写作的层面并进而培养出一种对久已成型的写作模式的对抗时,是否也意味着一种新的意识形态的出现?特别是,当学者们以个人化写作对后新诗潮诗歌持肯定或否定的态度时,其中又体现为怎样的学术动因与心理逻辑?而对这些问题的思考将不可避免地涉及一个基本的问题:诗歌由个体承担的理论前提是什么?

一

从中国诗歌史的角度看,与个体承担的诗歌相对的是群体代言的诗歌,这种区分可以看作是对中国诗歌史现象的简要概括。这里的"代言"主要是指为时代代言,为民生代言,为国家或民族利益代言,即诗歌所表达的应当是公共生活中的普遍愿望与要求。而个体承担的诗歌所表达的只是一己的情绪、心理、意识等。虽然这一区分未免有化约的倾向,但为了与我们所讨论的个体承担的诗歌在利益和审美等方面区别开来,这种划分还是简便而有效的,并且有助于主题的展开和论说的方便。在诗歌史上,由于代言诗借助强大的思想理论作为支持,与之相对的个体写作诗歌常受到抑制。所以,虽然中国诗歌史上出现了"师心使气""性灵""缘情"等一系列与个体写作相关的诗歌类型,但在时间与数量上都无法与代言诗相比。

特别是,当代中国的时代背景决定了中国诗歌选择的是"代言"的诗,而非个体承担的诗歌。由于国家主义和民族主义的强大影响力,中国诗歌的写作者们从一开始就自觉或不自觉地为了国家和民族的利益而从事写作。这一目标实际上是整个民族心理的共同诉求,这种共同的心理诉求对于诗歌写作来说已经成为一种有效的权力话语,即对诗歌作者选择何种主题可以提出相关的要求,甚至对写作的技法也有相应的制约作用,对于那些不符合这种共同

---

[1] 王光明语,见《东南学术》1999年第2期。

心理诉求的诗歌写作，这种话语权就以"另类"的方式对它重新加以编排与定位，有时也以国家主义和民族主义的理念进行干预。因此，在整个社会领域，这实际上形成了一种强大的整合力量，它在伦理、政治、艺术等各方面都起着主导作用。

但我们应该看到，共同的心理诉求所形成的社会整合力会对诗歌写作造成另一种可能的伤害。由于在必要的时候必须以国家主义和民族主义为武器来对"另类"诗歌写作进行干预，这些诗歌的最终评判必然地要上升到公共伦理的高度，也就是说，那些违背共同诉求的诗歌实质上是不顾大多数人利益的个人至上主义者，因而就有检讨与批判的必要。然而，这种批判因为是出于利益的考虑，它所产生的后果将不会限定在诗歌或者文学的领域内，最终必然要关涉一个人的道德素质及其伦理立场。这就意味着，批判一部诗歌作品很自然地会和作者的思想立场与道德观念相比附，最后的结果可能会造成对诗歌作者的生存利益的伤害。

正是基于此种认识，对代言诗的疏离，首先意味着从利益均等的角度对个体生存利益的维护。人们或许会表示疑问，诗歌的代言角色强调的恰恰是国家、民族和集体的利益，怎么可能会造成对个体的伤害？为什么个体承担的诗歌在个体利益的维护上会更为有效？这种问题显然已经超出诗歌或者文学的范围，实质上是个体利益与集体利益相互制衡的社会学问题。按照哈耶克的观点，一个社会的良性发展必须建立在尊重个体利益的基础上，如果以牺牲个体利益为前提而强调集体利益，最终的结果很可能会导向极权主义。他认为，个人主义的基本特征是："把个人当作人来尊重；就是在他自己的范围内承认他的看法和趣味是至高无上的。纵然这个范围可能被限制得很狭隘；也就是相信人应该发展自己的天赋和爱好。"[1]这种观点是否正确，固然值得商榷，但哈耶克论述集体主义的道德基础与制度之间的矛盾却是极富启发性的。他说："道德和制度之间的相互作用很可能产生的结果是，集体主义所产生的道德和导致人们要求集体主义的道德理想，将是截然不同的。我们很容易这样认为，既然

---

[1] [英]哈耶克:《通往奴役之路》，王明毅等译，中国社会科学出版社1997年版，第21页。

要求实行集体主义制度的愿望来自高度的道德动机，那种制度就一定是最高品德的源泉，然而事实上却没有任何理由可以说明为什么任何一种制度都能促进那些服务于这个制度原定目标的各种观点。"[1]这就是说，制度的复杂性在具体的运作过程中必然要超越道德的单一性，一种良好的道德理念不仅不能建立良好的制度，而且因为对道德的期待过高，制度的复杂性对所期待道德的伤害可能会更显剧烈。

这是因为，制度和道德之间的矛盾通常会体现为利益之间的冲突。那些相信一种制度能带来所期待的道德效果的人们，对另一些持不同观点的人就会自觉地加以批判。这种批判与其说是出于个人之间观点的分歧，不如说是因为集体利益的理念受到了伤害。这一点同样体现在文学领域。比如，在当代文学中，由于代言诗的作者具有强烈的国家主义和民族主义情结，与此不同的诗歌类型就被排除在国家与民族的框架之外。1957年9月《诗刊》发表黎之《反对诗歌创作的不良倾向及反党逆流》一文，对于《吻》《初恋女》这样的爱情诗予以严厉的批判，说这些诗是"带有浓重的小资产阶级情绪，甚至资产阶级低级庸俗感情的诗"，"为了保卫社会主义事业，我们都必须和这些不良情绪以及那反党反人民的毒草进行斗争"。从这样的批判中人们不难看出，集体利益的强调被摆在最显赫的位置，而且，为了说明这种排除的合理性与普遍性，在文学批评领域会生产出与这种总体利益相对应的一些概念，如"人民"。因此，当一些批评家在反对另一类诗歌写作时，"脱离人民"成为一种强大的理论批判武器，而"抒发人民之情"成了无上的荣誉，在这里，"人民"成了非身份的代名词，成为集体利益的最好体现。它在功能上"把政治上、法律上属于人民的诗人转化为政治上的甚至是法律意义上的敌人"，"以人民集体的名义，取消了人民中每一个成员的自我感觉的能力和自我保护的权力；人民的名义越是崇高，人民中的每一个分子越是处于任意被宰割的卑微的地位"。[2]因而借助"人民"这一概念的集体利益内涵，批判者就有权力对诗歌及其作者进行评判，而

---

[1][英]哈耶克：《通往奴役之路》，第130—131页。
[2]孙绍振：《关于所谓"脱离人民"的理论基础》，《诗探索》1999年第1辑。

对个体造成的利益伤害也就成为不可避免的事实。

所以，1990年代的个体承担的诗歌在这方面就显示出它的特殊价值。当诗歌写作回到自身的意识、情感、心理的描绘时，在一定程度上就是认定诗歌写作行为的个人性。既然诗歌写作是一种个人性的行为，也就无权干涉别人以怎样的方式进行写作，更不能决定其他人的写作技法与主题选择。这就避免了一些人以更为宏大的目标及利益为借口而对另一些人进行批判，从而使得诗歌写作行为获得与其他的人类行为并无区别的正常地位。

二

然而，关于利益的考虑可能无法消除人们在审美效果上的疑虑。人们有理由提出这样的疑问：当诗歌写作由个体来承担时，是否就一定意味着审美价值的提升？

虽然在理论上还没有对代言诗与个体承担诗歌的审美价值做出区分，但不能掩盖这样的事实：代言诗中，共同的心理诉求容易产生关于诗歌功能的置换效果。上面提到，代言诗由于需要国家主义和民族主义的理念作为精神的支撑，在落实到具体的作品及作者评价时，常常会有意识地把作者的思想立场与作品倾向联系起来，并以此构成一个互为因果的关系网。从修辞的角度看，这里存在着认同谬误的现象。所谓认同谬误，即通过特殊情景的置换把两个本不相同的事物统一起来，并形成微妙的转换效果。比如，当中国足球国奥队战胜韩国队时，球迷们都在高呼"我们赢了！"而事实上，赢的只是国奥队的队员们，并不是球迷，这种自觉的身份替代即是认同谬误的典型范例。[1]"我们"一词成为身份转换的有效表达。当然，这种特殊情境的置换不仅仅是修辞技法的问题，实质上还关涉更为复杂的深层动因，即生产这种修辞空间的施动者通常是某种合法性的代表者，人们可以通过这样的修辞环境而探究背后的深层动

---

[1] 关于认同谬误，可参看 [美] 肯尼斯·博克：《修辞情景》，《当代西方修辞学：话语演讲与批评》，中国社会科学出版社1998年版。

因究竟是什么。比如，上述球迷的呼喊可能暗含着民族主义或者爱国主义的情结。所以，对于诗歌创作而言，关键的问题在于，修辞空间的设立如何不经意地作用于作者，使得作者的意识、经验乃至逻辑思维都打上认同的烙印，并从中发掘某种隐秘的权力机制。

但我们已经看到的事实是，这种认同谬误的产生及其权力在审美的领域将会造成非审美的影响，即对诗歌产生非审美干预的效果。如1981年孙绍振的《新的美学原则在崛起》发表，《诗刊》"编者按"就把这篇文章当作"为人民服务，为社会主义服务，坚持马克思主义美学原则方向"的反面教材。在这里，虽然还在用"美学"这样的字眼，但国家利益已成为人们思考问题的中心。因此，解决这一问题最后采用了行政干预的手段。正是在这个意义上说，我们才可以体会出个体承担的诗歌对认同谬误偏离的意义。当诗歌写作成为个人性的行为时，认同谬误的放大效果也就无从产生，这种放大效果主要是指因艺术而产生的对个体利益的伤害，由于个体的情感、意识、心理只是个别人的特殊体现，认同谬误的修辞环境也就被削弱，更重要的是，产生这种修辞环境及认同谬误的权力将被置于最不显要的地位。

这是因为，审美效果与认同谬误是相矛盾的。在《美学》中，黑格尔对一般世界情况与理想个性关系的考察给我们提供了某些启发。在黑格尔看来，思想固然一方面是主体的，另一方面是具有普遍性的，但"思想里的普遍的东西并不属于以美为其特性的艺术"，在艺术中，"要达到普遍性和个体的统一，我们所要求的不是思想的推理作用和分辨作用"，而应该是主体的性格和心情所特有的东西，是"直接的统一"。因此，针对一般世界情况的普遍力量，黑格尔强调的是特殊的偶然情况，即强调艺术的独立自主性。他进一步论述了国家意志和艺术创造的关系。在他看来，在真正的国家里，"一切个人的感觉方式，主体的思想情感都必须受法律的节制，都必须和法律协调"。在这里，法律及其相关的一系列国家要求的公共意志制约了个体活动的空间，使得后者只能在狭小的范围内从事工作。因此，"个人的生命显得是被否定了的或是次要的，无足轻重的"。他的观点是，要有个性的自由表现，就必须超越这种国家意志过分干预的情形，而赋予个体以充分的自由度。

如果是从这样的角度考虑，个体承担的诗歌直接远离了国家的利益要求。由于审美所要求的个体自由多多少少和群体的利益相矛盾，所以国家在总体的利益考虑上是排斥审美的，甚至是排斥艺术的。一个国家强调法律及道德等因素，其目的无非是为了更好地为大多数人的行为设定一个最容易遵循的准则，因此秩序、规范是国家所必须强调的。然而，正如黑格尔所指出的，国家意志与个体创造性的矛盾以及艺术必须着眼于独立自主性，都可以说明审美本性是和认同谬误的思路相矛盾的。正是在这个意义上说，个体承担的诗歌在本质上是拒绝认同谬误的。

这当然并不意味着国家要把艺术驱逐出它所管辖的范围，一如柏拉图把诗歌驱逐出他的"理想国"一样。相反，在大多数时候，国家总是采取相应的策略以达到对其利益的维护。中国古代的乐教与诗教就是希望通过艺术的培养来达到化俗的效果。因此，从国家的利益考虑，代言诗无疑在这方面起到了榜样的作用。

因为代言诗的前提就是为谁代言。代言诗的作者们通常已经预设了某种普泛的价值准则，并且希望在诗歌中促使这种准则的实现。比如，中国当代诗歌有一段时间内口号诗、标语诗成为统治诗坛的潮流，这是因为人们普遍认为可以通过这种诗歌达到对国家利益的宣传与号召，在此种情形下国家的利益被突出到最显著的地位以至于无法还原诗歌自身的艺术特质，也就抹杀了诗歌艺术的独立自主性。

所以我认为，在艺术创作或批评中，认同谬误之所以把艺术要素当作社会的象征，这种结果很显然与国家与民族的利益以及相类似的普泛意识形态的诸要素相关。由于艺术创作与批评在总的方向上不能损害国家或民族利益，大多数人最容易培养起这样的惯性意识：这些创作和批评是否违背了国家所要求的秩序与规范，甚至是否违背了国家所制定的一系列法律、政策与条例。这种意识使得人们经常在艺术中寻找非艺术的解释要素以达到对艺术文本的非艺术掌握。这一掌握的最根本特征就是，认同谬误的使用成为作家或批评家最经常的且是无意识的行为。

因而，虽然在理论上还没有足够的证据来说明个体承担的诗歌在审美质素上必定会有所提升，但它毕竟开启了追求独立自主性的萌芽，从而为诗歌在审美领域的探索提供了更大的可能。与此相应，人们必然会反思这样的问题：当代言诗所代言的是普泛的价值准则时，这些价值准则不仅在历史上得到人们的认可，而且在人数上也占据绝大多数，特别是，当诗歌所代言的是广大下层百姓的普遍愿望时，以审美的眼光来批判这样的代言诗是否还是有效的呢？

三

这个问题将是最近关于后新诗潮争论的理论关键之所在。人们看到，由于诗歌史提供的事实是，许多代言诗并没有在审美的效果上受到质的损害，而且那些代表了广大下层百姓的诗篇的确引起历史上多数人的喜爱，因而代言诗的支持者对个体承担的诗歌的批判也就找到了历史与理论的依据。最基本的看法是，诗歌由个体承担时，它就无法关注那些芸芸众生的命运。如果艺术为追求自身的意义即独立自主性而舍弃后者，那是否意味着艺术必须检讨自身甚至是艺术的失败呢？

这种看法当然有其合理性，它体现为人们普遍认可的道德基础得到了强调，但我认为这种看法还没有摆脱上述认同谬误的思路，即关于诗歌关注芸芸众生的命运并不属于艺术所追求的范围。而这点之所以成为部分批评家的逻辑出发点，其实隐藏着某种意识形态内涵。从中国古代的诗歌思想史来看，像曹丕关于文章为"经国之大业，不朽之盛事"的提法毕竟不是主流的声音，大部分诗人在自觉或不自觉地为润色鸿业服务，艺术创作及批评也未脱离这样的目的。特别是那些激进的社会批判家，或许他们的激进批判不受当下政权的欢迎，但是他们持以批判的理论武器以及他们对新型理想政治的渴求都足以说明他们对当下政权的关切之情。他们的心中早已有了某种理想的社会政治蓝图，灌输到他们心目中的这一蓝图正是传统政治意识长期浸淫的结果。所以在他们身上，包括诗歌在内的创作成为一种润色鸿业或者是批判性的工具都是共同的逻辑思路所导致的结果。

正是在这个意义上说，所谓诗歌代言的是广大民众的利益等，并未脱离道德抗衡的意识形态立场，这种立场恰恰是他们所批判的主流或者官方意识形态极力鼓吹的，历史上民与君的对立及自觉站在前者的立场正是德治国家的有效证明。而且，历史上的主流或官方意识形态还培养起这样的观念以证明自己的"合理性"：道德抗衡的先在前提是正确无误的，这使得广大的思想批判者包括诗歌批评家经常利用这一不证自明的逻辑前提，而忽视了道德主义抗衡在创作与批评领域必须进行有效的转换。换言之，道德抗衡的先在优势并不体现为创作和批评中的正确性。相反，如果过分依凭这样的先在前提，更可能的情形是会导致个人主观性的极度膨胀。比如，孟子的《诗》批评就提供了这方面的例证。

孟子批评咸丘蒙解说关于《诗》的"普天之下，莫非王土；率土之滨，莫非王臣"时，拘泥于字面与事实的对等性，并认为诗歌与事实是不相等同的，即"诗"和"是"的区别。他又在此基础上提出"说《诗》者不以文害辞，不以辞害意，以意逆志"的解释原则。不过在具体的《诗》文本解释中，孟子却偏离了这一解释原则。比如，他在论述王道思想时，经常援用《诗》中的句子加以发挥，然而他的发挥只是为了服从当时解说现实的需要而无视《诗》篇章的具体含义，像《硕鼠》这样的诗篇被解释为"美"诗就是极典型的例子。

这就是说，尽管孟子是民本思想的鼓吹者，他也站在道德主义的立场上，他的《诗》解释是为王道思想服务，但这种道德主义抗衡的优先性并不意味着他解说的有效性，不能因为站在道德主义或者民本主义的立场，就认为对《诗》的主观发挥是合理的，甚至是值得鼓励的。理解这一点，将避免一种可能的情形：一些人利用这一立场作为冠冕堂皇的借口而谋取一己之私，甚至成为打击别人的有效工具。

所以可以看出的是，那些为时代代言、为人民代言、为国家或民族代言的代言诗，在认同谬误的思路上，可能为上述的缺陷提供了某些方便。中国当代的诗歌史,一直到"朦胧诗"阶段[1],这种思路以及由此而造成的对别人的伤害就是不争的事实。更何况,诗歌的代言性与审美素质的提高,二者之间并没有可资说明的因果联系。人们可能会提出这样的问题:为什么某些代言诗在审美意义上同样会得到人们的赞赏呢?对此,一种合理的解释是,作家们对艺术的感受力以及审美形式的掌握了然于胸,并进而达到克服对象的境界。而且,诗歌史的又一基本事实是,并非所有的作家在充当代言角色时都能获得艺术的成功。理解这一点,将为个体承担的诗歌找到相应的理论基点。

与代言诗的认同谬误不同,个体承担的诗歌关注的是审美化合,即把个体的经验、感受、情绪、心理等有效地化合在艺术形式中,这点与个人至上主义有着显著区别。个体承担的诗歌的基本理念是:只有把诗歌写作落实到个体的层面,作家的艺术感受力及对审美形式的掌握才有可能得到最充分的发挥,因而诗歌的审美质素也就相应地获得提高。个体承担的诗歌并不否认,为了作家艺术感受力以及对审美形式的理解能够得到最大程度的发挥,必须关注时代、关注民生、关注国家和民族的命运;它也不否认一种纯粹封闭的个人化写作,即把个体的认识当作唯一有效的写作依据是值得批判的。然而,个体承担的诗歌反对那种因为个体写作的可能误区而有意识地以代言诗来取替它。这是因为,这种情形将会使得人们不再进一步地关注艺术最必需的感受力、独立自主性及审美形式,即对艺术家审美化合的能力不予重视。只有看到诗歌写作的真正基础,并把审美创造性的高低当作衡量诗歌价值的最重要标志,才有可能真正克服个体写作的某些局限性,更重要的,因为把注意力放在审美创造性上,对个体利益的伤害也就被降低到最小程度。

---

[1] 读者可能会感到我把"朦胧诗"归为代言诗,因而会提出这样的问题:"朦胧诗"强调的恰恰是人民利益的不受伤害,把它归为代言诗是否与本文论述相矛盾?对此,我的回答是"朦胧诗"强调人民利益的不受伤害,是出于道德抗衡的角度,这种道德批判很容易被某些人利用。而且,"朦胧诗"的道德批判对现实体制显得软弱无力,容易和主流意识形态产生共谋。比如,现在有人就利用"朦胧诗"作为批评后新诗潮的理论武器。这种看法并没有否认"朦胧诗"在当代诗歌史上的价值,但这与我所论述的是两件事,可参阅拙文《90年代诗歌的智识意义》,《东南学术》1999年2期。

为什么个体承担的诗歌把审美的独立自主性放在首位，强调诗歌的写作行为不能使得写作者受到利益的伤害，却又承认关注时代、民主或者国家与民族的利益以提高其审美的质素呢？首先，正如黑格尔所说的，"独立自主性是一种含混的名词"，审美化合要求有效地转化个体的经验以符合艺术的普遍性要求。然而大多数的诗歌作者常常易于把自己的经验、思想与情绪当作不可替代的独立物，从而忽略了个体经验的普遍性转换及其审美效果。其次，审美化合对艺术形式的要求还关涉传统的有效性问题。当审美传统成为作家心中选择与淘汰的对象时，其对审美化合的要求就不仅牵涉作家自身的审美自主性追求，它必然地与整体的文化理解相关，而这又不可避免地和对时代、政治、国家及民族利益的理解联系在一起。此外，以时代、民生、国家或民族的利益作为关注的对象，有可能使个体承担有着一个较为切实的参照物，从而相应地使个体的独立自主性找到赖以支持的精神空间，而不会陷入黑格尔所说的散文气味的现代状况中。

由此可以看出认同谬误的代言诗与个体承担的诗歌的真正区别：个体承担的诗歌是在承认审美化合的前提下强调诗歌作为时代、民生、国家或民族利益的代言，这种代言只有在不伤害甚至是有益于作家审美感受力及独立自主性时才是有效的。而代言诗所强调的恰恰是在考虑所代言利益的前提下，进而才可能关注审美质素。二者所导致的可能结果也由此现出不同：代言诗不仅设定了一个总体的利益目标，而且也包含了实现这一目标之方法的强制性要求，即常常规定作家的写作思路与各方面选择。而真正意义的个体承担的诗歌，不仅强调写作落实到个体的审美前提，而且也需要一种有效的外部氛围来达成它的实现。更重要的，当作家对审美的质素倾注全力时，他必然地会思考审美形式以及独立自主性的构成背景和发展理路，这也为诗歌本身的代言提供了广阔的空间。理解这一点，当代诗歌由个体来承担的理论前提难道还不显豁吗？

原载《诗探索》2000年第1—2辑

诗问与诗性

王 南

> 青天有月来几时？我今停杯一问之。
>
> ——李白《把酒问月》

一、无解的诗问

可以说是一个关于诗的"情结"，无论怎样另辟蹊径，似乎总也绕不开"诗是什么"这个问句。称之为"情结"，是因为在思考这一问题时，与诗的艺术特点相关，首先引发的往往不是理论性的思辨，而是在古代诗歌动人心魄的奇境和发人深省的论诗妙语的引导下自动陷入情感性的困惑之中。

诗为何物？诗的本质特性何在？世界文学理论与中国文学理论的发展历史告诉我们：若要对"文学"做出"通识"的解释或是对某一民族文学的特征进行尽可能充分的说明，诗问不可回避。

作为集中体现文学的艺术本质的诗歌文体，其本质特征的观念化既是文学理论史的第一个实例，也是文学本体论阐释的第一个步骤。在西方文学理论中，研究的发展一直伴随着对于诗性的执着的叩问。亚里士多德的《诗学》就已通过与历史著作的比较，论述广义的"诗"在合于规律的虚构和揭示生活的普遍意义方面的特征。他深刻地指出"诗"与历史的区别并不在于是否用韵文，实际上已经提出了诗的本质标准问题了。作为西方古典主义诗论的奠基之作，贺拉斯的《诗艺》中首次论述了诗的句式与情感内涵相匹配的"诗格"问题并提出诗必须做到除了修辞美之外的以情动人。古希腊、罗马诗论所呈现的关注点和深度不仅预示着西方诗学的前景，也预示了"在一切艺术里诗的艺术占着最高的等级"[1]，成为西方文学理论中的一个经典观念。"诗学"在西方成为文学理论或文艺学的通称，正说明诗性问题不仅是文学研究的起点问题，也始终存在于文学、艺术的各个领域和时期。卡斯特尔维特罗《亚里士多德〈诗学〉的诠释》[2]。明确指出诗的根本特征不在格律而在想象和创造，并且将"历史的"与"科学技术的"这两类以客观真实为基础的内容从诗中划分出去。锡德尼指出，"诗的"作为修饰语，其含义除了音乐、戏剧的特征外，还包含着"无法形容的、永恒的、只是为信仰所澄清了的目光才见得到的美的热情"，诗是"体现诗意的创造"[3]。同亚里士多德、卡斯特尔维特罗等一样，锡德尼也敏锐地意识到诗性存在于形式之外，"有节奏的称为诗行的写作形式""只是诗的装饰而非诗的成因"，他将诗人创作的标志定为"怡悦性情的，有教育意义的美德、罪恶或其他等等的卓越形象的虚构"[4]，将通过"安排在令人喜悦的匀称里"的语言传达的诗中的学问与"用晦涩的定义开始的"、"使记忆上负担起疑问的重负"的学问相区别等等，[5]已经是相当精辟的"诗性论"了。19世纪浪漫主义文学理论的代表人物华兹华斯、柯勒律治、雪莱、济慈等凭借诗人的心灵感受详细讨论诗的情感和语言，使诗的本质特征得到了前所未有的正面阐发，也为其后的象征主义诗学建立了基本的参照物。不论是泛指的"诗"、特指的"诗"，还是以特指代表泛指的"诗"，现代文论家仍无法放弃"诗"的追问。叔本华用"诗人的心灵用以把握理念的明确性和生动性""抓住一瞬间的心境而以歌词体现"等概括文学艺术的特点[6]，荣格用诗歌作为"神话"、"原

---

[1][德]康德：《判断力批判》上卷，商务印书馆1985年版，第173页。
[2]转引自张秉真等《西方文艺理论史》，中国人民大学出版社1994年版，第144、145页。
[3][英]锡德尼：《为诗辩护》，人民文学出版社1964年版，第7—8、14页。
[4][英]锡德尼：《为诗辩护》，人民文学出版社1964年版，第14页。
[5][英]锡德尼：《为诗辩护》，人民文学出版社1964年版，第30、31页。
[6][德]叔本华：《作为意志和表象的世界》，商务印书馆1982年版，第336、345页。

型"理论的典范文本；瓦雷里探讨"纯诗"的标准，什克洛夫斯基、雅各布森等人标举"艺术性"、"陌生化"来揭示诗的内部规律，庞德的诗歌"意象"论、艾略特的"非个性化"诗论、瑞恰慈的诗歌"语义"论等等，法国象征主义、俄国形式主义和"新批评"等构成西方现代文学理论主体的重要理论流派无不体现为对诗性锲而不舍的追问。海德格尔的哲学著作能够重新唤起文学理论界的热切关注，一个重要的原因就在于：他在人们模糊地意识到"思的诗性依然被/严严遮盖"[1]之时，从人类存在的角度说明诗的价值，清醒地向纯粹的诗性回归。诗性的辨析，诗本质的界定，从狭义之"诗"到广义之"诗"的艺术理论体系的创建与更新，同样也是印度文论等东方文学理论的基本内容。除了大量从修辞角度讨论诗特征的论述外，印度文论中"诗是音和义的结合"（《诗庄严论》）、"诗的灵魂是韵"（《韵光》）[2]这类的诗本体论正体现了诗问的深入。

"诗国"中国的情况更是如此，诗问代代相续，构成了中国文论中最富于文学价值的内容。建立中国的文学理论体系，应当以中国传统文论中的文学本体论为观念定性的首选研究材料，而诗论是中国文论的主体，诗本体论又是最富于中国特色的理论范畴。仅就最有代表性的论诗之言的具体内涵而言，先秦时期的"言志"说尚未进入独立的诗观念之中；汉代的"礼义"说虽然在"发乎情"的提法上产生了重要的提示作用，但仅仅着眼于"用诗"的社会功利，因此并不具有诗本体论的实际意义，但诗赖以有别于其他文体的某些本质性因素已经得到了有所侧重的关注。魏晋时期以陆机为代表的"缘情"说具有中国诗观念真正起点的意义，中国文化中的诗性在文体"诗"的依托中终于有了观念的表述。此后六朝、隋唐时期的"意象"说、"风骨"说、"吟咏情性"说、"滋味"说、"气韵"说（萧子显）、"兴象"说、"诗境"说、"象外"说及"诗味"说等等，大体围绕着"情本"的观念而立论，从艺术思维和审美标准的角度对诗的本质特征进行了深入探讨，诗的独立意义得到了空前的强调，却从未有人在概念上对"诗"本体做出甚至企图做出概括。而儒家经学的长期正统地

---

[1][德]海德格尔：《诗·语言·思》，转引自《人，诗意地安居》，远东出版社1995年版，第54页。
[2]《诗庄严论》、《韵光》引文均见曹顺庆主编《东方文论选》，四川人民出版社1996年版。

位又使诗以言"志"的价值得到不断的申明,唐代出现的"讽喻"说、宋代出现的"载道"说、"义理"说等就是"言志"说在更为狭隘意义上的重现;即使在明、清时期的"格调"说、"肌理"说等论调中,也可以读出"志"重于"情"的意味。同时,"性灵"说、"神韵"说等与正统诗观念相左的论点也在不同的层次上丰富了诗观念。在近现代的中国文论中,诗性仍是讨论的焦点。王国维以"感情的产物""想象的原质""胚挚之感情"为诗歌定性(《屈子文学之精神》),以"境界"为诗性的最高标准(《人间词话》),进行了中、西诗性论的第一次会通。初期的白话诗在一定程度上造成了诗的"白化",实即语言和意境上的诗性丧失,闻一多、朱自清、戴望舒等人纷纷撰文重申诗的艺术特征。有趣的是,他们都不同程度地借助了古典诗性的力量,如闻一多的"新格律诗"论,朱自清关于《诗经》"比兴"的新论等。1960年代以后,汉语诗的创作和研讨中出现了"新古典主义"的声音,从以台湾诗人余光中的作品为代表的一批诗作,到大陆诗界"整体主义""新传统主义""圆明园诗群""太极诗""象罔诗"等旗号,用古典诗性抵御现代的非诗性、借古典诗性印证诗性的永恒是他们不加掩饰的倾向,古、今的诗观念在诗问中相通。

思想史的历程告诉我们:如果一个问题成了千古之问,那么它往往是与人类生存意义相关的、带有某种终极价值的哲理性思考。老子、王弼问"有""无",庄子、屈原问"天",东汉至南北朝学人问"神"是否"灭",古希腊学人问"本原",哈姆雷特(莎士比亚)问,"生存还是毁灭",克尔恺郭尔问"如何去生活",海德格尔问"存在"……莫不如此。假如成了无解之问,此"问"是否具有合理性也就成了"问"中之"问"了。《五灯会元》卷十八载:"中丞卢航居士,与圆通拥炉次,公问:'诸家因缘,不劳拈出。直截一句,请师指示。'通厉声揖曰:'看火!'公急拨衣,忽大悟。谢曰:'灼然!佛法无多子。'通喝曰:'放下著!'公应诺诺。"[1]佛法妙义无法以常言道出,"直截一句"之问犯了禅家大忌。圆通所言之"放下著"源自释迦牟尼昭示梵志舍弃"外

---

[1]〔宋〕普济:《五灯会元》,中华书局1984年版,第1220页。

六尘、内六根、中六识"之言[1],可见是一种最为彻底的放弃。圆通禅师"看火"的不答之答除了直觉感情的启发(可以理解为"火"的明亮、热度与意义存在的心理联系等)之外,似乎也有危险、禁戒的含义——不当如此问。然而"放下著"却难以做到。诗的神秘而又无穷的魅力引诱着代代文士,"直截一句"的解诗者古来不乏其人。《尚书·尧典》的"诗言志"历来被视为最初的诗定义;《论语·为政》的"思无邪"更是孔子对《诗三百》带有示范性质的"一言以蔽之"。从中国诗及诗论的发展形态看,"言志"说不能将"诗"与其他文体有效地区分,也容易导致文学与非文学的混淆(后世对"志"的审美阐发另当别论);而孔子的"直截一句"只是对诗的某一具体方面的归纳或要求,远远不能涵盖"诗"的主要特征,甚至也没有反映出《诗三百》文本中已经具备的"诗"的意义。对于诗的本质性特征,在卷帙浩渺的中国古代诗论著作中很少有正面表述者。在现当代研究者的论著中,对诗的文体定义很多。1930年代杨鸿烈《中国诗学大纲》列出了40种诗定义,美国诗人卡尔·桑德堡《诗底定义(初型)试拟》中也曾列出38条定义,[2]而实际上莫衷一是的当代"诗定义"远远不止于此。其中有些仅是略有契合,有些甚至毫无"诗意",真有些"言语道断"的意思。无怪乎黄宗羲曾感叹说:"古人不言诗而有诗,今人多言诗而无诗。"(《金介山诗序》)"得"即为"失"。杨万里《过松源晨饮漆公店》诗为喻:"莫言下岭便无难,赚得行人错喜欢。正人万山圈子里,一山放出一山拦。"诗论家进入了重峦叠嶂般的阐释怪圈。"诗"是否可以"问"?古代诗论著作中也确有以"问"为题者,如清代郎廷槐、刘大勤问,王士祯和弟子张笃庆、张实居作答的《诗问》四卷和《诗问续》三卷;清代吴乔《答万季野诗问》一卷;又如清代陈仅《竹林答问》一卷[3]等。但此类书中所问所答也大都为诗史、诗法的内容,罕见类似于文体界定方面的阐述。吴乔《答万季野诗问》中

---

[1] 见《五灯会元》卷第一《释迦牟尼佛》。
[2] 参见吴思敬:《诗歌基本原理》,工人出版社 1987 年版,第 3 页。
[3] 参见周维德编注《诗问四种》,齐鲁出版社 1985 年版;又见《清诗话续编》本,上海古籍出版社 1983 年版。

出现了"诗与文之辨"(《围炉诗话》中，此句作"诗文之界如何")这样关乎诗本体特征的问题，而答案也只是用比喻性语言笼统地说"体制辞语不同耳"。又如元好问也说到"诗"和"文"的区别："诗与文，特言语之别称耳，有所记述之谓文，吟咏惰性之谓诗。"[1]也只是谈到了基本的语言特征，未加深究。关于诗与一般之"文"、与"史"、狭义之"诗"与词、曲等特殊诗体相区别的讨论在中国诗论史上很多，也大体不出这样的方式。陆放翁老于诗道，其《老学庵笔记》十卷及其他诗文中存有许多论诗文字，《宋史·艺文志》还著录其《山阴诗话》一卷，堪称论诗大家。而他却屡屡感叹诗不易言，《方德亨诗集序》一文从诗人得于天之"才"和"我之所自养"之"气"之不易做到两全而喟叹"诗岂易言哉？"[2]《何君墓表》则从接受的角度发论："诗岂易言哉！一书之不见，一物之不识，一理之不穷，皆有憾焉。同此世也而盛衰异，同此人也而壮老殊，一卷之诗有淳漓，一篇之诗有善病，至于一联一句而有可玩者，有可疵者，有一读再读，至十百读，乃见其妙者，有初阅可人意，熟味之使人不满者。"[3]微妙的表达，近乎无限的意蕴，使得"诗内"之旨愈发不易言。这大概也是陆放翁格外强调"诗外"功夫的一个原因吧。

然而，中国诗史极为丰富的创作成就记录了代代诗人的共同追求，其中分明呈现着对于诗的本体意义的感性认同。这在千百年间诗人笔下涌现出的共同的语言形式、意象类型以及共同遵循的诗象、诗境营造方式中有着十分稳定的展示，许多研究成果都证实了这一点。例如今人陈植锷《诗歌意象论》一书第八章中就用大量的实例论述了中国古典诗歌在意象上的"递相沿袭性"[4]。这种共同的特征固然可以归于儒家诗学所确立的"风雅"传统的模式作用和中国诗人行文注重来历出处的观念，但也确实证明了古往今来"诗"观念上的某些一致性。这类对于诗本体意义的感性认同，也必然地体现在同样十分感性的诗

---

[1]《杨叔能小亨集引》，见《遗山先生文集》，《四部丛刊》本。
[2]《渭南文集》卷十三，《四部丛刊》本。
[3]《渭南文集》卷三十九，《四部丛刊》本。
[4] 陈植锷：《诗歌意象论》，中国社会科学出版社1990年版。

论著作中，为寻绎中国诗论的诗本体观念留下了依据。"诗"在中国诗人的理论认识中究竟具有什么样的基本含义？如此的含义又具有什么样的文化成因和文学理论价值？这样的"诗问"，本身就是一个向中国诗性接近的过程。诗在，"诗问"就会继续，不能做到"放下著"。无解的诗问未必徒劳，这恰恰说明"诗"确实存在着某些被人一致感知而又难以言传的共性，能够引发代代不休的追问正是诗的特性。"看火"的彻悟之思不就产生于"直截一句"的执着之问吗？

二、无定的诗质

诗是中国文学的主流文体，诗论因而也必然地成了中国文学理论的主流内容。在中国文学以至于文化观念中，诗一直占据着至高的地位。

> 故正得失，动天地，感鬼神，莫近于诗。
>
> （《毛诗序》）

这是中国诗学创立初期的认识，包含着"诗"的政教意义和宗教意义，审美意义隐含于其中。钟嵘《诗品序》套用此语时略去了"正得失"，体现了诗的审美意义的显现。

> 诗者，其文章之蕴耶！
>
> （刘禹锡：《董氏武陵集纪》）

这是中国诗观念成熟时期具有普遍性的认识。实际上，诗正是中国传统文学理论中的"纯文学"之"文"。对于诗的这种"纯文学"性质，西方美学家也多有论及。康德即说："本质上只是诗的艺术，在它里面审美诸观念的机能才可以全量地表示出来。[1]诗可以给人以"纯粹的愉快"[2]。黑格尔由其"绝对理念"出发，通过"从概念中抽绎出概念的实际体现"的方法将诗定位于"把造型艺术和音乐这两个极端，在一个更高的阶段上，在精神内在领域本身里，结合它本身所形成的统一整体"。黑格尔指出："诗比任何其他艺术的创作方式都要更涉及艺术的普遍原则，因此，对艺术的科学研究似应从诗开始。"[3]海德格尔《艺术作品的本源》称："全部艺术在本质上是诗的。"[4]法国当代美学家雅克·马利坦则从诗的原始生成角度指出："诗是所有艺术的神秘生命。"[5]

然而，"诗"似乎总是可以作而不可以解，可以感知而不可以理析；古代诗论家的放弃定义，当代诗论家的不"定"的定义，都在指认着诗的一个重要的，或者是根本的特征：诗无定质。

从中国诗论史所保存的材料看，对这一问题的认识首先体现在"诗"内容的选取和解读上。董仲舒的"《诗》无达诂"说的内在含义是天之道与人之性的微妙难知、难以明言。董仲舒谈诗，虽然仍局限于儒家诗学"用诗"的目的，但由于上升到了"天人"关系的哲学高度，因此向我们透露了诗无定质的认识论信息。董仲舒在《春秋繁露·精华》中对于《诗》为什么"无达诂"没有原因的说明，但继而说："从变从义，而一以奉人。"卢文弨疑"奉人"当作"奉天"，苏舆以《春秋繁露》全书屡言"奉天"以及《春秋》的"体道尽性"之旨也认为当作"奉天"[6]。对于《春秋》无达辞，《春秋繁露·精华》有所说明："今《春秋》之为学也，道往而明来者也。然而其辞体天之微，故难知也。弗能察，寂若无。"《春秋》要"体道尽性"，而天之"道"与人之"性"都是微妙难知、难以明言的，"情性之理，甚微而玄"（刘劭《人物志·九征第一》）。

---

[1] [德]康德:《判断力批判》上卷，第161页。
[2] [德]康德:《判断力批判》上卷，第174页。
[3] 见[德]黑格尔:《美学》第三卷下册，商务印书馆1986年版，第18、4、14页。
[4] [德]海德格尔:《诗·语言·思》，第68页。
[5] [法]雅克·马利坦:《艺术与诗中的创造性直觉》，刘有元、罗选民等译，生活·读书·新知三联书店1991年版，第15页。
[6] 见〔清〕苏舆:《春秋繁露义证》卷第三，中华书局1992年版。

与《春秋》并列而举的《易》"无达吉",同样是由于"道"与"性"的不可质言;"《诗》无达诂"的根本原因也在于此。刘向《说苑·奉使》将董仲舒之言引为"《诗》无通诂,《易》无通吉,《春秋》无通义",要旨在于诠释"《春秋》之辞"中有相互矛盾之处的原因在于客观情况会发生异时异地的变化,并没有对"《诗》无通诂"做具体说明;但也赞同董仲舒之说,首先是因为对董仲舒天人感应思想的接受,其中包括对《诗》的带有神学意味的解释。如《条灾异封事》中曰:"诸侯和于下,天应报于上,故《周颂》曰'降福穰穰',又曰'饴我釐麰'。麰麰,麦也,始自天降。此皆以和致和,获天助也。"这样的天理、人事与诗言的关系时常见于他的笔下。因此"诗"与《易》《春秋》都上应天意,当然也就随时变化,无一定之解了。"《诗》无达诂"的含义似乎已经预示了中国诗观念所面临的趋向:诗的本质意义显露的过程必然伴随诗观念的言说难度,不能量化,不可确解,不涉理路,不落言诠。诗观念经过了千百年诗人创作、学者辨析的历练,必然地进入了文学内部规律的言说。比如同是由天"道"、人"性"到"诗"之论,明代王世懋《艺圃撷余》的论述就较为明确了,王氏指出,《诗经》中除了《颂》因其"专为郊庙颂述功德而作"的具体功用而能够清楚地讲释含义之外,集中体现文学意义的《风》《雅》二体却没有定论:

> 率因触物比类,宣其性情,恍惚游衍,往往无定。以故说诗者,人自为说。

"往往无定""人自为说"的根本原因是作为诗本体因素的"物"和"情"的"恍惚游衍",即诗来自体现天道之万物的感发和诗人抒发性情的需求。又有专于人的性情气质之不定讲论诗之难者:"夫诗言志,诗话又以论诗也。故诗难而论诗又难也。夫作者皆禀灵含异,各充其极,缛旨绮文,情变气殊,故以浅涉者不能深,以泛猎者不能得,以己见者不能该,以辞类者不能达意,诡于本指,鉴左于微。"[1]诗既是人的情志表现,作诗者与论诗者性情各异,"诗"当

---

[1]〔明〕安磐:《颐山诗话序》,《四库全书》本。

然也就难以一概而论了。

　　诗无定质的另一表现是诗观念始终处于变动演化的过程。"雪霜春事年年晚，今古诗情日日新。"（范成大：《再题瓶中梅花》）社会生活的发展造成审美情感的新变，与此相关的文化形态中的审美观念也在不断地发生着变化。如本文开始部分所言，作为审美观念的集中显示，对于诗本体的认识在中国文论家的言说之中从来也没有形成过一个定于一尊的概念范畴。比如诗论史著作通常所说的"言志""缘情"两大派别，实际上并不具有严谨的理论流派性质，在观念表述和评论作品时也往往不是截然二分的。比如"诗，教"说，中国的诗论家几乎人人皆言，却又几乎人人游离。皎然《诗式》在阐述自己立论的目的、谈诗的"重意"和诗的"语""意""势"等创作要求时，都把"诗教"一语用为诗法的要求。权德舆《左武卫胄曹许君集序》讲"建安之后，诗教日寝……牵于景物，理不胜词"，有儒家"诗教"的意思。但后文又大讲"意与境会""含写飞动"等等，显然又有诗法的含义。这样的观念存在方式带来了意蕴的极大丰富性，也带来了阐释的极度不确定性。

　　诗无定质的又一表现是诗观念的泛化。最能体现诗在中国文化中的不二地位的，是其内容上所具有的惊人的负载量。叶燮的《原诗》评苏轼诗"天地万物，无不鼓舞于笔端"，中国古典诗作正是这样，"无意不可人，无事不可言"（刘熙载：《艺概·词曲概》）。思妇诗，游子吟，赠别诗，酬唱诗，感遇诗，咏怀诗，咏史诗，应制诗，山水诗，边塞诗，田园诗，宫廷诗，咏物诗，艳情诗，哲理诗，讽喻诗，谐趣诗……中华古国的世情心象在诗中得到了全方位的展示。中国人不仅习惯以诗的态度去观照生活，也自觉或不自觉地以诗的方式参与生活。孔子所讲的"不学诗，无以言"和"诗可以兴，可以观，可以群，可以怨"，主要是从个人修身从政的角度发论，但也反映了"诗"在中国人的观念里早已有了几乎无所不包的内容要求。正因为如此，从"诗言一切"的创作观中逐渐地酿成了"一切皆诗"的诗本体观。浅层意义上是以"诗"代指一切文学性文体，如言"诗之为体，二十四名：赋、颂、铭、赞、文、诔、箴、诗、行、咏、吟、题、怨、叹、篇、章、操、引、谣、讴、歌、曲、辞、调，皆诗人六义之余"（《彦周诗话》引元稹《乐府古题序》），在今天的文体论标准下显得如此混乱的分类,在古代诗论中却有人表达、有人肯定地加以引述;深层意义上是以"诗"代指人类审美精神活动或艺术思维活动,例如言"诗者,人心之乐也"(郑樵:《通志·乐略·乐府总序》),"诗者,人心之感物而形于言之余也"(朱熹:《诗集传序》),"诗者,人之性情而已"(吕本中:《诗说拾遗》),甚至说"诗者,人之心头忽然之一声耳。不问妇人孺子,晨朝夜半,莫不有之","动于心,声于口,谓之诗"(金圣叹:《唐才子诗》)。如此之类,其中的文化和哲学含义固然深刻;但是从观念的规定性、严谨性的角度看,处于这样表述之中的"诗"究竟是更加清晰了,还是愈发含混了?唐代诗盛,论诗文字亦多,尤其是中唐以后,对于诗的讨论已经不再限于隋至初唐带有极强的政治功用色彩的古今之争、南北之辨,有了相当具体的诗歌艺术规律的讲说。其中理论价值最为显著的论著是皎然的《诗式》。皎然是以深知作诗之"天机"者自居的,其"文外""情表"之论也精辟地表现了诗观念的深化。而《诗式》在用陈述性的语句为"诗"或"诗(诣)道之极"定性时,结论也都是"众妙之华实,六经之精英""但见性情,不睹文字""情多、兴远、语丽"一类论而不"定"的描述。

最能体现诗在中国文化中至上地位的另一方面,是诗不仅被视为正统文学的文本经典形式(其中包含着沟通天地鬼神、讽谏朝政帝王、教化黎民百姓的宗教、政治功用),也被视为人类文化精华中的精华。"心之精微,发而为文,文之神妙,咏而为诗"(刘禹锡:《唐故尚书主客员外郎卢公集纪》),"诗者文之精气"(赵湘:《王象支使甬上诗集序》),是中国诗论家的共同认识。"亚里士多德认为诗(指史诗和戏剧)比较起来更接近哲学,而不是历史"[1],就狭义的"诗"而言,中国的诗观念似乎更为鲜明地体现了这一点。就其本质意义而言,"诗是什么"不仅仅是一个文体学的问题。由于"诗"在中国文学和文化中所具有的特殊性,这一问题成了建立新的文学理论体系的重要论题和最富于民族特色的难题。在当代文学理论重建的过程中,一方面源于苏联的理论范

---

[1] 见[美]韦勒克、沃伦:《文学理论》,刘象愚等译,生活·读书·新知三联书店1984年版,第237页。

畴仍在起着作用；另一方面，西方文论的不断引进，古代文论的新考新解，使理论研究在增加了新的视角的同时也增加了新的盲点，使文学理论研究有时难以彻底摆脱简单定义、机械论证的套路，有时又坠入空泛不实的迷雾之中。诗学研究的范围扩大了，关于诗的言说方式丰富了，同时也出现了新的泛化。以偏概全、过于宏观、脱离创作、泛言"文化"等倾向都使研究难以取得实质上的深入。这些问题的出现不仅是研究方法的问题，也是研究对象——"诗"自身所具有的不定性的必然后果。泰特（Allen Tate）《文学批评是可能的吗？》一文中说到文学批评的性质是"置身于想象与哲学之间"的，"像所有的文学艺术都是试图表现无法表现之物一样，所有的文学艺术理论都是试图阐明无法阐明之物"[1]维特根斯坦明确地表示对艺术下定义既不可能又不必要[2]，格罗塞在《艺术的起源·诗歌》中谈到为叙事诗定义时就已说过："当我们一经从理论的境域，蹈入实际的世界时，我们就会感到这种不遂心的经验的痛苦……我们在许多千变万化的实际表象之前，如果坚持着简单的定义，是会觉得手足无措。"[3]格罗塞到底还是为诗下了定义："诗歌是为了达到一种审美目的，而用有效的审美形式，来表示内心或外界现象的语言的表现。"用诗歌创作的"实际表象"验证，此定义仍然是"未定"的："一种审美目的"是哪一种？"有效的审美形式"是否仅指"语言的表现"？那么又如何区别于其他的语言艺术形式？格罗塞在补充说明中深刻地提到了"诗人所希望唤起的不是行动，而是感情""从感情的不合诗意的表现中区别出抒情诗来"等[4]，但是对于关键词语"诗意"仍是语焉不详。中国古代诗论家感叹诗之难言，放弃对诗做"简单定义"的抽象说明而选择了泛言、对比、比兴等说明方式，其实都表现了同样的看法。当我们在阅读古代诗论中的"诗者……"一类的论说而苦于含义把握之难时，在揣摩古人所举的例诗与其论诗标准之间并不明确的联系时，也可以切

---

[1] 转引自刘若愚：《中国的文学理论》（*Chinese Theories of Literature*），芝加哥大学出版社1975年版，第3页。

[2] 转引自王岳川：《艺术本体论》，上海三联书店1994年版。

[3] [德]格罗塞：《艺术的起源》，商务印书馆1984年版，第190页。

[4] [德]格罗塞：《艺术的起源》，第175页。

实地体会到诗在中国人的认识中所具有的那种强烈的主观性甚至随意性。

诗问无解,诗质难定。难定使诗问欲罢不能,无解使诗质扑朔迷离。诗性的民族文化阐释是跨出这一迷人的"怪圈"的可行之途。

三、无尽的诗性

"诗"在中国文化中的真实意义何在?"言志"说和"抒情"说是否具有最高的概括性?即使有,在这样的"概括性"中又能够在何种程度上体现中国诗观念的真实意义?中国诗学的社会功用性质和审美性质是一鸟之双翼,前者在近期的研究中阐发较多,特别是"诗"概念的文化生成根源研究有了更为全面、带有突破意义的进展,例如叶舒宪《〈诗经〉的文化阐释》中关于"寺人之言"的阐发等。然而诗在现象上毕竟是作为一种审美性极强的文体而存在的,"诗"的观念只有在真正脱离了包括"寺人之言""教化之言""论说之言"等方才具备了自身的独立价值。在"诗"的原始意义生成之后,如何转入文学观念、文体观念的"诗"的审美文化意义应当成为研究的目的。

诗文体在中国文学中占尽风光必然有其持续的社会心态的需求。这种心态转化于诗的创作行为和文本中,则形成独特的语言意象所传递的审美心理因素——诗意。诗意的公认程度和普遍心理认同,构成了诗观念的基础。在中国文化史中,"诗"是一种极为独特的文化现象。从文化意义的生成和存在方式的角度检讨"诗","诗"的性质在本质上就是文化中的诗性。中国诗史极为丰富的创作实绩和诗歌理论记录了代代诗人共同的精神追求和艺术取向,其中分明呈现着对于诗的本体意义的感性认同,千百年间诗人笔下涌现出的共同的语言形式、意象类型以及共同遵循的诗象、诗境营造方式都提供了十分稳定的证实。古往今来,"诗"在发展,诗观念在不断变化,同时又在强化着某些一致的内涵。古代诗论展示着这样的认识:诗无定质,"诗"的观念却有特定的民族和历史的文化属性。

诗性论显示了独到的价值。"诗性"一语的采用在于其含义的宽泛性,可以包容"诗的特性""具有诗特性的""富于诗意的"等意思,接近于"诗"生存的文化状况，便于用以说明"诗"与文化的关系。由于"性"字在古代汉语中有特定含义，多被用为专门术语，古代诗论中并无"诗性"一语。较早出现的"诗兴"和较晚出现的"诗意"等术语并不能完全包容"诗性"一语的内涵。"诗性"说来自对西方古典诗学术语的译介、借用。如维柯所说的"（具有）诗（特征）的"（poetic）、济慈所说的"诗特性"（poetical character）等都被翻译家译为"诗性"。作为一种明确而固定的美学观念，18世纪意大利美学家维柯《新科学》确立了"诗性"说。按照维柯的论述，"诗性"指一切人类文化初始时期的一种共同特征，主要表现在"诗性智慧"作用下所产生的"诗性的玄学"、"诗性逻辑"（'诗性人物性格''诗性表达方式''诗性语言'）、"诗性的伦理"、"诗性的经济"、"诗性的政治"、"诗性的物理"等方面。这里不必再讨论维柯"诗性"说的美学史意义或其理论含义与中国诗观念的比较，除了术语的借用外，应当关注的是"诗性"说的文化视角启发意义。在维柯看来，"诗性"的基本特征是"强烈的感觉力和广阔的想象力"，这种人类初始时期的思维特征首先体现在诗性语言的运用中，"原始的异教各民族，由于一种已经证实过的本性上的必然，都是些用诗性文字（poetic characters）来说话的诗人。""我们所说的（诗性）文字已被发现是某些想象的类型，原始人类把同类中一切物种或特殊事例都转化成想象的类型，恰恰就像人的时代的一些寓言故事一样。"[1] 这样的特征，既有人类文化的共同性，也反映了作为最初文学形态之"诗"的共同性，在中国文化中体现得格外集中而丰富。

如前述，中国文化史料表明：中国人往往习惯以诗的态度去观照生活，甚至也自觉或不自觉地以诗的方式参与生活。古《弹歌》："断竹续竹，飞土逐宍。"刘勰《文心雕龙·通变》言"黄歌断竹"，也就是说，这首黄帝时代的歌谣比《尚书·金縢》里"公乃为诗以贻王"的"诗"早了两千年。这首《弹歌》是否算得上"诗"呢？人类语言的原始功能是事情的叙述，这寥寥八字就是在叙述为了向大自然争夺生存的权利而制作弹弓、捕猎禽兽的过程。然而通过诵读可以发现，这八个字比通常的"叙述"多了一个因素：两字一顿的节奏。从

---

[1] [意]维柯：《新科学》，人民文学出版社1986年版，第8、28页。

功能上看，这种节奏与合于人体生理节奏的劳动节奏相关，也为着叙述内容的便于记忆——在文字发明以前，口耳相传的经验就是人类社会的全部"知识体系"。除此而外，节奏之中是否有后代诗歌所具有的"抒情言志"的意义呢？表现劳作中的快感？对获取猎物的憧憬？回忆前次收获的喜悦？都似乎可以想见又不明确。这样的原始歌谣，正体现了"诗"介于文学与非文学之间的"史前"特色，但已有了与一般陈述语言不同的特征。而另一首相传同样古老的《击壤歌》，"诗"的意味就要浓厚些了："日出而作，日入而息。凿井而饮，耕田而食。帝力于我何有哉！"前四句不再是某一事件的具体叙述，而是人类日常行为的高度概括，整齐的节奏使人想到先民耕作生活的日复一日；诗的末句已是典型的抒情了。《击壤歌》传说是上古唐尧太平时代的民歌，王充《论衡·艺增》载："（帝尧之时）有年五十击壤于路者，观者曰：'大哉，尧德乎！'击壤者曰：'吾日出而作，日入而息，凿井而饮，耕田而食；尧何等力！'"是此歌的最早版本。"击壤"嬉戏而歌，可见歌者正处于心满意足的闲逸状态，歌中的情志大不同于"飞土逐夫"的急功近利了。正是由于情感因素增加，功利因素减少，就有了较多的审美色彩。《文心雕龙·通变》中还提到一些远古诗歌："唐歌《在昔》，则广于黄世；虞歌《卿云》，则文于唐时；夏歌《雕墙》，缛于虞代；商周篇什，丽于夏年。"除了尧时的《在昔》诗今已不传外，夏代的《卿云歌》和所谓《五子之歌》中的"甘酒嗜音，峻宇雕墙"之句都可以见到。如见于《尚书大传·虞夏传》的《卿云歌》，表现出先民翘首仰望，"相和而歌"，赞美祥云的出现："卿云烂兮，糺缦缦兮！日月光华，旦复旦兮！"不但抒情性更加鲜明，节奏韵律的美感也颇为突出：用了虚字"兮"使节奏平均，韵脚也十分响亮。更为可贵的是诗性词语的有意运用："烂""缦缦"的描写使晴云有了如在目前的姿态，维柯所言之"感觉之"和"想象力"都有了着意的增强。诵读这样的诗作，完全可以忽略诗中原有的原始宗教因素，歌者充沛而光明的情怀成了文本的基本构成。以今人读诗时的"情景交融"标准加以评价，这也可以算得上是一篇相当成熟的作品了。《文心雕龙》以"文于唐时"作为此诗的评语，确实指出了与《击壤歌》一类纪实之歌在文采方面的差别。关于《卿云歌》等古歌的真伪问题虽然有不同的看法，但我们仍可从中领略到中国诗歌起步时期的样态。因为这些诗作即使是仿作，也来自对于上古诗歌特点的研究，否则刘勰也不会郑重其事地加以称道了。

毋庸讳言，对中国早期诗歌这样的"诗性"评估，是以作为特定文体之"诗"的现代标准为尺度的。也就是说，第一，略去了诗观念处于不断变化之中的"史"的意义；第二，所谓"诗性"标准，实际上只是对诗观念发展成熟阶段代表性观念的当代选择。不论是维柯所说的"诗性"或是中国文论中的泛言之"诗"，都是人类脱离了原始思维阶段（或维柯所说的人在本性上都是"诗人"的"英雄时代"）的产品，也就是在作为文体的"诗"已经十分成熟之后的看法。包括笔者在内，都是在用当下的"诗"观念即对于诗特点的认识去反观原始文化，从而得出"诗性文化"的结论的：

原始思维、表达方式→原始"诗性"→审美意义的凸现→文体诗的成熟→"诗"特征的理性把握→"诗性"溯源→原始思维、表达方式的研究

图示表明，"诗性"的阐释必须是双向的，既需要以原始诗性为本源的历时研究，也同样需要以成熟阶段的"诗"观念为标准的原始诗性反思，如此才能避免"诗"的流失，即"文化"研究的泛化导致文艺学的"诗学"失去本体价值。"诗性文化"中的"诗"与"诗"中的"诗性文化"同样重要，而后者更能够体现已经充分展示于中国诗学的"诗"的独立意义。中国文化富有极强的、并且十分独特的"诗性"。由此不但可以解释中国传统文学以诗为主干的主要原因，也可以期望对中国文学理论中的"诗无定质"的本体论做出较为有效的解释。

这一研究方向的选定并非仅仅由于问题的挑战性，主要是出于以下的价值考虑：

就文学理论本位的立场而言，"诗"的自身性质及其与人类文化原初状态更为直接的关联，使之成为最能够集中反映文学的艺术本质特性的文体，诗论也因此成为文学理论中同时在"本体论"和"本源论"中都具有重要价值的领域。文学观念的明确化往往是通过"诗"观念的明确化实现的，说明"诗性"

就是在说明"文学性"。世界各民族的文学理论是这样，中国古代文论更是如此。古代文论中诗观念、诗本体论在近年来的研究中有所涉及，但仍然缺乏对这一问题的"正面交锋"。不论是回避难点或是满足于浮泛之得的心理都造成实质性的进展难以出现。面对中外文学理论平等对话的迫切需要，面对日新月异的文学现象对新的理论阐发的渴求，中国文学理论体系的重建必须有切切实实的进展，文学本体论的表述必不可少。如前述，诗歌本质特征的观念化既是文学理论史的第一个实例，也是文学本体论阐释的第一个步骤。就文化研究的立场而言，中国文化中的独特诗性、诗在中国文化中的特殊地位，使诗观念及其表述方式具有深厚的文化内涵，诗观念也因此成了中国文化观念审美化的集中表现。从当前世界文学理论发展的趋势看，这两方面的因素及二者的相辅相成决定了某一理论体系的完备程度和发展前景。这是对前人"诗问"的继续，也是立足于今对前人"诗问"发出的"诗问"。

　　本文论述中国的诗性文化，是文学理论本位的立场上选取的相对狭义的"诗性"内涵，即特指与成熟阶段的文体"诗"的本质特点一致的文化特质，这是"诗"观念由含混走向相对清晰的根本原因。宏观而言，任务应该是明确的：由中国文化中的诗性意义生成模式分析中国诗观念的形成因素和规律；由中国较为成熟、具有普遍性的诗本质论观点分析文化中的诗性因素的中国特色；抽绎出文学理论范畴中的中国诗观念的本质意义。除了梳理中国文化中与诗观念形成关系最为直接的诗性因素外，应重点分析中国诗观念构成的不同模式和基本元素，以期得出中国诗观念根本特征的结论。

原载《诗探索》2001 年第 1—2 辑

诗歌语体的言语行为解释

邹立志

一、言语行为与诗歌语体

　　语体是由特定交际需要所促动而形成的语言变体，这种变体如果呈现出稳定、系统的区别性特征，我们就叫它语体。人们使用语言跟人类许多别的社会活动一样，是一种受规则制约的有意图的行为，而不仅仅是一系列语法运用单位的组合——句组。一个完整的言语行为由行为主体、行为受体及行为过程在一定环境中构成，语体是言语行为类型化的结果。只有在完整的行为过程中去寻找由交际需要引起的一系列言语形式区别特征，才能真正认识各类语体。

　　"言语行为"这一概念最早来自英国哲学家奥斯汀，他认为我们不仅通过言语来做事，而且言语本身就是做事。塞尔接着提出间接言语行为理论，进而发展到格赖斯的语用推理研究——会话含义理论。本文所说的"言语行为"与这儿的含义不尽一样，主要指有意图的发话人生成话语和听话人理解话语产生效应的整个互动过程，所以要研究行为发出者、接受者、媒介、语境等。继索绪尔的"语言是一个符号系统"，乔姆斯基的"语言是一种能力"之后，"语言是一种行为"日益显示出对语言使用的理论解释力，因为从句子到话语是远比从词语到句子更为复杂的环节。语体是以相近的言语行为意图、行为方式来组织言语的一个集合，因此可以看作一系列言语行为积淀而成的类型。单纯的词汇、句式比较没有什么说服力,"能说明问题的是词语被置于何种用法之中"。用法正是一种言语行为。这意味着应该加以比较的不是文本要素,而是它们的功能,而整体结构与功能研究正是语体学的优势。

如果只是拘泥于形式差异的静态分析,就可能有"见树不见林"的危险。同样的语言形式由于使用方式的不同往往会呈现较大的差异,因为在不同语体中遵循的"游戏规则"可能是很不一样的。如"光"在日常语体和科技语体中就有释义差别,日常语中的意义是"照耀在物体上能使视觉看见物体的那种物质",科技语中则是"一般指能引起视觉的电磁波,这部分波长范围约在0.77—0.39微米之间"。不同语体对言语逻辑要求的严格性大不相同,一个数学或化学公式其符号组合的严密性比一句诗严格得多。不同交际需要限制着进入某语体的言语方式,如"你挽着你的遗孀朝我走来"(李亚伟:《岛·陆地·天》),在日常交谈体中出现会被视为荒诞不经,有了语义矛盾,但在诗歌语体中却可以接受。诗中描述的是一个想象的可能世界,任何语义异常的句子都在"这个表达肯定有意义"的前提下为我们所接受,然后去构建一个真值条件与之对应,诗句便获得了意义。阴界、阳界在诗人的想象中并不如现实生活中那样截然分离,亡灵也可说话,也有行动,看似荒唐的表达却别有深意。就如"无色的绿色思想在狂热地睡觉"这一被语言学家判定为无意义的句子也并不就全无意义,诗中又何尝不能用它描述一种悖谬处境呢?同样的语言形式在不同语体中会有截然不同的效果,如美国诗人威廉斯著名的便条诗就不是同形异义的语言歧义问题,而是不同语言的使用方式引起的。在便条中我们以字面形式对应的现实指称来理解;分行后,淡化了理性思维对注意力的控制,按体验的方式去感受。

语体是一种社会变体而不是个人变体,在历史演变过程中,诗歌语体逐渐定型,形成一套相应规约化的行为模式。受话者在接受诗歌语体时,相应会按照诗歌特有的释义程式来理解,按诗歌特殊的语体要求调整自己的行为方式。发话主体自觉进行这一工作,受话者主动配合,这种行为的规约化使人们在言语交际中协同动作,达到成功的交流。我国古代诗歌语体的研究有着悠久的传统。传统诗体的分析在很多方面对白话诗已经失效,而且长时间以来,由于诗歌语言表达的非常规性,加之读者诗歌训练的缺乏,诗歌慢慢被视为一种遥不可及而又没有实用价值的特殊话语，被排斥在言语使用的普遍规律之外，诗歌语体研究无疑有助于树立正确的诗歌观念。现在该是对现代汉语诗体做全面研究的时候了。

　　从发挥语言媒介的不同功能来看，我们可以划分出三条较明晰的语体阶列：科技语体、诗歌语体、日常谈话语体。科技语体充分发挥了语言的认识功能，严格限制语言的表现功能。科技语体创造一套不同于日常语义的术语，以避免日常语义的模糊性。如果不考虑可读性，最方便的办法是另造一套人工符号。科技语体之所以要费力改造日常语体，利用科学概念与日常概念的关系对日常语体加以严格限制，完全是为了照顾大多数人的理解，便于人们的交流。语言如果单限于以逻辑推论的方式使用，必然使语言逐渐丧失其情感内容，语义成了一组组抽象概念的嫁接。卡西尔就曾提出可让诗的语言与科技的语言相互限制、相互补充，通过诗的语言来恢复情绪世界的表达。诗歌语体是文艺语体的典型，集中反映出语言的表现功能，认识功能居于次要地位。而日常谈话语体综合了这两种功能，介于二者之间。语言最基本的功能是日常交际的需要，日常交谈语体成为最广泛、最基本的语体形式，因为日常语言使我们以常识的理性方式认知这个世界，并将这些认知成果保存在语言中代代相传，语言的方式制约着人认识世界的方式。但日常世界并不就等于真实世界，人类追求真理的渴望导致人们从日常语体中延伸出两个极端：以公理和数理逻辑为前提的真实可靠的科技语体，追求可能世界的幻真的诗歌语体。科技语体通过限制词义、发展术语的单一性直至纯粹用数学符号与表达式；诗歌语体却发展词的多义，创造出想象中的离奇世界。

　　采取言语行为的动态观察角度，必然要从行为全过程的各个因素入手。诗歌言语行为的产生首先源自特定的交际需要：具体反映在行为意图上，以集中表现人类的审美体验为主；读者以一个充满着"未定点"的文本为中介与作者展开对话，达到新的视界融合；行为的传递媒介以可诵读的书面语为特征、以伪陈述形式充满着暗示的意象来传情达意。交际需要决定了诗歌选用的行为方式也不一样，表现在诗歌的节律形式、非指称化、整体自足性、意义赋予性等方面，为交际双方共同遵守。

二、诗歌的行为意图

诗歌与日常谈话不同，日常交际使用语言从根本上说是为了在受话者身上实现某种语言外的实际效果，这种实际效果通过语言所能完成的事情来实现，体现为发话者的直接意图，如警告、祝贺、请求、陈述、宣告、命令等，目的较为明确。如果说日常语言给我们提供了从常识角度认识世界的方式，那么它的荒芜地带便是科技语言和诗歌语言生长的地方。

面对同一个世界，却未必只有日常语言这一种观察方式。科学与诗歌都是人类的创造性活动，都为了追求真理，只不过科学追求现实世界的真理，它通过抽象概括，运用严格、单一、清晰的术语系统，阐明客观世界的规律；诗歌也追求"真"，只不过它追求的是可能世界的真，超越于现实世界之上的真，是一种幻真。科学语言在以解剖的态度对待世界时，世界的具体性也随之有所损失，"科学者夺有形者之形，去有香者之香"；文学则是用具象的语言力图对世界的完整原初状态进行准确把握，文学添"香于无香者，赋形于无形者"。科学、文学互为补充，构筑了一个立足于日常语言基石之上，与日常语言有着千丝万缕联系的世界。

（一）诗歌最集中地表现人类的审美情感

日常语言也有表情要素，任何言语交际都或多或少伴随着交际者的情感，人类可以通过语言表达自己的情感意志，但这种情感往往与人的现实需要联系在一起。而诗歌的目的并不在于通过传达信息沟通人际关系，而是基于人生最高价值的实现所产生的审美情感。

别的文艺语体也表现审美情感和体验，但诗歌却表现得更为集中。它带给读者的领悟是突然的，因而也特别强烈。散文则达不到这种效果。这种豁然开朗的顿悟给人们的强烈快感是人们读诗时渴望得到的，这种快感和满足的强烈程度比其他文学品种所引起的要大得多。

（二）诗歌传达一个内在真实的可能世界

我们通常理解的"真实"，就是语言符号和外在客观世界一一对应的现实性，诗歌常被看作一种虚拟。亚里士多德说："不可能发生但却可信的事，比可能发生但却不可信的事更为可取。"[1]诗歌青睐"可信的事"更甚于"可能"的现实。有些所谓的现实主义作品，反而是误解了"真实"，用所谓的因果性、连贯性、规律性来图解生活，并没有写出真正的真实。人的感知世界中，事物充满了偶然性和特殊性，诗歌就是要抓住独特的瞬间，表现出由这些散片构成的心理空间，探明人类精神的幽暗之处。新批评派认为："艺术是对真理的直感的观看。"[2]诗歌通过对直接存在的具体展示和描绘，超越历史的真实，达到审美的至真。

然而，日常的世界在我们的头脑中根深蒂固，以致我们太习惯于用理性的逻辑思维方式去观察具体的事物，习惯于按生物和非生物、人类和非人类、精神和物质等范畴对存在物分类。在我们所谓的逻辑思维里，同一性只能建立在对象完全相同的基础上。在旧逻辑（即原始思维）里，却遵循"相似即同一的原则"，同一能建立在仅仅是某些属性相同的基础上。譬如树木与人类或许就有类似之处，这种类似在心理上引起的强度有时比它们同类的类似程度还要高。随着逻辑与抽象思维的发展，语言逐渐失去了它的情感职责。只有在艺术中，语言的原始创造力不但保持着，而且有着源源不断的活力。

科技语体关联着事实判断，诗歌语体却关联着价值判断。科技语体中不显示或较少显示个性，诗歌却不能没有个性。日常语的交流方式以说服达到效果，诗歌却靠"呈示"，文本形成一种召唤结构，期待着读者的共同参与。

三、行为者的相互关系

（一）在跨时空的交际中，主体创造性自由能得到较大限度发挥

口头交际是多媒介的，可利用很多非语言因素的辅助作用，对言语环境的依赖性较大，表现在言语结构上不够严密，省略、倒装、反复比较多，避免

---

[1]［古希腊］亚里士多德：《诗学》，商务印书馆1996年版，第170页。
[2]转引自赵毅衡：《新批评》，中国社会科学出版社1986年版，第12页。

口头语音转瞬即逝造成的信息损耗。书面语则不同，它对言语环境的依存性较小，一旦完成后进入社会交流，则不容反复修改、删削、增润，因此可用较周密的形式传达较复杂的内容。文本获得了"准主体"地位，作者创造时的完整心境、当下心理现实、文化背景已大部分消失，只留下需要再度阐释的符号世界，读者与"准主体"展开了对话交流。口头情境的消失使文体向一切时代、一切阶层、一切读者开放，意义进入无限生成之中。这样对文本也就提出了要求，"从社会学和心理学的角度看，文本必须能够使它自己在一种情境下可以'解除语境关联'，并在一种新的情境下'重建语境关联'——它是通过阅读行为来准确地完成的"[1]。通过诗歌文本语言的双关、寓言、象征等一系列指涉功能，以空白与未定性为调节方式，展开与读者的对话关系。语言的多义共生从根本上为这种对话交流提供可能。

科技语体的发话主体并不构成理解话语的语境，日常语体中发话人以现实身份参与交流。而诗歌语体的发话者不受现实身份的限制，现实作者与诗歌中虚拟的发话者是分离的。日常谈话体中，虽然也须结合语境对语义进行推导判断，但语境与语义的关系已然存在于发出的话语中，听话人不过是被动地揭示这种联系。诗歌作品一旦脱离作者之手，其"语境—语义"联系便有待重建。

在诗歌行为中，跨时空的非现场性交际能让交际双方达到更大程度的创造性自由。诗人的交际对象是一个想象的"理想读者"，某种程度上就是诗人自己的化身，另一个"我"，一个先行阅读者。这样，作者的言语活动才会不受限制地得以自由驰骋。诗歌行为者的这种特殊性并不对阅读活动产生障碍，当然理想读者能最大限度地从诗中领受审美愉悦。但诗歌文本的多层次性能满足不同层次读者的需求，如感官需求、认知需求、自由审美需求等。面对诗歌文本这个取之不尽的源泉，读者也能较大限度地享受到在他理解范围之内的东西。

诗歌的隐喻性，使它的跨时空阅读也具有与科技语体不同的特性。科学语言的表述也不受时空的局限，但它受客观事物规律的限制，科技语体要形成语

---

[1] [法]保罗·利科尔：《解释学与人文科学》，陶远华等译，河北人民出版社1987年版，第142页。

言表述跟科学规律之间严格的——对应,而跟发话主体与受话者关系不大。科技论文有权拒绝不懂行的读者,而没有诗歌阅读中的层次现象。"一千个读者心中就有一千个哈姆雷特",但不可能"一千个读者心中有一千个对术语的不同理解"。科学语言只允许一种正确的理解,因为主体的隐退和反映客观规律的需要,科技语体在语言运用上是没有多少自由性可言的,它的创造性只是表现在内容上。科技语体中,同义形式的不同选择基本上不影响内容表达;而诗歌却很难找到与诗句对应的同义表达,有时甚至是一字不可移易。没有哪一种言语行为能如诗歌一样形式与内容如此密不可分。

可以说科技语体的超越时空性表现在对内容理解的不变性,不因时空改变而改变的特性。而诗歌的超时空性表现在诗歌的意义永远处于开放状态,它的意义是不同时代、不同空间与不同读者的视界融合。

(二)作者把发送意图暗示给读者,但意义最终在读者处实现

在科技语体与日常语体中,发话主体的意向性是决定意义的重要甚至绝对条件,也是释义的最后指归。因此释义的主要目的就是克服信息在时空中的变形或噪音,以恢复信息在发送者意图控制下的原状。诗歌却不同,它的发送意图本身就不易辨析,是暗示出来的。但编码没有绝对权威,作者的发送意图并不就是符号义,文本中充满了"未定点",意义最终在读者身上实现。可文本一旦确定,就不能如交谈中随时可以在旁边解释、调整、纠正。发送者的意图在言语方式或形式上留下了强烈的痕迹,从而控制着接受者的释义方向,它不能保证释义符合意图。作者与读者的会见可能是迎头碰上、擦肩而过、甚至背道而驰。在保证基本方向不变的情况下,读者须以体验、联想、想象的方式参与释义,而不只是理性推断。由于读者和作者各有其意向的特殊性,发送者的意图在信息传递接收和意义诠释的过程中可能变形或失落,因此诗歌中的语义变形是最强的。

诗歌的阅读期待是个双向过程:作者期待着他的理想读者,读者期待着他预期的作者。作者与读者的关系实际上已演化为"多对多"的关系。科技语体不管由多少读者来读,终究只是"一对一"的交际者关系,作为文本的单一性与读者群体的单一性间的对应。在日常会话中一对一、一对多、多对多的交际

角色关系会导致会话结构的变化。在诗歌中作者毕竟是矛盾的主要方面，它对读者实施了限定性，作者不仅创造了他自己的形象，即"第二个自我"，也创造了它的读者。但实际上作者构想出来的这个理想读者在接受过程中决不会完全实现和重合，这就给诗歌意义的阐释带来了复杂性。

（三）读者与作者之间的交流要经历一个循环上升的过程

诗歌一经写出，发话者的交际任务已相对完成，此后发话者不再发话，作者—读者关系已变成文本—读者关系，文本不断被重读。如果说作者和读者之间还有什么对话，这种对话也是以一种特殊方式进行的，以读者不断提问和到作品中寻找作者回答的方式进行，也就是说是读者的能动组织把诗歌文本转化为一场与自己的对话，在作者创作时是作者与理想读者的对话；于读者处是在受控于诗歌文本之下，读者把文本拆分成了对话，这是一种隐性对话方式。通过不断深入的回答，作品蕴含的审美理想逐渐清晰，文本意义愈加显豁。

言语行为的类型化使语体具有预测功能，语体的预测功能跟语体的封闭性成正比。诗歌语体开放性较强，它的预测功能也最弱，而语言的可预测性越弱，它提供的信息量可能就越大。它不像科技语体，语言运用对其交际目的有极其稳定的适应性。在科技领域中，我们着重寻求的是新的认知，语言本身的组织却是较严格的规约化。而诗歌需要延长感知，甚至可以推迟认知。但诗歌语体的开放性也是有限度的，如果不尊重诗歌语体的共性，个别的诗体实验也就不存在。没有了同一性也就没有了个性，因为个性是渴望得到交流的，同一性保证了我们的个性能得到充分理解。为什么"香稻啄余鹦鹉粒"是佳句，"落长圆日河"却不是？这里就有传统、风格、释义的容忍性等各种历史因素、主观因素的限制。

应该说只要是在面对文本的言语交际中，这种"阐释循环"都或多或少地存在着。如对科技、公文、政论文的阅读，但一次阅读和多次阅读后文本的意义一般不会有太大出入，局部的意义也不会在整体意义的调整下而不断改变。它们的释义一般是从不足解码开始，渐渐接近适量解码。对诗歌却可在适量解码上不断增添附加解码，开始所做的假设与最后得出的解释可能相差非常大，有时甚至是相反的。

四、诗歌行为的传递媒介

（一）诗歌以可诵读的书面语为传送媒介

诗歌最早以口耳相传的方式出现，为便于记忆，就要配合音乐，讲究音韵高低、整齐匀称的节奏。随着文字的发明、印刷业的发展，诗歌从口头情境中解放出来，但在转向书面语后，仍然没丧失它的诵读性。因为诗的内容总是饱含着强烈深厚的感情，音乐性是与诗歌不可分割的内在生命要素。它或者以明显的格律形式表现出来，或者悄悄流淌在诗行之间。自由诗在取代格律诗后，以自然语调的音韵节奏造成一定的抒情气氛。

结构主义认为语言系统是能指的一系列差别与所指的一系列差别相对应形成的系统。语音的差别是为意义示差服务的。在诗歌中人们关注形式本身的音乐价值胜过关注它的语言学价值。郭沫若经过研究发现，甲骨文中的"音"与"言"二字字形上相差无几，它们都与远古的乐器有关，在金文中二者常通用。这个发现为音乐、语言同源说提供了语源学上的佐证。[1]《说文解字》这样解释"音"："音也从言。""生于心，有节于外谓之音。"音乐和语言都发自人心，表达人的思想感情，后来音乐仍把抒情性保留下来，语言由于各类复杂概念的建立而慢慢走上抽象化的道路，诗歌使用的语言媒介决定了将有很大一部分注意力分心于语义，因此诗歌的音乐性不同于纯粹的音乐效果，它力图使语音和语义尽可能产生同构。燕卜荪说："我认为，权威的、正确的观点是：声音必须是意义的回声。"[2] 布洛克说："诗歌最难传达的意义往往是通过整首诗的音乐和音调揭示出来。诗人心里也明白，要想传达出某种意义，必须使用什么样的音调和什么样的节奏。"[3]

---

[1] 郭沫若：《甲骨文字研究》，科学出版社1982年版，第100页。
[2] [英]威廉·燕卜荪：《朦胧的七种类型》，中国美术学院出版社1996年版，第12页。
[3] [美]布洛克：《美学新解》，第313页。

（二）诗歌以伪陈述的方式传情达意

所谓伪陈述，即是现实世界中逻辑值为假的陈述。日常语言中的陈述是用来传递现实生活中发生的事件的消息，旨在改变听话人的知识状态，用一些冗余信息来克服信息传递过程中的干扰，使理解变得轻松而容易。诗歌主要是呈现一种审美体验，它与事件的陈述截然不同，中间有大幅度的跳跃。诗歌的陈述性经常把相当一部分对于日常语来说是必要的信息也当作冗余信息省略掉，如时间、地点、人物、对象、事件的前因后果、来龙去脉等，给我们的理解增设了难度。于是我们的注意力转向形式本身，以有限的字面信息为媒介，充分调动自己丰富的意会活动，用想象力去充填必要信息略去后剩下的空间。诗歌的语义容量得以增加，意义层次得以丰富。如孟浪《定居》前两节之间颇让人有些无所适从："经历了一场失败/肉体的失败/十分露骨//旅行者的牙刷/日复一日/表现它的不朽。"似乎没什么关联，但我们如果插上想象的翅膀飞跃这些较大的语言空间，就完全可以理解。"肉体的失败"，生命注定都要消亡，这种失败感与人的一生伴随。人类转而在"旅行"中追求灵魂的永恒，可是仍然没找到不朽，"不朽"的只是一柄"牙刷"，只能"日复一日"地走着无望的旅程。

（三）诗歌以意象为其基本意义单位

理智由概念来推导，情感却必须由表象来激发。意象是理性与感性瞬间融会的复合体，是作者主观心意和客观物象凝取的具象表现，是作者把心象寄寓于物象来表情达意的一种艺术方式。因为诗歌中所需的体验、感知、想象都必须建立在具象的基础上，没有抽象形式的想象，想象必须依附于实体。如对往事的回忆："一只打翻的酒盅/石路在月光下浮动/青草压倒的地方/遗落一只映山红。"（舒婷:《往事二三》）具体是什么往事，我们无从知道。但往事给我们带来的眩晕、伤痛、迷茫的情绪体验，因这些意象而被我们真切体验到了。诗歌的意象作为作品情感系统构筑的元件，是统一在主题和构思之下的形象组合，诸多意象不是孤立存在的，它们按照诗歌主题的向心力围绕着核心意象，相互呼应形成意象群。只有把握到核心意象，找出全诗情感负荷最重的部分，并理清诸意象间的联系，我们才不致在意象的丛林中迷失了道路。

五、诗歌的行为方式

诗歌交际的需要决定了诗歌所选择的言语的使用方式也不一样。人们以诗的方式使用语言，不是为了对事实做出陈述，也不是寻求某种普遍的认知，主要是延长感知，有时甚至要把认知无限期地悬搁起来。分行的散文并不就是诗，不分行的诗也并不就成了散文，如欧阳江河的《悬棺》、廖亦武的《死城》并不分行。语言形式本身的特征看来还不是最主要的，美国文论家卡勒抓住了问题的关键："各种文学体裁不是不同的语言类型，而是不同的期待类型……同样的语句，在不同的文类中，可产生不同的意义。"[1]这里所谓的"期待"是经过后天学习训练的一种有意后注意，只要给出一个信号，就能引出一些已规定的特殊化的注意类型，受过一定诗歌阅读训练的读者看到一个被指示为诗的作品就会按照一定的期待来做出反应。卡勒把诗歌的阅读期待主要分为四种：节律化期待、非指称化期待、整体化期待和意义期待。读者有这种期待，作者有这种意图。换个角度看，这些期待类型基本上就是交际双方共同遵守的行为方式。

（一）一定的节律形式

诗与歌在原始时期是不分家的，诗天生就是音乐性的语言。"诗言志，歌永言，声依永，律和声"，诗是人们主观情感、生命形态自然而然地外化。自由诗把诗歌从格律诗许多外在的清规戒律中解放出来，并形成自然、清新、活泼的节律，当我们用心灵的耳朵来倾听诗歌的声音时，诗歌确实会产生出微妙的节奏感。如下面这段文字：

> 阳台上有一只鸽子，站着啄它自己的羽毛，这是我第一次看到一只鸽子如此地爱护它自己。

---

[1][美]乔纳森·卡勒：《结构主义诗学》，盛宁译，中国社会科学出版社1991年版，第129页。

语言单位长短参差不一，基本上感受不到什么齐整的节奏。如果分行：

阳台上／有一只鸽子／站着，啄它自己的羽毛／这是我第一次看到／一只鸽子／如此地爱护它自己。（蓝冰：《阳台上的鸽子》）

不仅全诗有了大致整齐的节奏，而且我们也会把行内节奏单元的对比间隔强化。各诗行的字数不一定相等，但经节奏组织起来的诗行通过停顿长短的不一，获得比散文更整齐而富变化的节奏。

（二）深远的暗示义

19世纪法国象征派诗人马拉美说："诗的乐趣在于逐次的层层剥解。直言其物便减却四分之三的乐趣。诗必须以暗示出之。诗必须恒为一谜。"但诗不是为了猜谜而设谜，也不是简单的"代入方程式"，如沈伯时《乐府指迷》所谓的："说桃不可直说破桃，须用红雨、刘郎等字。咏柳不可直说破柳，须用章台、灞岸等字。"这种机械的等式反而会削弱诗歌语言的暗示效果。

诗歌跟实用文体不同，科技语体的表达完全就是字面义的组合，词义中虽然凝固着我们对客观世界的经验，但其中的陈述倾向只要求词以指称关系起作用，可感受的经验被压抑下去。日常语中出现了一些言外之意，大部分是能靠逻辑常识联系，从语句命题推理出来的，而且相对确定。但诗歌传达的却是一种难以言传的主观感受，一种并无逻辑次序的内心体验，之所以能找到相应的语言外化形式，并不是因为语言说清了这种感受，而是因为语言能暗示出隐藏其后的言外之意，这种言外之意是无法转化为命题的。

（三）自足的有机整体

短短的一首诗，读者往往可以根据自己的理解和想象，意会出丰富的含义，甚至可以有完全相反的理解。如卞之琳短短的一首《断章》，却有无比丰富的人生蕴含，实在是一个完整的艺术世界。"象"总是要大于"意"，一个自身具足的意象无须诗的其他部分配合，可以看成一首自给自足的诗。好的意象承载着情境的力量，如果《断章》真的只是作为断章重新放回到一首长诗里去，势必消泯它原有的光彩，作为部分的分量自然比较单薄，不如独立成诗时那么分量陡增。如"多想跨出去一步即成乡愁"（郑愁予：《边界酒店》），它虽然只是一句诗行，又何尝不能独立成一首诗呢？独立出来后，反而比原来在诗中所占的比重大。格式塔心理学告诉我们，人的潜意识里总有一种把未完成的形象补充成完形的冲动。诗句本身并无所谓固有的意义完整性，它的完整性需要想象中情境力量的配合。在小说中就不一样，长篇小说中截取下的一个片段很难变成短篇小说，一篇小说包括起承转合的过程，提供了一个首尾完整的意义，它的完整性是内在的。诗歌的形式变化却很多，篇幅能变得很短小甚至失去整体的起码结构。但这并不妨碍人们把它看作一个整体来接受。

（四）极强的赋义能力

人们之所以确定一句话是有意义的，是因为能找到与之对应的现实逻辑。碰到一个形式上不规范的句子时，有两种可能：一是把它当成病句、错句或是开玩笑加以排斥，什么意义也不产生。另一种可能是，如果我们不怀疑说话人的言语能力和真诚意图，就会超越现实世界去积极设想语句成立的真值条件。

如果把汉语中很多词放在一起进行合乎句法的随意匹配，我们可以发现几乎任何奇异的组合都能产生意义，因为任何两个在句法上能兼容的词语都会在一定程度上、某些层面上构成语义兼容。但诗歌却不是任意的语义拼凑。诗人蓝蓝说："写作，到最后会遇到数学的问题。"[1]我们不会去怀疑诗人的语言能力和真诚意图，在我们认定"诗句是有意义的"前提下，反常的组合被赋予了意义。如"我把长城庄严地放上北方的山峦／晃动着几千年沉重的锁链"（江河：《祖国啊祖国》），"声音被割断"（江河：《没有写完的诗》），"撞碎无边的寂静"（杨炼：《给Z.W》），"绣满暴风雨洗劫后的天空"（杨炼：《天问·咒语》）等等。长城可以被举起，声音也有了形状，寂静有了质地，天空可以任由描绘，在想象世界里它们都千真万确地存在。诗句有时在完全悖义的情况下，也并不会失去意会的可能。如"死亡被阳光炸死了"（严力语），"死者是第二次死去"（欧阳江河：《晚餐》），死者第一次是肉体死去，第二次死去是灵魂彻底的绝灭，灵魂和肉体是分开的，这是诗人坚信的事实。因此一种近乎悖谬的情况存

---

[1] 蓝蓝：《内心生活》，春风文艺出版社1997年版，第233页。

在于诗歌行为中：一首诗之所以有意义，是因为它是诗句，我们能赋予它以意义，这样才能解释诗歌语言如此变幻多端、反常无理却依然会有意义。如果我们不遵从诗歌的行为方式，交际就要受阻。把诗句一概斥之为荒唐、无意义而拒绝接受，就失去了领会诗歌世界的可能。

六、结语

诗歌语言行为过程存在着三种情况：

（1）发送者→能指→所指→接收者
　　　　　　编码　　信息　　解码

（2）发送者→能指→所指……→？
　　　　　　编码　　信息

（3）？……→能指→所指→接收者
　　　　　　　　信息　　解码

第（1）种是一个完全符号行为，如作者用诗歌的形式传达出深厚的诗意，并准确有效地传达到接收者处。第（2）种可称为"零符号行为"，信息在发出后没有被接收，如一首品不出诗味的诗或未被读懂的诗。第（3）种可称之"非始发符号行为"，本没有符号的发送者，接收者却假定一个未知的发送者，主动把符号过程赋予它，如把科技语体当作诗歌来读。在诗歌行为中，第（1）种当然是理想的方式，对第（2）种情况要分别对待：一种仅仅是分行排写物，却不具备诗歌实质的伪诗，如"文革"时一些别有用心的颂诗。另一种如一些先锋诗、实验诗，可能一时读不懂，不妨谦虚地看作一种暂时的零行为，待阅读时机成熟可转化为完全行为，如人们对"朦胧诗"的解读就经历了一个适应阶段。第（3）种已不属于诗歌行为了，因为发送者并没有这个编码意图，如果实在要把它理解出诗意来，文本一旦完成，也不是作者能控制得了的。即便是能当作诗来读，也不是人人都会这样，这种个人行为无关语体因素。何况往往就是这类能读出诗意的非诗（如那首便条诗），并不是一首好诗。要成为真正的好诗，尚须其他条件的配合。

现代汉语诗歌语体是从全民语言基础上生长起来的一种变体，研究诗歌语体既要强调它的"异"，又要注意它与全民语体之"同"。任何一种变异都不是无止境的。"自身调整性质带来了结构的保守性和某种封闭性。它们的意义就是，一个结构所固有的多种转换不会越出结构的边界之外，只会产生总是属于这个结构并保存该结构的规律成分。"[1]我们不用杞人忧天。

原载《诗探索》2002年第1—2辑

---

[1] [瑞士]皮亚杰：《结构主义》，商务印书馆1996年版，第8页。

语意的蔓延与逸轨
——论诗的转喻

郑慧如

比喻展开的独特景观,一直以来是诗创作的魅力所在。然而,作为文学史延续已久的写作体式,比喻如何在创作语境与时俱变的当代诗创作中呈现?

比喻是言说中意义的矛盾和调和,是意义的运作,而不是意义的命名。因此,研究隐喻或转喻虽然会涉及语意学、符号学、修辞学等学科,最终仍须走向意义理论以探求其运作效能。而因为在脉络的意义理论中,比喻不是某个文字的意义,而是整个脉络的意义,所以应该着眼的不只是文字的转移,而更是思想的转移,即两个脉络的流动。诗创作虽依赖语言,诗的意义与价值却不是以语言为中心。诚如海德格(Martin Heidegger)[1]说的,诗只是貌似游戏。游戏使人忘却自己,诗却使人得到无限的休憩,感受真实世界的脉动[2]。

转喻的解结构内涵,对于习惯在语言常规中寻找主题的读者有棒喝的作

---

[1] 台湾与大陆关于外国学者名字的译法不尽相同,此处的海德格(Martin Heidegger)大陆通常译作海德格尔(Martin Heidegger),此外文中的雅克慎(Roman Jakobson)大陆常作雅柯布逊,德希达(Jacques Derrida)大陆常作德里达,伊果顿(Terry Eagleton)大陆常作伊格尔顿。为尊重语言的约定俗成,本文不做改动,亦不再一一注出,特此说明。

[2] 参见[德]海德格(Martin Heidegger):《贺德龄与诗之本质》,见郑树森编《现象学与文学批评》,台北东大图书公司1984年版,第23页。

用。在广义的后现代环境中，文化的精神在颠覆既有的体制，质疑信条及规范的合法性，促成边缘与中心、解构与结构的对话。从这点来看，转喻游走于语境的边缘，向常态的价值观和认识发动攻击，具备后现代的特质；同时，作为解结构论述中的文学因子，转喻和现代主义也存在着辩证性。在表面上，转喻包容现实的不完整，骨子里却透显更深的无奈。在一个相对调整的位置上，转喻面对当代的常态思维是颠覆；面对历史的现代主义思维，其颠覆却有所保留。如果现代主义是思维和现实壁垒分明的矛盾状态，转喻毋宁是与现实且战且走的游击姿态。

本文认为，转喻研究有助于从意义层面理解诗的美学价值，故将从语言学上立说，厘清转喻的定义，并举例论证本属于隐喻的一环，又和隐喻互为作用的转喻功能。

连绵的比喻景观

当代汉诗在1950、1960年代的分行诗中，已不乏连绵比喻的名作，例如商禽的《逃亡的天空》：

> 死者的脸是无人一见的沼泽
> 荒原中的沼泽是部分天空的逃亡
> 遁走的天空是满溢的玫瑰
> 溢出的玫瑰是不曾降落的雪
> 未降的雪是脉管中的眼泪
> 升起来的眼泪是被拨弄的琴弦
> 拨弄中的琴弦是燃烧着的心
> 焚化了的心是沼泽的荒原

《逃亡的天空》以简洁、明快、确切的述词"是"，连接数个形容词在前句的末端及后句的前端，因陈述句的含意改变而变动的名词，造成在顶真法中辗转承续、连锁推进，而诉诸视觉感官的一连串意象。每一句都构造以隐喻，整首诗也在压缩的隐喻中漫游在潜意识的边陲。由"是"连接的每个喻体和喻依都是不同的两种思想的互动，而且因为"是"的粘连，虽然让读者注意到两者的相似，真正凸显"是"两端相似的却是两者的相异。因为比较多的差异性，凸显比较少的相似性，促使这首诗在对照事实和表现方式后，更令人发现隐喻义和字面义的实际分别、彼此独立。[1]

《逃亡的天空》所用的意象有不沾红尘的非人间性。连绵的顶真句以"是"串接，形成散文一般的语言架构，具有向前推进的力量，促使读者从第一句赶着往下读，直到最后一句。有趣的是，这些以"是"连接而貌似正常完整的句子，并非用以表达符合情理或常态的意义；运作在知性的语法下的，为反语义学、出人意表的意涵。《逃亡的天空》中的"是"，并非文法中的联系动词（例如余光中的《死亡，你不是一切》："死亡，你不是一切，你不是 / 因为最重要的不是 / 交什么给坟墓，而是 / 交什么给历史"），也非寻常的隐喻（例如洛夫的《金龙禅寺》："晚钟 / 是游客下山的小路"），而只是连接前后两组意象的环扣。意象的递进为：脸→沼泽→天空→玫瑰→雪→眼泪→琴弦→心→荒原。其接续与联想具有跨越时空及跳脱逻辑的特质，超逸出尘的场景建构了曲折辗转的隐喻。尤其第二、三、四句，想象的缺口密布，合理的语法却营造逸出寻常经验的语意空隙，读者随着诗中人个人经验的联想而奔逐，犹难弥缝以笃定的诠释。在这首诗里，由隐喻所呈现的意义不只是外在世界和记号的关联，更涉及诗人的个人意向；与其说它反映森罗万象的世界，不如说它呈现诗人隐约的观念世界。此诗的感染力在于诗人以"我对你诉说"的情感本质，塑造成张汉良说的："氤氲迷蒙、与世隔绝、令人泫然欲泣的环境。"[2]

"死者的脸是无人一见的沼泽"，用地表薄层积水、土层泥炭积累的沼泽

---

[1] 关于商禽《逃亡的天空》，萧萧的《商禽：超现实主义的穿透性美学》以"空间泯除""个体物的并置""异次元空间的穿透"等观点切入商禽诗作，很值得参考。

[2] 张汉良：《论诗中梦的结构——引〈逃亡的天空〉为例》，《创世纪》第40期。

特性，形容荒芜而可能渗出尸水的死者的脸。死者的脸出于生命的告终，原本是一个终止，却因为以沼泽为喻，演示两者的相似性而连带引出了两者的相异性，使得读者留意到被比喻那一端的非绝对意义。就像沼泽处于水体向陆地演进的中间阶段，合适的温度与和缓的分解促使湿地发育，同时植物遗骸不断堆积形成泥炭，却使沼泽退化，变成草原；那么任其摆放的死者的脸，也在语意的暗示下含蕴可能的转机。这个可能性未及说破，诗行就进入第二个比喻"荒原中的沼泽是部分天空的逃亡"，单句的隐喻意义因连锁的喻体与喻依而丰富，它并不单单意味着"逃亡的天空"因湿气而落地为沼泽，或比喻沼泽处于荒原中，好像天空乌云密布的一角，而是联结了前一句，使得"死者的脸"与"天空"、"无人一见"与"荒原"、"逃亡"与"沼泽"彼此联结，尤其令"沼泽""天空"，像是连锁比喻的主语："死者的脸"有"无人一见""逃亡"的质素，而这些抽象的质素是由"荒原""沼泽""天空"等具象的隐喻造成，"逃亡"一词更把主语"死者的脸"从普遍认知中的被动化为主动。

从"遁走的天空是满溢的玫瑰"以下，诗境于静中寓动，节奏加快，所用的意象也多具备流动的特质。"遁走的天空是满溢的玫瑰/溢出的玫瑰是不曾降落的雪/未降的雪是脉管中的眼泪/升起来的泪是被拨弄的琴弦/拨弄中的琴弦是燃烧着的心"，几句比喻的无端，颇有李商隐《锦瑟》或管管《春天像你你像烟烟像吾吾像春天》的味道，在意识和无意识之间，看似不相干、不同空间的物像，并置在同一时间之下，借以隐喻书写者的心情。而到此诗的最后一句"焚化了的心是沼泽的荒原"，与第一句做首尾相衔的链接，就可以明白，此诗第一句的主语之所以会有一张"死者的脸"，是因为热情被焚而漠然无告。从语境来看，既然作为主语的主体是虽生犹死的"死者"，奚密说这首诗的命意为"献给阵亡者的悼歌"，显然是误读。

从商禽的《逃亡的天空》，我们可以想到现代汉诗发展过程中，一些诗作类似的比喻方式。就连锁的比喻而言，例如痖弦《如歌的行板》；就物象的并置而言，例如罗英《战事》。然而正如《如歌的行板》穿梭在诗行中脍炙人口的19个"必要",其引人入胜之处恰恰在于它们的"似无必要"[1]。罗英的《战事》也梭织了几个空间相异而属性不同的物事,组成引人探险的感觉世界:

  一朵玫瑰
  将泪水
  抛洒在
  炮声起伏的浪涛间
  死者
  将他那盛满月光的头盔
  抛进血的
  池沼

  他的眼睛
  突然流着野蜂的蜜
  流着玫瑰的
  芳香

  洛夫在诠释这首诗时,认为罗英并置了一连串矛盾的事物,使得各种相克的意象荒谬地结合。他认为诗中"玫瑰"和"炮声"、"盛满月光的头盔"和"血的池沼"、"死者的眼睛"和"野蜂的蜜"两两相斥又互相补足。以"无言的凄美"作为此诗的总评,洛夫认为这是一首"将超现实的意象融入抒情的节奏"

---

[1] 萧萧在《商禽:超现实主义的穿透性美学》一文中,举商禽的《不被编结的发辫》和痖弦的《如歌的行板》为例,以"拼贴"及"并置书写"诠释诗行中连类的比喻,认为此种看似不相干的并置个体,为超现实主义者好用的技巧,并因此而造成物与物相互穿透的美学。《不被编结的发辫》以诗中的第一句为整首诗的主语和主调,据以敷衍成章,其做法与《逃亡的天空》相似,然而将此种手法冠以"拼贴",易流于游戏的任意及随兴,似可再斟酌。其次,商禽的《不被编结的发辫》走的是抒情的调子,与痖弦的《如歌的行板》寓意中的社会批判完全不同。

的抒情诗。[1] 罗英从眼睛书写死亡,《歌者》的 "空茫之眼乃 / 月光之 / 墓穴"
和《战事》的效果雷同,塑造的都是阴森死寂而诡异的氛围,只是《战事》因
为首句 "一朵玫瑰" 的出现,除了扣连诗末 "蜂蜜",营造与战地情境迥异的爱
情、甜蜜等意涵外,"玫瑰" 之非诗中现场而又连接战亡者泪水的特质,使得
"玫瑰" 的象征和 "野蜂的蜜" 的比喻焦点落在表现叙述者的情感,而非讲述一
件事情。作诗的意图非常明确,故而其成功处在于掌握 "我对你诉说" 的情感
本质,客观事实不是判断此诗喻象恰当与否的标准。因此,讨论 "战场上会不
会天外飞来一朵玫瑰",不应是读这首诗的关键。

像罗英《战事》中的 "死者 / 将他那盛满月光的头盔 / 抛进血的 / 池沼"、
商禽《逃亡的天空》的 "死者的脸是无人一见的沼泽" 等诗句,其表达的重点
都在诉说,而不在陈述客观事实。可见,所谓正确的比喻,指的是比喻在语境
中的恰当使用。

转喻的相关论述

有关转喻的文学论述及研究,主要有几个概念。

其一,双轴说。双轴说是奠基在符号学上,由雅克慎(Roman Jakobson)
提出,对转喻研究影响极大的较早观念。雅克慎区分日常语言和诗歌语言,以
为日常语言是思想交流的工具,以惯常的构词、语法、修辞来组织语言单位;
而诗歌语言则以自身为目的,通过对日常语言强加施力,使之变形、扭曲,从
而达到美学的目的。雅克慎以索绪尔(Saussure)的语言学理论为基础,就隐
喻和转喻的视角进行研究,认为语言的运动通过选择及组合两种方式。与选择
相关的是相似性,暗含替代的潜能,而选择的过程产生隐喻;与组合相关的是
邻近性,暗含延伸的可能,而组合的过程中产生转喻。雅克慎提出 "诗功能"
与 "对等原理",赋予诗在创作时的本体位置,揭示诗语言运作的原则。"对等
原理" 以平行与观照的反映为要旨,把选择轴上的对等原理加诸组合轴上,建

---

[1] 洛夫:《向罗英的感觉世界探险》,《创世纪诗刊》第 58 期。

构了语串的组成法则，而成"语言双轴论"。隐喻属于选择轴，代表语言的共时模式；转喻属于组合轴，代表语言的历时模式。由此，转喻和隐喻就有了普遍的意义。对等原理考虑联想轴和毗邻轴的差异，使毗邻轴上的组合动作带有联想轴上的隐喻功能，进而以文学的角度约束其差距，这就是转喻的运作脉络。雅克慎把诗功能建立在许多互相关联、随时变异的条件和范畴中，其基本着眼点是："什么东西使得话语成为语言的艺术品？"话语如何变形为诗，成为雅克慎拆解问题的面向。运用雅克慎的对等原理阅读诗作，可望破除诗界的人情纠葛，建立正确的批评。而雅克慎在语言双轴说中隐藏的记号模棱性和顽强性，对时常被政治意识形态牵制的研究，也会是一种提醒。例如古添洪、高辛勇的文章，即从语言双轴说出发，而有不同层次的转化及运用。

其二，逸轨说。"转喻的逸轨"为克丽斯缇娃（Julia Kristeva）提出，而简政珍融合雅克慎符号学中的双轴说与克丽斯缇娃的转喻逸轨说，作为其诗学论述的主轴。在《语言与文学空间》中，简政珍将转喻名曰置喻，着重空间的并置。在《诗心与诗学》讨论到洛夫作品时，已经隐约碰触到诗作的转喻特质。其后在《台湾现代诗美学》的第二部分《后现代风景》，以《后现代的双重视野》和《不相称的诗美学》两章为主，更从"结构与空隙""诗的嬉戏空间"等角度，集中讨论台湾所谓的后现代诗论、诗人及诗作。在《不相称的诗美学》一章中，简政珍转引克丽丝缇娃的"转喻逸轨"，说明转喻、隐喻和空隙的隐约关联："所谓逸轨，是各个意象或是词语的单元灵活组合，形成迥异于常理规范的边界。""这种漫游式的连锁逸轨实际上漫无止境。"转喻因边界而来的组合因而可能漫无止境，或和谐，或反逻辑。与多数台湾后现代论述最大的不同，是简政珍认为，后现代诗人在表面凌乱的意象中，有内在的环链衔接；在不相称的表象下，另有一层次的和谐。

一般认知中的"现代主义诗作"容或亦有转喻的现象，只不过在后现代的语境下，某些诗人可能更有意识地运用转喻来呈现美感，眺望诗语言的可能性，于是使得转喻的美学思维在后现代语境中格外值得注意。相对于后现代论述，研究转喻的论文多从语用或语义出发，在生活用语的层次上研究转喻的本质、功能或认知，且多为语言学研究所的学位论文，不涉及诗中的转喻应用。

此类研究主要讨论隐喻及转喻的认知机制，解释语义系统化的不同程度及话语在各种语境下的意义。

转喻的界定

转喻意指因意义的衔接所产生的联想。陈述中的语词承载意义的革新和改变，指出本来就存在的关联。它不是单纯的改变意义或取代原叙述，也不是将载体的某特质转移到主体上，而是以"就近取譬""温故知新"的方式，在新旧义的碰触中搅动文本，丰富原先的意涵。虽然转喻是涉及替代关系的观念运作，然而它不仅仅是替换语词或者计算语意成分，而更是随时与生活周遭互动，在陈述句周折前进的过程中，"共存"及"接续"的特质通常强过"取代"。

转喻的意义单位是一个陈述而不是一个语词，且同时涉及语意和语用两个层次。在语用和心理学的文献中，转喻和根植在心智中的意象保持一致性。在认知语言学中，转喻提供了更开放的诠释方法，有助于一窥不同语言及文化中的创造性及动态性。

综合符号学和语言学的认定，隐喻和转喻的区别为：

（1）隐喻是 A 代替 B；转喻是 A 和 B 并置后撞击出语词外的意涵。
（2）隐喻是结构的，转喻是解构的。隐喻常用在布局，而转喻之用常在破局。
（3）隐喻诉求意义的精确，转喻诉诸意义的流动。
（4）假如有不易判断的语义，隐喻造成模糊，而转喻所造成的则是歧义。

区别语脉中的隐喻及转喻，学者以为，如果把文字放在完全陌生的环境中，使其具备在其他脉络都不可能存在的意义，这种情况就是隐喻；而转喻则不适合以"命题"来理解，因为它违反语言习惯与约定俗成的记号指派。

语境中的转喻及隐喻

转喻展现解构客体、语言系统和既定认知后，事物碰撞的生命力使读者的诠释不在追索语词的隐喻对象后终止，还能充分感受符号在读者意识中的活动。隐喻触发转喻，转喻再触发隐喻，却抗拒隐喻对象被定位。杨小滨的研究即发现，隐喻是显然的，转喻是潜在的。后现代论述中，转喻可以理解为解构的力量，从某个层面上来说，它在绽开的多重指涉里，以语法带动语义，使意指从确定性中撤离。

语境是意义的基础，在转喻的诠释中格外重要。文字的意义有程度不等的依赖性，话语必须告一段落后，意义才能落实。一句话或一行诗因而未必是一个意义，常常是一个游移在许多意义里而有所进展的新意义。随着话语形态，意义的流动可能平顺推移，可能颠簸跳跃，也可能因为最后一个字或词而取消或改变原来的理解。[1]转喻和隐喻相互作用，即可借以管窥文字在陈述句中的意涵浮沉。

试以罗智成的《观音》和黄礼孩的《睡眠》为例。《观音》其诗为：

　　柔美的观音
　　已沉睡稀落的烛群里
　　她的睡姿是梦的黑屏风
　　我偷偷到她发下垂钓
　　每颗远方的星上都大雪纷飞

转喻展现了创作者在概念架构化内，活化与凸显其中一个面向的能力，《观音》一诗即其证。此诗第二句、第三句是隐喻，第四句和第五句是转喻。焦点在以转喻凸显的最后一句："每颗远方的星上都大雪纷飞"。在转喻的作用下，语句戛然停止而语义向无边拓展。

从"垂钓"指涉的"水域"氛围来看，指的或为状如侧卧观音的观音山。第二、三句从时间的指谓朝向"观音"的梦幻与神秘气氛。"烛群"在语境上可有渔火、星光、灯火等等笼罩在"烛群"共名意涵下的诸多可能；"黑屏风"的"夜幕"意涵，进一步将整首诗带入因疏离现实而形成的玄秘态势。"垂钓"是

---

[1] 李幼蒸：《语义符号学：意义的理论基础》，台北唐山出版社1997年版。

"打瞌睡"的形象比喻。诗行至此，虽以连续比喻所营造的虚幻感，为诗作涂敷上抒情的距离，但是想象力的出发点仍根植于现实环境，故有迹可循。读者可感知具体画面：一个人在夜幕低垂的观音山对岸低头寻思，伴着稀稀落落的灯火，远远看起来仿佛在打瞌睡。而"烛群"的一点点人间感，在流转到最后一句时，或奔飞，或逸离殆尽。

"每颗远方的星上都大雪纷飞"既在语境上延续"梦的黑屏风"的神秘感和"稀落的烛群"的闪烁微光，又因为这个陈述句在前后诗行的对照中不可能为真，故翻转诗中人在语境里的现实境况，以致前面几句所构造的画面成为诗人对理想世界的跳板，以逼显彼岸一般的乐园为归趋；而前几句隐喻所牵动的尾句，遂有引领诗境的作用，把原来像在描摹静态画面的语境，带到追索理想的动态象征中：诗中人所向往的理想世界，原来唯有剥离现实才得以闪现。"每颗远方的星上都大雪纷飞"的非常理陈述，改变了此诗的话语边界，隐喻牵动转喻，而转喻展现意义上的逸轨功能。

再如黄礼孩的《睡眠》：

它是一百年的荒凉
海棠花像熄灭了的群星
群星落在海棠花的阴影里
母亲的行走是花朵上熄灭了的火焰

一朵熄灭的火焰奔向星星
我不知道它能到哪里去
它跟我一样呼吸，战栗着
它的暗
像闪电一样跪下来
我不知道那一年
母亲是否带走了我的乳名

此诗以睡眠隐喻死亡及永别。诗行终篇均未提及诗题"睡眠"一词而三度以"它"取代。时间教会了诗中人分寸，诗中人在悲伤中忍住不去触及某些事物，因为时间不但不拉近他和母亲的距离，更让他清醒地认知并只好保持这距离，以致诗行所表现的对时间的理解无异于对深掩的情感的理解。群星和海棠花的意象提示距离、消逝和死。第一节以节制的连续三个比喻写下死亡的不可逆后，第二节中段仍以"它跟我一样呼吸、战栗着"，表现生与死的始卒若环。诗中人回忆的终点即是经验的起点，指向长眠的"它"，和诗中人同步同调，呼吸、战栗、闪电一样跪下来，但是同时"跪下来"的，还有"它的暗"。在连绵词的使用下，"它的暗／像闪电一样跪下来"便使得上下句之间有了较丰富的意涵，既指"死亡的幽暗像闪电一样，让我跪下来"，也暗示"死亡的幽暗像闪电一样让人躲避不及，没有人不能不跪下来"。因而延续着的最后两句，为此刻的实景与过去的虚景做收尾的冷处理，便能落实"带走乳名"的强大音势。

转喻中的语意蔓延

掩抑：顿挫挪移的意义行进

交互作用中的转喻及隐喻，塑造出的抒情基调，往往在时间的深度中做压低嗓子的低语。转喻在语境中一闪即逝，幽微而不绝对，把诗意引向深处，每每让读者领受：诗人透过文字可以展现的，不只是自我涌现的痕迹，可能更是自我消逝的过程。而与转喻一起运作的隐喻自有美感之外的伦理作用，往往使得诗行在顿挫挪移的意象中，具有低抑的抒情效果。正如伊果顿（Terry Eagleton）谓文学是一种"谈论方式"，诗，作为语言问题，在转喻和隐喻的运用中，邀请读者以语言的方式谈论思想。

罗青擅长以同一个空间放入不同的时间，以时空的转换迭合现实与想象，营造深具三维效果的空间画面。例如《大英博物馆惊艳——游古埃及》：

> 一名黑发垂肩的女子
> 白猫般的脸蛋

金蛇般的身材
双眉如远去的飞鸟
眼线如浮水的游鱼
她，双掌平伸
交叉在胸前
两片丰厚的嘴唇
微笑成一弯新月

新月隐约
在玻璃橱窗之后发光
她好像要走出窗来招呼
又好像要转身进去引路
就在这电光石火的刹那
她，突然凝固了
凝固成一片薄薄的油彩

油彩仔细地漆在一片
精雕细琢的木板上
木板密密地盖在一个
长方形的木盒上
而木盒之中，应该有一名
白发垂肩的女子

白猫影子的身材
金蛇巢穴的脸蛋
眉目如四散的游鱼
眼线如群聚的飞鸟
她双手扭曲错乱在胸前

> 接着两片从脸上掉落的干瘪花瓣
> 露出一排拉链的牙齿
> 微笑着想要与反映在
> 橱窗上的各种身影
>
> 合而为一

此诗运用文字与意象的铺排重叠真实与幻象，以空间的交错迭合巧收转题之效。转题的焦点放在已成千古木乃伊的诗中女子上面。第一节描绘一个丰美的女子，其体态姿势、脸部化妆已为末节木盒中木乃伊的形象勾勒埋下伏笔，唯一不同的是唇部。第二节以"在玻璃橱窗之后发光"的魔幻笔法联系今昔，而"她，突然凝固了"一语，使得整节在承上启下的作用外，平添对首节"一名黑发垂肩的女子"的发现。原来"游大英博物馆"的，是此诗的叙事声音，而不是该女子，而"她，双掌平伸／交叉在胸前"乃是诗中人对木乃伊的幻觉。则"凝固"有诗中人回神的意味，而大英博物馆之古埃及展览馆也由物质空间转化为精神空间。第三节的"而木盒之中，应该有一名／白发垂肩的女子"，即以"应该"写出实况上的没有。第四节以对女子身影的重复描绘呼应第一节，但是已聚焦在橱窗中、木盒里供人观赏瞻仰的女性木乃伊，而犹以"微笑着想要与反映在／橱窗上的各种身影／／合而为一"做虚幻之间的转换，反扣一般人不会有而为木乃伊特质的姿势："她，双掌平伸／交叉在胸前"。这些使得诗行在虚实间充满惊疑诡谲的氛围。

再举洛夫的《给晚霞命名》第一节为例：

> 璀璨耀眼的晚霞有许多名字
> 有人叫她桃花
> 有人叫她罂粟
> 有时叫蝉鸣
> 八月的聒噪有一种永恒感

> 有时叫水边的倒影
> 仿佛三十年华的旧照片
> 冶荡如发，妖娆如鱼
> 骚笑得如一锅滚烫的粥
> 偶尔也有人称她为绣花鞋
> 篱笆后面的一朵残菊
> 但更多的人叫她
> 一篓下市的番茄

"给晚霞命名"的思想趣味及文字的转折能力，先透过第二、三、四句的排比式隐喻建构出准备大张旗鼓的气势，再转入第四句以下因节奏放慢而导出以事衬景的转喻，更交错于现实与回忆录之间的斑驳画面，在晚霞和女人之间，营造转喻和隐喻似有若无的暧昧指涉，而读者亦在变动的语境中，吐纳其中的文字与意象。

此节剪辑了三个不同的时空，做虚实的映衬：一个是诗中人在诗中的当下，由"滚烫的粥"和"一篓下市的番茄"映现其现实性；一个是对晚霞作为物象的联想，由"桃花""罂粟"下喻；还有一个是对虚实难辨的"三十年华的旧照片"主角的想象，由"蝉鸣""八月""水边的倒影""发""鱼""绣花鞋""残菊"所形塑的诗境。诗人搅动不搭调的表象，而在沉淀的思维就要随着转折的意象浮现时，就适时弹开，例如"篱笆后面的一朵残菊"一句，斟酌语境，"残菊"也可能影射"残局"，也可能双指人与物。[1]

洛夫的《给晚霞命名》第一节，以放松的语言，通过为晚霞命名的谐拟，展现漫不经心的淡淡嘲弄。"有人叫她桃花／有人叫她罂粟"用顾左右而言他的轻松笔触切入正题，从艳丽的颜色连接"桃花"与"罂粟"，再从"罂粟"诱人的毒性转入"晚霞"对诗中人"致命的吸引力"，意义的承接与转换已从客观物

---

[1]"残阳"或亦可影射"残局"与"残情"，但因无语境上的暗示，纯然只是出于诗行从"有人叫她罂粟"到"有时叫蝉鸣"两句的不相称所营造的跨度。

象的描绘进展到主观印象的感受。"罂粟"所在地给人的遥远之感，拓宽了对晚霞命名的当下性，联想力遂由空间延展到时间。而由"蝉鸣"引发"八月"以下的几句，联想的对象也从物到人，凝聚在"仿佛三十年华的旧照片"所隐约触及、若有似无的那个"她"。"八月的聒噪""水边的倒影""三十年华的旧照片"是"蝉鸣"的延异效果，前面几句对晚霞的女性指谓"她"，至此有了比较落实、以如烟往事为背景的具体对象。但是这个对象并没有被锁定，从"冶荡如发，妖娆如鱼"以下，到此节结束的句子，可以看出诗人着意的仍是晚霞的命名，而不是只能在时间之流的倒影中回味的那个"她"。"冶荡""妖娆""骚笑"这些对晚霞人格化的比喻，因为和所投射的"人"与"事"形成对话关系，而格外透显温度与情味。此外，"滚烫的粥"和"一篓下市的番茄"，一则聚焦于晚霞或"三十年华的旧照片"发出"骚笑"之令人咋舌贪爱，一则对准"旧照片主角"的迟暮和"晚霞""夕阳无限好，只是近黄昏"的时不我予之叹，更在时间上用"吃"联结黄昏时刻一般人常有的饥肠辘辘和市集收摊的印象，在形象上"滚烫的粥"的雾气与"一篓下市的番茄"的鲜红圆润，也呼应天边晚霞蒸腾的意象。

以此诗为例，可旁证转喻比隐喻更关注现实世界与生活的细节。如果说隐喻经常在作品中暗示读者从选择轴中逃离现实世界，那么转喻就如同在选择轴和组合轴上一圈圈地奔跑。诗中的隐喻经常展现一套特定的对比或映照，以阅读世界的某个特定角落，而读者未必和作者一起陷入，因此对隐喻可能产生禁闭之感，例如以"桃花""罂粟""蝉鸣"隐喻晚霞；相对地，转喻在面对创作现实时，却正可以运用随意的细节来打破对某个比喻的迷恋，例如此诗中，"三十年华的旧照片"引发的语意波折。

张力：精确修辞的扩张效用

张力是读者对诗创作的一种期待，而常常被用在必须对一首诗作说好话却无从下手的时候。当我们在诠释诗作的文字中看到张力一词，通常表示接下来读到的诠释文字将是一团糊，或间接表达：诠释者已然屈服于意涵混乱而又不确定是否隐含美感的诗作。然而，经由转喻的妥善运用，可以让张力一词回到审美价值的积极判定上。

虽然转喻在看似主题事件的联想里，通常以瞬间凝视跳接为浮动在语义边界的文字，而没有像隐喻那样的建构性。然而正是出于在语义边界，具备索绪尔指出的符号的任意性，反而更能在浑成中涵摄语言的许多可能，尝试碰触语义的质地，从而穿透观念及空想，向存在的深处说话，以精熟的诗意直接在诗行中展现作品的张力。因为诗作的张力取决于语词之间的彼此牵制与生发，潜伏的指涉使得诗行在荡漾的余波中向前推展，而非字面的意义，所以模糊的构词和失焦的字面义无法产生让人信服的张力。精确修辞对作品张力才有积极拓展的作用。

且以欧阳江河的《谁去谁留》首节的前七行为例：

> 黄昏，那小男孩躲在一株植物里
> 偷听昆虫的内脏。他实际听到的
> 是昆虫以外的世界：比如，机器的内脏。
> 落日在男孩脚下滚动有如卡车轮子，
> 男孩的父亲是卡车司机，
> 卡车卸空了
> 停在旷野上。

此诗可借以观察转喻即兴而精确的特质，以及妥善运用转喻所呈现的思想才华。从第一句往下读七行，再回看第一行让人不明就里的"那小男孩躲在一株植物里"，原来是一幅及物的素描。"躲"字以动词松脱了"男孩像一株偷听昆虫内脏的植物"的建构式比喻，却更紧密地联结"男孩"与"植物"的依偎关系，及语境中"黄昏里的男孩像一株旷野中的植物"的联想。

然而到第二行为止的宁谧感，马上被第三行所开展的语境解构："他实际听到的／是昆虫以外的世界：比如，机器的内脏"。场景与事件仿佛运动中的镜头，而"比如"则把读者拉回诗中的现实：巨大的引擎运转声与相形之下显得渺小的男孩身影。诗中的男孩就在卡车旁边（"落日在男孩脚下滚动有如卡车轮子"），卡车的引擎声对照于昆虫的鸣啼，无乃巨如奔雷。从语调而言，诗行所呈现的意涵是"男孩实际听到的只有机器的内脏"。这种情况下，"比如"具有诗语的词锋和智性的闪光，是批注意图很明显的词汇，它以局部字面义指涉全体，强力主导诗行的意义行进。因为用"比如"而不用"只有"，使得意义在语境的脉络中弥漫，正显示它的流动与对焦。

《谁去谁留》展现了一个可作为背景或远景的事件。在质朴而环环相扣的叙事中，这个事件可以不需要刻意制作命意，而仍令人感觉隽永。就在诗行选取的意象里，落日与车轮、旷野上卸空物品的卡车与窝在一边的男孩、昆虫的鸣声与车子的机器声，已不落言诠地表现作品的思想质地。在相摩相荡、应和牵引的语境里，字面的真扩充为隐喻的真，再牵引为转喻的真，语词承载意义的改变，获得新义，又不失旧义。而不论其隐喻或转喻，之所以构成诗作的张力基础，都源于到位的比喻。

旅途中的镜子：转喻与现实世界

戴维·洛奇转化雅克慎的对等原理，运用隐喻在纵轴的选择及转喻在横轴的组合之间的对照关系，把作家和文学分为隐喻的和转喻的两类。[1]当诗人把更多的笔触放在对当下现实生活的描述上，抓住一切具体的、充满细节性的生活段落，启动凝结在瞬间的生活细节，而以作品呈现时，这些被解放出来的生活片段往往也意味着它有可能使诗人与当下生活在同一段时间里，对它做第二度的重逢、造访，而显出独特的诗质。

运用转喻的诗常给人强烈的"当下感"。它不累积回忆和想象，撷取生命中的片刻后，很快就自我涂消，随时处在未知、敞开、敏锐的心灵状态，以文字全然响应当下的所有不一致，而让读者浸淫于节奏的流动中，感受一种恍惚。例如简政珍的诗。如果把意象营造当作镜头的运作，简政珍诗作的意象很

---

[1] 引自裴芙蓉：《横组合性的转喻和纵聚合性的隐喻》，《横组合性的转喻和纵聚合性的隐喻》一文举了莎士比亚在《麦克白》里的对白作为隐喻之例。麦克白说："熄灭了吧，熄灭了吧，短促的烛光！人生不过是一个行走的影子，一个在舞台上指手画脚的伶人，登场片刻，便在无声无息中悄然退去。"该文阐释此对白中的三个隐喻：其一，人生可以像蜡烛被一阵风吹灭一样，突然就会结束；其二，生命如同影子，并非实在的存在；其三，人生就像演员在舞台上逗留的时间一样短暂。这三个隐喻以高度浓缩的方式，运用蜡烛、影子和演员的职业，传达麦克白的情感力量。《横组合性的转喻和纵聚合性的隐喻》一文并转引戴维·洛奇的观点，将文学分为隐喻型和转喻型，隐喻型以乔伊斯和艾略特为代表，转喻型以奥登和乔治·奥威尔为代表。

少做首尾贯穿的聚焦，即使发端出之以一个特写似的意象，也常随着语境流转而与虚虚实实的心象融合，最后整首诗因镜头震动、快转而模糊一片。例如《流浪狗》的最后一节：

  我曾经将干粮放在围墙的缺口
  猫的叫声带来黑夜，鸟的吱喳带来晨曦
  我守望你的足迹，如
  窃贼，如
  渐行腐朽的电灯杆，如
  及时雨，如
  闪电，如
  干粮上漂浮的蚂蚁

  妄想、回忆或幻觉的快速绵密镜头变换场景、扰动时空，使得好不容易的凝聚马上发散于一连串看似不怎么相干的镜头消耗。"我守望你的足迹，如／窃贼，如／渐行腐朽的电线杆，如／及时雨，如／闪电，如／干粮上漂浮的蚂蚁"，每一个"如"既是对"将干粮放在围墙的缺口"的"我"的比喻，又是对那个"我"的轻嘲，也针对诗中"流浪狗"的恶劣生存环境；但独独不再对前两段形塑的"流浪狗"做道德的呼求。绵密的画面有如叠影，可以是想象的映象化或意识的可视化。透过诗中叙述声音的思维活动，各种因应不同时空影像的淡出与淡入，营造丰富多变的暗示。

  又如洛夫《背向大海》的部分段落：

  面向大海
  残阳把我的背脊
  髹漆成一座山的阴影
  ……

背向大海
我刚别过脸去
落日便穿过沉沉的木鱼声
向一个听不到回响的未来坠落
……

忽焉海面全黑
咋办,水蜘蛛般我迟疑不前
却又自以为内心明亮如灯
其实是星光在镂刻我的透明

异于许多图像诗的局部布局,《背向大海》以思维填补视觉造型的空隙,因而由迭列的诗句所形塑的画面,全面布局而犹响应以生活的造型,为肉身所处的此在攫取具象而细碎的片段,在戏谑的笔触中,彰显美感与想象的重量。

《背向大海》由落日与阴影启动诗中人对生命的思索,每一句都是诗中现实、当下的语境,而又于其中压缩隐喻,带动转喻,形成欲语还休的情意,在顿错的意象间自然释放绝对的音高,知情交融而无刻意、雄辩之感。

转喻之所以既"逸轨"而颇有可观,因为它使得语义在轨道之中,以接续的意象或叙述,酝酿左冲右突、游离张望的可能性,语义在语境中沦肌浃髓,并自然排挤掉空无内容而仍洋洋洒洒的厥词,令人感受诗之愉悦。以《背向大海》为证,先是诗中人在海天之际面对夕阳下的山海之阔,夕照对诗中人背影的自然塑形。然后在刺眼的夕阳中,此人环顾四周,欲收取胜景。"别过脸去"在前后文的照应下十分自然,但是对照"背脊被髹漆成一座山的阴影"的隐喻,就隐约有孤傲的气势;而"刚别过脸去",木鱼声即以警钟之姿,代替落日所象征的大自然,向桀骜的诗中人发声。每一个隐喻都扣住诗中的现实,环环相接,成为境随心转的转喻。接下来的"忽焉海面全黑"一节,"忽焉"一词使用在诗中人因出神臆想而忽略周遭天色的情状,免于可能给读者的突兀之感而又能涌起下文。末三句为凸显诗中人行动之迟疑与身心之透明,更以"水蜘蛛"结以神来一笔。

片刻的镜头是片刻的责任，也是片刻的自由。以上征引《背向大海》的部分段落，倘若跳出语境，就个别的比喻而言，"人如同水蜘蛛"和"背脊像山的阴影"都不合常理，在现实中亦不可能；然而水波与夕照辉映下的人影扭动放大，"水蜘蛛"之喻挖苦而自嘲，正如渺小的自我却巨如"山的阴影"，透显自期之余的无奈，两喻均为显而可感的荒谬表象。当我们就语境缝补以推理上的可能，也就看得出，借由诗语呈现的现实语境，其实是诗人刻意制造而几乎一体成形的转喻。运用雅克慎的对等原理，洛夫的《背向大海》把语言文字原来在选择轴上的遣词功能操作到组合轴上而成为造句，在上下句、前后节之间，进行了组合与选择的对等转换，而产生了想象与诗意。

结语：语境边界的意义流动

诗，作为兼容空间与时间的语言艺术，随着时间推展，语义所赖以为基础的画面层层积累，最后塑造为诗行中的整体空间。诗作中的时空感随着诗行的行进推衍转折，语境的边界也随着不断变异，或拓宽，或收缩，或重叠。一方面展现诗人内摄的心神，一方面在诗中现实的引领下，使得诗语的流动成为整体的时空。重峦叠嶂般的语境与诗中所构造的现实世界不断交互作用，确立了创作主体和他者的存在，之后侧重文字翻译般的视觉传递，传达诗人对时空的感知。既然语境随时变异，语义也蕴含着流动的能量，于是在句与句、节与节之间，也包孕着因转折而随之汇流、松动、崩解、转向的各种可能。这被论者称为歧义性的东西，原不容许无的放矢地任意栽赃，而必须在前后文砌成的序列中找出蛛丝马迹，在诗人为该作品建构的框架中析出相互渗透的诗语，以阐释从选择轴反射到组合轴上的意义流动。

隐喻是不及物，转喻是及物；隐喻是完成的状态，转喻是开展中的行动；隐喻是原生的情景，转喻是缩减或重组的实现；隐喻是想象的根柢，转喻是对这个根柢的颠覆。尽管转喻具备书写时代的先天基础，它的不足却也是显而易见的：对绝对的历史感、判然区辨的分析性，转喻严重欠缺。当一个作者使用隐喻时，他总是偏离真实情况、不按字面的意思而传达特殊的情感，以暗示两种不同事物或事件之间的相同之处；当一个作者使用转喻时，则通常在作品中试图模仿现实世界，对实际存在的关注超过对完美形式的追求。在两个脉络的流动中，读者从文字的转移出发，迈向思想的转移，以理解作者的语言能力。而所谓诠释，乃是从片段组织为整体的推想与揣测。

在现实世界和假想世界的缝隙中，转喻以陈述句为基础，在语境的边界上表现语义的转题、弥漫与延续，既为理解后现代主义的逸轨指出途径，又渗透现代主义的美学思维，因为现代主义也是后现代主义意欲颠覆的对象。当矛盾语无法全面解释诗语言"所言"和"所指"的关系，当陌生化无法触及诗语言对日常语言的戏仿，转喻一则以退为进，松动明确的美感距离，二来随机应变，掌握比喻行为的发声，在某种程度的调焦之下，超越语言的局限。

原载《诗探索·理论卷》2011 年第 3 辑

诗人气质"五因"说

王 正

  诗人气质，指诗人的精神气象，包括诗性的精神趣味和诗意的生存方式。
  诗性，维柯《新科学》将之置于智慧层面加以专述。"在世界的童年时期，人们按本性就是些崇高的诗人"，[1]世界的童年时期和儿童性情可以互喻，童年天性和原始思维共具诗性，而诗性以"崇高"为核心内涵。正因为诗性源自童年天性—童心，所以在诗方面，需要天赋才能和艺术灵感，单靠技艺不会成功。因艺术天赋所致，诗性不同于哲学凭理性思考和逻辑推理来研究共相—普遍性—真理，而凭情感和体悟掌握殊相—个性—具象。可见，艺术感悟所孕育的诗性智慧，是一种撇开理性思辨，指向好奇心、想象力和创造力的玄学，"诗人"在希腊文里就是"创造者"。而诗性之"创造"，即在现实理性世界之外，通过重新设定和自我超越，构建一个激情的、梦幻的生动世界。
  概言之，诗性，即以原始思维、儿童天性之纯真为根基。此种纯真并非认识世界的茫然无知，而是审视世界的一种纯净的智慧，它关闭了现实、理性、技艺的庸常通道，开启了想象、情感、灵性的玄妙之门。这一闭一启，对现实

---

[1] 维柯关于诗性智慧（poetic wisdom）的阐释，详见《新科学》，第98页。至于儿童天性最具诗性，亚里士多德《诗学》第四六章亦有涉及，认为诗性源自人的天性，而天性主要指人从孩提时起即有模仿本能及其产生的快感，快感中含有向善、陶冶（Katharsis，宗教术语为净化、净罪；医学术语为宣泄、平衡）的功能。

世界作了创造性的转化,赋予现实以浪漫化理想化审美化的色彩,即将固化的物质存在转向灵动的艺术空间。虽然维柯的"诗性智慧"不无将形象思维绝对化的趋势,"童心＝诗性""推理力愈薄弱想象力愈旺盛"等论断,也忽略了诗性的文化积淀,以及想象和思辨既有相左的一面,亦有相融为玄思的一面;但认为诗性应超越物质功利而浸润于精神的童心世界,诗性以生命的鲜活生动为主要内涵,以想象性创造性为实现路径,以艺术性审美性为基本表征,以崇高性超越性为永恒特质,毕竟为诗性的艺术回归和精神坚守,奠定了思想基础。

诗意,海德格尔在《诗·语言·思》和《存在与时间》中总是将它与"存在"并置讨论。诗意,即人本真的存在。人的日常生活实践只是"在者",而不是真正的"存在",人们在"在者"的状态中浑然不觉,"在者"遮蔽了"存在",当"存在"去蔽、显露和敞亮的时候,才是"此在",才是诗意的安居。人的本真存在,不是与世界分离去认识世界,不是将世界作为对象化知识化概念化的客体,不是生活在符号命名、理性定型、技术指令中的异化状态,而是思想和存在同一,情感和理智统一,是"深情＋觉悟"。人的原初的本真的生存方式,就是天地神人的统一体,是一个惚兮恍兮的整体,这样的整体感才是富有人情味和人性化的世界。人性化的本意在于回到原初还原天性,而"艺术—诗"是存在的天性,是存在自身的显露,是对人的天性的敞开。艺术的自由,牵引着人从"劳作"走向"诗意",从心灵的逻辑化走向心灵的诗化。

从劳作到诗意的关键,就是人以"神性的尺度"度量自身。[1]这里的神性,既指宗教意义上的以神为范,亲近神,寻觅神的踪迹,又指人学意义上追寻人自身的神圣与崇高,追问人的信仰—价值体系。人超越飞禽走兽彰显人性,不仅在于相怜相惜之温情,还在于神圣与崇高的发现。人在"充满劳绩"的过程中可能不堪重负,浸染忧伤,但一经发现了神圣与崇高的意义,就能产生一种精神的充实与愉悦,高贵与尊严,于是就有了"诗意栖居"的心境之美。这种对"神性—神圣"的发现,是在人的关于生死体验的深刻冥想中发生的,而

---

[1] Martin Heidegger. *Poetry, Language, Thought*. New York: Harper & Row Publishers, 1971. pp.219-222.

这种体验的神秘性和不可言说性,"道可道,非常道",不是那种经验实证的逻辑语言所能表述,唯有"诗"可以和这种"思"建立同一的关系,因为诗这一意象化的言说方式可以传达言外之言和无言之言,直抵本质,达到"诗—言—思"的三位一体。因此,人的本质存在,就是诗意生存。

总之,诗人气质由诗性和诗意构成,诗性养育了诗人"童心—艺术""纯真—唯美"的审美趣味,诗意建构了诗人"原初—浑朴""神圣—超越"的独特生存,从而凝成诗人气质之唯美品格和玄远境界。

一、气质:从生理体液到心理类型

诗人身上诗性的精神趣味和诗意的生存方式,自有其深层的心理基础和人格特质,这是诗人气质生成的心理动因。

气质,俗称"禀性"和"脾气",主要指一个人直觉反应的快慢、情绪体验的强弱、心理活动指向的外倾与内倾等稳定性特征。有人活泼,有人沉静;有人灵活,有人持重;有人急躁,有人稳健;有人粗糙肤浅,有人细腻深刻。人与人之间在心理特性方面的差异,在言谈举止之间"却有一段自然的风流态度",就是气质不同。

自古希腊希波克拉底提出"体液"说,人的气质被分为多血质、黏液质、胆汁质和抑郁质四种,多血质如春天般温润,黏液质如冬天般寒湿,胆汁质如夏天般燥热,抑郁质如秋天般寂冷。该理论雄踞学界数千年,其间的"体型""胚胎""血型""激素"以及"遗传基因"等诸种气质学说[1],均有体液说的

---

[1] 德国精神病学家克瑞奇米尔(Kretschrner)从体型的角度将气质分为肥胖型、瘦长型和斗士型,美国心理学家谢尔顿(Shelden)从胚胎发育的角度将气质分为内胚叶型—肥胖—内脏气质型、中胚叶型—强壮—肌肉气质型、外胚叶型—瘦长—脑髓气质型,日本学者古川竹二、熊见正比古等人从血型的角度,英国心理学家柏尔曼从甲状腺、肾上腺、脑垂体、性腺等激素的角度,对气质进行解读。而普汶(Pervin)、墨森(Mussen)的研究和朗德奎斯特(Rundquist)、霍尔(Hall)、斯科特(Scott)、查尔斯(Charles)的实验以及美国纽约纵向研究所的追踪调查表明,遗传基因对人的气质具有重要的影响。

雪泥鸿爪。即使是巴甫洛夫的神经类型理论，根据大脑皮质兴奋和抑制过程的强—弱、平衡性—灵活性，概括出兴奋型、活泼型、安静型、抑郁型四种气质，亦未脱离体液说的基本框架。

直至荣格《心理类型》的诞生，建构了"外倾—内倾"理论体系，气质研究从生理基础转向人格特质。荣格借用弗洛伊德"力比多"（Iibido，生命力、本能、快感）的概念，认为受到刺激之后力比多这一心理能量的流动方向，是鉴别气质类型的关键。换言之，气质类型取决于人的心理态度，尤其是对客观社会环境的态度。心理能量是投放还是撤回，是亲善还是抵御，是认同还是内省，是适应还是超越，这是人的气质的根本性特征。正是在心理能量的流向上，荣格将气质分为外倾和内倾两种基本类型。Tupes & Christal 等人概括的西方"大五"人格模型，国内王登峰、崔红等人通过词汇学假设梳理的中国人格"七因素"模型，均为荣格外倾—内倾理论的丰富和发展。荣格此一学说成为前承弗洛伊德意识、潜意识，后启拉康象征界、想象界的重要理论平台，尤其为阐释诗人那幽微复杂的心理世界和特殊气质，开启了一扇坚门。

荣格曾以席勒论素朴的诗与感伤的诗，来比拟外倾和内倾这两种气质类型。因为素朴的诗指向现实—自然，是诗人的无意识天然地与客体同一，感伤的诗指向理想—自由，是诗人反思客体并赋予客体以价值，所以，素朴、感伤分别指称外倾和内倾。不过，诗歌类型与诗人气质类型之间又存在比较复杂的情形，诚如荣格自己所言，"同一位诗人可能在这首诗中是感伤的，而在另一首诗中则是素朴的"。素朴与感伤，类似于王国维的无我之境与有我之境、叶维廉的物象自现和意绪直显，感伤诗人完全可能将其心绪通过意象化的艺术处理，转化为一首蕴藉淡雅的素朴之诗，所以，我们讨论素朴的诗和感伤的诗，是就特定的诗歌作品而论；评价诗人的气质，是素朴是感伤，是外倾是内倾，则是就其诗歌创作活动的总体心理流向，综合其一贯的精神风度来评判的。正是基于诗歌类型和诗人气质之间的复杂关系，以单纯的"外倾—内倾"进行分析已不足以涵盖其中的复杂性，于是荣格根据意识—潜意识、理性—非理性，归纳出思维、情感、感觉、直觉四种心理功能，与外倾、内倾相融而生成八种气质类型，诸如"外倾感觉型"的婴儿天性和诚挚之心，"内倾思维型"的自我中心和内心敏感,"内倾情感型"的神秘迷狂和宗教情感,"内倾感觉型"的原初记忆和孤寂焦虑,"内倾直觉型"的内视意象和梦幻忧郁,[1]这诸种细分的类型,对理解诗人气质的特殊品格和心灵境界,无疑是非常重要的理论启迪。

"内倾—外倾"理论,若以中国文化的"阴—阳"二气与之进行"互文性"的比照,更能见出气质的本意。王充《论衡》说:"阴阳之气,凝而为人","阴阳二气乃生命本源"。《红楼梦》第二回就借贾雨村之口,说出了二气摇动感发而形成艺术气质的原理。而《黄帝内经·灵枢·通天》,将人的气质分为太阴、少阴、太阳、少阳、阴阳和平五种,[2]太阳之人自以为是意气用事,少阴之人心怀嫉妒损人利己,阴阳和平之人不计得失处之泰然。此处气质,早已超越生理—心理功能,而与人的性情仪态和精神品质高度融合,成为"人格特质—心灵境界"的彰显。"外倾—内倾"理论,还与孔子所言"狂者""狷者"相类似。《论语·子路》中孔子说:"不得中行而与之,必也狂狷乎?狂者进取,狷者有所不为也?"孔子所说的"中行"相当于阴阳和平之人,"狂者"指积极进取敢作敢为的人,"狷者"指行为拘谨消极被动的人。孔子对"中行之人"特别青睐,这与他崇尚中庸之道意欲树立纯和中正人格典范的主张一脉相承。或许,人的社会人格越纯和中正越具有儒雅风度;而作为诗人气质,却在其个人趣味和独特生存中蕴藏着深层的心灵密码与精神现象。

---

[1] 关于外倾(extraversion)和内倾(introversion),详见[瑞士]荣格《心理类型》,吴康译,上海三联书店2009年版,第309—341页。荣格在外倾、内倾两大类型中又进行细分,根据意识—潜意识、理性—非理性,分别梳理出四种心理功能,即属于理性的思维、情感,属于非理性的感觉、直觉,与外倾、内倾一一对应,构成了外倾思维型、外倾情感型、外倾感觉型、外倾直觉型和内倾思维型、内倾情感型、内倾感觉型、内倾直觉型等八大气质类型。

[2]《黄帝内经·灵枢·阴阳二十五人》又结合五行(金木水火土)、五音(宫商角徵羽)以及经脉的左右上下地匹配关系将人的气质分为二十五种。详见《黄帝内经灵枢译释》,上海科学技术出版社1986年版,第374—389、428—436页。三国时刘劭将五行木、金、火、水、土不仅对应人的生理因素骨、筋、气、血、肌,而且对应儒家品格仁、义、礼、智、信。详见《人物志·九征》,中华书局2014年版,第13—18页。

二、诗人气质之一：纯—人性基质—赤子之心

诗人气质，乃诗人之所以成为诗人的人格特质。袁枚在《随园诗话》里指出：

> 所谓诗人者，非必其能吟诗也。果能胸境超脱，相对温雅，虽一字不识，真诗人矣。如其胸境龌龊，相对尘俗，虽终日咬文嚼字，连篇累牍，乃非诗人矣。[1]

在袁枚的审美眼光里，"超脱""温雅"才是诗人胸襟气度、性情气质的基本元素，这些元素聚合成诗人的纯净心境："诗人者，不失其赤子之心者也。"袁枚的"赤子之心"，上承老子的"圣人皆孩子""复归于婴儿"和孟子的"大人者，不失其赤子之心者也"，下启李贽的"童心说"与王国维的"天才者，不失其赤子之心者也"。孟子—袁枚—王国维"不失其赤子之心"的语言同构，折射出中国诗性文化传统中集体无意识的心理同构，守护"赤子之心"成为一以贯之的诗性的圆心。道家主张像赤子、婴儿般的自然—纯朴，儒家追求修辞立诚、实诚为先的真诚—信义，纯真—实诚，是赤子之心稳固的人格根基。

概言之，童心—赤子之心，指的是"绝假纯真，最初一念之本心"，即真诚、纯朴之心。像陶渊明，总是"一往真气自胸中流出"。而此一朴素心境，在诗人成长历程中，自有欲望不能满足之苦痛，以及上下求索之精神承担，若其一生平顺，童心无染不足为奇，难的是历经沧桑，痴心不改，身世浮沉和人生挫磨非但没有造成人性异化和心灵扭曲，反而玉成了至情至性，一片赤诚，一往情深，像屈原那样九死未悔的真诗人。沉重的苦难，并未压垮童心的精神世界，倒是锤炼出更加莹洁澄澈、自由通脱的赤子之心，复活了诗人的"童心—诗心"。由此可见，童心，也不单单是原初的纯净之心，不只是"天真与崇高的单纯"，还包含历经苦难狂沙吹尽之后的净化、升华和自我超越，那是

---

[1]〔清〕袁枚：《随园诗话》卷九，人民文学出版社1982年版，第314页。

一种阅尽人间苦难超越身世局限的独立与自由，是一种"穷而后工""蚌病成珠"的精致和圆满，是吹却迷惘的良知发现，是勘破梦幻泡影的解脱与觉悟，是拨开浮云的明心见性，是涤除迷障的天趣回归和性灵敞亮。这就是陆机、宗炳的"澄心""澄怀"，刘勰的"澡雪精神"，朱熹、吴雷发的"诗要洗心""洗涤俗肠"。庄子的追求更为高洁，他强调只有彻底摆脱功利欲求这种"物役"的负担，才能"独与天地精神往来"，获得生命自由和精神愉悦。

赤子之心，是养育在诗心诗境中的，是"住"在诗里的，在诗意生存中贯穿它的"真纯"，吸引着诗人在现实角色的负担中生发出理想化、诗化和美化的冲动，为寻常的事物涂上了一层"美丽描写"的金色。诗人将审美活动当作自由把握人生、挥洒生命激情的最高权力意志，承载救赎人生的意义和使命，而且把诗—艺术当作至高无上的终极追求，当作在纷扰尘世中可供精神栖息的唯美的无忧的殿堂—圣城。在尘世中，理性生活驯服了人的意志，遮蔽了人的性灵，世人流落到精神异乡，仿佛处在茫茫夜色中，而诗人希望通过精神还乡来救渡人类，通过"沉入梦境"，对现实闭上双眼，来敞开诗意家园和艺术意境，亦即敞开人类本质生存的生命境界，"诗即在者之无蔽的言说。"[1]诗人对诗意、对艺术的钟情，就是要解蔽生命力和情感，给人以美的精神启迪，以"道说神圣"的方式来照亮"世界的黑夜"。

或许，诗人未必都能承担起宗教救赎的神圣使命，艺术也未必能充当彼岸的"天堂"，诗—艺术，本来就是日常生活的审美，是生活本身的品位提升，是优雅的生活，是人文的素养，是艺术的趣味。因此，站在中性立场的"零度写作"，宣布了携带态度倾向的"作者已死"，以消解社会神话和政治神话，而强调"视文学为目的"，以形式符号建立语言的乌托邦；诗性话语—文学语言的特性在于，它不同于信息交流的外指涉，而是构成话语自身的内指涉。隐喻和换喻，是建构诗性话语结构系统的基本模式；但诗性话语所极力反对的启蒙理性对人的非理性的排斥或压抑，就是主张文学从"意义"中撤离，而返回到诗性的"隐喻"，返回到符号、话语本身。殊不知天下根本没有中性的情感，

---

[1][德]海德格尔：《人，诗意地安居》，郜元宝译，广西师范大学出版社2000年版，第91页。

也就不存在中性的文学，纯粹诗意只能是梦幻的理想国，文学自足只能是语言的乌托邦。正是基于这样的思考，萨特提出文学介入生活以彰显诗人的忧患意识和求索精神，"揭示人所处的环境，人所面临的危险以及改变的可能性。"[1]伊格尔顿毫不讳言地指出文学"就是一种意识形态"，凸显文学的政治性与社会性，并将审美评价与政治批评、历史分析融为一体，借此建构诗学的文化批评视野。萨特和伊格尔顿绝非贬低诗——文学艺术的美学魅力，只是把高高悬在现实之外的纯粹诗意拉回到现实之内和存在之中。他们一方面意识到机械复制将降低艺术门槛带来艺术大众化、审美日常生活化的新的可能，另一方面又痛惜复制技术直接导致了传统艺术灵韵（aura）的丧失。[2]"中性论"和"介入说"，都在肯定审美生活化的同时，强调了艺术的自律。

解构主义借证明语音与文字同源，打破语音——形而上学一统天下的局面，宣告传统形而上学美学的终结。理性范式的总体性、同一性与完满性之最大弊端，就是以一种符号的明确指称，取代世界原初词和物之间那种亲密无间的相似性。符号指意明确的"透明性"，是以牺牲存在意义的本原和深度为代价的，而只有词——物之间的"相似性"才能延续意义的丰富性和生动性，守护世界的诗意。或许，语词的"踪迹"、意义的"分延"以及零乱性、不确定性、多元性的"撒播"，足以使语言的能指和所指分离，呈现出所指的含混性、差异性、互文性、碎片性，才符合世界惚兮恍兮的原生态；文学语言的"意象""隐喻"特性，才直达世界的神秘本质，才合乎"以不确切的方式与世界打交道"的诗性特征。这种不确切和混融性，与儿童语言表述的青涩——清新相似，具有流动不滞的诗性美。把儿童的"惊喜感、新奇感"带入生活体验和艺术表达，这既是艺术的本质和特权，又是诗人赤子之心所呈现的鲜活的生动的一面。

---

[1] [法]萨特:《词语》，潘培庆译，生活·读书·新知三联书店 1989 年版，第 345 页。
[2] [德]本雅明:《发达资本主义时代的抒情诗人》，张旭东、魏文生译，生活·读书·新知三联书店 1989 年版，第 190 页。

三、诗人气质之二：苦—生命体验—存在之忧

怀有赤子之心的诗人，以纯真的童心看世界，总会发现事物的"不完美"这一"永恒形式"，关于"不完美"的缺失性体验，极易被"感情深笃、精神最为敏感的诗人"体察入微，并由此滋生痛苦与焦虑，郁结成诗人的"存在之忧"。这种挥之不去的隐忧，厨川白村在《苦闷的象征》中列举了三个来源：诗人内在萌动的个性表现欲望，和外在社会生活的束缚和强制之间，构成两种力的拉锯战，构成对于 action 的 reaction，即"压力—动力"系统，从而构成人生的"压力情境"；即便撇开外在社会的强制性因素，单就诗人个体而言，也充斥着"精神和物质，灵和肉，理想和现实之间"的不调和，导致不绝如缕的冲突和纠葛、苦恼和挣扎；人生总是追求离苦得乐，对于追求较好、较高、较自由的生活的诗人而言，无论外在压制还是内心冲突，都无法熄灭生命之火，而且生命力愈旺盛，冲突和纠葛就愈激烈，反之亦然，愈是冲突和纠葛，愈能点燃和激发生命力的跃升能量。"无压抑，即无生命的飞跃"。而生命飞跃的落脚点，并非消解冲突与纠葛，而是步入一种完全的自由的创造的生活，借此超越冲突与纠葛，这便是艺术自由。"文艺是纯然的生命的表现；是能够全然离了世界的压抑和强制，站在绝对自由的心境上，表现出个性来的唯一的世界"。[1]

朱光潜的《悲剧心理学》，也表达了类似的观点："当人的乞求努力受到挫折或阻碍，不能达到或接近预期的目的，就产生痛苦"，即因挫折而积压成忧郁的心情，并认为"忧郁是一般诗中占主要成分的情调"。而排遣郁积心理的方式，普通人依靠情感宣泄，而诗人采用艺术表现，"情绪在某种艺术形式中，通过文字、声音、色彩、线条等等象征媒介得到体现"。这种艺术的转化，就是将现实的挫折感转化为对痛苦的沉思，在艺术沉思中获得宣泄的些微快感，意味着建立艺术距离之后痛苦的转化和升华，是一种苦中有乐、亦苦亦乐的滋味，这就是弗洛伊德提出的两极性和矛盾心理，是错综情结所构成的"混合情调"，即朱

---

[1] [日] 厨川白村：《苦闷的象征》，鲁迅译，人民文学出版社 2007 年版，第 13、16 页。

光潜自己所用的数学方程式"怜悯快感+形式美感",也是宗白华所说的"深情冷眼"。叶朗《美在意象》一文曾说沉郁的文化内涵"就是对人世沧桑深刻的体验和对人生疾苦的深厚的同情",弥漫着一种人生、历史的悲凉感和苍茫感。

惆怅的精神气质,源自诗人忧郁的心情和凄美的心境。司空图《二十四诗品》"悲慨"篇以"大风卷水,林木为摧""萧萧落叶,漏雨苍苔"的意象形容外力压抑之强劲与诗人内心之孤寂,高度浓缩了诗人的生命体验,并以"适苦欲死"描写诗人精神的折磨和煎熬。个体的深层的精神体验,又是无法言传的,有一种欲说还休、一言难尽的味道,导致了唐人"诗思在灞桥风雪中"的苦思、苦吟现象。灞桥风雪,一方面是苦思寂冷的心境写照,另一方面又是精神苦痛的艺术象征,由"诗思"到"风雪"的变换,恰是"忧郁—沉吟""精神苦闷—艺术象征""思—诗"的审美转化,是人生之苦、心灵之忧的艺术化。这种人生痛苦向艺术的转化和美化,构成了诗人独具的化"苦"为"美"的精神质素,将苦难转化为诗意,将性情的忧郁转化为淡淡的惆怅。

四、诗人气质之三:醉—精神释放—自由意志

诗人的"生存之忧",除了化苦为美、将忧郁转为惆怅气质之外,尚有借酒浇愁、沉入醉境的宣泄、释放方式。

沉醉之境,是"酒神"强盛的生命意志力的具体表现。人在深醉时会呈现与平常自己截然不同的另一个自我:充满力量、遗忘自我和完全自由。他以狂放的语言动作,酣畅淋漓地表达强力的自由意志和生命本能,具体表现为高度的自信和高涨的激情,"整个情绪系统激动亢奋",是"情绪的总激发和总释放",是"满溢的生命感和力量感",如同原始活力的奔涌喷射,甚至像野兽一般"歇斯底里"地发作,沉入迷狂、癫狂。酒神文化充分印证了"艺术是生命的伟大兴奋剂(stimulans)"这一结论,定格为"醉者狂舞"的特定意象。[1]醉

---

[1] [德]尼采:《悲剧的诞生》,周国平译,生活·读书·新知三联书店1986年版,第320、325、349页。

者在"狂舞"中，以无所顾忌、置生死于度外的勇气，以遗忘—超脱的显性特征，否定自我，重估价值，超越了平常的自己和世俗的环境，鲁迅在《摩罗诗力说》里称其为"刚健抗拒"的力量。比起中国原始歌舞的"兴"——那种如痴如醉的集体性激烈旋舞，酒神具有更鲜明更强烈的个体奔放—解放的色彩。醉，其实就是强盛生命力的自由绽放。

美国西北海岸的土著因为信奉酒神狄俄尼索斯，所以他们的巫术舞蹈者，"至少在他跳得最兴奋的时候会失去正常的自我控制，而进入另一种境界"。[1] 原始巫术借酒神纵情欢乐的神话原型，以"失控"来唤醒身上潜在的奇特力量，在理性精神之外开辟了一条供"非理性"激情流泻的通道，以释放日常生活的疲惫和压抑。而且巫术的伴舞之歌还将这种兴奋的"迷狂"赞颂为"超自然的奇迹"，在那里，土著通过"酒神—醉境"的狂舞，一方面获得放纵的自由快感，另一方面又体验到酒神文化所蕴含的恐惧和禁忌。多布族人对巫术符咒的依赖，克瓦基特尔人若想加入坎尼包尔巫术社团，必须经历四个月的禁闭。"酒神—醉境"中的迷狂性、神秘性和神奇性，进一步激发了原始歌舞者—诗人心灵中的敬畏与好奇，而这种神秘感与好奇心，又更多地渗透在火—力量、藤蔓—繁殖等艺术符号的象征系统中。

正因为"酒神—醉境"具有化解矛盾和忧愁、超越人生困境、体现自由意志的功能，具有张扬狂放的个性和幻人奇境的神秘性，所以"何以忘忧，弹筝酒歌"的醉境，就成为诗人进入沉醉—自由境界的媒介。据宋代叶少蕴《石林诗话》分析，"晋人多言饮酒有至于沉醉者，此未必意真在于酒。盖时方艰难，人各惧祸，惟托于醉，可以粗远世故"，像嵇康、阮籍、刘伶等人往往醉酒与韬养兼而有之，"醉者未必真醉也"。这些人"直须千日醉，莫放一杯空"，貌似"酒鬼"，其实追求的是其中的醉意、真意，游离于紧张人世之外，进入晕醉之境和诗意人生。

---

[1] [美] 露丝·本尼迪克特：《文化模式》，生活·读书·新知三联书店1988年版，第166页。

五、诗人气质之四：淡—美观照—优雅气度

诗人的情感释放，既有迸裂、回荡的醉境一面，又有蕴藉、冲淡的禅境一面。

冲和淡泊，对应的是诗人自然真诚的品格，老子认为"道"生于有，有生于无，是"万物之母"和"天地之始"，人的生存应回归到静朴天性。庄子在《应帝王》《天道》等篇中将"游心于淡"作为顺其自然的心理基础，并提出"虚静恬淡"是万物之本、道德之质。"淡之玄味，必由天骨"，这种"平淡"，是人性中自然蕴含的不事雕琢的天然美，是一种天性、天趣，是"自然—恬淡—诗性"的基本元素，也是从容雅淡、蕴藉隽永的诗人气质的具体表现。

苏东坡《与侄书》主张平淡有一个"渐老渐熟，乃造平淡"和"绚烂之极，归于平淡"的修养和修炼的动态过程，周敦颐、许学夷等人认为，以"淡"求"心平"，以"和"释"躁心"，需要"淡且和"的渐修过程，才能化解"峥嵘之气"和"豪荡之性"，达到"中和之质"。若无淡的天性为根基，渐修的过程难免留下矫情和雕琢的痕迹，平淡就到不了"天然"处。不过，若仅强调天性，仅仅重视平淡源头的稚气和浅白，忽视人生修养，忽视"祛邪而存正，黜俗而归雅，舍媚而还淳"的披沙拣金的洗练过程，平淡没有丰富的内涵为支撑，不能达到"浓后淡"的丰富性和深厚性，就不会有"外枯而中膏，似淡而实美"的气韵，不会有橄榄般"回甘"的品味。"天性—修养"，才能孕育出诗人淡泊温润的特有情怀和人生境界。

平淡，又是对"生活沉重感"进行反拨的一种轻逸—轻灵。卡尔维诺在《未来千年文学备忘录》中特别欣赏"轻逸"的审美趣味，"只要月亮一出现在诗歌之中，它就会带来一种轻逸、空悬感，一种令人心气平和的、幽静的神往。"文学—诗，正是凭借对生活进行赏月一般的"审美观照"，才获得"轻逸—平淡"的力量，去平衡生活的沉重压力。所谓"审美观照"，"观"是直观、直觉，"照"是洞彻、颖悟，即以审美眼光观赏对象，并将此对象转化为审美意象的独特方式。在现象学理论中，也称"意向性"和"本质直观"，在艺术直

观和审美具象之间构成一种玲珑透明的审美关系。胡塞尔用 Noesis 表示各种观照方式，Noetic 指向知性和理性思考，Noematic 指向体认、知觉，类似本质直观，是"可感知的"。诗人通过审美观照、艺术直觉，直接植入物象的整体的活泼的趣味中，感知其中的气韵生动。诗人"以物观物""以自然自身呈现的方式呈现自然""以自然之眼观物，以自然之舌言情"。[1]

六、诗人气质之五：远—心境超越—哲理趣味

平和恬淡的后面，"如果没有哲学和宗教，就不易达到深广的境界"，朱光潜《诗论》在比较中西诗在情趣上的差异时，认为中国诗人不像西方诗人具有"深邃的哲理和有宗教性的热烈的企求"，因此只能"达到幽美的境界而没有达到伟大的境界"。同时，朱光潜承认中国古诗有"禅趣"而无"佛理"，因为诗本来不宜说理，而不涉理路之禅趣—灵境，却使中国诗在"神韵微妙格调高雅"方面让西诗望尘莫及。这一观点除了概括中西诗学分别胜在神韵趣味和哲学境界之外，仍然希望神韵格调之中渗透着弘广深切的宗教情怀和哲理思想。虽然中西诗歌并无"小雅"和"大雅"之别，中诗的神韵中是否就天然地充斥吟风赏月的风雅而缺少悲天悯人的宗教—哲学意识，也尚可商榷，譬如宗白华就说过中国艺术常有一种"哲学的美"，但诗人追求诗思的内涵深度，追求意象、隐喻、象征背后的哲理—玄远的境界，却是中西诗学的共同旨趣。朱光潜和宗白华关于中国诗学中有无哲学之美的讨论看似不同，前者认为哲学深度在于宇宙人生的哲理思辨和精神安顿，后者认为玄学趣味在于天地苍茫的空灵妙悟和直觉冥想，两者对哲学的思维方式各有偏爱，而在肯定中国诗学具有形上禅悟和幽玄美妙这一点上却是殊途同归。因此，叶维廉和陈良运以"出神""凝神"来形容诗人的深远哲思，叶朗和童庆炳以"形而上"的意味来表述诗人对宇宙生命的体悟，宗白华和吴建民以"无限"的意蕴空间指向诗人艺术灵境的充分自由和活泼深邃。

---

[1] 叶维廉：《中国诗学》，生活·读书·新知三联书店 1992 年版，第 97 页。

这种玄远之思，表现为诗人"神与物游"、恍惚"出神"和寂然"凝神"的状态。出神和凝神，不仅是"精神集中"的一种特有姿态，而且是诗人与自然之间构成一种"对话"关系，事物内在地融入诗人的神思里，心灵陷入外物之中去，外物—心灵这一刻交汇融化的"内在蜕变"，形成宇宙—生命—心灵之间的整体浑融。例如道家"心斋"和"坐忘"的心理方法，以忘我、无我的境界，凸显出自然物体的本性，达到"自然的真正的复活"。

诗人关于天地悠悠的玄远思绪，使诗人的精神气质浸染着一种深远苍茫的人生之感和宇宙之思，蕴含着幽深玄妙的"形而上"意味，渗透着诗人对宇宙、人生的终极关怀和深层体验。在诗学诸范畴中，那些具有玄学色彩的"气""神""韵""境""味"等，都具有超越物象—实境的悠远之思、幽深之境和空灵之质。不过，这种"形而上"意味，这种"俗境"向"诗境"转换的超越性，并非抽象思辨，而是艺术灵思，是诗人"艺术心灵"与"宇宙意象"相互摄入相互辉映所合成的一个诗意—美学境界，既有"冥奥之思"，又有"飞动之趣"，在"静穆的观照"中仍然保持着"飞跃的生命"的鲜活生动，"成就一个鸢飞鱼跃，活泼玲珑，渊然而深的灵境"。[1]"沉思冥想—直觉体悟"的妙用，就在于体悟宇宙天地大化流行生生不息，体悟"道之为物，惟恍惟惚"之幽玄"道"境。

诗人心境之超越—玄远，具有"羚羊挂角，无迹可求""空中音，水中月"的意象—意境的无限性。庄子所谓"虚室生白""唯道集虚"，即指在日常之思中留出艺术玄思的空间，容纳生命情调和艺术意境，容纳真力弥满、自由自在、洒脱悠游的自我想象，以接近玄之又玄的"道"。对宇宙生命和艺术本质的体悟，是"艺术灵境—哲理境界"的深度浑融，具有"远而不尽"的"韵外之致"。

七、诗人气质"五因"融合：生命—艺术的灵韵之境

综上所述，在诗人的精神气质中，纯、苦、醉、淡、远等五个因素，分别

---

[1] 宗白华：《美学散步》，上海人民出版社1981年版，第76页。

指向诗人的人性基质、生命体验、精神释放、审美观照和心境超越。

真纯，作为一种人性基质，直指"赤子之心"。诗人之特殊精神气质，就在于本性无染，在于质地纯朴和原初洁净，也在于穿越整个生命过程的本色天然和天真野趣。这份对天性、本性、童心的坚守，呈现为澄明通澈的心境和温雅超脱的性情，以及自由率真的精神趣味，是质朴心地的自然外显，也是"道说神圣"，是"无蔽—敞开"的心灵世界的纯净与超然。

苦闷，作为一种生命体验，指向"存在之忧"。敏感的诗人，面对"不完美"的生存，必然处于痛苦焦虑的"压力情境"之中，从而构成内心冲突、情感纠结和精神挣扎。在"穷而后工""苦闷象征"的艺术创造的艰难"分娩"过程中，诗人特有的忧郁和伤感，经由艺术化、审美化的转换，弥漫着一种人生、历史的悲凉感和苍茫感，一种淡淡的惆怅，一种凄美的意境。

沉醉，作为一种精神释放，体现"自由意志"。诗人沉入醉境，凭借着"酒神"的强力意志和生命活力，定格为"醉者狂舞"的特定意象。这样的沉醉和迷狂，浸染着强烈的个体奔放—解放的色彩，也是精神释放—狂欢的具象化，表现为诗人"既醉且欢"的特有气质，勾勒出诗人"酒神—醉境"的雄浑气象和青春魅力。

淡泊，作为一种审美观照，彰显"优雅气度"。诗人以"游心于淡"、道法自然为心理基础，保持见素抱朴、萧散冲淡的天然本色和精神风骨，消解"生活沉重感"而达到轻逸—轻灵的心灵状态。在"天性—修养"的相互交汇中，诗人剔除刻意经营，通过艺术直觉和审美观照，以物观物，以自然的方式呈现自然，进入"澄怀味象"的禅境和审美意境。

玄远，作为一种心境超越，追求"哲理趣味"。艺术趣味中的哲理内涵，赋予诗境以深度和灵魂。诗人的玄远之思，浸透着一种深远苍茫的人生感和宇宙感，具有一种幽深玄妙的"形而上"意味，蕴含着对宇宙、人生的终极关怀和深层体悟，超越有限的时空达到心境的自由洒脱。诗人的体悟，是艺术灵境—哲理境界的深度浑融，体现为象外之旨、弦外之音和无言之美。

诗人气质的五大基本元素，"真纯"是其中的基质、原质，居核心位置。其余四大元素的相互关系为：

苦闷—沉醉，是压力、压抑与释放、解放的关系，前者内倾，后者外倾，两者的区别，是心里苦闷与个性张扬的区别，两者的结合，是忧郁气质与青春气息的结合。

苦闷—淡泊，以苦闷为内在的审美心绪，以淡泊为外显的审美意象，是精神内涵与审美方式的关系，苦闷给淡泊以丰富的内蕴，淡泊给苦闷以优美的象征。

苦闷—玄远，生存之苦与哲理之思，从生命体验到形上体悟，从悲剧精神到宗教关怀，从世俗世界到诗意境界，完成了净化与陶冶的心路历程。

沉醉—淡泊，酒神与日神、激情与禅境的关系，分别代表狂放恣肆之美与典雅蕴蓄之美，是自由的意志外化为朴素的审美。

沉醉—玄远，沉醉是生命活力，玄远是精神指向，沉醉是"醉者狂舞"的有形意象，玄远是"妙香清远"的无形哲思，沉醉是此中的醉境与真意，玄远是彼岸的旨趣与圣境。

淡泊—玄远，艺术之境与哲理之境，淡泊是以物观物、自然呈现的审美方式，玄远是超然物外、凝然远望的哲理趣味，淡泊是艺术的韵味，玄远是哲学、宗教的"道"境。

这些元素之间的关系存在着苦中深醉、淡中幽远的相互蕴含的融合性，以及以淡化苦、以远解醉的互补辉映的联动性，还包括某个母元素引申出系列子元素的延展性。

若对诗人精神气质进行词汇学假设，可以发现，在中国古代诗论中，苦、醉、淡、远等范畴出现频率最高。现根据钟嵘《诗品》、皎然《诗式》、司空图《二十四诗品》、尤袤《全唐诗话》、欧阳修《六一诗话》、周紫芝《竹坡诗话》、葛立方《韵语阳秋》、姜夔《白石诗说》、严羽《沧浪诗话》等16种著名诗论统计，"苦"出现153次，主要有"苦吟""苦思""穷苦""孤苦""苦寒""精苦"等范畴；"醉"出现140次，主要有"醉舞""醉狂""沉醉""欢醉""倚醉""醉忘"等范畴；"淡"出现75次，主要有"平淡""恬淡""冲淡""清淡""雅淡""古淡""淡泊""人淡如菊"等范畴；"远"出现214次，主要有"清远""玄远""简远""幽远""闲远""深远""平远""远思"等范畴。它们围绕"真纯"

这一中心，延伸出四个系列，由苦闷延伸出"孤寂—苦吟—惆怅"，由沉醉延伸出"痴情—慷慨—雄浑"，由淡泊延伸出"质朴—优雅—唯美"，由玄远延伸出"宁静—幽远—超然"。（见下图）

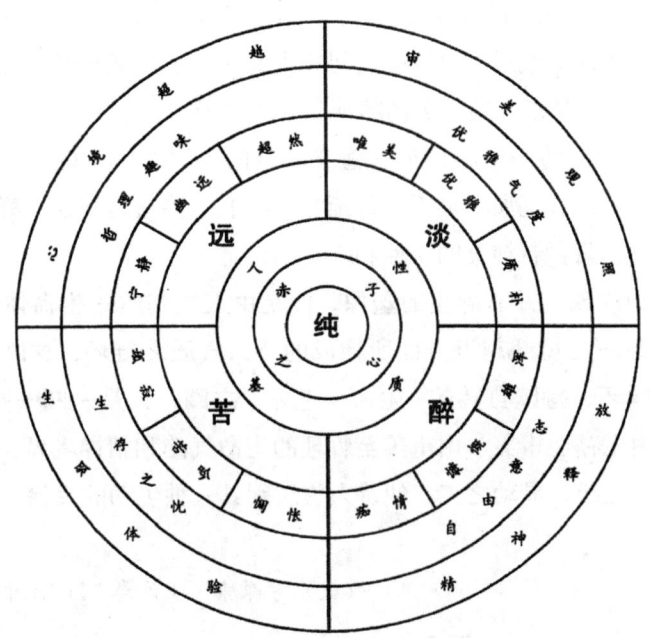

纯、苦、醉、淡、远，是生成诗人气质的五个精神质素。诗人身上，往往"五因"综合，陶渊明，即其中典型；就诗人个体而言，或有其中一因比较突出，古代诗人有屈原之苦、李白之醉、王维之淡、苏轼之远，现代诗人有戴望舒的孤寂、郭沫若的狂放、冯至的唯美、穆旦的深邃，英国诗人有雪莱不平之鸣、拜伦长歌当哭、华兹华斯冲淡朴素、艾略特执着信仰。即便同因，也因诗人生命、精神基质的差异，而各呈异彩。同样是"醉"，同样是释放压力和自我解放，陶渊明追求的是把酒言欢、借酒忘俗、体味其中真意的自由情怀，"诗酒每相亲"，酒作为生活—审美的触媒，赋予自然—人生以温暖和温情；李白则以醉态狂幻体现出诗人高度自信、飘逸不群、元气淋漓、激情荡漾、雄浑豪迈的青春气象，酒作为心灵—解放的象征，赋予精神—人格以浪漫和雄奇。同样是"淡"，同样是物我两忘、以物观物，陶渊明是"自然""本色"，返璞归真、融于自然，更多的是质朴、古雅，"有一段渊深朴茂不可到处"；王维是"艺术""唯美"，以禅悟方式观照万物，有一种空寂清静之美，幽深精致之雅。同样是内心冲突，莎士比亚是痛苦与希望并存、沉吟与咏叹相融；济慈则是敏感的加深、焦灼的蔓延和永恒的寂寥；同样是哲学思辨，莎士比亚产生了哈姆莱特式的对"生存与毁灭"的深度追问和人文关怀；雪莱则确立了"每人都是自己的王"的独立品格，追求美的精神和人类之爱。

在这些基本范畴—形容词汇—意义踪迹的延展之中，诗人的气质就由这些星星点点的元素、基质、动因，逐渐相互浸润、渗透与交融，凝聚为浑然整一的精神气象，蕴含着纯真的诗性和唯美的诗意。

这一精神气象，并非静止的塑像，而是由人性基质—生命体验—精神释放—审美观照—心境超越五方面所构成的诗人气质之链环，这既是一个彼此相连、反复循环、持续自转的"生命—艺术"之圈，又是一圈一圈不断盘旋、跃升而上的由生存至审美、由审美至哲理的生命气韵和精神境界，这是一种动态生成的飞动之趣、灵动之美，使诗人气质别具一种生动的灵韵。

原载《诗探索·理论卷》2018 年第 3 辑

后　记

张桃洲

感谢谢冕、吴思敬几位先生给我编选《诗探索》文选的机会，让我借此再次一窥这份理论刊物的全貌。在重新翻阅刊物的过程中，我与《诗探索》结缘的过往情景历历在目：1990年代中期第一次读到刊物时受到的震撼，之后在资料室如饥似渴地搜寻新到的每一期；在1999年第1辑上首次发文后的喜悦；2001年首次以"青年学者"（蓝棣之老师语）的身份赴北京参加《诗探索》组织的诗学研讨会；首次作为《诗探索》编委与刊物的前辈们共议其发展；我指导的研究生陆续在刊物上发表论文……可以说，我学术成长的相当一部分，是与这份刊物联系在一起的。《诗探索》是中国当代诗歌进程的重要见证者之一，也是很多学人学术道路的看护者。

感谢《诗探索》编辑部同仁的相互提携和鼓励，让编选工作得以顺利进行。感谢吴昊博士为查找文章电子版提供的帮助。在翻阅刊物、遴选文章的这半年里，一场肆虐全球的新冠肺炎疫情不时牵扯我的心思，阅读文章伴随着对疫情的关注，二者常常交织在一起，这真是构成了一种奇异的体验。诚如爱尔兰诗人希尼所说："从来没有一首诗阻挡过坦克。""诗歌的功效等于零"，诗歌论文的作用大概同样如此；不过，希尼紧接着说："在另一种意义上，它又是无限的。"无意间，这个选本的产生被赋予了某种特别的背景，里面夹杂着一小截历史的喧哗声。

由于篇幅所限，一些本该选入的文章却不得不割爱舍弃，这是我深以为憾的。此外，根据目前的出版要求和丛书体例，对选文中少量字句和引文（注释）做了技术处理，特此说明。我要再次说：选本中的很多文章是经得住历史和读者检验的。

庚子仲夏，于定慧寺恩济里